花朝月夕

一个中国工人作家的文学编年史

陈富强 著

文匯出版社

图书在版编目（CIP）数据

花朝月夕：一个中国工人作家的文学编年史/陈富强著.
—上海：文汇出版社，2024.8. -- ISBN 978-7-5496-4324-0

Ⅰ.I267

中国国家版本馆CIP数据核字第20244ZT406号

花朝月夕：一个中国工人作家的文学编年史

著　　者/陈富强
责任编辑/徐曙蕾
装帧设计/书香力扬

出版发行/文汇出版社
　　　　　上海市威海路755号
　　　　　（邮政编码200041）
经　　销/全国新华书店
印刷装订/四川科德彩色数码科技有限公司
版　　次/2024年8月第1版
印　　次/2024年8月第1次印刷
开　　本/787×1092　1/16
字　　数/500千
印　　张/30.75

ISBN 978-7-5496-4324-0
定　　价/68.00元

自序

我用文字筑起的这粒尘埃，
足以装下整个世界

我梦见了父亲。梦境很清晰，是父亲领我去绍兴城的整个过程。

从我老家安昌古镇到绍兴城，大约25公里。没通公路之前，镇里人上城，基本选择夜航船，到柯桥，换乘公共汽车，这是最便捷的一条路径。当然，也可直接坐船到绍兴，但得六小时，路程有些漫长。

我第一次去绍兴城是乘坐夜航船，凌晨起床，穿过弄堂，尽头即是西街，择一河埠头等候。父亲说，听到海螺声，船就来了。果然，海螺声穿透晨雾，在小河上空回荡，不一会儿，就看见一条有着半圆形篷盖的木制客船穿过轻雾，缓缓驶来。父亲举手示意，船慢慢靠拢河埠头，几个等待的人，就鱼贯入舱。舱内通常已有一些客人，懒散地坐在两侧，打着瞌睡，没睡的，也是一副睡意蒙眬的样子。父亲牵着我的手，寻一处空位坐下。一声声海螺号里，船离开埠头，驶向原野，驶过一个个村庄，天青色里，烟雨落下来，敲打在船篷上。终于来到绍兴城，此时雨已止。相比河埠头，绍兴城的码头就要阔气得多。船靠在岸边，船长，也叫船头脑，他说，下午三点返回安昌，大家不要迟到，过时不候。

我去绍兴，主要是看鲁迅故居、百草园和三味书屋。父亲领着我，步行去了这几处我在课本里早已熟悉得不能再熟悉的地方。它们相距都很近。看完，父亲说，我们去吃饭。在咸亨酒店，我第一次看到身着长衫的孔乙己，他立在酒店屋檐下，我仰脸看着他，问他，你真的知道，回字有四样写法吗？孔乙己看着我，沉默不语。

回安昌的客船上，父亲问，看了鲁迅先生，你有什么体会呢？我说，以后我也要像鲁迅先生一样写文章。父亲摸摸我的头，没说话。

梦到这里，我醒了。父亲也不见了。我在黑暗中睁着眼，再也睡不着。事实上，上述梦境，并非现实的翻版，因为第一次带我去绍兴的，并非父亲。但梦境里发生的一切，又是真切的，我离开家乡去外地谋生，走的就是这条水路。

父亲暮年，我买了一个电动剃刀，他一时不知道怎么用。我说，我来示范一下。我用剃刀在父亲的下巴慢慢地来回划动，父亲闭起眼睛，仰起头。那些白色的胡子出现在我眼前。我竭力控制着自己，不让眼泪掉下来。父亲说，你姆妈走了快一年了。我点点头。父亲说，我梦见你姆妈了，她走得好快，我追不上她。

一年多以后，父亲也走了。没了父母，我有一种无家可归的孤独与怅惘。清明上山，在坟前烧纸，火光里，我看见父母在坟的里头，但我在坟的外头。

一转眼，我也进入人生后半程，记忆似乎也有些障碍。最近的事，总是记不住，但从前的事，无论多么遥远，只要我稍许想一想，就像潮水一样涌到我的脑海里，像演电影，一幕一幕。我想了好久，决定把它们记下来。

最初的起因，是四张翻拍于浙江电力文化馆的照片，分别是三本杂志和一张报纸。杂志的名称是《初阳》《浙江电业》《东海岸》，报纸是《浙江电力报》。这些报刊，几乎贯穿我职业生涯的全部，与我的业余写作密不可分。我以这四张照片为题，写了第一稿，回忆了我职业生涯期间的业余写作，是很多小故事组合而成，大约4万字，取名《半生为文》。我发给中国电力作家协会会刊《脊梁》主编小周，小周很快回复：下期用。她把编辑后的稿子发回给我，留了个言：十分敬佩，了不起。更是激励我努力写作。

小周的回复，自然是客气。不过，倒是启发了我，我计划扩充内容，把更多的故事记录下来，把原先单薄的故事写得尽可能丰满一些。这就是现在的这部长篇纪实散文，它既是一个回忆录，也算是对我大半生业余写作的一个总结。从这部作品里，也可看到一个业余中国工人作家的文学写作记录。

全书分为四部，分别以时间进行划分。第一部始于我入职电力行业；第二部以我调入《浙江电力报》起始；第三部以创办《东海岸》作为标志，这三部分别对应楔子里写到的四张照片。第四部是媒体访谈，截取的时间是最近一次的专访，即2022年，主要是考虑全书四部在时间上的前后连续性。

父亲看不到这本书了。但是我知道，父亲对我在写作上取得的每一点进步，都是由衷地高兴。父亲是个沉默寡言的人，个子不高，但像一块岩石，坚不可摧。他和母亲一起，用最微薄的薪水，含辛茹苦，养大我们姐弟六个，要不是中途夭折一个姐姐，我们家，刚好是七个娃。我没见过夭折的姐姐，她去天堂的时候，我还没出生。但大姐二姐都说，她可漂亮了。

多年以前，我在云南陆军讲武堂旧址看过一个展览，是关于中国远征军的。灵魂被震撼之余，我在观众留言簿上写了一句：伟大的中国远征军不朽！

事实上，我父亲就是一名中国远征军战士。只不过，他隐姓埋名，隐藏了自己的那段经历，一直把这个秘密带进了坟墓。在我知道父亲的这段从军历史后，我终于明白，他生前为什么对我妻子格外慈爱，是因为我妻子是云南人啊。他看我妻子的眼神里，全部都是昔日的时光，他破碎的青春，和战场上的枪林弹雨。他在经历一场大仗，目睹尸横遍野之后离开部队，悄悄潜回故乡，娶妻生子。他不就是那个"不是战死沙场，便是回到故乡"的士兵嘛！

听了无数遍《父亲写的散文诗》，听到这里，终于泪崩：

……
这是我父亲　日记里的文字
这是他的生命
留下来的散文诗
几十年后　我看着泪流不止
可我的父亲已经老得像一张旧报纸

等书出版，我会去父母的坟前，读上几页，他们将会听到我在写作过程中，留给这个世界的所有对话和痕迹。在我们家，管父亲叫阿爹，管母亲叫姆妈。他们年龄相差悬殊，我的母亲不识字，但我的阿爹姆妈一辈子相亲相爱，生死相依，永不分离。

少年时去鲁迅故居，我在梦里对父亲说，我也要像鲁迅先生一样写文章。只不过梦醒后，尤其是随着年龄的增长，我发现，在鲁迅面前，我所有的作品加起来，也就是一粒尘埃。仿佛只是一转眼，青春轰然飘逝，两鬓已然斑白。然而，尽管红尘万丈，我用文字筑起的这粒尘埃，却足以装下整个世界。透过这粒尘埃，我看得见满天繁星，一颗一颗从我眼前划过，那是我少年的梦想正在归航。我也看得见天上，我的阿爹姆妈慈爱的目光，护佑着我的孩子，她的青春，她的梦想，她的未来。

2024 年 1 月于杭州

楔子

相信未来

当蜘蛛网无情地查封了我的炉台
当灰烬的余烟叹息着贫困的悲哀
我依然固执地铺平失望的灰烬
用美丽的雪花写下：相信未来

当我的紫葡萄化为深秋的露水
当我的鲜花依偎在别人的情怀
我依然固执地用凝霜的枯藤
在凄凉的大地上写下：相信未来

我要用手指那涌向天边的排浪
我要用手掌那托住太阳的大海
摇曳着曙光那枝温暖漂亮的笔杆
用孩子的笔体写下：相信未来
　　　　——食指《相信未来》节选

手机里存储了大量照片，我看了下数据，约莫15000张，这是一个巨大的数字。我大致浏览了下，很多都是随手所拍，没有太大保存价值，比如环西湖夜跑，每次都会拍上一些，因此，有不少画面是重复的。于是决定删掉一些，给手机腾出一些空间。

删到最后，只剩下2000多张，其中有四张照片已被我随手删了，但犹豫了一下，又将它们恢复了，这四张照片其实是一张报纸和三份杂志，是档案史料的翻拍，报纸是《浙江电力报》，三份杂志分别是《初阳》《浙江电业》和《东海岸》。事实上，这四张照片，记录了我职业生涯的一部分，而照片背后，则画满我业余从事文学创作的轨迹。看到它们，如烟往事扑面而来。

目 录
CONTENTS

第一部 一九八四

坐夜航船去绍兴城　　002
我之所以留下，是因为我别无选择　　006
终于跨过钱塘江　　009
师傅说，他们是不是搞错了？　　013
餐厅几乎成为我一个人的书房　　016
玫瑰花地　　018
"手抄本"是一代青年的集体文学记忆　　020
在"十八间"写下处女作　　022
路再难行，也要回家　　025
他在细雨中的这一眼　　028
职业生涯的转折点　　030
优秀的"五八师傅"　　033
为"电二代"一辩　　035
"初阳"文学社　　038
人的生命就像一根橡皮筋　　040

《浙江火电报》创刊 | 045

和太阳一起奔跑 | 048

德令哈、花儿会与"格萨尔王",以及昆仑山 | 052

在班竹村,我曾为李白停留 | 058

鼓浪屿寻舒婷不遇 | 061

报刊编辑们 | 063

我推荐《中国列电》参评图书奖 | 066

中国水电文化的火种 | 071

水面下曾有绵延千年的人文繁华 | 076

参与《中国治水史诗》写作始末 | 080

那些电力工业黄埔 | 085

她就像一条孤独的鱼,从中国游到了欧洲 | 090

我的文学启蒙者 | 092

做一个生活中的有心人 | 096

流年似水,再也回不到从前 | 103

第二部 一九九九

我的秘书生涯 | 108

什么时候开始写作,是一门学问 | 111

入职浙江电力报社 | 114

参与《浙江电业》杂志创刊 | 116

"时间流不走的经典" | 118

从"橄榄树"到"榕树下" | 120

《未庄的一九三四年》与"一本书主义" | 123

去深圳领奖 | 126

不可忘记的老师们	128
诗人首长，以及无尽的动力	131
昆明先生坡	140
冲绳的嘉手纳和半岛的三八线	144
蚂蚁岛上的"司令员"	148
我在的，在所有人的对面	150
电力作协的伙伴们	153
参与筹建浙江电力文化馆	157
后来也慢慢习惯了，觉得《脊梁》也不错	160
我没有犹豫，我放弃	163
她曾经那么热情地讴歌春天	166
文学史里的巴黎、威尼斯和伊斯坦布尔	174
葛岭路13号	178
怀念一个文学老人	188
写作可以借鉴一些水墨画的元素	192
杨柳岸，晓风残月	195
一座老饭店，半部民国史	199
孩儿巷98号，深巷明朝卖杏花	204
趵突泉边卷帘人	208
从《牡丹亭》说起	212
"南缘北梦"说端生	216
虎跑敬弘一法师	224
在鲁迅面前，我就是一粒尘埃	229
茅盾的文字，就是乌镇的日月	233
木心的影子	238
夏衍，以笔为杆的钱塘之子	242

一个士兵要不战死沙场，便是回到故乡 | 247

在大塔儿巷，寻访"雨巷" | 250

一身诗意千寻瀑 | 259

泰戈尔给他起了个印度名字 | 269

"左岸"成为一笔文化遗产 | 285

第三部 二〇〇四

创办《东海岸》 | 288

莫干山居图 | 290

《中国亮了》创作缘起 | 292

相信你们要写的这部作品，会是一部中国工业史诗 | 294

采访柴松岳省长 | 297

这是一部关于电的"史记" | 300

"中国电力三部曲"出版 | 302

对我写作帮助最大的人 | 304

风自东海来，六十回绿遍江南岸 | 314

黄河水之天上来，最后的挽词 | 316

北戴河遇王蒙，和航鹰聊了两个小时 | 318

我有一个建议，创办中国电力博物馆 | 321

参与《中国工业史·电力工业卷》的编纂 | 323

创作出版的能源电力题材长篇报告文学 | 326

因写作一本书结缘 | 330

所谓镇馆之宝，无非就是一套《四库全书》 | 334

寻找小八千卷楼 | 343

他们都是内心发光的人 | 346

巴金和老朱，都是有趣的人	350
在艾青故里，我看到了煤	354
老舍的济南光阴和北京城内的一个大水塘	358
薛老师说，我要在研讨会上发言	365
天堂也会有诗歌	369
他把自己送进了重症监护室	372
莫言说，望湖问子潮	375
《文化交流》上的文学"绝响"	380
在西南联大，我看到了汪曾祺的名字	383
无边的夜色，顿时撒满了电力的火花	388
徒步去翁家山	392
场官弄63号，风雨茅庐的前世今生	396
作家总是不自觉地将个人经历映射到作品里	401
我曾有意编写一部《故乡传》	403
一个我特别尊敬的人	405
把杭州这杯茶，端给世界	411
我似乎隐隐看见少年达照，站在断垣残壁间	414
执行主编《安昌的故事》	420
我的中学母校，1956年的光芒	422
在山好水好的江南，怎能没有《江南》	429
简说《能源工业革命》和《点灯人》	432
撰写序和跋，是一个美好的过程	436
"教授级"算不算教授？	438
总有一些遗憾留人间	440
用最简约的文字叙述终极归宿	444

第四部 二〇二二

写作的意义
　　——专访中国电力作家协会副主席陈富强　马晓才　| 446

文学与电,在他笔下擦出"火花"　於泽锋　| 459

陈富强:用作品记录"中国亮了"　潘玉毅　| 464

史料中透出诗情画意
　　——谈《中国电力工业简史》的文学色彩　卢炳根　| 468

尾　声

世界没有尽头,写作永无止境　| 473

第一部　一九八四

坐夜航船去绍兴城

许多年以前的那个冬天,我离开家乡,一座在时光里浸润了一千年的江南古镇安昌。那时,小镇还没有通公路,我是经水路,坐客船去绍兴城。这种客船,起先是人工摇橹推动船体前进,也叫夜航船。后来,改进为动力船,柴油机驱动,速度就要快多了,从安昌到绍兴,原来的五六个小时,缩短到两三个小时。

我去绍兴城,是要去昌安门外的绍兴钢铁厂自备热电厂报到,那时,这座自备热电厂被划入浙江省火电建设公司管理(后来又划回绍兴钢铁厂)不久,作为火电公司新员工,我将在这里和其他一百多位新同事培训半个月。我们那批新员工好像有近300人,是火电公司历史上扩张规模最大的一次,这也从一个侧面印证这家企业正处于快速上升期,急需大量有效的劳动力。因为新员工太多,培训也至少分为两个大班,安排在两个不同的地方。

我的行李中,有父母给我准备的被褥和其他一些生活必需品,但与新同事们相比,我的行李中则多了一些书籍,有不少是关于写作的,比如《茅盾论写作》

安昌古镇一角(成金元 摄)

《风景描写大全》《外国短篇小说》，当然，更多的是鲁迅先生的书，比如《野草》《呐喊》《彷徨》《朝花夕拾》。

三卷本的《外国短篇小说》，是我在念初中的时候让二姐买的。当时，二姐已经去黑龙江大兴安岭插队落户，工作似乎是在森林里伐木，我无法想象身材娇小的二姐在茫茫的森林里，如何面对一棵参天大树。二姐一年可以请一次探亲假，回家的路自然也是无比漫长而艰难。浙江与黑龙江实在太遥远了，没有条件乘飞机，只能坐绿皮火车，一趟一趟转车。没有互联网，与家人联系的主要方式是电报和书信。长途电话也要经过中转，极不方便。二姐写信给父亲，让父亲问我想要什么，她给我买。我想了想，跟父亲说，买《外国短篇小说》，是上中下三册的。二姐春节回家，果然给我带来这三本书，淡绿色的封面，几乎囊括了世界上最经典的一些短篇小说，比如《琉森》《项链》《变色龙》《竞选州长》《最后一课》。我如获至宝。二姐说，大兴安岭没有书店，这三本书是在上海火车站中转时买的。我好奇那时的火车站或绿皮火车上，除了销售食物，居然还卖这种纯粹的文学书。要知道那是 1978 年，很多普通百姓正在为解决温饱奋斗。现在的火车站候车室也有书店，但大多是营销言情励志类图书。1978 年由上海文艺出版社出版的《外国短篇小说》，每本售价根据容量稍有点差异，有 1 元一本的，也有 1.25 元一本的，但每本字数都在 40 万字上下。我入职时携带的书籍，后来大多遗失或丢弃了，但鲁迅和茅盾的书，以及这套《外国短篇小说》一直没有丢，我走到哪，就跟到哪。

二姐每次回家，上海是一个重要的中转点，她先从大兴安岭到齐齐哈尔，再从齐齐哈尔到哈尔滨，再转火车到上海，然后由上海转乘慢火车到柯桥。我的大舅和二舅都在上海安家。二姐如果需要在上海中转住一晚的话，通常会住在大舅家。大舅家在浦西，住宿条件可想而知。"宁要浦西一张床，不要浦东一套房"，曾经是很多上海原住民的心结。我没有见过大舅，但见过大舅妈和两个表姐，上海人洋气，我就是从表姐那儿感知的。客观讲，上海女人的气质，是与生俱来的，是这座大城市赋予的，小地方的人，想装，也装不出来。村子里有好些人家有亲戚在上海，我家河对岸的老台门，几乎家家都有上海亲戚，被称作"小上海"。一到春节，村子里就飘荡着此起彼伏的上海口音。还有两个上海女知青嫁给村里的农家小伙，都有了孩子，知青返城，一个离了，带着女儿回上海；另一个没离，但妈妈将两个女儿送回上海，她自己则依然留在乡村。她的两个女儿完美遗传了妈妈的基因，是村里人见人爱的小仙子。我的小学老师中也有一位是上海知青，她嫁给了镇上一位俊朗而家境不错的小伙子，但在知青返城大潮中，也撇下小伙子回上海了。

我没有见过大舅，是因为我没去过上海大舅家，而表姐她们来安昌时，大舅也从不一起来。后来，我得知，其实大舅已经失踪好些年。之所以讲是失踪，是因为大舅是一家企业的采购员，有一年好像去江西采购物资，就没了音信。虽说活要见人，死要见尸，但听我妈妈说，确实活人没回家，死尸也没找到。

二哥当时已在绍兴一家企业上班，他骑着一辆自行车到码头接上我，然后载着我去热电厂。因为有行李和书，我坐在自行车后座上，书和行李挂在两边，轮子滚动起来，会磕着两边的行李。二哥叮嘱我，写作不要扔掉，会有用。

培训期间，新员工宿舍是借用的一处工厂仓库，很空旷，安放着二三十张高低铺，我们有四十个左右的外地男后生被临时安置在这里，绍兴城区的员工似乎不安排住宿，每天早出晚归。记得那年冬天特别冷，报到没几天就开始下雪，仓库里没有厕所，也没有洗漱间，当然，更没有热水和空调。每天清晨，管理员会用保温桶将一大桶热水搁在门口，大家拎着热水瓶排队去打，一桶水往往不够，排在后面的，就有可能没热水可打，我至少遇到过五六次。一到早晨洗漱时间，三四十个人杂乱地站在门外的雪地上刷牙洗脸，然后步行一刻钟左右去热电厂内的培训班教室。我记得绍钢热电厂一位年轻的中层干部出席培训班开学仪式，无论是从他讲话的语气还是脸色，都能看出他对热电厂划入火电公司不是太满意。他当时可能没有想到，若干年以后，中小钢铁厂日渐式微，而电力行业却异军突起。其时，我小姐姐的男朋友也在绍钢上班，他是海军，退伍后进入这家地方国企。从军再就业，是很多青年人选择的一条道路。当然，也不是所有适龄青年都有机会入伍，起码身体要符合条件。我也曾报名参军，但在体检环节惨遭淘汰。

晚上起夜是个问题，公厕离仓库有一段路，如果只是小便，有人就站在门外就地解决。就地解决的人多了，早上出门，就会闻到一股淡淡的异味，并且在雪地里，出现好多不规则的空洞，远近不同，深浅不一，这显然是夜间多人小便留下的痕迹。要感谢那年冬天的大雪，积雪厚了，小便撒在雪地里，异味也淡化了。至于热水澡，就是一个奢望，我都不记得在那半个月的隆冬里有没有洗过一次热水澡。

没有空调，寒冷是一个问题，那时的被子基本上都是棉絮填成，保暖性不是太好。晚上冷得发抖，蜷缩在被窝里，即使把所有衣服都盖在被子上面，也依然冷得不行。于是，就有人开始大声唱歌，会唱的歌，一人唱，多人跟着和。不会唱歌的，只会发出"啊啊啊"的叫声，似乎这样吼上几声，身体就会暖和起来。那些夜晚，大家唱得最多的是《国际歌》《义勇军进行曲》，以及"让我们荡起双桨""一条大河波浪宽"。我基本属于音盲，只当听众，不过，歌声里，我确实忘记了寒冷，在激越的旋律中，沉沉睡去。

我之所以留下，是因为我别无选择

半个月的培训，中间有一天休息。我去了鲁迅纪念馆和鲁迅故居，这是我第二次进百草园看三味书屋。中午，本来想去咸亨酒店吃点什么，但看了看价格，还是没敢坐下，只买了一碟茴香豆。记得那时候孔乙己的雕像已经立在屋檐下，我盯着他，看了他好久，似乎看到他的嘴唇在动，我隐隐辨认出，他在说："对呀对呀！……'回'字有四样写法，你知道么？"我问自己，我知道么？我回答，我真写不出"回"字的四样写法。

我慢慢转身离开。又去了青藤书屋、沈园，在沈园，看到陆游和唐婉的诗墙，有些破损，不光是黑色的墙体有些裂痕，还缺了至少两只角，不过，这个样子看上去倒是有点岁月沧桑的感觉。本来还想去兰亭，但问了下路人，路

1984年春天，在鲁迅故居前留影

比较远，就没去。那天有没有吃午饭我已经忘了，回到培训驻地天色已经有些黯淡，带班师傅在等我，他也姓陈，是台州天台人，一位五十开外的老员工。陈师傅一看见我，就一把拉住我的胳膊，问我会不会出黑板报。我说会啊，在学校我就出过。他说他看了我的入职档案，在"有何特长"一栏中写

着"写作",就想着出个黑板报应该是小菜一碟。后来,陈师傅告诉我,他在表格中还看到,我在学校学生会当过宣教部长,认定我是一个不可多得的人才。我一直觉得,陈师傅是我职业生涯中的第一位伯乐。

培训基地有一块黑板,不大,用水泥制作而成,与墙面融为一体,漆成黑色,天长日久,已经有一些油漆脱落,看上去有些斑驳。我看了看黑板,问陈师傅,想出什么内容?他递给我一盒粉笔,说随你。既然是随我,我就按照自己的思路来出了。没有文案,也没有任何工具,我用几支不同颜色的粉笔,用了两个小时左右,就出了一期,这也是培训班唯一一期黑板报。我出黑板报的时候,开始只有陈师傅一个人看,后来,渐渐围拢来好多新同事,他们惊奇地发现,我徒手在黑板上写字画画,居然没有底稿。其中一位说,底稿在他脑子里。

绍兴鲁迅故里一隅

黑板报在相当长一个时期,是学校和企事业单位主要的宣传载体之一。我正式入职之后,也有过出黑板报的经历,在台州发电厂建设期间,我和几位小伙伴,曾半夜出了一期黑板报。黑板报在生活区内,从宿舍区到食堂路上,几乎每个职工都会看到。那次因为什么事情连夜出报,我不记得了,只记得宣传科的施国梁、团委的俞玲瑛,加上工会的我,我们从晚上九十点钟开始,弄了两三个小时,出了两块连在一起的黑板报。次日早晨,去食堂用餐的职工经过那儿,有不少人驻足。有人说,奇了怪了,一夜之间,这两块板报就老母鸡变鸭了。我们听了,心里也很是受用,有一种虽辛苦,但被肯定的感觉。

给培训班讲课的老师,基本上都是单位里的管理干部。记得讲工会知识的,是一个叫陈锡龙的中年人,后来我从班组调到公司工会,与陈锡龙做了同事。讲新闻写作的老师，是杨献民。老杨是《浙江电力报》创办人之一，后来，他也成为我的同事。我记得老杨还带着一个年轻人，叫蔡建平，宁波人。小蔡负责拍照，那时，小蔡用的还不是单反相机，而是一台海鸥牌双镜头胶片相机，而且只能拍黑白照片。经班主任介绍，我知道老杨和小蔡是公司宣传科的。因为喜欢写作，所以就特别羡慕他俩，特别是拍照的小蔡，跑前跑后，有时还站在最后一排的椅子上居高拍摄，很是神气，觉得他们从事的工作，就是我今后要努力的方向。

　　我调到火电公司工会工作后，在镇海发电厂工地，曾跟小蔡住一间宿舍，只不过，小蔡家在宁波，下班后经常回家，宿舍成了他的午休房间。但几年以后，小蔡离职了，具体原因不明，我猜想无非是因为施工企业需要常年在外地工作，照顾不了家里。自古忠孝不能两全，真正能做到尽忠的，终究不多。类似原因离职的同事不在少数，和我一起进单位的同事，在刚到施工现场一年间，至少有20位半途当了"逃兵"。我问自己有没有动摇过，我想，说没有动摇是不真实的，起码，在30人共居一室吵得无法入睡时，我的情绪是有波动的，但我坚持下来了。是因为忠诚企业而放弃了孝顺父母？当然不是，我对于企业的忠诚，毋庸置疑，但我之所以选择留下，是因为我无路可走，或者说，我没有比这里更好的选择。我需要先养活自己，并且希望能让父母不再为我的生活犯愁，让他们的晚年能过上相对好一点的日子，并且经过努力，给自己创造一个可能的未来。

终于跨过钱塘江

培训班结束，两辆大客车把我们拉到杭州。大客车开得风驰电掣，我坐在窗边的位置，眼睛一直朝外，看着县城、村庄和田野从我眼前驶过。当大客车驶过钱塘江大桥，也就是茅以升先生设计的被杭州人习惯称作钱江一桥的公铁两用桥时，我知道，我的人生将开启一个新的阶段。在我老家，民间有句俗语："过了钱塘江，勿可忘记讨饭棒。"大意是有好生活过了，不能忘记过去的苦日子。从此是不是能过好生活，我不敢说，但解决温饱，肯定是没问题了。

如果我没有记错，这是我第三次到杭州。第一次还是我在读小学三年级的时候，好像是放暑假，当时，大哥已经在杭州钢铁厂工作，我去杭州，大哥和他的同学一起，带着我去了灵隐寺，我和大哥拍了一张合影，我挎上一只半导体收音机作为道具。那天中午，我们是在天外天餐馆吃的午饭，第一次吃到西湖醋鱼，给我留下十分深刻的印象。

第二次去杭州，是我和小姐姐一起去的，在三叔家小住几天。其实在杭州，还有姑姑和二叔家。不过，二叔很早去世。二婶娘肯吃苦又能干，拉扯大四个孩子，尤其在选婿这种大是大非问题上，有自己的主见。她最后拍板给我的大堂姐找的女婿，是杭州汽轮机厂的工程师，看上去就是那种典型的文弱书生，但谁也没想到，我的这位堂姐夫后来居然成为杭州汽轮机厂的厂长，当时在浙江省内都是响当当的企业家。二婶娘长寿，如今已九十开外，嗓门敞亮，身体依然硬朗，每顿必喝一盅绍兴黄酒，也不需要人照料。

我们家人到杭州，似乎都习惯住在三叔家，到姑姑和二叔家顶多吃一顿饭。我调到火电公司本部机关后，也去过几次，还带着一位新同事去吃过一顿饭。其实三叔家的房子很小，而且是公房，是在体育场路靠近环城东路的青龙街上，一条比较狭窄的马路。一排平房，三叔家好像是东头第一间，前后用木板隔成两个房间。卫生间是公用的，在街上，早起上卫生间，好多人，经常需要排队。厨房在另外一个地方，倒是独立的，支着一张桌子，可以兼作餐厅。三婶娘做的菜都很好吃，特别是油煎素鸡和炒青菜。等我长大一些，我大约莫知道为什么年少时会觉得三婶娘做的素鸡与青菜好吃，是因为菜油放得比较多。

和大哥在灵隐寺的合影，这也是我第一次到杭州

　　我和小姐姐那次去杭州，有没有出去玩，我已经没有印象了，只记得回家时，是三叔带着我和小姐姐起个大早步行去城站坐火车，天还没亮，三叔就喊我们起床了，匆匆吃点早餐，就上路了。那天夜里似乎刚下过雨，路边的树倒映在马路的积水上，在路灯下一闪一闪的。一路上，空寂得很，几乎没有行人，偶尔会有一辆公交车驶过。走着走着，我都有点心慌。城站是杭州的老火车站，在城区东侧。火车站大门古香古色，很有特色，但后来，因为城站扩建，就拆掉了，很可惜。我们坐的是绿皮火车，真正的硬座，就是那种木质座椅。火车开得很慢，逢站必停。到柯桥天亮了，我们再转坐轮船返回安昌。

　　多年以后，青龙街上的那片旧房子全拆了，建了高层住宅楼，因为地段好，房价自然很贵。三叔家作为拆迁户搬到了城北的一个小区，地段与青龙街不可同日而语。因为之前住的是公租房，所以需要出一笔购房款，才能办理房产证，但总的来说，还是合算的。只是他们再也不能回到青龙街，即使回去，对于这个高档社区，也只是一个陌生的过客了。我和妻子在城西购买第一套商品房时，听三叔儿子——我的堂兄说，三叔坐公交辗转去了我们家所在的小区，围着小区转了几圈，但没有进来。后来，我们请三叔和三婶娘专门来了趟城西，在家里吃了顿饭。三叔去世的时候，我恰好在山西出差，没有见上最后一面。三叔与我父亲长得很像，只是个子稍高一点。有一年春节，我们请家人和三婶娘一家在植物园内的山外山餐馆吃饭，满头白发的三婶娘说到我父亲母亲，略显伤感地对我说，要是你爹娘还活着，多好。

是啊，要是我的爹娘还活着，多好。父母在，人生尚有来处；父母去，人生只剩归途了。

且说大客车把我们拉到杭州城东的火电职工招待所，大家或背或拎着行李下车，因为每个人都有被褥，所以大包小包，整个队伍看上去松松垮垮的。我的一捆书很沉，比别人还多搬了一趟。

虽说是招待所，但对于我们这些新员工来说，就是宾馆了。后来，这家招待所在改建翻新后，易名采荷宾馆。这是我第一次住设施完备的招待所。大家入住招待所已是暮色四合，吃好饭，就结伴去街上走走，大家都很想去看看西湖，但不认识路，问了招待所服务员，也说路比较远，不建议我们去，实在想去，最好明天。于是，我们就在招待所周边转了转，发现公司办公大楼就在招待所边上，是一幢五层大楼。多年以后，新的火电大厦落成，这幢办公楼经改建也成为宾馆一部分。大楼附近有一条铁路，那时还没有立交桥，火车经过前的几分钟，道闸放下来拦人，两边会聚集起很多行人等待火车通过。铁路两侧有好多农田，种着很多菜。后来才知道，这是四季青菜农们的蔬菜基地，对了，就是后来那个批发服装很有名的杭州四季青，只不过那时服装市场还没有办起来。

回到招待所，我们在心里盘算着明天去逛西湖，但通知来了，次日早餐后上车。我心里想，公司不就在边上吗？要把我们拉到哪里去呢？有人说，要去城北的半山，一个叫郭家塘的地方。我对郭家塘一无所知，但也只能背上行囊，和同事们一起上车。

这里，我要普及一下火电公司的工作性质。这是一家电力建设单位，除了公司管理机关在杭州，建设项目遍及省内外，乃至国外。当时，公司的主业是火力发电厂的施工安装，后来又承接核电站常规岛部分的施工，中国大陆第一座核电站——秦山核电站的常规岛就是火电公司安装的。所以，新员工人职去项目现场是再正常不过的事情。

去半山的路不是太好，有些地方还很窄，并且颠簸。客车很大，起码可以坐 50 个人，但座椅前后很挤，个子高一些的，坐着会有些难受。车子开了一个小时左右，郭家塘到了，这儿离半山发电厂不远，站在宿舍门前，就可以看到电厂的烟囱。郭家塘所在镇叫康桥，那时，我刚读过诗人徐志摩的《再别康桥》，一到半山电厂项目驻地，我拿到手上的收信地址居然是康桥郭家塘，一时有些迷惑。

采荷宾馆，已改名采荷大酒店

我们被分成几拨，安排进宿舍。所谓宿舍，其实是教室，平房，每间教室有十五六张高低铺，也就是说，每间房需要睡三十个人左右。我的运气不错，床在靠窗位置，而且是下铺。我将被褥铺好，那些书则悉数放在床头和里侧，枕头下也是书，单人床本来就很窄，放上书，晚上睡觉，翻身就有些困难。铺好床，我出来四处转了一下，院子用围墙围起来，一个大门进出，院子里有公共厕所。这里，原来是公司的培训基地，不知什么原因，改成了员工宿舍，教室改做新员工宿舍，而原先的教师办公室，则是老员工宿舍，他们的住宿条件相比新员工要好得多，有两人一间，也有三人或四人一间的。与院子隔着一条土路，是另外一个院子，有一个宽敞的食堂，食堂餐厅也兼做电影院。公共浴室也在那儿。

我发现，我们那一批新员工，似乎只有男的，没有女的。

师傅说，他们是不是搞错了？

新员工在来郭家塘之前，已经有分配方案，我被分到锅炉队。当时，我们一起参加培训的员工，有分到汽机队的，就是安装发电机组中的汽轮机，技术含量似乎相对要高一些。当然，锅炉也很重要，如果是跟着老师傅去安装锅炉，也是个技术活。还有分配去焊接队的，就是做电焊工，火力发电厂的锅炉是烧煤的，蒸汽压力高，且管道纵横交错，对管道焊接工艺的要求特别高，不能有任何泄漏。锅炉安装结束，有一道重要的工序是做锅炉水压试验，试的其实就是焊工的水平。

锅炉队队长姓汪，个子矮小，是个复退军人，但他夫人却要比他高一截。汪队长算是一个性格比较粗犷豪放的领导，也比较幽默，对员工也比较照顾。后来，他当了公司保卫科长。我们熟悉后，有时会开玩笑，说他身板这么瘦小，不知道谁保卫谁。

锅炉队技术员是钟俊，钟俊后来接替汪队长，没过几年当了公司经理，再后来成为中国南方电网公司总经理。钟俊很年轻，感觉顶多比我们大个七八岁，他爬上几十米高的发电厂锅炉房，在那些丛林般的管道之间攀来登去的，如履平地。发电厂锅炉房的高度，根据发电机组容量的大小，从三五十米到百米不等，机组容量越大，锅炉房就越高，如果机组容量是60万千瓦的，一般锅炉房的高度可达70米。现在国内容量最大的煤电机组已有100万千瓦，锅炉房的高度也相应提升，可逾120米。我当时所在的半山发电厂，我们安装的机组是12.5万千瓦，锅炉房差不多也就40米，但对于我们新员工来说，这已经是一个十分可怕的高度了，特别是机组刚开始安装，几乎四面悬空，设备像搭积木一样一件一件搭上去，人在上面作业，像一只只凌空的小鸟。

半山发电厂全景。这是我职业生涯中参与建设的第一座发电厂（吴海平 摄）

我所在的班组叫架子班，具体工作是在施工现场搭架子，有了架子，工人师傅才可以上架作业，诗意一点说，是在空中为工人架桥铺路。这个工种有一定的危险性，且需要好的体力，简单说，需要胆大心细。那时搭架子用的材料是毛竹，我觉得我肯定是胜任不了的，光一两个人抱起一根毛竹，我就没有那个力气。班长和副班长好像都是绍兴新昌人，都姓王，说起来是我的半个老乡。我们一起分到架子班的三个新员工，除了我，一个是杭州余杭的，还有一个是宁波余姚的。他俩显然要比我活跃很多，上班前，大家聚在工棚里聊天，他们很快就融入进去，而我则通常一个人待在工棚外面的毛竹堆上发呆。

班长给我们每人安排了一位师父，我的师父是安吉人，说一口浓重的安吉方言，我不太听得懂。安吉师父也住在郭家塘，只不过，他有资历，住的是两人间。对了，杭州本地人是不安排住宿的，由单位安排通勤车，每天接送。

第一天上班，要出现场。师父教会我系安全带，再三叮嘱，安全带就是救命的，凡是登高，无论高低，一定要系上，不可大意。师父让我背着一圈细铁丝，这是固定毛竹架子用的。在现场，老师傅们熟练地开始作业，我戴着安全帽，负责在边上递铁丝。架子越搭越高，我想和师傅们一样往上攀，师父把那圈铁丝从我身上拽过去，斜套在他自己身上，跟我说，你不用上去，就在地面待着。我仰头望着师父，师父个子不高，略微显胖，那时他也有五十岁左右的年纪，但一到现场，身手却十分敏捷，他和其他几位师父一起在架子间翻来翻去，仿佛身怀绝技，轻盈无比。师父从架子上下来，我真心对他说，师父，您真厉害。师父居然略显羞涩，说这有什么，熟能生巧，就是个粗活。他看了看我，又说，我看你这瘦弱的身板，也不是干这活的料，公司怎么会把你分到这里来，他们是不是搞错了？

餐厅几乎成为我一个人的书房

春季到了,雨天也多了,因为是野外作业,只要一下雨,我们的工作就得停下来。这中间,我跟着师父去现场,基本和第一天一样,虽然系着安全带,戴着安全帽,全副武装,但一到作业点,师父就让我待在地面,不让我登高。所以,上班不能说轻松,至少不那么疲惫。

话说集体宿舍,30个人同住一间,又都是20岁左右的小年轻,尽管白天工作很累,但一到晚上,依旧生龙活虎。大家来自全省各地,语言五花八门,也有文艺人才,睡前有唱绍兴莲花落的,也有唱京戏越剧的,总之,晚上的宿舍热闹得不行。但喜欢安静的我,在宿舍里看不进书。其实,第一天在食堂餐厅用餐时,我就看中那个地方了。第二天吃过晚饭,我拿了几本书去食堂,守门的也是一位老师傅,后来熟悉了,我知道他姓魏。我对魏师傅说,我想进餐厅里面看书,宿舍里实在吵得很。魏师傅说,今天又不放电影,保卫科有规定,餐厅晚上无故不能进人的。我恳求他,说就是看书。魏师傅犹豫不决。我说我保证,只看两个小时,看好出门,我会关灯关门的。魏师傅沉思了一会儿,默认了,他向我挥了挥手,回到门口的警卫室。我进入餐厅,关上门,一个巨大的空间呈现在我眼前,几盏电灯悬在空中,发出稍显昏黄的光芒。但这点光,对于我来说已足够。

与宿舍相比,餐厅简直就是天堂,我坐在空旷的餐厅里,忍不住流下两行泪水,这里安静得只有我翻动书页的声音。那时,我有一只上海牌手表,我遵守诺言,一到两个小时,就关灯锁门。经过警卫室时,我跟魏师傅道谢,他慈祥的目光与我对接,我感受到一种前所未有的温暖。

重建后的郭家塘培训中心

日复一日，除了每周一次电影，餐厅几乎就成为我一个人的书房。而魏师傅也和我成为好朋友，每天黄昏，每当我经过警卫室时，他会微笑着和我打招呼：来啦！偶尔，他还会递给我一点零食，有时是一把葵花子，有时是几块饼干，我曾推辞过，但没有成功，他总是不由分说，说你太瘦了。我想起安吉师父也讲过同样的话，我那时，的确很瘦，体重顶多百斤，倘若真上高空作业，轻飘飘的，仿佛一阵大风，就能吹跑。

我女儿懂事以后，经常喊我给她讲故事。我在郭家塘住集体宿舍的事，被她追着讲了一遍又一遍。每次讲，每次她都会笑个不停。我也会演绎出一些似是而非的故事，比如有人晚上梦游，大冬天的，半夜起床去门外走一圈又回到床上。第二天有人跟他说，他还不相信。再比如，开头十来天，大家在宿舍里闹，吵得老师傅们睡不好觉，食堂的王大厨穿着翻毛的工作皮靴来踢我们的门，差点给踢破了。孩子无法想象30多个人睡在一个空间里的那种感受。我说那就是你爸爸的青春，有欢笑，也有孤独和泪水。

玫瑰花地

郭家塘与电厂工地有一刻钟左右的距离，去工地现场的路上，会经过一片玫瑰花地。这是我第一次见到面积如此巨大的玫瑰花地。一到开花季节，感觉天地之间，满眼都是盛开的玫瑰。开始，我不太明白，村民为何要如此大规模种植玫瑰，这一片玫瑰地，足有几十亩，几乎一眼望不到边。直到有一天，我在散步时看到很多采摘玫瑰的花农，我问其中一位，这么多花采去做什么呢？又不能吃。她很不耐烦地白了我一眼，惜字如金，说了三个字：做香料。原来，这些玫瑰是做香料的原材，我虽然不知道它们会用在什么香料上，不过，我相信，用这里的玫瑰制成的香料，一定独一无二。当然，后来我不光知道玫瑰是制作香料的原材，还能吃，在云南，玫瑰做成的鲜花饼，堪称天下一绝。

在玫瑰花地之间散步的人很多，有一些是附近的村民，但大多是我的同事们，也有谈恋爱的年轻人。我们锅炉队有一位技术员，姓周，他当时正和一位女同事热恋，他们都长得蛮高，看上去十分登对，他们走在玫瑰花间的样子，大约就是我们想象中的恋爱的全部。那位姓周的技术员后来成为公司的副经理，再后来，调到省公司，但再后来，他离职了。

很多年以后，半山发电厂要出版一本《花儿朵朵〈半电报〉文学作品精选》，主编吴苗堂约我写个序言。看到这个书名，我的脑海里立刻闪出那片玫瑰花地，我在序言中回忆了我在半山发电厂工地的三个月时光，在序言的结尾，我写道：作为最早几位读到书稿的读者，对于这个书名，有一种特殊的记忆。她让我想起许多年以前，在杭州城以北，半山发电厂围墙外，有一大片玫瑰花地，春天花开时，无比鲜艳的色彩，几乎把整座发电厂都染红了。现在，那片花地已经为一幢幢楼宇所代替，再也不能重现当年不失诗意的场景。然而，这部作品和她的书名，却让我看见，在时空中流过的每一天，都有玫瑰一样美好的记忆。

"手抄本"是一代青年的集体文学记忆

我参加工作后，中外文学名著已解禁，但囊中羞涩，还实现不了买书自由。到单位后，报到时携带的书基本读完，郭家塘有一个图书室，虽然书不多，不过，能基本满足我的阅读需求。在图书室，我居然发现好几本作家浩然的书，分别是《金光大道》《艳阳天》等。这些书和《红楼梦》《战争与和平》等名著放在一起，显得有些格格不入。当然，这只是我一瞬间产生的感觉，客观讲，浩然的书，是我少年时代极其重要的精神食粮。与浩然作品同样不能遗忘的，是"手抄本"。在我看来，"手抄本"是一代青年的集体文学记忆。

我这里所说的手抄本，并非印刷术发明以前的手抄本，而是特殊年代一种特殊的文学形式。手抄本流传最为广泛的年代，应当是20世纪70年代中期，那时，我正在上小学。那时候，包括《红楼梦》在内的文学名著悉数被禁，读者能够看到的，是作家浩然的《金光大道》《艳阳天》等屈指可数的几部"高大全"作品，这几部作品我都看过不止一遍，是大多数爱好文学的青少年的主要精神食粮。然而，水满则溢，手抄本正是在这样的背景下，开始在地下流传。据说，当时流传的手抄本有300多种，光是《一只绣花鞋》作者张宝瑞的手抄本就有20多种，有媒体称他是中国悬疑小说的开山鼻祖，是"东方007"。不过，我只看过他的《一只绣花鞋》。当时，流传最广的作品除了《一只绣花鞋》，还有张扬的《第二次握手》，以及《梅花党》《雾都茫茫》《余飞三下南京》《曼娜回忆录》等。

手抄本在中国民间的流传规模，可能在全世界也是罕见的。说明人活着，在基本满足生理需要后，还是要有一定的精神抚慰与追求的。人的需求与大江大河一样，宜疏不宜堵。只堵不疏，一旦溃坝，后果不堪设想。但是，就是这样简单的道理，就是有人不明白。很多优秀的作品，在相当长一段时间内，不允许公开阅读与观看。记得多年以前，我去外地参加一个笔会，晚上，主办方给我们播放了几部电影。我们十分期待，天还没黑，就早早到了会场，会场内所有窗帘都拉了起来，播放的并非电影屏幕，而是 DVD 和电视机，不光画幅不大，画面清晰度也不好。那天晚上，放了电影《情人》和《钢琴课》，看完电影从会场出来，大家都默不作声。

我后来写了一个短篇小说《钢琴美人》，在广东的《佛山文艺》发表，该刊在同期署名赵大河以《日常生活中的戏剧》为题，对《钢琴美人》做了如下简约评论："音乐教师买钢琴，这是最自然不过的事，所以当张钦提出为自己买一架钢琴时，她的先生没反对。生活表面上就是这样，一切都冠冕堂皇。可是小说不会满足于表面的东西，她揭开'海的皮肤'，让我们看'海'的内部，于是我们看到了一个女人内心深处幽暗的秘密：她一直梦想与情人在琴房里做爱。这是一个情结，她终于实现了这一愿望，于是与情人的关系也宣告结束。米兰·昆德拉说过小说是复杂的艺术，的确，小说总是在提醒我们：生活并不是你看到的样子。"我几乎可以肯定，如果时间倒退回 20 世纪 70 年代中期，《钢琴美人》也只能以手抄本的形式流传在民间。

说实话，我看过的手抄本不多，主要原因是当时年幼，没有渠道借到这些手抄本。上述作品，后来大部分公开出版。互联网刚起来的时候，这些手抄本，包括《曼娜回忆录》这样的都能在网上搜到。除了浩然的几部小说，手抄本是我最初接触到的文学作品，它们是否给予我文学的滋养，我不好说，但小说中不同于《金光大道》的故事与人物，确实给我留下深刻印象。

在"十八间"写下处女作

一个作家的处女作总是十分珍贵，一旦成名，则备受关注。如果把公开发表作为处女作的标准，那么我的处女作是18岁那年发表在广西的《柳州日报》副刊上，而且是头条，是一篇散文，题目是《故乡，我回来了》。事实上，当时，我还没有离别故乡，还没有真正尝到背井离乡的苦涩。所以，文中的描述，难免有些无病呻吟。但这篇文章的发表在安昌镇引起小小的轰动，当时，镇上有个刚建不久的文化站，是在一家花边厂里，文化站专门开了一次研讨会，来讨论我的这篇散文。文化站长姓陈，陈站长温文尔雅，我去文化站借书看书，她总是很客气。后来，文化站易地，搬到了一所幼儿园，而幼儿园搬到另外一个新建的地方，这样使得文化站的面积更大，藏书似乎也更多。陈站长还在那儿，那时，我已经离家参加工作，但偶尔回家，文化站是必去之地，陈站长见到我，也会微笑着问我，回家来啦？文化站是古镇常见的那种旧式建筑，木结构，门前有个滤水池，小河从门前屋檐下流过，我觉得，安昌文化站给了我青春时代重要的文学滋养。

写作这篇散文处女作的"十八间"，也在我人生中留下不可磨灭的印记。

"十八间"其实是一排二层楼房，不过，从我记事起，"十八间"已经名不副实，只剩下七八间。听爷爷讲，民国的时候，"十八间"发生一场火灾，烧到一半，突然天降大雨，火被雨水浇灭了。这些楼房，二层层高特别低，只有中间屋顶隆起部分可用，两侧屋脊下去部分，空间非常狭窄，只可堆放一些杂物。不知道当时为何要如此设计。

爷爷奶奶住在"十八间"最西头，楼上因为层高低，就开了一个老虎窗。这间屋子和其他房子不同，有一个后院，种满了竹子。我经常会去竹林里玩耍，偶尔会见到一条竹叶青蛇，盘踞在竹子上，不细看，根本看不出来。一到春天，竹林里遍地钻出春笋，可供家里一段时间的新鲜时蔬。挖竹笋是我顶喜欢干的事，奶奶递给我一把小铁铲，我对准竹笋边沿铲下去，然后斜着一用力，原本昂首挺胸的竹笋就突然歪倒了。

院子对面是一户农家，有一天，他们突然告知我爷爷，他们要在面向院子的墙上开个门，这个要求很突然，也显然蛮不讲理，说是告知，就是没有商量的余地。他们一开门，就开到院子里。这家农户居然还说，要把院子用围墙割出一长条来，作为他家的后院。爷爷当然不同意，就和他们吵。爷爷也找到村里，但调解没有任何结果。对面这户人家在墙上开了个门，莫名其妙地多出几平方米的后院。我家所在的村子，以农户为主，像我家这样吃商品粮的凤毛麟角。我想，那户农人肯定是吃准了我家这一点，就如此肆无忌惮。在他看来，一家吃商品粮的居民户，怎么可以拥有一座院子呢？这事给我的印象太恶劣了，本来农民在我心里的形象是十分美好的，我的好多同学，以及后来的很多同事和朋友也都是农民出身，但这户农人，就像一条茅坑里的蛆，令我恶心。

爷爷去世后，我去陪奶奶同住，她住一楼，我住二楼。奶奶可以说是小镇最后一个裁缝师，她手工制作的老派服装很受镇上老人的欢迎。只要天气好，奶奶会把一块门板搁在廊下，这就是她的工作台，她的裁剪和缝纫的手法是非常娴熟的。爷爷的寿衣，还有她自己的寿衣，都是她的作品。夏天阳光热烈的时候，她会把整套寿衣从箱子底下翻出来暴晒。

后来，奶奶也去世了，这套二层楼房我就独享。一些老顾客前来请奶奶做衣服，得知他们尊重的董大和奶奶不在了，就显得很忧伤，说，以后再也穿不上董奶奶做的衣服了。

那时，我读高中，开始没日没夜写作，写了好多小说散文，还有诗歌，也投稿，但几乎没有成功的。

我睡的大床是民国期间江南一带特有的镂花大床。晚上看书写作的时候，我透过老虎窗眺望天空，有星星闪烁，偶尔也会有流星划过。我自费订阅了一些文学报刊,其中有《文学报》。我通过这张报纸了解外面的文学世界,并且成功将我的第一篇习作变作了铅字,还收到了6元钱稿费。这也是我人生中收到的第一笔稿费。我永远记得收到样报和稿费单子时的心情,感觉自己的灵魂从老虎窗里飞出去了。

路再难行,也要回家

在郭家塘大约待了三个月。中间,我回家过一次。那时交通不便,我从杭州龙翔桥坐公交车到萧山,再从萧山经瓜沥回安昌。现在著名的航空港,杭州萧山国际机场,就在瓜沥镇的地盘上。但那天我错过了从萧山到瓜沥的班车,在汽车站边上,有一些自行车,他们的目标就是我这样错过时间的人。一位中年男子过来问我,是不是错过时间了?我点点头,他问,要不要自行车?我问多少钱,他说了一个数字,我心里算了一下,是一个可以接受的价格。我说能不能再便宜一点?他又说了一个数,于是,成交。当时,我带着一床棉花胎,是公司作为劳保用品发的,我想带回家。我坐上自行车后座,棉花胎则抱在怀里。

自行车行驶起来,风呼呼地从我耳边吹过,虽然已是春天,还是感觉很冷,加上路面不平,自行车也是颠簸不已,时间一久,屁股硌得生疼。我又不敢出声,天色也渐渐暗下来。终于,到瓜沥了,但离家还有五公里路程,也早没有客船去安昌,我背着棉花胎步行回家。这段路,我年少的时候经常走。父亲带我从安昌步行到瓜沥拔牙,拔完牙齿再步行回家。记得有一次,步行经过黄公楼一家杂货店,父亲给我买了二两花生酥,入口即化,人间美味,不过如此。

我回到安昌,已是晚上八九点钟的样子,父母也早已睡下,我敲门,父亲问是谁,我回答是我。父亲开灯起床,打开门,扭头对母亲说,是小儿子回来了。父亲问我吃饭没,我说还没有。父亲就生起煤炉,给我做了一碗蛋炒饭。我实在饿得不行,狼吞虎咽,几分钟就把一碗蛋炒饭干完了。母亲在一边说，慢慢吃，不要噎着。

蛋炒饭是父亲的绝活，但父亲做得最好的是红烧肉。小时候，因为家里经济拮据，不是经常有肉可吃，但父亲总会坚持每周去镇上的肉店割一斤五花肉，然后红烧，没有煤气，只有煤球炉子，火候相对比较难控制，但父亲总是能恰到好处，肉汁收干，只留下一点点，而肉却闪耀着诱人的光芒。碗底的肉汁拌饭，也是美味到不可言。以后，我吃遍天下红烧肉，都吃不出儿时父亲做的红烧肉，那种刻进骨髓里的味道。

吃完饭，我和母亲聊天，父亲照例去灶间洗涮，然后，坐在一边听我们聊。母亲问我在单位的事情，我说一切都很好。其实，离家这段时间，我与父亲有书信来往，我的每一封家书，都是在餐厅昏暗的灯光下写的，而父亲也总是很及时给我回信。父亲读到高小，在他那个年代，已经算是知识分子了，所以，他后来从军，参加中国远征军，也是在部队里做通讯员，没有去前线的枪林弹雨里穿越过。

父亲的这段经历一直是个谜。我能理解他之所以隐姓埋名，不愿向任何人吐露他曾经当过远征军，并且在最后时刻没有渡海去台湾，而是留在大陆，秘密潜回老家，娶妻生子。有关父亲的这段秘密往事，我曾写过多篇文章，在一些报刊发表。

母亲不识字，只认得自己的名字，但我觉得，她能认出儿女们的名字。她比父亲小整整13岁。我看到过母亲和大姐在上海拍的照片，母亲一身旗袍，大家闺秀的模样，当时，父亲在上海工作，后来被"精简"回乡，在一家镇上的企业，干到退休。

父母一直以我是"作家"而自豪。每次我有作品发表，他们知道消息，总是很开心，但凡在报纸上看到我的作品，都会小心收起来。我第一部小说集《此页无正文》出版后，我拿了几本回家。母亲虽然看不懂，但识得我的名字，她抚摸着书的封面，一脸的皱纹都舒展开来。父亲虽然没有当着我的面说什么，但后来母亲告诉我，我回单位后，父亲从头至尾，把每一篇小说都看了，而且看了还不止一遍。

在和父母闲聊中，发生在郭家塘的一件事，我犹豫再三，还是没有告诉父母。我发的第一个月工资，放在床底下的箱子里，第二天被盗了。我打开箱子，发现工资不见了时，全身冰凉，这是我一个月的生活费，其中一部分是要寄回给家里的。我站在那儿一动不动，脸上的表情一定很僵硬，宿舍里的同事问我怎么回事，我说工资不见了。大家面面相觑，不知道说什么好。有人说，要不跟保卫科报告吧。工地上有保卫科驻点人员，工地附近也有派出所，但我还是选择了沉默。我说算了，真的查出来，同事做不成，大家都难看。那一个月，我的伙食标准明显下降，因为带的钱不多，我要省着花，不然，到下个月发工资前，我的生活就会有问题。

一张十分珍贵的全家福。我奶奶（前排中），我奶奶的妹妹（前排右二），我父亲（前排右），我母亲（前排左二），我（前排左），我大姐（后排左二），我二姐（后排左），我大哥（后排右二），我二哥（后排右），我三姐（后排中）

我讲到工作，说到安吉师父。母亲说，师父待你那么好，你应该送点什么谢谢他。母亲一提醒，我才想到自己确实没有这方面的情商。回郭家塘后，我去附近的小店买了两袋麦乳精，趁师父房间只有他一个人的时候，送给他。我也不知道说什么，只说是我妈妈让送的。师父也是一脸不自然，但他还是收下了。不过，几天后，师父买了一瓶蜂蜜送给我，说我身体不够健壮，每天早上泡点蜂蜜水喝。

我还想买袋麦乳精送给管食堂餐厅的门卫魏师傅，他其实是违反了保卫科的规定，给我提供了方便，并且经常送我好吃的零食。

但事情突然发生了变化。

他在细雨中的这一眼

那是一个细雨迷蒙的早上,刚上班,我像往常一样坐在工棚外的竹堆上,望着不远处的发电厂厂房发呆,一二期厂房被雨雾笼罩,有些朦胧,三期扩建工程正是我们在施工的,锅炉汽包刚刚就位,也已初具规模。因为有雨,现场的作业也停了,大家都在工棚里休息。这时,一位中年男人沿着工地土路向工棚走来,他没有撑伞,虽然身着便装,但在细雨中的身影显得很稳重,一看就是领导。在经过毛竹堆时,他瞥了我一眼,然后就走进了工棚,去找我们班长。当时,我并不知道,他在细雨中的这一眼,改变了我职业生涯的轨迹。

不一会儿,他和王班长又走出工棚,去了另外一个空着的工具间。他们走过我身边的时候,几乎同时看了我一眼,我也毫无表情地笑了一下。我觉得,他们的目光,有些意味深长。

中年男人姓齐,是公司的工会副主席。他来工地找王班长,其实是做我的背调。工会需要一个帮手,他在新入职的 300 余位新员工中挑选,除了看档案,他还向带培训班的陈师父和另外一个带班的师傅询问,陈师傅推荐了我。这是齐副主席后来告诉我的。当然,我在郭家塘餐厅创作的一些作品,也是成功引起齐副主席关注的重要原因。

当时,公司有一本油印刊物《创业》,杨献民和蔡建平就是这本刊物的编辑,编辑刊物的部门负责人姓周,宁波奉化人,周科长后来升任公司党委副书记。我看《创业》,主要是一本新闻杂志,但偶尔也会刊出一些文学类随笔。我把在工地的所思所想,写成文字投给《创业》,不久就登出来了。除了随笔，还写过诗歌，我看到高空作业的同事们，有感而发。这些作品，在公司引起了一些反响，周科长也在通过别的渠道了解我。我自然知道自己写的那些作品非常稚嫩，但因为是真情实感，能引起大家的共鸣，加上写的人少，《创业》一收到我的稿子，通常都是第一时间刊登，尽管是油印刊物，但我依然十分看重。在参加工作之前，我已经开始公开发表一些作品，《绍兴经济报》副刊还给我开辟个人专栏，发表一些书写绍兴地方风土人情的作品。可以说，我在《创业》初试牛刀，为我以后的文学创作增加了不少自信。

齐副主席来过工地后没几天，王班长通知我，要我第二天去杭州公司本部报到。一起到班组的另外两个新同事有点不相信，睁大眼睛看着我，像看着一个陌生人，说你一定有背景。我问什么是背景，他们也说不出所以然，我说我哪有什么背景，来了好几个月了，我连班里师傅的名字都记不全。一时，工棚里的气氛有点尴尬。王班长见状，赶紧打圆场，说班里正好要改选工会小组长，富强要不走，可以当这个小组长呢。我谢过王班长，去跟安吉师父告别，他笑得双眼只剩下一条缝，说，我早就说过，你干不了这个粗活。我又去向管食堂餐厅的门卫魏师傅道别，他一听，也笑得合不拢嘴，拍拍我的肩膀，什么话也没说。

这时，我在郭家塘的时间刚好三个月。

职业生涯的转折点

和我一起到工会帮忙的还有一个绍兴老乡,叫陈少华,也是一起进单位的新员工,不过入职培训时在另外一个培训班,所以,我们也是初次见面。少华的书法不错,喜欢喝酒。其实,齐副主席也喜欢喝酒,我们一起聚餐时,他们会喝点酒,我滴酒不沾,就陪着他们聊天。齐副主席是山东人,齐父是南下干部,他就跟我们讲他父亲的故事,说他父亲打仗时腰间也别着一个小酒壶,打仗间隙,就喝上几口。这事真假我们也无法考证,反正就当故事听,还听得津津有味。

上班地点就在采荷宾馆边上的公司办公大楼,住宿就安排在宾馆,虽然是三人间,但另外两人很少过夜,原因不明,这样,我相当于住了个单间。工作与生活环境一下发生这么大的转变,一时让我惊喜有加。休息日,终于实现看西湖的自由。我沿着西湖走了一圈,十多公里路,一点也感觉不到累。饿了,就买两个肉包子充饥,我从来没有吃过这么美味的肉包子。因为舍不得买饮料,渴了,就喝几口西湖里的水。我记得在走过白堤和苏堤时,还朝天朝地拜了几拜,感谢两位文学家留给后人的功德。多年以后,我先后写了《白堤一千年》《宋朝的雨》,以表达我对白居易和苏轼两位市长的怀念。

在工会待了将近两个月,因为是一项临时性的工作,完成了,理论上我们也应该回原单位。但我从齐副主席的口中得知,工会计划在我和陈少华两人中间,留下一个作为工会正式工作人员。会留下谁,齐副主席没有讲。我们各有所长,少华书法好,而我则相对擅长写作。说心里话,能留在公司本部,那时叫公司机关上班,是我梦寐以求的,工地跟机关,无论是工作还是生活环境，有天壤之别。我当时觉得，少华留下的可能性要大一些，他经常陪齐副主席喝酒，而我喜欢独处，一有时间就捧着一本书看，在很多人眼里，属于那种"书呆子"。

但结果出乎我的意料。一天晚上，齐副主席见我还在办公室，就进来和我打招呼，问我怎么还不回家。我一脸懵圈，说，我回哪个家啊？齐副主席醒悟过来，说对对，你家在绍兴。接着，齐副主席告诉我一个好消息，说新

齐副主席（左一）与工会同事们。我居然站在正中间

的工会主席要来了，他姓黄，原来是技术科长，这次提任当工会主席，我把你们俩的情况跟黄主席汇报了，我推荐了你。我一听，有点不知所措，好一会儿才说，齐主席，谢谢您。齐副主席说，不用谢，工会宣传干事陈斌去读书，正好空出一个位置，我和锡龙几个商量了一下，觉得工会需要一个笔杆子，你正合适。这时，我的大脑一片空白，站在那儿，仿佛被谁施了魔法。齐副主席挥挥手，说，我走了，你也早点回宾馆休息。我连声说好的好的。

那天晚上我做了什么？我不记得了，只记得脑子一直有点晕晕乎乎的，下楼回宾馆的路上，竟一时不知道东西南北，沿着庆春路走了好久，才返回。回到宾馆，我给父亲写了一封信，告诉他我要调到公司机关了，但写好信，又撕了。这时，我的脑子已经清醒过来，我觉得此事还没有完全尘埃落定，我还不能告诉任何人，包括父母，万一生变，让他们空欢喜一场，就糟糕了。

齐副主席口中所说的锡龙，其实就是我在新员工培训班期间给我们讲课的那个陈锡龙。而陈斌，算是我正式调到工会以后的前任，他去省电力职工大学深造，空出一个位置，我补进去了。我到岗以后，陈斌和我交接，我还

第一部 一九八四 031

跟着去了趟陈斌家，是在城南，复兴路上，一处老宅，陈斌的父亲给我们做了饭菜，我想婉拒，但又不好意思开口。陈斌说，你坐公交回公司太晚了，吃了再走吧。陈斌父亲也说，你不要客气，就是吃个便饭，也没什么菜。陈斌写得一手好字，单位开大会，横幅上的美术字，都是他写的。我后来也学着他的样子写过不少，但比他差得太远了。陈斌学成回公司，改行去了计划科，后来是公司的副总经济师。

优秀的"五八师傅"

黄主席是"五八师傅",这是单位里特指那些1958年,也是火电公司成立那年参加工作的老师傅们的尊称。黄主席学历不高,但现场工作经验丰富,所以当了技术科长。我见到黄主席时,第一感觉是很有威严,但又很亲切。黄主席是宁波象山人,可能跟他一线工人出身有关,他没有架子,有不少业余爱好,尤其喜欢养昙花,他的办公室有几盆昙花,一到开花时节,就招呼我们去看,我们在夜里边喝茶边聊天,边等待昙花一现。那时,黄主席办公室还备有咖啡,我第一次喝咖啡,就是在黄主席那儿,只觉得味道苦苦的,不好喝。

昙花终于在午夜开放了,太神奇了,花朵仿佛电影里面的慢镜头,在我们眼前缓缓开放,我们围着昙花惊呼、拍照,都说难得一见。这是我第一次见到传说中的昙花一现。

黄主席是个实在人,在公司干部和职工中威信很高,他后来任党委书记和钟俊搭档,彼此都很尊重,所以公司领导班子里的氛围也很好,开党委会,我这个秘书负责记录,领导们商量事情也是有说有笑。好多单位最容易闹矛盾的干部任免,在

我在黄主席办公室拍摄昙花

黄书记任上也没有出现过。通常都是钟俊在会前会和黄书记沟通，两人意见一致，再上会。两位主要领导的意见统一了，其他领导一般也不会提出不同意见。

有一次，工会换届大会，黄主席照例做报告，讲到最后，突然说，这个报告是陈富强写的，我就是照着念一念，但要说的话，是我想说的。黄主席这么一说，大家就笑，有的同事就回头来看我。我坐在会场最后面，一时不知所措。实事求是讲，我写公文

黄主席（左一）与同事合影。左二的我，一头浓密的黑发，真是无比怀念的青春

不内行，好在黄主席要求不高，我把稿子写好给他，他基本上不提修改意见，所以，我在工会期间，写了不少公文，但没有感觉到特别累。我后来总结，这可能跟黄主席出身工人有关，他对文字的标准，不像那些科班出身的领导来得严格。在黄主席看来，重要的是做什么，而不是说什么。所以，即使开重要的会，他手上有稿子，也经常脱稿。这个习惯也延续到他当公司党委书记，我这个党委秘书，自然也和在工会一样，没有太大压力。

黄主席在买房这件事情上颇有眼光。房地产市场刚兴起时，他就在千岛湖买了一套房，每平方米只有600多元，他鼓动我们也去买，但当时我在杭州连安一张床的空间都没有，自然不可能考虑千岛湖。黄主席说，别看现在去千岛湖不太方便，以后一通高速，房价就会大涨。我们去过黄主席在千岛湖的家，与湖面一路之隔，站在客厅，就可眺宽阔的千岛湖面。后来，果然如黄主席所言，千岛湖与杭州不光通了高速，还有了动车。

黄主席在任时，做了一件事情，成立了公司文体协会，其中我是文体协会秘书长。成立大会时，我去邀请了黄亚洲、叶文玲等省里的文学名家，他们很给我面子，都出席了，黄主席也很开心，带着几位老师参观职工文艺作品展览，亲自介绍。

为"电二代"一辩

这里还必须写上一笔,担任文体协会创会会长的是公司党委书记柯毓柱。柯书记也是工人出身,我们都习惯喊他柯师傅。他后来调到省电力公司,出任党组成员和纪检组长。柯师傅之所以愿意出任文体协会会长,其实跟他的爱好有关系,他喜欢看书,也喜欢写作。他退休后,省公司启动"浙电红色典藏丛书"写作,邀请一些离退休老领导写回忆录,柯师傅是难得几个自己动手写作的老领导。在柯师傅的回忆录中,写到了成立火电文体协会这一段,也写到了我。

后来,还发生过一件离奇,或者说神奇的事情。有一次,我去珠海出差,航班上的邻座,我看着有些面熟,他也看着我面熟,彼此一打招呼,他居然是柯师傅的儿子柯吉欣,他当时刚从浙江大学毕业不久,在省公司团委供职,之前,因为柯师傅的关系,

我陪同柯毓柱书记(右一)和时任浙江省作协主席叶文玲(左一)参观浙江火电职工文艺作品展

我们见过几次。到珠海后,已是深夜,我要排队打车去目的地,柯吉欣说,你跟我走,于是,我就搭了来接他的便车。2002年电力系统实行网厂分开,

柯吉欣去了新成立的浙江省能源集团公司，多年以后，任集团总经理，随后又调入地方，先后出任杭州市常务副市长、省经信厅党组书记和厅长、浙江省人民政府副省长。

柯吉欣的姐姐柯吉萍是我在火电公司的同事。2022年世界读书日，我参加"书香国网"的一个直播，直播地点选在杭州供电公司，杭州供电公司团委书记张稼睿在直播前过来看我，因为我忙着与主持人沟通，与稼睿稍稍寒暄几句就各忙各的。直播结束，稼睿过来送我，我把带去的《中国电力工业简史》一书送给了主持人，这是一印样书，刚收到。稼睿见了，说我外公看到这本书一定会很喜欢。我问，你外公是谁？稼睿说是柯毓柱啊，外公偶尔会说起你。我惊讶得合不拢嘴，说，你是柯吉萍儿子？稼睿点点头。我不由得感叹，柯吉萍儿子都参加工作了，成了单位骨干了。最近几年，稼睿担任杭州供电公司团委副书记与党建部副主任，我们在工作上偶有来往，但我一直不知道这位帅气的小伙子是柯吉萍的儿子，是"电三代"。

后来，一位编剧与我探讨"电二代"，甚至"电三代"，我说这个概念需要充实新的内涵了，现在所谓的"电二代"，甚至"电三代"，早就颠覆了社会上一些人的片面理解，他们都是真正意义上的电力人，他们受过高等院

书香国网直播现场

校系统的专业教育，具备作为一名电力人的全部要素。比如柯吉欣算是"电二代"，但他毕业于浙江大学电气工程学院，是国内电力系统的顶尖专业。同样，作为"电三代"的张稼睿能进入电力系统，首先必须是毕业于重点大学的电力系统专业，才有资格和他的同事们站在一个起跑线上。这么说吧，只要是类似浙江大学、上海交通大学、华北电力大学的电力专业毕业生，不管

你上一辈有没有在电力供职的,基本都能进入电力系统工作。当然,也不否认,在某些特定时期,会有鱼目混珠的"电二代",为央企这块金字招牌涂上几抹暗淡的印痕,让百姓生厌。

我跟稼睿说,我签一本《中国电力工业简史》,代我送给你外公。稼睿说,不用,这本书单位已经采购了,等书到了,他会送给外公的。

"初阳"文学社

公司文体协会成立后，我考虑要办一本刊物。以我的写作经验，没有刊物，难以聚拢写作爱好者的人心。我的想法得到了黄主席的支持。说干就干，我和几个小伙伴一道紧锣密鼓地筹备起来，首先是要为刊物起一个响亮的名字，我让文协会员们集思广益，大家一起开动脑筋。当时，有好几个备选的刊名，有"大地""浙江火电文学"，也有"初阳"。最后，大家一致认为"初阳"比较好，初升的太阳，预示着我们的文学创作开始起步，像一轮初升的朝阳，充满生机和活力。

创刊号需要一篇发刊词，我负责起草。"初阳"还需要一个封面，我们请了公司美术高手，他是一位汽机队的技术工人，姓徐。这时汽机队已经更名为汽机分公司。徐师傅是一位工会积极分子，工会有什么事情需要他帮忙，他总是很热心。他设计的封面，毫无悬念有一轮初升的旭日，也有发电厂的元素，我们看了都说好，当即定下。创刊号稿子，则分别约请几位写作骨干，其中有郑敦年、施国梁，自然也少不了柯师傅。我去找柯师傅约稿，他一口答应下来，并且很快写出一篇随笔。

第一期刊物出来，是真正地散发着油墨香味，因为刊物就是油印的，当时我们没有条件出一本铅印的杂志，能有一本油印刊物，就已经很不容易，也很兴奋了。随着《初阳》的诞生，同名文学社也成立了，我自任社长，网罗了公司一批爱好写作的年轻人，大家偶尔在一起讨论读书与写作，也觉得很有乐趣。写作不仅带给我们灵魂的愉悦，确实也改变了一些人的职业生涯轨迹，我算是一个，另外还有好几位，因为写作，从一线班组调到了不同层级的管理岗位。

　　此时，公司有了两本油印刊物，一本是《创业》，一本是《初阳》。初阳聚集了一批爱好写作的一线员工，给单调枯燥的工地生活增添不少乐趣。谁有作品在公开报刊发表，大家就都很高兴。施国梁是写作骨干，经常给《初阳》投稿，他是《创业》编辑，原先在物资供应部门工作，因为写作上有才华，被领导发现后，就调到宣传科去编《创业》。不过，多年以后，他辞职开了一家广告文化公司，我也调离火电公司，从此，联系就中断了。

油印的《初阳》

人的生命就像一根橡皮筋

　　我这里还要讲讲公司总经理王仲炎和其他几位同事。王总的家人大多在海外，他留在大陆，并且以自己的一技之长，在浙江的电力建设方面颇有建树。一次，在食堂吃饭，他端着饭盆走到我对面坐下，我开始以为是没有其他空位了，一看，餐厅里还有好多空位，这时，我就有些紧张。王经理笑着问我，最近有没有写什么作品？这是我第一次与公司主要行政领导接触，一时没有搞清楚他问这个的真实意思，怕他认为年轻人写作，是不务正业。王经理见我支支吾吾的，就说，我有一个学生，叫张万谷，是一位作家，什么时候，让他跟你们见见面。王经理这么一说，我悬着的心才放下来。我说那可太好了。其实，我当时并不知道张万谷，后来见了面才知道，他在《中国作家》杂志发表过一部写强盗的中篇小说，顿时对他肃然起敬。张万谷当时正在写一部电力题材的报告文学，王仲炎经理在里面有大篇幅描写。书出版后，我才知道书名叫《追赶太阳的人》。应该说，这是一部比较早反映浙江电力工业建设的报告文学。

　　火电公司在电力系统属于辅业，但在我看来，却卧虎藏龙。我记得刚进单位时，发现有一位周姓副总工程师，情况和王经理有点类似，也是家人在海外，他却留在国内。那时，公司领导们和普通员工一样，在食堂用餐时，也是排队买饭。一天，周副总拿着一只搪瓷饭碗，排在我后面，我谦让，请他排到我前面，他摆摆手。周副总个子不高，略胖，戴着副近视眼镜。我们前面还有十来个人，周副总突然跟我说，我读了你的小说《房子问题》，蛮有意思，一看就是无房户写的。我听了，尴尬地笑了笑，说，就一个小说，胡编乱造的。周副总讲的《房子问题》是一个短篇小说，写了一位在城市工作的年轻人，因没有房子而生的烦恼。这个小说获得省总工会组织的一个征文奖，具体什么奖我不记得了，总之，是个一等奖。我把它收录到我的小说集《此页无正文》。我估计周副总手上有我的这本小说。周副总鼓励我，你要多写，多写就越写越好了，这跟我们搞工程一样，先搞小机组，慢慢地，就能搞大机组了。

公司档案室有个姓王的工程师，一直独身，不修边幅。冬天时，穿着棉袄，看上去十分臃肿，有时候，腰间就系一根绳子。大家都喊他王先生，我觉得王先生是个有故事的人。我曾试图跟他搭讪，但没有回音。一天，我去档案室查资料，恰巧只有王先生一个人在，我恭敬地喊了声王老师好。王先生无动于衷，我查好资料，再次走过他身边，犹豫了一下，想再跟他打声招呼。王先生突然说，我看过你写的小说。我一时受宠若惊，说，请您多指教。王先生说，现实生活远比你写的小说要复杂、要困顿、要无奈。我等待王先生再讲下去，但他不再开口。后来，我通过别的同事了解到，王先生是国内一所名牌大学的高才生，参加工作后，头顶光环，多少有点心高气傲，所以不被领导和同事认可，后来被贬，下放到公司当普通档案管理员。同事说，别看他"木头木脑"，他心里比谁都清楚。

还有一位叶姓公司副经理，是中国科大毕业的。在公司分管经营。火电公司在电力系统是市场化程度最高的单位，发电厂施工项目是否能拿到，完全靠市场竞争。所以叶经理的压力其实蛮大。有一次，一个涉外项目的前期商谈，我也参加了，当时，公司没有专职英语翻译，请了一位电力系统内部的英语老师临时充当翻译，但没想到，开始谈判时，叶经理居然全程用英文对话。叶经理十分平易近人，在路上遇到，即使我没有看到，他也会主动先打招呼。有时候，还会问我最近写什么。他说，他看过我的好多作品，尤其是那些小说，生活气息很浓。在北仑发电厂项目工作时，叶经理的夫人在项目综合办搞报刊信件收发，我们都喊她罗师傅，罗师傅也很亲切，喊我们的名字从不带姓。我有点不明白，叶经理为什么不把夫人的编制给搞定，有没有编制，收入是完全不一样的。那时候的编制，不像后来控制得那么严，何况又是公司领导的家属。我离开火电公司后，再也没有见过罗师傅，不知道她的编制有没有落实。

在火电公司,还有一位朋友是我一辈子都要感谢的。小魏是上虞人,算是我半个同乡。小魏给人的直观感受是机灵。他看了我的小说,开玩笑说"少儿不宜"。我调到公司本部后,因为没有房子,就住在单位的集体宿舍。而小魏和夫人当时在北仑发电厂项目,他们在杭州有一套房改房,就在公司大楼后面,一直空置着。我妻子到杭州后,小魏跟我说,他的房子空着也是空着,你们先住着,不用去外面租房。我们在小魏的房子里约莫住了半年,直到有了自己的房子才搬离。我妻子说,像小魏这么好的朋友不多见。小魏儿子刚上幼儿园,就能背唐诗,有时候,孩子的外公带着他来我家玩,他外公就让孩子背一首唐诗给我们听,孩子双脚并拢,很认真地背诵起来。多年以后,小魏儿子结婚,我去参加婚礼,小魏夫妻事先声明,不收任何礼金,但我还是准备了一个厚厚的红包,在婚礼结束时,悄悄塞给小魏夫人。我当然知道,这个红包只是我和妻子的一点心意,小魏夫妇在我们困难的时候,给予的帮助,我永生难忘。

王经理与柯师傅几乎同时调到省公司,王经理出任分管基本建设的副总工程师兼基建处长。我调到省公司本部后,在餐厅偶尔与他遇见,我会主动和他打招呼,他也会问,最近有什么大作发表?

80年代,名牌大学电力专业的毕业生还是很稀罕,好像公司向学校要一个大学生,就要支付一笔类似培养费的钱。我记得有一年,在镇海还是北仑发电厂工地,我记不清了,有一批浙江大学电气专业的学生来现场参观,王仲炎经理以校友身份专门与他们见面座谈,介绍了火电公司的情况,希望他们毕业后能来火电工作。这批学生中,后来有没有来公司的,我不清楚,但我知道,当时,公司内部的好些专家,是没有名牌大学教育背景的,但他们有丰富的实践经验。随着时间推移,陆续有名牌大学学生加盟公司,其中不乏清华、浙大等名校。

2011年,国家电网公司按照电力体制改革深化的要求,实行主辅分离,包括火电公司在内的三家在浙辅业单位成建制划入新组建的中国能源建设集团公司。电力体制改革是一个不断渐进而深化的过程,这次主辅分离,对于火电公司职工来说,心理上的冲击不能说一点没有,就像2002年网厂分开,新组建浙江能源集团,一大批发电厂和管理人员需要划入新成立的浙能集团,有的人主动,有的人则被动。

其实,中国有句古话,树挪死,人挪活。由于浙能是新组建单位,有更大的空间可以让人发挥才能,一批管理干部更上了一层楼,柯吉欣是一个典型。省公司发输电部谢主任过去浙能没有多久,就调到浙江能监办,当了正局级的专员。还有我在浙江电力报社的同事倪震,他是学新闻的,到了浙能,先在办公室给董事长当秘书,后来居然是嘉兴发电厂厂长,再后来,就是浙江能源集团的总经理了。我不是官位崇拜者,但不可否认,绝大部分人都认为,仕途上的发展是检验一个人是否成功的重要标志,古人也说"学而优则仕"。

能源工业题材报告文学《正道沧桑》首发式

浙江能源集团也成立了自己的文学协会,创办了文艺刊物《浙能文艺》,文学艺术活动搞得风生水起。与浙江省电力作家协会会刊《东海岸》办刊理念稍稍有些不同,《浙能文艺》是一本综合性的文学艺术刊物,除了刊登文学作品,还发表书画摄影等作品。但有一个栏目"思想者说"则海纳百川,发表了不少省内外一批优秀作家与学者的作品。我也滥竽充数,应邀撰写一稿《一八二年的光》。浙能文学协会成立后,除了办刊,还组织了一些文学创作活动,比较典型的是组织采写了报告文学《正道沧桑》,由红旗出版社出版。我和张国云、陆原作为创作指导,全程参与了该书的采写与出版。整个过程给我最深刻的印象是,浙江能源集团对职工文学创作的重视。从本书的策划与采写,再到研讨与首发,都有集团主要领导关注支持的影子,这在其他企业是十分罕见的。

回到前述主辅分离话题。后来的事实证明,这次主辅分离改革,也给了火电公司更大的腾挪空间。果然，两三年以后，由于火电公司在中国能建内部的管理水平获得认可，单位升格为副厅级管理。同时，把云南火电公司并入浙江火电管理。

听说张马林任火电公司党委书记了，公司被中国能建升格后，张书记也水涨船高，荣升副厅级别。我还在火电公司的时候，张马林在一家基层单位当头头，他主动联系我，由他们单位出资，冠名组织一个文学征文比赛。我一听，自然高兴，当即和他商量具体细节，虽然奖金不高，但这是我们文学协会第一次组织有奖征文，以往的征文都没有现钱。来稿凡看得过去的，就在《浙江火电报》副刊《初阳》上刊登，投稿人不少。前些年，火电公司以前的同事告诉我，张书记因病离世，我一时无语，他比我要小几岁。人的生命就像一根橡皮筋，一不小心，就崩断了。

《浙江火电报》创刊

《初阳》创刊不久，公司计划办一份报纸，报名已经取好，叫《浙江火电报》。

当时，国内首个利用世界银行贷款建设的火电项目——宁波北仑发电厂正在建设当中，公司承担主体设备安装，是公司重点项目，也是国家重点工程，钟俊是公司副经理兼项目经理。公司机关主要职能部门也都下沉到北仑。公司在毗邻电厂建了一个面积很大的生活区，可容纳一千余人生活，生活区内各种文体设施完备，因为职工大多是单身在外，有了这些设施，业余时间就有可去的地方，一到晚上，灯光球场就灯火通明。至于那些双职工，公司专门在生活区内建了一些套房，每户可分得一套，是一室一厅，有厨房和卫生间。公司还考虑到单身职工配偶来工地探亲，又建了一批只有一个单间一个卫生间的房子，我们戏称是"鸳鸯楼"。

我也去了工地，托齐副主席的福，和他一起住进双职工套房，一室住了齐副主席和工会的一位老前辈钱师傅，钱师傅是奉化人，一到水蜜桃成熟季节，就会回家带一些水蜜桃回来给我们吃。一厅也安了两张床，住了我和工会的播音员小胡。小胡的普通话讲得好，娶了个漂亮贤惠的老婆。小胡夫人来工地，果然眉清目秀，待人接物大方得体。我们都说小胡艳福不浅，要善待夫人。钱师傅对小胡夫人说，要是小胡欺侮你，你就告诉钱师傅，我来教育他。大家听了就笑。我们几个人里面，确实只有钱师傅最有资格说这个话。

小胡虽然说话字正腔圆，但文字功底一般，写个广播稿也有点吃力，经常要我帮忙，有时候，离开播时间只有不到一个小时了，我一看稿子，不如重写。我一边写，小胡一边在旁边看着，等我写好，他基本上也看了一遍，就拿去播音室广播了。

小胡的前任播音员是个美女，姓叶，父辈是水电十二局的，这个单位在水电建设方面立下赫赫战功，著名的新安江水电站就是他们承建的。叶美女曾经在桐庐七里泷（现在改名富春江）那个小镇上住过几年，估计是十二局在承建富春江水电站时，作为施工驻点建的职工住房。富春江上著名景点严子陵钓台和七里扬帆，都与小镇近在咫尺。我不知道七里泷为什么要改名富春江，有些改名，真是越改越差，光是新安江流域，就有好几个镇子改了名，除了七里泷改富春江，还有白沙改新安江，排岭改千岛湖。虽然"两江一湖"都是水电建设的产物，但我终觉遗憾，老祖宗留下的文化遗产，一朝改名，就渐渐淡化，隐到时间背后去了。

富春江镇上有省电力公司的党校，后来我经常去讲课，经过镇上唯一一条大街，可以看到几幢老旧的公寓，好像叫"黄泥岭"，房子南北朝向，但前后距离很短，可以想象套内房间面积十分局促。齐副主席父亲也在水电十二局工作过，所以他也在那儿住过几年，他听我说起这几幢房子，肯定地说，没错，就是那儿。

我（左一）和冯民雄（左二）及其他同事在厦门

我到北仑发电厂项目没多久，一天，公司宣传科长冯民雄叫上施国梁和我等几人吃晚饭，冯科长说，公司要办《浙江火电报》，你们几人都是编辑。讲到这里，我要插进一个细节，我调到工会的那一年，冯民雄刚好从上海读书回来，去时是团委书记，回来就成了宣传科长。他当时就在物色能写作的办事人员，听说我的情况，就想把我调到宣传科去，但工会黄主席不同意，说正在给他办调动手续，你就别动这个脑子了。我作为当事人，并不知道这个事情，不过，无论是到工会还是宣传科，对于我来说都一样。

冯科长说，报头想用鲁迅的字体。我们都说好。冯科长指着我说，你就负责编副刊，副刊名我都想好了，就叫"初阳"。那顿晚饭吃完，办报的事也落实了。冯科长在北仑发电厂工地还兼任综合办主任，可见公司领导很器重他，冯科长在公司有个外号叫"冯大师"，事实上，他的综合协调能力的确高出一般人。而且，他也很照顾下属，在下属提拔等大事情上，总是尽力而为。

我调到省公司，冯大师偶尔请我们几个外出吃饭，总是他开车。那时，车子还是蛮抢眼的，浙江电力报社有一辆新款桑塔纳，主要是他在用，自己给自己当司机。有一次，去杭州望江门外的"菊英面馆"吃面，冯大师一定要让我叫上我们家首长，那天照例也是冯大师开车。首长回来说，冯大师太有意思了，他开车居然要戴白手套。

因为北仑发电厂工程全国瞩目，省电力公司总经理张蔚文也隔三岔五来工地现场办公，冯主任负责接待，显然，冯主任的能力被张总看在眼里，电厂还没建好，就被点名调到省公司当行政处副处长了。

和太阳一起奔跑

《浙江火电报》创刊后,我兼了副刊编辑,经常向柯师傅约稿,他总是每约必应。这时,在副刊上发表作品,不光手写稿子变成了铅字,还有稿费,虽然不多,但蚊子腿也是肉,大家拿到稿费,就要到工地附近的餐馆小聚吃喝一顿。这是在工地生活中最愉快的时光。不过,随着报纸创刊,因为副刊叫《初阳》,油印的《初阳》杂志也就自然停刊了。停刊之前,我们精选了一部分不同体裁的作品,找了家正规印刷厂,出了本铅印的"初阳"作品选,算是对油印的《初阳》最后一次敬礼。

在北仑发电厂施工期间,我们还组织了一次文艺创作笔会,邀请省内一批作家书画家去现场指导,同时还邀请了北仑文化馆的老师一起参加。馆长姓乐,是一位作家,和乐馆长一起过来的还有一位姓黄的创作员,是个年轻女孩,擅长戏剧创作,后来去上海戏剧学院深造,毕业后留校当了老师。小黄老师给我的印象是很爱笑,有一双特别灵活聪慧的眼睛。她在发言中说,北仑发电厂是北仑境内,继北仑港后又一项国家大工程,应该出大作品。

小黄老师的话给我们留下很深刻的印象,在此之前,我们都没有这个念头,自从那次笔会以后,至少我开始思考这个问题。多年以后,我有机会采写了我的第一部电力题材的长篇报告文学《和太阳一起奔跑》,就是以北仑发电厂作为切入口,书写浙江电力工业发展历程的一部作品。这部作品是否算得上小黄老师口中的大作品,我不敢说,但北仑发电厂却是名副其实的国家重点工程,在中国改革开放史上有特殊地位,不仅是早期利用外资的典范,而且设备也是全球招标,西方一些主要发达国家的电力设备都进入了电厂,我们戏称是新的"八国联军"。但一个不争的事实是，由于这些设备在北仑发电厂的安装，使得中国的火力发电厂水平上了一个档次。

这本书的序言作者是浙江省电力工业局老局长，后来担任过浙江省省长和国务院特区办主任的葛洪升。葛省长在审读了书稿后，从他的角度，对作品提出了不少中肯而有价值的修改意见，我一一予以修改。葛省长还手写了一个名字，出版时，序言的署名用的就是葛省长的手写体。葛洪升担任宁波市委书记期间，正是北仑发电厂施工高峰，他曾来现场参加拉电缆劳动，我去拍了照片，这张照片后来就做了《和太阳一起奔跑》的插图。

葛洪升主政宁波时，北仑发电厂开工，当时，党的最高领导人恰好在浙江调研工作，并且去了宁波。大领导到宁波，一般都会去看已经建好的北仑港，这是一个深水良港，吞吐量位列世界前茅。最高领导人也

葛洪升（前左）参观浙江电力文化馆（俞建勤 摄）

要去看北仑港，但葛洪升却让他在途中停留，参加了北仑发电厂开工典礼。最高领导人出席一个发电厂开工典礼，在国内没有先例，也没有后人仿效，包括长江三峡工程。北仑发电厂算是空前绝后。我看过当时的现场照片和视频，开工典礼的主席台十分简陋，最高领导人穿着一件米色风衣，葛洪升和最高领导人都坐在前排，但隔着两个座位。那天，最高领导人还讲了话，据说也是葛书记在现场建议的，最高领导人居然答应了。

《和太阳一起奔跑》也被浙江省作家协会列入"文学解读浙江重点创作工程"。我记得在向省作协汇报时，时任作协主席黄亚洲就转头跟王旭烽和盛子潮说，这部作品可以列入"文学解读浙江"。王旭烽因写作"茶人三部曲"获得茅盾文学奖，是省作协驻会副主席。盛子潮则是浙江文学院院长，为培养浙江文学人才倾注大量心血，可惜英年早逝，令人扼腕。

《和太阳一起奔跑》出版后，在北仑发电厂举行了一个首发仪式。黄亚

洲、王旭烽、盛子潮、洪治纲等一干国内名家悉数出席,对这部稚嫩的作品多给予溢美之词。亚洲的发言没有事先准备的稿子,但讲得很动情。会后,北仑发电厂的朋友根据录音整理成文,发给我看,我摘录其中一节,因为是录音整理稿,口语色彩明显,但不影响理解其中所要表达的意思。

亚洲说,我想说说陈富强作者本人。浙江省作协按照省委宣传部的要求,我们在抓重点创作,抓精品力作,我们开创了两个工程,一个叫浙江现实主义文学精品工程,范围比较广,各个门类、各个社会领域都是我们书写的对象;还有一个创作工程叫文学解读浙江创作工程,即用文学手法,用手中的笔,把我们现在的时代精神,我们浙江大地上各种各样激动人心的一些建设、一些大的工程都用文学的笔触记录下来,传达给人民。陈富强同志是我们浙江

《和太阳一起奔跑》首发仪式

省的实力作家,又在电力系统工作了很长时间,他对这儿很熟悉,所以这样的作品、这样的纪实文学、这样的报告文学,我想陈富强同志是很合适的写作人选。其他的,要专门再去找恐怕也很难,因为要熟悉电力行业,真正在电力系统摸爬滚打过的,在专业上少出洋相,找到这样的作家也很难。陈富强来做这本书的话,这儿的领导和权威人士在专业上是认可的。陈富强又是一个优秀的作家,所以他的文采、文笔,在报告文学这个门类里面,已经是相当突出了。这个作品大家都觉得比较难写,肯定是比较难写,要写得好,确实也不太容易,但陈富强很好地完成了这个任务。这部作品的文采也相当棒,而且还有一些好的细节,十五年来的一些点点滴滴的闪光的地方很多,整个粗的大的线条,主要的情节线非常整齐,很真实,一些细部的地方,他又有所描写,看了以后很振奋,这部报告文学很有气势,我们省作协的同志很高兴,也为我们浙江省产生了这么一部工业战线,尤其是电力战线,这么

一部长篇纪实文学，我们也感到很自豪。

  我也在首发式上做了一个发言，回顾了采写这部作品的过程，我特别讲到一个细节，在采访电厂老书记李文辉时，他对电厂的历史如数家珍，讲到动情处，还泪湿眼眶，让我深受触动，也让我看到写作电力题材作品的意义。可以说，《和太阳一起奔跑》是我写作能源电力题材作品的一个起点。我特别感谢了出席首发式的作家老师们，我说，应邀出席今天首发式的各位作家，都是我十分敬重，卓有成就的老师。浙江当代文学，因为他们的存在而绚丽多彩；同样，因为他们的到来，使这个首发式显得隆重起来。他们今天在会上所说的一切，都将成为我写作的动力与努力的方向。

德令哈、花儿会与"格萨尔王",以及昆仑山

大约是 20 世纪 90 年代后期,我参加了浙江省作协组织的一次省外考察采风活动,尽管后来参加过不少类似采风活动,但都没有那一次给我留下的印象深刻。黄亚洲是采风团团长,团员除了我,还有王旭烽、黄仁柯、项冰如、高松年、赵福莲等。这些作家在省内外都享有盛誉。我们坐飞机到达西宁,然后过日月山、青海湖,沿着青藏线去格尔木,又穿过柴达木盆地到敦煌,然后沿河西走廊到兰州。

我们在德令哈住了一晚。我想起海子那首著名的《姐姐,今夜我在德令哈》,就动了去海子故居看看的念头,但因为是团队集体行动,加上我们到达德令哈已近黄昏,时间的确也不允许,所以就没好意思提出来。那天晚上,我在宾馆附近,德令哈街头转了一下,街上灯光暗淡,行人稀少,天上有星星,却显得十分辽远。我不敢走太远,慢慢走回宾馆,在网上搜了一下海子的诗,深为年轻诗人的结局而叹息。

在青海期间,给我印象最深的是在大通回族土族自治县参加"花儿会"。记得车子进入大通自治县,接近老爷山,大地一片金黄的油菜与青翠的麦子相映,田间有水流潺潺。如果不是路边成行的白杨树,仿佛回到了江南。那天恰逢阴历六月六,是青海久负盛名的老爷山花儿会的高潮。

至于为什么老爷山会成为花儿会的标志,可能跟老爷山在当地的知名度有关,这座山充满了神奇而美丽的传说。老爷山又名元朔山,被道家称为"北武当山",山势突兀,苍松蓊翳,丹崖翠壁,烟岚缭绕,当地有"上了老爷山,仰绊肚儿摸着天"的谚语。前人也留下了这样的咏叹:"奇峰叠叠水汤

汤，林壑森然比武当。身外云烟心上事，偶逢山鸟语斜阳。"青海"黑虎洞里揣儿女"的谚语，就源自老爷山。说的是在山的西北悬崖之中，有一洞民间称为"黑虎洞"，洞中塑有吊睛白额虎和子孙娘娘，每当夏秋季节，求子者纷纷来到洞中焚香祈祷。洞的右边有一门，凡求子者深入其中，于幽暗中伸手摸索，若摸得着，说明会如愿生子，待生子后再做一双小鞋来还愿。民间就有人作词，写得极为传神。词曰："崎岖石径傍危崖，绿绕洞前密树排。娇稚裙衩也冒险，暗中摸索小红鞋。摸得小鞋拱壁洞，芙蓉面上带春风。殷勤试向郎君问，何日重来此山中。"据说，这种摸子习俗至今犹存。

花儿会是河湟地区最有影响的一种民歌，曲调极为丰富，其内容多以表现男女情爱为主，歌词浩如烟海，语言相当生动。

我们循小径上山，已听见清越的歌声在林间响起，歌者是三个年轻的姑娘，席地而坐，先有一人领唱，接着两人跟上，形成小合唱。也有一个女的靠在树前独唱，或是一个男人、两个男人唱的，歌者将左手放在左耳后，做倾听状，然后旁若无人地唱起来，唱得投入的已是一副如痴如醉的样子。精彩的是男女对唱，有一对一唱的，也有二对二唱的，或二对一唱的。据陪同的当地人讲，对歌对上了的，一男一女就钻进山坡上密密的灌木丛继续他们的歌唱，只是这样的歌唱已经没有嘹亮的声音了，想来恋爱到了某个阶段是不需要发出太大声音的。我在山腰上见到一把黄色的伞，伞下是一对中年夫妻，男子轻搂着妻子的腰，正轻轻地唱着花儿。想必当年他们就是以这种浪漫的方式走到一起的，今天来到山上，重温昔日时光。征得他们同意，我为他们照了一张相。

唱花儿有青年，也有白胡子老人。老人唱花儿一般只是想放声歌唱，并不希冀会有女子对上来，他们在咏叹逝去的岁月，在记忆的时光里漫游。我听不懂他们的歌词，歌声漫山遍野，但我从他们的笑脸、他们的歌声中感受到了他们的快乐。

我忽然发现，有一个唱得很好的男子与一位回族女子对唱了一阵，神态黯然地离去了。通过陪同者的翻译，才知是那位女子唱了一首歌把男子给唱跑了。回族女子唱的歌词意思大致这样："提起石头打月亮，打得树梢梭罗罗地响，唱完这首不唱了，明年花儿会上再见面。"估计男子等不到明年的花儿会了,就黯然离去,寻找新的"花儿"去了。也有男子看中了年轻女子,蹲在女子边上使劲唱的,唱了一遍又一遍,那女子就是不对歌,无动于衷的样子,男子只得起身另寻目标。

我们在此起彼伏的歌声中离开老爷山,从那以后,只要一听到青海民歌《花儿与少年》,我就会想起在老爷山上的那次花儿会。

循化孟达乡的天池景色很美,上天池需要骑骡子。牵骡的多为十岁左右的撒拉族小孩。为我牵骡的是一个十岁的小男孩,小男孩熟练地牵着绳子走在前头,刚入林区,踏上泥泞的小道不久,小孩就将骡绳给了我,要我独自骑骡上山,他自己却钻进树林,不见了。我放松身躯,双手牵绳,任骡子一步一步地上山。骡子走在崎岖的山路上,默然无声,我简直有点不忍心骑着它了,但骡子很善解人意,走得稳稳的,走一步,挂在鼻子旁的铁铃就响一次。走到山上,骡子就乖乖地站住了。忽然,我发现为我牵骡的小男孩不知从何处钻了出来,站在了我的面前,吓我一跳。

下山时,有一帮小孩围了上来。管理这个骡场的是一位40岁左右的撒拉族汉子,叫马沙班,生有四女一男,他的三女儿叫海西,8岁,长得漂亮极了,尽管头发乱蓬蓬的,小脸脏兮兮的,但掩盖不住她的机灵和纯洁的目光中透露出来的天生丽质。海西的大姐17岁,已出嫁。海西把我们引到山上后,一直等在山上,等着我们从天池的彼岸回来,她牵着骡子希望我们能骑骡下山。望着这双明眸中流露出来的期待与渴望,我们不忍拒绝她,但我们的计划中已不准备骑骡,主要是从安全考虑。我们给了海西比牵骡更多的钱,我们知道,这点钱,是微不足道的,但我们愿意从海西欣喜的眼光里感受她的快乐。海西骑着骡子下山了,小小的身子骑在骡子上一颠一颠的,她将骡子赶进用竹篱围成的骡圈,也围过来听我和她父亲交谈。我提出要为海西和她的妹妹、弟弟拍照,马沙班立即给予了充分的配合,协助我喊齐他的四个孩子,并提出要我把照片寄给他,又要给我一元钱。我拒绝了他的一元钱,告诉他我一定会把海西的照片寄给他的。我和马沙班聊天时,海西一直站在边上默默地看着我,美丽的大眼睛闪烁着天池水一样清澈的光芒。

海西和他的姐妹生养在这个高原的深山里,她们喝着黄河的水长大,她们在黄土垒成的家园里度过她们的童年，她们的将来会是什么样子？我希望漂亮可爱的海西姐妹不要像她 17 岁的姐姐一样早早地嫁了人。外面的天地很广阔。黄河流过了她的家乡，淌绿了她们屋前的树林和河边的草地，而海西也会倾听着黄河的呼吸走出一片宽广的未来。回到杭州，我把照片冲印出来，寄给了马沙班。我写这些文字时，已经过去 20 多年，海西也已过而立之年，我希望她有一个美好的生活。

在西宁，我们遇到浙江老乡陈士濂，他曾任青海省文联主席，退休后被聘为青海省作协名誉主席，在市中心开了家"小西湖菜馆"。陈士濂请我们在小西湖吃了一顿饭。饭后回宾馆，与王旭烽一起走，聊到她正在创作的"茶人三部曲"。旭烽说，三部曲写作完成，书名分别是《南方有嘉木》《不夜之侯》《筑草为城》。这三部曲后来获得茅盾文学奖。我可能是最早知晓旭烽完成这套杰出作品的读者之一，而且是在青藏高原。旭烽还讲到写作这三部曲的辛苦，说是夏天，为了避免被蚊虫叮咬，就准备一个木盆，把双脚浸在凉水里。旭烽后来离开省作协，去了临安的浙江农林大学任教，向全世界推广中国茶文化。时隔许多年，旭烽又创作了长篇小说《望江南》，写的还是跟茶有关。出版社重印茶人三部曲，把《望江南》作为其中一部一并出版，三部曲变四部曲了。几乎与《望江南》同时出版的，还有她的《杭州传》，作为推广杭州亚运会的重点图书，被翻译成外文出版。我在杭州博库书城见到中文版《杭州传》，买了一本，拍照发到一个文学群里，旭烽也在群里，她颇有一点惊喜，说这么快上架了，她自己还没有拿到样书。

一直陪同我们的青海作协藏族青年干部达洛，相处多日，成为我的好朋友。在路上，达洛给我讲了一桩有关"格萨尔王"的事情。说的是他们省文联有一位不识字的副教授，是个"格萨尔艺人"。他的脑子里装满了格萨尔王的故事，他每星期定期去文联口述格萨尔王。这位艺人名叫才让旺堆，是个传奇人物。达洛说才让旺堆的童年非常孤苦。13 岁那年，他为了超度父母的亡灵，去西藏冈底斯神山"转山"。在那里，他花了 13 个月时间，绕着神山叩了 13 遍头。藏历八月十五，他累倒在山下的"神湖"畔，连做了七天七夜的梦，梦中，他经历了格萨尔王的战斗历程，认识了史诗中人物的形象。之后每年八月十五他都要梦会这些英雄。七天后他醒了，全身又困又疼，嘴里一直念念有词不止。伙伴们把他送到一个寺院里，一个喇嘛听了他说的话后又掐指一算，说他已经"灵魂附体"了，说的是完全准确的格萨尔王史诗。后来他又被一个大寺院的大喇嘛叫去考测，确认无疑，遂封为"岭国勇士尕得"的化身，还为他做了象征性的"冠冕"，举行加冕仪式。自此以后，奇迹发生了，他可以滔滔不绝地讲史诗，只要他想说什么，那些人物形象、故事情节就会如电影一样在他的脑海中浮现，他只要表述清楚就行了。然而，他讲的却与文本完全吻合，而且更细腻、更丰富、更生动。

我对达洛说：你是在跟我讲故事吧？达洛说这不是故事，是真的。你若不信，可问青海人，几乎每个人都知道的。又说文联又在玉树藏族自治州发现了三个类似才让旺堆的艺人，有一个只有13岁，也是唱不完的格萨尔王。达洛连说三个"不完"：唱不完的格萨尔王；写不完的格萨尔王；读不完的格萨尔王。格萨尔王究竟有多少？大概无人能知道。光才让旺堆一个人就能演唱120部《格萨尔王传》，讲一遍也得好几年时间。我听了感叹不已，青海的民间文学是真正的人间传奇。

在格尔木，我们在市文联主席带领下上了昆仑山口，海拔约5000米以上，文联主席说，我要带你们去溪边淘金。在昆仑山下，我们沿着一条溪流走了一段，虽然是夏天，溪水依旧冷得刺骨。我们没有淘到一克金，但确实看到了几位淘金人，他们黝黑的面庞，朝着我们微笑。

和著名作家黄亚洲（中）、王旭烽（右）在昆仑山口

在那条小溪里，我挖到一块昆仑玉石，很小一只角露在水面上，我用一块尖利的石头挖开周边的碎石，这块形似屏风的玉石就呈现在我眼前，那一刻，我屏气凝神，用力而又小心地将玉石挖出来，用水

洗净，托在手上，大声说，我挖到一块昆仑玉了。大家围拢过来，用手来摸，都说好凉，这是一块真玉。文联主席也过来了，他摸了一下，对我说，恭喜你，你中签了。回到宾馆，一路上一直在捡石头的高松年，看到我这块玉石后，顿时泄气，要把他那些宝贝石头全扔了，我说不要扔，你带回杭州去，都是宝贝。

这块色泽米黄的昆仑玉石十分神奇，无论夏天气温多高，摸上去总是冰凉的，仿佛在昆仑山下躺了亿万年，终于等到我，让我背着它翻越千山万水，在烟雨江南落地生根。

在班竹村，我曾为李白停留

我在火电公司工作期间，先后在镇海、台州、北仑和嘉兴发电厂项目驻点。四个项目，台州路途相对遥远。那时没有高速公路，也没有动车。台州发电厂地处椒江入海口，与椒江城区隔着一条大江，坐大巴去台州，要翻越好几座山岭，其中，新昌境内的会墅岭，以及台州境内的黄土岭，都是曲曲弯弯的盘山公路，坐在车上，透过车窗向外眺望，是连绵起伏的山峦。后来，我得知，其实会墅岭是天姥山的一部分。

会墅岭扼天姥山北道口，前有鸟道可攀，后有盘山公路盘旋而上。岭上气候凉爽。过会墅岭行5公里，能望见天姥主峰拨云尖，因山顶常萦绕白云，故得名。登山回望，群山为小，北有芭蕉、斑竹两大山，遥遥相对，南有王会、牛牯、万年诸山蜿蜒俯伏，西南有莲花峰拜倒脚下。山上有姥姥岩、天鹰、天姥馍、蹲牛岩、鸡笼岩等。此外，我曾经涉足的十九峰、大佛寺、沃洲湖、千丈幽谷等景区，也属于天姥山的范畴。就自然风光而言，天姥山显然是无可挑剔的，李白那么喜欢天姥山，并且写下如此浪漫主义情怀横溢的诗作《梦游天姥吟留别》，可见他对天姥山有多么的神往和喜爱了。

一次，我和同事坐大巴去台州，谁也没有想到，大巴竟然在会墅岭上抛锚了。这时，天色已晚，黄昏来临。很快，暮色苍茫。山上的夜晚似乎来得比平原要早一些。司机说，要等修理厂来救援，大家可下车活动，但不要走太远。我和同伴在车子附近转悠，除了一重一重的山，前不着村后不着店。没带吃的，肚子也开始饿得叫起来。同伴说，我们再往前走走，或许能遇到

058　花朝月夕：一个中国工人作家的文学编年史

山里人家。我和司机打个招呼，与同伴一起向前走。

　　果然，在薄暮的山坳里，见到屋顶炊烟。我们欣喜不已，跑过去，只见屋门敞开，但堂屋无人，我们走进灶间，发现有一位年长的大娘在煮饭。面对不速之客，大娘眼神里的惊慌只是一闪而过。也许，我们的长相看上去还算和善。我们把车子在岭上抛锚的事情和她讲了，问她，能不能买一碗饭吃？大娘很爽快地答应了，不光给我们盛了饭，还端出菜，菜是咸菜煮笋干，大娘还特意煮了两个鸡蛋。吃完，之前内心因为饥肠辘辘加上无比寂静的山间带给我们的

在天姥山门户，新昌班竹村

些许恐惧，一下消失得无影无踪。我们付过钱，作别大娘，心满意足地返回车上。此时，修理厂的师傅正在修车。很快，车子重新发动，载着我们驶离会墅岭。

　　那次会墅岭上的短暂停留，一直留在我的记忆里。多年以后，我重返天姥山，在天姥山门户的班竹村遥望重峦叠嶂的山脉，想起会墅岭上的那几个小时，颇有感慨。

　　雨后的班竹村，游人稀落。店铺也大多闭门歇业。只有一家制作糖烧饼的小店开着。我们一行数人，一人买了一个。糖烧饼现场制作，我们在小店门前等候。这家小店的背景，是连绵的天姥山，云雾缭绕处，隐约可显山上的树和远处更缥缈的山。我遥想当年李白，告别了巴山蜀水，开始漫游吴楚，写下一首七绝《秋下荆门》：霜落荆门江树空，布帆无恙挂秋风。此行不为鲈鱼鲙，自爱名山入剡中。李白诗中所说的"剡中"，即现在

的新昌和嵊州，在嵊州境内，就有一条剡溪，景色之美，与天姥山相得益彰。李白在写作此诗的第二年，又写下了《别储邕之剡中》：借问剡中道，东南指越乡。舟从广陵去，水入会稽长。竹色溪下绿，荷花镜里香。辞君向天姥，拂石卧秋霜。

  作别天姥山，我写下《班竹望天姥》，在台湾《中华日报》刊出。我希望有更多人看到，在天姥山下的班竹村，我曾为李白停留。

鼓浪屿寻舒婷不遇

　　工会的存在，以及这个组织所能发挥的作用，要看所处的国家和企业的性质。实事求是讲，在我们国家，国企工会，主要是做一些锦上添花、雪中送炭的事情，比如职工疗休养。我第一次参加工会组织的休养活动是去厦门，这也是我第一次去这个传说中离台湾最近的经济特区。是工会齐副主席带队，我算是工作人员。我们坐的绿皮火车，好像还是烧煤的，因为我们穿的白衬衫，到厦门后，全变黑了，衣服上都是黑色的煤屑。休养团全体都是无座票，我和几位同事挤在两节车厢的连接处，有经验的老师傅自带可折叠的小凳子，而我则席地而坐，实在熬不住了，就钻到硬座下面睡一会儿。

　　到厦门后，我们住在一处公寓楼里。白天出去观光，第一次上了鼓浪屿，那时，我对诗人舒婷的《致橡树》爱得不行，知道诗人就住在鼓浪屿上，就利用上岛的机会，到处乱窜。大家看着我满头大汗，问我在找什么，我说在找一个诗人的家。大家听了就笑。其实，我也不是刻意寻找，就是觉得在鼓浪屿上的小巷里窜来窜去的，很有意思。我当然没有找到舒婷的家。多年以后，参加一个文学采风活动，遇见舒婷，我对她说，我曾经去鼓浪屿找过您的家。舒婷笑着问，找到了吗？我说没有。舒婷又说，找不到就对了。

　　从厦门回杭州，我写了一篇游记《厦门之旅》，发表在《创业》上。齐副主席看完后跟我说，大家都去过看过的地方，怎么你就能写这么多？我说一个写作者就是要当有心人，看过的，要记在脑子里，要善于思考，不能像有的观光旅游者那样"上车睡觉，下车撒尿，到了景点拍照，一回家什么都不知道"。齐副主席听了哈哈大笑，自嘲，我就是你说的这种人。我连忙说，您别对号入座,我只是讲一种相对普遍的旅游现象,不能要求所有人都像我一样。齐副主席有感而发,说,怪不得,作家就是要当有心人。

《厦门之旅》这篇文章现在已经找不到了,但我知道20多岁时写下的这些文字有多稚嫩。后来,我又去过厦门多次,最喜欢的还是鼓浪屿和厦门大学校园。有一次,还在厦大食堂吃了一顿午餐,去看了鲁迅留在厦大的一些痕迹。回来后写了《鲁迅的大学》,这篇随笔先后发表在《浙江散文》创刊号和《文学自由谈》,也被一些选本收录。我想,相比流水账一般的《厦门之旅》,《鲁迅的大学》则要好得多。

报刊编辑们

1983年，在新员工培训班上给我们讲课的杨献民，回到杭州没过几天就调去创办《浙江电力报》，而我在工作后不久也参与了《浙江火电报》的创办，若干年后，我调去《浙江电力报》工作，与杨献民成了同事。杨献民是浙江电力系统新闻从业人员的榜样，多次获得《中国电力报》优秀记者称号，在全国电力系统新闻口知名度很高。他也很有个性，作者稿子写得不好，他会在电话里大呼小叫，但火发完，他就会仔细跟对方探讨如何改稿。所以，不管作者年龄大小，都尊称他杨老师，只有我们报社的人才喊他老杨。老杨不光写稿，也当编辑。他当编辑部主任，依旧伏案编稿，直到退休。老杨退休后，一次聚餐，他告诉我，他在学习弹钢琴，让我觉得十分意外。老杨说，你不相信？哪天我弹给你听。

类似老杨这样敬业有爱的编辑，遇上是作者的幸运。所幸在我的写作生涯中，也遇到过不少类似老杨这样的好编辑。宁波《文学港》的王毅，绍兴《野草》的吴茂林，浙江文联《东海》的刘源春，浙江作协《江南》的高亚鸣，深圳《特区文学》的宫瑞华主编，上海《萌芽》的曹阳主编，天津《文学自由谈》的董兆林主编，《散文选刊（原创版）》的黄艳秋主编，《散文百家》的赵韵方主编，《散文天地》的楚楚主编，等等，都是对我的写作给予不少帮助与影响的好编辑，他们多次编发我的中短篇小说和散文随笔，大多编辑，素不相识，只是在往来的信件电话和邮件微信上有过联系。我也要特别感谢湖北《江河文学》的钱昌翔编辑，我和她素昧平生，但她在当刊物编辑期间，编发了我多部中短篇小说，有一年，这本双月刊几乎每期都有我的小说。这家刊物在国内并不亮眼，但钱编辑的敬业与对文学青年的鼓励支持，让我看到那些年代的编辑情怀与无私大爱。

同时，我也要感谢以下刊物发表或选载我的小说散文报告文学：《散文选刊》《美文》《作品与争鸣》《红岩》《滇池》《西湖》《飞天》《星火》《佛山文艺》《脊梁》《中国报告文学》《中国铁路文学》《都市小说》《岁月》《环球人文地理》《浙江作家》《文化交流》（双语）《东方》（美国）《新象周刊》（美国）《我们》（美国）《澳洲彩虹鹦》（澳大利亚）……

除了这些文学刊物，还有一些报纸副刊的编辑，也是我成长道路上不可或缺的阳光雨露，我始终记得他们，并感谢他们。

回顾一下，除了早期在《绍兴经济报》副刊的个人专栏，后来先后在《中学语文报》《钱江晚报》《人民政权报》《国家电网报》《当代电力文化》《华光》等报刊开过个人专栏。《中学语文报》的小梁编辑是通过诗人余昭昭联系上我，写了一年专栏，为了感谢小梁，一起吃过一顿饭，小梁性格外向，网名叫"青草味道"，多年以后，小梁去了新西兰。余昭昭笔名江南梅，是一位很有才华的诗人，很有个性，人称"仗笔走天涯的女侠"，可惜在2018年的秋天病逝。

杭州亚运会期间，《光明日报》发表了我的一篇散文《我想沿着西湖跑出一朵玫瑰》。这个稿子缘于中国散文学会副会长陆春祥老师的约稿。一天晚上，我正在户外跑步，春祥会长发我微信语音，我没有及时回复，他又与我语音通话，说他在"浙江作家"微信公众号上看到我写的《我想沿着西湖跑出"一朵玫瑰"》，恰好《光明日报》副刊托他约稿，就觉得这个稿子挺合适，让我改一改发给他，他特别叮嘱，稿子很急，报纸马上要拼版。我按春祥会长意见，当晚就改好发给他。这个稿子发表时，杭州亚运会也接近尾声，这也算是我给家门口的亚运会留下的一点痕迹。标题上的"一朵玫瑰"，是跑者沿着西湖和周边道路跑出的一朵玫瑰轨迹，特别美。一朵玫瑰全程大约需跑25公里，我相信，全世界都找不到如此漂亮而有情义的跑道。

台湾《中华日报》的《中华副刊》，对我的作品也是厚爱有加。经常会用大版面刊登我的一些散文随笔。每次投稿，不出三天，必有回音，有的甚至次日就回复。特别让我感动的是编辑的回信，在落款部分，总会加上"华副敬上"的敬语,看得出编辑部和编辑对作者的尊重。几次下来,我也会在去稿的附言落款中,加上"敬上"。文明用语和所有文明行为一样,也是一个潜移默化的过程,耳濡目染,渐渐地,粗鄙如我,也变得稍稍有些文明人的气息了。作品在副刊发表后,由于一些特殊原因,编辑部无法给作者寄纸质样刊,但会发一份当日的PDF作为样报。看到繁体字的版面,总有一些感慨,作为中国传统文化的重要标志,繁体字在大陆早已被简体字代替。

《香港文艺报》也刊登了多篇我的散文。主编林琳,也是香港文艺协会会长。她主编的这份文艺报,在香港以及全球华人世界有较大影响,香港中央图书馆等也有收藏。林琳主编不仅温文尔雅,她本身也是一位优秀的诗人。由于没有财政支持,出版这样一份报纸,其艰难程度可想而知,但林主编带领她的编辑团队坚持多年,使《香港文艺报》逐渐在香港文艺界产生广泛影响。每次出报,但凡有我的作品,我总能收到几份纸质样报,精美的印刷与排版,令人爱不释手。

我推荐《中国列电》参评图书奖

在我早期的创作中，和大多数初学写作者一样，在报刊上发表作品似乎是唯一的追求与目标。而且不论报刊大小，只要能发表就好。当时，能在《中国电力报》副刊发表文学作品，也是一件很让人愉快和兴奋的事。

赵文图是《中国电力报》分管业务的副总编辑，我的很多文学作品都是经他终审在《中国电力报》副刊发表的。但我一直无缘与他见面，直到他退休多年，我们一起参与《中国工业史·电力工业卷》的编纂，同为核心编纂专家后，才在北京第一次见面。记得当时，赵总先于我到达会议室，我进门时，他从座位上站起来，跨前几步，主动与我握手寒暄。此后，我们经常见面，因为有共同的价值观，微信上的联系也不少。赵总的身体素质也令我十分钦慕。在北戴河开会，晚餐后，我去海滨散步，年龄明显大于我的赵总却去海里游泳，天天如此，让我自愧不如。

与赵总接触多了，才知道他退休后一直没有闲着，在参与编纂工业史之前，他就主编过一套《中国列电》丛书。中国列电对于年轻的电力从业人员来说，已经十分陌生了，如果不是我看了赵总寄给我的这套丛书，我也不是很清楚那段历史。所以，我觉得参与史书的编写，是对历史的一种尊重，真的是功德无量。我对赵总说，如果没有你们这些列电人对历史的敬畏，就不可能产生这套蔚为大观之书。当年的列电中坚大多风烛残年，收集和写作这样一部列电史记，需要巨大的付出，他们很清楚，如果任时光流逝，中国列电也会在历史的烟云中消失得无影无踪，顶多，在中国电力工业史中，列上一目，以记之。然而现在，他们完成了一个几乎不可能完成的任务，对于中国列电人来说，这套皇皇巨著，就是一部中国列电史诗。

因赵总之约，我写了一篇中国列电丛书的读后感，并且在该丛书申报相关国家图书奖项时，欣然作为专家身份予以推荐。在编写《中国电力工业简史》时，我又将中国列电写入。以下内容，来自我撰写的中国列电丛书读后感。

1962 年 5 月，列车电业局第一列车电站进入甘肃酒泉，奉命为 404 厂发供电。很显然，这个任务，对于当年的列电人来说，是一个带有神秘色彩的使命。404 厂其实是一个综合性的核工业科研生产基地，是中国核武器研制工程，即 596 工程的重要组成部分，中国第一个核反应堆、第一条核材料生产线等多个"核工业第一"都在这里诞生。

时隔 50 多年，很多当年的资料都已解密。位于玉门关以西 60 公里一个叫低窝铺的地方，是戈壁滩上的荒原，对外称兰州 508 信箱。普通地图上，找不到低窝铺，它连一个数字符号都

1962 年 5 月，列车一站奉命调往甘肃酒泉低窝铺，为核工业基地（404 厂）发电

没有。而事实上，这是一个中国十分重要的核基地。与其他地方不同的是，正处于饥饿年代的低窝铺列电员工，享有和核基地科研人员一样的生活待遇，大米白面敞开吃，夜班居然还供应馒头米粥和咸菜，而且随便吃。据说有一个职工上夜班，一次吃了 16 个馒头。

在第一列电进入低窝铺两年多以后，也就是 1964 年 10 月 16 日，中国第一颗原子弹试爆成功。事后，全体列电职工每人奖现金 10 元，植物油 10 斤。

这段经历，堪称惊心动魄，是我从一套《中国列电》丛书上获取的。

平心而论，在读到这套沉甸甸的丛书之前，我对中国列电这个名词是相当陌生的。在中国电力工业史上，它几乎就像一颗流星，但也划过天际，闪耀炫目的光芒。

列车电站，顾名思义，是安装在列车上的电站，也就是可以迅速移动的流动电站，它是把发电设备安装在列车、拖车或船舶上，能沿着铁路、公路、江河，流动到各地去发电的电站。中国的流动电站主要是列车电站，所以习惯统称列车电站。列车电站是新中国电力工业的重要组成部分，以机动灵活的特性发挥了特殊的作用，被称为电力系统的"尖兵""轻骑兵"。1949年，新中国成立，但电力装机只有区区185万千瓦，随着经济逐渐恢复，电力供应日趋紧张，而且那时只有分散的小电网。列车电站在苏联卫国战争和战后经济恢复中发挥过重要作用。借鉴苏联经验，中国列电事业也开始起步。从1950年开始，江苏、上海和武汉等地陆续将一些"快装机"改装成列车电站。1955年又从苏联进口1台列车电站。截至1955年底，中国已有5台、总容量为13000千瓦的列车电站投运。

1956年电力部列车电业局的成立，为统一管理、调配全国列车电站提供了便利。通过改造、进口和自己制造，列车电站快速增加，20世纪60年代前期已形成相当规模。此后虽然发展缓慢，但单机容量逐渐增大。前期以进口为主，苏联和捷克机组较多，后期以国产为主，15台国产6000千瓦机成为主力，同时也进口国外先进机组。列车电业局曾先后拥有列车电站67台、船舶电站2台、拖车电站14台，总容量约30万千瓦。

30万千瓦，如果按照现在的标准来看，当然微不足道，就是一台中型发电机组的容量，但在50多年以前，列车电站发挥的作用，却无可替代。除了上述为核电基地提供电力，在新中国早期最重要的经济、国防、救灾等现场，都能看到列车电站的身影。作为战备应急电源，列车电站曾经为中国的国防科技、三线建设、抢险救灾，为石油、水电、煤炭、铁路、钢铁、化工、纺织各个行业，为严重缺电的城市生活和农业抗旱，应急发供电力。30余年间，历经330余台次调迁，足迹遍及全国29个省（市、自治区），解决各行业用电之困难，满足各地区用电之急需，可以说厥功至伟。

大庆石油会战，是中国能源史上的一个壮举。当时，会战指挥部设在萨尔图，但方圆几百里缺少电源，几万石油职工急需生产生活用电，而萨尔图的主要电源是几台加在一起才有几百千瓦的柴油发电机组，对于整个石油会战而言，这简直就是杯水车薪。于是，列车电站开始进入。前往油田的列车电站分别是编号为34、36、31、32的列车电站。他们先后开到萨尔图，为石油会战提供电力。为方便管理，列车电站隶属油田水电指挥部，4台电站容量共计1.74万千瓦，成为大庆油田开发建设最主要的电源。

列车电站也出现在唐山大地震现场。地震发生时，正在唐山华新纺织厂的52列车电站被毁，更令人痛心的是，全站有104名职工和家属在地震中罹难。此时，在距离唐山几十公里开外的迁安，第38列车电站也与大地震迎头相撞。其时，电站正为首钢大石河矿区发供电。7月28日凌晨3点42分，38电站车厢突然剧烈摇晃，带满负荷的发电机组，联络线油开关瞬间跳闸，三台锅炉安全门同时发出刺耳的长鸣，值班女司泵被这从未经历过的突发状况惊吓得坐在了地上。电站紧急停机后，值班人员才得知发生了大地震。这时，全矿区断电停水，电站锅炉水位已经看不到，无法强行启动机组。所幸发电设备和电站人员没有损坏和伤亡。为恢复发电，当天下午，大石河矿调来两台机车，将机车存水补给电站锅炉，矿领导还将机关干部动员来，用脸盆等容器将电站排水坑内的废水淘出来传送到水塔池内，经过一番苦战，电站又恢复发电。然而，由于线路倒杆难以向矿区供电。下午5点多，又一次强震来袭，车厢横向摆动约30度，持续近1分钟之久，万般无奈下，只好再一次被迫紧急停机。次日，列电局要求38站立即组织抢险救护队，赶赴52站支援救灾。

《中国列电》丛书之《列电岁月》记录了当时的场景。

38和42列车电站组成的抢险救护队赶到52站所在地，发现电站生活区已是一片废墟，迎面走过来十多位满脸满身全是血迹的人，正是52站幸存职工。他们认出是列车来人了，顿时哭喊着："亲人呀！你们可来了，52站就剩下我们这些人了……"在场的人们闻之，无不淌下悲伤的泪水。大家找了块平地，先把水桶卸下车，赶紧让他们喝几口干净的水。52站的幸存者已经两天多没喝上干净的水了，他们在自救过程中，喝的是污水坑里的水。在38站救护队赶到52站之前的48小时里，52站逃生出来的人们经过自救，已将幸存者基本从废墟中扒了出来，当38站救护队人员赶到时，仍有很多解放军战士在用手挖扒砖石，努力寻找可能的幸存者。38站救护队到达后的主要任务就是清理废墟，掩埋震亡者的尸体。38站过来的30多人分成两组，一组挖临时坟墓，一组清理现场，将亡者移出掩埋。52站生活区有四五排平房，无一例外地全部倒塌，人员大多被水泥板压死压伤。救护队员一户户地清理，扒开重物，抬出遇难者的遗体，置于所挖的条沟里，暂时掩埋。每户埋一个地点，由52站人将遇难人员的姓名标记在小木牌上，插在掩埋处。

悲痛之余，尽快恢复列车电站发供电是抗震救灾的大事，在列车电业局保定基地和28站、18站职工帮助下，毁于大地震的52站在8月18日下午恢复发电。

读到此处，我不禁怆然。列电人，在他们的峥嵘岁月中，也曾有过生死考验，但他们在伤痛中站立的形象，却令我敬仰。

历史从来都需要有记录人。倘若没有孔子，我们何处读《春秋》。如果没有司马迁，哪来《史记》。同样，如果没有《中国列电》丛书，我们又怎么能了解那段历史，那些曾经为新中国最初的基石甘做一粒尘土的中国列电人。

中国水电文化的火种

德国西门子是最早进入中国的外国电力设备供应商。

1927年1月出版的《西门子杂志》，在第7卷第1期上，刊登了一篇标题为《云南府，中国的第一个水电站》的文章。在文中，有一段话始终令我难以平静，它就像一把钥匙，打开了我对于中国水电，甚至电力发端的初始记忆："在中国这个大国的内地，虽然有着为发展工业所必需的较为丰富的自然资源和四亿多的人口，可是一般中国人比其他任何一个民族都守旧，墨守于祖辈的东西。因此很难接受新的能改善他们从祖辈以来就习惯了的简朴的生活方式。尽管如此，在这个国家远离世界贸易潮流和西方文化隔绝的偏僻内地，也有那么一些卓越的知识分子和开拓者，他们将西方技术成就引进到自己的土地上。这些少数的勇敢者，却是对公众中的反对意见和偏见打开了一个缺口。"

文中所说的开拓者，显然是指中国大陆第一座水电站的建设者。这座水电站的设备来自德国西门子，电站建在金沙江的支流螳螂川上，即滇池的出口，这个名叫石龙坝的地方，从此进入中国电力史，成为中国水电的一个活化石。只不过这个活化石在时过100多年以后，依旧在运行发电。

去昆明，尤其是去滇池看红嘴鸥的人如潮水一般，但去看石龙坝水电站的人，却凤毛麟角。因为写作能源电力题材作品的需要，对于国内的电力"第一"，我总希望能看个遍，虽然事实上不可能。但到了昆明，石龙坝是非去不可之地。

石龙坝水电站的建设，似乎可追溯到徐霞客。1638年10月4日，徐霞客第二次从昆明城出来,傍晚从南坝上船,连夜航行到滇池西岸的观音山和白鱼口,天亮以后再横渡滇池20里,来到滇池东南岸的晋宁州安江村码头,开始了他为期20天的南滇池之旅。眼见滇池"四围香稻,万顷晴沙,九夏芙蓉,三春杨柳"的景象,徐霞客十分欢喜。这次南滇池之旅,徐霞客足迹所到之处,晋宁为多。他在海口小住一晚后,从滇池西南岸的海口走出晋宁地界,顺着螳螂川水流的方向到达安宁城。螳螂川是滇池唯一出口,其出口处的海口镇为螳螂川上游,也是徐霞客小住一晚的地方。徐霞客到达螳螂川石龙坝,为川上壮观景色所倾倒,写下"峡中螳川之水涌过一层,复腾跃一层,半里之间,连坠五六级,此石龙坝也"。

至此,五百里滇池之苍茫,螳螂川水势之澎湃,为272年后,开工建设中国大陆第一座水电站埋下完美伏笔。

去石龙坝,可出昆明城,沿滇池进入西山区。也可从安宁沿螳螂川溯流而上。我选择安宁,寻当年徐霞客的踪迹,过安宁城区外围,穿过昆钢厂区,路边的景致有乡野之魅。与当年徐霞客骑马考察不同,我只用了不足一个小时,就从安宁抵达石龙坝。在距离石龙坝电站1500米的一处三岔口,白底蓝字的路标上,一个箭头指向前方,我知道,箭头所指,就是石龙坝。这一刻,我有一些抑制不住的激动。我将视线移向窗外,有一种时空交错感,仿佛100多年以前,紧随石龙坝建厂的先辈们,也是这条小路,踩着泥泞的坡道,深入山谷,筑坝为湖,垒石为厂,将来自德国的水电设备,艰难地运进厂区,竖杆架线,电流自此出发,奔向昆明城区。从此,夜色里的滇池,不止疏钟渔火,秋雁清霜,也有光耀长空。

几乎与我想象中的石龙坝水电站一样,大门右侧的一组雕塑重现了当年建厂的场景。那两个手持地图和记事本,老外模样的人,显然就是从德国聘请的水机工程师毛士地亚和电机工程师麦华德。而站在毛士地亚与麦华德之间的中国长者,则是云南劝业道官僚刘岑舫,正是由于刘岑舫的倡导,引进了德国西门子技术和设备,开建中国大陆第一座水电站。刘岑舫受云贵总督李经羲委派,开发螳螂川水电资源。他找到云南商会总理王鸿图磋商,王鸿图随即主持成立了"商办耀龙电灯股份公司",集股金大龙圆(银圆)25万元。这笔启动资金为石龙坝电站的建设提供了支撑。

自官府同意由云南商人王筱斋联络19位商业同人，成立一家股份公司来办电业，清朝末代云贵总督李经羲的批复也显得十分霸气："从今起，二十五年内不许外人来滇办电。"

而走上昆明街头卖电的耀龙总经理左益轩相信是中国电力史上最早的电力营销者。从石龙坝水电站两台240千瓦机组送出的电力可供3000余盏电灯照明，但一开始昆明人似乎并不领情。电厂以"免费装灯头"搞推销，尔后电灯才在昆明渐渐普及。最先装上电灯的市民，熄灯时经常忘记使用开关而习惯用嘴去吹灭电灯，他们由此感觉电灯的使用不如油灯来得省事省力。不光是昆明人，其实还有更多的中国人在相当长一段时间内，自觉与不自觉地阻止包括电灯在内的现代工业文明进入他们的生活。

1912年5月28日建成发电的，是第一车间。车间大门两侧镌刻着一副对联"机本天然生运动，器凭水以见精奇"，横批"皓月之光"。站在车间外，能听到水轮发电机转动的声音。门上悬一警示牌：高压危险，止步。门为对开，我贴近中间门缝，可见室内局部，机器之玲珑，符合我对中国第一台水轮发电机的想象。这台水轮发电机组，由德国制造，其中电气部分由德国西门子舒克公司供货，水轮机则由德国海登海姆的伏依特公司供货，装机容量240千瓦。同时安装的还有一套同型号同功率的水轮发电机。这480千瓦也是石龙坝水电站最初的装机容量。从此，"耀龙电灯公司石龙坝发电厂"赫然载入中国电力史册。

我和这台机器，一门相隔，我在门外，它在门内。我飞越两千多公里，从烟雨江南，来到风和日丽的春城，又专程来看石龙坝，如果不能见到这台水轮发电机的全貌，必定留下无穷遗憾，何日弥补，没有定数。我转身寻找值班人员，她拎着一串钥匙，见我双眼紧贴门缝，颇有些好奇，问是不是想进去看看？我点点头，想必是我的诚恳打动了她，她微笑着打开门，我惊喜过望，轻轻推门进入。100多年以前发出的水轮发电机转动的声音，扑面而来。呈现在我眼前的，是一排传说中的水轮发电机组，它们被漆成淡绿色，仿佛玲珑剔透的模型，有规律地在厂房内排开，赏心悦目。这些机组发出的声音，灌入我的双耳，不再是刺耳的噪声，而是美若天籁，穿越100多年的时空，犹如一个人的心跳，健康有力，呼吸均衡。我有一种渴望拥抱它们的冲动，我走近机组，机头部分，不及我的身高，它们就固定在这里，旋转了100多年，就如一块铭牌，一个路标的箭头，精确地标出中国水电的源头。

我步出车间，绕过浓荫下的出水口，发现水流没有想象中的那么激荡，它们缓慢的流速，有一种雍容的大度，从厂房流出，从容地迈向下游。在厂房的正面一侧，也有一扇拱形的门，拱门两侧，各有一扇拱形的窗，拱门上方，则是圆形的窗子。大门也照例紧闭，但门楣上黑底金色的字，却在阳光下熠熠闪光。这四个字书写的，正是石龙坝的原点：耀龙电厂。按照路标指引的方向，再继续上行，就是滚龙坝，也最接近螳螂川上游连接滇池的泄出口。从地形看，因为螳螂川是滇池的唯一泄水通道，从滇池出口到平地哨一段，河道平缓，平地哨以下，从滚龙坝到石龙坝一段，则坡陡流急，集中落差达30余米，这正是建设水电站的天然地质优势。石龙坝水电站正是将滇池作为天然调节水库，利用该段较集中落差兴建的引水式水电站。

和女儿在石龙坝水电站（董芳 摄）

石龙坝水电站在抗日战争时期，曾遭到过四次轰炸。这显然与石龙坝水电站在战时由民用供电转为军工生产和昆明防空报警电源用电有关。

1940年12月16日上午9时40分左右，7架日军飞机飞至石龙坝水电站上空，投下一枚燃烧弹和9枚重型炸弹。所幸燃烧弹落在办公楼附近没有爆炸，但其中一枚重型炸弹在第一车间20米处爆炸，弹片和飞石打烂门窗和玻璃30多处，爆炸产生的弹坑最深处达5米，直径20多米。二车间房顶被飞石打穿一个洞，弹片击伤一名工兵和机务员。另有7枚则分别落在田间山坡，6枚爆炸。1949年后，厂方曾一度将弹坑遗址开挖整平成藕塘，因其形状椭圆，状似荷叶，曾叫"荷花塘"，又因曾在里面养过牛蛙，也叫"牛蛙塘"。1993年加盖凉亭，建成公园。这也是我现在看到的样子，只是池水稍显混沌，凉亭曲桥也似乎少有人迹，但树木葱茏，特别是亭子雕梁画栋，颇显气派。凉亭两根柱上有云南书法家和启圣所书的对联，上联是"电站虽小历史悠久开中国水电之始"，下联是"水塘不大成因奇特记东瀛入侵之证"，横批"飞来池"。所以，这口水塘后又改称"飞来池"。我沿着池畔曲径走过凉亭，重修的亭子琉璃瓦覆盖，红柱飞檐，对联底色为靛蓝，金字，恰合整个厂区的庄严与沧桑。

1923年至1926年扩建的第二车间，利用一车间的尾水，获取天然落差16米，安装了两台276千瓦和一台448千瓦水轮发电机组。整个工程由丹麦籍工程师赖木生指导中国工人施工建成。在投产落成典礼上，当时的云南状元袁嘉谷还专门挥毫题词："石龙地，彩云天；灿霓电，亿万年。"时隔90多年，现在回头再看这个题词，我颇有一些恍惚，我后来看了那么多堪称世界级的水电站，却从没见过类似石龙坝这样精湛的对联与题词。或许，史料上已经很难找到关于当年二车间建设与落成的人和细节，但这几个刻在石头上的字，却一直没有消失。我想，这里，不仅是中国水电的源头，也是水电文化的火种。

水面下曾有绵延千年的人文繁华

如果说石龙坝水电站是中国水电的活化石，那么浙江西部的新安江水电站，可以说是长江三峡的试验田，为后续大型水电站的建设，培养了许多专业人才，积累了弥足珍贵的建设经验和教训。

由于新安江水电站的建设，库区蓄水后，形成一个美丽的千岛湖。千岛湖也是我去得最多的一个景区。我在多部作品中，比如《中国亮了》《源动力》《能源工业革命》等，都有关于新安江和千岛湖的叙述。在我看来，这座水电站是中国电力工业史上，一座不朽的里程碑，特别是库区移民，他们为电站建设作出的贡献，怎么说都不为过。

周恩来总理曾经到过新安江，时间是1959年4月9日，并且有过一个著名的题词："为我国第一座自己设计的自制设备的大型水力发电站的胜利建设而欢呼！"摄影师记录了周恩来在新安江建设工地时的一些影像资料，其中有一张照片是周恩来双手叉腰与移民交谈，周恩来的这个站姿几乎是全国人民都熟悉的姿势了。他的对面是一位老大娘，照片的文字说明是周恩来在询问这位库区移民："大娘，搬家很麻烦，高兴吗？"照片的文字说明没有告诉读者那位大娘在面对周恩来总理时究竟是怎么回答的，但背井离乡的滋味肯定不好受。在当时那个特定的历史环境下，对库区农民来说，大水瞬间就漫上来了。田地被淹，房屋被淹，甚至来不及和祖宗道别。

新安江水电站建设是中国水电史上首次移民达到近30万人的工程，两座分别叫遂安和淳安的县城，也就是现在已经被称作水下古城的狮城与贺城沉入了水底。近30万移民背井离乡，在最后一次回望中含泪诀别故乡，他们是电站建设的先锋。当他们在电站建成后再次回到生命的诞生地，已经找不到家乡的那条小路。随着库区蓄水水位的不断增高，一座美丽的湖泊出现了，超过一千座翠玉般黛绿的岛屿姿态清秀、仪态万方地缓缓浮出水面。

新安江水电站（吴海平 摄）

我的一位作家朋友，曾经担任浙江省民政厅副厅长的童禅福是库区移民。当年刚六岁的童禅福，和他的父母、奶奶及他的五兄妹也曾出现在移民的迁徙行列中。淳安县威坪镇松崖古村是童禅福的出生地。松崖四面环山，一条长渠穿村而过。大巷小弄，平坦得没有一个台阶。通道上是横铺的青石板。淳安人祖传有"不走泥路"的习惯，沙洲相连的田畈，邻里相通的里弄，都铺青石板，富村横铺，穷村直砌。松崖村的石板路一直通向最高的松毛岭，上下六千多个台阶全部用最好的青石板砌成。但是，随着库区蓄水水位的增高，当年的六千多个台阶，全都沉入了水下。在村子里，还有一座童家宗祠，雕梁画栋，极尽辉煌。据说，水库拆房队见到后都不愿下手。宗祠前有一排四株千年翠柏，家族老人后来对童禅福讲："当时看到新安江水库的水一天天上涌，那四株参天柏树和童家宗祠一天天往水中沉，心真如刀割一样痛。"

后来，童禅福写过一部专门反映新安江水库移民的纪实文学《国家特别行动：新安江大移民——迟到五十年的报告》。时任人民日报社总编辑的邵华泽是淳安人，一定程度上，也是促成童禅福写作此书的主要推手。童禅福清楚地记得，1989年8月，他奉命到北京去请邵华泽来浙江讲课。说来有趣，平生第一次见大官，童禅福心里还扑扑跳。没想到邵华泽一开口，一口浓重的淳安普通话。原来是老乡啊！童禅福喜出望外。再一讲，原来他们的老家还是两个隔壁乡的。从老家，就很自然地谈到了新安江移民的话题。第二次再见到邵华泽的时候，童禅福就递上了自己搜集采写的材料，即《江西省新安江水库移民调查报告》。邵华泽接过材料，眼睛顿时一亮，一口气就把文章看完了。他对童禅福说：写得很不错。后来，这个稿子作为内参发表了。这也是新安江水库移民的历史真相和现实问题，第一次得以向高层直陈。邵华泽鼓励童禅福：这段历史还没人写过，要不，你来写？就这样，童禅福踏上了为新安江移民著书的漫漫长路。20多年间，他跑遍浙皖赣3省，去过22个县200个村子的1000多户人家，寻访了2000多人，用了8本笔记本来记录他们的故事。每到一地，移民都把童禅福团团围住，他们想要说的话太多了。随着采访的深入，童禅福的使命感越强烈。他觉得，如果我不写，那么这段历史，终将随着千岛湖的清水漂走、淡去。2009年1月，《国家特别行动：新安江大移民——迟到五十年的报告》终于由人民出版社和杭州出版社出版。淳安县老县长、曾任杭州市委副书记的王富生读完此书，说：看到这本书问世，我的一块心病落地了。

事实上，关注新安江库区移民问题的，不止童禅福一人。早在1994年全国"两会"期间，当时的浙江省委书记李泽民就给党中央写过一部《关于新安江水库移民遗留问题的调查报告》的"万言书"，他为此专题调研了一周。从此，党中央、国务院把解决移民遗留问题真正摆上了议事日程。2007年3月27日，江西省德兴市万村乡新村畈移民村的童解放，成了第一个享受国家水库移民后期扶持的对象，一家五口人拿到了2006年下半年的扶持金1500元。

我现在已经无法确认与周恩来对话的那位老大娘是淳安人还是遂安人。能够确定的是她的家乡已被湖水淹没。作为遂安的县城，狮城建城逾1300年，明万历壬子《遂安县志》载："婺峰环其前，五狮拥其后，襟带五强，龙渡诸溪，肘臂六星，文昌诸阁，虽不通大驿，实严胜壤也。"可见狮城在历史上也颇为兴盛。库区开始蓄水后，当年大多数移民被就近安置，在距离狮城5公里的姜家落户。在水淹狮城时隔52年时，千岛湖管理部门第一次对狮城进行了长达11个月的水下探摸。探摸的结果令人颇为吃惊。他们发现，水下古狮城的完整性令人惊叹，城内外原有的整体布局几乎没有改变，包括桥梁、古井等都还保存完好。甚至于有些木构建筑的梁架、瓦顶等都还没有腐烂。明清时期的牌坊上，所雕的图案还清晰可见。2012年4月27日至5月1日，浙江卫视与中央电视台联手，对狮城进行了为期五天的水下直播。尤其是当年 4 月 30 日晚《焦点访谈》的播出，让这次水下考古成为国人瞩目的一件大事。这次探秘发现了不少牌坊、石雕大门、石狮子，从水下拍摄的影像资料足以说明石构建筑在湖底保存得非常完整。

作为一座移民小镇，姜家毗邻千岛湖，距狮城的沉没地也不过五公里之遥。当地政府在这里建起一座狮城博物馆，那些水中的往事，以影像和文字图片、模型的形式重现在我的眼前，尽管令人唏嘘，但看到以粉墙黛瓦为主调的小镇，与青山绿水相伴，

千岛湖文渊狮城博物馆内的移民照片墙

宁静安详，终得一些心理安慰。博物馆内的一堵照片墙，贴满狮城沉没前的居民老照片，有学校的毕业合影，也有家族的合照，还有不少个人的影像，其中包括狮城镇长、中学校长。当这些密密麻麻的老照片以墙的形状出现在我的眼前，颇为震撼。照片里的很多人还健在，当他们见到自己从前拍摄的背景，沧桑和惆怅不可避免。毗邻博物馆和移民小镇，还有一座复建的"文渊狮城"，部分复原了水下古城的原貌，那些牌坊使用的原材料，有很深的古文物痕迹。我非考古爱好者，对这些牌坊的真伪无法鉴定，但是这座看上去面积不大，建筑精美的小镇，在一定程度上，能让库区移民寻找到一些家乡的影子，获取一些思乡的慰藉。

我的同事方艳霞是库区移民后代，她出生时，她爷爷奶奶及父辈的家，已经沉入水底。她经常回千岛湖的家，因为她的父母亲在那里，但她知道，这已经不是她真正意义上的家。从某种意义上来说，寻找家的心理疼痛，方艳霞比她的父辈们要更切肤，对于一个知识者来说，家就是根，寻家就是寻根的心理感受，显然要更强烈一点。她经常去一片湖区徘徊，父亲告诉她，这片水底下，有他们曾经的村庄，曾经的家。

参与《中国治水史诗》写作始末

参与《中国治水史诗》一书的写作，可以说是我业余写作生涯中，一次十分难忘的经历。

时隔多年，那些陈年往事已渐渐淡忘，好在互联网是有记忆的。我在网上检索人民网的报道，报道称，中国作家出版集团于 2010 年 7 月 3 日在北京人民大会堂隆重举行《中国治水史诗》首发式暨研讨会，参与该书创作的作家和首都各界知名人士 100 多人见证了这一时刻。周克玉、翟泰丰、张健、叶向真、李国安、彭耀新、李远清等嘉宾出席。《中国治水史诗》总策划、广东梅雁水电股份有限公司董事长杨钦欢，作家代表张笑天、杨克、雪漠，评论家傅溪鹏、田珍颖分别做了发言。专家们对百名著名作家参与治水史诗的创作给予高度评价，并认为这部治水史诗具有很高的史料价值和文学价值。看到这则新闻，十多年前参与这部巨著写作的点点滴滴，清晰地浮现在我的眼前。

《中国治水史诗》由全国政协原副主席叶选平任顾问并亲自题写书名，由著名作家、中国作家协会副主席何建明和广东文学院院长程贤章担纲主编，活跃在当代文坛的百名著名作家参与了集体创作。全书分为黄淮、长江、珠江、海河、松辽、西部、东南等七个篇部卷，记述了中国所有大的江河水系和部分地方水域治水历史，以及都江堰、灵渠、坎儿井和三峡工程等古今著名的水利工程。在图书编纂过程中，何建明、程贤章和陈世旭、张笑天、缪俊杰、杨克等著名作家负责布点、约稿，挑选理想的作家写他身边的治水工程，在全国作家群中，掀起一轮书写中国治水工程的集体创作高潮。李存葆、何建明、蒋子龙、贾平凹、谭谈、张炜、叶延滨等近百位中国知名作家参与创作。

我看到媒体报道中，有这么一段："编辑部收到的治水文章，90%以上都是全国最优秀作家的手笔，都是全国有名望的、各省市重量级一线作家。"我看到后，不禁哑然失笑。自嘲，看起来，我显然属于那个10%。不过，确实也有评论家表示，全国作家集体创作一部治水史，以别开生面的人文景观和美丽飘逸的文采，表现中国历史上历代名君、名臣、名人功在千秋的治水伟业，使得《中国治水史诗》具有完整、理想的史学价值。

《中国治水史诗》的问世，源自广东梅雁水电股份有限公司董事长、总经理杨钦欢先生的策划。杨钦欢是全国劳动模范，也是世界生产率科学院终身院士。他说，中国的历史就是一部治水史，从三皇五帝到现在，名君都以治水而获万民拥戴，夏禹的传说、都江堰和灵渠，都记载着当时名君名臣名人的千秋功业。自北魏郦道元《水经注》以来，尚无一部完整理想的治水书。从严格意义上说，《水经注》其实写的都是山水文章，虽也文采风流，但极少写治水的文章。由于中国缺少一部较完整的治水书，《水经注》至今仍为许多治水者和文人骚客视为治水经典。编写一部中国治水书成为杨钦欢先生的愿望。中国太需要一部治水史了！

主编之一的程贤章非常认同杨钦欢先生的观点，并不顾个人年事已高，主动请缨承担了这份重任。根据杨钦欢先生的建议，程贤章身体力行到全国各地实地考察。他带领几名助手，考察新疆"火焰山"，坎儿井，走访济宁段古运河、黄河入海口、钱塘江、京杭大运河、黄浦江、鸭绿江、松花江、渭河等多处治水工程，记录下其所见所想。程贤章先生还根据杨总的建议，最终确定利用自己的"作家"资源、联系动员组织全国重量级作家共同创作，并最终向大家奉献了一部"中国治水的史诗"，创造了出版史上的奇迹。

我参与本书创作，纯属偶然。

大约是2009年9月下旬，我接到黄亚洲老师电话。亚洲告诉我，江西作协主席陈世旭和他联系，约请他参与《中国治水史概要》（后改名《中国治水史诗》）浙江部分的写作。但是，亚洲说，他婉拒了，原因很简单，他对治水方面的情况不是太了解，但是他推荐了我，原因也很简单，我们一起写作了反映中国电力工业历史巨变的长篇报告文学《中国亮了》，所以亚洲认为，我是可以驾驭这方面的题材的。亚洲老师给了我陈世旭的电话，要我尽快和陈世旭联系。

我和陈世旭没有见过面，但是却读过他的著名小说《小镇上的将军》，这部获全国优秀短篇小说奖的作品，奠定了陈世旭在中国文坛的地位。当天，我和陈世旭主席通了电话，陈世旭在电话中大致讲述了《中国治水史概要》一书的情况，他说，前一晚从黄亚洲那儿要了我的电话后，给我打过电话，但不巧，我关机了，没有联系上。因为书稿的写作时间很紧，所以，他已和浙江另外一位作家，《江南》副主编谢鲁渤先生取得联系，谢鲁渤表示，可以写个千岛湖的随感。所以，陈世旭说，我在写作浙江治水篇章时，可尽量避开千岛湖。其他的，则可尽情发挥。陈世旭又给了我本书主编程贤章老先生助手的手机号码，并在给我的邮件中说，程先生年事已高，可能通电话不方便，具体事宜可与程的助手联系。事实上，在与程贤章的助手联系上以后，后来每次联系，包括写作的内容商讨等，都是程老直接通过邮件或短信和我联系的。

在与程老先生多次沟通后，程贤章认为，我不光可写浙江的治水，也可写其他方面的内容。他认为，我掌握的材料，以及我对水电的熟悉程度，要比其他作家有优势，所以，他建议我写三篇。只不过，程老提醒我，在写到全国的水电发展时，不要详细涉及三峡了，因为何建明已经有专文写了三峡工程。

然而，在写作的过程中，我却发现，与程贤章先前沟通的篇章有出入，我还是只能先写浙江，然后再写全国的水电，从篇幅容量上，可达六万字左右，但是分篇的话，还是两篇比较合适。写全国水电，则主要是从水电人入手，写中国水电从起步到历史性的变迁。稿子写好后，有一小段时间我没有修改，而是冷却处理。我的本意是想通过一段时间的冷处理，再进行修改。然而，陈世旭却来电询问写作进展情况，我感觉，陈世旭担心我不能如期完稿。因为在整部书稿写作过程中，的确有一些很有名的作家，写着写着就写不下去了，这不是文字功力的问题，而是对治水，对水电的感觉问题，对

"水"这个宏大主题的把握问题。接陈世旭的电话后,我只能放弃原先想法,很快就将稿子改好,并发给了程贤章先生。

过了一段时间,程老先生给我发来短信,编辑部认为我的两个章节,要改名。第一篇《之江东去》建议改为《钱塘东去》,第二篇《从石龙坝说起》则建议改名《中国水电英雄谱》。对于编辑部的建议,我没有异议,表示服从。但是从内心来说,对于《从石龙坝说起》改名《中国水电英雄谱》,还是有些小小的遗憾。不过,相信编辑部有自己的考虑,我也只能服从大局。

通过网络,我看到刊载在报纸上的《中国治水史概要》目录,的确是一部名家云集的作品,我算是滥竽充数,但是从写作的感情投入上来说,却很倾情,虽然我的工作与治水,与水电也有一定的距离,但是,总归是与电有一定的联系,因此,写起来也得心应手,尽管我撰写的部分超出了6万字,却也是在较短的时间内就完成了。图书出版时的篇幅约200万字,我提供的稿子容量显然是超标了,但编辑部没有要求我删节,基本上全文收录,因此,我撰写的篇幅有可能是所有作家中最多的。

现在,一些曾经让我心存疑虑的问题,随着书稿的完成,也释然了。比如我一直有些不明白,陈世旭缘何参与了组稿?后来,《南方日报》记者采访了陈世旭,我才恍然大悟。记者问:您是怎么参与到《中国治水史概要》的编著工作中来的?陈世旭的回答是:在程贤章先生发动下,最早是《人民日报》文艺部的缪俊杰先生受托请我帮忙组稿。有众多的名家集体创作,有中国治水史这个厚重的选题,让我觉得这是一本值得写的书。这本书的策划人确实有胸怀、有眼光,是"大智慧、大赢家"。此外,程贤章老人以年近八旬的高龄来做这件事,让我很感动。一些同行知道这件事以后也非常高兴,就都答应了。我大概帮忙联系了20多个省市的作家吧,包括蒋子龙、叶兆言等人。

陈世旭联系的作家包括我,但是需要特别声明的是,陈世旭最先确定写浙江治水史的作家是黄亚洲,我则不过是被亚洲老师硬推着上了战场,士兵当将军使用了。

一天早晨,我刚上班,打开邮箱,看到程贤章老先生发来的一封邮件,是《中国治水史概要》总编室的一个说明，全文如下：

你的佳作已收进《中国治水史概要》，拥有目录作品版权。各报刊如需刊登，应注明"本文已收进《中国治水史概要》一书"。请各报刊切勿违权，本书由中国作家出版社出版。

《中国治水史诗》首发式地点安排在人民大会堂全国人大常委会会议厅。这也是我第一次进入这个以前只在电视上看到的殿堂，给我的印象自然是神秘、庄严。除了主席台，会场没有桌签，与会者自由落座，我习惯性坐在后排，可视弧形会议厅全

在人民大会堂出席《中国治水史诗》首发式

场。所见的景物，熟悉而陌生，有一种虚幻且可触摸的感觉。全国百余位知名作家集体创作一部作品，在中外文学史上，都极为罕见，但《中国治水史诗》做到了。可见，"只要思想不滑坡，办法总比困难多"，简言之，一切皆有可能。

那些电力工业黄埔

国民熟知黄埔军校，却不一定知道在各行各业，特别是历史悠久的行业，也有自己的黄埔军校，当然，它们不一定是真正的学校，或许是一座电厂，一座水坝，但它们承载的，正是黄埔军校一样的使命，为行业培养了一大批翘楚。比如上海的杨树浦发电厂（又称江边电站），杭州的闸口电厂，南京的首都电厂（又称下关发电厂）。这三座电厂，是国内较早建设的发电厂，曾经是上海、杭州和南京的主力电厂。它们理所当然地写进中国电力工业史，我在翻阅那些有限的史料时，也深感记录历史是一项光荣的使命。

2019年4月12日，上海杨树浦发电厂入选"中国工业遗产保护名录（第二批）"名单。其入选理由是：中国历史上一个重要的火力发电厂，是近代中国建造最早的大型火电厂之一，1924年，电厂年发电能力超过同时期英国著名发电基地曼彻斯特、伯明翰、利物浦等城市，成为当时"远东第一大电厂"（装机容量12.1万千瓦）；1933年，公司安装了一台遥控高温高压锅炉，是远东当时唯一最先进的大型锅炉；同年拥有当时全球最高的105米钢板结构烟囱，高达105米的烟囱曾是上海最高的构筑物；1947年，远东地区第一台高温高压燃煤、燃油两用前置机组投产；1949年，总装机容量增至19.85万千瓦，占当时全国总装机容量的10.5%，其发电量约为上海地区总发电量的70%；1958年首次安装了国产6000千瓦机组，结束了"洋机"一统天下47年的局面；有"中国电力工业摇篮"之称。

回顾杨树浦在1949年前后的历史，我们会发现，这家发电厂饱经沧桑。作为经济重镇上海的主力发电厂，它在新中国里的分量可想而知，几乎承担了当时上海城区八成的电力供应。当然,被赶到海峡对岸的蒋介石也不甘束手待毙,利用一定时间内的空中军事优势,他的反扑是必然的。

轰炸大陆沿海大城市的决定是在台北市郊的草山行馆里做出的。那次会议史称草山军事会议,轰炸的主要目标是大陆沿海发电厂等基础设施。很显然,蒋介石希望通过瘫痪大陆原本就十分薄弱的工业基础来阻止毛泽东与周恩来的经济振兴计划。上海杨树浦发电厂是国民党飞机的首选目标,第一次轰炸是在1949年8月7日,那次飞临上海空域的国民党飞机先用机枪袭击由黎平路码头驶往高桥的渡轮,接着就向杨树浦发电厂飞去,瞄准发电设备就是一阵疯狂扫射。这次偷袭成功让蒋介石信心大增,事后就有了那次草山军事会议,对大陆沿海的发电厂设施轰炸扩大目标并且加大了力度。

1950年2月6日对杨树浦发电厂的第二次轰炸后来被称作"二六轰炸",国民党军队出动17架各型飞机对发电厂分批轮番狂轰滥炸。发电机组严重受损,发电量在一瞬间就从9亿千瓦时剧降至零,当晚上海市区陷入一片恐怖的黑暗与寂静。陈毅市长在次日和潘汉年一起察看轰炸现场,经历腥风血雨的陈毅面对惨不忍睹的发电厂设备也忍不住怒气冲天,当场就骂了娘。但电厂职工在那次空袭后只用了43个小时就让发电机恢复了运转。但这肯定不是彻底解决问题的唯一办法。3月1日,中央军委调空军进驻上海并组建上海防空司令部,国民党飞机肆无忌惮的轰炸终于得到有效遏制。

和最早一批火电厂一样,杨树浦电厂在完成自己的历史使命之后,在2010年12月底关停。幸运的是,无论是上海市政府,还是国务院国资委,都有意将这家发电厂作为一个工业遗产保留下来。他们计划利用杨树浦电厂关停后的资源,将其建成一个"能源与环境技术"产业为特色,集聚电力、节能环保等高端服务企业总部。同时,加大历史建筑修缮保护和活化利用,营造独具魅力的滨水文化空间。

这个结局,对于一家老电厂而言,可以说是十分完美了。

相比之下,和杨树浦发电厂同为"远东三大发电厂"之一的杭州闸口发电厂,就没有这么幸运了。

建成于1932年10月5日的闸口发电厂,曾经是杭州全城的唯一电源,也是浙江省规模最大的发电厂。电厂地处钱塘江北岸,玉皇山下,如果从地理位置上来说，依山面水，是最好的选择。作为浙江电力旗下的发电厂，我参加工作后，曾多次去过闸口发电厂，我现在的同事中，也有不少是闸口发电厂的员工。那时，电厂南靠烟波浩渺、潮起潮落的钱塘江，北倚高峻飞云的玉皇山，厂区北侧，是浙赣、沪杭甬两条铁路干线的交会处，电厂自备的一条输煤专线，在闸口岔道与其相接，厂区北临一条清澈的小河，是杭州市区的内河，名东河。一幢南向的四层大楼面朝大江，底层正中开一扇大门，是办公人员的出入通道，大楼背后，则是高耸的厂房。闸口发电厂的设备既有美国通用电气的，也有德国西门子的。应该说，发电设备在现在看来，也属一流。

1937年"七七事变"后，杭州的局势开始吃紧。那年初冬，日军步步进逼杭州，国民党军政在撤离前，用炸药将钱塘江大桥和闸口电厂的发电设备一起炸毁，于是，杭城开始断路、断电。这是闸口发电厂建成后的第一次劫难。

第二次劫难和上海杨树浦发电厂遭受轰炸时隔半月。国民党军机飞临钱塘江大桥与闸口发电厂的上空，防空警报声随即呼啸而来，附近居民纷纷逃往玉皇山下躲避，只有电厂工人仍在坚守岗位。飞机在空中盘旋了一阵后，对着电厂扔下几枚炸弹，其中一枚落在了锅炉顶部的防护钢板上，顷刻间，燃煤喷飞，黑烟蔽天，厂房和设备严重受损。政府立即组织起一支百来人的抢修队伍，不分昼夜地全力抢修，不到一个月，机组修复，电厂又开始正常发电。

在我的电脑资料库里，有一张闸口发电厂被炸后的老照片。厂房外墙是用芦苇和毛竹编织的席子临时搭建起来的。陈伯亮是当时的杭州市电气公司军代表，他深知没有防空火力，赤手空拳与敌机硬拼无异于鸡蛋碰石头。于是，他和电厂技术人员一起琢磨出一个防炸弹轰炸的土办法。这个简易的办法是在发电机顶上搭起一层高高的毛竹竿子，然后再绑上十多层毛竹片，每层毛竹片间距一到两米。当飞机掷下炸弹爆炸后，那些四散飞舞的弹片经过十多层毛竹片的阻挡，其破坏力大大减弱。从此，闸口发电厂在以后的空袭中受损情况就不像第一次那么严重了。

2002年11月30日上午9时，随着一声闷响，仅五六秒钟的瞬间，86米高的烟囱便轰然倒塌，将一条预先开掘好了的十来米宽、近百米长的浅沟掩盖得严严实实。"一次性定向倾倒爆破"技术，以几乎无懈可击的过程，将一座70年电厂粉碎于烟尘之中。

　　我在获悉闸口发电厂爆破之前，提出过一个建议，尽可能拆解机组上的一些重要零部件保存下来，可以作为日后浙江电力博物馆的馆藏。但事实上结果并不是很好。这座电厂曾经出现在1949年中国人民银行发行的第一套人民币上，我有这张人民币的影印件，但据说，这套人民币后来没有发行。尽管如此，也足以证明闸口发电厂在当时的地位。我后来在参与浙江电力文化陈列馆的筹建过程中发现，有关闸口发电厂的实物非常稀少。现在，闸口发电厂原址上已找不到一丝电厂的痕迹，取而代之的是一座"水澄花园"和几幢连成一体的"水澄大厦"。我曾在水澄花园住过一年，好多个夜晚，我站在十九层高处窗口眺望，耳边似乎传来一阵一阵隐隐的轰鸣声，这是汽轮发电机的噪声，也有可能是运煤火轮停靠码头时的汽笛声，它们穿过近百年的时空，回荡在闸口发电厂原址上空。

与上海杨树浦电厂、杭州闸口发电厂齐名的，是南京下关发电厂。它们并称民国时期"远东三大发电厂"。始建于1910年的下关发电厂，是中国第一家官办发电厂，也是国民政府时期的首都电厂，其地位之

1930年美国CE公司制造的闸口发电厂一号锅炉铭牌

显赫不在杨树浦和闸口之下。如果要说红色基因，三大电厂中，下关独树一帜。1949年4月中旬，国民党开始从南京撤退。中共下关地下组织发动工人成立"纠察队""应变会"组织保护电厂的斗争。此时电厂资金被冻结，电煤供应中断，为保卫电厂，迎接解放，电厂工人每人捐款两块银圆，购买煤炭，维持全市供电。同年4月21日，进驻电厂的国民党宪兵加强了对工厂工人的监视和防范，并准备炸毁电厂。混迹工人间的特务也煽动关机、停电、

离厂。此时，护厂工人将电厂围墙通电，封闭电厂前后铁门，阻绝外人进入，同时与驻厂宪兵进行说理斗争，迫使宪兵撤退。三天后，人民解放军第35军所部5名侦察员与电厂工人接头，电厂厂长率5名工人驾驶"京电"号小火轮驶向北岸，接运参与渡江作战的第35军的部队。晚上11时，渡江先头部队在下关电厂附近登岸。邓小平和陈毅也乘坐"京电"号过江。这艘小火轮也因此成为国家一级文物，陈列在渡江胜利纪念馆广场上。

为了表达我对上述三家发电厂的尊敬，我写了《那些电力黄埔》一文。这些电厂都是中国电力工业发展史的实证，应该很好地保留下来，即使是一部分遗存，也是对历史的一次躬身。

她就像一条孤独的鱼，从中国游到了欧洲

安徒生童话，滋润过许多人的童年。其中，最有名的自然是《人鱼公主》。

采荷宾馆曾经在丽水青田招了一批女孩，作为宾馆服务员，她们有的在客房工作，也有的在餐厅上班。我是办公室秘书，有客人来，吃住在采荷宾馆，免不了要和她们打交道。其中有一个姑娘，姓徐，但我记不得她的名字了，只记得她的个子很高，超过一米七。小徐聪慧，到宾馆半年余，就提拔在餐厅当领班。

都知道青田是侨乡，在和小徐聊天时，她也会讲到青田人在欧洲。小徐喜欢读书，问我要书单，我根据自己的理解给她提供一个，让她去图书馆借，书单里也有安徒生童话。小徐说，安徒生童话小时候就看过。我这才醒悟，轻看小徐了，她早已长大成人，再看童话，显然不再合适。

一天，小徐拿着几页纸给我看，字写得很秀气。我说你写的什么呀？小徐脸露羞涩，说晚上没事，学着写了一篇文章，想让我看看。我粗粗浏览了一下，小徐写的是她的家乡青田，虽然叙述不那么流畅，也有流水账的感觉，但能从字里行间看出她的真性情。我说写得很好，我给你在《浙江火电报》副刊发表。小徐显得很高兴，反复问我，真的可以？得到我的肯定答复后，她说，我一定要请你吃一顿饭。文章发表后，我送了两张样报给小徐，小徐掩饰不住内心的欣喜，反复看了好几遍自己的文章，说，真是太神奇了，我写的文字，居然也能发表。

但让我没有想到的是，小徐在宾馆工作两年多就离开了。一天，我陪客人去餐厅用餐，结账签字时，小徐轻声跟我说，她要离职了。我有点吃惊，

说你干得好好的，干吗要离职？小徐说，先回青田，然后，有可能会出国，去欧洲。

过了一段时间，小徐给我发短信，说她已回青田，去相亲了，对方是在丹麦的一位华侨，是青田人。又过了几个月，小徐在短信里说，她要结婚了，然后会去哥本哈根。我给她留了一个邮箱地址，告诉她，如果去了哥本哈根，替我去看看美人鱼，拍张照片发给我。

小徐后来真的去拍了美人鱼，看上去不像我们想象的那么大，小小的人鱼公主，日夜守在海边。小徐在电子邮件里说，人鱼公主那么小，看上去有一点点可怜。小徐又说，和她一起来采荷宾馆打工的另外一位青田姑娘，也嫁到了丹麦。她说，其实这种现象在青田，以及其他所谓的侨乡很普遍，在欧洲的华侨，特别是男青年，大多会找一个中国姑娘结婚。小徐说的那个姑娘，我也认识，个子没有小徐高，看上去有点冷，不太喜欢说话。

再后来，小徐断断续续给我发过几封邮件，我知道她生了两个孩子，都是女孩，长大一点后都送回青田，让徐妈妈照顾了。小徐在信里吐槽，说在丹麦的中国人，好多不去工作，丹麦是高福利国家，他们就吃政府的失业救济金，白天聚在一起打麻将，饭点时间，就回家喝酒，日子好像过得很开心。不过，小徐说，她还是不太习惯这种生活方式，她找了家超市，去当收银员。小徐说，丹麦的福利是真的好，她生孩子，平时也不用去医院产检，都是医生来家里，而且生得越多，福利就越好。所以，她打算再生一个。那时，国内还是实行计划生育。小徐在丹麦，彻底实现生娃自由，真替她高兴。

小徐还说，她说过要请我吃一顿饭，但一直没有兑现，让她十分不安。小徐说，在国外，最思念的还是家乡，也会想在采荷宾馆打工的那段日子，觉得很美好。她会在网上搜中文小说来看，有一天搜到我写的一个小说《一条悬浮的鱼》，看哭了。这是一个短篇小说，发表在昆明的《滇池》杂志上。我不知道是小说中的哪个细节触动了小徐。小徐说，她就像一条孤独的鱼，从中国游到了欧洲。但小徐说，她不是美人鱼。

我的文学启蒙者

我写出一些作品以后，有一些媒体采访我，经常会提及的问题是：你的文学启蒙老师是谁？仔细想想，好像启蒙老师不仅是我的小学语文老师，说是老家几位有智慧的长者，似乎更确切。

我老家是江南典型的连片瓦房，大多是晚清和民国时期建的房子，木结构，粉墙黛瓦，通常，一个台门里，会有很多户人家，甚至从南边一个台门进去，从北边台门穿出来，串起几十户人家。毗邻我家的一个台门，叫"三档头"，至于为什么叫三档头，我也不清楚，我数过三档头台门的石阶，刚好三级，是不是因为这个原因，而取名三档头，我就不知道了。三档头里面，住着一位长者，夏天乘凉，大人们端把竹椅，在河沿边乘凉，我们这帮小孩则不怕热，到处乱蹿。只有那位长者出现，我们才会安静下来。长者姓徐，他似乎有讲不完的故事。他讲《三国演义》，讲《封神榜》，也讲《水浒传》，只要他一开讲，不管大人小孩，都不说话了。我十分崇拜徐长者，他记性那么好，记得那么多故事。也有大人问他，你家有那些书？徐长者慌忙说，没有没有。后来我知道，在那个年代，这些书都是禁书。如果他说家里有，估计会有人告密，去抄他的家。

徐长者在米厂工作，就是加工稻米，我去米厂看过，环境很不好，车间里都是灰尘。徐长者说，其实不是灰尘，是砻糠。谷子加工后成大米，留下谷屑，也称砻糠，食物短缺的时候，砻糠也是好东西。我记得我们在学校，上忆苦思甜课，给我们吃的砻糠糊，就是这个砻糠做的，很粗，很难下咽，厨师会加入一些野菜和盐，这样就好吃多了。那时能吃饱肚子是最重要的，所以，砻糠也是备用的主食之一。

除了徐长者，还有一个朱老师，也是我童年重要的文学启蒙老师。朱老师画得一手好画，他经常穿梭在乡村，在那些空余的墙面上画画，画的主题基本上是"大海航行靠舵手""北京有个金太阳""打倒一切牛鬼蛇神""我们一定要解放台湾"之类。他画画的时候，我们就在下面看。画画的间隙，朱老师会给我们讲很多听起来十分神秘的故事，那么引人入胜。后来我知道，朱老师讲的其实是科幻和童话故事。比如《海底两万里》，再比如《格林童话》。

来村里演戏的草台班子，也是开拓我视野的重要窗口。他们演的一些折子戏，我都看了好多遍，因为不同的草台班子，演的大多就是那么几出戏。演得最多的是"孙悟空三打白骨精""九斤姑娘"。这些草台班子演的戏，大约就是鲁迅"社戏"里写到的。我后来也写过一个同题散文《社戏》，有这么一段：演折子戏对于古镇人来说是过一过戏瘾，台上的演员啊啊喔喔地唱着，台下的观众就跟着哼，越剧的调子就那么几种，没学过，听也听会了。就有爱唱的古镇女子唱上瘾了，唱出名堂来了。古镇有好几个女子考上当地的或者外地的越剧团了，在台上演的是老生，一招一式都透着伟丈夫的派头，走下台来，卸了妆，却依旧是水样的古镇女子。当了演员的女子回到古镇就很有风度地在街上走来走去，古镇人说，喏，这个人是在越剧团当演员的，到底是演员，你看连走路的姿态都不一样，走起来特别有味道。

除了草台班子的折子戏，还有演样板戏的，特别是那个《沙家浜》，阿庆嫂与胡司令刁参谋长的"智斗"，唱腔和唱词都很精彩。这些现在看来可能并不那么优雅的语言，给儿时的我带来的冲击还是实实在在的。那时我就想，以后我也要写一出这样的戏。然而我终于没有写过一出戏，但写了《文狐汪曾祺》，汪曾祺是《沙家浜》主创人员之一，并且是西南联大学生，师从沈从文。

当然，还有露天电影。两根电线杆之间，架起一块白色的银幕，就能放电影了。那时，放映机是16毫米的，只有一台，中间要换胶片，会断片。放电影基本上是《地雷战》《地道战》《奇袭》《铁道卫士》《平原游南队》《闪闪的红星》。还有一部电影的名字我记不得了，是讲一个大学教授，因为在课堂上讲"马尾巴的功能"，被嘲弄。这些电影让我看到一些不同人物的心理描写。电影在不同的村庄巡回放映，我们也会赶着去看，今天在李村放，就去李村看，明天在马家庄放，就赶去马家庄看。

美国电视剧《加里森敢死队》引进中国，并开始在电视台播放后，相信经历过那个年代的人，都会有特殊感受。我们家当然没有电视机，镇上有一家店里有，正好是夏天，我们赶过去看。老远，就看到黑压压的人群，那台黑白电视机，大约12英寸的样子，而且信号也不稳定，是自己安装的接收天线，画面经常下雪花，有时候，甚至连画面也消失了，这时，就有人爬到房顶上，去调整天线的角度。房顶上的人喊，怎么样？好点没有？下面的观众就说，再往左一点，或者，再往右一点。我们小孩个子小，根本挤不进人群里，就远远站在桥上，距离电视机得有三五十米远，好在那时视力好，还能看出一个大概。

从写作角度来看，我年少时接收的信息，都有可能成为最初的文学启蒙。它们潜移默化，融入我的骨子里，让我挥之不去。我专门写过一个长篇纪实散文《古镇旧事》，可以说是我对故乡，对年少时的一次回望。我还写过一篇散文《安昌的味道》，居然获得浙江省作家协会主办的"记得住乡愁"征文一等奖。那时，媒体都在宣传"望得见山，看得见水，记得住乡愁"。大约这就是省作协组织这次征文的原因。

我在《安昌的味道》最后写道：我不是民俗专家，对于《古镇旧事》或本文中所涉及的古镇风情，也许只不过浅尝辄止，但是，安昌的年味，的确多一些江南的柔软。尽管现在我已经吃不到父亲烹作的纯正的红烧肉，也不能替母亲帮忙，为她在除夕的祝福之夜为列祖列宗们倒上一杯黄酒，我甚至连安昌都很少回去，那条被人踩踏了上千年而显得光滑的长街上，走过我的童年。现在，我每年看到的安昌，大多是在清明，登上西扆山高高的山冈，远远眺望。我的父母就沉睡于此，他们的坟上，也有野草，和我老家祖屋屋脊上的野草相似。我知道，无论我走多远，我都能闻到从故乡安昌每一片瓦当下，每一块砖缝里，慢慢散发出来的霉味。而更加久远的从前，曾经有一位非常了不起的大人物，也在这里娶了他的夫人。大禹为何选择安昌？大禹的后代，是不是身藏安昌的某个角落，一代一代，度过他们恬淡而寂静的时光？

我写过一篇散文《跑步去灵隐寺》，里面有一段描写，是我母亲病重，父亲陪她来杭州，我带他们去灵隐寺的场景：记忆最为刻骨铭心的，是陪父母去寺院烧香。那时，母亲已重病确诊，父亲和她一起来杭州，住在我家。那是我和妻子人生第一套住房，不足五十平方米，

我为父母在灵隐寺拍摄的合影。这也是我的父亲母亲留在人间的最后影像

在六楼。当时，母亲上六楼显然已经十分吃力，但当她进入房门，看到简陋而整洁的房子，脸上露出欣慰的笑容。次日，我打车带他们去了灵隐寺，我清楚地记得，那是一个秋天，迟开的桂花尚未完全凋落，还有一些余香。在药师殿前，我替父母拍了几张合影，背景有桂花的，也有荷花的。母亲一直在微笑，我知道她的身体正在承受巨大的病痛折磨，但依旧要把最好的状态呈现在我面前。而父亲脸上，则明显有些焦虑和忧伤。我的眼睛紧贴相机取镜框，泪水早已止不住涌满眼眶，镜头里的父母身影，也模糊不清。我强忍住不让眼泪掉下来，顺手故意将镜头盖掉落到地上，拍好照，转身蹲下，假装捡镜头盖，把涌出眼眶的泪水擦去。这时的前景是一片荷花，恰好挡住父母的视线。

这篇散文在《散文选刊（原创版）》发表后，我收到两本样刊，一本留存，还有一本烧纸，敬父母。我看着火焰把杂志里登有这篇文章的两页纸吞没，仿佛听见父母在喊我的名字，我抬起头，看见火光里自己的脸，掉下两行泪水。

做一个生活中的有心人

偶尔会应邀做一些读书与写作讲座，有人会问：我就是不知道写什么，找不到写作的素材，找不到切入口。其实，我也回答不好这个问题，但在我看来，学会观察，做一个生活中的有心人，家门前屋檐下的小溪，散步走过的竹林间，天空飞过的一只小鸟，都有可能成为你的写作素材。

我们家搬到毗邻杭州植物园的东山弄，这是一个老小区，但地段好，与植物园竹种园一墙之隔，去西湖，步行也就七八分钟的路程。如果说，西湖的每一滴水，都流淌着人文的营养，那么就看你会不会充分吸收这些营养，最后化作自己的写作源泉。

就电力题材的文学创作接受采访

供奉岳飞的岳庙就在我家千米范围，经过那里的人，几乎人人都能吟上几句岳飞的《满江红》，但未必人人知道，以岳庙为半径，还有许多人文景观，是值得一看再看的。比如东山弄，可别小看这个"老破小"，它蕴含的文学甘泉，足以滋润写作者整个心灵。

"东山弄，东山弄，东山之东，东山弄。"这是一首童谣，唱的就是我们现在居住的东山弄社区。

十多年前，我和妻子决定给家挪个地方，但没想好新家安在何处。沿着西湖转了一圈，到达东山弄边上的植物园竹种园，大片大片的毛竹林，遍植一座小山，这座小山有名仁寿。一眼望去，满眼皆绿，竹林仿佛瀑布一般，从山顶向下倾泻，流到地面，铺展开来。竹林边上，有一条河流，依地势从高到低，流水形成五级瀑布。我们抵近时，水声喧哗，十分悦耳。隔一条玉古路，就是植物园主园区。这片竹林，给我留下非常美好的印象，忍不住要想起老市长苏轼的"可使食无肉，不可居无竹。无肉令人瘦，无竹令人俗"。

从时光追溯，东山弄的历史可上溯至宋。也就是说，宋时即有东山弄，且弄内多园林庙观，尤以净胜院、福寿院最为出名。据《武林旧事·卷五·东山弄口》载，这里曾有个"福寿院旌德寺子院"，宁宗曾御笔亲书"桂堂"二字；还曾有一座私家园林"廖药洲园"，是南宋权相贾似道幕僚廖莹中的别墅。此外还有净胜院，俗称昇仙宫，宋时女僧妙清建，宋高宗曾去拜访。药洲院内有"爱君子""习说"两亭，只是春花秋月，两亭均湮灭于时光之下。明代文学家田汝成在其著作《西湖游览志》卷九中，曾对东山弄有过描述："履泰山之西，为仙姑山、张宪墓。"其西"东山弄口，可通古荡、西溪、灵隐山脉，至此少伏，若断而连"。

田汝成著作中所述张宪墓，位于东山弄南端，被一片树林掩映，不注意寻找，容易忽略。墓地以两头神兽左右拱卫，一块石碑已断裂，断碑以拼接的形状，由石栏所护。从墓地所刻文字，约略可知，此碑为张宪祠碑记，此地则为张宪墓遗址。这里，相距岳飞墓不远，步行大约三五分钟。张宪系岳飞爱将，骁勇绝伦。击败曹成、平定吉虔、收复襄汉，屡建奇功。绍兴十一年底（1142）与岳飞、岳云同时被杀害。理宗景定二年（1261），张宪被追封烈文侯。《宋史》对张宪有评价："张宪等五人皆岳飞部将，为敌所畏，亦一时之杰也；然或以战没，或以愤卒，而宪以不证飞狱冤死，悲夫！"

与张宪墓一路之隔，西湖小学南侧，树木间，可见一幢独立二层小楼。从外形看，已显破败之相。但凑近了看，这幢"北山街100号"的小楼实在不是一幢普通的小楼，墙上的铭牌所记，这幢编号为LSJZ5-29的建筑，是杭州市历史建筑，建于20世纪30年代，为二层砖木结构，又名"东山别墅"。别墅之名的来历，显然与地处东山弄有关。可惜，于右任题写的"东山别墅"匾额已经不见，或许已为文物部门收藏，或许已被时光掩埋。别墅久未修葺，但从裸露的砖木来看，依旧可见其结构之坚硬。它所处的地理位置，面朝西湖不过百步之遥，当年也未有车马之喧，与别墅主人杨虎城的身份颇为吻合。杨虎城将军，择西湖一隅为他的栖居地，是再也合适不过。抗战前，杨将军在杭州买下"东山别墅"。从30年代的档案里，"东山别墅"的主人是"杨呼尘"，据说，当年，杨虎城曾在此和蒋介石交流过抗日事宜。此事没有可靠文献记载，不足为凭。杨虎城确曾到过杭州，那是1937年春天，杨虎城来杭州与蒋中正见面，见面的地点是在西湖澄庐，也在北山街上，但并非东山别墅。那次杨虎城到杭，是否住在他的别墅，不得而知，不过，杨虎城以此作为他在江南的落脚下点，倒是在情理之中。

杨虎城旧居

岳飞、张宪与杨虎城，在他们的生命里，都与东山弄有或长、或短的联系，都堪称人间豪杰。而与东山弄有直接联系的马东林，却鲜为人知。有限的史料告诉我们，马东林曾就读于西湖小学，"五四"后因参加工运农运，而在东山弄居所被捕，拘捕的具体时间不详。马东林被拘押的地点，是在距离东山弄不远的陆军监狱，其就义地也在陆军监狱刑场。

陆军监狱的旧址小车桥，现在建起著名的望湖宾馆。更遥远的南宋，在小车桥附近有南宋大理寺狱，岳飞以"莫须有"的谋反罪名赐死于狱内风波亭。同日被害于杭州市区众安桥的，还有岳飞义子岳云和部将张宪。但很多人不知道，当时，有一个殿司小校施全曾埋伏于众安桥刺秦桧未果，最后也被分尸于众安桥。而马东林在陆军监狱遇害的那一年,才23岁,其身份是中共西湖区委第一任书记。马书记慷慨赴死之前,曾写下遗诗一首,足见其文学功力不浅:"马放东林,摇尾嚼草。人囚西牢,卧薪尝胆。"从这段历史可知,东山弄承袭的并非完全是西湖的柔美与温婉,虽有"山寺月中寻桂子,郡亭枕上看潮头",但更有"八千里路云和月。待从头、收拾旧山河,朝天阙"。

与东山弄相隔一条玉古路,紧贴植物园,为青芝坞。自晋代始,此处即有村落。南宋《武林旧事》(卷五·湖山胜概)中,将其称为青芝坞。白居易笔下的"湛湛玉泉色,悠悠浮云身",说的就是它。沿青芝坞笔直行至尽头,就是灵峰探梅。在青芝坞入口小广场,立一座南宋诗人朱淑贞雕像。朱淑贞也称朱淑真,所传资料不多,相传为朱熹侄女,生于仕宦家庭,其父曾在浙西做官,家境优裕。自幼颖慧,博通经史,能文善画,精晓音律,尤工诗词。素有才女之称。相传因

青芝坞文化广场上的朱淑贞雕像

父母作主,嫁给一文法小吏。因志趣不合,婚后生活很不如意,郁郁而终,其墓在杭州青芝坞。有《断肠集》存世。

朱淑贞的诗词多抒写个人爱情生活,早期笔调明快,文词清婉,情致缠绵,后期则忧愁郁闷,颇多幽怨之音,流于感伤,后世人称之曰"红艳诗人"。作品艺术上成就颇高,后世常与李清照相提并论。朱淑贞书画造诣也相当不俗,尤善描绘红梅翠竹。明代著名画家杜琼在朱淑贞的《梅竹图》上曾题道:"观其笔意词语皆清婉,⋯⋯诚闺中之秀,女流之杰者也。"明代大画家沈周在《石田集题朱淑贞画竹》中说:"绣阁新编写断肠,更分残墨写

潇湘。"

青芝坞整修后,因为毗邻植物园和浙江大学玉泉校区,多民宿茶馆咖啡酒肆,人气颇旺,成为杭州又一人文景点,而朱淑贞在其中产生的影响不可小觑。遗憾的是诗人塑像立处,入黄昏,常有广场舞音乐震耳,想来这不是诗人喜欢的。我每次去青芝坞,走过诗人雕像前,总要看一看她聪慧的容颜,果然天生丽质、婉约可人。读她的诗词,自然也是如饮甘露。这是朱淑贞写的《卜算子》:

　　竹里一枝斜,映带林逾静。雨后清奇画不成,浅水横疏影。
　　吹彻小单于,心事思重省。拂拂风前度暗香,月色侵花冷。

东山弄可说的遗存还有不少。仁寿山下,杭州植物园入口处的林风眠旧居,也是一景。我已经记不清到过这幢西式别墅多少次,每次经过,总忍不住要进去转一转。特别是深秋,别墅周围的那些树叶,红黄相间,简直要把空气都染成有色有味。其实,四季树木的颜色,和林先生笔下的四季一样,各有看头。

1928年,林风眠应蔡元培之聘,在杭州创办国立艺术学院,为首任院长。这所艺术学院就是后来的中国美术学院。1934年,林风眠亲自设计和建造了一幢法式宅院,地处灵隐路3号,与杭州植物园毗连。目前开放可供参观的,是一二层大部分,有林先生的一部分画作和一些生前生活用品。林风眠被称作20世纪中国美术界的一代宗师,也有中国现代美术教育的重要奠基者和中国现代美术先驱之誉。

林风眠旧居

其实，对于画作欣赏，我并非擅长，但一看林先生的弟子，足可见林先生不凡。在林先生的学生中，李可染、吴冠中、王朝闻、艾青、赵无极、赵春翔、朱德群都是鼎鼎大名的艺术家。其中诗人艾青也是林先生弟子，倒是有点出乎我的意料，想来文学与艺术相通，也就释然。庞薰琹在他的回忆录《就是这样走过来》中这样写道："南京中央大学师范学院艺术系系主任是徐悲鸿，杭州国立艺专的校长是林风眠，上海美专的校长是刘海粟，苏州美专的校长是颜文樑，这几个校长是十二级台风都刮不动的。"林先生的学生吴冠中则称，无论"从东方向西方看，从西方向东方看，都可看到屹立的林风眠"。

在二楼，陈列着一幅达·芬奇的油画复制品《蒙娜丽莎》，画作下方的注释写着：林风眠最喜欢的画。从蒙娜丽莎的微笑中，再联系在一楼看到的林先生夫人阿丽丝和女儿蒂娜，我仿佛意识到，林先生为何喜欢《蒙娜丽莎》了，照片上的阿丽丝母女，和画中的蒙娜丽莎，不光神似，还颇有些形似。阿丽丝是法国人，这或许也是林先生将别墅设计成法式的重要原因。

1977年，林风眠被获准出国探亲，并从此移居香港，直至逝世。在香港期间创作的风景画，许多是对西湖的回忆。林先生曾说，在杭州时天天到苏堤散步，饱看了西湖的景色，并深入在脑海里，但是当时并没有想画它。在上海时最多画的是西湖秋色与春色，嫩柳、小船、瓦房、睡莲，无限宁静优美。到香港后，这些景色再次出现在笔下，以秋色为多，金黄色的枫林、青色的山峦，在阳光下灿烂而又凝重。低矮的小屋，在暮色中闪亮的溪水，又与他晚年的乡思连成一片。

蔡威廉别墅

距离林风眠故居不远，仁寿山脚，有一幢看上去破败的别墅，掩映在竹林间，如果不细看，很容易错过。这是蔡元培为他女儿蔡威廉购买的别墅，但久未人居，屋顶已部分塌陷，门窗腐蚀不堪，门前长满杂草。只有竹子和树木一年一年在别墅周围生长。后来，我在网上看到一条消息，这幢别墅已拍卖。

　　出林风眠旧居，往北面走，可折回竹种园。这也是我平日散步的路线图。一路上，茂林修竹，流水潺潺，既有鸟鸣声声，也有松鼠在林间跳跃，阳光穿透樟树高大的树冠，呈斜线状，射向地面，形成多彩光束，煞是好看。天已入秋，路边的石蒜开花，格外鲜艳。石蒜在民间也有彼岸花之称，开一千年，落一千年，花叶永不相见。情不为因果，缘注定生死。这是何等凄怆而艳丽的花朵，真是说尽了人间悲与喜。

流年似水，再也回不到从前

我没有到过许多作家心向往之的鲁迅文学院，但参加过浙江省首届青年文学讲习班，地点是在杭州舟山东路的浙江省广播电视高等专科学校，也就是后来的浙江传媒学院。拢共30来个学员，年龄跨度在十岁以上，最小的徐颖敏来自台州，刚刚20出头，而来自长广煤矿的陈琳则已30多岁。陈琳的脊椎有问题，走路时上半身前倾很严重。他说是下井挖煤挖的。那次讲习班的师资很好，苏童也来了，那时苏童其实也是青年作家，但已名扬全国。还有一位是湖州师范的沈泽宜教授，擅长诗评，差不多已年过花甲，但讲课时激情澎湃，讲到动情处，边吟咏诗歌，边流出眼泪。沈泽宜终身未娶，晚年的生活光景也是蛮凄凉的。

这个班可以说是浙江"新荷"的雏形。

培训班结束后不久，我联系《浙江电力报》副刊，建议浙江电力系统也组织一个类似的文学培训班，得到了回应。由《浙江电力报》与浙江文学院联合主

浙江省首届文学讲习班学员结业合影

办的"浙江电网文学讲习班"在银桥酒店开班。师资虽然不能跟省作协组织的讲习班比,但也十分雄厚了,当时省内各门类都很优秀的作家评论家都来授课。学员们的兴奋是显而易见的,许多年以后,好多人还记得那次培训班。记得办班时间是春天,晚上,大家结伴去走西湖,也有陪着指导老师盛子潮和班主任任竣去湖边喝啤酒的。

培训班结束,大家都得到一张浙江文学院颁发的结业证书。

由于没有在大学系统受过汉语言文学的训练,所以对文科大学就特别向往。最近十年间,单位职工体检多了一个选择,除了在杭几家医院,还可以去上海电力医院。从资质上来说,

1995年6月,浙江电网文学创作培训班合影

其实系统内的上海电力医院,肯定不如浙大附属第一第二医院,但我还是多年选择去上海,因为在那可以住上一晚,时间比较充裕,除了体检,还可顺道去看看周边的一些地方。我曾利用在上海体检的夜晚,两次去南京东路看中国大陆第一盏电灯,虽然是复制的,但历史是真实的。我还去看了静安寺,虽然夜晚寺门紧闭,但看金碧辉煌的外观,也不错。我曾步行五公里,去看四行仓库旧址。

那天晚上,我从地处延安路和江苏路交叉口的上海电力医院出发,步行五公里许,抵达四行信托部上海分部仓库。在接近四行仓库时,需要沿苏州河步行一段。此刻,夜色已深,苏州河两岸灯火辉映,我看过的电影《八佰》里那些画面,在我的脑海里交替浮现,我有一种身临其境的感觉。远远地,看到四行仓库耸立在夜空下的影子,我不由加快脚步,小跑起来。

我看到的第一面墙,就是留下千疮百孔弹痕的西墙,目测总有五六十米高。除了密布的弹孔,也有一些破损的墙体,已经被炮弹打空。依稀可

见残存的"海""部"仓库等字样。西墙外的广场,被冠名"晋元纪念广场"。以纪念四行仓库保卫战的指挥员谢晋元。不过,当我看到这个广场的命名,还是觉得有一些小小的遗憾,如果广场命名的是"四行仓库保卫战纪念广场",或许更能赢得民众的共鸣。

上海南京东路一个重要地标,复制的中国第一盏电灯基座

四行仓库是一个面积巨大的单体建筑。我沿着墙根,绕行一圈。因时间已晚,纪念馆已关闭,虽然不能进入馆内,但对馆内档案与实物陈列,我基本有一个大概了解。所以,能在仓库外看一看,也算是一了我多年心愿。回杭后,我写了一个《"八百壮士"的沪杭印记》,文中除了写到四行仓库,也写了杭州的两处遗迹,分别是湖滨公园的"一·二八陆军第八十八师淞沪战役阵亡将士纪念塔",以及地处西溪路上的"国民革命军陆军第八十八师淞沪抗日阵亡将士纪念牌坊"。我把稿子投给《中华日报》,但退回来了,这也是我投给《中华日报》近十篇稿子中,唯一一篇退稿,让我深感遗憾。

上海四行仓库西墙

上海戏剧学院离电力医院不远,疫情之前,学院大门是敞开的,外人可

随意进出。我在校园里转了一圈,发现一些建筑与我多年前见到的,已有比较大的改变。很多年以前,我曾在上戏培训过几天,在小剧场看过孟京辉的话剧《思凡》。那几天,在校园里走动,看到很多俊男靓女,他们大多是学表演的。这次再去,是晚上,

夜色中的上海戏剧学院图书馆

我在道具房外面的暗处坐了一会儿,草坪还是那个草坪,房子还是那些房子,只是物是人非,流年似水,再也回不到从前。

第二部　一九九九

我的秘书生涯

冯民雄调到浙江省电力公司行政处不久,就调去思想政治工作办公室,简称思政办,之前分别称宣传处和政工处。冯民雄任主任,同时兼任浙江电力报社副社长、总编辑。从管理层面来说,思政办和《浙江电力报》可以说是两块牌子、一套班子。

这时,柯毓柱师傅已调到省公司,在政工处主任岗位上过渡了一下,升任纪检组长。他的党委书记一职,就由黄主席接任。至于王仲炎的总经理一职,在他调任省公司后由钟俊担任。

黄主席任党委书记后,需要一个秘书,计划在公司内部公开招聘。当时,我在嘉兴发电厂工地当个工会小头头,叫项目工委副主任,主任是由一位中层书记兼的,我其实就是具体负责日常事务的,日子过得还算滋润。嘉兴发电厂和北仑发电厂一样,也是中国发电行业的翘楚,发电装机容量逾500万千瓦,和北仑发电厂一起跻身全球十大火电厂之列。更有意义的是,嘉兴发电厂厂址在平湖乍浦,是孙中山先生"建国大纲之实业计划"中设想的东方大港,乍浦港后来没有建成东方大港,但被当地人称作乍浦电厂的嘉兴发电厂却成为名副其实的东方大厂。我在嘉兴发电厂工地待了不到两年时间,写了一个报告文学《托起跨世纪的太阳》,在《浙江电力报》副刊整版发表。我想,如果我在工地再多待几年,或许也能写出一部类似《和太阳一起奔跑》的长篇作品。但时间在这儿又出现了一个转角。

我看到公司公开招聘党委秘书的公告,决定应聘。在工地时间久了,还是想有个稳定的工作与生活环境。但这次公开招聘最后没有成功,因为报名应聘的只有我一个人，不足三人，不具备公开招聘的条件。也有人私下和我讲，说谁谁，谁谁也有心想报名，但一看你报了，就打消了念头。我说这是公开招聘，谁都有资格报名，再说，我报了，又不见得一定是我被录用。

因为只有我一人报名，我就没有了竞争对手，公开招聘的流程就取消了，我也很顺利回到杭州，去了办公室报到。

公司行政办公室和党委办公室是两办合一，办公室主任金晓云，是杨献民夫人，很能干，对我们也很照顾。办公室两个秘书，工作各有侧重，我是党委秘书，另外一个行政秘书姓赖，比我年轻几岁，我叫他小赖。

地处杭州庆春东路的浙江省火电建设公司老办公楼

小赖。小赖是台州天台人，是浙江大学中文系毕业的本科生，是科班。我记得当时小赖经常骑自行车去杭州城北的三墩，三墩算是郊外的郊外，他在那儿买了一套房子，把他父母接过来住，可见小赖是一个孝顺儿子。当时三墩的房价每平方米六七百元，但离城区太远，买的人并不多。网厂分开后不久，小赖去了中电投在上海的分公司，职业生涯也更上一层楼，但遗憾的是，他的身体出现了问题。一次，我去浙大附属第一医院看望一位住院的老领导，与他偶遇，问他怎么来医院了，他说，身体有些问题，过来做个检查。这个属于个人隐私，我也不便多问。但没过几年，突然惊悉，小赖在上海工作期间因脑部出血，抢救无效去世了。他去世时大概也就四十来岁，让我不胜唏嘘。

小赖去世是在六月，我正在内蒙古出差。记得是从包头回呼和浩特的路上，突然接到火电公司办公室金主任电话，她说小赖去了。我没有听清，问她小赖去了哪儿，她说，小赖去世了。我的脑子一下子抽走脑髓似的，僵住了，也说不出话来。她说，是昨天的事，在上海华山医院，第二次动手术，就没有从手术台上下来。金主任说她和我一起送一个花圈给小赖。我说好的。

听到小赖死讯后一段时间，我的心很沉。六年面对面朝夕相处，我和小赖有很好的默契,我们交谈的话题不多,但彼此在工作上融洽、配合。小赖学的是中文,他喜欢写诗,偶尔也写一点,尽管在我看来,小赖的文学创作远不如他的公文写作那么出色。小赖去世后的一段时间,我常常会想起他。我们曾

办公室同人在中国茶叶博物馆,右四是小赖

经住在同一幢单身公寓里。有时候,我在窗口,会看到小赖和他美丽的妻子走出单元门,走向黄昏的街道。

我在火电公司工作期间,有一位好朋友小潘,是我的绍兴老乡,我们有空经常聚在一起吃饭聊天。我发表的作品,但凡他能看到的,都会读一遍。他和我聊文学,说文学写作主要是挖掘人性。这句话给我留下很深印象。小潘属于公司重点培养对象,年纪轻轻就成为中层干部。但不幸患上抑郁症,平时靠药物控制。我调到省公司后,和小潘的联系少了。有一天,突然传来噩耗,一天深夜,小潘从一个正在建设的发电厂工地,高逾百米的锅炉房顶上跳了下来。一个人摸黑爬上百米高的夜空,需要何等决绝的勇气。我听了,惊讶得半天没有回过神来。人的生命真是太脆弱了。那几天,我的脑子里反复出现一个画面,空旷的寂静的星光闪烁的夜空下,一个年轻的生命,张开双臂,纵身一跃,以飞翔的姿势,与这个世界告别。

和小潘(右)的合影,拍摄地点和时间不详

什么时候开始写作，是一门学问

钟俊经常会来办公室转转，和我们开开玩笑。他是一个幽默的人。没过几年，他就调走了，后来就不断听到关于他的消息，去电力部基建司任副司长，去辽宁电力公司担任党组书记总经理。网厂分开后，又去了大唐集团任副总经理。钟俊在电力系统的最后一个实职岗位是中国南方电网公司总经理。他退休后，出任中国电力美术协会主席，画得一手好油画，还在北京举办过一次个人油画展。钟俊在担任大唐集团副总经理期间，我已经调到省公司，在省公司承办的一次全行业会议上，我参与会务，会议期间与他遇到过一次，他指着我跟其他几位与会者介绍：是我在火电工作时的办公室秘书，喜欢写点小说散文。他这么一说，等于把我框死了，似乎我的特长局限于搞点文学创作。

这其实是一个很重要的经验教训，无论是公务员还是企业职工，只要是体制内的，在职时如果高调显示自己爱写作，还把写作当作自己的特长，很有可能影响自己的前程，会让领导觉得此人有才，但不可重用。客观说，在我几十年职业生涯中，所到之处，每家单位或部门领导，对我的写作都给予了足够的理解与支持，但凡跟写作有关，需要参加的会议和活动，也一律开绿灯。但我也认识不少领导，他们也爱写作，但在岗时从不轻易表露，通常要到退二线，或者退休后，才会重出文学江湖，开始写作。我曾经开过玩笑，领导赋闲，原形毕露。

陈关贤曾先后任绍兴供电公司党委书记和总经理。我们第一次见面，他就不吝欣赏与夸奖，说我是绍兴人的骄傲。关贤是个有个性的管理干部，一

2004年5月12日，时任中国大唐集团副总经理的钟俊（左三）在浙江宁海发电厂考察

定程度上甚至有些"专制"，单位里的大小领导都有些怕他。但我却不这么看，我们在一起聊天很轻松。我知道他在考大学时，是所在地区的语文单科状元，虽然学的是理工，但对文学，他无疑是有独到的欣赏能力的。或许，这也是他对我比较认同的主要原因。

孔繁钢曾任浙江省电力公司副总经理，不过，很多人不知道，他的写作功底很扎实。我知道他早先在县公司当领导时，就经常给《浙江电力报》写评论文章。孔繁钢在宁波供电公司任总经理时，我曾采访过他。当时，一个叫江小金的工程师因病去世，许多同事和职工不顾春节期间，赶去殡仪馆送他最后一程。孔繁钢获知这个信息后，让办公室去了解情况，发现江小金在职工中很受尊重，经过进一步了解，江小金身上有很多不为人知的事迹。新华社记者的内参送到中南海高层案头后，时任李姓常委有个批示给中宣部。后来，江小金成为全国重大先进典型，浙江省委和国家电网公司党组都做出向江小金同志学习的决定。

我采访孔繁钢，就是因为江小金。在采访过程中，我发现江小金有好些令人难忘的"金句"。比如他曾经说，我的工作无非是在地球上轻轻画了几条线。江小金是输电线路设计师，这句话，几乎完美诠释了他的职业自豪感。再比如，他说，一个人不可能走遍每一座山，但心中一定要有一座山。他还说，我最自豪的时候，是万家灯火的时刻。采访结束回到杭州，我写了一篇报告文学《他在地球上轻轻画了几条线》，这部报告文学，是最早，也是唯一一部篇幅较长的关于江小金的文学作品，作品在《浙江电力报》连载，并在其他媒体发表。时任宁波供电公司工会主席李红波告诉我，她读这部作品时，是关起门来读的，因为读着读着，就泪流满面。

孔繁钢退休后，继续担任浙江电力学会农电专委会主任，他提出要采写一部反映浙江农村电网建设与发展的书，这就是后来我主编并参与写作的《东方启明》，作品由浙江人民出版社出版后，受到各方好评，被认为是国内第一部反映省级农网发展的长篇报告文学。我几乎可以肯定，在短时期内，国内不可能再出现同类作品。采写这部作品难度不小。我多次讲过，我之所以同意组织这部作品的写作，主要原因是孔繁钢的邀请。赋闲后，

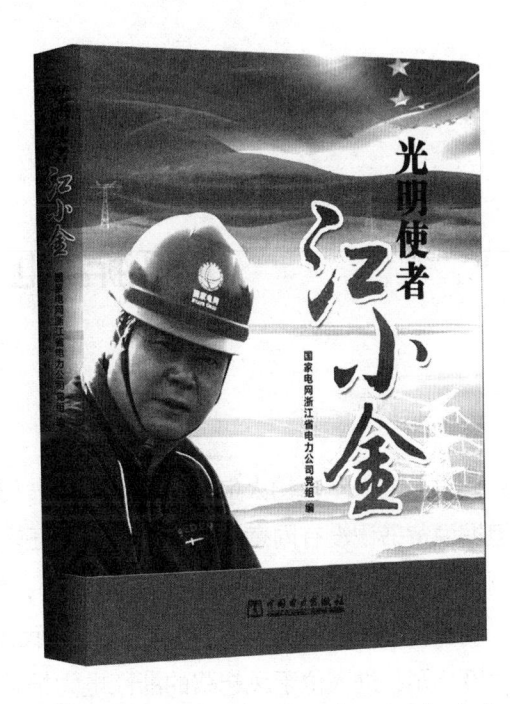

我执行主编的《光明使者江小金》由中国电力出版社出版

孔繁钢经常写些散文随笔在《东海岸》发表，从这些作品中，可以看出他深厚的写作功底。

入职浙江电力报社

冯民雄来了一趟火电公司，是找黄书记。目的是想调我去浙江电力报社。但据说黄书记没有同意。我们办公室主任转述黄书记原话："我好不容易物色到一个秘书，等过几年再说吧。"这一等，就是五六年，直到黄书记到龄要退二线了，冯民雄再通过人事部门运作，我才调离了工作十多年的浙江省火电建设公司，进入位于凤起路的浙江电力报社工作。在这里，我见到了杨献民，以及《浙江电力报》创办人张建华、黄澄夏等。

《浙江电力报》

《浙江电力报》的另外一位创办人李斌，已被张蔚文点名调去当秘书。李斌热爱写作，听说省公司办公室奉张总之命要调他，起初他还不愿意，觉得在报社编编副刊，搞点创作才是自己的人生计划。不过，办公室主任吕起翔，也是《浙江电力报》首任主编，则不同意李斌的观点，在吕主编看来，当秘书肯定比当记者有前途。

吕主编的说法当然是正确的。李斌当秘书以后，他的职业生涯从此进入快车道，秘书、主任，然后是杭州供电公司党委书记、省公司纪检组长。与其他领导不同，虽然步步高升，但李斌一直没有放弃过文学创作，所以，在"浙电红色典藏丛书"的写作过程中，他和柯毓柱纪检组长一样，也完全是自己的原创。李斌是新安江库区所在的淳安人，他还在妈妈的肚子里，就举家移民，关于这段往事，他在回忆录《宛如平常一段歌》中有详尽叙述。我应邀为李斌的这本书写了一个"跋"，里面写到李斌在当《浙江电力报》记者时，曾采写过秦山核电站，发表过两篇报告文学《世界瞩目的秦山》和《裂变和平之光》，他采访了时任中国核工业部副部长赵宏，还采访了中国资深的核电专家彭士禄。特别是彭士禄，是我仰慕已久的核电专家，一直想找机会采访，但终无果。幸好在李斌笔下，我读到了一代核电人的民族大义、勤奋智慧与奉献精神。

张蔚文也是秘书出身，曾经给葛洪升当过秘书。他后来出任宁波市委书记，有意思的是，葛洪升在当省长之前的职务，也是宁波市委书记。关于张蔚文，系统内部有过一个传说，主要是说张总对文稿的要求很高，办公室秘书写的稿子，通常会被打回，反复修改。后来，秘书们发现一个秘籍，可以避免类似情况发生，就是尽量拖延时间，等到张总第二天要上会了，再把稿子交给他，这时，他即使不满意，修改的时间也不多了。如此，秘书们屡试不爽。我向李斌求证过，李斌表示，的确是这样，不过，也不是说秘书们随便起个稿子就交差的，凡是第二天要用的稿子，总是经过反复打磨才递交给张总。李斌说，秘书们其实都有一个体会，经过张总的几次退稿修改，从中会学到很多，对提高自己写作公文稿的水平，大有益处。

参与《浙江电业》杂志创刊

浙江电力报社在凤起路的一幢四层大楼内办公，楼内一起办公的还有阳光时代律师事务所。我的编制在《浙江电力报》，但具体工作是参与《浙江电业》杂志的创刊。冯民雄兼任主编，黄澄夏是编辑部主任，三位编辑，除了我，还有钱星星和王力军。

黄澄夏其实也是一位文学爱好者，给我的印象是性格比较温和，也很有审美水平。公司几本有影响的画册都是他牵头设计的，比如浙江电力工业110年时，他领衔编辑的《流金岁月》，图文并茂，几乎就是一部浙江电力工业简史。《浙江电业》刚创刊时大家都没有办刊经验，都是在实践中摸索，排版设计也主要靠我们自己，虽然有印刷厂，但他们设计的版式黄澄夏不满意，于是，我们就直接去印刷厂排版车间，和设计一起讨论决定版式。黄澄夏开一辆单位的小面包车，他当司机，有时候，到饭点了，他还自掏腰包，请我们吃个饭，改善一下伙食。

浙江电力行业的文学爱好者对钱星星不陌生，之前，她接替李斌，是《浙江电力报》副刊编辑，很多作者的作品，经她手编辑发表在《浙江电力报》上。钱星星显然具备一个好编辑的基本素质，除了本人有个好脾气，对所有来稿，也都会认真审读，需要修改的，也决不客气。

有一次，钱星星去找柯毓柱约稿，柯组长说，你怎么会知道我喜欢写点随笔？钱星星说，我听说您在火电公司当书记的时候，也经常给《浙江火电报》写稿的。柯组长听后哈哈大笑，说，岂止给火电报，我还给更早的《初阳》杂志投过稿，你要是不信，可以去问你的同事陈富强。

王力军喜欢在网上聊天。那时，QQ聊天软件刚兴起，这个神奇的东西，让人们的生活一下子变得无边无际。刚开始，我听到王力军的电脑键盘敲得噼里啪啦的，以为他在写什么东西，或者改稿子。下班了，我和钱星星都走了，他还留在办公室伏案。我相信，网上聊天一定给王力军带来无穷的乐趣，在生活显得枯燥乏味的时候，如果网聊能够给生活加进一点趣味，也未必是一件坏事。

《浙江电业》

我的主业是编辑《浙江电业》，但也是《浙江电力报》记者，有新闻出版总署颁发的记者证，所以，偶尔也会外出采访。有好几次，我与章其鹤同行。其鹤是中国人大新闻系毕业的，专业上无可挑剔。他从人大毕业后的第一份工作是在中国电业，后来因为太太在杭州，就调回了浙江。其鹤太太是律师，就在阳光律所上班，与其鹤一个楼，只是在不同楼层。我们外出采访，他采新闻，我负责拍照，顺带收集素材，为写作报告文学做储备。其鹤永远是精瘦精瘦的，说话节奏舒缓，无论寒暑，晚上睡觉，一定要开着窗子。

"时间流不走的经典"

不论到哪工作，文学写作总是我的业余爱好。在《浙江电力报》工作的那段时间，除了写作报告文学，也写散文和小说。我的一篇散文《宋朝的雨》在《西安晚报》首发后，突然就成为全国很多学校的语文试卷题，也出现在不少省份的高考模拟试卷中，又入选一些看起来非常权威的选本，与中国历代名家列在一起，让我受宠若惊。有一位在上海念高中的同事之女，在学校组织的高考模拟考中，考到《宋朝的雨》，要对文章做分析。事后，她问她妈妈：这个陈富强是不是就是你的那个同事？她妈妈说，是的。这事对她触动很大，在她看来，一个普普通通的妈妈同事，他写的作文居然入了试卷，也激发起她的学习热情，她如愿考入复旦大学，毕业后，居然成为我的同事。

有一次，我应邀回中学母校安昌中学做一个写作讲座，主持人是学校的教导主任，他也特别讲到《宋朝的雨》，的确，这篇散文也入选绍兴地区的中学考试卷子。

20多年过去，《宋朝的雨》还在被频繁使用。前不久，江苏一位语文老师发信息给我，说学校下发的备课资料中，有《宋朝的雨》，我说多少年了，怎么还在误人子弟？朋友客气，说"时间流不走的经典"。看后让我汗颜。

被教辅和学校选中作为试题的散文随笔还有《载将烟雨过西湖》等多篇。有读者通过各种渠道获得我的联系方式，打电话给我，或发邮件给我，说试卷上的解析是不是作者认可的？我不知如何回答，其实，那些解析都是语文教师的智慧集成，我真的无话可说。如果考试就是那个答案，那就是正确答案。

在散文写作中，除了《宋朝的雨》，《水墨西塘》的获奖值得一记。起码是 20 多年以前的事情了，古镇西塘需要向外界进行宣传和推广，西塘组织了一次面向全国的征文大赛，但应征稿件不理想。于是，西塘景区管委会联系浙江省作协，组织了一批作家去西塘采风，希望通过这次采风，作家们能写出一批高质量的散文作品。那次似乎是我第一回去西塘，夜色里的西塘，有一种静谧之美，我沿着河边行走，映入眼帘的古镇风景，有一种水墨画般的宁静与雅致。我似乎找到我要写的西塘的"核"了。采风回来，我写了一篇散文《水墨西塘》作为征文投给了组委会。没想到，这篇散文居然获得本次大赛唯一的一等奖。王旭烽是那次征文的评委，由于作品是隐名评选，所以，旭烽并不知道我是《水墨西塘》的作者，当最后揭晓获奖结果时，她按捺不住喜悦之情，给我打电话报喜。

因为上海旅委是主办方之一，所以颁奖典礼是在上海万人体育馆进行的。我当场获得证书和一张特制的银行支票。奖金是人民币现金 1 万元。当时，钱还不像现在这样不值钱，这一万块钱，是我两个月的工资，带给我起码一周的好心情。晚上回家，我把奖金交给妻子，她也高兴了好几天。

从"橄榄树"到"榕树下"

北美的"橄榄树"文学网是互联网上最早一批中文文学网站。我在网上搜到这个网站,发了几个稿子过去,编辑联系我,希望在网站上开个专栏,这就是"古镇旧事",这是我写安昌古镇的系列散文,有三十几篇,这些散文先后在专栏刊出,还是在海外引起了一些反响。编辑设计制作了很好看的页面,有古镇的质朴与素雅感。这个专栏连载结束,编辑又向我约稿,于是,我又开始写作杭州系列"皇城遗风"。散文家苏沧桑要写作杭州的散文,在网上检索跟杭州有关的文学作品,结果跳出来一大堆我的散文,她特意发了个信息告诉我。

"橄榄树"编辑沈方与我有过一个访谈,他设计了十来个问题,由我来书面回答。这个访谈有两万来字,取标题《与一座古镇对话》,最先在"橄榄树"分两次推送,事实上,后来也成为我的文学创作观,我将它收录进我的中篇小说集《未庄的一九三四年》。这部中篇小说集收录了我发表在浙江《江南》、重庆《红岩》、深圳《特区文学》等刊物的五个中篇小说,时任浙江省作家协会主席叶文玲作序。

在"橄榄树"之后,上海的"榕树下"全球中文原创文学网站,也火过好多年,我也是这个网站的签约作者,开了个人专栏,获得过网站举办的文学奖。记得去上海参加颁奖典礼时,第一次见到王安忆、余华、王朔、陈村等文学名家,那时王朔正如日中天,被一大批记者和读者围着侃侃而谈。陈村的脊椎似乎有问题,佝偻着背,拄着一根拐杖,相比王朔,陈村明显被冷落了。

可能是我在网络上有一定的知名度,就有媒体来采访我,记得是《中华读书报》记者,至少两次约我谈谈网络文学与纯文学的关系。我觉得这纯粹就是一个话语陷阱,因为当时还没有类似唐家三少、南派三叔、流潋紫这样身

在上海,和余华(左)的合影

份标签鲜明的网络作家,那时的所谓网络文学,无非就是把纯文学作品搬到网上,借助网络进行传播,传统的文学作品传播,比如在纸媒上发表或出版,受众有限,而网络的传播就具有无限的可能。为了进一步阐明我的观点,我写了一篇《给文学插上网络的翅膀》发表在《文艺报》上,再有记者采访,我就把这篇随笔发给他们,我就不必再重复唠叨,皆大欢喜。

我算是较早在网络上有一些影响的作家,但最终没有成为网络作家。我认识一些网络作家,他们的创作精力、更新速度和吸金能力,令我望尘莫及。年轻的网络作家李虎,我们曾一起参加中国作协第九次代表大会,他在会上当选中国作协全委会委员,可见他的影响力。李虎网名天蚕土豆,据说版税最多时年入上亿,在传统作家看来,这简直就是一个奇迹了。一个偶然的机会,我认识的几位朋友,平时几乎不看纯文学小说,但他们告诉我,他们会付费看网络小说,我问他们看天蚕土豆的《斗破苍穹》吗?他们说看,每天就等着他更新呢。这让我大为吃惊,原来网络文学已经渗透得这么彻底了。

浙江是网络文学重镇,除了我前面提到的几位网络作家,还有像蒋胜男,不仅在写作上有很高的知名度,她的一些网络作品,比如《芈月传》《燕云台》《天圣令》等,有很可观的发行量,根据这些小说改编的影视作品,收益良好。从蒋胜男的微信朋友圈,可以看到她的创作信息。成名后的网络作家普遍有一个特点,就是他们初期的创作都是在某个文学网站打天下。蒋胜男也是,她是晋江原创网开山驻站作者之一。写作不仅让蒋胜男名扬天下,也

让她拥有了更重要的社会地位，她先是当选全国人大代表，后来又是全国政协委员。她利用这些身份，提出不少与民生和写作有关的提案。

  我回顾自己开始在网络上写作，似乎也是一些著名网站的驻站作家，比如上海的"榕树下"，北美的"橄榄树"，但最终没有形成气候，一方面，是天资平庸，另一方面，是不够勤奋。在一次浙江省作协换届大会上，和我居一室的是一位网络作家，网名孔二狗，午间休息，他还在电脑上敲字，边敲边喝"红牛"。我问他中午也不休息一下，他说，今天有5000字的更新。他告诉我，最多时，他一天要更新一万字。我听了，在心里直喊吃不消。写作不光是脑力劳动，还是名副其实的体力活，没有好的体能，根本经受不住每天这样对身体的消耗。我在想到孔二狗时，顺手百度了一下，发现跳出来的孔二狗，似乎不是我的室友孔二狗，而是另外一个看上去更牛的孔二狗。也有可能，网络上，不止一个孔二狗。

《未庄的一九三四年》与"一本书主义"

《未庄的一九三四年》收录的五个中篇小说都是民国题材，叶文玲在序言中写道：

陈富强这五个中篇都表现出很强的古典情结和宅院情结，小说都设定了一个过去的时代背景，都是发生在深宅大院里的故事。在这些小说中，陈富强表现出深厚的古典文学修养，也表现出作家建构鸿篇巨制的愿望。小说围绕民国时期的乡村展开，写到婚嫁、祝福、唱戏、园林、建筑、文学比较等等，尤其是有关民俗风情的描写给人深刻的印象。其中长达六万余字的《红颜》因出色的故事建构能力，语言上的张力与鲜明的人物形象塑造而获得了第四届特区文学奖、浙江省优秀文学作品奖。陈富强行走在民国的江南乡村，与那些笔下的人物或清茶一杯谈古论今，或与他们擦肩而过，望着他们远去的身影，编织着他心中的那个精神家园。

关于请叶老师写序，是一个令人愉悦的过程。当时，叶老师还住在宝石山下，她的书房，推开窗，就能见到宝石山上那座妖娆的砖塔。我告诉她，我有一本她最早的小说集《无花果》，是"萌芽丛书"，上海文艺出版社出的。她说，这本书，连她自己都只剩下一本了。我把来意告诉她，叶老师听我说了一半，就打断我，说，"你不要说，听我说"。这是她的口头禅。那个序言很快就写好，对我的小说，说了很多好话。我至今很感激一位著名作家对后辈的提携和鼓励。

中国作协九大期间，我在北京饭店与莱佛士之间的长廊上偶遇叶文玲。她的身边，总有一个瘦削、高个的身影，是她的先生王克起。我说，这么难得在北京跟叶老师相遇，我们要合一个影。叶老师说，那得去大堂，那儿有一条横幅。于是，我们去了北京饭店大堂，王先生用我的手机拍。叶老师指挥她的先生应该这样，不应该那样。我说，您不要指挥他，让他拍。拍好后，我把画面指给叶老师看，您看，拍得很好呀，人拍进去了，横幅也拍进去了。都说少年夫妻老来伴，这对夫妻，从河南走到杭州，走南闯北，相濡以沫，是爱情老了的模样。

叶文玲老师曾经遭遇一场大病，可以说是从死亡线上被拽了回来。我在北京饭店与叶老师的偶遇，就是在她病愈之后。从北京回杭州不久，叶文玲新作《美美与共》在晓风书屋举行首发式，我去参加了，并且做了一个简短的发言。我是从心里祝福叶老师。在台州市图书馆，

出席中国作协九大期间，和叶文玲老师在北京饭店合影

有个"叶文玲文学馆"。我去椒江的时候，特意去了趟台州图书馆，主要是去看叶文玲文学馆。走进文学馆，迎面是叶文玲的半身塑像和她题写的话："美是文学的生命。"旁边是中国作协主席铁凝题写的话："在叶文玲的文学里，女作家的温婉细腻、热情似火和台州人的硬气兼而有之。她对文学梦想长达半个多世纪的执着固守以及她强韧的生命活力尤为令人感佩。"

叶文玲创作过一部《此生只为守敦煌：常书鸿传》，这应该是她病后重新修订的一部作品。在最近一届鲁迅文学奖初评书目中，这部作品以长篇报告文学的体裁参评。我是省里的初评委，由于疫情原因，是以线上会议形式进行评审。我毫不犹豫投了本书一票。在浙江省作协推荐上报的书目中，也排

在报告文学首位，尽管最后在终评中落榜，但在我看来，叶老师的这部作品没有上榜，是本届鲁迅文学奖的一个遗憾。

在 2023 年第 4 期《百花洲》上，我读到叶文玲老师的新作《"一本书主义"——忆我所知道的和见过的丁玲》。看完全文，我心甚慰。这是一篇回忆录，是需要很好的记忆，才能完成的一部作品。叶老师在书中记叙的，都是数十年前的往事，她记得如此清晰，表达如此流畅，可见她的思维能力依旧尖锐。文中附有一张旧照，是第四届文代会上，丁玲、草明、茹志鹃和叶文玲的合影。如今，前三位中国杰出的女性作家早已作古，只有叶老师健在。我相信，叶老师写作本文时，找出这张照片时，一定有满心的感叹和不舍。

说心里话，我内心非常认同丁玲的"一本书主义"。叶老师在文中对丁玲的这个文学观做了阐述：关于"一本书主义"的原文，有很多版本，前面引用的，是丁玲自己的回忆，但我比较偏爱的，还是这样的说法：丁玲在主持中国文学研究所（中国文学讲习所的前身）时，曾对青年作者们说过："你们一定要出一本书，来表明自己的实力。有了一本叫得响的书，你在文坛上的地位也就站住了。"

当然，并非出版一本书，就能流芳，必须是像丁玲说的，是一本叫得响的书才行。比如像钱钟书的《围城》，陈忠实的《白鹿原》，才算是"一本书主义"的典型。

去深圳领奖

　　中篇小说《月娘的河》，也就是收录进中篇小集《未庄的一九三四年》的《红颜》，获得第四届特区文学奖，接到领奖通知，我决定去一趟深圳。这其实是我第二次去深圳，第一次还是在火电公司的时候，我和另外一位同事，去大亚湾核电站，当时，核电站正在建设，火电公司承担了一部分常规岛设备的安装任务，项目经理是毛关友，他后来成为华能浙江公司总经理。毛关友带着我们参观了核电站，因为正在建设初期，其实也没有啥可以看的。就是看到很多外国人。毛关友说，这些外国人大多来自法国，大亚湾核电站是中法合作的项目，对于国内电建企业来说，也是一次很好的学习机会。从大亚湾出来，毛关友又带着我们在深圳市区转了一下，去了中英街。我看着那么狭小的一条街，成为一国两制的分界线，内心还是颇有一些感慨。我望着街对面的香港警察，似乎只有一步之遥，我就可以进入另外一个制度的空间。在深圳期间，毛关友还请我们在世贸大厦顶楼的旋转餐厅吃了一顿饭，在那儿，我第一次眺望香港新界，俯瞰深圳的万家灯火。

　　去深圳领奖，到机场接我的是《特区文学》的宫瑞华主编，我的好几个中篇小说都是经他手编发的。但他亲自接机，让我很不好意思，他送我到下榻的酒店，和他的另外一个同事陪我吃饭。那次，我认识了来自陕西的作家张虹，她也是获奖作者。后来，她当选陕西省作家协会副主席，我们一直有联系。

　　这部获奖小说，在稍后还获得浙江省优秀文学作品奖。浙江没有其他综合性文学奖，这个奖算是浙江省内最高等级的文学奖，也有作者把它简写成浙江文学奖，似乎也没什么问题。后来，我又有三部长篇报告文学《中国亮了》《铁塔简史》《能源工业革命》先后获奖。应当说，四次获得这个奖项的作者并不多。所以，我觉得评委会对获奖作者的频次也要有个规定，比如获过奖的，原则上不再允许申报，这样可让更多作者有机会获奖。

我第一次获浙江省优秀文学奖那次的颁奖典礼，是在绍兴鲁迅故居前的广场举行的，我意外地遇见了我的高中语文老师李玲芳的女儿，她是绍兴一家媒体记者，颁奖典礼结束，她找到我，做了一个简短的现场采访。采访结束，她告诉我她是李玲芳的女儿，我让她代向李老师问好。又问她李老师的近况，她说，一切都很好。其实，她妈妈就在观看颁奖典礼的人群中，可惜我没有时间了，马上要跟大部队去鲁镇，不然，我应当见见我的这位语文老师。

不可忘记的老师们

从我小学到中学，有两位语文老师给我的影响很大，一位便是高中段的李玲芳，李老师是上海人，毕业于复旦大学，在那个特殊年代下放到安昌中学。我记得她讲课基本不用讲义，让我们钦佩不已。而且她身上那种知识女性的优雅，也让我们领略到一个复旦高才生的与众不同。她很认可我的写作，凡是在班上朗读范文，我的作文概率最大。许多年以后，李老师特意来杭州看我，我们聊了很多，她说，她桃李天下，能出一个作家，让她感到很欣慰，也让她感到很光荣。而我也觉得，因为写了一些作品，让老师脸上有光，也是一件令人愉悦的事。

另外一个老师姓韩，是我小学段的语文老师，从四年级到六年级，教了我们三年。韩老师对我的关心是那种润物无声的，那时，中外文学名著是禁书，能够读到的小说，现在看来都是味同嚼蜡。她借给我一部长篇小说，是写朝鲜战场上中朝友谊的，如果放到现在，毫无疑问，哪怕看上一页都是浪费，但在文学荒漠年代，这部小说带给我的震撼是空前的。这也是我第一次读一部几十万字的长篇小说，而我刚上小学四年级。我只用了两天时间就读完了。我把书还给韩老师，问她还有吗。韩老师露出为难的神色，不说有，也不说没有。过了几天，她悄悄塞给我一本破得不能再破的，纸页泛黄的小说，没有封面，好多书角都已卷起来了，还有缺页，显然，这部小说已经过很多人的手。尽管没有封面，当时我也不知道小说名，但我读完，记住了林道静、卢嘉川、余永泽、江华等一些人的名字。这部小说给我的冲击是前所未有的，也让我特别感谢韩老师，她是冒着极大风险，把信任给了一个四年级的孩子。韩老师腿脚有些不便，但在我眼里，她是世上最美的语文老师。

在我的创作生涯中，除了这两位语文老师，还有好几位前辈对我帮助很大。在我不足20岁的时候，我给家乡的报纸《绍兴经济报》副刊投稿，获得很好的回音。编辑姓徐，徐老师给我复信，要我多给副刊投稿。我把几篇写绍兴和安昌风土人情的随笔一股脑儿给他寄去了，没想到，徐老师在副刊给我开了一个专栏。这样一来，我的写作就变得有压力了，每周一篇，大概千把字。这个专栏持续了一年，给了我很大自信。我得知徐老师生病住院，特意赶到绍兴去看望他。这是我第一次，也是最后一次与徐老师见面。徐老师很瘦，个子蛮高，我们在病房里聊了很久，他主要还是鼓励我，说我的语言功底和描写能力不错，只要坚持，一定能写出更好的作品。

《华东电力报》的舒松富老师也是我的忘年交。我是报纸副刊的老作者，参加过好几次舒老师组织的文学活动。那时几乎每年，《华东电力报》都会组织一次笔会。安吉天荒坪抽水蓄能电站建设过程中，舒老师联系我，说想和我

和舒松富老师一起参加文学采风

一起去采访，约我写一个报告文学。我和舒老师在安吉待了几天，回来后写了一个七八千字的报告文学，在《华东电力报》副刊整版刊登了，这种处理方式在当时还是十分罕见的。后来听舒老师说，这篇报告文学反响很不错，在天荒坪工作的外国专家，在离开时还把它当作资料带走。

胡伟强是《华东电业》主编。他约我至少写了五个电力题材的报告文学在杂志上发表。这其实是不符合一般办刊规律的，因为华东电业是一本管理类综合刊物，以发表论文、工作经验等为主，偶尔也会发一些带有文学性的

随笔，但大篇幅刊登报告文学则很少见，等于是打破了办刊常规。

《华东电力报》和《华东电业》杂志，后来都停刊了。但两位前辈给予我的帮助，却让我十分难忘。

当然，在我几十年的业余创作生涯中，给予我帮助的老师不胜枚举。我想，每一个从事文学创作的初学者，或多或少都会有过这种经历，这也是中国文坛的一个传统，鲁迅帮助萧红，郁达夫帮助沈从文，可都是文坛佳话。

诗人首长，以及无尽的动力

在我的业余写作生涯中，妻子给予我的鼓励不可忽视。妻子在我的微信名设置中是"首长"。家里大小事情，基本上她说了算。我觉得她的决策总是准确的，我也懒得动脑筋，何乐不为。首长从小学开始就是学霸，但考大学那年，她爸爸生了一场大病，影响她的情绪，没有考上她理想中的云南大学，而是被云南师范大学录取。不过，在我看来，云南师范大学更接近我的梦想，她就读的校区在西南联大旧址旁。我去过两次，首长所在的宿舍楼毗邻联大旧址，从她六楼的宿舍窗口，就可俯瞰联大旧址的大部分建筑。

首长在读大学时喜欢写诗，诗作曾收录昆明青年诗人方阵，如果坚持，我觉得她会是一名很优秀的诗人。但后来因为工作原因，基本放弃了文学写作。我们去西南联大旧址时，首长带着我看每间她再也熟悉不过的房子，每一个角落都有她的记忆。

和妻子在西南联大旧址合影

我们特意在"国立西南联合大学"旧址横匾下，联大教室外留影。我还特意去看了诗人闻一多遇难处，昆明城区的钱局街西仓坡。

因为受过系统的汉语言文学教育，所以首长的文学功底，其实要比我扎实，这也使得她参加工作后游刃有余。在杭州，她先后就职于多家企业。在华立集团的《华立报》任过几年编辑，没过多久，就成为报社的中坚。进入著名的杭州绿城集团后，从事企业品牌宣传，深得绿城创始人宋卫平赏识，宋卫平不少企业管理的思想，尤其企业文化的理念，基本上都是经她手梳理成文。宋卫平创立蓝城，她也跟着到了蓝城。后来，在蓝城旗下的蓝虹管理公司出任品牌总监，并兼多家下属企业的法人代表。

首长所在的企业需要在市场上与同行竞争，并且胜出，才有可能生存下去。所以，她的足迹遍布山东、湖北、湖南、安徽、江苏、云南等地。每次出差前，她都要做足功课，比如承揽一个房产项目的品牌广告宣传，需要多家广告公司参与竞标，但每次只要首长出马，上场演讲，十有八九能签上合同。无论在哪个岗位，首长都能获得赞许与掌声。我想，这与她在西南联大旧址上，浸润的是大师们留下的卓越与经典气味有关。

首长嫁给我时，我几乎一无所有。一天晚上，我和首长外出逛街，在商店看到一只巨大的沙皮狗玩偶，首长属狗，她的目光盯着沙皮狗，我知道她喜欢，我买了下来。那天，她抱着沙皮狗回我们临时居住的房子，睡觉时，也搁在床头，在床上看书时，狗当枕头。那时的玩偶质量不错，几乎从不掉毛。后来，我们换了好几个住处，整理丢弃不少物品，但这条沙皮狗一直跟随着我们，直到现在。现在回想，这条沙皮狗几乎就是我们最珍贵的结婚纪念物了。

首长的心理素质要比我好，但凡出现什么问题，从不抱怨，先冷静分析，找出问题的症结，然后再想解决问题的办法。我们有了第一套房子，因为囊中羞涩，连装修都是自己搞的，我去五金商店买了涂料，用自行车拉回家，自己动手刷墙，首长给我打下手。首长刚来杭州时，喜欢吃辣，炒菜时总要随手丢几个辣椒进去，整个屋子都是辣椒味，呛得我不停咳嗽。但多年以后，我习惯吃辣了，她却退化了，不太喜欢吃辣了。

在伊斯坦布尔，一天早上，我们去游新皇宫，在皇宫门前，遇到一群土耳其初中生，他们看到首长，争先恐后与她合影。我有点惊讶，仿佛被追星的感觉。首长得意地说，有啥惊讶的，不就他们觉得这个中国人漂亮吗。

我打算开个微信公众号，一时想不好公众号的名字。一开始，我取了个"书房37号"，37号是我们居住公寓的编号，即37幢。首长看了，想了想，说加上一个"外"字，叫"外书房37号"。我一听，首长简直就是我的一字之师，这个"外"是神来之笔。公号运行一段时间后，文章更新间隔时间很久，有时候甚至半年都没有更新，但我觉得，"外书房37号"名简直可抵万金。

在伊斯坦布尔，妻子被土耳其学生簇拥着合影

我们的生活质量逐年提升，但首长一直很节约，即使当了单位领导也是，比如吃不完的剩菜，照我的意思倒掉算了，但她不肯，会用食品盒装着带去单位当午餐。但在孝敬老人方面，却出手大方。首长家的经济条件一般，我岳父去世后，岳母住在她哥哥家，生活终究不是很方便，我们考虑在昆明买套房子，这样，岳母就有了一个安静的住处，我们回昆明，也有一个落脚点。这件事，我们的意见完全一致。托朋友看好房子，我负责飞去昆明办理交易手续。在家里用钱的事情上，我从来不管，我甚至都不知道家里有多少存款。因为我相信，首长做出的所有决定，都不需质疑其合理性。当然，在首长看来，我的大度也是一个重要原因。多年以前，岳父因心肌梗塞，去世突然，我们赶去昆明，当时，首长兄妹几个，手头都拮据，购买墓地的费用，是用我一部长篇报告文学的稿费支付的。

就在我们心灰意冷，决定仗剑走天涯的时候，首长怀孕了。孩子的到来，带给我们的欢愉是难以用语言表达的。尽管因为身体原因，历经九九八十一难，孩子的到达已经很晚，但作为高龄孕妇的首长，表现出来的坚强与坚韧，再次令我钦佩不已。在杭州市中医院住院期间，同病房有四个准妈妈，我第一次真切感受到，那些准妈妈为了孩子，愿意下地狱的那种无比巨大的勇气，

第二部 一九九九　133

一位来自湖北的年轻准妈妈，已是第七次怀孕。另一位准妈妈是做的试管婴儿。遗憾的是，其他三位准妈妈的孩子都没有保住，当妈妈的心愿一时没有达成。庆幸的是，我们的孩子如约来到人间。

如果要用一句话形容首长在家里的地位与作用，她就是我们家的"掌舵人""主心骨""镇宅之宝"。

孩子出生之前，我就想好名字，是我的姓加首长的名，然后后缀一个"语"。我有一种预感，将要诞生的会是一个女孩，所以也没准备男孩名。女孩渐渐长大，似乎遗传了一些我和她妈妈的文学基因，写作上有一点天赋。她从幼儿园开始看包括红楼梦、三国演义在内的绘本，到小学四年级，开始读这些经典的原著，尽管没有读完，但从她看书时投入而津津有味的状态看，她是看懂了。孩子对《红楼梦》和《三国演义》里的人物关系，能讲得一清二楚，这是我望尘莫及的。她还特别喜欢北京故宫，有一段时间，天天拿着一张故宫地图研究，几乎对每一个区域、每一个房间的用处，都搞得明明白白。

以这个姿势看《三国演义》的小读者

每当孩子起床，或吃饭，就会说，爸爸讲故事。我记忆里储备的那些故事讲完了，只好再去看书，不然，会赶不上孩子的需求，所以，我觉得自己和孩子一起在成长。耳濡目染，孩子叙述的能力，有时会带给我们惊喜，出乎我们的意料。在幼儿园读中班时，有一次，老师组织孩子们讲故事比赛，部分家长当评委，有的孩子上去，不知道讲什么，忘词了。有的孩子则讲得毫无条理。在快要结束时，我们家孩子突然举手，要求上去讲，由于她并不是事先安排好的，算是计划外的"加塞"。她讲了一个"肠道大冒险"，结果一鸣惊人，家长评委在群里发信息，大赞孩子，说这个孩子是最后一个讲，但讲得条理清晰，是所有孩子中讲得最好的。这是孩子第一次公开上台讲故事，以后，从小学到初中预科，凡是班级里有什么需要孩子上去讲的，她从不告诉我们，但每次总能讲下来。从她讲故事，让我感觉她有一定的语言和结构组织能力，这显然是写作必须具备的。

一张我十分喜欢的照片，孩子迎着朝阳去学堂

在孩子上小学之前，我们每隔一段时间就带她出去玩，根本没有学前教育意识。上小学第一次识字测试，她只认识三十几个字，在所有新生中倒数第一。平心而论，如果说我们没有一点焦虑是不可能的，但很快，我们就调整心态，除了给她必要的识字补习，更多的，是抱着一种顺其自然的态度，我觉得，一个孩子的成长过程，每个阶段有她每个阶段需要做的事。事实上，每个孩子都是上帝派来的天使，都一样充满了智慧。我记得在千岛湖度假时，我给她补读识字卡，一个上午，她就能认得并记住三十几个字。所以，对于孩子的成长，我一点都不慌。

从她两岁开始，我们常常去千岛湖度假，听我讲千岛湖的来历，后来，她写了一篇作文《千岛湖原来是条江》，我看了，觉得写得不错，稍作润色，发给了《香港文艺报》，结果一字未改刊登出来了，在她所在的西湖小学引起小小的轰动。她的另外几篇习作，也分别发表在《作文天地》《小学生时代》。有一段时间，她特别喜欢浙江自然博物院安吉馆，几乎每周都要去，而去了博物院，最喜欢看的是那些宝石。以此产生的灵感，她写了篇征文稿《火星上有没有祖母绿》，作文中写到的，都是她在博物院看到的，比如祖母绿宝石，再比如来自月球和火星的陨石。这篇作文获得第十六届浙江省少年文学之星征文比赛小学 B 组二等奖。这也是西湖小学唯一获奖的作品。

小作者的散文刊登在《香港文艺报》，她紧抿嘴唇，其实心里是笑得很欢喜的

小朋友的获奖证书

安吉是"绿水青山就是金山银山"理念诞生地。湖州从 2023 年春天始，组织两年一届的"全国青少年两山文学征文大赛"，彼时，孩子已转学到地处安吉的蓝润天使外国语学校，我看到征稿通知，鼓动孩子写篇文章参与。她说写什么呢，我想起一个画面，在浙江自然博物院安吉馆，孩子站在一头白犀牛的雕塑下，仰着头，看了好久，犀牛上面，是一些有关动物灭绝的数据，其中有一行是关于安吉的：安吉小鲵，2014 年的检测数显示仅 300 余条。于是，我启发她：你最喜欢去自然博物院，你是不是发现安吉小鲵已经濒临灭绝了？她说是的，太可惜了。我说你可以这个为主题写一篇作文。孩子似乎有了灵感，很快写了一篇《寻找安吉小鲵》。我看了，应该说写得比较到位了，个别词句做了些修改，就替她投出去了。结

果获了个优秀奖。评委会在颁奖时特别强调,从来自全国5000多篇应征稿件中过关斩将,脱颖而出,十分不易,进入终审的也就100多篇,除去获等级奖的30篇,获优秀奖的30篇征文也一样精彩。这60篇佳作都将授予"两山文学奖"。

实事求是说,孩子的成绩,除了语文,理科成绩不是太理想,但我们不想给她太大压力,我个人也不认同几乎没有人性的内卷。她喜欢做的事,总是鼓励她去做。她喜欢看书,就让她看。她喜欢写作,就让她多写。我发现,她的兴趣爱好广泛,与她聊天,她的信息量很大。她关心朝鲜战争,我推荐《最寒冷的冬天:美国人眼中的朝鲜战争》,让她从美国人的视角来观察这场战争,她居然也愿意看。她完整看完了《人类简史》,并在班上做读书分享。

一到年末,单位通常会发一张《钱江晚报》订报卡,除了中国作协和省作协赠送的《文艺报》与《文学报》,《钱江晚报》是最近几年家里唯一的报纸了。说实话,我和首长基本不看,倒是孩子经常会拿着看一下,巴黎圣母院大火,她就是从报纸上看到的,于是,我们探讨了一下这座伟大建筑的前世今生,顺便讲了雨果和他的《巴黎圣母院》,以及《九三年》《悲惨世界》。我悄悄拍下孩子读报的照片,发给《钱江晚报》吴总编。吴总编很感兴趣,专门让记者联系我,在电话里采访了一会儿,写了一个稿

小读者认真看报的照片登上了《钱江晚报》

子,与孩子读报照片一起在钱江读书版登出。记者的视角当然是想说明,读报有利于学生写作。我基本认同这个观点,但现在纸媒正在走向没落,办报思路再不改变,恐怕这条路会越走越窄。

孩子在西湖小学读四年级时，她的同学听她说欧盟，居然问她，谁是欧盟？她讲朝鲜战争的起因，班级里的一位学霸说，你讲的朝鲜战争跟课本上学的不一样，你有这个时间，不如管好自己的学习。孩子回来跟我们讲这些，说完了补一句，我都懒得理他们。我对她说，你做得对，以后再遇上这样的"学霸"，多看她一眼都是她的胜利，不予理睬是最好的回击。他强任他强，清风拂山冈；他横任他横，明月照大江。读书不仅会使人博学，也能让人的内心变得强大。

孩子爱笑，她一度认为是缺点，我们坚决否定了她的这个想法，要她始终保持微笑面对学习和生活。她很小的时候，就给我和她妈妈都取了外号，我的是"花短兔"，妈妈是"灰睡衣"。因为我夏天总是穿有格子的花色棉短裤或沙滩裤，而她妈妈有一套灰睡衣。不知从什么时候起，孩子又悄悄给我起了个外号"肥爹"，尽管我多年坚持夜跑，但依然不能保持年轻时的身材。不过，我觉得这三个外号起得都很精准，尤其是"花短兔"我尤其喜欢，每当她喊"肥爹"或"花短兔"时，我都有一种普天之下，唯我最幸福的感觉。我想，给我们起外号，不也是孩子善于观察的结果？

有一天，孩子突然问我，爸爸，你怎么总是穿一件颜色的衣服？那是夏天，我穿的是灰色休闲衫，其实是我有好多件同款同色的休闲衫。孩子开始关心我的穿衣，我一时有点不适应。幸好她还没问我为什么天天穿同一条裤子，

三口之家在北戴河

因为我有五六条同款同色的裤子，怎么换，都一样。看来，我也要注意自己的穿着了，孩子长大了，有自己的审美趣味了。其实，首长也会趁商场打折时，给我买一些名牌，但我不识货，这些名牌和几十块钱的衣服混在一起，搁在衣柜里，换衣服时，伸手拿到哪件穿哪件。

孩子对考试成绩也不太在乎，考好了不自满，考砸了也不沮丧。我突然想，孩子的学习随我，文科好理科差，如果说基因和遗传在起作用，我有什么理由一定要让她出类拔萃呢？孩子读书成绩的好与不好就随缘吧，只要她在学校每天开心，能够健康平安成长，期末考 100 分，还是考 60 分，都随她去了吧。青出于蓝胜于蓝，或许，这是老陈家又要出一个作家的预兆呢。

昆明先生坡

名头很响的昆明先生坡其实是一条小街，长百米余，宽三五米，一头连着翠湖，另一头牵着文林街。翠湖不大，但湖的周边，却犹如浩瀚的星空，光是九巷十三坡，就璀璨得很，更不说西南联大旧址、云南大学、云南陆军讲武堂了。

贡院坡里的贡院，说的是云南大学。学院坡因清康熙年间在坡南侧的积善街修建了"云南提学使署"而得名。丁字坡是清朝时期文人到贡院参加考试的必经之路。而西仓坡，曾有部分院落作为西南联大教师的宿舍，闻一多曾居住于此，这里也是诗人殉难处。

而先生坡的名声，似乎要更响亮一些。对于先生坡的来历，通常有一种说法，是因为西南联大在昆明办学时期，有不少教授、作家、诗人、学者，比如李公朴、闻一多、朱自清、陈寅恪、钱锺书、沈从文等曾经住在这里，在附近居民眼里，此处住满了"先生"，久而久之便被叫作"先生坡"。这种说法，其实有一点牵强。倒是《昆明地名博览辞典》说得似乎更有道理："清末以地近贡院（今云南大学内），属坡地，内多驿馆，每逢乡试各地应考秀才（俗称先生）多居于此得名，或谓乡试时改考卷的先生居此得名。"在先生坡入口处的一块牌子上，也有类似记载。应当说，西南联大的先生们后来在此居住，为先生坡锦上添花，倒是真的。

事实上，在昆明，说到先生坡，有一件事值得称道。明清时，参加三年一次的"秋闱"者，因为科举考试不限年龄，据说每次会有五千人赶考。贡院附近的先生坡、文林街、龙翔街、凤翥街等地全住满了赶考学子。考生要在"号舍"里考试、食宿，必自带笔墨纸砚、干粮食物和简单卧具，而八月"秋闱"时节恰逢昆明雨季，考生还得带块遮挡风雨的披毡或油布，这些物件统统装进箱子，一般就称"考箱"或"考篮"。对于年老年少和体弱的士子来说，沉重的考箱是个不小的负担。到了清末，考虑到这类考生较多，滇省政府规定：鉴于贡院"阶级陡峻"，为照顾"文弱老少"者，由政府出钱，雇佣壮年背佚90余名，专替考生背负考箱行李，从今天的翠湖一带搬运到坡头驿馆，考试时再由先生坡背到考场号舍。并规定：背佚一律不得向考生索取分文。

这件事，现在回头来看，也是功德无量。

除了那些"十年寒窗无人问，一举成名天下知"的幸运者，在先生坡还有一位叫李陶斋的人，也被人代代传颂。李陶斋早先也是个摆地摊、卖棕索麻绳的小贩。清朝后期，在新城铺（今金碧路东段）开店做买卖。他为人厚道，来滇的川、赣、粤商人都愿邀他入伙，共同发财。经过20年的打拼，李陶斋成了百万富翁，人称"李财神家"。他发家后，行善做好事，修桥铺路、低息借贷给穷人、救济收养鳏寡孤

昆明先生坡

独，还开办了云南第一个养济院和育婴堂。有一年"秋闱"前，李陶斋来到先生坡，得知有些考生因家庭贫苦而交不出"试卷金"，即报考费，他就自愿代其交纳。同时，他还了解到贡院号舍简陋，加之乡试三年一考，平日无人管理，破烂不堪，若考期遇上雨天，考生在号舍内要打着雨伞应试和睡觉。得知情形让他内心十分震动，便捐出巨资改建号舍，把原先狭窄、矮小、破

烂的土墼房一律改建成宽敞砖房，考生应试环境大为改善。一时，李陶斋在昆明声名鹊起。

历朝历代，总有一些类似李陶斋这样的人，胸襟宽广，心系苍生。

我从西南联大旧址出来，过一二一大街，再穿过云南大学，离先生坡就不远了。近翠湖一侧，一幢被鲜花簇拥的土黄色房屋特别显眼，墙上，先生坡三字老远就能看见。这幢房子显然就是那种传说中的网红了，但凡经过这里的，即便不去先生坡走一走，也要在坡口这里，拍上几张照片。稍稍往里走几步，可见墙根下，有林徽因和汪曾祺写昆明的几句文字，字少，意境却是丰厚得很。

林徽因写昆明：昆明永远那样美，不论是晴天还是下雨。我窗外的景色在雷雨前后显得特别动人。在雨中，房间里有一种难以言状的浪漫氛围。天空和大地突然一起暗了下来。一个人在一个外面有个寂静的大花园的冷清的屋子里。这是一个人一生也忘不了的……

汪曾祺写昆明的雨：昆明的雨季是明亮的、丰满的，使人动情的。城春草木深，孟夏草木长。昆明的雨季，是浓绿的。草木的枝叶里的水分都到了饱和状态，显示出过分的、近于夸张的旺盛。

读完两位西南联大师生的文字，往上缓缓行，是上坡，坡度不大，但也不得快走。慢慢走，是最好的，不喘气，也不疲倦。街边，有几家咖啡馆，喝咖啡的人不多，街上的行人也不多。一家咖啡馆门前，有一座雕塑，一位明显是学者的先生坐在竹椅上看书，边上，一位少年席地而坐，膝上，也是一本砖头厚的书。老先生身旁，还有一张空椅，也是雕塑的一部分。我在空椅上坐下，从这里向前望，可见先生坡缓缓向下，看得见翠湖，以及湖边路上，来来往往的行人和汽车。

我回头看，是文林街，那儿也曾经是乡试者们聚集的地方。我想象着，许多年以前，年龄不等的赶考学子，从四面八方，来到这里，乡试是他们光宗耀祖的唯一出路，而成功者总是凤毛麟角。更多的落第者，走出先生坡，回到家乡。也有下一次再来的，万水千山，只为贡院一试。

我沿着先生坡一路行去，希望能够看见西南联大的教授们在这里居住的痕迹，但再也找不见。那些老式院落都已拆除，紧挨的民宅，沐浴在下午五点钟的高原阳光下,甚是安静。先生坡还在,但先生们都已走远。

我从文林街行至钱局街西仓坡8号,现在是云师大附属幼儿园,这里是诗人闻一多的故居,可看到刻在墙上的《最后一次演讲》全文:……反动派,你看见一个倒下去,可也看得见千百个继起的!正义是杀不完的,因为真理永远存在!……我们不怕死,我们有牺牲的精神!我们随时像李先生一样,前脚跨出大门,后脚就不准备再跨进大门!

那是1946年7月15日下午,闻一多被子弹击中时,已经行至家门口。

西仓坡毗邻先生坡,如果步行,大约十分钟。再从先生坡步行去西南联大,需要绕翠湖而行,大约半小时即可抵达。当年,闻一多和西南联大的先生们,上下班大抵走的是这条路。

冲绳的嘉手纳和半岛的三八线

我去冲绳,很大程度上是读了诗人闻一多的《七子之歌》。在《七子之歌·台湾》一诗中,诗人写到了琉球:

我们是东海捧出的珍珠一串,
琉球是我的群弟,我就是台湾。
我胸中还氤氲着郑氏的英魂,
精忠的赤血点染了我的家传。
母亲,酷炎的夏日要晒死我了,
赐我个号令,我还能背水一战。
母亲!我要回来,母亲!

冲绳是琉球群岛的一部分,走在冲绳首府那霸街道,很容易对那段历史产生联想。去冲绳之前,我比较担忧的是语言问题。事实上,这种担忧,一踏上冲绳的土地,就稀释了。那儿的大街小巷,所用语言,有明显的汉字元素,即使读音不对,也大致能理解文字所表达的基本意思。待的时间越久,越会发现,在冲绳,中国元素遍地都是。

冲绳的建筑风格,与中国大陆沿海大同小异。即使作为昔日琉球群岛的政治中心,古琉球王国都城遗址的首里城,它的设计与故宫也如出一辙,仿佛一个微型紫禁城,从北京搬到了冲绳。首里城毁于二战,直到1992年才重建。城内保存的历史文物不多,但一些明清皇帝的御笔,依旧随处可见,尤其主殿高悬的几块匾额，虽然有可能为复制，但依然让人产生时空倒转感，仿佛到了故宫，回到了明清。很可惜，首里城在2019年秋季又发生一场大火，主要建筑毁于一旦。我在得知首里城毁于大火的消息时，惋惜之余，也有一点我的感受，就是首里城几乎全部是木结构建造，一旦失火，后果不堪设想。

冲绳最具诱惑力的，显然是美食。冲绳地处太平洋大陆架，渔业资源丰富，所以，吃海鲜是冲绳美食首选。到达冲绳的第一顿晚餐，吃的是火锅涮猪肉片，领队再三夸奖冲绳的猪肉是如何的好，它们不注射激素，也不让它们吃任何匪夷所思的饲料，所以，冲绳的猪肉是名副其实的绿色食品。领队的话不可全信，但猪肉确乎不错。而一条巨大金枪鱼的出现，则让我大开了眼界。厨师不会说汉语，他高举锋利的切刀，微笑着，当着大家的面，以娴熟的手法将鱼剖开，然后，就切成一盘一盘的金枪鱼片了。我不太习惯吃生鱼片，领队说，你一定得尝尝，冲绳的生鱼片，可是举世闻名，不然，你一定后悔。我发现，厨师切生鱼片，简直可以奢侈形容，鱼片切得很厚，放到嘴里咀嚼，鱼的肉质很实，又很细腻，味道之鲜自然不必多说。原本只想尝一块的，结果连续吃了好几块。

其实，在冲绳我最想去看的一个地方是嘉手纳。嘉手纳是美军在亚洲最大的空军基地。去嘉手纳路上，领队一直在渲染，要是运气足够好的话，有可能会看到F22起降。到达目的地，需要上观光台才能看到基地全景。上观光台，可坐电梯，但人多，坐电梯需要等候，我按捺不住，直接从楼梯跑上去了。观光台是一个巨大的屋顶平台，放眼望去，嘉手纳空军基地一览无余。宽阔的机坪和跑道，远处连片的机库，传说中的F22想必就在机库中。与我预想的场景有些出入，我只能通过眺望，才可见那片绿色的草坪，如果没有提示，这片草坪，它就是一个巨大的公园，或者，是一个宽敞无比的足球训练基地。

我在嘉手纳看美军空军基地，看到的天特别蓝，云也非常白，还有微风，见到很多去观光的中国人，但我没有看到F22起降。我想，一定是我的运气还不够好。回国后，写了篇《冲绳的中国元素》，算是我对琉球群岛的一点念想。

因为读了一部文学作品，看了一场电影而奔赴山河，大约是每个人都有过的经历。我去朝鲜半岛的三八线，最初印在心里的，就是读了《谁是最可爱的人》，然后是电影《上甘岭》。

在冲绳美军嘉手纳空军基地（董芳　摄）

从南方一侧进入朝鲜半岛，相比从北方进入，要容易一些。

韩亚航空的班机开始在仁川国际机场上空盘旋下降时，从空中俯瞰，可见仁川机场是在一片宽阔的海边滩涂上建起来的。这座著名的国际空港，曾经是朝鲜战争的转折点，麦克阿瑟选择在此登陆，联军开始反攻，并推近原中朝边境，严重威胁中国的安全。此时，志愿军跨过鸭绿江，赴朝参战。

从首尔去三八线，车程不足一小时。位于朝鲜半岛中部的三八线呈弧形，从模型上看，线条显得颇为柔顺。事实上，现在普通民众能够真正到达三八线的，只有板门店。大多数人一般都只能到达非军事地区，或者说非武装地区，也就是联合国划定的三八线两侧各两公里缓冲地带。从三八线韩国一方进入非军事地区，还是能感受到南北对峙的气氛，铁丝网在我的视线里一直不曾消失过，荷枪实弹的韩国士兵随处可见。车子经过的一条道路被命名为自由路。而临津江上一座取名为统一的大桥由韩军与驻韩美军共同把守，桥面上布满隔离路障。这座大桥也是通往第三地道与展望台的必经之路，在桥头，会有韩军士兵上车，逐一核对参观者的护照。据称，当年交战双方的战俘就是从这座大桥上交换后各自回到自己的祖国。

与三八线近在咫尺的还有一座铁路客运站。铁路从首尔出发，穿过三八线，可通往平壤。这座名叫都罗山的客运站候客厅整洁明亮。厅内陈列着韩国总统金大中与美国总统布什一起参加一个类似客运站落成，或者是南北方

146　花朝月夕：一个中国工人作家的文学编年史

通行货运列车的典礼。候客厅虚席以待，等待南北方客人的到来。车站内有一邮局，其中一枚邮戳的图案是一条向前延伸的铁路，以及两只展翅飞翔的鸽子。图案的意思一目了然。只是邮戳上的鸽子虽然有翅膀，却飞不过那道S形的北纬三十八度线。

我们在韩国的地陪导游叫李泰晋。李泰晋从小在华侨学校学习，曾经在哈尔滨留学四年，并且有过在北京工作的经历，说一口标准的普通话，对中国历史地理的了解甚于许多中国人。对于大量中国游客涌入韩国，李颇为感叹。在济州岛，坐船出海环岛，船尾悬一面韩国国旗，被海风吹得卷了起来，李泰晋走过去，将卷在旗杆上的国旗展开，我向他竖起大拇指，李显然很高兴，执意要替我以起伏的汉拿山脉为背景拍一张照片。

跟之前每次出行一样，回家必得写一篇作业。这次去三八线，我写了《北纬三十八度》。

蚂蚁岛上的"司令员"

我在浙江电力报社工作了三年。这三年间，我促成的一件事情，影响了浙江电力系统一大批文学爱好者。2002年夏天，浙江省电力作家协会成立，这也是经浙江省作家协会党组批准成立的全省第一个行业作家协会。

协会成立前一年，我参加省作协组织的"海洋三日"采风活动，在去舟山的轮渡上，我和省作协党组副书记郑晓林聊天，向他提出成立电力作协的设想，我告诉他，在全国层面，早已有中国电力作家协会等一批行业作协，但省一级的行业作协，国内则不多。如果浙江省作家协会能够打开一扇门，也算是开了全国先河，是一项具有开拓意义的工作。郑晓林当即表态支持。

那次"海洋三日"活动，我们去了一所很特别的学校，之所以说特别，是这所学校里的不少学生家庭比较困难，有的孩子的父亲，在出海捕鱼时遭遇风暴，或者是别的意外去世了，这些孩子教育所需的费用，就由政府出资承担。参加活动的作家分别结对一个孩子，也不是说要出钱帮助他们，因为在校期间的费用都是政府承担的，更多的是从精神上关心他们。我结对的孩子姓叶，四年级，她父亲在一次海难中丧生，留下她和母亲，以及一个姐姐。在台上，我感觉她比同龄人要矮小，我尽量弯下腰，让她把红领巾系在我的脖子上。吃饭时，她会给我盛汤。这么小年纪，就很懂事，也很有自立能力，我看着心里有点酸酸的。从那以后，我们一直有联系，也去过她家，在舟山沈家门，虽然简陋，但好歹有个挡风避雨的处所。孩子也很争气，后来考上杭州一所职业技术学院，毕业后回到舟山工作，又嫁人生子。我想，她父亲在海上看见女儿在人间的日子，内心一定会很欣慰。

与艾伟（右后）、洪治纲（左前）、东西（左）创作沙雕《誓言》

一起参加"海洋三日"活动的，还有来自国内的一些作家，有上海作家叶辛，南京军区作家铁竹伟等。在朱家尖海滩上，作家们分组进行了一场沙雕比赛，我和小说家艾伟、评论家洪治纲，以及来自广西的作家东西一组，在沙雕老师的指导下，创作了一个从沙滩里伸出来的拳头，取名"誓言"，还获了奖。

活动期间，我们还去了蚂蚁岛，全国第一个人民公社就诞生在这里。铁竹伟父亲铁瑛曾任舟山要塞司令，所以她回舟山就特别激动。我和铁竹伟分在一个小组，我是组长，铁竹伟归我领导。大家都说，这回你是司令了，因为铁竹伟是文职军级，我管着一个军级干部，可不得是司令才行。

与铁竹伟在舟山桃花岛

我们在蚂蚁岛，被授予荣誉岛民，乡长说，以后你们什么时候来，蚂蚁岛都欢迎你们。遗憾的是，自从那次离岛，我再也没有去过蚂蚁岛。当时，我们去看一片废弃的旧房屋，都是岛上渔民搬去沈家门或舟山本岛定海定居，多年没人住了。带队的黄亚洲说，要不每位作家买一幢，装修一下，作为作家村。乡长说，真要买，每人出个几千块钱意思一下就行。但说归说，房子没有买，倒是每人买了好几袋蚂蚁岛特产的虾皮。

我在的，在所有人的对面

"海洋三日"活动结束回杭后不久，郑晓林给我电话，说他向省作协党组汇报了我的设想，党组很支持。有了这把尚方宝剑，电力作协的筹备节奏就加快了。说到筹备，其实就我一个人在那儿张罗。没有先例，也没有经验。包括起草协会章程在内的所有案头工作，都是暗中摸索。成立大会的材料也是一大堆。但那时年轻，也有动力，这个动力，一方面是自己对文学创作的爱好；另一方面，也是想利用协会的成立，为浙江电力行业的作者们搭建一个舞台，聚集起一批志同道合的朋友，让他们有机会展示自己的才华。

我和工会负责宣教工作的郑敦年一起向时任工会主席江华东汇报，江主席很支持，这在我的意料之中。江华东曾经担任丽水遂昌县长。遂昌历史上出过一个名闻天下的县令叫汤显祖，被誉为东方的莎士比亚，他的巨作《牡丹亭》，是中国文学史上的一座高峰。江华东在担任遂昌县长期间，在财政十分困难的情况下，

与陈积民老局长的合影

主持建起了汤显祖纪念馆。因此，他对文化的支持毋庸置疑。另外，江华东也喜欢写作，在书法和篆刻艺术上有很深造诣。所以，江华东显然是浙江省电力作家协会创会主席的不二人选。江主席还表示，他可以请时任公司总经理陈积民担任名誉主席。这当然是个好主意，有一把手支持，开展协会工作就会方便许多。

2002年7月18日，浙江省电力作家协会成立

陈积民对职工文学创作的支持也令我记忆深刻。有一年，在一次系统党委书记会议上，我刚好送给他几本书，就餐时，他举起书，对大家说，这是我们思政办一位干部写的书。他这么一说，自然出乎我的意料，也让我面红耳赤。多年以后，他退休了，偶尔在同一层楼的离退休工作部遇到他，可能是他在机关认识的老员工不多了，见到我，有时会聊上一阵，总让我受益匪浅。比如他跟我聊起为了嘉兴发电厂项目的审批，他陪分管副省长去国家发改委拜访的经过，如果能写出来，比小说还要精彩。2018年，我的《能源工业革命》出版，他刚好来公司，我送给他一本，我说我们合一个影吧。这时，书恰好在他手上，我说书就不要拍进去了，他说，没事，我就这么拿着，给你的书做个广告。

省电力作协副主席人选有时任办公室副主任的李斌，我的顶头上司，《浙江电力报》副总编张建华，温州发电厂工会主席朱笑紫。朱主席是作为基层单位的代表参与到协会领导班子里来，他本人就是一位作家，而温州发电厂文联在当地也是搞得风生水起。秘书长则由我来担任，这个秘书长说穿了，就是具体干活的。

浙江省电力作家协会成立大会在凤起饭店举行，可以说高朋满座，省作协黄亚洲、陈军、王旭烽、郑晓林，以及省文联等领导出席，公司出席大会的除了江华东，还有姜雪明、陈必武等人事、办公室主要领导。姜雪明是

《浙江电力报》基层通讯员出身，后来是省公司党组书记，再后来，去了国网冀北公司任总经理，再调国网总部任营销部主任，所以，他出席电力作协成立大会也是顺理成章。陈必武是书法家，《浙江电力报》的报头就是他题写的，他退休后，担任过浙江省书法家协会副主席。

2002年7月18日，浙江省电力作家协会成立大会后与会人员合影

　　首批会员代表基本囊括浙江电力系统骨干作者。成立大会结束后，全体与会人员在凤起饭店楼顶合影，我是摄影者。所以，照片洗出来后，好多人问，怎么没有你，我笑着说，我在的，在所有人的对面。

电力作协的伙伴们

电力作协成立后,我们每年都会组织一些文学采风交流活动,并且在不同地方举行文学论坛,杭州西湖、淳安千岛湖、湖州太湖、嘉兴南湖、丽水仙宫湖等地都留下我们的印迹。我们编辑出版了《十年》《东海岸文学作品精选》《浙江电力作家丛书》等数百万字的文学作品,并且组织会员采写出版了《百年光芒》《乌镇时间》和《东方启明》等书。特别是我主编的《东方启明》,是国内首部反映农村电网发展的长篇报告文学,由我带着王琳、潘玉毅、蓝丽娅、鹿杰、廖文就等几位年轻作家走访全省各地,数易其稿,由浙江人民出版社出版。

《东方启明》首发式上,主创人员合影

"浙江电力文学奖"五年一届,已连续组织评选四届,每届评选15部(篇)优秀作品和五部(篇)入围奖,这个奖项已经成为检验浙江电力文学创作水平的重要平台,是浙江省电力系统文学创作成就的最高奖。20年来,为推动浙江电力文学创作上水平发挥了不可替代的作用。"百度百科"为其编辑了词条。

电力作协最大的财富，是拥有一批优秀的作家。他们已经成为一支不可轻视的文学创作力量。2021年10月，《浙江通志·文学志》由浙江人民出版社出版。在第十章"文学流派与作家群"，志书对"浙江电力作家群"做如下介绍：

第三届浙江电力文学奖颁奖（吴海平　摄）

浙江电力作家群，主要由浙江电力行业的作家形成，是个年轻的群体。他们的创作见证了浙江电力的发展，是中国电力系统一支强劲的创作团队。这个群体有明显的行业特点，一是创作以所在事关国家命脉的行业的题材为主，兼及其他题材；二是作家艺术风格各有特点，对身边的凡人小事，对生命的关爱和人性的关注，是其共同的特点；三是创作呈现出百花竞放的良好局面，各个文学门类的创作都有。陈富强的作品多表现对中国能源安全，对世界能源前沿和最新发展趋势的关注；何丽萍的小说不但有浓厚的丽水地域色彩，也有电力行业新风景；鲁晓敏的散文着眼松阳地域文化的探索与研究，对保护松阳古村落、中国廊桥等传统文化倾注热情；邱东晓的诗歌对人性有深刻的探析；孙海义的诗歌有鲜明的海洋情结；杨海英关注国外经典儿童文学名作的翻译；尹奇峰专注少儿科幻小说创作。

其实，除志书中点到的几位作家，电力作协还有一批创作成就突出的作家，比如费金鑫的长篇小说《归位》经中国电力出版社推荐，入围参评第十届茅盾文学奖。长广煤矿的陈琳，创作的煤矿中篇小说，在行业颇有影响。朱丽芬克服身体障碍，坚持小说写作，取得不俗成绩，有中篇小说在《钟山》等名刊发表。徐衍是国内八零后小说代表作家，在《收获》《人民文学》等发表了一批中短篇小说。潘玉毅的散文在全国遍地开花，多篇作品入选国内各省市区中学语文试卷和教辅。

多年以来，作家们创作出版不少电力题材的作品。长篇报告文学方面，有陈雄的《点亮高原那盏灯》，程亚军的《光阴里的光》，杜亮亮的《光耀那曲》，赵金岗的《中国焊匠》。此外，还有邱东晓的诗集《托举的光芒》，朱长荣的诗词集《河海泛舟》，谢作尾的散文集《瓯越之光》，梁婧的话剧剧本《特高压之恋》等。梁婧的话剧《特高压之恋》在杭州公演，梁婧既是编剧，也是导演和主演，获得现场观众的热烈掌声。

在一大批电力题材作品中，王重阳的《电力考古史》独树一帜。客观讲，《电力考古史》不能算文学作品，说是科普加学术更准确一点。这部作品视角独特，重阳断断续续写了好几年，也是得益于疫情，让他有相对富裕的时间来研

观摩话剧《特高压之恋》，并做现场点评

究与写作。作品完成后，重阳打印了几本，其中送给我一本，重阳说得客气，请我指教，但我其实是抱着学习的态度看完全书的。书很厚，起码得有50万字。

我看完后，写了几条供重阳参考。我说，这是一个关于宇宙、地球、人类与能源的关系，超出我的预想，到现在为止，"电力考古"这个题材还没有类似文本；资料收集之翔实，超出我的阅读视野，很多书，我都没有听说过；语言的西式风格，是我喜欢的。与之对应，我也提了三条不成熟的建议。正式出版时，重阳有没有吸收我的建议不知道，但重阳是一个严谨的人，他在大学学的法律，本来是公司的法务，但因为一些客观原因，他转岗到了浙江省电力行业协会，并主编一本《浙江电力行业管理》，约我开了一个"能源地理"专栏。专栏开了两年，我本想让他终止，但重阳没有理会，继续要去一些稿子。

在"能源地理"专栏稿中，有一篇《中国有轨电车简史》，我写到了作家张爱玲：1943年末，彼时，上海作家张爱玲离港已有一年半载，想起在香港山上只有冬季才能听到的风吹树叶声，她感叹，还是喜欢上海的"市声"，非得听见电车响才能睡着觉："长年住在闹市里的人大约非得出了城之后才知道他离不了一些什么。"在张爱玲的世界里，上海人的思绪就是行驶着的电车，所经之处，上海这座城的腔调就显出来了。张爱玲在散文《公寓生活记趣》中，这样描写电车进厂的情形：有时候，电车全进厂了，单剩下一辆，神秘地，像被遗弃了似的，停在街心。从上面望下去，只见它在半夜的月光中袒露着白肚皮。

上海第一条有轨电车的起点站就在张爱玲寓所，名叫常德公寓附近的南京西路，张爱玲光看电车就能领略沪上风貌。她对整座公寓楼里的生活都很清楚，她写苦等振保的王娇蕊，是听着电梯工咚工咚慢慢开上来；写女仆阿小的公寓一日，便是另一种体验：阿小牵着儿子一楼一楼爬上来，从后阳台看过去，城市的地景都是些"后院子，后窗，后巷"，似乎天都把脸背过去了。可惜的是，张爱玲在美国去世时，上海的有轨电车已经消失得无影无踪。

参与筹建浙江电力文化馆

2006年,省电力公司本部办公地点从金祝南路2号搬到新落成的黄龙路8号,后来,大家戏称这里是"黄8村"。

在"黄8村",我参与了"浙江电力文化馆"的筹建。文化馆建在大楼内部,这是一个小小的败笔,意味着这是一个内部的展厅,无缘社会。文化馆建成以后,我们曾申请"浙江省爱国主义教育基地",经考察,软硬件都符合条件,但因为无法对社会开放,最后功亏一篑。

浙江电力文化馆的筹建由公司办公室主任李斌牵头,我主要负责文案的起草。办公室工作人员俞建勤则负责史料照片及实物的收集。实物实际上已经很少了,好多年代久远的,有历史价值的实物很难征集。

浙江电力文化馆在浙江电力工业110周年时建成开放(俞建勤 摄)

在筹建过程中,我和俞建勤去了趟北京,去看了中国电影博物馆、中国银行博物馆,以及北京规划展览馆等。我们还利用这次机会,去了清东陵和慕田峪长城。这两处人文景点游人不多,尤其是清东陵,更是空旷、苍凉而显得阴森。那些帝王们,皇亲国戚们,活着风光无限,鱼肉百姓,死后却似一个个孤魂野鬼,在这里游荡。

　　俞建勤曾经是我的同事，还是我的室友。我刚进单位没几年，去镇海发电厂项目工作，一间宿舍里，除了宣传科的小蔡，团委的老王，就是我和俞建勤。小蔡和老王都是宁波人，晚上通常回家。宿舍里就只有我和俞建勤，我那时不知道他喜欢写诗，反正晚上时间，我们互不干扰，我看书写作，他也在那里读书，估计还在写诗，我觉得我们这间宿舍是整个项目最安静的宿舍。当时，俞建勤在无损探伤班，是搞金属检测的。不过，好像没过多久，他就离开镇海去了杭州。后来，他去了《浙江电力报》。只是我去电力报时，他又调去办公室了。俞建勤喜欢摄影，特别是野生鸟类摄影颇有建树，我好几次建议他可以出本鸟配诗的书，但他似乎没有兴趣，倒是以笔名帕瓦龙，写了大量的诗歌，出版了好几本诗集。

　　说到实物收集，其实我是有过一个建议的。当时，闸口发电厂要炸掉，这是一座 1932 年建成的浙江主力电厂，发电厂锅炉来自美国 CE，汽轮机是德国西门子的。记得我利用职代会提案的机会，写了一个建议，请代表作为提案送上去，大意是要保护好那些老电厂，实在无法保存下来的，尽可能多拆一些设备、铭牌下来，作为文物保留。我在建议中写道，这些设备，再也不可能重来，也无法复制，如果保存下来，以后都是"浙江电力博物馆"的镇馆之宝。但人微言轻，我的建议有没有采纳不知道，反正电厂是灰飞烟灭了，连一片瓦都没有留下。那些设备去了哪里我也不得而知，大概率当废铜烂铁处理了。听说美国 CE 公司曾经联系，愿意出重金把锅炉买回去，结果如何，不得而知。

浙江电力文化馆开放当日，曾任浙江省省长、国家电监委主席的柴松岳等领导莅临参观（俞建勤　摄）

　　文化馆建成后，在征集到的实物中，有一些闸口发电厂的纸质资料，其中一块锅炉铭牌引起我的注意，莫非我的建议领导听见了，去拆了一块下来？但后来，闸口发电厂老员工告诉我，这块铭牌是高仿复制，不是原物。那么原物在哪里呢？老员工说，很有可能在华电浙江公司，因为网厂分开后，闸口发电厂划归了华电。如果真是这样，可就太遗憾了。

文化馆建成后，江华东在一块数百公斤的巨石上，刻了"百年浙电"，搁在馆内，有一种"奠基石"的感觉。

许多年以后，文化馆改建，采用了大量现代元素，不少珍贵的历史照片悉数以电子形式呈现，似乎缺少了一些历史的沧桑与厚重感。

"百年浙电"石雕

但"百年浙电"的石刻保留下来了，放在走廊尽头，孤独而沉稳。

后来也慢慢习惯了,觉得《脊梁》也不错

浙江省作家协会曾经组织过多次规模不小的文学交流活动,其中,在杭州花圃举行的"无忧茶会"尤其令人难忘。那次茶会,几乎请来半部中国当代文学史主角,有铁凝、陈忠实、莫言、李存葆等一大批名家。那时,陈忠实的《白鹿原》已经出版,持续再版,但我没带在身上,所以,只拿了手边现成的一把纸扇,请陈忠实签了个名。这真是一个很大的遗憾,那次茶会后没过几年,陈忠实就离世了。莫言坐在一张小凳子上,对要求签名和合影者来者不拒,让人感觉到他的好脾气。

"瓯江文学大漂流"也很有特色。那次活动从丽水龙泉出发,然后沿八百里瓯江而下,到瓯江入海口的温州结束。一路上,我和江苏作家储福金老师居一室。福金不仅小说写得好,人也很儒雅。有微信后,他从不发朋友圈,但每年除夕,他都会给我发一条贺年短信,即使他当选江苏作协副主席后,也依然如此,从不间断。

说到文学工作组织,

与储福金合影

我不得不讲一讲中国电力作家协会。一方面，我是第五、第六和第七届中国电力作协副主席，更重要的是，中国电力作家协会在全国行业作协中，是做得很好的一个协会。第五、第六届协会主席是刘广迎，广迎是国家电网公司工会主席，他本人就是一位颇有建树的作家。我有多部广迎签赠的作品，其中，《说三国论决策》《红楼心解》等作品，已经有很高的文学和哲学价值。在一次文学创作座谈会上，广迎说，根据要求，他不能兼任多个社会职务，办公室工作人员来征求他意见，他说，所有兼职都可取消，但中国电力作协主席一职要保留。后来，广迎调任中国大唐集团，按惯例不再担任第七届中国电力作协主席，在我看来，是一个遗憾。

出席中国作家协会第九次全国代表大会期间，与刘广迎在会场外合影

　　中国电力作协会刊《脊梁》的创办，与一次在太原召开的会议有关。太原会议上，英大传媒集团签约了10位电力行业的作家，在聘任环节，恰好是蒋子龙老师给我颁发聘书。我对蒋子龙老师尊敬有加，他的《乔厂长上任记》是中国工业文学，尤其是工业改革文学的开山之作。会议讨论时，出席会议的英大传媒集团王树民副总经理让大家集思广益，为即将创刊的文学杂志起个刊名。大家七嘴八舌，刊名起得五花八门。我也建议了两个，一个是《中国电力文学》，直截了当，读者一看就明白是谁办的杂志，还有一个是《北斗》，电力体制改革后，国内电力系统主业有两大电网，五大发电集团，我取名《北斗》，是寓意电力是北斗七星。后来，杂志创刊，会上大家建议的刊名一个也没有用。我想，之所以叫《脊梁》，是与作为央企的电力企业在国民经济中的地位有关吧。开始觉得《脊梁》不像一个文学刊物的名，不过，时间久了，后来也慢慢习惯了，觉得《脊梁》也不错，文学不就是要鼓动民众挺直脊梁，站着做人嘛。

后来，我反思了一下，《北斗》一名确实不妥。20 世纪 30 年代，作家丁玲在上海创办"左联"杂志《北斗》，在沈从文的帮助下，创刊号发表诸如冰心、林徽因、徐志摩、陈衡哲等人的作品。在中国文学史上，这本《北斗》也留下深刻印记，鲁迅、

被聘为英大传媒特约作家，从著名作家蒋子龙手上接过聘书

陈望道、夏衍、张天翼、郁达夫、瞿秋白、周扬等也在《北斗》上发表过作品。所以，我建议《北斗》作为中国电力作家协会会刊，显然不合适。

《脊梁》的文学顾问团，可以说是国内一流，莫言、蒋子龙、李敬泽、陈建功、舒婷、何建明、赵瑜、毕淑敏、王剑冰等一线作家赫然在列。散文大家王剑冰编选了好多年散文年选，其中有三次年选，收录了我的散文。读王剑冰的散文，有一种画面感，觉得他对文字的使用，已然炉火纯青。王树民出任《脊梁》总编辑。潘飞老骥伏枥，既是中国电力作家协会驻会副主席，又是《脊梁》执行主编。周玉娴先是当编辑，后来则和潘飞一起担任执行主编。小周是首都师范大学古汉语专业的硕士研究生，文字功底十分了得。我发给她稿子，能看出好多常识性错误。她本身也是一位优秀作家，在广西师大出版社出过一部散文集《大地上的行走》。

我没有犹豫，我放弃

我连续三届共 15 年担任浙江省作家协会小说创委会副主任，创委会中有不少是国内小说名家，比如李森祥、海飞、吴玄、东君等。记得有一年，我们组织部分会员去南京，与江苏作家联谊，双方出席的作家毕飞宇、艾伟，后来分别担任江苏作协和浙江作协主席，毕飞宇还是中国作协副主席。我主持了那次会议的讨论，给我的印象，江苏的小说家整体实力要高于浙江。

那次在南京的会议，我的室友是来自临安的潘庆平。老潘和我一样，也是小说创委会副主任。他曾经担任过临安县副县长，后来下海，开发浙西大峡谷，并创办大型文学民刊《浮玉》，又在天目山上，利用原有的房子，开办天目书

浙江江苏小说家创作交流会

院。所有经费，都是老潘从大峡谷的赢利中提取的。老潘承办过几次小说创委会年会，有一次在天目书院召开，晚上，在书院吃过饭，我沿着山道去山腰上的一间民宿，因为书院住不下了。黑灯瞎火的，我错看一条小道入口，还从路沿上摔到了下面的竹林里，膝盖受了伤，晚上疼得不行，第二天不得

不搭车提前下山。

《浮玉》执行主编曾约我给一个小说，我发了一个六万多字的《民国二十八年纪事》过去，居然一字不差登了出来，还给了稿费。但随着浙西大峡谷的经营陷入困境，无论是天目书院，还是《浮玉》，都面临着运营的困难。终于在2022年的冬天，老潘宣布，停办纸刊《浮玉》。我知道老潘做出这个决定，既深思熟虑，又迫不得已。老潘是小说家，他对文学的热爱是毋庸置疑的，但走到这一步，非他一人所能力挽。纸刊的没落是一个全球性的问题。在一次全省文学内刊会议上，我发言，表达了对潘庆平先生的敬意。他为临安文学，为民刊做出的贡献，文学不会也不应该忘记。

我的写作重心转向能源电力工业题材的报告文学后，再担任小说创委会副主任已经不合适，几次向省作协提出辞呈，终于获批同意，但没想到，把我转到了报告文学创委会，我开玩笑，说这跟报考大学志愿一样，属于调剂。在报告文学创委会，和报告文学大家朱晓军、胡宏伟、张国云等共事多年。

出席中国作协九代会期间，与文洁若合影（张晓楠　摄）

我是中国作家协会第九次全国代表大会代表。那是2016年底，会上，给我印象最深刻的是铁凝、莫言、贾平凹、余华等一批作家，只要一出现，作家们就一拥而上，一个个排队合影，好像大家不是来开会的，是来找大作家们合影的。在一次全体会议上，我的座位恰好与萧乾夫人文洁若先生相邻，老太太已年近九旬，但身体看上去蛮硬朗。我把手机递给前排的一位代表，请他为我们拍了张照片。我对文先生说，我买了您和萧先生翻译的《尤利西斯》，但看不懂啊。文先生听后哈哈大笑，对我说，一百年都看不懂。

时隔五年，中国作家协会第十次全国代表大会在京召开，我是代表候选人。但最后，我没有参会，因为我被取消代表资格。原因很简单，我没有注射新冠疫苗。据我所知，因为没有注射新冠疫苗而被取消代表资格的作家，在全国为数不少。潘飞打电话问我，要不要去打一针？我没有犹豫，告诉潘飞，我放弃。

她曾经那么热情地讴歌春天

20世纪三四十年代，中国现代文学一派欣欣向荣。那时候，不仅是男性作家巨星闪耀，女性作家也是星光灿烂。张爱玲是一位标志性作家，与她同时代且声名显赫的，还有萧红、冰心、潘柳黛、石评梅、苏青、丁玲等。但我更关注的是关露。关露原名胡寿楣，又名胡楣，与潘柳黛、张爱玲、苏青并称为"上海四大才女"。有关关露的生平介绍，与众不同，通常，称她是20世纪30年代著名作家，但会加上几个字："中共地下工作者"。

关露的小说处女作是一部叫《她的故乡》的短篇小说，发表在南京的《幼稚周刊》上，后来，她又创作并发表了长篇小说《黎明》《新旧时代》。其实，关露的诗创作更为引人注目，也许大多数读者没有读过关露的小说，却对一部名为《十字街头》的电影主题歌耳熟能详，这首歌的词作者正是关露：

春天里来百花香
郎里格朗里格朗里格朗
和暖的太阳在天空照
照到了我的破衣裳
朗里格朗格朗里格朗
穿过了大街走小巷
为了吃来为了穿
昼夜都要忙……

如果还有人对这首《春天里》不那么熟悉的话，那么，关露翻译的《海燕》和《邓肯自传》相信为更多的人所了解，我不知现在的小学或者初中是不是还将高尔基的《海燕》作为教材，但是这部作品带给几代中国人的激情却是难以忘怀的。同为上海滩作家，关露和丁玲、张爱玲的人生道路就有巨大不同。"九一八"事变后，面对日寇的侵略，关露曾发出这样的疾呼："宁为祖国战斗死，不做民族未亡人！"由此，关露赢得了"民族之妻"的美誉。而丁玲去了陕北，后来成为蜚声解放区的著名作家，可叹的是，丁玲除了她的成名作《莎菲女士的日记》，再也没有写出艺术水准高于此作的文学作品，尽管她后来创作了长篇小说《太阳照在桑干河上》，但就艺术价值而言，已经不为大多数评论家和读者所认同，但是，这并没有妨碍丁玲在新中国文坛上的地位。而20世纪40年代的张爱玲，则众所周知，从香港回到上海，与汪伪政权的胡兰成谈起了恋爱，虽然这场恋爱以及婚姻不为人所看好，最后无疾而终，但是张却凭借自己过人的才气，创作了大量优秀的文学作品。然而，这时人们突然发现，关露从读者的视线里消失了。

当关露再次出现在上海滩主流社会里的时候，她的身份已经发生了彻底改变。她居然可以自由进出著名的极司菲尔路76号。76号是汪伪政权特工总部，根据张爱玲小说《色戒》改编的同名电影中讲到的特务头目丁默村，应当就是76号的人。已是中共地下工作者的关露进入76号有一个特殊的任务，就是策反76号重要人物李士群。之所以选择关露来承担这项工作，主要原因是关露有一个妹妹叫胡绣枫，根据史料记载，1933年，李士群被国民党抓了以后，李的老婆叶吉卿在走投无路之下，是胡绣枫接待了她，所以李士群对胡绣枫一直心存感激。基于这层关系，中共组织原先是准备派胡绣枫去的，但鉴于胡绣枫当时在重庆的工作繁忙，于是就推荐了她的姐姐关露。

似乎已经没有确实的资料证明关露是如何被说服而打入76号的。我们能够从零星的史料中掌握到这样一些情况：1939年11月，关露的长篇小说《新旧时代》已进入最后的修改，但就在一天夜里，关接到了一份中共华南局最高领导人的密电，内容是：速去香港找廖承志！廖时任八路军香港办事处负责人。关露到达香港后的第二天，有两个非常重要的客人拜访了她。其中一个就是廖承志，另一个人则自我介绍说：我叫潘汉年。很显然，那是一次绝密的谈话，直到若干年后，有的材料里才第一次提到它。潘汉年所带来的任务，是命令关露返回上海，策反李士群。作为中共卓越的地下工作者领导，潘汉年在特工领域做得风生水起。研究中共党史的历史学家们普遍认为是潘汉年说服了关露打入76号。并且潘对关说过至关重要的一句话，"今后要有人说你是汉奸，你可不能辩护，要辩护，就糟了"。关露是这样回答的："我不辩护。"

香港的凤凰卫视有一个栏目叫"凤凰大视野"，专门制作了一部专题片，讲述了关露在76号的秘密特工生涯。应当说，凤凰卫视能够接触的秘密档案不会比内地电视台多，但是凤凰卫视的确做了一些有良知的电视节目。我在撰写此文时有不少材料就取自凤凰卫视的那档节目。

关露在上海的日子并不好过。在左翼作家眼里，关露已经堕落成一个汉奸文人，他们几乎断绝与关露的所有来往。据说，有一天，一位左联负责人找到主管诗歌工作的蒋锡金。问蒋："关露还参加你们的活动吗?"蒋回答："是的。"这位负责人指示蒋："今后不要让她参加了。"于是，以前很多关露的同事以及朋友，遇见关露均侧目而视，大家在背后说起关露，也全然不屑一顾，甚至于要往地上吐一口唾沫以表示自己对关露的轻蔑。一次，蒋锡金在路上巧遇关露，聊了一会儿，关露在跟蒋锡金握手告别时说，"我没去过你的家，你的家在什么地址我全忘了"。事实上，关露是有意为之，为了自己的秘密工作，她有意疏远了那些所剩不多的朋友，这也是上级给关露的指示。但是，即便如此，关露也从未放弃过对解放区的向往。后来，关的妹妹胡绣枫曾经透露，在此期间关露曾给她写过一封信，信中说道："我想到'爸爸妈妈'身边去，就是不知道'爸爸妈妈'同意吗。"关露信中所指"爸爸妈妈"其实就是指解放区、延安。胡绣枫说，接到关露来信后，自己立刻跟邓颖超汇报了此事。没多久，八路军办事处一个人就找到胡绣枫。随后胡绣枫回信给关露说："'爸爸妈妈'不同意你回来，你还在上海。"受国人尊敬的邓颖超究竟和胡绣枫说了什么，我们无从得知，但是，有一点能够肯定，就是关露必须继续留在上海，继续进出76号。好在经过两年的努力，关露有了收获。这一年是1941年，关露与李士群进行了一次有迹可循的对话。关露对李说："我妹妹来信了，说她有个朋友想做生意，你愿意不愿意。"李士群是个何等聪明之人，他一听就明白了。潘汉年在获得这个信息后，并根据关露的判断，认为策反李有较大的把握，于是，潘在上海秘密约见了李士群。从那以后，无论是日军的清乡，还是扫荡计划，总是能够提前送到新四军手上。稍后，李士群与中共的秘密联系改由其他人负责。而关露则开始接受新的任务。

太平洋战争爆发后，日本加紧了对华侵略，这种侵略不仅是国土，还有文化层面上的渗透与侵略。一个标志性的事件是日本军部在华新办了很多中文刊物，同时也网罗了一批汉奸文人。1942年5月，日本海军部控制下的《女声》杂志招来了一名新的编辑，编辑部的同人发现，这位新来的同事是一个穿着时髦且面目和善的中国女人。这个人就是关露。关露在《女声》杂志期间，完成了一件非常漂亮的任务，但也是这次任务，令关露的"汉奸生涯"到达顶峰。

1943年7月，《女声》杂志社做出了一个决定，派关露去出席8月在日本举行的"大东亚文学者大会"。赴日的中国代表有十几人，悉数被登报，并附上照片。关露很清楚，经过这么一次高调亮相，自己的"汉奸"恶名是跳进几条黄河也洗刷不清了。于是，关露陷入进退两难的困境。这时，潘汉年派人送来了一封信，要关露到日本后转交秋田教授。原来，当时在中国的日共领导人野坂参三与日本国内的日共领导人失去了联系，野坂参三希望通过秋田恢复联系，恰好杂志社给关露介绍的日本朋友中就有秋田。毫无疑问，此时的关露没有其他选择，她再一次上路，东渡日本。在日期间，关露出色完成了给秋田送信的任务。并且在大会上有不俗表现，当时，日方要求中国代表都要发表广播讲话，其中分给关露的题目是《大东亚共荣》，关露拒绝了这个讲话题目，经日方同意，关露把讲话题目换成了《中日妇女文化交流》，显然，这个题目更具有学术交流的色彩，从而巧妙地避开了吹捧日本军国主义的内容。

然而，当关露回到上海后，她得到两个不好的消息，一是汪伪特务头子李士群9月在家中神秘暴毙；二是她出席日本大会的新闻已在国内传得沸沸扬扬。一篇登在1943年《时事新报》上的文章这样写道："当日报企图为共荣圈虚张声势，关露又荣膺了代表之仪，绝无廉耻地到敌人首都去开代表大会，她完全是在畸形下生长起来的无耻女作家。"至此，关露的"汉奸生涯"在上海达到了无以复加的地步。随着日本投降，关露也被列入国民党的锄奸名单。如果关露继续留在上海，那么后果不堪设想，于是，组织上安排她来到了苏北解放区。

初到解放区的关露，想当然以为回到了党的怀抱，她甚至于天真地认为，自己又可以重新握起笔，创作她热爱的文学作品了。可是，关露发现，自己不仅不能署名"关露"发表任何作品，还成为严格审查的对象。当然，从白区来到解放区的人接受审查是党的一项纪律，即便如此，关露的精神还是受到了沉重的打击，几乎面临崩溃。就在这紧要关头，关露收到了一封重要的来信。当关露看到寄信人的名字后，一瞬间，整个人都轻松起来。

然而，当关露开始看信，身上的热量开始一点一点消退，因为她读到的不是她深爱的恋人带给她的温暖，却仿佛是在她的心里掘出一口冰窖。从此，关露的心就再也没有为其他男人打开，直至她孤独地死在一间狭小的房间里。那个房间，没有像伍尔芙那样，带给关露心灵的飞翔，而是窒息了她的才华，和她对这个世界所有的希望。

据公开的资料披露，写信给关露的那个人后来成为中共从事外交与统战工作的高级干部。从凤凰卫视专题片透露的信息，关露的恋人和她认识于她在上海从事地下工作时期，当时，那个王姓男人途经上海，在关露住处小住一段时间，与关露一见钟情，两人相约，等关露到达解放区后再举行婚礼。这样的约定符合当时的特殊情况，因为在抗战时期，关露在敌人的营垒里始终是以汉奸文人的身份出现的，而她的恋人则以爱国分子的身份在国际友人之间活动，身份的差别导致两个人聚少离多。这也在情理之中，关露顾及对方身份，不愿因为自己而伤害对方。所以，关露比任何人更渴望去解放区，在关露看来，只有到了解放区，自己头顶的"汉奸文人"耻辱才能得以清洗，也才能与自己心爱的恋人相聚。有关关露与王姓男人的爱情，从零零碎碎的史料中有一些不详的披露，据说，关露把刚出版不久的诗集《太平洋上的歌声》送给了恋人王。但当两个人握手告别时，关露却发现王的手很凉，她攥着他冰冷的手关切地说："怎么这么凉？还不快把手放到兜里暖和暖和。"在王写给关露的第一封信中，夹着他的一张照片，照片背面书："你关心我一时，我关心你一世。"如果这段史料属实，那么看得出来，王也像关露一样深爱着这个才情横溢，却为了自己的信仰和党的利益牺牲自己名誉的美丽女子。

然而，关露失算了。关露做梦也没有想到，她痴心等来的恋人情书，竟然是一封绝交书。当时王已经成为毛泽东秘书，并且正陪同周恩来在重庆参加谈判，考虑到关露当时已是一名公认的"汉奸"，所以，王就给关露写了那封绝交信。至于王为何要如此绝情，我没有确凿的证据加以证明，但是，我隐隐约约觉得，王的内心有些无奈。

从那以后，关露不仅患上精神分裂症，而且在男女之情上再也没有抱丝毫幻想。也许，对于爱情，她已经绝望。关露的处境在获得潘汉年等人的证明材料后才有所好转，她的身体也慢慢开始恢复。但是，厄运并没有结束。1955年，曾经在隐蔽战线上令敌手闻风丧胆的潘汉年自身难保，被捕入狱，而受潘的牵连，关露也失去自由。那一年关露49岁，她在里面一关就是两年。1967年，关露再次被投入监狱，那一年她已经61岁，这一次她被关的时间长达8年。直到1982年3月，中组部做出了一个《关于关露同志平反的决定》。然而，这个决定对于关露来说似乎来得实在太晚了！也许，这个风烛残年的老人一直在等待这样一个组织的决定。于是，在这一年的一个冬日，关露在她十多平方米的陋室里服药自尽，时年76岁。

也是在这一年的冬天，准确地说，是1982年12月5日，关露的骨灰安放仪式在八宝山公墓举行，与关露生前的冷清、落寞相比，那次去为关露送行的人很多，我相信，其中一定有很多曾经在解放区待过的左翼文人，譬如丁玲。人们发现，在那次基本上由文艺界组成的悼念仪式上，有一个神情非常阴郁的老人出现在关露的追悼会上。他自始至终都没有和谁说过一句话，只是保持着沉默，站在人群后面。我接触到的所有资料都在这时出现了这个老人，我却断定，他就是关露最初，也是最后的恋人王。

关露生命的最后时刻是孤独的。这一点从人们整理她的遗物时可以得到佐证。她终身未嫁。陪伴关露走完人生最后一刻的是一个大的塑料娃娃。但是，人们惊奇地发现，她的身边一直保存着一张王的照片。照片的背后是关露写的两句诗："一场幽梦同谁近，千古情人我独痴。"这两句诗是否为关露在狱中所写，我不敢肯定，但是她的确在狱中写了一些诗，其中有一首比较著名的叫《秋夜》，诗说：

> 云沉日落雁声哀，疑有惊风暴雨来。
> 换得江山春色好，丹心不怯断头台。

关露在狱中还写了《遗憾》："在狱中读《红色娘子军》剧本，对洪常青与吴清华不曾相爱，深感遗憾。"在我看来，关露写作此诗是隐喻自己与王的爱情，她只能带着满腹遗憾甚至于绝望离开这片她曾经为之付出青春与爱情的土地：

> 椰林遗憾未为家，孤鹜长空恋落霞。
> 自古英雄情义重，常青焉不爱清华。

曾经在上海滩上名噪一时的三位才女，下场都不那么好，甚至可以说有点惨。丁玲虽然在复出以后有过一段辉煌的日子，但是，她的创作在投奔延安以后就呈江郎才尽之势。张爱玲经历了一场为后人谈及时感觉尴尬的恋爱与婚姻，后来远走美国。1995年的中秋夜，曾经为中国文学界所瞩目的才女张爱玲死于洛杉矶一公寓内，时年75岁。张爱玲去世时的年纪与关露不相上下，这当然没有内在的联系，况且她们在离开上海后就再也不可能见面，被大洋所隔，音信全无。所幸张爱玲的作品在时过几十年以后依旧闪烁光芒。最令人唏嘘的当然是关露。这位才气不在张爱玲与丁玲之下的绝色诗人、小说家、散文家，如果没有这段经历，而是躲进象牙塔创作她的文学作品，或许，她会与张爱玲齐名，在文学史上留下她璀璨的印记。

关露之所以参加革命，并且从事地下工作生涯，不必令人惊奇，在那个年代，年轻的知识分子向往民主和自由，延安就是他们心中神圣的象征。况且关露曾经翻译过高尔基的《海燕》，我能够想象，在翻译完这篇影响了几代中国青年人的作品时，那种高昂的激情与斗志，让她恨不得生出翅膀，像海燕那样飞向延安。

后人在评论《海燕》时普遍认为，这篇作品具有深广的政治意义和象征内涵，作品通过暴风雨即将来临前的几个场景，刻画了象征着大智大勇的无产阶级革命先驱者——"海燕"的形象。那时，不仅是关露，更多的热血青年想成为"海燕"并不让人感到奇怪。革命的火种正如毛泽东预言的那样在中国的大地上星火燎原。所以，关露也渴望自己能够成为暴风雨中的一只海燕，为了理想和信仰无畏地飞翔。然而，关露作为一只海燕的羽毛已经被咸涩的暴风雨所打湿，变得沉重，并且再也无力飞翔。当她决定在陋室用药物结束自己余生的时候，她一定万箭穿心，万念俱灰。她选择寒冷的冬季离开这个世界。可是她曾经那么热情地讴歌春天，当她吞下最后一把药丸，沉入黑暗时，北方凛冽的风在窗外呼啸，关露已经看不到自己的春天。然而，即使时光过去数十年，我仍然依稀听见关露对她的上司潘汉年说："我不辩护。"

文学史里的巴黎、威尼斯和伊斯坦布尔

2003年秋天，我有机会随中国电力报刊考察团去了趟欧洲，前后半月，去了八九个国家，之前在书中读过的那些场景，终于有机会亲身体验。比如在荷兰，看到大风车；在比利时，看到撒尿小童雕像；在罗马，看到《罗马假日》拍摄的实景地。当然，最有感触的，是在法国巴黎和意大利威尼斯。

我们一早来到巴黎圣母院，这是一个宽敞的教堂，上千把座椅排得细密，幽深的穹顶，幽暗的光线，将外面的世界隔绝开来。尽管参观的高峰时间未到，但里面已聚集了数百人，然而没有声音，几乎所有的人都是在轻轻地移动脚步，能够听见的是在空气里颤动的呼吸声。正对着钟楼的圆形玻璃窗下，一个女子跪在那里祈祷，她低头合掌跪姿保持很久，从玻璃彩色图形间渗透下来的微弱光线照着她黑色的外衣。

我在后面找了一个空位坐下来，闭起眼睛，一种巨大的宁静在我的心里沉淀下来。那座钟楼上，那个敲钟人还在么？美丽姑娘的幽灵还在圣母院游荡么？我期待浑厚清澈的钟声在我的耳边响起，我相信，在激越的巴黎圣母院钟声里，我能够伸出手，和雨果相握，我要告诉这位杰出的智者，为了这一天，我等了很多年。

巴黎圣母院在最初的建造完成后，在以后曾经遭受损毁，是雨果让这座圣母院名扬世界。雨果在研究圣母院时，在两座塔楼之一的暗角上，发现了用手刻在墙上的一串希腊字，意思是"命运"。这个字所封锁着的悲哀与不幸，激动了雨果，雨果设法去猜测那个痛苦的灵魂是谁，他非要把这一罪恶或不幸的印记留在古老的教堂前面，才肯离开人世。雨果做到了，他根据那个字写下了不朽的《巴黎圣母院》。雨果以为,在墙上写那个字的人已经消逝,好几个世纪以来,在一代一代中间,也轮到这个字从教堂消逝,就连那个教堂本身,或许也快要从大地上消逝了。真是一语成谶,许多年以后,这座杰出的建筑部分毁于一场大火。

在威尼斯,我们入住一座有些年头的庄院。我很快想起《威尼斯商人》。黄昏,我在院子里散步,脑子早已天马行空,我想着莎士比亚是不是来过这里,在这里构思他的这部名作。我想起夏洛克、鲍西娅、安东尼奥,是否也在这座庄院里笑过、吵过、流泪过。

在巴黎圣母院

有讽刺意味的是,次日一早,我们去用早餐,发现只剩下面包、咖啡和红茶,领队问服务员,鸡蛋呢?服务员说,你们之前,也是一个中国团,鸡蛋让他们吃光了。我们有些纳闷,早餐不是自助吗?吃完了,能不能补一些呢?领队说,不会补,西方人做事刻板,如果庄院里住了30位客人,那么他们通常只会煮30个鸡蛋,在他们看来,每人一个鸡蛋,是不需要特意说明的,这是一个基本规则,只是没想到,他们遇上了一些不讲规则的中国人。我们苦笑着,喝了一杯咖啡,吃了几片面包,这真是一顿难忘的威尼斯早餐。

多年以后,我和妻子去埃及与土耳其。在伊斯坦布尔,我们坐船看博斯普鲁斯海峡,据说,作家奥尔罕·帕慕克就居住在海边的公寓里。许多中国人知道伊斯坦布尔,是从帕慕克的《伊斯坦布尔:一座城市的记忆》开始的。当然,帕慕克的代表作《我的名字叫红》也是让我们认识这位优秀小说家的一个窗口。

帕慕克生于伊斯坦布尔,被誉为当代欧洲最杰出小说家之一,后来获得诺贝尔文学奖。《伊斯坦布尔:一座城市的记忆》这部作品,让全世界爱好小说的阅读者因它而更加深入地了解了他的故乡。而对于帕慕克而言,伊斯坦布尔一直是一座充满帝国遗迹的城市。这座城市特有的"呼愁",早已渗入少年帕慕克的身体和灵魂之中。如今作为作家的帕慕克,以独特的历史感与善于描写的杰出天分,重访家族秘史,发掘旧地往事的脉络,拼贴出当代伊斯坦布尔的城市生活。跟随他的成长记忆,我们可以目睹他个人失落的美好时光,认识传统和现代并存的城市历史,感受土耳其文明的感伤。也正是帕慕克敏感、婉约而略显忧伤的叙述,让我们看到了他在追求故乡忧郁的灵魂时,发现了文明之间的冲突和交错的新象征。这种文明的冲突与交错,恰如伊斯坦布尔,全球唯一一座横跨欧亚大陆的城市。

帕慕克居住的公寓位于博斯普鲁斯海峡边上,也就是说,当我乘坐的游船在海峡上缓慢行驶时,我视野所及的那些建筑,其中就有一个窗口,是属于帕慕克的。他眺望海峡,潜心创作,用他的文字,向全世界推介他的城市。

在伊斯坦布尔,坐船游览博斯普鲁斯海峡(董芳 摄)

因为在帕慕克看来,伊斯坦布尔值得他一生咏叹。我知道,无论我在这座城市停留多久,我都没有机会与帕慕克相遇,甚至于擦肩而过的机会也微乎其微。这位习惯躲在家中写作的小说家,只会偶尔在疲惫的时候,站在他的窗前眺望博斯普鲁斯海峡,他也许会看到一艘,或很多艘游船驶过他的窗前,只是他不可能知道,在这些游船的某一艘当中,在一群来自中国的游历者中,有一位他的读者。我看不见帕慕克,但是,我能听见他的声音:书是我前进的动力。

帕慕克的写作习惯，符合他在获得诺贝尔文学奖时的受奖演说，在简短的演说中，这位天才的小说家告诉我们："小说是一个人把自己关闭在房间里坐在书桌前创造出的东西，是一个人退却到一个角落里表达自己的思想——而这就是文学的意义。文学是人类为追求了解自身而收藏的最有价值的宝库。我们需要耐心、渴望和希望，创造一个只倾听自己内心的声音的深刻世界。真正文学的起点，就从作家把自己与自己的书籍一起关闭在自己的房间里开始。"很显然，不是所有的小说家，把自己和书籍关在房间里就能够创作出优秀的作品，但是，帕慕克可以。因为在我看来，伊斯坦布尔是一座适宜成长伟大作家的城市。

葛岭路 13 号

2003年1月2日下午，鲁迅先生的弟子，98岁的黄源先生离世。我去参加了黄源的遗体告别仪式。可以说，我与黄源相隔遥远，之所以要去送黄源最后一程，很大程度上与黄源的儿子黄明明有关。在一次作家黄亚洲老师组织的聚会上，我认识了黄明明和他夫人，因为对黄源先生的尊重，所以，就特别有兴趣通过黄明明，打听黄源先生的一些信息，而黄明明也很乐意与我分享他父亲的往事。

在黄源先生的一生中，最重要的时期是他和鲁迅先生以及陈毅元帅的交往。

一

在黄源22岁那年，有着扎实英语基础的他在上海劳动大学编译馆工作，因为一次偶然的机会见到了鲁迅，并为鲁迅讲演做记录。过了几天，鲁迅又应邀去上海立达学园讲演，他又担任记录工作，从此，黄源追随鲁迅、茅盾等人，开始了自己的文学人生之路。1933年7月1日，《文学》创刊，编委会有鲁迅、茅盾、郁达夫等十几个人，黄源当编校。次年9月16日，《译文》创刊，鲁迅主编了3期以后，笑着对黄源说："你已经毕业了。"从此，鲁迅便把编辑任务交给了黄源。后来，鲁迅在给徐懋庸的公开信中写道："至于黄源，我以为是一个向上的认真的译述者。"

黄源夫人巴一熔女士回忆过这样一桩让黄源终身难忘的事。自从黄源认识鲁迅以后，就经常收到鲁迅的赠书，作为礼尚往来，黄源也很想做一些回

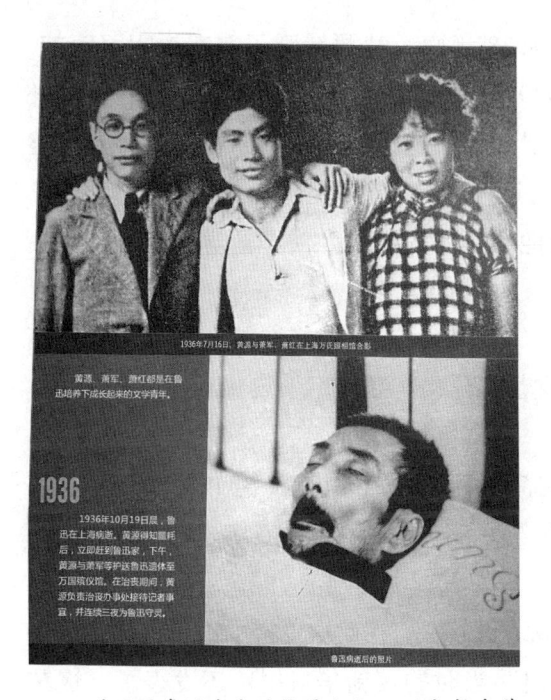

黄源是鲁迅先生的扶灵人之一（翻拍自黄源旧居内的史料陈列）

赠。其时，鲁迅正打算翻译《果戈理选集》。一天，黄源在上海静安寺路的一家外文书铺看到了一部德译本《果戈理全集》，共 6 本 18 元钱，他就买了下来，并在第一卷扉页上写下了"鲁迅先生惠存"字样。鲁迅十分高兴，欣然接受了赠书，但考虑到黄源的经济情况，无论如何要付给书钱，黄源自然不肯接受。双方推辞了半天，最后达成这样的妥协：鲁迅接受签了字的一册，其余 5 册照付不误，还了黄源 15 元钱。

黄源最后一次见到鲁迅是在 1936 年 10 月 14 日。那天，黄源前去看望身患重病，但精神尚好的鲁迅，并把一位日本朋友的一尊高尔基雕像转交给鲁迅。当时，鲁迅还拿着雕像，让爱子周海婴猜是谁。5 天以后的清晨，当许广平托内山书店的伙计把鲁迅去世的噩耗告诉黄源时，黄源立刻奔往他常去的鲁迅二楼卧室，伏在先生的遗体上痛哭出声。鲁迅逝世后，黄源作为治丧办事处人员，日夜为之守灵。出殡时，他亲自送鲁迅的遗体到万国殡仪馆，以后又紧随鲁迅的灵柩来到墓地，与巴金等其他 15 位抬棺人一起，亲手扶着灵柩送入墓穴。

二

在黄源老遗体告别会上，有不少都是在战争年代出生入死的老同志。因为黄源不仅是一位文学家，同时也是一位战士。抗日战争全面爆发不久，黄源因父亲病故回家料理后事，这时上海已沦为"孤岛"。黄源安葬好父亲

第二部 一九九九 179

后，已无法返回上海，于是，在1938年底，黄源就到了皖南新四军军部。不久，黄源认识了陈毅，那是1939年初，其时，陈毅只带一个班，因腿部受伤，骑了一头黑驴行进。黄源跟随陈毅走过茅山地区游击根据地，一路走，一路聊，简直是无所不谈，行进途中，有时住破庙，有时就住百姓家，且通常与陈毅共睡一床，陈毅谈他的童年，谈他到法国留学，也谈到中央苏区的工作。

在皖南，黄源曾任军部文委委员兼驻会秘书，主管文学创作和编辑出版工作，并主编了《抗敌》杂志的文艺部分和《新四军一日》《抗敌报》的文艺周刊。

黄源与陈毅的再次见面，是在皖南事变后。1941年1月12日傍晚，新四军石井坑制高点被敌军突破，黄源与军部首长叶挺、项英等走散。叶挺以为黄源"阵亡"了，后来在狱中写的《囚语》中提到："闻黄源亦死于这次皖南惨变……（黄君）工作努力，成绩也甚好。在此次惨变中饱受奔波饥饿之苦，形容憔悴，又不免一死，痛哉！"当时的《新华日报》还发表了《忆黄源》的悼念文章，称："一个不幸的消息传来，说鲁迅先生的高足、《译文》杂志的主编黄源先生在皖南突围中牺牲了……"其实，黄源并未阵亡，他突围出来后，几经周折到了上海，后又通过许广平和新四军办事处取得联系，赶到了苏北根据地。陈毅见到黄源时，颇感意外，继而以他特有的朗朗笑声说："我们真以为你已经尽忠报国了哩！"

三

黄源在杭州定居后，巴金曾多次来杭休养，每次黄源都会和巴老相聚叙旧，回忆鲁迅。

1981年春天，巴金先生下榻杭州新新饭店，他在这里完成了《随想录》之六十四《现代文学资料馆》的写作。新新饭店与黄源居住的葛岭相距不远，黄源得知巴金就在新新饭店，特意去看望了巴金。这也是黄源和巴金在"文革"之后的首次见面。新新饭店的名人照片墙记录了这两位文坛巨匠见面的画面，从照片上看，两人都戴着帽子，都是黑边眼镜，坐姿随意，隔着一张茶几，各自跷着二郎腿，坐在单人沙发上，黄源双手拢在袖子里，巴金的左手轻搁在耳边，似乎在听黄源说话，而黄源一脸笑意。整个画面看上去既随意，又融洽，是好朋友之间的见面闲聊。

1994年6月，黄源看望在杭休养的巴金，说："要活到九七看到香港回归。"黄源老的夙愿终于得以实现。但如今，当年为鲁迅抬灵柩的，只剩下巴金一人，不知道巴老获悉黄源老去世的消息，心里会是怎样的伤痛，所以，在获知黄源去世的消息后，巴金特别发来唁电，以示他的痛悼之情。2005年，巴金也走了，自此，中国现代文学史上最重要的创造者和见证者，基本都已离开人间。

黄源与巴金（翻拍自杭州新新饭店内的史料陈列）

四

黄源先生在人间的最后一个住处是葛岭路13号，与西湖只隔一条北山街。现在这里成为黄源旧居。黄明明夫妇收集整理了大量黄源老的遗物，尽量丰富故居展陈。一天晚上，我跑步从断桥进入北山街，在跑过新新饭店后，突然想去看看黄源旧居，就转入葛岭路，在13号门前停步。旧居大门紧闭，但能看到房屋的传统木构架、木门窗，白墙黑瓦，以及青石阶沿踏步，是一幢颇具江南民居风格的建筑。或许，这也是黄源老生前在此居住时间最久的原因。

夜访黄源旧居不遇，总让我心怀遗憾，成为心里的一个结。一个西湖荷花盛开的季节，我特意又去了趟黄源旧居。从葛岭路至葛岭山门，去往抱朴道院的路上，再上行二三百米，就达黄源旧居。不过，在上行过程中，我还是想到，在黄源晚年，这个居住地，并非最好的，上下山的路，对于一个长者来说，每出一次门，就是一次艰难的跋涉。

至"又入佳境"亭，左转，可见一幢两层建筑，就是黄源旧居。旧居门前是一个院子，疏于整理，石缝间，长出不少野草，就连屋顶瓦片之间，也有一丛丛野草在风里摇曳。院前更是有数棵参天大树，将旧居，从我的视线里割裂开来。在"黄源旧居"横匾下，大门紧锁，但室内灯光亮堂，我隔着木格子窗往里望，可见一张黄源巨幅照片，照片上黄老正在伏案写作，照片右侧，是一位前任政治局常委的题词：丹心铁骨。

黄源旧居

我绕过左侧墙根，走到后院，旧居的门，是开着的。院子里有一株我叫不上名字的树，树下两张木椅子。与主楼呈九十度，是一幢平房，想必是厨房与餐厅。只是门锁着。黄源坐像面朝平房，先生戴着一顶帽子，坐在一张藤椅上，其形象与我在新新饭店照片上看到的相似。黄源脸露微笑，一些树叶飘落在地，有几片粘在黄源坐像的肩头和帽子上，我掸去黄源身上的落叶，想跟黄源雕像合一个影，但无人入旧居，略有惆怅，又担心手机自拍效果不好，只好作罢。

五

我进入旧居，室内无人。一层是黄源先生生平陈列，二楼封闭。黄源生平按年代陈列，脉络清晰。从陈列的照片和实物，可见黄源之子黄明明和夫人的用心。其中1929年的三张照片，有特别的意义。一张是黄源夫人许粤华与长子黄伊凡在上海的旧照，照片上的许粤华风姿绰约，是一位江南绝色美人。照片的文字说明虽简短，却厘清了我心头的一个问号。这张照片的说明如下：1929年夏，黄源从日本回国，与许粤华结婚。许粤华，笔名雨田，翻译家、散文家，浙江海盐人，是民国时期著名才女之一。1941年4月，黄源收到许粤华从福建寄来的诀别信。

许粤华与长子在上海（翻拍自黄源旧居内的史料陈列）

黄源与许粤华这段婚姻的始末，没有更多公开的权威资料可以佐证，大多都是道听途说。我与黄明明餐叙时，黄明明似乎也是讳莫如深，我也就不便再多问。

不过，我还是在一些文学史料的夹缝中，找到了一些黄源与许粤华婚姻破裂的起因，以及许粤华那封诀别信的内容。1941年4月中旬，黄源在上海等待安排去苏北期间，收到了在福建工作的妻子许粤华的来信，这其实是一封宣告分离的永别信：我们离别已数年，各自找到生活的所在，今后彼此分离各走各的路吧，永别了吧。处于战乱的年代，也许是长久分离的缘故，许粤华正式向黄源提出分手。黄源收到信后表现得出奇的冷静，在复信中说道：我们曾有过十年春天的幸福，但幸福被战乱打碎，被迫分离。现在我只能尊重你的自由。我邀你同去的地方，并不是现存的福地，需要艰苦的创业，你不去也就罢了。我唯一可告慰的是鲁迅逝世后，国难又当头，我终于找到了那条正确的道路，我将继续地走下去。永别了。

之后，许粤华与黎烈文结为夫妻。1946年春到台湾，许粤华在台湾继续从事翻译和文学创作。1972年10月黎烈文于台湾逝世后，她随二子一女到美国定

第二部 一九九九 183

居。作为70多年前曾亲身参加过鲁迅先生丧事全过程的见证人,许粤华的一生,也有些许传奇,她的影像出现在黄源旧居,也算是对历史的一个客观注释。

六

1929年的第二张照片是黄源的特写,头发从中间分开,一副圆形眼镜,系领带。照片的说明是:1929年黄源来到上海,开始翻译生涯,靠笔杆子谋生。他的第一篇文章(是)《介绍〈托尔斯泰未发表作品集〉》。《托尔斯泰未发表作品集》是在内山书店出版的。(他)编译的第一部译著《屠格涅夫生平及其作品》由丰子恺设计封面,在上海华通书店出版。之后先后翻译出版了《高尔基》《三人》《屠格涅夫代表作》《一九零二年级》《将军死在床上》等十多部译著。

1929年的第三张照片是上海内山书店外景,文字说明是:内山书店是鲁迅晚年在上海的重要活动场所,鲁迅常来此购书、会客,并一度在此避难。

从这张照片的画面上,看不到任何人,但我们都知道,内山书店是鲁迅经常会客的地方。曾有文学青年写信给鲁迅希望见面,鲁迅回复,每日下午三四点,总在内山书店的。左翼剧作家夏衍来上海后,经常到内山书店买书,见到鲁迅时是"一个严寒的日子",1930年,二人共同发起筹建了"左翼作家联盟"。萧红与萧军也在书店与鲁迅约见,鲁迅发着烧,将一个装有20元钱的信封放在桌上,缓解了他们初来上海的窘境。借由鲁迅,二萧也慢慢认识了当地的其他朋友,包括茅盾、聂绀弩、胡风和叶紫等一批作家。

黄源20世纪30年代在上海(翻拍自黄源旧居内的史料陈列)

七

凤凰网读书频道记述了鲁迅在内山书店的一些往事。据书店伙计回忆，鲁迅第一次到内山书店买书是1927年10月的一天，"那人头发长得很长，有一点小胡子，咬着一个竹制的烟嘴。先顺着书架一声不响地浏览一周，然后返回来选书，装帧、书名、目录都不放过。仅从衣着上看，不像能买得起书的人，因为每本书最少也要一两块钱呢！而这个人，一选就选了十几本，总共要50多元，已经超过我们一天的营业额了"。从那之后九年，鲁迅共到内山书店买书、会友500余次，购书多达千册。

内山书店的创始人内山完造也成为鲁迅的好朋友。1929年，内山书店规模扩大，从北四川路魏盛里迁到了施高塔路11号，店里靠窗的位置有了一张藤椅，这是鲁迅的专座。鲁迅先生每次来都面朝里坐，内山老板则坐在对面相陪，有时进店的学生认出了鲁迅，就会躲在角落小声议论，这时鲁迅先生就会长叹一声，"又有人讨论我了，算了，回家吧"。

在万国公墓的葬礼上，作为鲁迅治丧委员会中唯一的日本人，内山完造做了感人至深的演说："鲁迅先生的伟大存在是世界性的。他是一位预言家，先生的每一句话，都如同旷野上的人声，不时地在我脑际打下烙印。先生说，道路本来没有，是人走出来的。每当我念及这话，仿佛就见到先生只身在无边的旷野中静静地前进着的姿影，和他踏下的清晰的足迹。"

黄源旧居内这张内山书店照片的背后，隐藏着多少中国现代文学的作家与作品。而一位来自浙江海盐的文学青年，也从此与鲁迅结下深厚友谊，成为中国现代文学重要的见证人。

八

黄源先生为人谦逊，著述丰硕，为中国文坛留下了宝贵的精神财富。在黄源的家乡海盐县美丽的南北湖畔，有一座明清风格的黄源藏书楼，里面珍藏着黄源老捐赠给家乡的近万册图书。黄源的骨灰也安放在这里。

我们在去殡仪馆参加黄源老遗体告别仪式的途中,大家以敬重而惋惜的语气回忆黄源先生在世时的情景。与黄源老同辈的著名作家陈学昭女士的女儿陈亚男说,浙江文坛与鲁迅先生有过渊源的前辈作家都走了。浙江省作协创联部的张雄说,他有一张鲁迅的四方联邮票,曾让黄源、陈学昭、林淡秋等与鲁迅有深厚感情的文坛前辈们签名。我们都说这是一枚不可多得的珍贵邮票,应当捐献出来,让大家一起欣赏。张雄说他有这个打算,但现在还没有最后决定是捐给上海的鲁迅纪念馆还是绍兴的鲁迅纪念馆,但他已经有一个意向,如果浙江文学馆建起来了,他倾向于捐献给浙江文学馆。如今,规模不小的浙江文学馆已建成,不知道张雄有没有把他的那张珍贵邮票捐献出去。

九

我写的《葛岭路 13 号》,即上述文字,在《文学自由谈》上发表后,我有意赠送一本给黄源旧居,我在旧居看到,类似的文献资料似乎并不多,不知道是不是因为展室不大的缘故。我联系了黄源先生的儿子黄明明老师,他在感谢的同时,也向我提供了一个重要信息,就是关于鲁迅小说集中手稿保存最完善的一本《故事新编》。

黄明明发了一段文字给我,原文如下:鲁迅给黄源的手稿,黄源到新四军去了,有两个大书柜放存巴金的文化生活出版社,鲁迅手稿就放在这两个书柜里,保存下来,上海解放了,黄源第一去看巴金,巴金将两只完好书柜交还给了黄源,黄源提议建鲁迅纪念馆,并将鲁迅手稿

黄源先生遗体告别仪式(翻拍自黄源旧居内的史料陈列)

借给鲁迅纪念馆，并专门去北京请毛泽东主席为鲁迅新建墓题墓碑名。

黄明明讲的这段文坛轶事，为《〈故事新编〉手稿影印本》的出版所证实。这部手稿分别收藏在上海鲁迅纪念馆、国家图书馆和北京鲁迅博物馆，为国家一级文物。

《故事新编》手稿能够得以保存下来，黄源功不可没。1936 年 1 月，这部小说集由巴金担任总编辑的上海文化生活出版社出版。当时，由黄源承担鲁迅与出版社之间的稿本交付工作，书印成后，上海文化出版社将原稿按顺序装订成册，黄源在征得鲁迅同意后，特地把稿本保存下来以作纪念。1937 年，黄源离沪，其实是赴新四军军部，我在上面已有叙述。黄源将此稿本与其他藏书一起寄存在上海文化生活出版社。虽历经磨难，但此稿本幸由上海文化生活出版社吴朗西妥善保存，在 20 世纪 50 年代初，经由黄源捐赠上海鲁迅纪念馆，珍藏至今。

这段文坛往事自然十分珍贵，遗憾的是，我在写作《葛岭路 13 号》时因为没有触及相关史料，因而没有写入，所幸黄明明给我提供了信息，在这里补上。

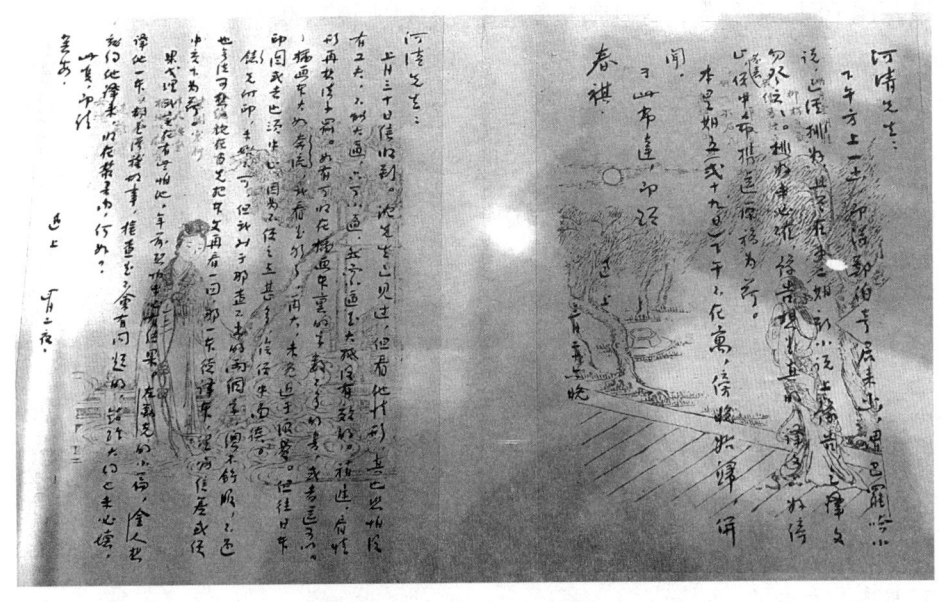

鲁迅给黄源的信（黄源之子黄明明提供）

怀念一个文学老人

陈亚男母亲陈学昭与黄源老同辈，且都是海盐人。那天去杭州殡仪馆跟黄源老告别，与陈亚男同车。我到省作协坐车，规定的出发时间到了，车子刚驶出大门，又突然停了下来，原来是陈学昭女儿陈亚男骑着自行车匆忙赶来了。陈亚男上车后，开始我并不知道她就是陈亚男，只是大家在聊天时我才晓得陈学昭是她母亲。陈亚男个子不高，年纪应当在60岁以外了，但看上去依旧很有风度，一头花白的头发，看得出年轻时曾经相当美丽。陈学昭与黄源属于同一辈作家，而且都与鲁迅先生有过比较深的交往。

从黄源先生的离世，我们说起一部现代中国文学史，浙江占据半壁江山，浙江应当有一个文学馆来收藏纪念那些文学巨匠的作品与珍贵文物。但是十分遗憾的是没有。虽然现在开始筹划要建设这样一个文学馆，但很多珍贵的文物已经无法收集了，那些逝去的作家的作品手稿和生前用过的物品已经被有眼光的博物馆收藏了，这对于浙江文学史，是一个重大的损失。陈亚男回忆说，当年她母亲去世时，上海鲁迅纪念馆开了好几辆卡车到她的老家，把能拉的东西都拉走了。现在上海的鲁迅纪念馆有一个"朝华文库"，专门设立了陈学昭专库。我们问她还有没有留下一些东西，陈亚男说她现在写作用的书桌就是当年她母亲用过的。此外，她还有一些母亲留下的珍贵书信，可能当时上海鲁迅纪念馆的工作人员在收拣遗物时一时疏忽了。我们都说这些书信应当好好保存下来，要不然，浙江文学馆真的建起来了，有价值的现代作家遗物就太少了。

陈学昭能够成为作家，很重要的一个因素取决于她的秀才父亲陈典常。

这位淡于荣利，生活清贫，有民主思想的海宁州小学堂学监，虽然在陈学昭七岁那年就病故了，但是陈学昭的兄长们遵从父亲遗命，把陈学昭送进了村中的私塾就读，后来又先后就读于海宁县立初等小学校和海宁城区第一女子高等小学校。陈学昭 15 岁那年，虚报两岁年纪，进入南通女子师范就读预科。在南通师范就读期间，因母亲不慎跌伤致瘫痪，陈学昭提前结束在南通的学业，转至上海爱国女学文科。对于陈学昭来说，这是一个重要的转折，因为她正是在上海结识了同学张梧，也就是张琴秋，并且由张琴秋引领，认识了茅盾。

还是因为张琴秋，陈学昭认识了瞿秋白，瞿秋白则以《李太白集》相赠，并在扉页上题词相勉。

在陈学昭的文学创作道路上，最为重要的肯定是与鲁迅的交往。1924 年 11 月 15 日，鲁迅发起组织的文学社团"语丝社"在北京成立。《语丝》创刊时，陈学昭也签了名。一般来说，这是陈学昭第一次与鲁迅没有见面的交往。这一年陈学昭只有 19 岁。

陈学昭 20 岁那年到了北京，在适存中学和黎明中学教语文，课余常到北京大学听课，曾听鲁迅讲授《中国小说史略》和李大钊的演讲。也就是在这期间，陈学昭结识了鲁迅，并开始给《语丝》写稿。

2002 年第 1 期的《文教资料》全文刊载了陈学昭的侄子陈伯良撰写的《陈学昭年谱》，文中对于陈学昭的婚姻也有提及，但笔墨简要。1928 年 9 月 28 日，23 岁的陈学昭去看望鲁迅，鲁迅约略知道一点情况，问陈学昭："到底怎么办？"陈学昭表示：回家解决了事情再出国。时隔二日，陈学昭由二哥陪同至杭州找孙福熙，孙态度冷淡，认为婚姻已经"没有意思"，当即告别。从这段简洁的记述中，我们对于陈学昭的婚姻状况可以知道个大概，也就是说不那么好。后来，当我认识了陈学昭的女儿陈亚男，再联系到陈学昭的这段经历，对于这位天才女子的婚姻有了更进一步的认识。从后来陈学昭创作的那些优秀作品看，婚姻没有成为她人生的羁绊。

1929 年 1 月 18 日晚，鲁迅与许广平在上海"中有天"菜馆为陈学昭饯行，当时受邀作陪的还有周建人全家与柔石等人。在此之前，许广平还特地写了《送学昭再赴法国》一文刊于《语丝》。

陈学昭与鲁迅的最后一次见面是在 1936 年 9 月 17 日，时隔一个多月后的 10 月 19 日，鲁迅就与世长辞了。当时，陈学昭在无锡，接信后立即赶往上海万国殡仪馆向鲁迅先生的遗体告别并参加了下午的葬礼。

陈学昭去延安是在 1938 年。那一年的夏天，陈学昭第一次访问了毛泽东，并先后认识周恩来、朱德、林彪、贺龙、陈毅、罗瑞卿等中共高级领导人。据《陈学昭年谱》记载，毛泽东曾对陈学昭有过"又是文学家，又是教育家"的评价。时间是 1945 年 7 月 1 日，当时的国民参政会黄炎培、傅斯年等六人到延安参观访问，毛泽东前去机场迎接，陈学昭也参加了那次迎接，毛泽东见到陈学昭，一边和她握手，一边微笑着说了上述那句话。

其实，陈学昭 1940 年在重庆时还和宋美龄有过交往。当时，国民政府在重庆举办了一个妇女训练班，宋美龄就是这个训练班的负责人。主持实际工作的刘清扬曾经留法，是一位民主进步人士。陈学昭在征求红岩八路军办事处的意见后，向训练班的妇女学员介绍了延安妇女的情况和自己在延安的见闻。讲课后，刘清扬邀她去见了宋美龄。不久，陈学昭又收到蒋介石、宋美龄联名邀请她参加游园茶话会的请柬，但陈学昭拒绝了。正是因为这个原因，陈学昭经常遭到盯梢，也让陈学昭下了再去延安的决心。

1949 年 8 月，陈学昭回到浙江。曾任浙江大学党支部书记。从那以后，陈学昭一直在浙江任职，直到 1991 年 10 月 10 日逝世。这一年，陈学昭 85 岁。

我的书架上有陈学昭的长篇小说《工作着是美丽的》和文学回忆录《天涯归客》，这是我认真读过的两本书。

在陈亚男向黄源先生遗体告别，与黄源夫人巴一熔握手时，我抢拍了一张照片，当时由于角度的缘故，加上现场比较拥挤，抢拍的只是一个侧影，但我觉得，这会是一张有纪念意义的照片。回到车上，我对陈亚男说，我给你抓拍了一张照片。她很高兴，希望我能寄给她。在她说这话之前，她正在认真翻阅一张当日的《每日商报》，上面用一个整版刊登了黄源先生生前的工作活动照片。我也将这个场景摄入了镜头。陈亚男在我给她的一张纸上认真地写下了她的住址和姓名，以及家里的电话。

照片冲印出来后，果然如我所料，陈亚男与巴一熔的握手只是一个侧面，而且是比较大角度的侧面，好在照片真实地记录了当时的场景。陈亚男在收到我寄给她的照片后，给我寄来了一本《文教资料》，并附了一封短信。全文如下：富强同志：照片收悉，谢谢了。以后也将成为十分珍贵的纪念。送上一册江苏省出的杂志，内中有我的表兄陈伯良先生编的家母的《年谱》。祝工作顺利！陈亚男。2003年1月。

　　从我与黄源儿子黄明明和陈学昭女儿陈亚男的交往过程中，给我最深的印象是谦逊与和善，他们没有名人之后的架子，总是以礼待人，我在参加黄源的告别会和收到陈亚男的信件与资料后，分别写过两篇随笔，一篇是《鲁迅弟子黄源走了》，写的是黄源；另外一篇是《怀念一个文学老人》，这个老人，就是中国现代文学史上不可或缺的才女作家陈学昭。

写作可以借鉴一些水墨画的元素

作家杜文和要写一本与砚台有关的书，需要一些砚台照片，他打电话给我，希望我能帮他拍一下。起先我以为就到他家里拍，但他在电话里告诉我是要去吴山明教授家里拍。杜文和说，吴老师那里有好些很好的砚台。

对于砚台，我是外行。但对吴山明这个名字，却是如雷贯耳，在我所熟悉的画家中，吴山明是大师级的。中央美院美术史论系薛永年教授对吴山明的画有这样一段评论：20世纪中国画最突出的成就在人物，水墨人物画以"现代浙派"为一大劲旅，而出身于"现代浙派"的吴山明又开创了不同师辈的"当代吴家样"，贯通了传统与现代，融会了人物与山水，形神并至，笔境兼夺。人物形象化入了氤氲的自然，神韵生动。其意象、境界和笔墨之美，显现出特有的艺术魅力，在当代画坛上独树一帜。

杜文和小说散文都写得很到位，但真正让他带来声名和效益的是电视剧《鲁迅与许广平》。他的创作视角独特，这次写砚台，就是一个例证。他说这本书里会有一百多张图片，都是不同年代的砚台。在我看来，一方小小的砚台竟也可以成书，可见作者的不凡功力。

我们到达位于杭州吴山广场的吴山明家，走进吴山明画室，算是开了一回眼界，原来大师的画室是如此的宽畅。画室朝南，一排明亮的窗子，室内有充分光照，临窗，即可眺吴山广场和山上的那座城隍阁。画室稍显凌乱，两张硕大的画桌置于西、北两侧，东墙是一排博古架，我们要拍的砚台就在架子上。画室里四处堆满了成卷的宣纸和已装裱完毕的画作，大大小小的毛笔在画桌上站成一片树林。一些半成品画作堆在地板上，我一瞧，画的是吴山明最负盛名的人物。画室里挂着两张照片，一张是李瑞环参观画展时和吴山明在一起看画，另一张是李铁映在看吴山明作画。我在画室里移动着脚步，我的目光所到之处，都是艺术与价值的有效结合。博古架上粗朴的陶罐与吴山明笔下飘逸的人物形成相对鲜明的对照。

　　吴山明一头银发，与我在电视、照片上见到的一模一样。他对杜文和说，你的书需要我的砚台，我的砚台也需要你的书啊。我们将砚台放到地板上，形状各异的砚台在擦去尘埃以后呈现出它们原始的色泽。砚台有大，也有小，吴山明如数家珍，能准确地说出这些砚台的朝代。这些砚台的年代已十分久远了，最近的是清代的，最远的则是汉代的，最常见的是唐宋的，这些朝代在吴山明的嘴里吐出来，一跨就是数百年。吴山明用手抚摸着其中的两块砚台说，你看多光滑，这都是一些很好的砚台。吴山明的女儿问杜文和，有没有看过她爸爸的一块玉砚？杜文和说没有，小吴说打了埋伏了。吴山明当即从橱柜里取出一方用盒子装着的玉砚。我接过一看，果然不同凡响，玉砚呈斧状，通体凉滑，色泽透明，是用整块玉雕琢而成。以玉雕砚，我还是第一次见到。

　　我将砚台一一放置于窗前，它们静静地俯伏在阳光下，沉默不语，它们在时光里度过了成百上千年了，依旧形若当初，只是由于光阴荏苒，它们的颜色显得更加凝重，砚上的图案清晰可见，这些龙，这些奇异的怪兽在砚台上与一些画家们相伴过一些日月，现在出现在吴山明的画室里，是它们的幸运。无意之间，我发现每方砚台的背面都有一张标签，标着砚台的售价，我一看，吓了一跳，每方砚台的价格都在一万元上下。后来，杜文和悄悄告诉我，吴山明的这些砚台有不少都是用画换来的，在藏画家眼里，吴山明的画在若干年以后，其价值会远远超出这些千年砚台。

　　吴山明对于中国画坛是重要的。他的成就，对于很多画家而言，是一座难以逾越的高峰。当年朱镕基总理访美，送给当时的美国副总统的国礼就是吴山明创作的一幅肖像《戈尔副总统偕夫人在中国》。他是中国美院学术委员会委员、西泠书画院院长，曾当选八届全国人大代表。他曾在世界各地举办个人画展，他的许多作品被中国美术馆、中国历史博物馆、中南海、毛主席纪念堂、全国人大、德国汉堡美术学院等收藏。

我置身于吴山明画室，一种艺术的波澜在我的四周汹涌着，当我看着吴山明提笔作画时，我发现，满头银发的吴山明在我的眼中就成了一尊画。我在吴山明家里看到了稀有的砚台，也看到了一位画家对艺术的执着与贡献。

　　站在吴山明画室推窗一望，是重建的城隍阁。在古都杭州的历史上，吴山是一个重要的坐标。吴山明每天都可以眺望吴山，从那座重檐的古塔上，他能看到什么？也许下面这段吴山明对国画创作的艺术观可以领略他对历史与传统的认识：对传统的继承，前人给了我们许多经验和启示，但随着时代的变化，我认为，对传统的认识应是动态的，应以当代的审美观念去进一步研究与拓展，对传统进行再认识。带有时代特征的再认识，将会对现时的中国画发展带来不同于以往的思维空间，使中国画的演进产生亮色。

　　从吴山明画室出来，我对杜文和说，看吴大师的画，有一种读水墨散文的感觉。杜文和说，你说得太对了，我也有这种感觉，品味吴山明先生的一幅幅画，在我的眼里，就如阅读一篇篇散文。当精彩散文的阅读美感在品赏吴山明的水墨画集中不期而遇的时候，吴山明的美术世界显然又敞开了另一个审美视角。

　　近距离接触吴山明，看他现场作画，欣赏他的水墨画，对我的写作也产生了一些影响，我自认为写得比较好的一些散文，比如《水墨周庄》《水墨西塘》《乌镇诗记》《杭州的边城》等，都有水墨画的元素。

杨柳岸，晓风残月

晓风书屋堪称杭州重要的文化地标。在全国独立书店中，也是独占鳌头。我书房中绝大部分图书，都是从晓风选购的。从晓风书屋第一家书店创办到现在，已逾20年，他们在全省开出超过20家连锁店，其中有不少是全国第一，比如晓风在浙江人民医院开出国内第一家医院书店，那些打着点滴的病人在书店看书的画面，感动了无数人。尽管实体书店经营惨淡，但晓风的每一步，走得都很稳健。晓风也是我作品的特许经销商，我的每一部作品，都会在晓风上架，他们也会认真负责任地利用多种媒介做好宣传营销。

我在电脑中找到一篇写于2014年的随笔，是写晓风书屋的，现在再看，依然亲切，基本上能代表我与晓风的交往与感情。

2014年11月21日中午11时22分，杭州晓风书屋掌柜朱钰芳在她的微信朋友圈推送了一条图文信息，文字内容如下："平静一点了，上图！2014年11月21日10：37分！晓风重要时刻。"微信附图8张，是李克强总理在晓风书屋运河店与书店主人朱钰芳的对话组照。

很显然，朱钰芳在推送这条微信时，心情依旧处于激动之中。我在朱钰芳的微信后留言：来大人物了，祝贺属于晓风的时间！

随后，朱钰芳成为一个无比繁忙的人，记者们闻风而动，纷至沓来，一时，晓风书屋和她的主人成为媒体关注的焦点。有关那次李克强总理应朱钰芳之邀，临时改变行程踏进晓风书屋运河店的故事，不光在杭州，在全国不少媒体上都有详尽的介绍。我与朱钰芳相识超过十年，以我对她性格的了解，我相信，她有这个勇气，向总理发出邀请。朱钰芳记得，当时，李克强总理来到杭州拱墅区运河文化广场，又走过运河上的拱宸桥，来到桥西历史街区。看到总理就要从店门口过去了，朱钰芳鼓起勇气说："请总理来书店坐坐。"原本已结束桥西历史街区之行的李克强听到后停下脚步，笑着说"好长时间没进书店了"，随即转身进店。

总理曾问她：晓风书屋，杨柳岸晓风残月，知道这词？朱钰芳回答：知道知道，我的大女儿就叫晓风，希望她长大后能有新能量传承晓风。总理笑答：那就应该叫晓风圆月了。我记住了，晓风。总理说完，跨出书店门槛。后来，总理的随行人员又回到书店买了杨绛先生的《洗澡》和《洗澡之后》。朱钰芳在微信里晒出一张百元纸币，很显然，这是总理随员购书时留下的。

这段对话，这些细节，在朱钰芳记忆里，早已刻骨铭心、如数家珍。

算起来，我与晓风的渊源已逾10年。当时，我所在的单位还在晓风附近的金祝南路，离晓风不远。在杭州的民营书店里，晓风在当时就崭露头角，尤其在文史类的书籍方面，书源丰富。当时，单位一些参考书籍的购买，我选择的就是晓风书屋，一来方便，二来，那儿的氛围的确让人喜欢。时间久了，我也算晓风的老顾客了，到了年底，晓风都会送我一些精致的小礼物，比如自制的书签，再比如，特供晓风销售的丰子恺的画册。礼轻，但情意重。后来，随着晓风的经营风生水起，他们也对体育场路总店的内部格局做了一些调整。设置了专门的茶水间，放上沙发，爱书者可在那儿边喝咖啡，边翻翻书。

小朱为何要开这么一家书店，我不是十分清楚，也没有专门问过小朱，我只知道，小朱从前是三联书店的营业员，后来，就辞职自己开书店了。经过20年的苦心经营，晓风书屋已经积累了一批相对固定的读者群。大大小小的连锁店几乎遍布杭州城区主要文化区。让李克强总理驻足的晓风运河店毗邻大运河，在晓风连锁店中是面积较小的一家，但照例能吸引不少爱书人。

我算得上见证了晓风书屋的成长。体育场路的这家门店，最初只是一间门面，然后是两间。接着，小朱将书屋左右两侧的门面全部租了下来，形成现在三间门面的规模。有一年春节前，小朱经过我单位门口，给我电话，我下去一看，小朱要送我一本装帧十分精美的年历。这种年历类似于从前的历书，但是硕大无比。说实话，这本年历我没有合适的地方可挂，即使挂起来，也舍不得一张张撕。现在，这本年历依旧搁在家里，当藏书一样藏起来。

小朱经常邀请一些著名作家到她的店里搞签售活动，类似的文化活动，前后组织数百场。我主编的《十年——浙江电力系统文学作品精选》一书出版后，我们也特意选择晓风书屋作为首发式的场所。以前，每次有名家来，小朱都会给我电话通报信息，问我有没有兴趣去。好多次，我都因为各种原因婉拒了。人虽然没去，但小朱都会给我留一本名家的签名本。现在想来，拂了小朱的好意，有些不应该。然而，小朱的晓风书屋却办得越来越好。虽然一些门店的经营入不敷出，但小朱依靠强大的批发能力，支撑着她的梦想。晓风甚至于可以作为这座城市读书人的风向标。在我看来，到晓风书屋买书的人，是真正意义上的读书人。这么多年，我的大部分书籍，都是在晓风购买的。我很喜欢书屋的氛围，顾客不多，但很安静。大家各自埋头寻找自己想要的书。如果时间充裕，还可以要上一杯茶，在店内坐上一个下午。

晓风的店员也很尽责。记得有一年秋天，我曾想买一本《消失的地平线》，但没货了。过了大约三个月，我再去书屋，店员告诉我，《消失的地平线》来了，问我还要不要，我说要。其实，这时我已经不是十分迫切想要这本书了，但是店员却记着这件事，我没有犹豫，就买了下来。

在网络时代，民营实体书店的经营说惨淡也不为过。但是，在小朱心里，开书店是一件很美好的事情，尽管生存压力很大。她希望国家能够给民营书店更多支持，比如有没有可能利用国有的公益环境，像博物馆或者美术馆之类，给一块场地，让民营书店有立足之地。这个想法在她心里憋了好久，这回，终于因为总理的光顾，让她有机会面对媒体说出来，并且让大家听到。

与晓风书屋创始人姜爱军朱钰芳夫妇的合影

李克强总理光顾晓风书屋运河店后，晓风的生意是不是要比以前好一些，我不太清楚，但是我知道朱钰芳在杭州临西湖的北山路上，一座堪称"民国名人博物馆"的新新饭店内又开出一家连锁书店。北山路在杭州的历史版图里，分量很重，而新新饭店又是一家百年老店，曾经下榻于此的历史人物灿若星河。我去新新饭店吃过几次饭，每次去，都要去转一转，有好些老照片，记录民国时期曾在此下榻的客人，这些客人个个如雷贯耳，在中国近现代史上，都能记上一笔。

　　在这样一家毗邻西湖，建筑风格古典雅致的饭店里，开一家人文书店，实在符合"杨柳岸，晓风残月"的意境。

　　最近，我去了趟晓风书屋，买了一堆书，其中有一本是《莎士比亚的书店》，海明威在给这本书撰写的序言第一句话是这样的：在那些没钱买书的日子里，我从莎士比亚书店租书看。这家书店现在已经成为巴黎塞纳河左岸的一处重要文化遗存，据去过书店的人说，如今书店的主人是惠特曼的女儿。

一座老饭店，半部民国史

美国哲学家杜威、日本文豪芥川龙之介、蒋介石、宋庆龄、宋美龄、蒋经国、李叔同、胡适、陈寅恪、徐志摩、鲁迅、沈从文、张爱玲、南怀瑾、张静江……他们都曾在新新旅馆下榻，留下履痕。其中，有人仅仅在此暂作停留，感叹一番春花秋月的美景，而有人则留下了一辈子都忘不了的美好回忆，比如胡适。

1923年6月8日上午8点15分，胡适在上海梵王渡站上火车，下午1点10分到达杭州。这天，是林社祭日（纪念清光绪时杭州知府林启），他和先期抵达的高梦旦（时任商务印书馆办编译所所长），以及林启的后人一起参加了纪念活动。就在这个黄梅天，胡适入住了新新旅馆中楼403房间。那次，说是出差，其实胡适是为了看表妹曹诚英（字佩声，是中国农学界第一位女教授、著名作物遗传育种专家。《胡适日记》里也写成"珮声"）。

新新饭店的1913餐厅

在杭州休养的这段日子里，曹诚英与胡适形影不离，最后干脆退了新新饭店的客房,在烟霞洞的清修寺里度过了让胡适流连忘返的三个月。胡适的这场"风流债"正是后人所说的"烟霞洞之恋"。

胡适是习惯写日记的。从1911年的美国留学生时代,直到1962年发病去世为止,他写了50年的日记。不过,其中"间断"了十多次,在杭州的三个月,日记后来消失了,而这三个月,正好是胡适与曹诚英在"烟霞洞"热恋时。个中原因,民间多有猜测,倒也大致八九不离十。胡适这段日记,可窥他与曹诚英在杭州的生活:今天晴了,天气非常之好。下午我同珮声出门看桂花,过翁家山,山中桂树盛开,香气迎人。我们过葛洪井,翻山下去,到龙井寺。我们在一个亭子上坐着喝茶,借了一副棋盘棋子,下了一局象棋,讲了一个莫泊三(莫泊桑)的故事。

1923年10月3日,胡适在日记中写道:我这三个月中在月光之下过了我一生中最快活的日子。后来,曹诚英写信给胡适,署名是"一弯新月"。而胡适则以一首《多谢》复之:

多谢你能来,
慰我山中寂寞,
伴我看山看月,
过神仙生活。

此后,胡适与原配夫人相守到老,而曹诚英则终生未嫁。

胡适在新新旅馆住过的房间,后来被命名为"藏晖室"。鲁迅那一间,称"百草园"。李叔同的是"长亭外客房"。林徽因和梁思成住过的房间叫"人间四月天"。"家春秋"是巴金住过的。"大学者"是蔡元培下榻的房间。《蔡元培日记》有记载:

新新饭店内陈列的蔡元培日记

200　花朝月夕:一个中国工人作家的文学编年史

十三日十时，抵新新旅馆，晤适之、梦旦，我寓四十二号房……在中国的旅馆中，恐怕很少有像新新旅馆这样，充满了如此密集的文学记忆。

菜单上也有"胡适家乡菜"，我特意点过，是青菜、蘑菇、蛋饺、虾和猪油渣。要说味道，也就那样，不过，因为有了胡适的元素，就显得有些不一般罢了。还有一道"美龄蔬菜色拉"，上来一大盘，与平时见过的蔬菜色拉并无二致，但一到新新旅馆的餐桌上，就身价倍增。

名人们的照片悬在改名后的"新新饭店"底层，皆黑白。我最近和首长带孩子去吃饭，我连发两个朋友圈，第一个是"说是来吃饭，其实是看人"。第二个则是"饭吃完了，人没看完"。所附照片悉数为翻拍。

新新饭店内的陈设

在照片墙上出现的大人物，基本都是两人或多人合影，只有王映霞是一张独照。照片上的王映霞身着碎花旗袍，目视前方，神态和表情自然大方。边上有几行简要的文字说明："当年有'杭州第一美人'之称，1933年4月，王映霞和丈夫郁达夫一起下榻新新旅馆。"在同一个空间里，隔着一条走廊，在另一面照片墙上，还有一张郁达夫和原配夫人孙荃的合影，孙荃坐姿，怀抱一婴儿，郁达夫身着西装，站在孙荃身后。这张照片没有说明拍摄时间，也没有说明他们是否在新新旅馆下榻，但照片说明文字则如此："1933年4月，郁达夫曾下榻新新旅馆，并写了大量山水游记和诗词。"

1921年5月，日本文学一代宗师芥川龙之介以日本大阪新闻社海外特派员身份访华来杭，慕名下榻新新旅馆。5月4日，他在给友人的信函中写道："来到杭州，眼下在新新旅馆一室豪饮特产老酒。窗外是暗无星月的西湖，可见熠熠萤火。乡愁油然而生。"回国后，他写出了《中国游记》和《江南游记》，其中对新新旅馆有详尽叙述。

新新饭店西楼的"孤云草舍"，是一栋保存完好的别墅，老房子，中西合璧，回廊巨大，穹顶高耸，风格洋为中用，名字中为洋用。"孤云草舍"的取名据称来自孤山上的石刻"孤山一片云"。

也是在"孤云草舍"，西安事变之后，蒋中正的文胆陈布雷，在此替他整理日记。被认为是研究西安事变的重要史料之一的"西安半月记"，就在这里起草。

许多年以后，浙江话剧团排了一出戏《新新旅馆》，讲的还是胡适和曹诚英。

《新新旅馆》讲述的是 1923 年秋，胡适借从北京南下讲学之际，背着妻子江冬秀与相爱的曹诚英相约在杭州新新旅馆见面。两人虽小别重逢，但胡适的本意不是为了续爱，而是迫于家庭和社会压力要在有限时间里说服痴情的曹诚英答应堕胎并分手。胡适虽学贯东西，以倡导"白话文"、领导新文化运动闻名于世，宣扬的是个性解放、思想自由，却依然屈服于传统的束缚、思想的自律；花季年华的曹诚英情真意切大胆寻爱，飞蛾扑火般死缠烂打，也无济于事。其间，胡适的学生汪静之、朋友徐志摩、启蒙塾师胡树昌先后登场充当说客表明立场，怀有身孕的曹诚英决然一搏，胡适却因此更认清了自己……

宋代戴复古的《寄兴》说："黄金无足色，白璧有微瑕。求人不求备，妾愿老君家。"意指"金无足赤，人无完人"。胡适与曹诚英在西湖边的这一段

胡适（右二）与曹诚英（右一。上图），胡适与江冬秀（下图）（翻拍自新新饭店）

202　花朝月夕：一个中国工人作家的文学编年史

恋情，似乎就是一个恰好的注释。

1913年开业的新新旅馆，在杭州城的老旅馆中，是真正的"老字号"了。然而，有一件小事却尤其令人感叹，也值得所有企业借鉴。2002年，新新饭店收到法国设计公司的通知。作为当年的设计方，他们告知新新饭店："饭店80年的保养期已到，请注意使用安全。"

1923年商务印书馆出版的《西湖游览指南》中如此提及新新旅馆："建筑精美，风景天然，饮食一项，兼具中西。游湖者居此为适，西人尤乐之。更备有游山之藤舆，泛舟之瓜艇，意兴所至，悠往咸宜……"这个广告词，在时隔百年之后再来细读，依然惊艳。

一座老饭店，半部民国史！说的就是杭州新新旅馆。

孩儿巷 98 号，深巷明朝卖杏花

杭州孩儿巷 98 号现在是陆游纪念馆，但门前的石碑上写的是"孩儿巷 98 号民居"，只有跨进石砌大门，第一井屋檐下，才悬一块"陆游纪念馆"匾额。这个格局，与其他名人纪念馆稍稍有点不同。因为这所清代古宅，并非陆游祖上所有，只不过是陆游每次来杭州，都住在孩儿巷的客栈。而这幢民居，则是保存较为完好的古建筑，也是最有历史沧桑感的房子，将其辟为陆游纪念馆，既是无奈之举，也在情理之中。

许多年以前，我曾在毗邻孩儿巷的凤起饭店工作过两年，那是我调到浙江电力报社的第二年，编辑部临时安置在凤起饭店，我听说陆游就是在孩儿巷写下《临安春雨初霁》，就很想去找找那条小巷，或者，那里会有陆游的一些痕迹。事实上，孩儿巷 98 号是 2005 年才正式成为陆游纪念馆的，而我在 2003 年就离开凤起饭店，调到省电力公司本部工作了。尽管如此，我在凤起工作的两年，虽然离孩儿巷很近，却一次也不曾去过，现在回头看，实在是过意不去。那时，即使没有陆游纪念馆，在小巷里走一走，感受诗人曾经看过的杏花，想象清晨杏花的叫卖声，也是一件多么有意义的事情。

我抵达孩儿巷 98 号是一个夏天的中午，气温高达 35 摄氏度，很热。纪念馆门前有一排树，不是很高大，但还是遮挡出一片树荫地，几位穿黄色工装的工人坐在门口纳凉。我从小就知道，夏天时，只要有门的地方，就会有风。我们也称它为穿堂风。拂过几位工人身边的，显然就是穿堂风。其中一位工人，见我在拍照，也跟随我走进墙门，对着"陆游纪念馆"匾额拍了一张照片。

这幢古宅的主人是谁,我无从考证,但可以看出,一定是有相当经济实力的大户人家。古宅临孩儿巷一侧是一堵巨大的白墙,我们所说的深墙大院,大致就是这个格局。门是石条砌成的,是典型的清代风格,门楣上,是一条两端比门框要长出尺余的石块,压着门框,远远看去,以白墙为背景,特别显眼和稳重。

杭州孩儿巷98号民居,陆游纪念馆

进入大门,是一个面积不大的天井,连着堂屋,在整个大宅中,堂屋的面积显然是最大的,正面是陆游的木刻全身像,诗人左手握一卷书,右手抚须,背景是书法家抄录的《临安春雨初霁》一诗。两侧是陆游多次来杭的图文记载,一图一文,倒也简洁明了。再往里走,是陆游手书的拓印件和一些著名的诗稿复制品。南宋以来,实物自然不可能再有,但有这些拓印和诗稿,也是十分珍贵了。尤其是《钗头凤》,特别醒目。诗稿则有《剑南诗稿》《渭南文集》《南唐书》,也是稀世珍品,难得一见。

最后一进,是杭州下城区的部分史料陈列。相比陆游,这些史料,给人的感觉有一点附带成分,但意义非凡,因为能够入藏本馆的人物,都是近现代历史上一个个响当当的名流,是杭州城历史上不可或缺的重要标志。

古宅有个后院,面积不大,但树木苍翠,且有一口水井。我在墙角,看见一块石碑,碑上隐约可见"继德堂傅界"五字。想来,这是古宅主人的实证了。

我在树荫下的石凳上小坐,望着宅子与后院分隔的那面墙,也是十分高大。古宅南北两侧是高墙,东西则是房子。这个格局,很容易令人联想起"侯门深似海"的古语。

陆游一生创作大量诗歌,据称有近一万首,在历代诗人当中,也是出类

第二部 一九九九 205

拔萃的。而《临安春雨初霁》因为就是在他客居杭州孩儿巷时写下，所以就特别有画面和意境。陆游写下此诗时已年过花甲，经过几十年的颠沛流离，想必诗人的心境，已颇为淡然。纪念馆内有一幅画，重现了当时陆游写作这首诗歌时的场景。鳞次栉比的江南民居间，诗人被春雨吵醒，他站在一幢客栈的窗前，窗下是一条小巷，向远处延伸，消失在屋檐下。而与诗人相隔一条小巷的，是一树杏花，在雨中正开得鲜艳。诗人有感而发，提笔写下《临安春雨初霁》，其中"小楼一夜听春雨，深巷明朝卖杏花"最是让人百读不厌。

事实上，陆游写下此诗时已62岁。他在家乡山阴赋闲了五年。诗人少年时的意气风发与壮年时的裘马轻狂，都随着岁月的流逝一去不返了。虽然他光复中原的壮志未衰，但对偏安一隅的南宋小朝廷的软弱与黑暗，是日益见得明白了。这一年春天，陆游又被起用为严州知州，赴任之前，先到临安去觐见皇帝，住在西湖边上的客栈里听候召见，在百无聊赖中，他写下了这首诗。

陆游16岁第一次离开家乡山阴到临安。临安是南宋的都城，也就是后来的杭州。他此来临安，是参加锁厅考试。所谓锁厅试，其实就是一种官职考试。陆游途经钱塘江畔，身背一个黄色包裹，头戴黑色纱巾，从神态上看，显得踌躇满志。另有一幅画，是陆游78岁客居临安参与国史实录编撰，闻词人辛弃疾回临安要再次北伐之讯，诗人激动万分，依窗远眺，寄托收复山河统一祖国的心愿。画面上，诗人已明显沧桑，他手捻下巴上的胡须远眺窗外，家国情怀跃然纸上。

陆游与辛弃疾都是南宋诗词大家，如果不是因为身体原因，辛弃疾是要以枢密都承旨的名分到临安上任的，可惜他心力交瘁，病重卧床不起，只得上奏请辞，不久即去世。

陆游对于辛弃疾的去世，自然悲愤不已。这种心情，在他的《示儿》一诗中表达得淋漓尽致。显然，如果不是因为诗人内心具有无比强烈的爱国情怀，是难以写出这样的诗句的：死去元知万事空，但悲不见九州同。王师北定中原日，家祭无忘告乃翁。这是陆游的绝笔诗，此时的陆游已经85岁，来日无多。清代贺贻孙在《诗筏》中评价此诗："率意直书，悲壮沉痛，孤忠至性,可泣鬼神。"

　　我在孩儿巷98号待了约莫一个小时。来看陆游的人不多,这一个小时中间,顶多三五人。他们匆匆而来,又匆匆离去。我坐在后院树荫下,古宅的寂静,让我听见风吹过树叶的声音。

　　我步出古宅,走在孩儿巷,突然想起,后院有没有一株杏树,在春天的夜色中开放?孩儿巷里,卖杏花的人不知道还会不会有?明天清晨的小巷,可会响起卖花的声音?但我可以肯定的是,春天的雨,依然会打湿行人的衣衫,离此处不远的西湖边,依然会有一树一树的桃花、梨花、玉兰花开放,那些芬芳的花树里,也一定会有几树杏花,和断桥边的梅花一起,零落成泥,但芳香如故。

趵突泉边卷帘人

到济南，不看趵突泉，总是说不过去。读北魏郦道元《水经注》，对趵突泉有描述："泉源上奋水涌若轮，突出雪涛数尺。声如隐雷。"我去济南，时间仓促，只够沿大明湖转一圈，然后是看趵突泉，匆匆一瞥，主要是想验证一下郦道元对这眼名泉的描写。

那天济南的气温不高，但稍显闷热。进入园内，直奔趵突泉而去。走到大约一半的路程，忽见边上一道院门，中式风格，两侧飞檐，檐下一块匾额，上书"李清照纪念堂"。我稍显意外。李清照济南人，生于章丘区，她的故乡，建有清照园，一直有意去瞻仰，不料无心插柳，在趵突泉边，见到这处纪念堂，岂肯错过。随即进院，把观趵突泉一事抛之脑后。

"词压江南，文盖塞北"，说的就是宋朝女词人李清照。

西周以降，诗词创作成大器者，男性居多。女诗人凤毛麟角，能与男诗人比肩的，唯李清照。这么说吧，李清照既可与苏轼、陆游、辛弃疾并列，也可以和陶渊明、李白、杜甫、韩愈等前代风格大师比肩。说李清照是"千古第一才女"，恐怕也不会引起太大争议。

追溯李清照的家史，方知其父李格非是苏轼学生，藏书甚富，善属文，工于词章。其母是状元王拱宸的孙女，文学修养自然也不在话下。李清照自幼耳濡目染，家学熏陶，加之聪慧颖悟，才华过人，所以"自少年便有诗名，才力华赡，逼近前辈"，似乎也在意料之中。李清照年方18，与时年21岁的太学生赵明诚在汴京成婚，堪称一桩赏心乐事。对于这次婚姻，李清照在《金石录后序》中有记载："余建中辛巳，始归赵氏。"

"靖康之变",北宋朝廷崩溃。南宋始。赵明诚因母亲死于江宁,南下奔丧。李清照也开始着手整理遴选收藏准备南下。两年后,赵明诚因湖州赴任途中染疾,身亡。自此,李清照南渡。足迹至浙江台州、衢州、金华、绍兴、杭州等地。可憾的是,在杭州,李清照于孤独无依之中,再嫁张汝舟。这次婚姻,是李清照生活中的败笔,后来虽然离异,但可以想知,这段婚姻,给李清照的南渡生涯蒙上一层难以拂去的阴影。好在李清照的意志并未从此消沉,这段时间,她不仅创作了大量格调明亮的诗词作品,还完成了《金石录后序》的写作。

济南李清照纪念堂内的李清照雕像

在金华期间,李清照曾作《武陵春》词,感叹辗转漂泊、无家可归的悲惨身世,表达对国破家亡和嫠妇生活的愁苦。又作《题八咏楼》诗,悲宋室之不振,慨江山之难守,其"江山留与后人愁"之句,堪称千古绝唱。如今的八咏楼,屹立于金华市东南隅,是一座南方典型的坐北朝南建筑,面临婺江,正厅辟为李清照纪念堂。八咏楼是李清照南渡后留下的鲜明印记。在杭州,则是西湖边的柳浪闻莺公园内,建有一座清照亭,夕阳之下,光耀亭上,柳丝飘拂,仿佛一代才女李清照的飘逸长发,在夕阳下迎风而舞。

一个古代弱女子,于颠沛流离中,对失陷的北方有深切怀恋,对故乡有浓重的思念哀愁之情,诗词之间,写得淋漓尽致。"寻寻觅觅,冷冷清清,凄凄惨惨戚戚",这种意境,带给读者的孤独感、离愁感,大概不会再有。只是李清照可能未必知道,她写下的这些婉约作品,对后世的影响会如此之大、之远。

相比八咏楼和清照亭，趵突泉边的这座纪念馆，就要宏阔许多。正厅朝南，歇山飞檐，前为抱厦，侧设耳房，抱柱悬挂郭沫若题写的楹联："大明湖畔，趵突泉边，故居在垂杨深处；漱玉集中，金石录里，文采有后主遗风。"堂内迎门，为李清照塑像，

杭州柳浪闻莺公园内的清照亭

手持书卷，眉宇深锁，若有所思。塑像应为汉白玉雕刻，李清照身材稍显瘦削，但身姿挺拔，背依词壁，亭亭玉立于正厅中间，幽暗的房内光线里，也能照出婉约词宗不朽的风采。

东侧曲廊间，建有"叠翠轩"。轩内东壁辟景窗，山水景色，摄入窗内。窗侧壁间，嵌当代书法家启功等名人题刻。西廊南端接"溪亭"，取李清照《如梦令》词中"常记溪亭日暮"之意。院中清泉流瀑，秀石玲珑，并依据李清照词意配置各种名贵花木。四季不同，可以想象，春天的小院，有玉兰映雪，迎春洒金；夏天则可赏海棠滴绿，芭蕉泄翠；而秋天，无疑有菊花傲霜，金桂溢香；冬天，院内的青松挺拔之下，也有修竹潇洒。四季间，一派生机盎然。

纪念堂西院为易安旧居。由飞厅、走廊、方亭、石桥等组成。走进高悬"易安旧居"匾额的大门，但见院中假山堆叠，亭阁耸立，瀑布直挂，小桥流水，奇石玲珑，松竹相映，雅致得很。步至正厅，却见高屋飞檐，古朴典雅，门上匾额"有竹堂"，想必是李清照的父亲居汴京时的府邸名字，取竹子"出土有节、凌云虚心"之意。两边楹联悬挂著名书法家欧阳中石的对联"金石录有几页闲情好梦；漱玉词集多年国恨离愁"。正厅展橱内摆放多种文物，均为珍品，既有清代版本《金石录》，也有历代各种铜镜等。在亭的正中，悬挂着李清照的大写意画，画像两边为集李清照的诗句所撰写的对联"枕上诗书

闲处好；门前风景雨来佳"。

　　年少时，背诵古诗词，只要一读李清照，就心生欢喜。读遍天下婉约，还没有读到过比这首更让我欲罢不能、余音绕梁的：昨夜雨疏风骤，浓睡不消残酒。试问卷帘人，却道海棠依旧。知否，知否？应是绿肥红瘦。

　　李清照在北宋颠覆之前的词颇多饮酒惜花之作，也可从一个侧面反映出她悠闲风雅的生活情调。而这首词在写作上以寥寥数语的对话，曲折地表达出主人公惜花的心情，写得传神非凡。通常，词中卷帘人，有学者多指侍女，且几乎定论。但在我看来，李清照自幼聪慧过人，生性敏感，根据《李清照简明年表》推算，李清照在写作此词时恰好16岁。这个年龄的女子，活泼好动，羞涩迷人，偶尔调皮，说她自问自答，自喻卷帘人，也不是没有可能。

　　步出纪念堂，循着隐隐的泉涌声，向趵突泉而去。趵突泉所在的水池，清澈见底，可清晰看到泉水从地下喷涌而出，在水面形成一个虽不规则，但十分明显的圆形水波截面。从这眼泉水，到柳絮泉边的易安旧居不远，步行大约也就几分钟。如果当年李清照在此居住，那么，她就有充裕的时间，在此驻足，观泉，看天下。只是李清照与趵突泉毗邻而居，却似乎从来没有写过关于趵突泉的诗词，也许正应了风景在远处的说法，并从一个侧面映照了李清照浓烈的家国情怀，她饱尝颠沛流离之苦而不忘关注国家，亡国之恨，丧夫之哀，孀居之苦，婉约里见刚毅，忽略家门前的风花雪月，也就有了轨迹可寻。

　　原本去看趵突泉，匆匆路过，却被这处小院留下步履，主角瞬间转向李清照。逾九百年，我一路风尘，从遥远的江南，来到这座流水遍地的北方城郭，看见李清照依旧在济南的泉边微笑。或许有一天，地下的泉源干涸，趵突泉不再喷涌，后人只能从郦道元的《水经注》里，读到趵突泉曾经雪涛数尺，声如隐雷。但没有人会怀疑，李清照的诗词作品，会在人来人往中，世代相传，川流不息。

从《牡丹亭》说起

回望丽水遂昌历史，作为县令的汤显祖肯定是一颗闪亮的星。他的传世巨作《牡丹亭》可以说是中国戏曲文学的一座高峰。

遂昌城不大，但是产金子。遂昌金矿一度非常有名。所以，我是先知道遂昌生产金子，然后才发现，那座青山环抱的小城，原来出过一位声名显赫的县令。汤显祖在遂昌当政五年，口碑不错。屈指算来，汤显祖自1593年主政遂昌，已逾四百年。遂昌自东汉献帝建安二十三年，即公元218年建县，已1790余年，据史料记载，在遂昌当过县令者，少说也有三百余位之多，但是，真正能够在中国乃至世界范围内青史留名的，唯有汤显祖。

汤显祖的名声，除了他体恤百姓，清廉勤政，最主要的，要归功于作为戏曲家的汤显祖。现在研究汤显祖与"玉茗堂四梦"，尤其是研究《牡丹亭》的专家学者，基本认可这样一种学术观点，认为遂昌是汤显祖酝酿《牡丹亭》的原创地。照此推理，汤显祖是在遂昌构思了《牡丹亭》，或者说，《牡丹亭》首先是在遂昌形成了基本架构，至于后来汤显祖是在他的故乡临川还是别处创作了这部不朽剧作，倒显得无关紧要。这种说法是否成立，事实上已经无从考证。但是遂昌城内到处都留有汤显祖的痕迹，可见这位县令给这座偏远小城带来的好处已经延续数百年。

我平生唯一一次到遂昌，主要目的是参观位于城内的汤显祖纪念馆。在遂昌任过县令的父母官无数，要说有资格建一座纪念馆的，除了汤显祖，再无他人。但是，建成这座小巷内的纪念馆却是很后来的事情了。准确地说，是在汤显祖离开遂昌四百年以后，才有一位江姓县长做主，建起了这座以老宅为基础，格局典雅的名人纪念馆。

这位县长全名江华东。如果放在汤显祖那个时代，江县长即江县令。叫法不同，但官阶相似。江华东正式出任遂昌县县长，是在1993年，与汤显祖任期相同，也是五年，更有意思的是，江华东上任那年，与汤显祖到遂昌走马上任那一年恰好相隔四百年。江华东在遂昌有些年头，任县长之前，当过县委宣传部部长和副县长。这两个职务，分属于党务、政务系统序列，在明朝，估计是没有的，所以，汤显祖当时也可以算得上独揽大权，遂昌城内凡大小事项，汤县令均可一言九鼎。

江华东后来从地方进入电力系统，成为浙江省电力公司工会主席，后又转岗任纪检组长。浙江省电力作家协会成立，江华东是创会主席，既是我的领导，也是朋友。他退出现职后，我们多次见面，一起喝茶、聊天，看山观水。他曾赠我一批手工制作，亲手烧制的瓷器作品，并赠我一方印石，都是有文化价值的好东西。

话说到了江华东任县长的时候，职权与汤县令相比，可能有缩水，这与中国新的吏制有关。不过，江华东之所以能够在他的县长任期内，将汤显祖纪念馆建起来，与他当过宣传部部长和文教副县长不无关系。江华东博览群书，虽然大学念的是电气工程，但尤喜文史、篆刻与书法，且颇有造诣，砖块厚的《遂昌县志》，江华东以县长之尊作序，印刷在上面的，却是江华东的手书，这在全国所有县志中，也颇为罕见，可见江县长对传统文化的热爱与自信。同时，这位博学的县长深知优秀传统文化的传承是需要以一定的形式为载体的。

那座老宅，名陈家大屋，从老宅的规模看，可知当年的陈家在遂昌的地位非同寻常。老宅的结构呈典型的明清风格，据陈氏族谱记载，这座古宅，建于清朝同治三年。也就是说，汤显祖在遂昌时，这座气势不凡的大宅是没有的。江华东选择这座老屋为汤显祖纪念馆馆址，确实独具慧眼。明朝的汤显祖，在清代的古宅里为后人传颂。

对于建筑，我是外行，但是明清的江南风格，却是见过一些。骑楼回廊，粉墙黛瓦，一个一个的天井，以幽深的廊道相连，这样的建筑，在江南比比皆是，而遂昌城内的这座古建筑，却因为汤显祖，而显得非凡、优雅。

江华东的内心，对于汤显祖的敬重不言而喻。平心而论，汤显祖的名声，不一定需要这样一座纪念馆来证明，因为《牡丹亭》已经不再仅仅是一个国家的遗产。当汤显祖在遂昌构思他一生最重要的作品时，在英国也有一位名叫莎士比亚的剧作家正在创作一部堪与《牡丹亭》媲美的作品《罗密欧与朱丽叶》。莎士比亚的故乡是一座名为斯特拉福特的小城，如今，斯特拉福特因为莎士比亚而成为世界名城。相反，尽管汤显祖有东方的莎士比亚之誉，遂昌却并没有因为汤显祖而声名远扬。所以，当江华东县长和他的同事们一起要为汤显祖建一座纪念馆的时候，遂昌的出名，就只是时间问题了。

与江华东（右）在莫干山居图民宿

后来的事实证明江华东的眼光是独特而前瞻的。纪念馆环境优美，古朴雅致，馆内陈列内容丰富，格调高雅，集中介绍了汤显祖生平，以及汤在遂昌的政绩和他的艺术创作成就。在江华东离开遂昌以后，"中国汤显祖研究会"正式落户遂昌。遂昌已经成为名副其实的汤学研究中心。倘若没有汤显祖纪念馆这样一个集资料大成与研究的载体——这个载体恰恰说明了遂昌主政者对前任县令的重视——仅仅因为汤显祖曾在遂昌任职，遂昌要成为中国汤学的中心，显然缺乏足够理由。因为汤显祖一生的足迹遍及北京、南京等地，特别是他的故乡临川，更是与遂昌同时期，建成了汤显祖纪念馆。但是，遂昌还是先声夺人，实现了一次文化的涅槃。

我去汤显祖纪念馆的时候，馆内稍显冷清。当讲解员将悬于房梁上用于照明的灯一盏一盏依次打开，幽暗的馆舍就亮堂了。我缓步穿行于散发着江南雨季中的古宅才能闻到的淡淡霉味中，依稀看见汤显祖四百余年的身影在我眼前渐渐明朗。宅内有一院落，建有戏台，匾额上书"姹紫嫣红"。我不知这座被一池碧水、一地芳草、一株石榴包围的戏台上是否上演过《游园惊梦》，但《牡丹亭》的流芳百世已经早为历史所铭刻。因此，作为遂昌县县长的江华东力主为他的前任汤显祖建一座纪念馆，并且写下一篇内容简练、笔力遒劲的碑文，也为遂昌留下一段美丽佳话。

步出陈家大屋，我忽然想起遂昌金矿，并将它与《牡丹亭》联系在一起。金子的珍贵人所共知，但《牡丹亭》的价值，却无可估算。于是，我由此而想到，同为县令，汤显祖创作了无价的《牡丹亭》，而时隔四百年，江华东倾听着汤显祖回荡在遂昌城的足音，以金子般的眼光，将前辈汤显祖留在了遂昌的一条深深小巷。于是，我写了《遂昌的两任县令》，以表达我对汤显祖和江华东的由衷敬意。

"南缘北梦"说端生

1768年的秋天,18岁的江南女子陈端生,在北京外廊营一处大宅里,铺纸提笔,写下一诗:

闺帷无事小窗前,秋夜初寒转未眠。
灯影斜摇书案侧,雨声频滴曲栏边。
闲拈新思难成句,略捡微词可作篇。
今夜安闲权自适,聊将彩笔写良缘。

这不是一首普通的诗作,而是弹词巨著《再生缘》的开篇。那一年,陈端生祖父陈兆仑正在京城做官,全家都在北京陪侍。九月间,刚好端生的祖母以及伯父母等都回老家杭州去了,而她的父亲因为"留京供职",端生一家就没有回江南。这段时间,端生比平时空闲,而且家中环境也相对安静些,从写作的角度来说,是个好时机。值得注意的是,陈端生和曹雪芹(1715—1763)差不多是同时代之人,曹雪芹去世的时候,陈端生12岁。六年后,她在北京开始写作《再生缘》。

陈端生在18岁时,就能开写《再生缘》,并且在两年时间内写成前16卷,可见她是何等聪慧之人。这与她的家庭有很大关系。端生祖父陈兆仑为雍正朝进士,官至顺天府尹,这是北京最高行政官职。陈兆仑才冠当时,诗文淡泊清远,被尊为"文章宗匠",曾任《续文献通考》纂修、总裁。陈端生父亲陈玉敦则是乾隆年间举人,曾为内阁中书,后出任山东登州府同知。

母亲汪氏亦是名门闺秀，外祖父汪上曾官任云南府、大理府知府。汪氏饱读诗书、知书达理，是端生识文断字的启蒙老师。良好的家庭背景，使得陈端生从小就能识文断字，纵览古籍。

陈端生出生在杭州的"勾山樵舍"，因其祖父、父亲均在京任职，幼年遂随母入京，先后居住在棉花胡同、外廊营的陈氏大宅之中。身处书香门第、富贵之家，她的童年、少年时代自然衣食无忧。由此，陈端生幼年能诗，学识出众，在创作《再生缘》之前，就著有《绘影阁诗集》，因此，陈端生的气质才华，注定她骨子里是个诗人。在她眼中、笔下的一年四季都是美景如画，自然万物都是美不胜收。她对周遭观察细致，诉诸笔端，有诗人敏感、细腻的特质，比如，仲春"芳草未生村外绿"，端阳"艾叶飘香簪鬓绿"，重阳"山边红树和秋影"，仲冬"满阶残叶绕疏帘"。她的日常生活，总是"长昼静，小庭闲，日暮楼台放纸鸢"的悠闲时光。从端生在写作过程中记录下来的点滴感受，不难看出，这一切，都激发了她的创作欲望。

从陈端生的家世和她本人的成长氛围与成长过程来看，她的写作没有什么功利色彩。她的作品，最早的读者大概只有母亲和妹妹，但她写得非常勤奋，常常夜已深，依然可见她的房间灯还亮着，她瘦削的背影被油灯映照，她奋笔疾书的样子，也令她母亲既欣慰，又心疼。陈端生说，她在天气寒冷的冬天还依然惦记着写作，有诗为证：仲冬天气已严寒，猎猎西风万木残。短昼不堪勤绣作，仍为相续《再生缘》。

和大多数作家将写作视为生命快乐源泉一样，陈端生在北京的写作也是如此。她曾以诗记述自己写作时的愉悦之情：姊妹联床听夜雨，

勾山樵舍遗址

椿萱分韵课诗篇。隔墙红杏飞晴雪，映楣高槐覆晚烟。午绣倦来犹整线，春茶试罢更添泉。

因为喜欢，所以陈端生不停被构思中的人物与故事所驱动，写作速度也十分惊人。在京八个月时间里，她已经创作完成前八卷。随后，端生父亲任职山东登州府，全家都跟随父亲前往。登州府治所在是如今的蓬莱。蓬莱临海，风景优美，加之又有神话传说，在那里的生活让陈端生感到非常舒适与安逸。另外，她家在蓬莱可不是寻常百姓人家，而是地方长官，且是京官外放，所享有的特殊待遇，自不待言。那种全府第一家的优越感，是在北京找不到的。不过，优渥舒适的物质生活并没有侵蚀陈端生的精神追求。在蓬莱，她的写作依旧无比勤奋，写作速度也很快，可以说，在蓬莱的这段时间，是陈端生的创作高峰期。她在登州住了约七个月时间，就写完了九到十六卷。有学者推测，陈端生之所以那么勤奋写作，可能还跟她母亲身体不好有关。她怕母亲看不到《再生缘》写完，就离开人世。我在前面说过，陈端生创作《再生缘》，她母亲是重要的读者。

很不幸，陈端生的写作高峰随着十六卷的完成而结束了。因为十六卷之后，陈端生的创作中断了。她曾感叹：起头时，芳草绿生才雨好，收尾时，杏花红坠已春消。良可叹，实堪嘲，流水光阴暮复朝；别绪闲情收拾去，我且待，词登十七润新毫。

陈端生的《再生缘》在写完十六卷之后没有接着写，的确是因为她母亲病了，而且到了夏天，母亲便病故了。陈端生说："自从憔悴堂萱后，遂使芸缃彩华捐。"母亲其实就是她的第一知音。陈端生那么勤奋地写作《再生缘》，主要原因是为了愉悦母亲。母亲去世，是陈端生生命中第一次失去最重要的人。母亲不在了，端生怎么还有心情写作呢？

第二年，也就是乾隆三十六年（1771）夏天，大约因为父亲离任，陈端生和家人返回杭州老家。回南方的旅途，先从蓬莱乘车到德州，再从德州乘船走水路，一路舟车劳顿，让娇弱的陈端生走得很辛苦。这一年，陈端生已经20岁了。

回到杭州，陈端生似乎也没精力恢复写作，只是对旧稿做了一些修改润色。以陈端生的年纪，接下来的几年时间，大概都是相亲备嫁时期，中间还好事多磨，费了一些周折。三年后，陈端生23岁，终于嫁与名家子范菼为妻。当时范菼是诸生，尚未中举。但是，范菼已经年过三十，从当时他的家境看，很可能已有婚姻，陈端生是继娶，并非原配。范菼是陈端生祖父好友范璨之子，浙江秀水人，秀水也就是后来的嘉兴，范家与陈端生母亲是同乡。范陈两家联姻似乎也算顺理成章。范璨是雍正年间的进士，曾任湖北巡抚、工部侍郎等高官。陈端生嫁给他儿子，算得上门当户对。所以，陈端生的物质生活在婚前婚后不至于出现太大的变化。从陈端生婚后所写的诗来看，她和丈夫情投意合，看上去相当幸福美满。

不过，陈端生回到杭州后，《再生缘》很快在浙江地区传开，一时洛阳纸贵：惟是此书知者久，浙江一省偏相传。

那么，《再生缘》究竟写的是什么故事，让那么多读者争相传读？

《再生缘》的故事发生在元代昆明的三大家族之间。大学士孟士元有女孟丽君，才貌无双，许配云南总督皇甫敬之子皇甫少华。国丈刘捷之子刘奎璧欲娶丽君不成，遂百般构陷孟氏、皇甫两家。孟丽君女扮男装潜逃，后更名捐监应考，连中三元，官拜兵部尚书，因荐武艺高强的皇甫少华抵御外寇，大获全胜，少华封王，孟丽君也位及三台。父兄翁婿同殿为臣，孟丽君却拒绝相认。终因酒醉暴露身份，孟丽君情急伤神，口吐鲜血。皇上得知，反欲逼其入宫为妃，孟丽君怒气交加，进退两难。

写到这里，陈端生辍笔。也就是《再生缘》前十六卷。

我在读《再生缘》时，发现故事是从云南昆明开始的。陈端生是杭州人，她为何要将小说的主人公们安排在昆明？我想，这一定与她的外祖父汪上曾官任云南府、大理府知府有关。并且她母亲肯定给她讲过不少外祖父在云南任职期间的故事。于是，年幼的陈端生就对遥远的西南边陲，那片神秘的土地产生向往与联想。

且说《再生缘》在浙江，特别是杭州，不但"闺阁知音"和"庭帏尊长"都在争读，而且大家还意犹未尽，对故事没有结尾非常不满，纷纷催促她继续写下去，让读者看到最后的结局。

因为读者的响应出乎陈端生意料的热烈，她也觉得自己有义务继续写下去。于是，在乾隆四十九年（1784）的早春二月，陈端生在母亲去世12年、丈夫遭科考舞弊案连累，被发配伊犁流放 4 年后，终于又重新开始续写《再生缘》。

然而，此一时彼一时，此时陈端生的写作心境和生活环境都已经大变，正如她自己说的，"仆本愁人愁不已，殊非是，拈毫弄墨旧如心"，写作的速度也大不如从前。因此，陈端生续完《再生缘》的宏愿并没有实现，她只写了第十七卷一卷，就再也没有继续往下写。此后，加上她的父亲病故，女儿夭折，心灵的伤痛与家境的贫困，终于使中年的陈端生病倒在床。

嘉庆元年（1796）冬，一场大雪覆盖了杭州西湖，从"勾山樵舍"眺望西湖湖面，大雪中的西湖宁静得只有雪花飘落的声音，湖上的一切似乎猛然间有如死亡一般的沉寂。一代江南才女，在病痛折磨中，双眼噙满泪水与痛彻心扉的无奈，带着她的才华与灵性，留下一部未完的《再生缘》，撒手人寰。

陈端生所著《再生缘》到十七卷就戛然而止了，给读者留下了一部神龙无尾的弹词巨著。后三卷据称是由弹词女作家梁德绳根据陈端生所描述的故事发展脉络而续写的，尽管续书偏离了陈端生当初写作时的主题思想，但在后人看来，这也算是中国古代文学史上一个重要的成就。这个结局，有点类似《红楼梦》的续写。再加《再生缘》在民间的巨大影响，所以才有郭沫若"南缘北梦"之说。

有研究《再生缘》的学者，对此书给予很高评价，虽然没有郭沫若四字说简练而直白，但也各有千秋。不仅在民间，在学术界，陈端生也有"女版曹雪芹"之说。讲到《再生缘》的创作成就，学者们普遍认为《再生缘》结构庞大，情节离奇曲折，而作者却能在布局安排上驾轻就熟，显示出超人的才华。比如说第二回，叙写众人观皇甫少华与刘奎璧赌射宫袍一事，场面设置转换频繁，作者一一写来，面面俱到，既使整个气氛活跃热闹，又极富层次感，毫不紊乱，真堪与曹雪芹"群芳开夜宴"式的大手笔相媲美。其叙事文情并茂，徐纡委婉，尤善铺排渲染；刻画人物内心世界则细腻入微，富于女性的敏感。

陈寅恪教授对《再生缘》也是大加赞赏，他赞此书是弹词篇中最杰出的，是"弹词中第一部书"，可以和印度、希腊有名的大史诗相比的作品。为此书震动,陈寅恪在晚年时期创作《论再生缘》以记述之。

　　郭沫若对陈端生的评价除了"南缘北梦"说,也有颇为具体的阐述,在郭沫若看来,如果从叙事的生动严密、波浪层出,从人物的性格塑造、心理描写上来说,郭沫若觉得陈端生的本领比之18世纪、19世纪英法的大作家们,如英国的司考特、法国的司汤达和巴尔扎克,实际上也未遑多让。他们三位都比她要稍晚一些,都是在成熟的年龄以散文的形式来从事创作的,而陈端生则不然,她用的是诗歌形式,而开始创作时只有十八九岁。这应该说是更加难能可贵的。

　　陈端生在杭州的居住地在河坊街与南山路交叉口,一处以石砌高墙为屏障的旧式院落。院内有一小山坡为勾山。勾山又称竹园山,高数十级,上有一井一泉。清代学者陈兆仑筑宅第于此,并名其屋为"勾山樵舍"。这里也是陈端生的出生地,她在杭州期间的生活居所。

　　在陈端生离世227年后的一个秋天,我沿着南山路寻至河坊街556号,这里是勾山樵舍遗址。面向南山路,立有一碑,上刻"勾山樵舍遗址"。一座假山间,有小径可达556号大门,但大门紧闭,门前一块提示牌上写着"办公区域,非请勿进"。大门一侧,建有一亭,亭旁,一丛竹子长得非常茂盛,加上树木葱郁,整座小山也颇有些曲径通幽,显得十分玲珑美好。在大门两侧的高墙上,有瓦片砌成的方形窗子,透过瓦片间的空隙,可见里面是一处庭院,盖有两层青砖小楼,门前悬一牌子,显示为一家文化产业单位。

　　我折回石碑处,假山延伸至此,辟为一池塘,植有荷花,水雾从地底下喷涌出来,有一种恍如隔世之感。池子上侧,又有一匾,书杭州市文物保护点:"勾山樵舍遗址"。而在池子左侧围墙上,则书字体更大的"勾山樵舍"四字。只是路人对此大多不予理会,他们面无表情,匆匆而过,或许他们并不清楚,曾经名满天下的《再生缘》作者陈端生,就在这里出生、长大,并且在这里死去。

　　我所见大门内的院落与两层小楼,均非当年勾山樵舍,为后期新建。事实上,清末民初时,勾山樵舍已不再属于陈氏。根据资料记载,最晚在1923年时,勾山樵舍已归属民国时期曾任孙中山临时政府高级顾问章亮元所有。1958年,"私营工商业"改造时,章老先生又将"勾山里1—13号、勾山樵舍房产全部献诸政府"。此后,勾山樵舍成为浙江一省级部门员工的宿舍。2003年10月,这里被核定为名人史迹类"不可移动文物"。但是,不知何故,"勾山樵舍"后来被拆除,具体拆除时间不详。如今只剩下一个地名,和一块证明其历史的文物石碑。

据说郭沫若曾特意去探寻过勾山樵舍,并赋诗:"莺归余柳浪,雁过胜松风。樵舍勾山在,伊人不可逢。"尽管当时勾山樵舍还在,但诗人终因无法与端生相见,而心生惆怅。文坛野史还有一说,郭沫若为续写《再生缘》设想了另一个结局:孟丽君吐血而死,皇甫少华大闹朝廷。皇帝恼羞成怒,将他打入大牢。经过多方营救,他与苏映雪出狱,一同归隐山间。这个结局,陈端生是否满意,死无对证,但郭沫若有此心,倒也十分难得。

我绕过假山池塘,走进"勾山里",看上去像一个胡同,当然,这不是一般的胡同。紧靠"勾山樵舍"的墙上,有关于"勾山里"的简介,里面特别提到"勾山樵舍"。此外,墙上的铜雕作品,也重现了陈端生和她的《再生缘》。此处有一门洞开,我一步跨入,却被保安喊住,说此处为办公区域,不得入内。这时,我已迈上七八级石阶,居高临下,对保安说,我看到门前非请勿进的告示牌了,我也看到"勾山樵舍遗址"的石碑了,才想上去看看。我说,我只需要一分钟。保安迟疑了一下,不再阻止我上行。

勾山樵舍遗址已拆除,重建一处两层楼房,现为商务用房

我穿过一段石阶,石阶两边铺有观赏石,石缝间绿植吐露,树荫挡住灼热的阳光。上了石阶,是两幢连成一体的青砖瓦房,主楼为两层,从这个角度,其余房子只能看到一层。房间里有人办公。房间外,有一处可供休息的

石桌与石凳。建筑与园林错落有致，布置十分紧凑，可以说，亦有九分的雅趣，另有一分，则是遗憾此处已不再是陈端生故居。

我视线所及的这整个区域，就是"勾山樵舍遗址"了。暂且不说陈端生祖父陈兆仑贵为京城主官，又有"文章宗匠"之称，他择此处修筑此楼，就有保护的理由。再说陈端生的《再生缘》在中国文学史上，与曹雪芹的《红楼梦》齐名的影响，此处也应该保留"勾山樵舍"原貌，才好。我相信以杭州市政府的眼光，他们在南山路沿线保存了那么多古建筑，"勾山樵舍"最终没能保留下来，一定另有其因。但对于我来讲，看到眼前这幢移作他用的青砖瓦房，内心不免有巨大的落差和怅然。好在"勾山里"来自陈兆仑的号，也算是对这位名动京杭两地朝廷命官的纪念。而以石碑、铜雕等为实证，则让杭州城记得一位杰出的市民陈端生。在人文纪录片《西湖·伊人在水》中，我也看到了陈端生，她家与西湖十景之一的"柳浪闻莺"只一路之隔，她在西湖边，看到的不光是柳浪的起伏，还有远处的断桥，以及李清照在清波门留下的踪迹。我猜测，陈端生与李清照在清波门的住处是么近，李清照的那些词作，一定给年少的陈端生以文学的滋养和鼓励。

陈端生在18岁时开始写作的《再生缘》，不仅给她个人带来巨大的声誉，也给杭州这座城，画上一个鲜明而迷人的文学记号。

虎跑敬弘一法师

看完一本《李叔同的自我修养》,就觉得他的一生,真是清爽得很。前半生风流倜傥,后半辈子青灯作伴。他选择在西湖边的虎跑出家,又在灵隐寺受戒,可见他对杭州,对西湖的感情是十分深厚的。李叔同把杭州称为佛地。

李叔同《我在西湖出家的经过》中说,我第一次到杭州是光绪二十八年(1902)七月。在杭州住了约一个月光景,但是并没有到寺院里去过,只记得有一次到涌金门外去吃过一回茶,同时也就把西湖的风景稍微看了一下。

李叔同说,自己出家的远因跟夏丏尊有关。曾有一次,学校里有一位名人来演讲,我和夏丏尊居士却出门躲避,到湖心亭上去吃茶呢!当时夏丏尊对我说:"像我们这种人,出家做和尚倒是很好的。"我听到这句话,就觉得很有意思。这可以说是我后来出家的一个原因了。

至于近因,则是他去虎跑定慧寺断食,前后共17天,有《断食日记》为证。入山前,李叔同作词曰:"一花一叶,孤芳致洁。昏波不染,成就慧业。"在虎跑的李叔同纪念馆,有"虎跑断食"详介,从这部分内容中,可以得知,李叔同虎跑断食,还是跟夏丏尊有关。那是1916年,夏丏尊从一本日本杂志中见到一篇关于断食的文章,好奇之下与李叔同探讨。文章中说断食有许多好处,包括对身体疾病的治疗,于是,李叔同决心一试。

夏丏尊在《弘一法师之出家》一文中,对李叔同出家与己的关系,也做了回应:弘一法师的出家,可以说和我有关,没有我,也许不至于出家。关于这层,弘一法师自己也承认。有一次,记得是他出家二三年后的事,他要到新城掩关去了，杭州知友们在银洞巷虎跑寺下院替他饯行，有白衣，有僧人。斋后，他在座间指了我向大家道："我的出家，大半由于这位夏居士的助缘，此恩永不能忘！"

在西湖周边，有不少名人墓地和纪念馆，但生前与死后能完全对得起来的，要算是李叔同。他在虎跑出家，虽在泉州圆寂，却在虎跑有舍利塔，有弘一精舍，又有一间纪念馆。

李叔同在虎跑出家后，法号弘一，后世尊称其为弘一法师。

我老早就想去虎跑看看弘一法师。记得很小的时候，去过虎跑一次，但那时大人带着，让我看的主要是那头假的老虎，以及泉水池，觉得也没有什么好看。现在回想起来，真是流汗不止。那次去，弘一法师的舍利塔和精舍，想必是在的，至于纪念馆，可能开放的时间要推后一些。总之，那次在虎跑，没有看到弘一法师，是一件极其遗憾的事情。

最近一次去虎跑，天气很热，室外温度总有35摄氏度以上，除了坐在有冷气的公交车里的时间，露天底下，是一直在流汗的。从虎跑大门到弘一法师纪念馆，有一段三百米左右的林荫道，道两侧，植有好多树木，尤其是右侧，基本上都是水杉，而且

杭州虎跑公园内的李叔同纪念馆

树龄也有超过百年的。这些水杉树，大多种在一条小溪里，溪水从高处流下来，不知道算不算虎跑的泉水。虎跑水冲龙井茶，是杭州一绝，不少老市民会特意去虎跑打水。果然，在接近一座叫作含晖亭的地方，有一个接水口，好多空瓶在排队，这些空瓶，容量极大，一只大概总有十公斤的样子。其中一位大妈，带着至少三只空瓶，一只一只依次接水。水口在一处岩石间，以一根塑料管引出，水流似乎不小。排队接水的，大多是中老年，不见一个年

轻人。我倒是很想去喝上几口，但看那样子，似乎不太现实。于是，回到溪边，用双手捧了几把到嘴里，也谈不上有什么特别的味道，大约因为这里是有名的虎跑泉水，所以，大家才争着来取水吧。不过，我倒是想起，当年李叔同在这里断食，以及后来的出家修行，喝的也是这个水，就觉得此水，与西湖的水相比，的确有些与众不同。

书法大家启功先生在一块巨大的汉白玉石上题了"李叔同弘一法师纪念馆"，阳光映射下，玉石和字体，都熠熠闪光。馆内的展陈内容，可见弘一法师的一生。特别令我印象深刻的，是弘一法师的一位弟子丰子恺书写的《送别》作为弘一画像的对联。丰子恺曾说，我以为人的生活，可以分作三层：一是物质生活，二是精神生活，三是灵魂生活。物质生活就是衣食。精神生活就是学术文化。灵魂生活就是宗教。人生就是这样一个三层楼。不过我们的弘一法师，是一层一层地走上去的。

李叔同纪念馆内的书法作品（翻拍自李叔同纪念馆）

因为保存得好，纪念馆展出不少弘一法师生前用过的原物，可以说是相当珍贵了。这些文物，皆为弘一法师弟子所赠，比如法师用过的煤油灯、怀表、文房四宝，法师穿过的衣服，还有他的书法作品。这些文物丰富了馆藏，也让后世参观者，可一饱眼福。

尽管是暑期，又是周日，但依旧入馆者寥。不过，凡入馆来的，大多安静地移动脚步，有的会在其中一幅照片前，或法师的某件遗物前驻足，看上数分钟。有的，则会俯身，拍上几张馆藏展品。看弘一法师的人，自然不会太多，懂弘一法师的，则更少。他们看完展厅，悄然离开，就像他们安静地来。他们中的大多数，是因为听了《送别》来看作者，但当他们走近作者，才发现，原来这是一个如此浩大的人生，如此辽阔的世界。

在民间，弘一法师流传最为广泛的是一首歌曲作品《送别》。而《送别》的创作，也是一桩令弘一伤心的事。

李叔同在上海时，参加了"城南文社"，宝山名士袁希濂、江阴书家张小楼、江湾儒医蔡小香，加上城南草堂主人许幻园，无一不是喜好丹青之人，他们时常聚在一起泼墨文章，切磋诗文辞章以添雅趣，有"天涯五友"雅称。多年后，李叔同与他的弟子丰子恺提及在上海的时光，仍不无留恋地说："我从20岁到26岁之间的五六年，是平生最幸福的时候。"然而，在上海，李叔同最好的朋友还要算城南草堂的主人许幻园。

城南草堂置于上海闹市之中，却又如空谷幽兰般，独处于喧哗之外，有一种"心远地自偏"的气韵。草堂的主人许幻园更是让李叔同喜出望外，眉目流盼间宛如月映深潭，有一种不染俗尘的遗世独立气质。两人兴致来时，烛光摇曳觥筹交错，吟诗唱和。人间的缘分，也真是奇妙得很，许幻园和李叔同本是各在江湖，却同居一舍，朝夕相对，以诗为乐，以酒助兴。道是天涯飘零客，风停时，他乡偶遇且相知。

然而，这样惬意的日子也是没过多久，随着草堂女主人许夫人的去世，许幻园一下子颓败了下来。更没想到的是十载后，所有的繁华皆成了幻灭。那是1914年大雪纷飞的一天，许幻园因为资助民主运动破产了，他跑到李叔同的门外，带着哭腔喊了两声"叔同，叔同"。李叔同从屋里走出来，许幻园没有进门，远远地泪如雨下："叔同啊，我幻灭了。"然后转身踉跄而去。

李叔同望着友人的背影，顷刻热泪盈眶。曾经将他照顾得周全的人，如今只能无奈地看他凄凉离去。看着昔日好友远去的背影，李叔同在雪地里站了整整一个小时，随后，李叔同返身回到屋内，把门一关，叫来妻子抚琴作了绝唱《送别》："长亭外，古道边，芳草碧连天。晚风拂柳笛声残，夕阳山外山……"

1942年的暮秋时节，风霜爬满了弘一法师的额头，他的面庞依旧坚毅，写满了从容淡然。参禅悟道多年，他预感自己的大限将至。他穿着草鞋、挂着锡杖，衣衫褴褛地飘零了许多地方后，将福建泉州不二祠温陵养老院选为人生的最后一站。

民国三十一年（1942）十月十日这天，他提笔写下"悲欣交集"四字。在众法师为他吟唱"南无阿弥陀佛"声中，呼吸渐渐变得微弱。10月13日晚7时45分，弘一法师呼吸急促，8时安详西逝，圆寂于泉州不二祠温陵养老院晚晴室。

弘一法师出家后，徐悲鸿先生曾多次进山看望法师。一次，徐悲鸿突然发现山上已经枯死多年的树枝，居然发出新嫩的绿芽，很纳闷，便对法师说："此树发芽，是因为您，一位高僧来到此山中，感动了这棵枯树，它便起死回生。"弘一法师说："不是的，是我每天为它浇水，它才慢慢活起来的。"

鲁迅说：朴拙圆满，浑若天成。得李师手书，幸甚！

张爱玲说：不要认为我是个高傲的人，我从来不是的，至少，在弘一法师寺院围墙外面，我是如此的谦卑。

弘一法师绝笔"悲欣交集"（翻拍自李叔同纪念馆）

在鲁迅面前，我就是一粒尘埃

但凡采访，必有一问：对你影响最大的作家是谁？你最喜欢的作家又是谁？

我毫不迟疑，总是脱口而出：鲁迅先生。

我老家安昌古镇距离绍兴城区的周家台门，大约25公里出头，儿时，小镇不通公路，去绍兴城，通常是坐船到柯桥，然后转乘公交去绍兴。也有夜航船可达绍兴城，但因为人工摇橹，航行时间过长。不过，坐一次夜航船去绍兴，其实是终身难忘的体验。夜航船在晨雾弥漫中启航，沿着曲曲弯弯的河流缓缓行驶。早先的船完全依靠人力摇橹推进，后来才有了柴油机动力，速度上去，航程也缩短了。原野尚未苏醒，一路都是平原的景象，河边的树、房屋慢慢在船舱外向后倒去，偶尔会有鱼跃出水面，跳得高的，也会掉进船舱里。中途有码头，供客人上下。所谓码头，就是河埠头。船到绍兴城，一般就是中午了。客人们匆匆上岸，分头去办事。船夫则忙着用餐，休息，下午，船又会原路返回。

我第一次去鲁迅家，就是坐的夜航船。照着《从百草园到三味书屋》，我先去百草园，再去三味书屋，最后去看鲁迅家的老宅。我始终不明白，这么一个普通的菜园子，在我们乡间多得是，可是在鲁迅笔下，竟被写得如此妙趣横生。我蹲在墙根下，希望能够听到蟋蟀的叫声。我也趴在书屋的栅栏上，看墙角那张桌子角上，鲁迅刻下的那个著名的"早"字。我也会在鲁迅家的老房子里，想象"在我的后园，可以看见墙外有两株树，一株是枣树，还有一株也是枣树"。

鲁迅对我的影响，首先是语文课本里，其次，当我的阅读需求不再满足于语文教材时，自然会寻找更多的鲁迅作品，所以，先生笔下那些人物对我的影响，是潜移默化的。我参加工作去单位报到时，行李中带得最多的书，也是鲁迅的。在我家书房，鲁迅全集摆放在最显眼的位置上，我觉得这是一种必要的仪式，鲁迅在我心里，就是一座需要仰望的高山。很难想象，现代中国文学史，如果没有鲁迅，会是一部多么残缺的文学史。

我已经不记得去过多少次周家台门。最近一次，到达绍兴城已是薄暮时分，我安顿下来，就赶去鲁迅故里，如我所料，所有的门，都已紧闭。我依次走过周家台门，这是鲁迅祖居，又经过三味书屋，然后是鲁迅故居、鲁迅纪念馆。

夜色下的鲁迅故居

我走近"仁里"牌坊，发现牌坊一侧的粉墙上有一个圆圆的投影，投影里，先生伸出双手，仿佛在呐喊"救救孩子"，又似乎在说"横眉冷对千夫指，俯首甘为孺子牛"。事实上，投影里确实有两行字，写的是"有一分热，发一分光"。穿过牌坊，是一条宽阔的弄堂，两侧分别是鲁迅故里的建筑群。在一处"人"形建筑墙根下，一对年轻人在自拍，他们的背景又是一面粉墙，墙上，除了有一处投影，还有先生的头像，和一些先生讲过的名言。稍后，年轻人离去了，弄堂里复归于寂静。我从弄堂的这头走到那头，又从弄堂的那头走回这头，享受这难得的安静。中间，我坐在一处台门的石阶上歇息，门前的狮子，张开大口，似乎在沉思默想。我透过狮子的大嘴，看见远处漆黑的天空，猜想不远的土谷祠里，倘若是从前，这个时辰，阿Q也差不多要睡下了。或者，他正和人打过一架，但打输了，于是，他对自己说："我总算被儿子打了。"此时的阿Q心里充满了优越感。记得看小说，如果阿Q的优

230　花朝月夕：一个中国工人作家的文学编年史

越感被粉碎了,他会想:我是个"能够自轻自贱的"大人物了,便又心满意足了。有一次,他赌钱,幸运赢了一回,不过好不容易赢得很多钱却又被抢走了。这一次,阿Q觉得自己真的尝到了失败的痛苦,于是就自己打自己,觉得好像自己打了对方一样,打完以后,又满足地睡去了。

三味书屋门前的小河是真的小,最窄处,大约只能并行通过两叶乌篷船。夜色下,乌篷船紧挨在一起,我数了一下,光是书屋门口,就泊着十四五条。这些乌篷,在没有通公路之前,是水乡绍兴地区主要的交通工具。乌篷用桐油过漆,防雨也耐晒。乌篷可移,通常,乌篷移向船舱前后两端,中间空出来,客人坐在船舱中间,船的造型,是两头窄,中间宽。坐在船上,穿行在古城,会有一种时光倒流的感觉。所以,但凡有人咨询我绍兴怎么游,我的建议中,一定会有一项是坐乌篷走一段水路,可看鲁迅笔下的绍兴城,也可听小河在船舱外的流水声。特别是雨天,那种旧时光的感觉尤其浓郁,雨水从枕河人家的屋檐淌下来,落在乌篷上,发出的声音,犹如击打钢琴键盘发出的音乐一般悦耳。

三味书屋前的小河里泊满了乌篷船

我在距离三味书屋大约两三百米的地方,看到三条用绳子系在一起的乌篷,它们并排泊在岸边,灯光散漫地映照着乌篷,以及小河里的水,岸上的房子,年岁已经很老,三个长方形的窗子,黑漆漆的,坐在船舱里,看岸上的一切,都与我的视角不同。我想起鲁迅的《社戏》里,乌篷船还有看戏的功能:"最惹眼的是屹立在庄外临河的空地上的一座戏台,模糊在远处的月夜中，和空间几乎分不出界限，我疑心画上见过的仙境，就在这里出现了。这时船走得更快，不多时，在台上显出人物来，红红绿绿的动，近台的河里一望乌黑的是看戏的人家的船篷。"这里写到的乌黑的船篷，其实就是乌篷船。

那天晚上，我在周家台门，访鲁迅不遇。但无妨。我走在这条街上，就无限接近了鲁迅。

莫言说，"我愿意用我全部作品'换'鲁迅的一个短篇小说：如果能写出《阿Q正传》那样在中国文学史上地位的中篇，那我愿意把我所有的小说都不要了"。

中华人民共和国主要创始人与鲁迅素未谋面，但对这位伟大的文学家、文艺战士极为崇敬。他称鲁迅为"中国的第一等圣人""现代中国的圣人"，自认"我算贤人，是圣人的学生"。

我说，在鲁迅面前，我就是一粒尘埃。

茅盾的文字，就是乌镇的日月

在我入职去单位培训班报到的行囊里，有一些与写作有关的书，其中一本是《茅盾论写作》。其实，当时出版社出版了一套名作家论写作丛书，但安昌古镇的新华书店里，买不到这些书，我是通过报纸上的书讯获悉，然后以邮购的方式进行购买。现在回头看，那时的邮购，与现在的网购在理论上是相通的，邮购可以说是初级的网购，邮购也是电商的师父。

因为担心行李太重，我邮购的名家写作丛书，只带了一本《茅盾论写作》，当时，刚读完《子夜》，所以对茅盾先生特别感兴趣，同时，也一直向往茅盾的家乡乌镇。很想去乌镇看看。这个念想，在好多年以后终于实现。一个叫陈向宏的乌镇人，把乌镇彻底修葺了一遍，但茅盾故居，肯定在的。

茅盾老家在乌镇东栅，相比后来重建的西栅，东栅面积要小得多，但因为茅盾的关系，东栅的游人也不少。我去乌镇，自然是去看茅盾先生。一路行去，看了乌镇的"拔步千工床"，吃了姑嫂饼，闻了三白酒，扯了几尺蓝印花布。终于行至观前街17号，茅盾先生的家。

看了那么多的乌镇风情，似乎有些明白了，原来茅盾是生长在这样一个有着深厚传统文化积淀的小镇里。如果没有童年在乌镇的生活积累，他也许就写不出那么多鲜活的人物来。我从茅盾先生的故居里看到了三间书斋，这是我看先生故居的主要内容，我当然也要看先生生活的房子，但我更看重这三间经茅盾亲手设计的书斋。这三间书斋原先是平房，后来茅盾用他的稿费做了翻建。关于这笔稿费有一说是用去了先生半部《子夜》的稿费，是真是假我无从考证，但因为这个传说，这三间书斋因此而显出了不少的书香来。

茅盾的《多角关系》据说就是在这里写成的。

在现当代作家里，茅盾的作品我算是读得比较多的，除了《子夜》，他的几个短篇小说一直是我当初学写小说的范本，如《春蚕》，如《林家铺子》。茅盾的故乡出产蚕丝，种桑树也有很多年的历史，这显然是茅盾写出《春蚕》这样的不朽小说最基本的原因。在观前街上，现在有一家铺子取名叫"林家铺子"，我不知道是先有这家铺子，还是因为茅盾写了《林家铺子》以后才有了这家同名的铺子。我相信到了这家铺子里的人，一定会很自然地想起小说和后来拍成电影的那些熟悉的场景。

书斋外面有一个天井，不大，但种满了绿色植物，一棵棕榈树还是茅盾当年翻建书斋时种下的，屈指算来，也将近70年了，在两面墙上分别用汉白玉大理石镌刻着陈云和邓颖超的手书"茅盾故居"。天井里密密的绿色植物遮挡住了灼热的阳光，我站在天井里，阳光离我而去，犹如我在这酷暑的日子里读着先生的文字，清凉遍布在我的周围。我相信先生曾经在这儿驻足，曾经在这儿漫步，曾经在这儿思考，1934年的夏天也会如今天这样的灼热么？我在这个天井里看到了先生的身影，他出门向东，沿着坚硬的石板路走去，他要去看香市。乌镇的香市类似于江南其他古镇的庙会，茅盾曾经在散文《香市》里描述过香市的盛况：香市中主要的节目无非是"吃"和"玩"。临时的茶棚，戏法场，弄缸弄甏，走绳索，三上吊的武艺班，老虎、矮子、提线戏，髦儿戏，西洋镜，——将神庙前五六十亩地的大广场挤得满满的。

香市的时间是在清明前后，我去的不是时候，所以大部分的香市风俗都不能看到，但在神庙前的广场上却依旧可看戏台上的演出，可看皮影戏。因为天热，高高的戏台上演员演得专心，锣鼓也敲得地道，看戏的人却不多，不多的观众躲在阴影底下，远远地，听古装的演员唱《李三娘》，我听不懂一句台词，却感受到了香市的一些味道了。皮影戏在室内演，一块白布做了前景，后面有灯光照着，一阵铿铿锵锵的鼓声响过之后，皮影戏就开场了。我看到的似乎是武松打虎，鼓点十分激烈，打斗自然也不例外。我刚看了个头，就跑到后面去了，只见双手舞动武松和老虎的是一个白发老者，他随着鼓点，灵巧地在布景上移动着左手的老虎和右手的武松，虎啸声是由坐在边上的一名乐手用一支比唢呐还要长的乐器吹出来的，很雄浑，很似老虎的长啸。另外还有两人负责敲锣。这段皮影戏的节奏很快，可能是剧情决定了戏的节奏，我还没有看出个门道来，布景后面的灯就熄灭了，这表示一出戏演完了。走出剧场，很有些恋恋不舍，皮影戏在电影电视和书本上看到过，真正领略却还是第一回。

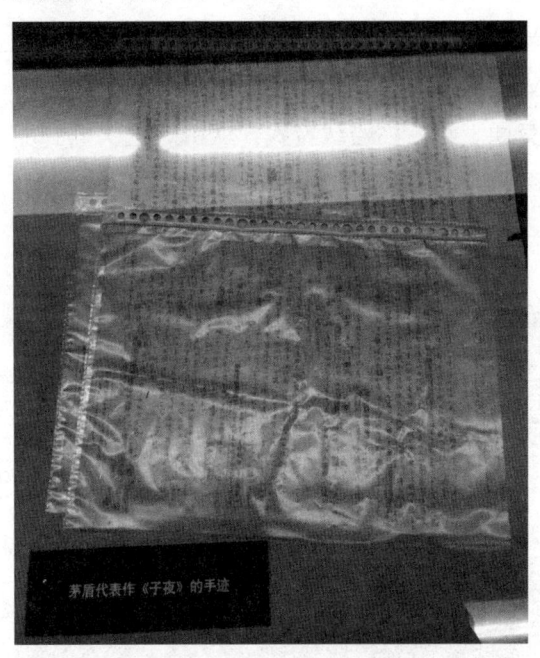

在乌镇的中市，有一家"访卢阁"茶馆，茶馆的造型有很浓的江南情调，我在《茅盾论写作》一书中读到过一篇《我走过的道路》，文中写到了这家茶馆："祖父的生活，很有规律，每天上午，或到本地绅士和富商常去的访卢阁饮茶，或到西园听拍曲。"文中的访卢阁就是我现在见到的这家茶馆。正对着茶馆是一座拱桥，放眼望去，一条小河的两岸就是古建筑群了，这里很明显地体现着乌镇的风情。那些房屋可能经过了整修，但修得与乌镇的格调相吻合，水虽然没有从前那样的清澈，但也能映出岸上房屋的倒影来，风吹过，水中的房屋就摇晃起来，摇摇欲坠的样子。我没有时间上茶馆喝一碗茶了，但我能想象得到坐在访卢阁上，临窗而望，浓郁的水乡景色尽收眼底的那份惬意。如果是在暮色苍茫的时刻，两岸屋子里的灯光亮起来，倒映在河里，那会是另外一种让人醉心的感觉。

《子夜》手稿（翻拍自茅盾纪念堂）

乌镇西栅建好后，我又去过乌镇几次，东栅有茅盾的故居，西栅则有茅盾纪念堂。《子夜》部分手稿也在纪念堂内可以看到。我俯下身子，细看手稿，茅盾的字写得真是好。从前的作家，都写得一手好字，所以，他们的手稿，也就可抵万金。而《子夜》手稿，则价值连城。

在西栅，最好的时光，是暮色苍茫。这时，参加一日游的人已经返程，留在镇上的，是和我一样要借宿一晚的。于是，小镇就有些许冷清，甚至寂然。这时，正适宜在青石板铺成的老街上散步，清冷的月光之下，有自己的身影随行，这种惬意的氛围，我想终生都不会忘记。暮色四合，小镇被暮霭笼罩，恍若隔世之感悄然袭来。这一晚，我在乌镇的经历可圈可点，散步、坐船、听戏、看电影。摇橹的是汉子，在我的家乡，他们通常被称为"船头脑"，这个词用得十分贴切。只是乌镇的船家，不同于从前，船不再是他们的私有财产，只是一种水上观光的交通工具。小船载着我，从镇的这头摇到那头，其实相距不远，但让我有入梦感，仿佛岸上的屋檐下，那些摇曳的灯笼，照耀的是从前的时光。舟行水上，听乌镇的岁月，在桨声里一点一点苍老。

在乌镇一定要看一场露天电影。空旷的场地上，观众三三两两，二三十米远的地方，置一台老旧的电影放映机，机器转动时，发出嘎吱嘎吱的声音。三五条木凳子，也未满座，我坐在最后侧靠墙的石级上。那个电影放映员，百无聊赖的样子，与我相邻

乌镇西栅一角

而坐。白色的银幕，悬在戏院高高的墙壁上，电影是黑白的，与朝鲜战争有关。这部电影在童年的时候看过无数遍，尽管片名已经遗忘，但是电影里残酷的战争场景，那只珍贵的苹果，曾经贯穿我童年的所有记忆。现在，银幕上讲述的那些故事，在乌镇的夜色里重演，所有的观众，只是其中一截故事的倾听者，没有人有足够的耐心从这张银幕上完整地看完那场战争的结局。而在我看来，无论故事讲得多么悲壮，死去的年轻生命，再也不能复活。我感觉到四月的乌镇夜色已有些许凉意，黑白电影的画面，颇有些模糊，这或许与影片的拷贝在老旧的放映机里反复播放有关。影片的情节，或者看电影的视听效果，都可以忽略，只有从前的记忆，在这里释放出来，在寂静的广

场上寻找熟悉的印迹。

　　相比露天电影的冷清，大戏院里听评弹的，就多了许多。面积不算小的戏院里，摆放若干方桌，几乎座无虚席，虽然大多数人，也只是观众席里的一滴水，来了走，走了又来。但是台上手执琵琶的弹奏者，却是戏院里的一汪清泉，手指起落，大珠小珠，高山流水。她的一口吴侬软语，唱出来的，是戏里的金戈铁马、缠绵悱恻。而戏外的舞台上，则是她优雅端庄的姿容，和她手上的那把乐器，抑扬顿挫之间，花开花落、儿女情长。评弹的诞生地，多指苏州，与乌镇相邻，那些弹词，一经她的演绎，便似水一样地流淌。她谢幕前，用评弹的腔调，弹唱出一首名诗，她一解释，竟然是千古名篇《枫桥夜泊》。

　　乌镇的沈家大院在东栅是故居，茅盾最后被乌镇设计师陈向宏选择西栅为他灵魂的安妥处。纪念堂的建筑古朴而大气，适合安放茅盾先生那颗沧桑的心。我戴上耳机，聆听茅盾先生的原声，讲述"茅盾"笔名的来历。先生安详地躺在一个宽敞、寂静的空间，身上覆一面鲜红的旗帜，这是先生在临终前最后的请求。我凝视先生的面容，想起东栅的小巷，那间孤独的林家铺子。先生将他的文学智慧留在东栅。而西栅的墓地，有一本以花岗岩为材质制成的书，呈翻开状，书页镌刻先生手迹。先生在此，有书为伴，甚好。

　　我带去《茅盾论写作》，因为出版年代久远，加上我翻读多次，书已十分陈旧，甚至有点破损。我将书搁在茅盾先生墓地的雕像下拍了一张照，转身离开时，有一种完成心愿，如释重负之感。

木心的影子

在我的文学启蒙里，没有木心的影子。很多年来，我甚至于都不知道木心是谁。木心在乌镇孙家老宅离去时，很多老宅周围的人，面对记者的询问，茫然反问：木心是谁？他们不知道木心，也不知道一个叫孙璞的乌镇人。我觉得，我就是他们中的一个人。我去乌镇那么多次，见得最多的是茅盾先生，先生的书房，《子夜》的手稿和先生笔下的林家铺子。

然而，有一天我发现，在乌镇西栅，一片不算宽阔的湖面上，长出火柴盒似的几间房子来，这些房子设计很简洁，简洁到几乎没有弧线，就那么几个直角组成的几何图形，沉入水中一半，水面上一半。这个建筑群，是木心美术馆。如果不走近了，仔细看，木心美术馆几个字也是看不清的，那么小，嵌在一面墙的一角。

这座建筑，我先后进去过两次，迎面就看到一幅巨大的画，木心先生在画上身着过膝大衣，戴着黑色礼帽，低头拄着杖。相对画面的尺寸，木心的影子，就显得太小了。倒是他说过的几个字，"风啊，水啊，一顶桥"布满了画面的右侧。其余大部分，就都是留白。在馆内自上而下参观时，其实我们是在一点一点往水里走。馆藏除了木心的画作，也有大量先生的手稿。先生的字写得很好，所用稿纸，不一定是很规则的稿笺，也有普通大号笔记本，带隐形横线的那种。先生的字在稿笺上写得密密麻麻，有的显潦草，可以看出写作时的速度，仿佛灵感来袭，急于把所思记下来。而有的则很秀气，能想象先生写作时的从容与淡定。类似的手稿似乎占大多数，这让我想起先生写过的一首诗，题目叫《从前慢》：

从前的日色变得慢
车，马，邮件都慢
一生只够爱一个人

  我喜欢这首诗，这是其中的三句，在乌镇的一些小店门前，就在木块上写着。见到这几句诗的旅人，疾行的脚步，不由得就慢了下来。木心手稿陈列处，总有几位年轻的工作人员，警惕地盯着参观者手上的手机，馆内不允许拍照。但是，我还是偷偷地拍下几张木心先生的手稿。我想，即使木心知道了，也不会怪罪。

  美术馆很安静。在一处还原木心故居的客厅里，一面背景墙是一帧木心的巨幅照片，木心的样子和美术馆入口处那张画上的近似，也是一顶有檐的帽子，系着围脖，拄着拐杖，左手插在口袋里，低着头，看着地面。客厅外，有一些独立的电子屏，也有耳机可供使用，戴上耳机，就能在看到木心画面的同时，听见木心的原音重现。是木心授课的一个片段。木心的普通话有浓厚的江南口音，听上去不疾不徐，很温和的样子，符合他照片上的模样。

  馆内有一个微型报告厅，一面墙上，是中外文艺大师的照片，从进门开始，就是一级一级台阶，往下，至底部，则是一台钢琴。我坐在台阶上，小厅内只有我一人，寂静无声，让我产生一种恍若隔世之感。我侧过脸去看大师们的巨幅照片，他们在对着我看，或微笑。

  我读过的书不少，但木心的书读得不多。这与他的作品在大陆出版比较晚有关。倒是有关他的影像资料看过一些。说起来，很偶然，一天深夜，我打开电视的纪录片点播，见有三集乌镇纪录片，每集都不长，就点开看了。片子里有不少篇幅讲到了木心，有一些资料是他在美国时一个叫陈丹青的画家拍的。陈丹青也是木心的学生，木心晚年回到乌镇定居，包括木心的作品在国内推广，陈丹青是个重要人物。陈丹青镜头里的木心60多岁的样子，他用双手做着一个个雕塑的动作，笑着对镜头说，这太累了，做一个动作长时间不动。我理解他们正在聊有关雕塑的事情，看上去镜头里的木心很开心。

还有一个画面让我很难忘，是木心回到乌镇，坐在小河木栏边。其时，从前的老宅已经根据木心的要求，修缮了，在这之前，这里的后花园是一家翻砂轴承厂。定居乌镇后的木心，就是一个再普通不过的老人，冬天，他坐在河边晒太阳，经过的游人，没有人认识他。他坐在那儿，安静地看着河水，慢慢地流过眼底，就像他的日子。

1994年，木心曾经回过一趟乌镇，也去看了他的祖屋，发现自己的祖屋早已不是旧日的模样。他也看到后园厂房内伴着炉火劳作的工匠。很显然，木心这次的故乡之行，是失望的，从他后来写的《乌镇》一文中可以看出他的心情："在习惯的概念中，'故乡'，就是'最熟识的地方'，而目前我只知地名，对的，方言，没变，此外，一无是处……永别了，我不会再来。"这篇文章在他回乌镇时隔四年后，发表在台湾的《中国时报》。1999年，一个叫陈向宏的乌镇人回到故乡，开始筹备乌镇的旅游公司。乌镇的一位原住民，据说叫徐家瑅，弄到了那张刊有木心文章的《中国时报》。陈向宏看到了木心在报纸上说"不会再来"。

木心定居纽约已经人到中年。那是1982年，距离1971年木心被捕入狱逾十年。那次的入狱，木心被囚禁18个月，所有作品皆被烧毁，三根手指也被折断。我想，他们之所以要折断他的三根手指，是害怕他手中的笔。他们以为折断了他的手指，他就不能画，不能写了。

在纪录片《乌镇》中，陈向宏没有出镜，片子的解说是陈向宏婉拒了。我一直觉得，在乌镇背后，有一双巨大的手，在推动这座江南小镇的变迁。当地人都会说，乌镇的改造图纸，几乎都是陈向宏手绘的。那么，在日后，乌镇建一个史料馆时，这些手绘的图纸，就是乌镇最原始，也是最有价值的文物了。木心美术馆的建造看上去成本不低，与东栅茅盾故居的修复不一样，纯粹是从一张白纸上开始画的房子。在纪录片中，陈向宏出席了木心美术馆的开馆仪式，但是他说，他是受馆长陈丹青委托，来宣布开馆的。

然而，我看到这位乌镇掌门人的双手在轻轻抚摸着手上的那张《中国时报》，他决定邀请"不会再来"的木心，回到他的家乡。孙家的祖屋完全是尊重木心的意见修葺的。据说，陈丹青是其中的信使。木心所有对于祖屋的修葺建议，都由陈丹青传递给陈向宏。而文学，是其中最重要的一根丝线。陈向宏与陈丹青的相识，是作家王安忆牵的线。那一年，王安忆的《长恨歌》获茅盾文学奖，去乌镇领奖。陈向宏向她打听木心，王安忆实言相告，自己有一个朋友叫陈丹青，他认识木心。于是，陈向宏打了个越洋电话给陈丹青。就这样，有了后来发生的故事。

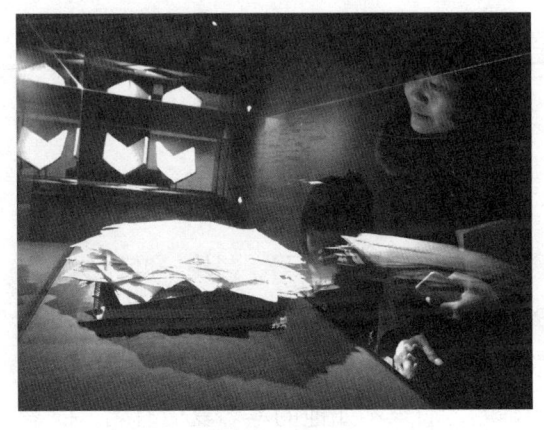

木心手稿（翻拍自木心美术馆）

在乌镇时，我总在想，如果没有陈向宏呢？木心家的祖屋现在肯定不是翻砂轴承厂了，但不一定会是木心故居。那么，木心美术馆，恐怕也就不存在了。木心没有看到以他名字命名的美术馆开馆，这是一个遗憾。他在临终前的病床上，看着属于自己的美术馆的设计图喃喃地说道，"风啊，水啊，一顶桥"。这几个字，说的是乌镇，更是江南。

我喜欢木心的《从前慢》，其实最后三句也很好：

从前的锁也好看
钥匙精美有样子
你锁了，人家就懂了

夏衍，以笔为杆的钱塘之子

沈乃熙的出生地，是杭州城东的彭埠镇严家弄50号，彭埠一度称乡、公社、镇，现在由镇改街道，弄改路，但门牌号不变。从前的彭埠，在杭州算是比较偏远的地方，历史上，有彭姓先民在此建船埠，故称彭家埠，后渐渐演变成彭埠，并因此得名。沈乃熙本名，后来不如他的笔名夏衍有名，很多人，只知夏衍，不知沈乃熙。

我老早就想去看看夏衍旧居，但一拖再拖。这个夏天，据称是地球12万年以来气温最高的夏天。而杭州的夏天，在全国也是有名的热，天天35℃以上，有"火炉"之称。一逼近40℃，天气预报的气温就停在40℃不动了。久居杭州，我也热惯了，体感迟钝得很。午饭后37℃，我照旧出门去彭埠。好在公交和地铁都有冷气。坐了两站公交，换乘三趟地铁，再步行六七百米，就到了严家路50号。

相比周边的高楼大厦，夏衍旧居的中式建筑，显得有些格格不入。旧居大多一层，一小部分两层。进旧居大门，是夏衍生平陈列，然后是中庭，是两个对称的长方形的池塘，有荷花恰好在开。池塘后面的八咏堂，是沈家的客厅。这幢房屋占地总有一千平方米，建筑面积也不小，得有五六百平方米，房屋错落有致，是典型的晚清风格。后院树木葱郁，穿过一个小门，是一个狭长的院子，围墙很高，攀缘植物垂下来，挂在白墙上，有油画的感觉。这个院子里，立着一尊夏衍的铜像，墙上，是黄永玉书夏衍的半首诗：献给一个人，献给一群人，献给支撑着的，献给倒下了的，我们歌，我们哭，我们春秋我们贤者。

对于大多数读者而言，夏衍就是左联，就是《包身工》，就是《祝福》。事实上也是如此，他是最早参与组建中国左翼作家联盟的成员。左联成立时，又与鲁迅、钱杏邨一起当选为执行委员。不少作家的名著，经过夏衍的改编拍成电影，成为家喻户晓的经典，比如鲁迅的《祝福》、茅盾的《春蚕》《林家铺子》、巴金的《憩园》、罗广斌和杨益言的《红岩》。

然而，夏衍旧居里告诉我们的，可远不止这些。

夏衍少年时，被保送到浙江省立甲种工业学校，可见他是一个品学兼优的学生。毕业后，赴日，考入日本北九州户烟町明治专门学校电机科。五年后，顺利拿到毕业证书，免试入九州帝国大学工学部冶金科。从这段履历来看，如果夏衍按这个路子走下去，肯定会成为一名优秀的电力专家或冶金方面的卓越人才。夏衍在"甲工"的校长许炳堃也是这样要求夏衍的。夏衍能进明治，是许校长推荐的，保送且公费赴日留学。临行前，许校长与夏衍有过一次谈话，许校长希望夏衍能努力学习先进科学技术，回国后报效祖国。而夏衍也不负恩师，在留学明治专门学校的几年间，他认真学习机电技术。旧居内一个屏幕里，有大量与夏衍有关的图片，我找到几张夏衍在日本的照片，其中一张是明治学校的实验室，夏衍和五位同学，在几台电机旁做实验，并留下一张合影。在我看来，这张照片实在难得，证明夏衍确实在电力系统的专业有过几年的学习和实训，而以夏衍当时留学的年代，电力专业在中国是十分缺乏的专才。

然而，在日期间，夏衍遇见一个重要人物。当时，孙中山也在日本。

夏衍旧居

1924年，夏衍作为学生代表专程谒见孙中山及其夫人，在孙先生见证下，加入国民党左派，并担任国民党驻日总支部委员兼组织部部长。自此，夏衍，正式参与政治活动。其实，在此之前，他已加入九州帝大社会科学研究会，阅读了诸如《社会主义从空想到科学的发展》《自然辩证法》等著作。阶级、革命的观念开始影响夏衍。

夏衍的浙江省立甲种工业学校毕业证书（翻拍自夏衍旧居）

在旧居内的一个房间，从陈设的格局看，是一间卧室兼书房，或者又兼了库房，因为除了摆放着一张床，一个多抽屉的柜子，还有两个大小不等的保险箱。通常，保险箱只会放在库房里。在这间屋子里，有一台老式的电影放映机，是夏衍作为中国电影先驱的见证。墙上，也的确有两行字来说明屋子主人的身份：国家有杰出贡献的电影艺术家；中国左翼电影运动的开拓者、组织者和领导者之一。

夏衍的主要成就在电影，但他的《包身工》，却是中国报告文学的开山之作。作品中芦柴棒、小福子、拿摩温等人物形象，可以说是中国文学画廊中不朽的经典。没有《包身工》的中国报告文学史，是残缺的，不完整的。而我，也深得此文教诲，在报告文学创作中，始终以《包身工》为学习的标杆。

叶圣陶曾评价："夏衍文风朴且清，中华剧艺夙知名。"虽然这是叶圣陶为夏衍剧作《法西斯细菌》在成都公演受到各界好评后写下的，但也基本上可以概括夏衍的文学创作风格与特征。

与其他作家不同的是，夏衍不仅仅是作家，他还是一个革命者，一个地下工作者。旧居内的一张照片，似乎能说明夏衍在隐蔽战线工作时，曾经是何等的不同凡响。照片上的四个人都在开怀大笑，他们分别是周恩来、陈荒煤、林杉和夏衍，他们身后，还有不少人，但从拍摄的角度看，他们四人显然是主角。照片下端的文字说明，那是1960年7月下旬，夏衍出席在北京召开的第三次文代会，被选为第三届文联副主席，会议期间，周恩来总理在香山宴请电影界的朋友。让我惊讶的是，夏衍左手指上，居然夹着一支香烟。这个画面，我反复看了好几次，我确认夏衍手指上夹着的，是一支吸了一半的香烟。他是和总理在一起呢，他居然还在吸烟。这让我想起夏衍的地下工作者身份。

曾经有相当长一段时间，夏衍在周恩来的指示下，以进步文化人士的身份做统战工作。他经常与不同人物打交道，曾担任中共秘密党员杨度的单线联络员。曾让夏衍声名大振的是，他曾成功策反国民党桂系四十六军军长韩练成、国民党资源委员会主任钱昌照、上海海关关长丁贵堂。另外，夏衍在参与策动"两航"起义和输送电影人才归国方面发挥的作用，也是可圈可点。尤其是策反钱昌照，令我眼前一亮。我在写作《中国电力工业简史》时，曾写到国民党资源委员会和钱昌照。他在国民党内也是一个重量级人物，曾任国民政府外交部秘书和国民政府秘书，特别是资源委员会主任一职，非同小可，但我并未了解他和中共之间的联络人是夏衍。单从策反多名国民政府要员这个史实，就可知夏衍确实是有功之臣。

于是，我再回头看那张照片，他在周恩来面前，也可随意到夹着一支香烟的状态，似乎也有了答案。

夏衍在日本学习生活的时间加起来，得有近十年。他后来曾访问母校，即私立高等工业学校明治专门学校，后来成为著名的九州工业大学。夏衍到访母校时，恰好是九州工业大学创校75周年，夏衍受到十分热烈的欢迎，母校赠送给夏衍当年做学生时的照片，照片被放大，嵌在镜框里。夏衍在母校有专门的纪念演讲，并与在九州工业大学留学的中国学生叙谈。后来，夏衍访问日本时，还穿上日本和服，回忆他在日本就学的那段难忘时光。

夏衍的为人，也为世人所称颂。《人民日报》上曾讲述过一件往事：著名文学家、戏剧家夏衍在临终前数次昏迷，有天晚上病情恶化，身边的人焦急地说："我去叫大夫。"听到这句话，夏衍却突然睁开眼，艰难地对那人说："不是叫，是请。"然后昏迷过去，再未醒来。这一句，成了夏衍留给世间最后的遗言。

夏衍对故乡也是有着无比的眷念的。旧居里有一张照片，是他去世前四年回到杭州，在亲友陪同下来到严家弄远眺故居。我无法找到当时的文字资料，夏衍为何不走近故居也成为我心头的一个谜。或许，是因为"近乡情更怯，不敢问来人"。再或许，故居正在修缮。从照片上可以看到，夏衍身着中山装，他眺望远处故居时的神态，专注、深情，又略有一些伤感和落寞。

彭埠街道对故居的修葺和保护都做得很好。江南的夏天蚊虫多，进门处，工作人员甚至准备了风油精和花露水。我在旧居待了大概一个半小时，进来参观的人不多，总共进来两拨人，第一拨是一对年轻的夫妻。妻子说，夏衍是谁？他是演员吗？先生告诉她，不是的，夏衍是一位作家。后来，又进来一对母女，女儿是初中生模样，她用手机拍摄墙上的史料，她母亲则在拍女儿。

夏衍在严家弄远眺故居（翻拍自夏衍旧居）

彭埠街道还在严家路口，立了一尊夏衍雕像，是一座全身立像，有基座，需要仰着脸才能看到夏衍的脸庞。从夏衍雕像沿严家路往旧居方向走，沿路都是设计新颖的现代化建筑，街道将这一片区域命名为"映巷"影视文化街区。在彭埠地区，夏衍的印迹无处不在，有夏衍小学、中学、公园。街道还将接近旧居的围墙，全部漆成白色，用最简单的墙绘，写着与夏衍身份相符的文字，比如"以笔为杆的钱塘之子"。再比如夏衍《种子的力量》摘录："种子不落在肥土而落在瓦砾中，有生命力的种子绝不会悲观和叹气，因为有了阻力才有磨炼。"

夏衍离世后，家人遵嘱，将其骨灰撒入钱塘江。

这让我想起夏衍在秦城监狱改写一首明末清初在民间广为流传的打油诗。夏衍在诗末自批曰："往事如梦，一笑可也，何必伤神。"

一个士兵要不战死沙场，便是回到故乡

湘西的凤凰是我此生最想游历的古城之一，说起原因，再也简单不过。因为那是沈从文的故乡。最初有关于凤凰的概念，也大多来自《边城》。沈从文一生著述丰硕，我阅读的却非常少，他的小说，除了《边城》，其他的，就再也没有认真读过，倒是沈从文的传记，厚厚一本，在很短时间内读完。书柜里的沈从文小说与散文集，阅读的过程也是零零星星，而印象最为深刻的，依旧是《边城》，由此感叹，一个作家，即便著作等身，如沈从文，有一部《边城》足够。

对于大多数人来说，湘西是一个神秘而略带恐惧的地方，那儿崇山峻岭，是传说中土匪出没的大本营。等我到了湘西，才恍然，这里山高林密，与湖北、重庆和贵州毗邻，的确是土匪萌芽壮大的好地方。不过，时过境迁，湘西土匪基本绝迹，他们大多出现在小说和影视作品中，给这片土地增添一些秘而不宣的色彩。沈从文创作《边城》是在 1934 年，我猜测，那个年代，应当是土匪活动比较频繁的时候，沈从文却在远离

凤凰城

凤凰城的外省写作《边城》，在沈从文营造的世界里，我们看到的是一个恬淡、纯洁、童话般的山城。

可能是内心对沈从文的敬仰自小根深蒂固，所以到了凤凰，最想去的一个地方还是沈从文的故居。只是没有想到，居然会有那么多人进入沈从文自幼生活的地方，院落不大，但看从前的湘西人家，能拥有这样一个院落居所，可见他的家境在凤凰也算不错。我对沈从文的作品大多熟悉，对他的生平也在相关的传记中熟读，因此，我没有将时间过多地停留在他的生平展示中，而是避开人流，进入他的书房。并且以书架为背景，坐在沈从文用过的书桌前照了一张相。他学历只有高小，却成为世人公认的大师，他的杰出与非凡，成就了一段文坛与爱情的传奇。据文化界流传的一段并不遥远的往事，据说瑞典学院院士、诺贝尔文学奖终身评审委员谢尔以·马悦然曾经在《明报月刊》中透露过这样一则信息，在1987年、1988年诺贝尔文学奖最后候选名单之中，沈从文入选了，而且马悦然认为，沈从文是1988年中最有机会获奖的候选人。1988年，当马悦然向中华人民共和国驻瑞典大使馆文化处询问沈从文是否仍然在世，得到的回答却是："从来没有听说过这个人。"

沈从文的书房朝向天井，与天井相隔，是一扇木格子窗，木格子的形状颇为复杂，看得出木匠的精湛手艺。我坐在沈先生的书桌前，透过窗子，看见天井里人来人往，他们和我一样，从很远的地方舟车劳顿，来看望沈从文先生。他们中的不少人，原本对沈先生知之甚少，但是，通过这一回进入沈从文故居，他们或多或少会发现，在这座地理位置十分偏僻的小城，曾经诞生了这样一位了不起的人物。

沈从文娶张兆和为妻，对他的文学创作是一个激励，从某种意义上说，是张兆和成就了《边城》。公开的史料记载，沈从文创作代表作《边城》是在与张兆和结婚的同一年，准确地说，沈与张结为秦晋之好后数月内，即完成了《边城》的写作。我已经无法获知沈从文创作给他带来巨大声誉的《边城》，是否与自己娶回心仪的姑娘有关，也不知他是否从张兆和身上汲取了灵感，实现他创作的一次质的飞跃。但有一点可以肯定，美好的爱情让沈从文的文学天赋发挥到极致。而现在，我能够看到的是，因为《边城》的影响力，凤凰古城以从未有过的魅力吸引了天下众生。

沈从文故居的书房

从前的凤凰城就像沈从文笔下的《边城》，是寂静的，与外界隔绝的，当沈从文以他的传世之笔开启凤凰的城门，小城就沸腾了。就连沈从文，安卧于听涛山下，听到的也不只是沱江的涛声和山林的歌唱。然而，对于沈从文来说，回到故乡比什么都重要。或许，有血缘相连，对沈从文的心思揣摩准确，所以在沈从文墓地，另有一碑，上书表侄黄永玉龙飞凤舞的手迹：一个士兵要不战死沙场，便是回到故乡。

2023年初夏，在留下长篇自传体小说《无愁河的浪荡汉子》，以及《这些忧郁的碎屑》《沿着塞纳河到翡冷翠》等作品后，黄永玉也驾鹤西行。黄永玉曾说："文学在我的生活里面是排在第一的，第二是雕塑，第三是木刻，第四才是绘画。文学让我得到了很多的自由，我不相信别人能给我自由，我相信自己给的。"

黄永玉生前曾在遗嘱中表示："待我离去之后，请将我的遗体进行火化。火化之后，不取回骨灰。任何人和机构，包括我的子女、孙子女及亲朋好友，都不得以任何理由取回我的骨灰。我希望我的骨灰作为肥料，回到大自然去。请所有人尊重我的这个愿望。我离去之后，任何人不得办理各种类型的纪念活动，我的家人不得去支持或参加其他人组织的纪念活动。"

这个遗嘱，符合黄永玉的个性，也与他在"朗读者"节目中说过的话吻合："我死了以后，我的骨灰不要了，跟那孤魂野鬼在一起，我自由得多，不要固定埋在一个地方，也省得飞机钱。我在上海有一些朋友，他们说：'你应该把骨灰留起来。'我说：'你想我嘛，看看天、看看云嘛。'"

在大塔儿巷,寻访"雨巷"

诗人戴望舒家的老宅,在杭州大塔儿巷11号。从前的城市,街道大多不宽,非主干道,则更窄。所以,一些寻常百姓人家居住的地方,其通行的道路,通常被称作为巷。这大概也是大街小巷的来历。大塔儿巷也是如此。从前的大塔儿巷,东头连着皮市巷,西边则是华光巷,是一条只能勉强过并排两三个行人的小巷,戴家所在的11号,是一排平房,白墙黑瓦,可以想象,光照不是很好,家境也一般。

大塔儿巷与小塔儿巷形成一个丁字形,据说巷名的来历,跟毗邻的觉苑寺有关。当时,寺内有城心塔,意思是位居城市中心,巷也由此得名。事实上,大小塔儿巷,的确地处杭州城中心,从小塔儿巷往南走数百米,就是解放路,这是杭州最重要的一条大街。不过,现在已经找不到城心塔,只留下一条觉苑寺巷,沿着觉苑寺巷往里走,可见一幢民宅,作为杭州市不可移动的文物古迹被保护下来,但塔已不见踪影,巷子的尽头,也是解放路,有一座基督教堂思澄堂,立在市中心,十分显眼,保护得也很好。

戴望舒出生在大塔儿巷,据说他的父母都是一般职员,家境并不富裕,但儿子的教育是没有问题的。戴望舒在杭州读完小学和中学,然后去了上海读大学。在去上海之前,戴望舒已经公开发表了他的第一篇小说《债》。并且与张天翼、施蛰存、叶秋源、李伊凉及马天骚等在杭州成立兰社。张天翼和施蛰存都是中国现代文学史上的重要作家,可见戴望舒虽然年少,也已是"谈笑皆鸿儒"。特别是到上海后,他师从田汉,与施蛰存、杜衡等人创办《璎珞》旬刊,他的文学才华进一步显露。

经过改造的大塔儿巷

在《璎珞》创办的第二年，即1927年，戴望舒创作并在第二年发表了给他带来巨大声誉的诗歌《雨巷》。《雨巷》这首诗，传承了中国古典诗词含蓄蕴藉的风格，运用象征性的抒情手法，勾勒了一种朦胧而又幽深的意境。有一种普遍的说法，《雨巷》是戴望舒为恋人施绛年所写。但也有诗评家认为，《雨巷》的立意没有这么单纯。在众多关于《雨巷》的评论中，我个人是认为管林的评价要更客观一些，在管林看来，就诗论诗，《雨巷》的格调并不高，主体意象（雨中小巷、撑油纸伞的诗人、姑娘）借用古代诗词中"丁香空结雨中愁""芭蕉不展丁香结，同向春风各自愁"的暗喻艺术表现手法，抒发了诗人惆怅、哀怨、彷徨、凄婉迷茫的情绪。它是中国20世纪30年代象征主义的朦胧诗，是大革命遭受挫折，感到痛苦、彷徨而又一时看不到前途，找不到出路的苦闷情绪的反映，象征了一代青年彷徨苦闷的心路历程。

这个评价，比较切合诗人当时所处的时代背景。这首诗写于1927年夏天。当时全国正处于白色恐怖之中，戴望舒因曾参加进步活动而不得不避居于上海松江的友人家中，在孤寂中咀嚼着大革命失败后的幻灭与痛苦，心中充满了迷惘的情绪和朦胧的希望。《雨巷》一诗就是他的这种心情的表现，其中交织着失望和希望、幻灭和追求的双重情调。应当说，这种情怀在当时是有一定的普遍性的。

但是，《雨巷》为施绛年所写之说，似乎更符合人们的期待。才子佳人，雨中的小巷，愁怨的意境，都是那个年代给予读者美好而略显忧伤的感受。

事实上，施绛年在戴望舒的感情生活中，的确占有非常重要的一页。同为杭州人，又是好友施蛰存的妹妹，戴望舒对施绛年的追求有一种近乎偏执而病态的疯狂。在野史中，有一种普遍的说法，因为施绛年不接受戴望舒的求爱，戴望舒以跳楼相威胁，迫使施绛年不得不同意与戴望舒订婚。但施绛年提出一个要求，要戴望舒出国留学，学成归国，有一份稳定收入的职业后再结婚。

戴望舒接受了施绛年这个在很多人看起来有些苛刻的要求。戴家经济状况并不宽裕，

经过改造的小塔儿巷

但父母还是竭尽所能，把儿子送去法国留学。戴望舒乘坐邮轮抵达法国后，先后入读巴黎大学、里昂中法大学。令人意想不到的是，1935年春，戴望舒居然被里昂中法大学开除，开除原因有一说是戴望舒在中法大学学习一年多时间，既不上课，也不按时交作业，更加糟糕的是，他连年终考试也不参加，于是，到了期限戴望舒就回国了。也有一说是戴望舒在西班牙旅游期间参加反法西斯游行，法国警方通知中法大学当局，这个学生不能再留在法国。对于这两种说法，现在无从考证，但从戴望舒的个人感情生活和他后来选择的道路来看，似乎都有可能。或许，提前回国，也是戴望舒期待的，因为他渴望早日见到狂热地爱着的少女施绛年。

不过，戴望舒在法国期间，并不知道施绛年已另有所爱。回头看，施绛年鼓动戴望舒出国，很有可能是施了缓兵之计。在她看来，时间可以冲淡一切，数年之后，或许戴望舒会渐渐淡忘曾经那么狂热的一段恋情。其实，在戴望舒留学法国时，他接连给施绛年写出一封又一封炽热的情书，施绛年对

这些信件已是冷处理了。有说是她几乎不看戴望舒的信，又有一说，戴望舒收到的回信，有不少是他的好友，也就是施绛年的哥哥施蛰存写的。总之，当戴望舒回国时，等待他的，并不是未婚妻温暖的拥抱，而是决绝的分离。戴望舒一气之下，当着众人的面，扇了施绛年一耳光，这一耳光，等于彻底撕碎了诗人心中最后一丝希望。在戴望舒登报解除与施绛年的婚约后，施绛年也开始了她自己选择的婚姻与人生。

对于戴施之间这段没有结果的婚恋，我倒是觉得有可取之处，或者说，是利大于弊。从两人的交往来看，戴望舒是真心爱这个好友的妹妹的，但施绛年却只把他当作一个兄长，一个哥哥的朋友，尽管当时，戴望舒已是小有名气的诗人，但施绛年依旧爱上并嫁给了一个据说是推销冰箱的年轻人。以戴望舒的脾气，施绛年嫁给他，未必会幸福。从另外一个角度来讲，《雨巷》的创作，如果和施绛年有些关联，也算是对中国现代文学，尤其是现代派象征主义诗歌的贡献。倘若没有施绛年，没有戴望舒对她的热烈追求与失败，《雨巷》即使写出来了，也未必会是我们现在看到的这个样子。

戴望舒与施绛年解除婚约，对诗人显然是一个重大的打击。有野史甚至说，戴望舒操起木棍，暴打多条野狗致死，以此发泄自己内心的激愤。这时，戴望舒好友，小说家穆时英想把他从伤痛中拉回生活正轨。有一天闲聊时，穆时英说："你不要灰心，施蛰存的妹妹算什么，我妹妹不比她漂亮？我给你搭搭桥。"经过大哥的介绍，穆小妹认识了这位有才气的诗人。当戴望舒第一眼看到穆丽娟时，仿佛见到了自己笔下《雨巷》中那个像丁香一样风清露愁的姑娘。丽娟的古典俊美，让他忘却了施绛年带给他的苦痛。1935年冬，戴望舒委托杜衡向穆丽娟的母亲提亲，两人于1936年6月在上海新亚饭店举行了婚礼。由青年诗人徐迟担任傧相。19岁的穆丽娟嫁给了比自己大13岁的戴望舒，婚后育有一女戴咏素，小名朵朵。从结婚照上看，戴望舒庄重大方，穆丽娟则显得娇小温婉，幸福地站在他身边，堪称一对璧人。

然而，戴望舒的性格，再一次把自己的婚姻推向了悬崖。

1940年6月，穆时英在上海被刺身亡，由于政见不同，戴望舒不许穆丽娟回沪奔丧。同年，他又扣下了穆丽娟母亲的报丧电报。当不明情况的穆丽娟身着大红旗袍会见友人叶灵风之妻赵克臻，被笑说在热孝中还穿大红时，她才得知母亲的噩耗。她再也不能忍受这个男人对她的欺骗，她当掉了母亲留给她的翡翠胸针，买了船票带着女儿毅然决然地从香港回到上海。

这一年的冬天，性格脆弱又敏感的戴望舒在苦求穆丽娟无果后，写下了留给妻子的绝命书，服毒自杀，但被朋友所救。收到信后，穆丽娟通过律师办理了半年分居，以观后效，女儿则交给戴望舒抚养。戴望舒先后寄出两本日记和婚后无数张充满亲情的照片制成的相册，并附信："丽娟，请你想到我和朵朵在等待你，不要忘记我们。"但穆丽娟始终没有回复。无奈与绝望之下，戴望舒终于在1943年1月寄出了离婚契约。

戴望舒最后一段婚姻是在1942年开始的。当时，戴望舒与同在香港大同图书印务局的抄写员杨静相识，并很快进入热恋。但21岁的年龄差，也为这段婚姻埋下隐患。婚后不久，两人便出现了感情上的裂痕，他们常常因为生活上的琐事吵架。1948年末，杨静爱上了一位姓蔡的青年，并向戴望舒提出离婚。尽管戴望舒做出了种种努力希望挽回，然而杨静心意已决。戴望舒只得一直不在离婚协议上签字。无奈之下，杨静与蔡姓青年相偕出走。次年早春，戴杨离婚。

1950年2月28日，戴望舒在北京病逝，享年45岁。安葬于北京西山脚下的北京市万安公墓，墓碑上有茅盾亲笔书写的"诗人戴望舒之墓"。

戴望舒的人生，特别是婚姻并不完美，但他在中国现代文学史上，却应该被记下重要的一页。在20世纪20年代末和30年代初，他因为风格独特的诗作被人称为现代诗派"诗坛领袖"。他的诗歌《雨巷》显示了新月派向现代派过渡的趋向，而1929年创作的《我的记忆》则成为现代诗派的起点。

此外，或许是戴望舒的诗名过于盛大，他的翻译才华反倒被淹没了。事实上，戴望舒曾经译过不少法国和意大利文学作品，比如《少女之誓》《鹅妈妈的故事》《意大利的恋爱故事》《两次战争间法国短篇小说集》《意大利短篇小说集》《小城》等。

有意思的是，在法国里昂大学校园内，有一块戴望舒纪念碑牌，碑牌位于一丛丁香花旁，纪念牌上用中文写着："纪念中国诗人戴望舒里昂中法大学学生"。1932年至1934年，戴望舒在此学习和生活，但也因为不可言说的原因被校方开除。

我无数次经过杭州解放路，也无数次看见那个基督教堂，但从未停下脚步，去教堂边上的觉苑寺巷走走。穿过这条小巷，可以抵达大小塔儿巷。戴望舒因为这两条小巷和一个他热恋的女子，写下《雨巷》，而成为名扬天下的"雨巷诗人"。

终于，在一个酷热初秋，我去了大塔儿巷，希望能在那儿找见戴望舒生活写作留下的痕迹。

然而，我第一眼所见的大塔儿巷，肯定不是我想象中的样子。显然，我眼前的这条巷子，已经不是巷子了，而是一条宽度达十米开外的街道。大塔儿巷全长200多米，路两侧除了八九十年代所建的民宅，也建起两座现代化的大楼。其中一幢是杭州退休干部职工大学，另一幢是一所知名幼儿园。在皮市巷入口处，有一个反映市井生活的雕塑，背景是一张杭州市井生活的老照片，四口水井似乎是原来就有，雕塑中的一男子正从水井中打水，另有一位雕塑中的妇女在盆中搓洗衣服，一男孩则提着水桶给妈妈递水。从画面看，是三口之家，温馨而富有生活气息。正对着雕塑的，就是大塔儿巷。我沿着巷子往前找，找到了10号、13号、15号，但就是没有11号。在13号边上，是一个冷库，我问一位正在搬运矿泉水的年轻人，你家边上是13号，你这间门面是不是就是11号？年轻人说，不是，我家是6号。我有些纳闷，13号怎么一下跳到了6号，而且，理论上大塔儿巷的门牌编号是分单双号的。我跑到巷子对面，找到了9号和10号，这才发现，这儿的编号似乎是不分单双的。

我又走到15号，这里是杭州退休干部职工大学，我问保安，11号是哪儿呢？他一脸茫然看着我，我们这里是15号，11号应该就在边上。询问无果。我不死心，走到18号，这是一幢民宅，单元楼下有三位大妈在聊天，我觉得她们是本地人，且在此地生活应该已经很久，她们应该知道11号在哪。结果，大妈们也是一脸无辜地看着我，接连反问：11号？11号？其中一位大妈指着身旁的楼说，我们这里是18号，她又指着对面的退休干部职工大学说，那里是15号，你再找找？

我又折回10号，那是一幢幼儿园。我来来回回行走询问，引起一位中年男子的注意。他一开口，就是纯正的杭州本地话，显然是土著了。他主动问，你要找几号？我说 11 号。他指着幼儿园，11 号应该就在这里，但那些老宅都拆了。我知道老宅拆了，但门牌号怎么也不见了呢？他也有些迷惑，重复我的话，是啊，老宅拆了，门牌号应该保留啊。我谢过中年土著，拐进小塔儿巷，这条巷子，比大塔儿巷要窄一些，有点从前的味道。不过，真正让我觉得像"雨巷"的是觉苑寺巷。从小塔儿巷行百米左右，与小塔儿巷成一丁字形的一条小巷，就是觉苑寺巷。

从我在现场看到的三条小巷来看，大小塔儿巷已经没有戴望舒写《雨巷》时的原貌，而觉苑寺巷更像是戴望舒笔下的雨巷。我之所以有这种感觉，是觉苑寺巷比大小塔儿巷都要狭窄，顶多两米左右，没有经过大规模整修，人间烟火气很重，一些人家，在窗台上种着盆

大塔儿巷 11 号就在这幢大楼中间，但没有标出门牌号

栽，有绿色植物悬垂下来。也有一些人家，在巷子两头，搭一根竹竿，衣物就挂在竹竿上，行人一抬头，就可见头顶是谁家的衣裤，有的刚晾晒出去，还滴着水，滴答滴答往下掉，行人不及躲闪，就淋了一身的水。我想象在有雨的夜色里，灯光从住家的门缝、窗子里透出来，映照在湿滑的小巷地面上，一个撑着纸伞的年轻女子，走在这条巷子里的感觉，就是重现戴望舒的《雨巷》。

从小塔儿巷入觉苑寺巷，右侧是一幢民宅，门前的石碑说明它是不可移动文物。民宅对面，是一面白色的诗墙，有五六十米长，墙上的一部分，题刻着戴望舒的《雨巷》全文。在诗的结尾处，有一个抽象的撑着雨伞的年轻女子雕像，寥寥几笔，勾勒出诗人笔下那个丁香一般的江南女子。让人不免想起诗中的开头几句：

撑着油纸伞，独自
彷徨在悠长、悠长
又寂寥的雨巷
我希望逢着
一个丁香一样的
结着愁怨的姑娘
……

我在觉苑寺巷的诗墙前走了两个来回，然后朝前，拐了四个弯，就出巷了，那儿是车水马龙的主干道解放路。从幽静的巷子里，一下进入喧嚣的大街，有静喧两重天之感。我折回觉苑寺巷，回到诗墙那儿，发现有一对年逾七旬的老夫妻在拍照，那位夫人穿着旗袍，撑着一把纸伞，正在民宅前做开

觉苑寺巷，是最像"雨巷"的一条巷，建了一堵诗墙

第二部 一九九九 257

门状,然后又在小巷里缓缓走动,老先生手持相机,随着女主身体的移动,不停地调整角度。我本想偷拍一张,但最后还是犹豫了。我觉得,打扰这对老年夫妻,似乎有些不厚道。显然,他们读过并喜欢《雨巷》,看得出来,也是经过多番寻访,才找到这里,沉浸在自己的世界里,用诗歌和纸伞重温他们的青春。

走出大塔儿巷,突然有一束光照进我心里。那个消失的"大塔儿巷11号"门牌,会不会是雪藏?会不会是一个相关方故意设置的悬念?在适当时候,他们将重建戴家老宅,然后,在墙上嵌入这个独一无二的门牌号,重现"雨巷"的时光。

我在微信发了个圈。意想不到的是,马上有一位钱姓同事给我私信。她说,这里是她出生、求学长大的地方。我一时惊喜不已,让她问问钱家前辈,对戴家老宅还有没有印象。她问了,她大姑说,大塔儿巷变化太大了,变得陌生了。在同事大姑的记忆里,当年,这里是三尺窄的青石板路老巷。依稀记得,巷子细细而且弯弯曲曲,巷口望不见巷尾,显得悠长又寂静!那时,戴家住的是11号,而钱家住14号,钱家和戴家是隔壁邻居。只知道住在墙门里面的一家人,好像是开药店的,那个药店的女主人,都叫她阿庆嫂的奶奶。同事大姑说的那个开药店的,未必是戴家,极有可能房子已经易主,而那个阿庆嫂的奶奶,也跟戴家没有任何关系。不过,同事大姑关于戴家老宅的回忆,是准确的,也就是说,在没有拆除那片旧房之前,戴家老宅子一直是存在的。

我不禁叹息,戴家老宅没有留存下来,是一个不可弥补的遗憾。中国现代文学史上一段可圈可点的实证,就这样被人为拆断了。

我的这位同事在微信里告诉我,她在这里有太多的记忆。她说:"老钱家最早住在大塔儿巷,后来搬到了官巷口,最早的景阳观酱菜店楼上,我在那里生活到5岁,后来爷爷奶奶搬到了皮市巷,我跟爸爸妈妈住在小营巷。爷爷时任小营巷街道主任,我在那里读的幼儿园、小学、初中,那一片是我长大的地方。"我同事所说的小营巷街道,地理范围包括大小塔儿巷、觉苑寺巷和皮市巷。看到我拍的这组照片,一下勾起她无穷的回忆。她说,原来,我家和戴望舒家是邻居。

一身诗意千寻瀑

林徽因出生在杭州,但她在杭州留下的痕迹并不多。在靠近西湖的清波门,一个叫陆官巷的地方,是林徽因的诞生地,但现在已经看不到一砖一瓦。所幸她童年时代曾经生活过的蔡官巷23号,现在还保存着当年的模样。

蔡官巷23号,林徽因故居保存完好

清波门是杭州老城的城门之一,杭州的城墙早已不见踪影,只在城门处,立了十块碑,作为老城的记忆。清波门毗邻西湖,据说李清照在杭州的日子,大多住在清波门。而《再生缘》作者陈端生,就出生在河坊街与南山路交会口的勾山樵舍。再加上林徽因,这三个奇女子,就将清波门映照得熠熠生辉。

离蔡官巷最近的西湖十景是柳浪闻莺公园,因为年代过于久远,无法确认李清照在清波门居住的准确方位,所以杭州市政府就在公园内建了座"清照亭",绿树掩映中,一池碧水旁,一座设计简约的中式亭子稍显寂寞,但恰好符合李清照南渡杭州后的生活状态。李清照在杭州生活逾20年,竟然没有留下一首与西湖相关的诗词,令人扼腕之余,也颇为诡异。

不同时空，却为邻居，李清照、陈端生与林徽因在清波门的相遇，堪称奇缘。由于勾山樵舍遗址还在，陈端生的灵魂尚有可栖之地，而"清照亭"也为纪念李清照提供了一个参照。倒是林徽因的雕像却出现在四里开外的花港观鱼公园。从苏堤一侧大门进入，花港观鱼御碑亭左侧，一株百年樟树下面，立有林徽因雕像，也是林徽因纪念碑，是清华大学建筑系与杭州市政府的珠联璧合。雕像镂空设计，是林徽因的一个剪影，但辨识度极高，远远一看，就是林徽因典雅、渊博的学者形象。与林徽因剪影一起的，是竖排的镂空文字，辨认需要一定的耐心，我凑近了细细看，终于读出，这是林徽因文章的一段："在光影恰恰可人中，和谐的轮廓，披着风露所赐予的层层生动的色彩。无论哪一个巍峨的古城楼或一角倾颓的殿基的灵魂里，无形中都在诉说，乃至歌唱，时间上漫不可信的变迁。"

林徽因雕像成为西湖花港公园的一个热门景点，凡到此一游者，导游们口若悬河，讲起林徽因，如数家珍，眉飞色舞。

民间关于林徽因的故事和传说甚多，特别是她与梁思成，她与徐志摩、金岳霖的关系，更是成为许多人的茶余谈资。但在我看来，除了她与梁思成，其余的，皆不值一提。与梁思成结婚当天，梁思成对林徽因说道："有一句话，我只问这一次，以后都不会再问：为什么是我？"聪明如林徽因，她清晰肯定地回答他："答案很长，我得用一生来回答你，你准备好要听了吗？"梁思成曾对朋友说起："中国有句俗话：'文章是自己的好，老婆是人家的好。'可是对我来说是，老婆是自己的好，文章是老婆的好。"

林徽因一生最大的成就，当然是建筑学。最值得她引以为荣的，是参与了国徽的设计，并且为保护中国古建筑，特别是北京古建筑倾尽全力。然而，林徽因在文学上的天赋，也不得不让人钦佩。她原名林徽音，之所以改名，据说20世纪30年代的上海，也有一个男姓作家叫林徽音，读者在报刊上经常见到林徽音的名字，却不知哪个是男林徽音，哪个是女林徽音。最终，还是林徽因决定把自己的音改为因，还专门登报声明。客观讲，无论是林徽音，还是林徽因，都很好，不过，以历史的眼光来看，似乎林徽因，更符合一代民国才女的大家风范。

昆明大概是林徽因留下痕迹最多的地方。在西南联大旧址博物馆，可以看到不少林徽因的史料，她和梁思成设计的联大校舍，虽经岁月侵蚀，现在依旧可见当年设计师横溢的才华。在云南大学，林徽因设计的"映秋楼"保存完好，我在经过"映秋楼"时，还是没忍住多看了几眼。而在紧挨翠湖，一个叫作先生坡的街口，有林徽因写的一段文字被刻在墙上：昆明永远那样美，不论是晴天还是下雨。我窗外的景色在雷雨前后显得特别动人。在雨中，房间里有一种难以言状的浪漫氛围。天空和大地突然一起暗了下来。一个人在一个外面有个寂静的大花园的冷清的屋子

杭州花港观鱼公园内的林徽因纪念碑，设计造型别具一格

里。这是一个人一生也忘不了的……这是林徽因致好友费慰梅一信中的一节，我们从这段文字里，可以读出林徽因对昆明的喜爱，尽管在西南联大期间，她和家人的生活颇为困顿，这与当时她所处的大环境有密切关系。

1937年7月底，北平沦陷，由梁思成主持工作的中国营造学社被迫暂时解散。不久，梁思成接到日本"东亚共荣协会"的"请柬"，与林徽因决意离开北平。9月4日晚，林徽因夫妇连夜收拾行装赶往天津与家人会合。月底，他们携年仅八岁的再冰和五岁的从诫，带上林母，一路西行南下。与他们同行的还有闻一多、朱自清、杨振声、金岳霖、张奚若、陈岱孙等清华、北大教授。虽做足了心理准备，但阻隔的交通和病弱的身体迫使艰难的旅程不断延宕，他们到达长沙时，已是1937年10月初。

1937年11月24日，长沙惨遭空袭，林徽因一家侥幸逃生，在当日写给费慰梅的信中，她记录下了那惊心动魄的一幕：没人知道我们怎么没有被炸

成碎片。听到地狱般的断裂声和头两响稍远一点的爆炸，我们便往楼下奔，我们的房子随即四分五裂。全然出于本能，我们各抓起一个孩子就往楼梯跑，可还没来得及下楼，离得最近的炸弹就炸了。它把我抛到空中，我手里还抱着小弟，再把我摔到地上，却没有受伤。同时房子开始斩斩乱响，那些到处都是玻璃的门窗、隔扇、屋顶、天花板，全都坍了下来，劈头盖脑地砸向我们。我们冲出旁门，来到黑烟滚滚的街上……

从长沙到昆明，他们整整颠簸了 39 天。沿途数次抛锚，被迫住进脏污的小客栈的狼狈经历，让曾经衣食无忧的一家人身心俱疲。外敌入侵之下，青山碧水环抱着的古城让林徽因倍感亲切，以至于在途经沈从文故乡沅陵时，她在信中这样慨叹："如果不是在这战期中时时心里负着一种悲伤哀愁的话，这旅行真是不知几世修来。"

1938 年 1 月中旬，历经重重险阻，林徽因一家终抵昆明，暂时借住在位于翠湖畔的巡津街九号"止园"。

西南联大在昆明正式组建是 1938 年 4 月 2 日。彼时，原先在北京"太太的客厅"经常相聚的一群朋友，如金岳霖、张奚若、钱端升、周培源、杨振声、沈从文、朱自清、卞之琳、萧乾等陆续来到昆明，在离梁林寓所不远的北门街附近比邻而居。这些南迁的知识分子志同道合、感情亲密，他们在风光旖旎、阳光明媚的春城，或叙家常，或论国事，于战争的苦难中，仿佛重新找回了往日的温馨与梦中的记忆，也给梁思成夫妇带来了莫大的精神安慰。林徽因在发表于 1939 年 2 月的散文《彼此》中感叹道："当前的艰苦不是个别的，而是普遍的，充满整一个民族，整一个时代！……最好让我们共同酸甜的笑纹，有力地，坚韧地，横过历史。"

我在西南联大旧址博物馆，看到数张林徽因和家人、朋友在一起的照片。从这些照片上看得出来，尽管生活十分艰难，但林徽因无论是心情还是气色，都十分地好。显然，炮火的威胁、生活的困顿，没有摧垮林徽因坚强生存的意志，那段日子留给林徽因的记忆是痛苦的，也是快乐而深刻的。在新筑的客厅里，林徽因邀请"真诚的朋友来赏识它真正的内在质量"，傅斯年、冯友兰、金岳霖、李济、董作宾、钱端升、王力、陈梦家、游国恩、查阜西……民国时期的翘楚们络绎云集在这里，话古说今，谈诗论艺。林徽因甚至于写下好几首诗歌，来抒发内心的情感。在《对北门街园子》一诗中，她写道："别说你寂寞，大树拱立／草花烂漫，一个园子永远／睡着；没有脚步的走响／你树梢盘着飞鸟，每早云天／吻你额前，每晚你留下对话／正是西山最好的夕阳。"

▲ 1938年在昆明西山合影。左起周培源、梁思成、陈岱孙、林徽因、金岳霖、吴有训，前为梁林女儿梁再冰与儿子梁从诫

林徽因和他的朋友儿女在昆明（翻拍自西南联大博物馆）

在林徽因一生中，有几件事情，让后辈仰慕不已。1924年4月，印度诗人泰戈尔到中国访问，林徽因与徐志摩、梁思成等人陪同泰戈尔游历北京。泰戈尔为徐志摩写了一首诗：天空的蔚蓝，爱上了大地的碧绿，他们之间的微风叹了声"哎！"这首诗虽只有短短3行，看似只写了风景，却道出了徐志摩和林徽因两人的没有缘分。

如果说诗的首句"天空的蔚蓝"指的是徐志摩，用这5个字来形容徐志摩，其实是对他的褒奖，在泰戈尔眼里，这位年轻诗人率真、纯净。那么第二句"大地的碧绿"，很显然是说林徽因，蓝绿本来就是相得益彰的两种颜色，所以天空爱上大地是再正常不过的。然而，第三句，泰戈尔引入微风的叹息，表达了自己对这段无缘之爱的惋惜。事实上天空再爱大地，也不会有任何结果，因为它们在空间上就无法有交集。分析这首诗，可以说泰戈尔连续用象征和比喻的手法，将徐志摩与林徽因二人之间微妙的关系写得明明白白。泰戈尔在当时之所以会有这样的感慨，显然是因为经过多日接触，他已经了解林徽因和徐志摩的性格与为人。作为一位很有头脑的哲学家，泰戈尔一眼就看出了两人的不合适。而他特意写这首诗，显然是希望林徽因对这段感情做一个了结，不要让徐志摩再为她伤情。这是泰戈尔的一片好意。时隔两个月，林徽因便和梁思成一起赴美留学去了。

1949 年初，林徽因编写了《全国文物古建筑目录》。此书后来演变成为《全国文物保护目录》，为抢救和保护珍贵的文物，发挥了重要作用。在这个历史转折时期，林徽因因为参与设计国徽和人民英雄纪念碑，也让她的声望在 1949 年以后达到高峰。

杭州徐志摩纪念馆诗墙上，泰戈尔的诗《赠徐志摩》

在网络上，有一段视频广为流传。1953 年 5 月，北京市开始酝酿拆除牌楼，对古建筑的大规模拆除开始在这个城市蔓延。为了挽救四朝古都仅存的完整牌楼街不因政治因素而毁于一旦，林徽因丈夫梁思成与时任北京市副市长吴晗发生了激烈的争论。其后不久，在文化部社会文化事业管理局局长郑振铎邀请文物界知名人士在欧美同学会聚餐会上，林徽因与吴晗也发生了一次面对面的冲突。随后，林徽因的病情急剧恶化，最后拒绝吃药救治。

据说，在与吴晗的语言冲突中，林徽因说了一句：我侯官林氏一族满门忠烈……

的确，林徽因的父亲林长民就是一位风云人物。年轻的他虽中秀才，却能弃举业，东渡日本，入早稻田大学学习政治和经济。回国后，他先在福州法政学堂任教，后到临时参议院担任秘书长，主持草拟《中华民国临时约法》。在段祺瑞组阁时期，林长民任司法总长，算得上位高权重。

然而，当林长民得知巴黎和会上丧权辱国的外交政策时，他义愤填膺，在 1919 年 5 月 2 日的《民国日报》上发表了一篇文章——《敬告国民书》。"今果至此，则胶州亡矣！山东亡矣！国不国矣！"像一颗炸弹一样，引爆了全国人民的愤怒，"五四"运动爆发。一部分学生点火烧了曹汝霖的住宅"赵家楼"。1925 年，张作霖依靠日本政府的支援，意欲自任总统。郭松龄起兵反奉。林长民为实现自己的宪政理想，也参与了反奉斗争，结果受到袭击，被流弹击中身亡，年仅49岁。

林觉民是林长民的堂弟，1911年，他和其他同盟会成员回国参加广州起义，受伤力尽被俘。面对清廷广州将军张鸣岐与水师提督李准会审，林觉民"侃侃而谈，畅论世界大势，以笔立言，立尽两纸，书至激烈处，解衣磅礴，以手捶胸"。他告诉两人，"只要革除暴政，建立共和，能使国家安强，则死也瞑目"。李准甚至动了恻隐之心，觉得可以留下林觉民为清廷所用。张鸣岐则认为，这个"面貌如玉、心肠如铁、心地光明如雪，称得上奇男子"的林觉民，如果留给了革命党，实为后患。1911年5月3日，林觉民在广州天字码头被枪杀，年仅24岁。事实上，在广州起义前夕，林觉民就深知"此举若败，死者必多，定能感动同胞"。于是挑灯写下两封诀别书，他先给父亲林孝颖写了《禀父书》，又给爱妻陈意映写了诀别信，这就是那封感人泪下的《与妻书》。

林尹民是与林觉民同年出生的堂兄弟，也参加了广州起义。起义发动时，他冲锋在前，攻打督署，力杀十余人。战斗中受伤十余处，鲜血直流，仍奋勇杀敌，后中弹牺牲，时年亦24岁，与林觉民同为黄花岗七十二烈士之一。

林恒是林长民的第三个儿子，林徽因的弟弟。1937年，"七七事变"后，已经考取清华大学的林恒毅然决定投笔从戎。他去报考了航空学校，那时学校门口写着苍劲的几个大字"贪生怕死莫进来"。据说当时空军飞行员从航校毕业到战死，平均只有六个月。许多飞行员正处于风华正茂之时，就失去了宝贵的生命。选择这个职业，无异于"送死"。然而，林恒从未后悔过自己的选择，全级125人，他的结业成绩名列第二。1941年，林恒于成都空战中，头部中弹，壮烈牺牲，时年25岁。

林徽因在得知这一噩耗时，悲痛欲绝，她在《哭三弟恒》中写道：……它是时代向你的要求，简单的，你给了。这冷酷简单的壮烈是时代的诗，这沉默的光荣是你。……而万千国人像已忘掉，你死是为了谁！

林徽因的诞生地，杭州陆官巷，本应将其祖屋辟为故居，单是林氏忠烈，就可为婉约的杭州增添不少筋骨，但令人叹息的是，陆官巷消失了，一处高档楼盘，夷平了林家的祖屋，也填埋了一代才女最初的光辉。现在我们在陆官巷遗址上看到的是一块巨大的绿地，绿地上没有盖房。从这块绿地，或许我们可以解读出两层意思,一层是这个楼盘开发时间比较早,开发商留下一片绿地,让楼盘品质获得提升,在毗邻西湖,寸土寸金之地,有这样一片绿地,恐怕在杭州城内绝无仅有。第二层意思,或者我理解,无论是政府还是开发商达成一个默契,在陆官巷,林家的祖屋上,不建任何建筑,留下这片绿地,也算是对林家的一个交代。

好在,蔡官巷23号被保留下来了。这幢平房,与周边新建的楼房相比,显得有些寒碜,格格不入。但许多来此地寻访的人,早已把它看作林徽因的故居。因为林徽因的确在这里度过了她的童年生活。林徽因1904年在陆官巷出生,当时的陆官巷,与蔡官巷挨得很近。林徽因5岁时,随祖父母搬迁至蔡官巷大姑家,在这里,她度过了3年的童年时光,直到林徽因8岁时随祖父举家移居上海。

蔡官巷23号是一个独门小院,墙门是石条砌成,墙门左侧,除了一块蓝底门牌上写着"蔡官巷23号",下端还有一块重要的文物标志,上刻:"全国文物普查一般不可移动文物,蔡官巷23号民居。"门面是修缮过的,墙门上端,是黑瓦屋檐,两侧为白

杭州清波门陆官巷是林徽因出生地,已被拆除

墙。进得院门,是一个面积不大的天井,右手一扇门进去,又是一个院子,院子两边,是住家,房子皆为平屋。院子看上去杂乱,但又显得有序,电动车靠边停放,贴墙的花坛里种植桂花,两只塑料盆里,有大朵红花开放,我凑近一看,原来是塑料花。不过,仙人掌是真的,一株香泡树已经结果,垂下至少七八个香泡。我听见院子一侧有声音,过去一看,是一位大妈在洗碗。由于房屋面积实在狭小,住家的洗衣机、储物柜,甚至饭桌都搁在屋外的走道上。我问大妈,这里可是林徽因的故居?大妈头也不抬,说,在对面陆官

巷，不过，已经拆了。我又问，是不是经常有人来问和我同样的问题？大妈脸色明显有点不愉快，她说，天天有，一天好多，问得我心烦。我忍住笑，对大妈说，您可知道林徽因？大妈说，你们天天来，天天来，我哪能不晓得？我说，林徽因可了不起。您能住在林徽因住过的房子里，也不简单。大妈笑了，说有啥不简单，不过我在这里住了几十年，真要离开，还真舍不得。

蔡官巷23号内景

我问大妈，这个院子里住了多少人家。大妈说，8户，都是老年人了，年轻人不愿意住了。大妈洗好碗，搁到碗柜里，看到我满头大汗，说，你看这么热的天，你跑来看这破房子，有啥好看的呢。我说，好看好看，还有更远地方的人特意跑来看。大妈嘀咕着，向墙门外走，显然是不打算理睬我了。我跟随大妈走出墙门。小巷两侧墙面，看得出来是经过改造的，特别是23号墙门对面，设计了一个中式墙壁，绘有林徽因留学时期、古建筑测绘、设计以及散文创作的画面，是黑白双色，有水墨的韵味。在这面墙中间，还特意设计了一扇木门，仿佛一推，里面就是林家的院子，墙绘里有林徽因的身份介绍：中国建筑师、诗人、作家、教师。民国才女星光灿烂，如此四个身份集一身的，大概只有林徽因。

在这面墙绘的对面，即蔡官巷23号出来右侧，墙绘的则是林徽因的生平，按年代划分，分别是"时间""西湖边的红颜""记忆""你是人间四月天"。这些墙绘，以最简约的方式，勾勒出林徽因的一生。从这两面墙绘，也可看出管理者的用心。

林徽因的生命，终止在1955年。而在她故居的墙绘上，到1954年，也静止了。最后一个画面，是林徽因借助一把梯子向上攀登，似乎是她在山西普查文物时的场景。1954年的文字是：被选为北京市人大代表，在会上慷慨陈辞，力主保护北京古建筑。这一年，也许是前一年，林徽因在与北京市领导关于古建筑保护的冲突中，说了一句话："你们真把古董给拆了，将来要后悔的！即使再把它恢复起来，充其量也只是假古董！"

林徽因无力回天，终究没能保护住她认为应该保护的一切。1955年春天，林徽因旧病复发，病情迅速恶化，被送进了北京同仁医院，但她拒绝医疗救治。在她弥留之际，曾对护士说过："我想见一见梁思成……"可惜，当时的护士不明白那是林徽因的最后时刻，以夜色已深婉拒了她的要求。天亮之后，林徽因就再也没有醒来。这一天是1955年4月1日，林徽因离开人世，享年51岁。惊艳了一个时代的女子，带着说不尽的遗恨，在春天的四月与人间永别。

林徽因故居外的墙绘

在林徽因的追悼会上，一副挽联特别令人注目："一身诗意千寻瀑；万古人间四月天"。撰联人是一个名叫金岳霖的哲学家，曾经的西南联合大学教授。

泰戈尔给他起了个印度名字

> 致我的朋友徐志摩,感谢在他的帮助下,得以把我介绍给伟大的中国人民。
>
> ——拉宾德拉纳特·泰戈尔

一

这是印度诗人泰戈尔写在一张明信片上的一段文字。这张明信片在徐志摩纪念馆大量馆藏文物中,并不显眼,但我却一眼认了出来。

这显然是泰戈尔两次到访中国后,为感谢徐志摩所写。即使在20世纪二三十年代,中国文学的天空群星闪耀时,泰戈尔的到访,也是可以载入中国文学史的一个事件。

对于泰戈尔这样有国际影响的大人物访华,徐志摩作为主要接待者,其实不少人是心存疑惑的。这与当年的大背景有密切关系。在泰戈尔访华的1924年,中国文化界正开展一场"新文化阵营同封建复古派、资产阶级右翼文人"的复杂争论,参与者包括"新文化阵营""学衡派""甲寅派""玄学派""现代评论派"等不同立场的文人和知识分子。泰戈尔由于主要受到梁启超、徐志摩等人的接待,并会见了辜鸿铭等旧势力的代表,成了左翼文人攻击的对象,瞿秋白、郭沫若、茅盾、冯乃超等人都曾著文委婉批评泰戈尔的思想和作品。于是,泰戈尔成为当时中国各种文化势力表明自己立场和态度的一个导火索。

泰戈尔第一次来华访问的前一年，郑振铎主编的《小说月报》已连续出版了两期《泰戈尔专号》，徐志摩写了许多文章，介绍泰戈尔的作品，报道《泰戈尔来华的确期》。4月中，泰戈尔到达上海。他先后在上海、南京、杭州和北京等地，举行了近20次讲学，悉数由徐志摩任翻译。5月底，泰戈尔离沪去日本，又是徐志摩陪他同行，《志摩的诗》中最脍炙人口的那五行小诗《沙扬娜拉》，就是这时写成的。

"《小说月报》泰戈尔专号"在徐志摩纪念馆也有收藏，在馆藏文物中，还能见到泰戈尔在华讲学的印度版合集，书名是《中国演讲录》。

泰戈尔写在明信片上的留言（翻拍自杭州徐志摩纪念馆）

这些珍贵的馆藏，都是纪念馆创办人罗烈弘花重金购买的。徐志摩曾就读于杭州府中，鲁迅、陈望道、李叔同、俞秀松、施存统等近现代史上的大家都曾在此执教。这所中学后来成为杭州高级中学。徐志摩在府中的同学中有后来成为著名作家的郁达夫和有"中国的圣雄甘地"之誉的厉麟似。

1929年3月19日，泰戈尔专程自印度来上海徐志摩家做客。当时他们住在福煦路612号，即现在延安中路四明邨沿马路的一幢普通住房中。这也是泰戈尔第二次来华。据说泰戈尔在徐志摩家中大约待了两天，随即去美国、日本讲学。不料在美国受到一部分人的排斥，心绪不佳，又加旅途中染上重病。他先给徐志摩来了封信，据陆小曼回忆："看他（泰戈尔）的语气是非常之愤怒。志摩接到信，就急得坐立不安，恨不能立刻飞去他的身旁。"

泰戈尔回国途中,又在上海住了两天。他在轮船上时就发了电报,要徐志摩去码头接他。那一天,正巧郁达夫在路上见到徐志摩,两人便联袂去杨树浦大来轮船公司码头。在轮船未靠岸前,徐志摩的情绪颇为低沉,他呆呆地对郁达夫说:"诗人老去,又遭了新时代的摈斥,他老人家的悲哀,正是孔子的悲哀。"郁达夫发表在《新月》的《志摩在回忆里》说:"志摩对我说这几句话的时候,双眼呆看着远处,脸色变得青灰,声音也特别低。我和志摩来往这许多年,在他脸上看出悲哀的表情来的事情,这实在是最初也便是最后的一次。"

《小说月报》泰戈尔专号(翻拍自杭州徐志摩纪念馆)

这次泰戈尔到上海,还有一个插曲。原来,泰戈尔在加拿大访问时不慎丢失护照。他应邀去美国访问,又在移民局办公室受到无礼对待。泰戈尔在日本时,因提醒日本人民警惕不要被帝国野心的歇斯底里所毒化,受到冷遇。诗人的心情十分郁闷。可一到上海,徐志摩陆小曼夫妇却嘘寒问暖,非常热情,令泰戈尔十分感动。临别时,他特意写了一首《赠徐志摩》的小诗:亲爱的,我羁留旅途,/光阴枉掷,樱花已凋零,/喜的是遍野的映山红/显现你慰藉的笑容。泰戈尔这首题诗,借景抒情,樱花纷纷飘落的凄凉景象,反映诗人在美国、日本时沮丧失望的心情,徐志摩夫妇对他的敬重,微笑着对他的宽慰,生活上的体贴入微,以及切磋诗艺给他带来的欢乐,则从似谙人意的映山红鲜艳的花瓣上显露出来。

梁启超在《饮冰室文集》中曾说过,"泰戈尔还很爱徐志摩,给他起一个印度名,叫作素思玛"。

显然，徐志摩与泰戈尔的交往，会令一些作家不快。恐怕这也是泰戈尔访华"遇冷"的一个重要原因。

二

地处杭州中山北路 600 弄的徐志摩纪念馆与西湖文化广场咫尺之遥，与京杭大运河也不远。这里原先是一家工厂，后来成为一个文化创意园区。罗烈弘在获知创意园内的这家照相馆主人有意以 5 万元人民币转让时，喜出望外。其时，他正在外地出差，他联系上照相馆主人，当即汇给他两万元作为定金。这家照相馆原址上，也因此出现全国首家私人创办，纯公益的徐志摩纪念馆。

事实上，在 600 弄新馆于 2018 年开放之前，罗烈弘已经在附近的上塘路 97 号开出徐志摩纪念馆，但面积相比新馆要小得多。随着藏品越来越丰富，罗烈弘一直想找个合适的地方来开一家新馆。600 弄显然是一个非常符合罗烈弘心愿的馆址。

徐志摩纪念馆馆名是由诗人流沙河题写的。为了这个馆名，罗烈弘也是费尽了心思，这里暂且不提。纪念馆门面全部以红砖砌成，看上去有一种鲜明的年代感，善于攀爬的凌霄花沿着大门和外墙肆意生长。逾 100 米的外墙，现在成为杭州一处网红打卡景点。墙绘是徐志摩和张幼仪、林徽因与陆小曼的诗，以及众多名家大师对徐志摩的评语。

我与罗烈弘相识多年，但到访他的这处纪念馆却是头一次。烈弘细心，因为天热，在我与他约定的时间之前，就让馆员泡上两杯龙井茶凉着。

进入纪念馆，迎面一堵白墙上是徐志摩的诗：

诗人哟！
你是时代精神的先觉者哟！
你是思想艺术的集成者哟！
你是人天之际的创造者哟！

馆内隔出两层，一层是徐志摩生平及许多藏馆文物。与正规纪念馆相比，这间馆舍的展陈自然要简陋一些，而且布局看上去显得过于紧凑，甚至于稍稍有些凌乱，但馆藏物品却到处可见。馆内有一些文创产品，还有一间新月咖啡馆。这间咖啡馆很特别，对外是一个真正的窗口，在凌霄花遮掩的一扇有民国风格的窗口，是外卖窗口，当然，也可以在馆内坐上一会儿，喝着咖啡，与仨俩好友谈诗论文。二层尚未开放。烈弘带着我，踩着木楼梯上了二层，我发现有一些沙发和书柜，

杭州徐志摩纪念馆

烈弘计划再装修一下，可以作为"摩友"们小聚喝咖啡切磋的小型沙龙。

我与罗烈弘有一个半小时的对谈。他讲到了自己开设这家纪念馆的初衷。原来，烈弘年少时，也是一个不安分的人，掘到的第一桶金全部被他撒光。于是，从小爱好文学的罗烈弘在西安经商时，决定进西北大学中文系自考。在西大时，他第一次接触到徐志摩的诗，就被深深吸引住了。这是照亮罗烈弘后来创办徐志摩纪念馆的第一束光。在西安期间，罗烈弘遇到了他的初恋，那是一个武汉姑娘，分居两地，罗烈弘为她写了半抽屉的情书，但令烈弘遗憾的是，这些情书在两人分手后，被女孩后来的恋人一把火焚烧了。虽然烈弘是笑着讲完这段往事的，但我能看得出来，他内心对于情书被烧，是介意而心痛的。

从西安到杭州，罗烈弘的商业形态也发生了变化。这与一位台湾企业家有关。烈弘是慈溪人，慈溪的电器产品行销海内外，所以，他在西安时做的就是电器代理，这是慈溪人的强项。辗转到杭州后，他虽然也在电器市场租了门面让他哥哥经营，但他自己却改做服饰。代理的品牌也是世界一流。烈

弘颇有些自豪地跟我说，他代理的一个世界名牌销售量，不仅做到浙江第一，在全国也可以进入前三。而这个品牌的台湾总代理，也是一位性情中人。一次聚餐后，他跟罗烈弘说，你不能永远做代理商，你应当创办一个属于自己的品牌。台湾商人的这个提议，让罗烈弘有一种醍醐灌顶的感觉。在决定创办自己企业的品牌时，罗烈弘首先想到的就是泰戈尔为徐志摩起的印度名"素思玛"。罗烈弘说，首先当然是因为徐志摩，但因为这个品牌是内衣，"素思玛"的谐音也可以是"舒适吗"。在罗烈弘看来，使用这个品牌，既是对徐志摩的一个纪念，而品牌背后的文化元素，也是对徐志摩及其作品的推广。

那位台湾商人后来之所以成为罗烈弘的好朋友，烈弘说，他很理解自己对徐志摩超出常人的那种热爱。台湾朋友去英国，问烈弘需要什么礼物，烈弘说，啥也不要，您就给我拍一张剑桥大学的照片。那位商人果然没有食言，拍了一张剑桥大学标志性的建筑。烈弘说，当时自己还没有去过剑桥，所以这张照片对于自己来说特别珍贵。我在纪念馆看到了这张照片，和烈弘后来去剑桥时拍的照片放在一起。烈弘这张照片是在剑桥校园里徐志摩的纪念石碑旁拍的，石碑上刻着《再别康桥》的前后四句诗。

徐志摩纪念馆外的诗墙

龙井茶续了一杯又一杯，健谈的罗烈弘意犹未尽，我们相约下次再谈。我走出纪念馆，发现大门两侧有数位年轻人在拍照，这是罗烈弘设计制作的一面志摩诗墙，足有百米。罗烈弘说，这面诗墙，在徐志摩诗歌爱好者心里，就是一个图腾。我发现，在拍照的年轻人里，其中一位女孩站在张幼仪头像下留影，头像边上，选用的是张幼仪写给徐志摩的一副挽联："万里快鹏飞，独憾翳云悲失路；一朝惊鹤死，我怜弱息去招魂"。这副挽联写得情真意切，令人动容。不过，在我看来，在徐志摩遇难后出现的悼词与挽联中，写得颇为感人的，要数蔡元培：言语是诗，举动是诗，毕生行径皆是诗，诗的意境渗透了，随遇自有乐土；乘船可死，驱车可死，斗室坐卧也可死，死于飞机偶然耳，不必视为畏途。

三

《再别康桥》可能是徐志摩在读者中最有影响力的一首诗。其实，"在剑桥时，徐志摩是走读生，当时年纪和他差不多的纳博科夫（《洛丽塔》作者）也在剑桥读书"。研究徐志摩的学者对这位诗人的评价要更客观。这也是罗烈弘创办徐志摩纪念馆，举办一系列徐志摩作品研讨会的主要原因。烈弘说，他要通过办馆、办会，来扭转社会上不少对徐志摩的误读与误解。罗烈弘曾组织过一次国际性的徐志摩研讨会，属地政府领导得知消息后，特意来到上塘路97号，也就是纪念馆老馆。因为有多位外宾参会，一位领导说，是不是考虑换个条件好一点的地方来开会？但这个建议被罗烈弘婉拒了，烈弘对我说，徐志摩研讨会放在虽然简陋的纪念馆开才有意义。

有学者总结，徐志摩是非常自信的人，"中国人去西方有一种民族自卑感，但20出头的徐志摩和哲学家罗素等人交往很好。当时新诗的产生一直是被旧诗所轻视的，但他和旧诗人的交往也很多"。

徐志摩是新文化运动文人中为数不多且受过系统的法学、历史学、政治学、经济学等多学科学术训练的人。与西方哲学家罗素、诗人泰戈尔等人交往颇多的徐志摩，在报刊上发表了大量介绍国外文学、经济和政治体制的文章。

胡适在《追悼志摩》一文中回忆，"真正一团和气使四座并欢的是志摩。他有时迟到，举座奄奄无生气，他一赶到，像一阵旋风卷来，横扫四座。又像是一把火炬把每个人的心都点燃"。梁实秋在《谈徐志摩》里，也写到徐在朋友中的灵魂位置，"在这七八年中，国内文艺界起了不少的风波，吵了不少的架，许多很熟的朋友往往弄得不能见面。但我没有听见有人怨恨过志摩……他总是朋友中间的'连索'。他从没有疑心，他从不会妒忌"。

徐志摩是一位彻底的浪漫主义者，胡适曾经对他有过这样的评价："他的追求，使我们惭愧，因为我们的信心太小了，从不敢梦想他的梦想。"

在杭州府中同窗郁达夫的记忆中，少年徐志摩在学校热情活跃，"戴金丝边近视眼镜的顽皮小孩，平时那样的不用功，那样的爱看小说……而考起来或作文起来总是分数得最多的一个"。那时徐志摩经常在校刊发表文章，十几岁时文言功底已经很好。出国前，徐志摩先后就读于北京大学预科、上海沪江大学（浸会学院）、北洋大学法预科、北京大学法科。

1920年，徐志摩为追随罗素到英国时，只是23岁的青年学生，政治经济各方面都学了一些，有一腔热情，虽然尚未想到写作，结交的却是哲学家罗素、作家威尔斯、批评家墨雷、美学家弗赖、英国社会主义的主要思想家拉斯基等英国著名作家和学者。当时，知识界的领袖之一狄更生对徐志摩也是偏爱有加。一位研究中国文学的英国学者认为，徐志摩是中国在一战后给他们知识界的一大影响。这足以说明徐志摩在中外文化交流史上的影响力，这种影响是独特的，无人能够替代的。

四

作为诗人的徐志摩，也是对我早期写作有影响的人。我记得许多年以前，我离开家乡，抵达杭州开始我的职业生涯时，我的行李中，就有一本徐志摩的诗集。后来在写作中国电力工业史时，我更关注到了徐志摩的父亲徐申如，这位近代实业家一生中做的两件事情，给我印象深刻。一件是保护杭甬铁路路权，另一件是与人集资创办硖石电灯股份有限公司。胡适曾这样评价这位海宁杰出的乡绅：申如先生为硖石最有势力之人，有"硖石皇帝"之称，其人魁梧强健，体格过人，气度也还可亲。

徐志摩从小聪慧过人，学业上更是一骑绝尘。这自然得益于父亲的培育与教诲。我相信，徐申如对儿子所取得的成绩，从内心是感到欣慰与骄傲的。但令徐申如不满的是，他反对徐志摩娶陆小曼为妻，这也是令徐志摩左右为难的一桩家庭纠葛案。据说在1931年4月初，徐申如的妻子钱慕英病危，徐申如急电将徐志摩召回硖石。此时，徐志摩想让陆小曼也来侍奉婆婆，却遭到公公徐申如的激烈反对。徐申如说："她若来，我即走！"4月23日，钱慕英去世。陆小曼对公公不认她这个媳妇的做法一直憋着气，但得知婆婆过世，还是穿着一身孝服赶来硖石。不料，徐申如知道后立即派人在半路上阻拦，无论如何也不准她进入家门。陆小曼只好半路折返上海。徐志摩没有想到父亲这次做得这样绝情，当晚便与父亲顶撞起来，替陆小曼据理力争。徐申如一时悲愤难抑，竟跑到妻子灵前放声大哭，亲友相劝也劝止不住。徐氏父子从此反目。

徐申如对徐志摩飞机失事罹难一事，也是心意难平。1931年11月19日，噩耗传来，年逾六旬的徐申如老泪纵横，他断定是陆小曼害死了他的儿子，如果不是她挥金如土，徐志摩也不会为维持生计而四处兼职，长年累月在京沪两地往返奔跑。没有她的出现，徐家上下安宁太平，哪会发生这样的惨剧？此后，徐家人对陆小曼恨入骨髓，后来在海宁硖石召开徐志摩追悼会，因徐申如的阻止，陆小曼也未能参加。

其实，不光是陆小曼的公公徐申如对她有偏见，民间对陆小曼的评价也是褒贬不一。徐志摩死后，陆小曼不再出去交际。她默默忍受着外界对她的批评和指责。正如她在致志摩挽联中说："多少前尘成噩梦，五载哀欢，匆匆永诀，天道复奚论，欲死未能因母老；万千别恨向谁言，一身愁病，渺渺离魂，人间应不久，遗文编就答君心。"她怀念志摩，致力于整理出版徐志摩的遗作，用了几十年的时间，其中的苦辣酸甜一言难尽。

在徐志摩纪念馆，有一件陆小曼穿过的旗袍，一本陆小曼亲笔签名，编号为"43"的《爱眉小札》。所谓"爱眉小札"，指的是徐志摩和陆小曼在20世纪20年代，顶住来自家庭和社会各方面的压力真心相爱、相许，所写下的一组日记和书信。《爱眉小札》有两种版本，一种是1936年1月由上海良友图书公司出版的"真迹手写本"。另一种是1936年3月由上海良友图书公司出版的铅排本，增收了徐志摩1925年3月3日至5月27日致陆小曼信11封，以及陆小曼1925年3月11日至7月11日所写的《小曼日记》。"真迹手写本"用上等连史纸，黑、蓝两色套印，十开丝线装，限印一百部，可以说十分珍贵。我在纪念馆内看到的编号为"43"的《爱眉小札》，应当属于"真迹手写本"。

陆小曼旗袍（翻拍自杭州徐志摩纪念馆）　　陆小曼亲笔签名，编号为"43"的《爱眉小札》（翻拍自杭州徐志摩纪念馆）

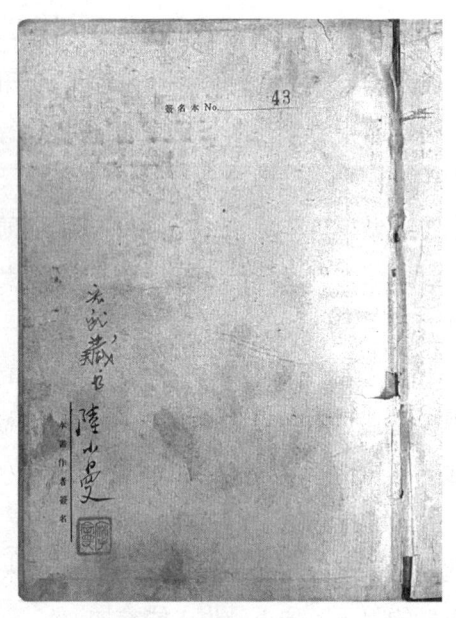

罗烈弘特意向我介绍陆小曼在获知徐志摩出事后，发给胡适的电报复印件：11月20日下午2点35分："志摩到否，乞复。曼（陆小曼）。"另有一封张歆海发给胡适的电报全文如下：11月20日下午6点45分："志摩不在，昨天纪念飞机失事，生活中最让人难过的消息，罗莎琳德歆海（张歆海）。"

电报复印件抬头均是"中国电报局"。由于年代久远，电报上的字已渐渐淡去，加上收报员书写的并非标准的正楷，倘若不是仔细辨认，认出全部电文是有点困难的。不过，这几封电报的史料价值显而易见。尤其是陆小曼的电文虽短，但她当时内心的焦虑可见一斑。

馆藏的《猛虎集》首版本，《晨报副刊》《文学旬刊》《小说月报》原件等，都是罗烈弘花重金拍买而来。其中，含有创刊号的《晨报副刊》合订本，是罗烈弘特别看重的。他说，当时，他从卖家手上获知有这份报纸，就有心收购。但卖家坚决不肯出示报纸原件。烈弘购买心切，在没有看到报纸原件的情况下，就与对方盲谈价格，最终以4000元成交。烈弘拿到原件，喜出望外。原来，这份原件里居然有《晨报副刊》的创刊号，刊有徐志摩在1925年

10月1日，接办《晨报副刊》时写的《我为什么来办我想怎么办》一文。烈弘说，如果知道这是创刊号，假如对方出价四倍，他也会毫不犹豫买下来。

纪念馆内还有不少"独一无二"的珍贵藏品。比如，民国十七年四月十日发行的《新月》杂志原刊，部分民国初版的志摩书籍，徐志摩在《晨报》任主编时编辑印发的报纸原件，还有《辞通》作者、志摩表兄朱起凤为徐志摩写的挽联半副。挽联上书：斯文将丧，襃（音bāo，同"褒"）然冠冕毁南州。了解徐志摩故事的"摩丝"们也许都知道，这是现存唯一的有关徐志摩的挽联，展出的是下联，上联写的是"有志竟成，藉其声名蜚海北"。

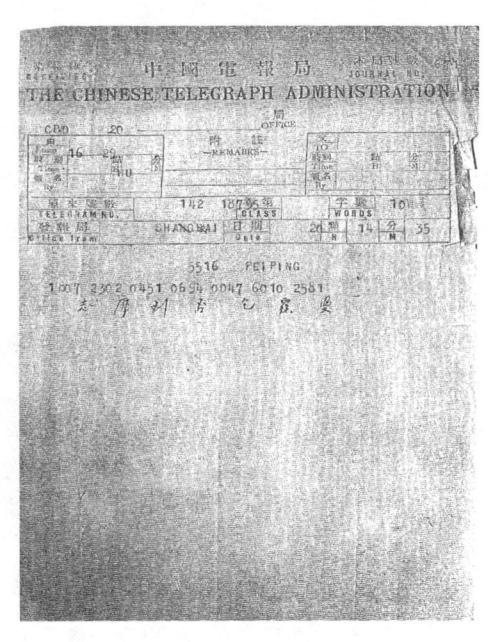

陆小曼发给胡适的电报复印件（翻拍自杭州徐志摩纪念馆）

《晨报副刊》（翻拍自杭州徐志摩纪念馆）

我对馆内金庸题写的"新月"二字有兴趣。但烈弘告诉我，这不是金先生的原笔，原件在你头顶上。我仰起脸，才看在高处，悬着金庸题写的"新月文化传媒公司"，并且盖有印鉴。金庸先生之所以愿意为徐志摩纪念馆题写这个，自然缘于他跟徐家的关系。如果梳理一下，我们会发现，沈钧儒是徐志摩的表叔，金庸是徐志摩的姑表弟，琼瑶是徐志摩的表外甥女，徐志摩与厉麟似、钱学森也有亲戚关系。

罗烈弘创办运行这个徐志摩纪念馆，每年的房租加上员工工资等，大约需要50万元。从开馆到现在，已逾8年，加上最近几年他的企业经营情况不好，这笔费用对于罗烈弘来说，是个不小的负担。他的家人偶尔也有微词。我问烈弘，还继续办下去吗？他几乎没有犹豫，说，当然办啊！

金庸题"新月文化传媒公司"（翻拍自杭州徐志摩纪念馆）

五

徐志摩的好友沈从文，在他79岁时，写下《友情》一文，其中一段怀念的话，可以看作是沈从文表达他在友人遇难后的心情：

志摩先生突然的死亡，深一层体验到生命的脆弱倏忽，自然使我感到分外沉重。觉得相熟不过五六年的徐志摩先生，对我工作的鼓励和赞赏所产生的深刻作用，再无一个别的师友能够代替，因此当时显得格外沉默，始终不说一句话。后来也从不写过什么带感情的悼念文章。只希望把他对我的一切好意热忱，反映到今后工作中，成为一个永久牢靠的支柱，在任何困难情况下，都不灰心丧气。

我们都知道，郁达夫曾帮助过沈从文，却鲜知沈从文也受到过徐志摩的相助，很显然，无论是郁达夫，还是徐志摩，对沈从文的帮助，都是中国文学史上的一段佳话。郁达夫在见过沈从文后，没有把这个"北漂"文学青年的境遇看作孤立事件，他认为这是现实社会悲剧之一角，于是，郁达夫写下著名的《给一个文学青年的公开状》。这封信在《晨报副刊》公开发表后一个多月，沈从文也发表了《一封未曾付邮的信》，此文被认为是沈从文最早发表的作品。

徐志摩虽然只比沈从文大五岁，但彼时徐志摩在文坛的影响已是如日中天。沈从文的散文《市集》，是徐志摩从自然来稿中发现的，他在《晨报副刊》编发这篇散文时，特意写了一个"志摩的欣赏"来推荐：

是多么美丽、多生动的一幅乡村画。作者的笔真像是梦里的一只小艇，在波纹瘦鳞鳞的梦河里荡着，处处有着落，却又处处不留痕迹；这般作品不是写成的，是"想成"的。给这类的作者，批评是多余的，因为他自己的想象就是最不放松的不出声的批评者；奖励也是多余的：因为春草的发青，云雀的放歌，都是用不着人们的奖励的。

从这段推荐语，可见徐志摩对沈从文的欣赏之情溢于言表。

然而，关于《市集》，还有一段文坛"公案"。当时，此文在《晨报副刊》发表时，徐志摩并不知道，《市集》之前已在《燕大周刊》和《民众文艺》发表，就有人对此议论纷纷。为此，沈从文特意在《晨报副刊》发表声明，说明个中缘由。惜才的徐志摩也因此写了一封回信，强调好文可以复载。

沈从文通过徐志摩，结识诸如闻一多、罗隆基、叶公超、胡适、梁宗岱、林徽因、梁思成、金岳霖、邵洵美等人，相比这些声名显赫的学者，只有小学学历的沈从文不免自卑，自称"乡下人"。但徐志摩慧眼识珠，视沈从文为知己，带着沈从文走进一个完全不同的文化圈，并成为一颗耀眼的文学新星。

沈从文与张兆和的恋爱，胡适起了关键作用。这段爱情故事，一直为读者津津乐道。其实，这中间，徐志摩算是沈张之恋的"媒人"。原来，徐志摩介绍沈从文认识胡适，其时，胡适正担任上海中国公学校长，沈从文也因为徐志摩的关系，成为这所学校的教师。沈张之恋，就是在这座校园里开始的。1929 年的某一天，学生张兆和来找胡适，她表情严肃地说，沈从文的来信让她不堪其扰，她还特别指出，信中"我不但想得到你的灵魂，还想得到你的身体"一句。胡适认真看了沈从文的信，却提出了一个让张兆和大吃一惊的建议，他说："我劝你不妨答应他。"胡适进一步向张兆和说明了他这个建议的依据，那就是，他认为沈从文是个天才，是中国小说家里最有希望的。胡适开导她："社会上有了这样的天才，人人应该帮助他，使他有发展的机会！"沈从文与张兆和结婚后，文学创作高潮也因此到来，被誉为文学经典的《边城》《湘行散记》都创作于这段时期。

徐志摩不仅在文学创作上对沈从文有伯乐之恩，在生活上，也给予沈从文可贵的支持。在上海，沈从文的经济一度相当困顿。徐志摩给他写信，邀请沈从文赴京。这封信在沈从文的《记丁玲女士》中有专门写到：北京不是使人饿死的地方，若在上海已感到厌倦，尽管来北京好了。北京各处机关各个位置上虽仿佛皆填满了人，地面也好像全是人，但你一来，就会有一个空处让你站。你那么一个人吃得几两米？难道谁还担心到你一来北京米就会涨价？

六

1928 年 6 月 16 日，徐志摩从上海出发，再次踏上赴欧的旅程。徐志摩之所以离别陆小曼只身赴欧，大概缘于以下几个方面的原因：与陆小曼结婚后，在上海一年半的生活不如他期待的那样平静与幸福。一方面，北伐军挺进、北方政府崩溃，社会动荡不安，老家的婚房被当地"流氓"霸占，父亲受扰，而徐志摩赴京一时显然已无可能，混乱时期只能留在上海租界。另一方面，他与陆小曼成婚，二人都顶着极大的社会压力，婚后生活却浑浑噩噩，能创作的时间很少。二人拼尽全身气力实现浪漫之爱后，发现接下来的生活并不容易。

这次旅行，徐志摩取道日本，再到美国，横渡大西洋，到达英国与欧洲大陆，穿过地中海到印度，最后从南海回国，徐志摩几乎绕了地球一周。这条线路，大致也是他早年求学时的路线，至于日本，是他与泰戈尔的同游之地。故地重游、旧友相聚是他这次旅程的主要目的。比起1925年的出游，这次旅行有个很大区别，他不再盘桓在他崇拜的故人墓前——当时一边被鲁迅著文嘲笑，一边也自嘲确实像"挂清明"。这一次，他忙着和现世的人们相聚。

在海上，徐志摩给陆小曼写信："在船上是个极好的反省机会，我愈来愈觉得我俩有赶快觉醒的必要。上海这种疏松生活实在要不得，我非得把你身体先治好，然后再定出一个规模来，另辟一个世界，做些旁人做不到的事业，也叫爹娘吐气。我也到年纪了，再不能做大少爷，

徐志摩部分初版及早期版本的作品（翻拍自杭州徐志摩纪念馆）

马虎过日。近来感受种种的烦恼，这都是生活不上正轨的缘故。"

这一次旅行中，徐志摩在印度探望了泰戈尔，也探访了他在印度和英国建设的农村理想乐园。彼时国内战乱频仍、民不聊生。徐志摩想，泰戈尔的农村复兴计划也许能为中国提供一种救渡的可能。事实上，泰戈尔的农村复兴计划已实验多年。早在1924年访华时，泰戈尔就有意将他的山迪尼基顿计划在中国来个翻版。这个计划，中国人中的知情者只有徐志摩等少数几个人。

徐志摩再回康桥，已整整时隔六年。徐志摩已从一个无忧无虑的学生成为一位有资历与名望的诗人、教授。由于没有提前和朋友说，到康桥时，徐志摩发现老友们都不在，他便在校园转了转。在英国时，徐志摩拜访了老师

第二部 一九九九 283

罗素,二人彻夜长谈,哲学家辛辣幽默如以往,待他依旧温厚。徐志摩原以为能在康桥见到狄更生,但狄更生已在法国。徐志摩经巴黎、杜伦、马赛准备乘海船回国,一路电报与之联系。狄更生竟一站一站地追着这个年轻的中国人,最终,两人在马赛相见。这位当初把徐志摩介绍进皇家学院,使他得以进入康桥文化圈的英国老人,不辞辛劳赶来与他告别。结束整个旅程后,1928年11月6日,徐志摩在南海上写下了《再别康桥》:

轻轻的我走了,
正如我轻轻的来;
我轻轻的招手,
作别西天的云彩。

"左岸"成为一笔文化遗产

我离开《浙江电力报》后，依然为报纸副刊写稿，但是有一天，在副刊当编辑的王琳告诉我一个坏消息，说根据上级部署，系统内部的宣传资源要进行整合，《浙江电力报》可能要停办。这真是一个晴天霹雳，《浙江电力报》有公开出版发行的刊号，在审批无比严格的背景下，停刊即意味着永远消失，如果还想要复刊，是不可能再获得公开刊号了。除了报纸，《浙江电业》杂志也同样成了泥菩萨过河。报社员工的工作重心转向网站和手机报，以及"浙电E家"微信公众号。

《浙江电业》编辑部主任章其鹤约我写个稿子，内容自定，意思是《浙江电业》要停办了，我是杂志的创办人之一，写些文字怀念一下。虽然有关整合宣传资源的消息早就知道了，只是没有想到，《浙江电业》也在整合之列。现在终于知晓这本杂志的结局，接到其鹤电话，内心怅惘而无奈，一时无言以对。我写了篇《左岸》发给其鹤，在《浙江电业》终刊号上登了出来，文中结尾是这样的：

我去法国巴黎，夜游塞纳河，陪同的法国朋友指着我左手的岸上，说这就是塞纳河的左岸。其实当时，我对于左岸一词理解甚浅，也没有去深思过左岸的意义。事实上，左岸，通常指法国首都巴黎在塞纳河左岸的部分。好像提起"左岸"，就提到了这样一些气氛或背景：诗歌、哲学、贵族化、咖啡馆、艺术、清谈……当然，还有文化。在巴黎，人们诙谐地称"右岸用钱，左岸用脑"。由于文化知识界聚集在左岸，于是各种书店、出版社、小剧场、美术馆、博物馆等逐渐建立了起来。围绕这种社交氛围的咖啡馆、啤酒馆也应运而生，成了左岸知识文化人士重要的聚会场所。从紧靠塞纳河左岸的圣米歇尔大街开始，文化名人和先贤们光顾和聚会过的咖啡馆、酒吧遍布各个街区。300多年来，左岸的咖啡不但加了糖，加了奶，而且还加了文学、艺术以及哲学的精华，加了一份像热咖啡一样温暖的文化关怀。"左岸"因此而成为一笔文化遗产、一种象征、一个符号。

在整合内部宣传资源的过程中，浙江省电力作家协会会刊《东海岸》也差点被误杀。当时，我看到这个红头文件，说实话，心里有一点点疑惑与恐慌，如果把《东海岸》也列入宣传资源的话，肯定凶多吉少。但我也认为，《东海岸》不应该是这次整合的范畴，它是一本文学杂志，与一般意义上的宣传资源无关。所以，当外联部联系我，讨论《东海岸》的去留时，我把上述思考重述一遍，并且明确而坚定地告诉对方，它不应该死去，它应该继续活着。几个回合讨论的最终结果，是《东海岸》活下来了。

我工作了三年的《浙江电力报》终于寿终正寝，这是我不愿看到的，但也是无法阻挡和改变的现实。《浙江电力报》和《浙江电业》杂志的几张样报和几本样刊，都作为历史档案，放进了浙江电力文化馆，从此，它们以档案的遗存出现在时间的河流里。

第三部　二〇〇四

创办《东海岸》

2003年秋天，浙江省电力作家协会在温州雁荡山举办创作笔会。会上，有好几位作者表示，现在纸刊发表作品太困难，写作者流失严重。他们建议，应该办一本纸质的协会会刊，为会员发表作品提供平台。大家纷纷附议。其实，我早有这个想法，我和参加笔会的郑敦年商量，认为这个建议是有可能实施的，办一本内刊，无非就是出点钱。郑敦年当时是工会分管文体的部长，他答应会后向江华东主席汇报。他也很有把握，认为十有八九能成。当时系统内的温州发电厂文联已经创办了文学季刊《瓯江潮》，很受欢迎，也为温州发电厂培养了一批写作人才，我们有现成的办刊经验可借鉴。

《东海岸》创刊号及早期样刊

会后，我起草了一个办刊方案，刊名暂定《东海岸》，一季一出，每期112页，后来增加到196页。方案由郑敦年向江华东主席汇报，果然，很快就有了回应，只是江主席提出一个要求，将《东海岸》作为《浙江电力职工之家》的"文学版"出版。我们的目的是出刊，至于以什么方式出刊不重要。而江主席之所以提这个建议，我想主要原因还是为办刊开出一个绿灯，终究是要办一本刊物，需要在工会的会议上过一下。而把这本刊物作为已有的《浙江电力职工之家》增刊，自然更容易获得大家的赞成。

我兼任主编的《东海岸》在2004年春天如期出刊，刊名由江华东题写，他还同时提供了一个"东海岸"篆刻。封面整体风格淡雅而清新，以鲁迅先生的头像为主体，内文主要作品的标题，我请曾经的《浙江电力报》同事吕丹丹书写。拿到散发油墨香的创刊号《东海岸》，我难抑激动的心情，午餐时分，下楼去单位附近的一家面馆吃了一碗虾腰面，算是犒劳一下自己。一路上，看到的树也特别绿，所有的男人女人也特别俊朗漂亮，与单位一路之隔的市中医院墙上那个红十字，似乎也特别鲜艳。我恨不得大声告诉所有行路人，我们的《东海岸》创刊啦，欢迎你们来投稿啊。

因为有了《东海岸》，浙江电力系统的文学创作队伍越来越壮大。作者们都愿意将《东海岸》作为自己作品的首发刊物，比如何丽萍、徐衍发在《收获》和《人民文学》的小说，就是在《东海岸》首发的。

莫干山居图

　　承担《东海岸》封面和版式设计的广告公司创始人叫朱锦东，他原来是丽水一个县里的文化馆干部，后来辞职到杭州，开了这家广告公司，一边代理图书出版，一边承接报纸杂志的设计印刷业务。每期刊物设计定稿前，我都要去一趟他的广告公司，和设计师面对面交流。朱锦东的公司起先开在小区里，是在他买下的一套房子内，后来，在杭州华丰造纸厂文化园区租了一间厂房，改装成公司。公司进门，就是一堵从地面到屋顶的书墙，厂房本来就很高，可以分割成三层，也就是说，这堵书墙有三层楼那么高。一楼是工作间，他自己的办公室在三楼。朱锦东是一位书法家，三楼的办公室其实就是一个书法工作室，一张巨大的桌子，摊着白色的毡垫，一有空，他就写字。我每次去，他都要让我写上几笔，可惜我的字不好，纯粹就是钢笔字的放大，写好，连自己都懒得多看，就揉成一团扔进废纸篓。

　　数年以后，公司内部对印刷物做出不许社会企业承接，只能由几家系统长期合作的印刷厂来承印的规定，东海岸与朱锦东的广告公司就断了联系。但我们的个人关系一直很好。不久，他在莫干山租下一幢村委会的礼堂，自己设计，建造了一个"莫干山居图"，这是一家民宿，他把礼堂改造成一个图书馆，正面是一堵无比巨大的图书墙，这让我想起他在杭州那家文化园区的公司，也有一堵书墙，只不过没有莫干山居图这么辽阔。是的，我用辽阔来形容这堵莫干山，乃至全国民宿中独一无二的图书墙，这堵书墙摆放着数万册图书，几乎每一个走进去的人见到，都会被震撼。莫干山居图也因此被誉为全国最大的图书馆民宿。

朱锦东还利用自己的人脉，请著名书法家王丹写了一幅巨大的书法作品，就裱在礼堂一面墙上，与这幅作品相对的另一面墙上，则是曾任中国电力书法家协会主席邵秉仁的作品。朱锦东本人也泼墨挥毫，但作品却裱在邵主席那面墙的后面，如果不转过去看，根本就看不到。

莫干山居图创始人朱锦东（中）接受我和作家徐迅雷（右二）的赠书（王琪　摄）

这几张巨幅书法与图书墙相得益彰，为民宿增色不少，也使之成为莫干山比较有代表性的民宿。依朱锦东要求，我将每期《东海岸》都寄给莫干山居图，在那面图书墙上，收藏着从创刊以来的大部分《东海岸》。朱锦东说，虽然他不再经营广告，但与《东海岸》的合作，是他从事广告公司以来，最愉快的一段时光。

《中国亮了》创作缘起

我在编辑《东海岸》的同时，也继续在电力行业深耕，开始将创作重心转向能源电力题材的写作。2007年，我和黄亚洲、柯平合作的长篇报告文学《中国亮了》由作家出版社出版，作为一部重大工业题材，作家出版社将其列入迎接中共十七大召开的献礼作品。《文艺报》整版刊登国内著名评论家的书评。本书首印2万册，被誉为是一部中国电力工业的史诗。回顾采写这部作品的过程，特别是和黄亚洲的合作，让我深切感受到"与君一席话，胜读十年书"，有醍醐灌顶之感。

话说2006年初夏，我正在衢州开化出差。开化是钱塘江的源头，芹江流经市区，江水清澈，缓缓东流，在江边散步，能感觉到空气中散发的甜味和青草味。我从江边回下榻的酒店，手机响了，是黄亚洲打来的。稍稍寒暄几句，亚洲就切入了正题。电话打了半个来小时，主要内容如下，2005年五一前后，国家发改委副主任、能源局局长张国宝到宁波，为国华电力宁海发电厂一台60万千瓦机组授牌，这台机组是中国发电装机总容量达到5亿千瓦的标志。张国宝对宁波市长毛光烈说，这是一个里程碑事件，可以写一部作品传世。

事后，毛市长给黄亚洲打电话，转达了张国宝副主任的建议，计划拍一部电影或电视剧。亚洲说，工业题材拍摄影视作品是一个难题，即使拍出来，市场反应也难以预估，很有可能投入巨资，拍出一部很小众的作品，然后束之高阁。倒不如写一本书，留下的痕迹会更重一点。毛市长认同亚洲的建议，但要亚洲来写这本书。这下让亚洲颇有些为难。一来时间不允许。当时，他正在创作新版50集电视连续剧《红楼梦》剧本（后来因制片方另起炉灶，亚洲的剧本没有采用）；二来，亚洲确实对写作这样一部工业题材的作品，没有十分的把握。而我个人更倾向，他对这个题材兴趣不大，工业题材写作通常吃力不讨好，尤其是像亚洲这样国内一流作家。但亚洲与毛市长个人关系不错，对方又是一个经济大市的市长，也不好意思一口回绝。于是，亚洲提出一个折中的创作方案，由他领衔，组成一个写作团队，共同来完成这部作品。毛市长表示，只要亚洲参与，他就放心，并且表态，创作所需经费等，悉数由市政府协调解决。

亚洲在电话里告诉我，他的方案是由他本人，加上我和柯平，组成一个三人创作团队。他说已联系柯平，柯平愿意参与，现在就看我了。他认为这是一个优势互补的团队，他抓总，柯平是诗人，在文化散文的写作上，有建树。

宁海发电厂

而我熟悉电力行业，已经写过类似长篇（亚洲指的是《和太阳一起奔跑》），有基础。我感谢亚洲的信任，但是又担忧面对这么重大的题材，自己没有能力驾驭。亚洲爽朗地笑了起来，说这个不用担心，且不说你有这个能力，更何况，还有我和柯平。亚洲又说，这部作品写好了，对你是一个创作上的突破，对国家能源行业的题材写作，也是一个弥补。

这就是《中国亮了》一书最初的创作缘起。

相信你们要写的这部作品，
会是一部中国工业史诗

　　宁波市政府对这部作品的创作也很重视，专门列项，拨出经费，并且由市政府秘书长张松才作为项目的协调联络人。第一次协调会在宁波中山饭店召开，午餐时，正在接待客人的毛光烈市长特意过来敬酒，亚洲向他介绍我，毛市长说，我知道你，你放心，你的创作时间会得到充分满足。过后没几天，我接到公司办公室通知，公司决定给我半年时间，参与宁波一个重大文化项目的创作。事后我了解到，确实是毛市长给公司党组书记贺锡强（后任中国南方电网副总经理）打了电话，表示要借调我到宁波市政府工作半年。贺书记又与总经理赵义亮通报了这事，赵总说，没问题，让宁波市政府发个函就可以。于是，宁波市政府的公函一到，办公室就通知了我。

　　在采写过程中，我们三人小组多次赴宁波、北京等地采访，其中，在宁波采访张国宝副主任，在杭州采访国家电监会主席柴松岳给我留下深刻印象。

　　那次张副主任到宁波，是工作调研，我们闻讯，联系张松才秘书长，希望能安排时间采访。很快，张国宝副主任同意并接受了我们的采访。在他下榻的饭店，我们进行了一个多小时的面对面访谈。一见面，张副主任就对亚洲说，你写过好多大气磅礴的作品，相信你们要写的这部作品，也会是一部中国工业史诗。亚洲谦逊回复：我们努力。

　　我们提出的所有问题，张副主任都给予正面回复。特别是我提到，回顾2000年前后中国大面积电荒，业内有传闻是国家控制每年发电装机审批，主要是控制煤电引发的电源紧缺，导致全国性的缺电。这涉及国家宏观层面的决策，属于比较敏感的问题。但张副主任也没有回避，给予了详细解答。

采访结束，我们三人都有一种感觉，就是觉得张国宝业务精通，对国家能源电力方面的数据都如数家珍，脱口而出。而且看问题，站得高，也很准确和风趣。后来，我百度了一下张副主任，发现他的古体诗写得很好。再后来，我买了一本他写的《筚路蓝缕：世纪工程决策建设记述》，书中关于中国重大工程决策建设的过程，可谓惊心动魄。

由国家电网公司推动建设的特高压交直流电网，刚开始筹划时遇到了不小阻力，一些来自电力系统的权威专家提出反对或缓建意见，并直接上书国务院。温家宝总理批示，要求国家发改委召集正反两方面意见的相关人员，再进行一次论证。这次论证会在北戴河召开，张国宝是会议主持人。力推特高压的国家电网公司方面，由刘振亚和舒印彪出席，反对方也都是业内重量级人物。会上唇枪舌剑，经过多个来回交锋，最后由发改委写出一个会议报告提交国务院。可以说，当时主持会议的张国宝意见至关重要，甚至可以决定特高压是否上马的生死。所幸张国宝是支持特高压建设的，那次会议后，国务院批复了中国第一条"1000千伏晋东南—南阳—荆门特高压交流试验示范工程"。工程投产后，国际大电网委员会（CIGRE）秘书长让·科瓦尔称这条特高压交流试验示范工程的投运"是电力工业发展史上的重要里程碑"。

随后，刘振亚和张国宝都发出感叹。刘振亚说："现在特高压干成功了，人们说我是'特高压之父'，我认为应该是'特高压之负'，胜负的负。这么多年，我因为坚持搞特高压，弄得自己伤痕累累，这些又能跟谁说呢。"

张国宝也深有同感。他说，通过发展特高压交直流电网，我们整个技术水平，包括输变电技术水平和装备制造水平，都提升了很大的档次，达到了世界先进水平，有些方面甚至处于世界领先地位。但这个过程，由于有着过多的争议，延缓了特高压的建设，也使得搞特高压的人备感艰辛、身心疲惫。不要说刘振亚了，像我们这样的人都感到身心疲惫，争论太多而没有人拍板。其实争论不可怕，哪个事情没有争论？应该欢迎争论，但只争论不拍板这是有问题的。

其实，张国宝退休后，并没有闲着，除了写作《筚路蓝缕》，他也会出席一些重要的能源论坛，作为重要嘉宾发表他的看法。我记得在"2014新浪财经能源论坛"上，有一场"巅峰对话：张国宝对话里夫金"，张国宝就有十分精彩的发言。里夫金是《第三次工业革命》的作者，本书的主要内容是关于能源互联网的。我一直认为，中国提出全球能源互联网倡议，其理论依据，很大程度上有里夫金的影子。在李克强还是副总理的时候，曾经给政府高官和部长们推荐过这本书。在那次与里夫金的对话中，张国宝的博学与胸襟，也令里夫金颇为钦佩。张国宝告诉现场观众：新技术确实每天都在层出不穷，包括互联网的出现，甚至我们的电网现在也在发生巨大的变化，现在智能电网、智能电表，甚至于像超导传输，你很难预见到哪一个有新的变化，现在你不看好的东西说不定过段时间就成为新的产业，都是完全有可能的。

  我后来写过一篇《能源重臣的中国工业史诗——读张国宝〈筚路蓝缕〉记》，发表在《中国电力企业管理》杂志上。张国宝副主任看到后，特意让秘书联系我，称赞写得很到位。但随后不久，张国宝病重住院，我曾通过他秘书联系，想去北京看望他，请教他对中国能源，特别是电力工业发展的真知灼见。秘书回复我，说替我请示了张副主任，张副主任表示，只要身体允许，就可以。但十分遗憾，没过多久，秘书又给我发来信息，说张副主任身体状况不好，暂时不见。我表示理解。又过了两个月，我从媒体上惊悉张国宝副主任离世，中国失去一员能源大将，令我震惊和悲伤不已。

采访柴松岳省长

采访柴松岳是在他杭州的家里。柴松岳是浙江省老领导,曾任浙江省省长,是国家电力监管委员会首任主席。他认识亚洲,一开门就打招呼。我们一进他家门,正要脱鞋,他连声说,不用不用,只管进来。我们也不客气,穿着鞋就进门了,在他家客厅,与他聊了近两个小时。柴主席回顾了电监会的组建过程,讲了主政电监会的主要工作。我特别感兴趣的是,为什么他会去北京当这个电监会的主席。柴主席也做了回应,他说总理找他谈话,对他说,这个主席非你莫属,他就知道没有选择了。事实上,柴松岳也算电力系统出身,他先后在东北丰满水电厂、浙江黄坛口水电厂和富春江水电厂工作,回电监会算是干回老本行。

柴松岳在基层干过好多年,对一线工人和农民特别有感情。这个我是有发言权的。我还在《浙江电力报》当记者的时候,有一次,担任副省长的柴松岳要去宁波调研,其中重头戏是电力项目,我是随队记者。车子到绍兴服务区,大家下车上卫生间。柴副省长从卫生间出来,看到几个上衣也没穿的民工在走廊上喝酒,他就过去了,问都有什么下酒菜。那几个民工显然不认识眼前的副省长,一条腿还搁在凳子上,对副省长的问话也是爱理不理。柴副省长说,你们中午喝酒,下午还干活吗?几个民工异口同声说,干呀,不干谁给钱啊?柴副省长说,那你们喝了酒,干活可得注意安全啊。其中一位年长一点的民工说,习惯了,不喝一点,下午干活没力气。我以为柴副省长会批评他们几句,却听得柴副省长大笑几声,再次叮嘱,一定要注意安全。我走在最后面,听见几个民工在议论,他是谁啊?那个年长的民工说,管他是谁,呵呵。

与柴主席的聊天显得轻松而略显随意。我们甚至聊起那个著名的"省长吹空调后打喷嚏崩断皮带"的故事。柴主席听了,也忍不住笑了起来。

话说那次,柴松岳去温州考察工作。陪同的温州市委副书记见到柴松岳皮带已很破旧,立马道,"省长,您这皮带都破成这样了还用啊,正好,温州皮带便宜,我去给您买一条"!柴松岳心想着温州皮革全国闻名,既然人都来了,不如去买根新的皮带。柴松岳也没让身边人跑,而是自己上了集市。吃过晚饭后,他看到一家皮革店,顺势走了进去,店内的皮革制品看得柴松岳眼花缭乱,他挑了挑,拿起一条皮带问老板:"这条皮带多少钱?""5块!"老板说。一听一根皮带才5块钱,柴松岳还是有些惊讶,问:"你这皮带这么便宜,不会是用的假皮吧?""一看你就是外地人,我们这儿的皮带都保真,绝对真牛皮制品。"老板拍着胸脯跟柴松岳保证。这么一来,柴松岳也不好再问什么,付钱把皮带买了,回到宾馆,换下那根旧皮带,系上了新皮带。就这么系了两月有余,意外发生了。8月的一天,柴松岳和工作人员一起外出办公事,外面天气炎热,一下从高温走进有空调的房间,柴松岳还不太适应,在空调的冷风下,柴松岳直接打了个喷嚏。喷嚏不打没事,可柴松岳这么一打,腰间一丝撕裂的声音随之传出,柴松岳立马感觉到腰间一松,余光一看,自己的皮带竟然裂开了。

据说这事还传到了朱镕基总理的耳朵里,他听罢当即大笑起来,表示柴松岳这是遭了温州假货的报应了。

这件事,也让柴松岳下了决心,要整治温州的市场。省政府开始对温州皮革大刀阔斧地整顿。到了1993年的时候,温州市颁布法规,

柴松岳(左二)与《中国亮了》作者合影(马益民 摄)

以质量为重，严禁产品出现质量问题，严禁市场出现劣质产品。整治之下，不少制造假冒伪劣产品的企业倒闭了，而那些良心商家则重新站在了市场前列。柴主席说，当然，现在你们再去温州，可以放心大胆地去买皮带皮鞋了，肯定是真皮，只不过，价格肯定会贵一些。

　　采访结束，柴松岳和我们合了一个影，并一直将我们送到门口，他说，很期待你们的作品。下楼时，我们议论，当过省长的柴主席很平易近人，没有省长的架子。我说，这可能跟他出身基层有关系，凡是在基层当过厂长的，对工人特别有感情，我们要写的这本书，其实就是写电力工人的，所以，他说期待，应该不是客套。

这是一部关于电的"史记"

主要人物的采访完成后,我们的创作大纲也基本定型了。大纲八易其稿,最终一稿有数万字,我作为第一稿执笔者,基本上就按照大纲设定的路径,将相关的采访资料,以报告文学的要求,文学的语言往里填,所以,整个写作过程并没有像我想象的那么艰难。当然,长篇作品的写作,总是考验人的意志和毅力。我记得正式进入写作是夏天,那年杭州的夏天似乎特别热,即使开着空调,只要一出房门,就流汗。我穿着薄薄的睡衣裤,在写作过程中,尤其是思考停顿时,习惯将双手在膝盖上来回摩擦。结果,等到书稿写好,我的睡裤膝盖上也磨出了两个不规则的破洞。

当我在电脑上敲下最后一个句号,我有一种马拉松到达终点的感觉,虽然很累,但浑身轻松。

书稿经过亚洲和柯平的两次修改后,我们发给了毛光烈和张国宝。两位领导都对全书进行了认真审读,并且给出中肯而有建设性的意见建议。张国宝还为我们提供了几个书名,我们提交的送审稿书名是《中国亮了》,他说,题目可用"中国亮了",也可考虑"点亮中国""点燃中国"或别的题目,可再斟酌一下。虽然最后我们还是决定用《中国亮了》,但张副主任作为主管国家能源的大员,对一部文学作品如此关注,让我们十分感动。

书稿交给作家出版社后,出版社认为题材重大,按规定需要送审。我们对送审的具体流程不太熟悉,但我们都有一个预感,只要一送审,出版时间就无法把控。好在过了一个多月,审读意见就来了。

书出版后,《文艺报》以"一幅波澜壮阔的中国电力工业画卷"为题,整版刊发了评论家胡平、吴秉杰、蒋巍、田夫、王干等的评论。胡平说,或许每个大型现代产业都需要《中国亮了》这样一部大书,以这种气度记载产业在时代变迁中有过的创业、崛起和发达的历程,这部书一定由作家来完成,因为画卷和史诗都具有艺术

《中国亮了》和我的另外一部作品《铁塔简史》被某电力博物馆收藏

的品格。蒋巍说,这是一部关于电的"史记"。这是一部因为其"史记"之追求而具有厚重文化价值和历史价值的大书。这是一部应当也能够留给后人的"中国读本"之一。王干说,《中国亮了》是近年来我国报告文学领域中的一枝奇葩,作品将我国的电力发展史、我国高层领导的政治活动史、国际电力科学史密切联系起来,将它们融入一个个典型的电力个案当中,使得这部报告文学既有理论背景,也有文学意味;既有厚重的历史感,又具深刻的现实意义;既有专业领域的研究价值,又具引人入胜的故事情节。它把文化与经济、政治巧妙地结合在一起,这充分展现了作者的智慧与胆识。在我看来,作者的写作思想已经跳出了前人固有的藩篱,作者不仅发现了一堆有用的材料,而且通过自身独有的智慧雕刻出一件极具艺术价值的优秀作品。

《中国亮了》在能源电力题材的作品中,应当算是上乘之作。出版后,经常有大学电力专业的研究生通过各种渠道联系我,说他们写作论文,希望能得到这部作品。开始,我还支持,基本上有索必应。但后来索书的人多了,我也觉得不能这样每次都有求必应,就告诉他们,我自己所剩无几,不如去孔网购买。这本书的出版距今已整整16年,但还是有人寻找,比如最近有一位编剧,应邀创作一部电网题材的电视连续剧,在和我交流时,他手头就有一本《中国亮了》。孔网上也有销售,只不过书价已经比白菜还要便宜了。

第三部 二〇〇四

"中国电力三部曲"出版

《中国亮了》完成后,我有大约两年时间没有写作长篇作品,但我一直在关注中国电力工业的发展。直到舟山与大陆电力联网工程开建。

为彻底解决困扰舟山的用电问题,在已经敷设110千伏海底电缆的基础上,公司决定建设陆上联网工程,以220千伏对舟山与大陆进行联网。联网过程中,需要架设两座跨海输电高塔,设计高度370米,是一个新的世界纪录。

我第一次去舟山采访联网工程,先去了其中的一座高塔工地,没有陆路可走,是坐船进去的。当时,高塔已经快要结顶,塔身也已涂色,远远望去,红白相间的塔身以蓝天白云为背景,在阳光下熠熠闪光。船在海水中摇晃,我眼中的塔身也在不断变化形状,等我登岛,走近铁塔,才发现,面对这座世界之最的高塔,人是何等的渺小。我仰望着塔尖,那些身穿红色工装,在塔上作业的施工人员,仿佛一只只蚂蚁,他们以蚂蚁啃骨头的精神,在海峡两端,架起两座中国电力人的精神和意志高塔。那一刻,我的眼眶有些湿润。我似乎找到了我要写作这本书的精神与思想内核。

我确定的创作思路是以舟山与大陆联网工程为切入口,写作一部全面反映中国电网建设与发展的长篇报告文学。为此,我又去了广西百色。那儿正在建设一条特高压线路,从云南楚雄到广东增城。其中百色的两个标段是浙江一家电建企业承接施工的。那次采访,让我感受到一线施工人员的艰苦。虽然我也在电力基建单位工作过,但因为建电厂,生活与工作环境相对还是固定的。但架线就不一样,几乎每天都在向前推进,而且所处环境,往往是崇山峻岭、高原大河甚至无人区。到达百色的次日早上，我和同事从山下项目部出发上山。抵达山腰，无路可行，车子只能停在那儿的一处民房前。这里是临时租用的山上施工点，施工人员的午饭就在这里做，然后做好再往前面送。所谓的前面，当然是指铁塔线路架设的前方某一个山头，或者山坳。

我在山上吃了顿午饭。做饭的大灶是山民留下的，用的大铁锅，柴火烧，很香。民房里，有一些铁架子床，也是施工人员的临时住房。这里几乎没有手机信号，也没有电视可看。晚上，能听到的，是风吹松林的声音，能看到的，是满天的星星。长期在这样的环境下工作与生活，得有多么强大的心理承受力和非凡的意志。我问他们，他们说，习惯了，线路工，不都是这样？

2008年采写长篇报告文学《铁塔简史》时，在广西百色施工现场整理采访笔记（陈海明　摄）

最后出版的这本书，取名《铁塔简史》。至此，我已写作出版三部电力工业题材长篇报告文学作品，其中包括《和太阳一起奔跑》，与亚洲和柯平合著的《中国亮了》。有评论家为这三部作品贴上一个标签，称它们是"中国电力三部曲"。

对我写作帮助最大的人

回顾我的业余写作生涯，黄亚洲是对我影响最大，给予我帮助最多的作家，没有之一。我翻看电脑资料，发现我先后写过好几篇跟亚洲有关的稿子，分别是《诗人黄亚洲》《再写诗人黄亚洲》《亚洲的创作节奏》等。我们合作的作品，则是长篇报告文学《中国亮了》。

我认识亚洲起码得有近30年。如果我的记忆没有出问题，我参加浙江省首届青年文学讲习班，亚洲作为省作协领导出席开班仪式，并讲了一课。讲课结束，我追上已经走出教室的亚洲，和他合了一个影。而知道亚洲，则是看他编剧的电影《开天辟地》。这部反映中国共产党成立的电影奠定了黄亚洲作为中国一流主旋律剧作家的地位。这部电影给我印象最深的是，中共创始人陈独秀在"文革"后，以正面形象出现在影视作品中。

在多次文学讲座中，亚洲都谈到了创作这部电影剧本的原因。1983年嘉兴地区分家，一分为二，西边湖州，东边嘉兴。亚洲调到了嘉兴，办公地点也从湖州搬到了嘉兴，他在嘉兴的工作任务是筹办市一级的文学双月刊，起名《烟雨楼》，同时也兼任首届嘉兴市作家协会主席、首届嘉兴市文联副主席。亚洲在嘉兴工作的地方，旁边的南湖里就静静地停泊着那艘红船。当时他就想，为什么不能把红船载着的故事写成文学作品呢？中国共产党在船舱里成立，通过了党纲，选举了中央局，呼了口号，在嘉兴狮子汇码头上岸，这么大的事情，这么生动的事情，怎么就不能用文学手段加以表达呢，况且他还兼任着市作协的主席，似乎有点义不容辞。

于是，亚洲开始了他对早期中共党史的探索。在亚洲心里，有很多问号需要解答，那都是一些什么情况啊？那些卷在革命风云里的人物都是些什么人啊？亚洲去当时的南湖革命纪念馆收集资料，去嘉兴图书馆的内部仓库里借阅图书，幸好他在嘉兴的文化系统工作，嘉兴的朋友都给他悄悄开绿灯。每天晚上，下班以后，亚洲都要将各种搜集来的资料加以辨析，做成资料卡片。总之，慢慢地把一些事情的来龙去脉大体上搞清楚了，有一些互相矛盾的说法、各种不统一的回忆、当时专家们对某些问题采取的不同立场，这些也都梳理清楚了。总之，他用纪实的创作方法，大事不虚，小事不拘，把一件发生在中国的"开天辟地的大事件"，写成了一个上下集电影文学剧本。亚洲十分感谢当时的上海电影制片厂，把这部纪实电影精心地拍了出来。他也感谢已经去世的导演李歇浦，李导拍摄态度极其认真，给亚洲留下很深印象。亚洲还特别感谢已经去世的优秀演员邵宏来，把一个陈独秀演得如此生龙活虎。亚洲说，他实现了自己的初衷，以他当时的认识水准，把中国共产党成立的这个重大事件，第一次以文艺样式做了表达。在亚洲看来，这是他从事纪实文学创作的第一次重大尝试。

黄亚洲漫画像

我一直认为，由于亚洲创作了《开天辟地》，使得他对中共党史的研究，从文学角度有了全新的视野和开拓，为他后来创作《红船》《日出东方》《建党伟业》《中流击水》等一系列重大党史题材奠定了扎实的基础。

我第一次和亚洲有较长时间在一起，大约是1997年，那年，浙江省作协组团访问青海甘肃。全程时间半个月，但亚洲中途先行返回，具体地点是在敦煌，也就是说，作为团长的亚洲在带领我们去了西宁、格尔木，穿越柴达木盆地到达敦煌后，就经西安返回杭州了。而我们则继续沿河西走廊，去兰州，然后飞回杭州。那次访问，给我留下的记忆很多，但其中最令我难忘的是亚洲对创作的执着。他几乎一路上都在创作。熟悉亚洲的人都知道，他不仅是一位优秀的影视编剧，还是一位著名的诗人、小说家、散文家，他有一个良好的，非一般作家能够做到的习惯，可以说，那是创作的一种境界，他几乎可以在任何场合，都能握笔创作，比方说，他坐在主席台上，要讲话，那当然是作为领导非讲不可的话。讲话结束，轮到别的领导讲了，这时就可以看到亚洲在纸上快速地写着什么，台下的听众以为他在记录领导的讲话要点，其实不然，那是他在创作，也许是写诗，也许是撰写影视剧的提纲。亚洲也因此在作家圈内有了一个"劳动模范"的称号。去西北那一路，他一共写了10多首诗歌，而这些诗歌大多是在颠簸的路途上写成的。每写好一首诗，亚洲就会兴味盎然地给我们朗诵，而这时，车子往往行驶在浩瀚的戈壁或沙漠上，给我们寂寞的旅途增添了不少趣味。

2006年，我与亚洲有过一次创作上的合作。亚洲和我，加上柯平，我们一起创作了长篇报告文学《中国亮了》。这是中国电力工业发展史上，第一部以文学样式反映自1882年有电以来，中国电力工业辉煌巨变的长篇报告文学，作家出版社在他们的宣传推广词中写下了这样两句："一幅波澜壮阔的中国电力工业画卷；一部气势磅礴的中国电力工业史诗。"

在创作过程中，亚洲的严谨给我留下很深印象，我也从他身上学到不少东西。我和柯平一样，一般写作长篇，会有一个提纲。但是我们没有想到，亚洲对提纲的认真态度居然会到如此程度，这本书的提纲一共修改了八稿，到最后一稿时，提纲有三万多字。也就是说，每个章节，都给写作者提供了充分的通道。我负责起草第一稿，在整个写作的过程中，尽管很辛苦，但是因为有详细的提纲，我几乎不用走什么弯路。

亚洲对作品本身的创作态度十分认真，但是也善于听取大家的意见。其实，在写作这部书之前，他已经想好一个书名叫《国家动力》，相比较而言，《国家动力》更有气势，后来，被相对内敛的《中国亮了》所取代，也说明他的胸襟。根据他的意见，开始由我们三人各写一个提纲，他自己也整理出一个比较详细的提纲，最后，却完全是按大家讨论的意见决定本书的章节的。虽然在讨论的过程中，也会有争执，但目的都是想把书写好，因为对于大多数作家来说，工业题材一直是比较难写的，写不好，就写成工业志或工业史了。《中国亮了》最终在较大范围内获得认可，特别是中央党史研究室专家和国家发改委副主任张国宝在审读这部作品后给予了比较高的评价，也让我们悬着的心终于放了下来。

有一年秋天，浙江省电力公司党校委托我请黄亚洲给培训班讲课。亚洲的课是上午，我和他商定，他前一晚住到党校，他的车快到党校所在地桐庐七里泷时，给我发个信息，我会去高速路口接他。但亚洲回信息给我，说不必去接了，他的司机认识到七里泷的路。

当晚大约七时半，按预估的时间，亚洲应该八时左右到达。我给亚洲电话，问他到哪儿了，亚洲说，在吃饭。我心里略感疑惑，问，你还在单位吗？亚洲说，没有，已经到了，就在你们学校对面的饭馆。我一下焦急起来，邀请亚洲讲课，到了学校而不进校门，居然自己在学校对门的饭馆用餐，我的脸往哪搁？我赶紧给党校培训科老师打电话。我们走出校门，秋天的傍晚，小镇七里泷的街头已经十分冷清。看学校对面的一家饭馆，黑漆漆的似乎已经打烊，于是，我们向左边的街道走去，但依旧没有看到亚洲的车。我又一次电话联系亚洲，他确定说，就在学校对面，是一家土菜馆。我们返回学校大门，发现刚才感觉黑漆漆的饭馆果然有一丝光亮。跑进去一看，亚洲和他的司机正坐在大堂一张圆桌旁，菜已点好。亚洲正埋头在写着什么。

我们当然非常尴尬。亚洲却不以为意，说他们从单位下班，考虑过在杭州吃了晚饭出发，后来一想，那天恰好是无车日，估计路上不堵，索性先到学校，再在附近随便找家餐馆吃饭。如果给我电话，我们肯定要等，弄得我们晚饭也吃不好。话说在理上，但感情上我们过意不去。我知道亚洲的性格，不喜欢在繁文缛节上过多浪费时间。但在我这方面，起码的礼节还是要顾及的，这也是人之常情。

亚洲说，他上午在杭州的一家湖边会所接受香港电视台的一档访谈节目采访，他当时对香港媒体的敬业精神表达了由衷的钦佩，因为节目录了一上午，已经到下午一时多，早过了午餐时间，亚洲觉得再简单，对方盒饭总还是要提供的，结果那些工作人员对亚洲说，他们带着些饼干，还有几块切片面包，就吃几块充充饥吧。亚洲一想，饼干、面包充饥也说得过去，于是一边喝矿泉水一边啃面包片，等着主持人独自录几段开场白。哪想到，全部结束，午后两点，他与主持人一起离开三台山那家会所，午餐居然也没有再提起，那位著名的女主持人也是坐在车上啃几片面包，急着赶下一个地点。亚洲说，香港人真敬业，工作不要命，肃然起敬，由衷钦佩。但我心里却是打鼓，也就是说，亚洲没有用午餐，只吃了几片面包，而晚餐时间又很晚，而且一到饭馆，点好菜，又在饭桌边摊开稿笺埋头写他的作品了。其实，利用时间的一切"边角料"，已经是亚洲的习惯了。问他赶着写什么，他说是《光明日报》一位编辑上午在他刚接受采访时突然来手机短信约稿，说《光明日报》打算在国庆日头版上发一组各地群众"向国旗敬礼"的照片，急需一首配诗，请亚洲给救急。于是，亚洲利用午后啃面包的空隙起了个初稿。那些香港电视记者见亚洲歪斜在桌边写诗，纷纷将镜头对准了他，这也算是正常采访之外的一个"意外镜头"了。

这时，亚洲将正在修改的诗稿递给我，我一看，一张打印的诗稿上，有多处修改的痕迹，亚洲说他离开会所回单位立即将午后写下的初稿打印了出来，趁晚上来七里泷的车途中又修改了一遍，现在趁饮食店还没有端出菜来，再推敲一下，争取晚上发往北京。亚洲马上问我即将安排给他的招待所房间里有无电脑网线，我说一定有。

次日上午讲课，亚洲果然以他丰厚的近现代历史与党史知识，给大家上了生动的一课，课堂一会儿鸦雀无声，一会儿又笑声朗朗。亚洲讲到近作《建党伟业》，强调撰写历史题材作品必须做到"大事不虚"，但有一些细节一些描写肯定要有虚构成分，这就是所谓的"小事不拘"，因为毕竟是小说，必须着力塑造文学作品的典型人物，比如陈独秀如何与国际代表马林激烈争吵、毛泽东与杨开慧新婚之夜的大段对话，这些就都是虚构的。我忽然记起，杭州《都市快报》有一个记者就曾笑言，毛泽东与杨开慧新婚之夜说了些什么，全世界只有三个人知道，一个是毛泽东，一个是杨开慧，另外一个就是黄亚洲。

《邓小平》的创作，让知情者再次看见一个勤奋的作家，其创作是什么节奏。

亚洲是50余集重点电视剧《邓小平》的主创，根据中国当代政治发展的状况在反反复复修改，每年几乎有一半的时间泡在北京。同时，这部70余万字的电视剧本他还要担纲改写成50余万字的长篇小说。当时，电视剧已经杀青，共52集，正在后期制作，央视准备在八月强档推出。而同名长篇小说，他是上年11月开始接受任务的，到4月底，仅仅半年，就完成了56万字的初稿。即便是出版社为他配了一个北大研究生学历的编辑，为他每天不停地"口述"打字，但50万字的逐句口述，也是工程浩大啊，再说写的又不是别的，是"改革开放总设计师形象"，这分寸真不是一般人所能拿捏的，也亏他写了下来，硬是将"邓小平形象首次进入中国小说"的任务给完成了。

这部作品在审查过程中，被要求改名为《历史转折中的邓小平》，在央视一套播出后，好评如潮，收视率创下央视电视连续剧纪录。同样，同名小说出版后，也一度在主旋律作品销售排行榜上名列前茅。必须要记上一笔的是，亚洲的另外一部长篇电视连续剧《日出东方》热播后，出版了同名长篇小说，并且入选"新中国70年70部长篇小说典藏"系列丛书。与《日出东方》属于同一重大题材的长篇小说《红船》，是亚洲的又一部力作，究竟发行了多少册，我估计连亚洲自己也弄不清楚，反正每年七一前夕，这部小说就会出现在全国各地新华书店最显眼的架子上。

"黄澜，1979年8月27日出生，浙江省杭州人，中国电视剧制作产业协会青年工作委员会副主任，中国女性电视剧制片人，2016年继黄菌成为《非诚勿扰》合伙人。主要作品有《假如生活欺骗了你》《大丈夫》《虎妈猫爸》《女医明妃传》《辣妈正传》《我的前半生》《如懿传》等。2017年10月27日，荣获2017美国亚洲影视联盟'金橡树奖'金牌制片人。"这段文字是百度对电视剧制片人黄澜的介绍。如果我不说，我身边的很多朋友同事也不一定知道，黄澜是黄亚洲的女儿。

《不负热爱：活出发光的自己》是黄澜第一部文字集作品，黄澜在书里这样写道："爸妈虽然跟我不在一起生活，但隔一周会来杭州看我一次，爸爸来，都会检查我是否每天坚持写日记，他说写日记可以锻炼写作能力，你上小学了，就要写日记，一天都不能落下……"

有记者采访亚洲，问他："您的女儿现在是中国最优秀的制片人之一，您觉得她达到了您的期待吗？您为她感到骄傲吗？"亚洲的回答是："我不是因为她成为制片人感到骄傲,我老早就为她感到骄傲啊。她从小就是与众不同吧,她小学六年班长,中学六年班长啊,还是学生会的副主席,校团委的体育委员。中学的时候她就已经非常出色了,所以我一直是内心默默为她感到骄傲,我心里想,我的女儿就应该是这个样子。"

我觉得,亚洲创作了那么多作品,黄澜才是他最优秀的作品。

第一座"黄亚洲书院"是在京杭大运河杭州起点端附近的七古登社区,之所以说是第一座,因为后来在亚洲的祖籍地萧山,又有一座规模更大一些的黄亚洲书院。另外,在嘉兴,他创作的福地,也建了一个"黄亚洲影视文学园"。在萧山的书院建成以后,运河边的黄亚洲书院就关闭了。虽然理解,但也不免有点小小的遗憾,这座书院前后运行了差不多十年。

自从运河之畔的书院建成后,亚洲经常发信息请我们一些朋友小聚。除了聊创作谈世事,亚洲还经常请客吃饭,起先是在书院所在地的文创园食堂,后来升级到一家衢州土菜馆。除了一些家常土菜,八宝饭和宁波汤圆每餐必有。有一次,我去书院,杭州档案馆领导也在,显然,他们看中书院里的图文资料了。亚洲也很爽气,说这些东西早晚总是要捐给档案馆的。他把我介绍给档案馆领导,说陈富强也有好多可捐的创作资料。我想了想,有吗?几乎没有。自从用电脑写作,手稿几乎不存在了。从存档这个角度来看,电脑写作确实有它的缺陷。

黄亚洲工作室创办了一个"每日黄诗",意思是每日推送一首黄亚洲的诗作,或推送一首黄亚洲举荐的诗作。按照亚洲的说法,举荐的诗作,不论人情,入得法眼即荐。被推送的诗作会配朗诵,还有

和黄亚洲在大运河畔的黄亚洲书院(甘建华 摄)

亚洲的点评。显然，有很大的工作量，我看了下，这个栏目是华语之声传媒在帮着编辑的，要不然，每日一诗，很难做到，而且一做已逾四年。

一天，我和家人去浙江省自然博物院（安吉馆），在朋友圈推送了几张与石头有关的照片，这些石头有来自火星的，也有来自月球的，我有感而发，写了几句。没想到，亚洲很快给我发来一首诗，前半部分把我的几句话做了分行处理，他又加上后两节，取了个标题《这些石头》。亚洲说，如果可以，将进入他的"每日黄诗"。我回复亚洲，一不小心，写了半首诗。这首被亚洲再创作的《这些石头》全诗如下：

这些石头
有的来自火星，有的来自月球，还有的
来自42亿年前的时空

我问它们，对人类
有什么要说的？

它们沉默不语，看来
对于人类，它们无话可说

其中一块，还是说了
说你们所有的正路、斜路、歪路
不过都是我，将来
内心的纹路

将被未来的智慧
用显微镜敲开
验尸

火星陨石　　　　　　　　　　　月球陨石

亚洲的点评，显然是点睛之笔：结论很直接，用词也很凌厉，读者多多少少会为之一震。虽说结论是铁定的，但人类还是走着各自的道路，互相接济或者互相厮杀。这种无奈，也是诗人此次写作的出发点。常见的东西，往往有着永恒的常识。

我一直很喜欢亚洲的诗歌，看似平白的语言之下，蕴藏着深刻的思想和哲理。这里抄录一首他在大西北时写的诗，这首诗也是亚洲大西北组诗中我最喜欢的一首。我对他写作这首诗的背景了如指掌。我们从杭州转道西安，然后去西宁。我们利用转机有限的几个小时时间，去西安城内转了一圈，同行者中我是第二次到西安，所以就充当向导，去了碑林和城墙，还吃了羊肉泡馍。到达西宁后，从机场去宾馆的车上，亚洲给我们朗诵了他在西安至西宁飞机上创作的这首诗，这也是那次他在大西北写作的第一首诗，这首诗名《咸阳感怀》：

在这里挖土千万小心
一锹下去，很可能
磕碎一个朝代
你可能会把一只鼎耳捅破
一位皇帝由此失聪

你可能碰落一片盔甲
像剥去一片鱼鳞
一个朝代的军威由此受损
甚至那场战争的胜负
都会因此模糊
……

风自东海来，六十回绿遍江南岸

《东海岸》出刊 60 期时，我们组织了一个小型座谈会。我的想法，60 是一个甲子，也是一个轮回，是新的开始。不少团体个人和报刊都给东海岸出刊 60 期发来祝福的短语。我们也让会员们写一句话祝福《东海岸》，并将它们打印出来贴在座谈会现场。以下摘录的是部分祝福短信：

以东海起兴，而秉正气持笔，慨当时群彦肩担道义

曾云帆逐日，乃经心目成文，得现代新秀手摘星辰

——中国电力作家协会《脊梁》杂志

地灵咏山　西子修词翰

杰人出海　东岸泼墨文

——浙江省作家协会《浙江作家》杂志

十五载旧友，天涯相逢皆源一纸素笺，只曰识君恨晚，何须曾经相识。

六十卷新诗，东海岸边还醇万顷碧波，心喜诸友同在，哪惧高处更寒。

——浙江省散文学会《浙江散文》杂志

才情满东海，吾道不孤，更为浙电添一彩

功名应潮生，文心方盛，再持妙笔雕金龙

——金华市作家协会《金华文学》杂志

东海岸头，夜雨秋灯，相伴十五载冷暖岁月。

小楼风起，梨花春酒，尽言六十期浮沉人生。

淬笔如刀，披荆棘，开浙电文兴之路，创刊不易，沥肝胆，答诸君文心赤诚。

——舟山市作家协会《海中洲》杂志

……

不少个人也发来致贺短信：

东海岸六十排浪

文学界一片喝彩

——黄亚洲（中国作家协会原副主席）

风自东海来，六十回绿遍江南岸；

文从心底起，千万字暖彻读书人。

——徐迅雷（《杭州日报》首席评论员）

十五年　坚守初心勤耕耘；

六十季　砥砺前行写春秋。

——江华东（浙江省电力作家协会创会主席）

一帅擎旗十五年，诸贤凝智六零篇！

为民办电青春许，报国耕文梦想延！

铺卷涛飞东海雪，挥毫霞起浙江天！

新媒融入新时代，盛世更攀盛世山！

——朱长荣（浙江省电力公司原工会主席）

……

《东海岸》出刊 60 期座谈会（吴海平　摄）

黄河水之天上来，最后的挽词

再次看到朱长荣先生为《东海岸》出刊 60 期撰写的贺词，不禁让我心生悲凉。

朱长荣曾经先后担任龙羊峡水电站筹建处副主任，李家峡水电站筹建处主任。在此之前，他曾在青海省海南藏族自治州海南电厂和格尔木电厂工作，这两家电厂地处高海拔，自然环境相对较差，对于一位南方人来说，不得不说是对自身身体和意志的挑战。我去青海时，曾经过李家峡水电站，地理位置之偏远，在那里工作，确实考验一个人的心理素质。

后来，朱长荣调回西宁，在青海省电力工业局任基本建设处处长。从时间线上来看，朱长荣出任龙羊峡筹建处副主任在先，很显然，由于出色的管理能力，他后来又出任李家峡筹建处主任。接着，又担任黄河上游水电建设局副局长。这三个职务中的任何一个，都足以令他此生荣耀。我和朱长荣相识多年，他从青海调回浙江时，我正在浙江火电建设公司工作，作为一家电力基建单位的从业人员，我曾多次去正在建设中的萧山电厂和嘉兴电厂工地。这两家发电厂，正是在朱长荣回浙后，先后主持建设的。

我和朱长荣接触最多的还是他担任浙江省电力公司工会主席后，其中主要的纽带则是文学。当时，网厂尚未分开，无论是工作还是文学创作，往来的是全省电力系统的同事和朋友。2002 年，浙江省电力作家协会成立，朱长荣也恰好退休，他似乎对诗词创作产生浓厚兴趣，所以，但凡电力作协开会，只要邀请他，他总是欣然参加。虽然他一口湖北乡音浓重的普通话听起来有点吃力，不太好懂，但我们每次短暂的见面交流，也因为文学，而显得轻松

而愉快。我在整理电脑储存的照片时，发现一张《东海岸》创刊座谈会的合影，地点是在桐乡，我记得会后我们去了乌镇东栅，也有几张合影，那时的朱长荣看上去显得精神矍铄，一点不像一位已是花甲之年的人。此后，我们也多次见面，聊起诗词，

1994年12月4日，朱长荣（右三）在嘉兴发电厂施工现场向国务院领导介绍工程情况

他总是很健谈，看得出来，这是他晚年非常重要的一个收获。

2017年，朱长荣出版他第一部个人诗词选集《河海泛舟》。从书名理解，他想要表达的意思，应该就是从黄河到东海之滨的工作与生活，创作的诗词题材也主要围绕河海展开。一个创作者，如果面向河海，胸怀必然宽阔，创作的思路也必然宽广。收录在这部集子里的诗词，以水电、电网题材为主，是中国电力文学不可多得的一部佳作。

2020年，朱长荣写作的"浙电红色典藏丛书"之一《朱长荣自传》即将出版，他嘱我写一个序。序言写好后，我发给他，他稍作修改，特意来了趟我的办公室，我们聊了一会儿。这也是我们最后一次见面，两个月后，他不幸离世。其实，他最后一次来我办公室时，已重病缠身，但他没有告诉我。我没有想到，我给他写的序言《黄河水之天上来》，竟然成了最后的挽词。

北戴河遇王蒙，和航鹰聊了两个小时

地处北戴河安一路九号的中国作家协会创作之家，地盘不大，但文星闪耀，是很多中国作协会员短期休假的首选。一个院子，数幢建筑，构成会场、图书馆、餐厅和住宿楼。我去的那一年，恰好王蒙、邓友梅等文坛前辈也住在那儿，偶遇这些中国当代文学的标志性人物，令人惊喜。

在创作之家二号楼前，植有两棵核桃树，很高，树梢几乎越过楼顶。远眺是一棵树，近看才发现其实是两棵，它们栽种的地方挨得太近，不分彼此，枝繁叶茂，树梢垂地，弯成一柄天然的遮阳伞。树荫下，置桌椅若干，最适宜黄昏小坐，聊天或者喝茶，如果是有月的夜晚，是赏月的好去处，透过树叶的间隙，月光安静地照进来，有一种静态的妩媚。

在北戴河，我天天与两棵核桃树相遇，有机会近距离细察其果实，外形果然坚硬，有单独挂枝，也有数颗相连一起结果的。初秋的核桃，呈青色，正在成熟过程中。见核桃树一天数次，就有了感情。一天，从海边回来，汗湿透衣衫，我钻进树荫，在树下小坐片刻，顿时凉爽，仰头看时，发现其中一颗核桃已经开裂，等再成熟些，它是否就该掉下来？凡事都与自然植物的生长一样，瓜熟蒂落，是最好的结局。由核桃联想到观事做人。一个人，如果拥有坚强的性格，又有柔软的内心，看世事起落，遇人生挫折，就会坚韧而从容。

那次休假，我还认识了天津作家航鹰老师。航鹰早期有短篇小说《明姑娘》《金鹿儿》，这些优秀的短篇我读过不止一次。她的先生刚开始学吹萨克斯，偶尔会在核桃树下练上一曲。我听完他吹奏的《回家》，就有些许伤感。

从他们的满头白发，想起自己的父母。父母在，不远游。只是我的父母早已驾鹤西去，家的概念，也就渐渐淡薄了。航鹰说，她的先生天生木讷，不善言辞，就让他用乐器说话。一日傍晚，我和航鹰在核桃树下聊天，话题是从微信开始的，她说，她对一

在北戴河，我为航鹰（左）和他先生拍的照片

切电子产品都有本能的拒绝感。我们聊到了连云港核循环项目，又聊到三峡。她问我，究竟应该怎么评价三峡。我说这个问题太大，我回答不了。于是，她谈起她当全国人大代表时，恰好经历了三峡工程在全国人大的投票表决。我问她投了什么票，她说她们团里有两个水利方面的专家，虽然自己不懂水利，但也觉得那两位专家说得有道理，所以，就没有投赞成票。我追问老太太，你不赞成的理由呢？她说要从专业角度，她不好表态，但有一部分代表认为，三峡的预算肯定会超支，她附和了那部分代表的意见，因为她认为他们是有责任感的，他们的想法是认真的。我对老太太肃然起敬，说，历史会记住你们的责任与认真。

我与航鹰老师的那次交流，足有两个小时，获得大量关于三峡工程的第一手资料，十分珍贵。后来在写作《能源工业革命》时，我悉数写了进去。但十分遗憾，这部分内容在出版终审时被迫删除，成为我心里一个挥之不去的痛。

一日傍晚，我正准备去海滩，在院子偶遇邓友梅先生。邓先生年逾八十，虽挂一根手杖，但看上去精神矍铄。邓先生的代表作品大都看过，比如收录在《重放的鲜花》中的《在悬崖上》，包括后来的《我们的军长》《话说陶然亭》《追赶队伍的女兵们》《烟壶》《那五》等。我一直觉得，邓先生作品的数量不是太多，但每篇的质量都很高。我提出与邓先生合一个影，他很愉快

地答应，我将手机递给邓夫人，请她按一下快门，邓夫人也是随和的人，边拍边和我聊天，得知我来自杭州，就称赞杭州是天堂。

那次在北戴河海滨，我还偶遇王蒙老师，虽然在创作之家见过他好几次，但在海滨偶遇，还是让我有些意外。那天黄昏，我去海滨散步，顺便走进书店，看到王蒙获茅盾文学奖的小说《这边风景》，搁在一楼至二楼的楼梯口扶梯上，显得有些孤独。也许，

和邓友梅老师在中国作协北戴河创作之家

文学写作就是这样，众声喧哗间，孤单地立在一边。我买了一本《这边风景》，想后面几天如果在小院偶遇王蒙，就请他签个名。

我从书店出来，在海边潮水般的人流中，突然看到身材不高的王蒙在创作之家主任的陪同下，往安一路方向走，我与王蒙擦肩而过，在走过他身边时，我举起《这边风景》想打个招呼，我喊了一声王老师，但海边人声鼎沸，王蒙显然没有听见。我看着他苍老的背影，略显疲惫，就像一个普通的老人，消失在涌动的人流中。

我有一个建议，创办中国电力博物馆

2019年8月2日，全国档案微信热文榜月榜发布，"国网档案"推送的"中国电力作家协会副主席陈富强建议：创建'中国电力博物馆'"排名第一。

我之所以提出这个建议，主要基于两个理由，一个是中国电力行业是全球规模最大的电力行业，并且在一些领域走在世界前列。其二，在全国5000多家博物馆中，没有国家级电力博物馆。我认为这个现状，既十分遗憾，也非常不应该。我长期研究中国电力工业发展史，2018年又作为核心专家，参与了"中国工业史·电力工业卷"的编纂，让我对中国电力工业的发展历程有了更深入的了解，也觉得建立一家国家级电力博物馆的确必要。我们常说要讲好中国电力故事，博物馆是一个很好的平台。

1882年7月26日，上海有电，中国成为全球最早有电的国家之一。1931年，地处上海南京东路181号，毗邻外滩的一幢建筑落成，成为上海电气公司，也是后来的上海电力公司的办公场所。我在"建议"中认为，这幢楼是最好的电力博物馆馆址，每天有大量的人流量，又是早期中国电力工业发展的见证。我在提出"建议"时，这幢大楼还是国家电网公司所属鲁能集团在管理，与紧挨的华东电力生产调度大楼一起，改建成一家高档酒店。但不久，鲁能集团成建制划出国家电网，单独成立"中国绿发集团"，不再属于电力系统，这幢楼自然也同时划走，我在"建议"中提出的将这幢楼作为中国电力博物馆馆址的建议，也就烟消云散，成为笑谈。

在南京东路181号对面，有个"1882广场"。上海电力公司在那儿复制了一盏中国有电时的电灯，地面则刻写"中国第一盏电灯"标志。灯杆附近，还立着一本青铜书，是中国电力企业联合会和国家电力公司制作的一个地理标志。这本翻开的书页上，镌刻着几行简要的文字，说明中国有电的历史史实。我曾两次专程去过那儿，每次去，我都会在"1882 广场"默立一会儿，行人像潮水一样在我身边涌过来，又涌过去，也许他们永远也无法理解，我为什么要在这里，面对一本青铜书看了又看。他们中的一些

上海南京东路上的中国有电地标

人也会停下来，看青铜书上的文字。还有一些人，会顺着我的目光，仰望悬在高处那盏孤独的电灯。

在璀璨的灯光里，我在南京东路 181 号对面驻足，隔路相望，140 多年电力烟云，在我周围缭绕，驱之不散。

参与《中国工业史·电力工业卷》的编纂

参与《中国工业史·电力工业卷》的编纂，前后历时近四年，中间恰逢新冠疫情，既煎熬，也难忘。2020 年 6 月，当时疫情似乎有些好转，编纂组召集开会，我去市中医院做了核酸检测，经过层层检查关卡，终于抵达北京。从北京回来上班，部门开会时，本来参会的公司领导是不戴口罩的，一听我刚从北京回来，连忙掏出口罩戴上，弄得我也很尴尬。

编修志书，其实不是我的强项，我之所以被邀参与这部大书的编纂，主要还是我对中国电力工业史有一点研究。很多年以前，中国电力企业联合会曾组织编写过一本《电力史话》，我参与了最后的统稿，但这本史话显然是比较单薄的。另外，中国电力出版社也出版过一套《中国电力工业史》各省区市卷。这些史书，为编纂《中国工业史·电力工业卷》做了一些探索，但史料零散，需要整合，工作量很大。

编纂工作由中电联组织，委托国家电网公司英大传媒具体实施。要整合全国电力行业的资源，其实是一件相当头疼的事情。两大电网，五大发电，三大装备企业，两大辅业集团，再加上地方能源电力企业，都是一方诸侯。协调工作之难，可想而知。

核心编纂组由英大传媒刘副总抓总，原中国电力出版社业务领导肖兰具体负责。起先，组员五六个，后来逐步增加。从那以后，我去北京成为家常便饭，常住崇文门外的崇文门饭店，主要是离英大近，隔着一个十字路口。崇文门饭店看上去不起眼，也显得老旧，却是一家十分有历史的饭店，1983 年秋天开业的马克西姆西餐厅就在饭店二楼，我每次入住，三五天不等，天

中国电力企业联合会颁发的聘书

天早餐就在马克西姆西餐厅吃，最明显的感觉是餐厅灯光可以说十分幽暗。从大堂拾级而上，餐厅内枫栗树叶状的吊灯与壁灯散发出幽暗的光辉，映照着墙上的鎏金藤图案，以及摩自卢浮宫、故宫的装饰壁画，四周无数水晶玻璃镜、五彩缤纷的彩画玻璃窗，眼前一切仿佛让人置身于18世纪法国巴黎的豪华宫殿。事实上，马克西姆餐厅在19世纪末叶开张时，的确是巴黎上流社会年轻人经常聚会的"俱乐部"。

各单位的编纂人马基本落实以后，以中电联名义组织了一次培训。刘总跟我说，你也得讲一讲，给你半小时。我对志书的编纂也是一头雾水，不知道讲什么，想来想去，就讲了半小时关于细节写作的重要性。

中间，有一次编纂小组在北京植物园开会，据说曹雪芹故居就在那里，但可惜那次我缺席了。

不过，在北戴河的编纂会议我参加了。报到那天晚上，下着细雨，我步行数公里，去了趟安一路九号的中国作协创作之家，但铁门紧闭，隔着铁栅栏，看了下院子，巴金的题词在夜雨中隐约可见。

英大负责联系我的华峰，以及张大龙，都是业务素质过硬的资深编辑。他们曾是《李鹏回忆录》的编辑，闲下来聊天，他们也会跟我聊聊去李家的一些事情。

编纂组成员李学广是山东人，退休前最后一个实职岗位是山东电力公司副总政工师。我们认识多年，算得上是老朋友。大家闲聊时，我说老李本可在个人仕途上再上一层楼，都是让写作给耽误了，这文学可真是害人不浅，与他同时代的山东电力人，哪个不是意气风发、光宗耀祖。每次讲到这里，老李总是报之以一笑。老李再三说，你来山东任何一个地方，必须得告诉我。有一次我去济南的国网技术学院讲课，我跟老李通报了，他说要来看我，我说不用了，就住一晚，讲完课就返程。那天黄昏，我在食堂吃好饭，老李给我电话，说他到学院了，副院长是他学生，要请我吃饭。那天，我吃了两顿晚饭。老李说，你明天讲完课，我陪你去泰安登泰山，我

在济南国网技术学院做讲座（常福顺 摄）

婉拒了，说来日方长，以后再找机会。次日上午讲课，在济南校区设一个主会场，在泰安等几个校区又设了分会场，受众是在几个校区培训的新进员工，据说有五千人同时通过视频听课，创下我授课听众人数之最。下午，学院安排车子，我去看了大明湖、老舍纪念馆和李清照纪念堂。

编纂《中国工业史·电力工业卷》中间，有一事得记上一笔。国家电网档案馆打算编一本《点亮中国》，主要是记录全国各省区市有电的那段历史。因为要求是以文学写作的风格，所以，国网档案馆牵头，组织了一次线上培训，我主讲，讲了个把小时。我又同时负责联络部分省区市的写作，包括上海、北京、西藏都在我这个组，说实话，稿子到手以后，一读，确实参差不齐，修改花了不少力气。后来没过多久，国家电网档案馆筹建中国电力工业档案馆，又邀请我担任顾问。这件事，是我乐见的，虽然我写的建设中国电力工业博物馆的建议石沉大海，但中国电力工业档案馆的建设，也算是"东方不亮西方亮"。

《中国工业史·电力工业卷》编纂历尽艰辛，终于出版，上中下三卷，但没有收到样书。我去电询问，回答是这套书由中国工业经济联合会在负责销售，可以购买。听说这个情况，我就打了退堂鼓，心想等若干年以后再去孔网购买吧。当时，中电联同时组织编纂《中国电力工业简史》，其中我参与的综合卷早于《中国工业史·电力工业卷》出版，因为是英大旗下的中国电力出版社出版，所以得样书一册。

创作出版的能源电力题材长篇报告文学

2022年世界读书日，恰逢我的《中国电力工业简史》出版，虽然我尽量用文学的语言来写作，但本书终究不是严格意义上的报告文学，兼有学术与科普。"书香国网"组织几位作家进行线上直播，我以"电力题材创作的无限可能性"为主题，做了一场直播，顺便也介绍了新鲜出炉的《中国电力工业简史》。根据大数据显示，那天在线观众超过22万人，让我再次领略网络直播的无穷力量。我在直播中展示了《中国电力工业简史》，当然是希望对销售有点帮助，但从后来的销售情况来看，并不是太理想，虽然加印多次，发行量在同类图书中也算不错，但作为一部可供大学电力专业、培训机构、新员工培训研读的科普教材，应该有更大的发行量。令我欣慰的是，国家图书馆、首都图书馆、清华大学、北京大学、浙江大学等图书馆都收藏了这部书。

迄今，我创作出版的能源电力题材长篇报告文学已有8部，分别是《和太阳一起奔跑》《中国亮了》（与黄亚洲、柯平合著）《铁塔简史》《源动力》《点灯人》（与潘玉毅合著）《能源工业革命》《火焰传》《中国电力工业简史》。在国内作家中，像我这样深耕一个行业，写作如此数量作品的作家应该是不多见的。

在写作长篇电力题材的同时，我也创作了数量可观的中短篇电力题材报告文学，其中《保卫电网》是较有代表性的一篇。

2008年元旦刚过，南方持续冰冻雨雪天气导致多省区电网损毁，浙江是其中最为严重的省份之一。省公司启动一级响应，全员放弃春节休假，抢修电网战役在全省铺开。我第一时间去了抢修现场，在山上，先后接到浙江省作协和中国电力作协领导电话，当他们得知我已经在现场采访时，都表示了赞赏。经过三天采访，我回到杭州，很快写出一稿，发给《国家电网报》，数日后，副刊整版刊发，随后，《浙江日报》《华东电业》《浙江电业》也先后发表了这篇《保卫电网》。

《源动力》在浙江美术馆签赠（《浙江工人日报》记者 摄）

后来，我又对稿子做了补充，扩充到3万多字的容量，被中国电力出版社编选出版的抗冰抢险报告文学作品集《冰雪战歌》全文收录。后来，此文获得第十九届中国新闻奖报纸副刊作品复评暨2008年全国报纸副刊作品年赛金奖、第二十三届中国产业经济新闻奖副刊作品评选一等奖、国家电网报社年度好新闻一等奖。

　　《国家电网报》选送《保卫电网》的理由是："这是一篇反映2008年初我国南方遭受特大冰雪灾害，浙江电网员工舍小家、为大家，英勇抗击冰雪、保卫电网的报告文学。文章以电力工程师小林和恋人于晶的亲身经历为线索，全景式地再现了这场50年不遇的冰雪灾害给电网造成的沉重打击，以及电网人众志成城抗击冰雪保供电的宏大场景，刻画了胡逢兴、赵义亮、吕永喜等奋战在抗冰一线的可敬、可爱的电网员工形象，展示了新时代电力工人的风采。文章结构严谨，格调高雅，既有全景式的介绍，又有调查报告式的科学分析，还不乏细腻生动的细节描写和人物内心刻画，不失为一篇思想性和艺术性俱佳的报告文学佳作。"

　　在电网抢修过程中，有许多可歌可泣的故事值得书写。嘉兴平湖有一位青年职工随队赴丽水山区抢修，中间恰好是他和未婚妻约定结婚的日子，但抢修任务没完成，他也无法撤下山，只好电话未婚妻，婚礼延期。但没想到那位未婚妻也是一个有个性的，她坚决不答应延期，在约定举办婚礼的那一天，自己跑去婆家，把自己给嫁了。这件事被同事知晓以后，迅速在单位传开了。电网抢修结束，我们需要排一个节目去参加北京总部举行的总结会，这对夫妻的故事就成为一个重要而有意思的线索。我们邀请浙江话剧团编导过来，他们一听，也觉得有戏，于是，排了一出小话剧《没有新郎的婚礼》，主演是浙江话剧团的台柱子，演得十分到位，我们看了，都感动得不行。到北京的舞台上一亮相，也赢得满堂喝彩。当时，担任那场晚会的司仪是央视请来的名主持，导演组事先将这对小夫妻请到了现场，《没有新郎的婚礼》演出一结束，主持人就把他们请上台，变身婚礼司仪，要在舞台上为他们补办婚礼。这个插曲，成为整个晚会的亮点，引来全场掌声，根本就停不下来。

  上述提及的赵义亮，时任浙江省电力公司总经理，在采写《中国亮了》的过程中，赵义亮曾经给予过宝贵的支持。其实，还有两件事情，也让我记忆深刻。一件是《中国亮了》出版时，我让赵总的秘书戴博士代送了一本给他。当时，恰逢每年新进员工的时间，那一年，公司大约千余名新员工集中在杭州一所部队学校进行军训，赵总指示购买了《中国亮了》，人手一册。后来，我在基层单位遇到他们中的一些人，他们都说，是通过《中国亮了》知

被某博物馆收藏的部分能源题材作品（何伊娜　摄）

道了我。

  另一件事情是2008年抗冰灾那年,在电网基本抢修完成时,省里要召开总结大会,赵总有个五分钟的发言。一天时近午夜,我突然接到戴秘书电话,让我马上去趟公司,赵总有事找。我赶紧打了个车往单位赶。到达赵总办公室时,除了戴秘书,还有公司办公室的两位笔杆子。赵总手上拿着一页稿子,对我们说,你们再商量商量,明天上午就要用了。我回到办公室,打开电脑,浏览了一遍稿子,说实话,写类似稿子,并非我的强项,但我还是硬着头皮,按照我的想法做了些润色。我的理解,赵总对稿子不太满意的地方,是语气过于程式化,可能需要适当加入一些文学元素,让稿子读起来更加铿锵,有感染力。另外,他肯定也读到了前不久在《国家电网报》发表的《保卫电网》,心里有一些触动,不然,也不至于大半夜的把我喊去了。第二天定稿的稿子,我没有看到,我的修改意见有没有吸收,我也没去注意,反正,我也算是尽力了。

因写作一本书结缘

因为《中国亮了》而与我结缘的同事朋友有不少，刘艳珂是其中一个。有一年年底，我去监理公司，是年终的例行工作考核，遇到刚进单位不到半年的刘艳珂，她说，她就是在军训时收到这本书，知道了我，特意过来和我认识一下。小刘是毕业于西南政法大学的法学硕士，我看到一张她在毕业典礼上代表毕业生的发言照片，当时就觉得这个女孩身上有一种不可言说的气场。没过多久，她就调到省公司办公室，接触多了，就能感觉这是一个自带光芒的人，不仅业务能力拔尖，情商也很高。她在担任文档处长期间，与中国传媒大学合作，组织了浙江省电力公司内部的"口述历史"文化工程，并公开出版两本厚厚的同名书籍，留下了一批珍贵的浙江电力史料。她还主编出版《点亮浙江》，对全省各地市的电力起源进行溯源。这在全国电力系统开了一个先河。后来，国家电网公司档案馆组织《点亮中国》一书的写作，就是受了《点亮浙江》的启发。

我是浙江省电力公司文学协会首任会长，刘艳珂调到省公司后，我有意请她接棒，她爽快地答应了，并且组织了好些活动。有一次，她和文学协会会长继任者何洁，邀请国学专家傅先生在纯真年代书吧做了一个讲座，吸引数十位公司文学爱好者前去聆听。她在网上开办"法律茶座"，自写文案，自己播音，有一大批固定的听众。小刘的主持，台风正，应变能力强，颇有大家气象，我开玩笑，这是一位被法律耽误的主持人。事实上，她在读研究生之前，曾在地方电台担任过主持人，所以，开办"法律茶座"对于她来说是驾轻就熟。

何洁的学历背景很厉害，她在英国牛津大学本硕连读，而且学的是数学。但她却对文学感兴趣，也能写。她调到浙江电力交易中心后，曾邀请我过去做一个讲座。交易中心员工不多，但读书与文学创作氛围很浓，他们连续两年编印职工文学作品集，收录职工的原创作品，而且几乎是全员参与写作，从中心主任到普通员工，可以说，这样的现象，在全国也是不多见的。

我的徒弟张冰冰是东北电力大学硕士研究生，专业当然就是学电的，但也爱好写作，只不过她的写作不局限于文学，而是涉及业务，是个多面手。单位要求专家师带徒，冰冰就报了名，认我这个师父。我先后收过两批四个徒弟，除了冰冰，还有部门同事史常宝，湖州供电公司的王珏，义乌供电公司的徐衍。这个师带徒，指的是业务工作方面的，如果说写小说，徐衍可以当我的师父。师徒一场，我也没有什么可教给徒弟的，我送了几本书给冰冰，其中有《中国亮了》，算是师父的一点心意。

冰冰是东北人，有东北人比较豪放的性格，大大咧咧的。记得有一次，我们参加华东电网的一个职工文学作品集评审，我和郑敦年、张冰冰作为评委参加了。我和敦年直接从杭州去上海，冰冰在温州供电公司上班，她从温州坐动车到上海，到会议地点的上海高邮路已经很晚了，我们都有点担心，但她却满不在乎。冰冰后来调到杭州，在一家系统的基层单位出任党建部主任，求助我这个师父，说他们领导很爱读书，她想组织一次以女性励志为主题的读书活动，让我推荐几个女作家。我推荐了宁波的天涯，她曾经在宁波供电公司工作过几年，因为是非正式在编职工，后来就离开了，成为自由撰稿人。天涯的身体受到过严峻挑战，九死一生，但不屈服，很坚强，可以说是女性励志的典范。但最后不知什么原因，天涯没有成行。

冰冰组织的读书会还是开起来了。但嘉宾成了《杭州日报》首席评论员徐迅雷和我，读书会的主题也宽泛。那次读书会安排在凤起饭店，去了好多人，从冰冰口中爱读书的领导张永明、郑洪华，到凤起饭店总经理顾莹莹，以及财务刘经理等，他们的发言都做了充分准备，对读书的理解和感悟也有非常独到的见解。特别是顾总，她讲阅读《万物无尽》的感受，我想，能把这么厚一本书读完的人真的不多。我有一种感觉，和喜欢读书的人在一起，真是连空气里都充满了咖啡的味道。

在华云企服读书会上赠书（朱静静　摄）

台州三门县供电公司的程亚军，看名字，像个男人，其实是女生。亚军是个写作多面手，各种文学体裁都信手拈来。县里面开大型晚会的主持人串词，单位员工去参加上级组织的演讲比赛的稿子，也通常是她执笔。有一年，亚军说她要写一部长篇报告文学，在网上买了《中国亮了》，参考了结构和叙述风格，就动笔了。亚军平时的工作主要是写新闻，积累了大量素材，结构把握准了，那些素材就像开闸的库水，飞流直下。这部长篇报告文学叫《光阴里的光》，亚军嘱我写个序。书出版后，举行了一个首发式，很多媒体都来报道，包括"凤凰网"也来了。亚军性格外向，但唱起越剧，却是一腔吴侬软语，柔软得很。

把刘艳珂调到办公室的是钱朝阳，当时是主任。我认识朝阳多年，是一位上下口碑都不错的年轻干部。他刚从基层调来省公司任干部处副处长时，我们在一个楼层办公，当时还在金祝南路2号的老大楼，在走廊尽头有一个临时搭建的水池。早上上班，我们通常会在那里倒剩茶洗茶杯。一天早上，我拿着茶杯去水池，恰好朝阳也过去，我们几乎同时到达水池位置，双方都不约而同后退一步谦让。但朝阳执意要让我先来。我比朝阳年长，也就不再推辞。我开玩笑，就当是钱处长尊老。朝阳笑了一下，退到一边等我，问我最近有没有写什么作品，我说，我这是不务正业啊。朝阳说，我不这么看。话说到这里，我的茶杯也洗好了，与朝阳点头示意后，匆匆离去。

记得有一年，公司领导让我组织中层干部每人写一篇论文，汇编一本论文集。绝大部分领导都是部门里的笔杆子代笔，但钱朝阳是个例外。当时，他已是省公司纪检组副组长、监察部主任，我去他办公室要稿子，他说，再等我两天，我已经有思路了，很快就动笔。几天后，他果然发给我一篇论文，在那批论文中，可以说是写得最好的几篇之一。钱朝阳后来调到国家电网公司总部，从此人生一路高歌猛进，分别在江苏、天津和上海电力担任要职，这几家都是国网内部重点企业，在这些省市公司历练过，前途不可限量。果然，钱朝阳调出国网，去了南方电网公司任副总经理，两年后，跨界调往中国石油天然气集团有限公司，出任纪检监察组组长、党组成员。

  2024年初，朝阳重返南方电网，出任总经理。这也是继钟俊之后，第二位担任南网要职的浙江电力人。

  刘艳珂刚调到省电力公司办公室时，钱朝阳主任找她例行谈话，朝阳手上恰好有一张刊有报告文学《保卫电网》的《国家电网报》，他刚看完，问小刘，你觉得陈富强这篇文章写得怎样？又有一次，钱朝阳在上海电力任一把手期间，我们公司分管领导带领部门骨干去上海拜访朝阳，用餐时，他问富强怎么没来。我那次恰好重感冒，请假了。同事回来后跟我说起这事，让我很是感动。客观讲，钱朝阳是我认识的领导当中，在普通职工和上级领导中，口碑都不错的人，所以，他后来能不断进步，也在意料之中。而在我眼里，他自己动笔撰写论文，就已经比其他领导胜出一头了。

所谓镇馆之宝，无非就是一套《四库全书》

我一直认为，成就作家，除了天赋、勤奋，还有一个不可忽视的因素，就是耳濡目染。我上面讲到的徐长者、朱老师、草台班子、样板戏、电视剧和露天电影，都是我年少时的文学启蒙。我回顾自己的写作生涯，一套史书的影响也不可小觑。我们经常说一座博物馆或图书馆需要有镇馆之宝，从图书馆角度来说，在我看来，所谓镇馆之宝，无非就是一套《四库全书》。

多年以前的一个冬天早晨，我经过浙江大学玉泉校区"文军西征"广场拐角，偶遇一位坐在轮椅上的老者，约莫八旬开外。保姆推着他晒太阳，此时，阳光正好，照在人身上暖融融的。隔着一道铁栅栏，栏内是浙江大学求是新村，因为是拐角，刚好形成一个空间，在这个角落，开了一家制作鸡蛋饼的小摊，老者在等他的蛋饼。我也买了一个，排在老者后面。在等待的过程中，我发现老者在看手机，边看边笑。我问大爷，有啥好笑的事情，说出来听听，让我也笑笑。老者说，没啥好笑的，我想起十多年以前修文澜阁的事情。我一听，真是择日不如撞日，赶紧说，我就想听听这个。保姆说，丁老在家也老研究那些建筑图纸。原来老者姓丁，我喊他丁爷。他笑眯眯地答应了。丁爷把手机递给我，我一看，是一张手绘建筑设计图，满屏线条，但我看不明白。

丁爷说，你往后翻。我的手指在屏幕上划动，后面出现多张不同形状的图纸，大多是手绘的。丁爷说，这是我当年参加文澜阁修缮时画的建筑施工图。见我将信将疑，他又说，你继续往后看。这时，我就翻到了两张照片，其中一张是当时的浙江省主要领导在文澜阁修缮现场与现场人员说话的照片，丁爷也在中间。我内心有些震惊，人不可貌相，眼前这位跟我一起买鸡蛋饼的丁爷，可是个人物。丁爷家族与抢救文澜阁《四库全书》的丁氏兄弟有没有关系，不好猜测，或许只是一个姓氏的巧合，却勾起我的好奇。

我欲向丁爷打听一些与文澜阁修缮有关的细节，但他的鸡蛋饼做好了，装在一只塑料袋里，从栅栏间递了出来。保姆接过，对欲言又止的我说，外面冷，得回家了。我颇为遗憾，说，丁爷，哪天，我们再聊聊。丁爷挥挥手，说好的好的，你来买蛋饼，我也来买蛋饼，我们就能见面。

此后连续三天，我都去那个拐角买蛋饼，每次都等上半个来小时，希望能再次与丁爷偶遇，但令我十分沮丧，丁爷却没有出现。卖鸡蛋饼的大妈说，他就住在求是新村里面，这几天气温低，估计是保姆不让出来了。我懊丧地拍拍脑袋，说那天应该问一声他的住址的，好去拜访他。大妈说，你去了，他也未必会见你，求是新村住着好多大学教授，总有几位脾气古怪一些的。我说丁爷脾气古怪吗？那天我们聊天，我看他蛮好相处的。大妈说，刚好碰到他喜欢的话题了呗。

从我和丁爷简短的聊天中，我得知丁爷是最近一次文澜阁修缮的参与者，时间大约是2006年，而丁爷无疑是其中很重要的一位设计师。他手绘的那些草图，显然是修缮过程中，不可或缺的施工图，这种图纸，也只能是像他这样的年长者才能画出来。

虽然后来再也没有与丁爷偶遇，但他参与文澜阁的修缮，倒是让我从他身上，看见杭州藏书家丁申与丁丙兄弟俩，特别是丁丙的影子。丁丙不光主持重建文澜阁，资金不足部分，还自掏腰包。

这事要从丁氏兄弟抢救文澜阁《四库全书》说起。

话说咸丰十一年（1861）冬，自广西金田揭竿而起的太平军第二次攻入杭州城，城内混乱不堪不说，连文澜阁也成了太平军兵营。丁申和丁丙兄弟俩商议渡钱塘江至萧山暂避。然而，兵荒马乱，甫出城门，兄弟二人就走散了。丁丙渡江至对岸陶堰，见到丁申题壁，方知丁申已赴杭州城西的留下镇，于是，又渡江至留下。留下辖区内的西溪湿地，是杭州城西不可多得的一块宝地，民间传闻宋高宗赵构曾说"西溪且留下"，虽然历史学家并不认为这是赵构所言，但西溪确实是可与西湖媲美的一处凡尘胜地。这也是后来丁氏兄弟抢救文澜阁《四库全书》残卷，之所以将西溪作为第一处藏书之地的重要来由。

文澜阁

且说丁申在留下镇开设米肆，寻访救助遇难的亲戚，居然发现裹物的纸竟是《四库全书》中的散页，顿时大惊失色。又有一说是在留下的街市里，镇上小贩叫卖包裹食品，丁丙上前买包子时，赫然发现包裹包子的纸张竟是《四库全书》的散页，顿时惊呼"文澜阁书零落在此乎"？

无论是裹物，还是包装其他食物，都令丁氏兄弟匪夷所思、心痛不已。丁申遂查看店主的包装纸堆，竟分拣出数十册被污损的《四库全书》。丁申痛感珍贵文献已散佚，决定冒险施救。丁申召集胆壮者数人，趁夜色潜入西湖孤山脚下的文澜阁旁，见四周残籍满地，库书已遭前所未有的浩劫。丁申几人乘夜拣拾文澜阁残编，陆续藏于其父"殡宫"（坟庄）所在地西溪风木庵，有数千册之多。丁丙到留下后，随兄竹舟一同收集四库书残本。兄弟俩不避艰险，收捡残籍，背负肩挑，每夕往返数十里，运往西溪风木庵藏匿，后又运至上海保存。

众所周知，《四库全书》是清乾隆三十八年（1773）开馆纂修，历经十年始成，卷帙浩繁，共收书 3461 种，79039 卷，分经史子集四部，《四库全书》因此得名。该书先后抄录七部，分别藏于北京文渊阁、北京圆明园文源阁、沈阳文溯阁、承德文津阁，以及杭州文澜阁、扬州文汇阁、镇江文宗阁。这七阁分称"北四阁""南三阁"。

我无法想象丁氏兄弟抢救文澜阁《四库全书》的过程，那么浩大的一套典籍，是如何从文澜阁内偷运而出。即使考虑被毁部分，剩下的文澜阁残卷，也是无比庞大的。作为杭州城八千卷楼主人和传人的丁氏兄弟俩，以他们瘦弱的肩膀，成为抢救文澜阁《四库全书》的孤胆英雄。在文澜阁展陈室"御座房"，有一幅手绘图，重现丁氏兄弟抢救《四库全书》的场景。画面背景是绿树掩映之中的文澜阁建筑群，临湖泊一条小船，船舱里已经堆着一些库书，岸上，还堆着大批待运的库书。五位运书者，分别以不同的姿态呈现在画面中，右上角，有一弯月牙，表明这是夜色笼罩下的西湖。

丁氏兄弟将库书运抵上海后，对散佚的文澜阁本命运依旧关心不已，他们嘱托杭州书商周汇西，以"敬惜字纸"之名四处访寻阁书。周汇西从数万斤焚字纸中检出成册者几及十之一，又收购残书约高二尺一束者八百束，悉数送至上海。

同治三年（1864）太平军撤出后，丁氏兄弟从上海将阁书运回杭州，暂贮杭州府学尊经阁，也就是现在的杭州碑林。杭州府学教授选派有学识门斗封锁守护，每年由丁申提供银六十两，以供晒书等日常开支。其后，丁氏继续搜寻和收集散佚的《四库全书》，至同治十三年（1874）共购得302册，至光绪七年（1881）暂贮遗册已达9600余册。然而，除去原藏文澜阁《古今图书集成》残本，实际《四库全书》仅为8389册，不足原书的四分之一。

清光绪五年（1879）冬，谭钟麟任浙江巡抚。谭钟麟在同治年间曾任杭州知府，对丁氏兄弟抢救文澜阁库书的事情一直十分钦佩与感念。谭钟麟再莅杭州，与丁丙共商重建文澜阁之事。重建文澜阁，恢复《四库全书》一直是丁氏兄弟的心愿。丁丙亲手绘制重建文澜阁图样并送呈，图纸经谭钟麟审阅后，指定丁丙、应宝时主持重建，并由丁丙、邹在寅具体负责此项工程，并下札命浙江布政使划拨经费。重建文澜阁工程定于光绪六年（1880）十月初八日丑时动工，十一月二十八日上梁，次年三月文澜阁落成，全部工程于九月告竣。此次重建，除复旧观，且有创新，临湖竖大牌坊，又新建太乙分青室。后增修围墙、假山、御碑亭、偏屋、厨房，镌刻石碑，抄补《古今图书集成》及夹板、木橱等，实际费用为一万八千银圆，超支部分亦由布政使命厘捐局照拨。事实上，尚有部分经费未就公款报销，由丁丙承担。

文澜阁重建竣工前夕,丁丙建议将旧时所收文澜阁残书仍藏阁中,以备诸生阅览。原暂贮于杭州府学尊经阁的文澜阁《四库全书》残编及谭钟麟所购赠的《古今图书集成》已全数搬迁至文澜阁。此外,丁丙为充实文澜阁藏书,将家藏《钦定全唐文》一千卷捐阁贮藏。

文澜阁馆藏《四库全书》

然而,《四库全书》已然残编一直是丁丙的心头之痛。清光绪八年(1882),由丁丙主持前后历时七年的文澜阁《四库全书》补抄缺卷、缺书工程正式启动。丁氏招募百余人在东城讲舍,以八千卷楼藏书为底本开展补抄工作。因家藏不足,丁丙从范氏天一阁、陆氏皕宋楼、卢氏抱经楼、汪氏振绮堂、孙氏寿松堂及长沙卧雪庐、南海孔氏三十三万卷楼等全国藏书名家处征求精善之本作为底本。至光绪十四年(1888),经过七年努力,除收藏的原书331种外,共编配残篇891种,全书补抄2174种,合订34769册。后又补抄阁书38种。共耗工本计钱51600缗以上。丁申、丁丙素来克勤克俭,敝衣粝食,出行从不乘车坐轿,但为了抢救《四库全书》,却不惜耗费巨资,倾其所有。丁丙主持补抄文澜阁《四库全书》完成后,集中藏于文澜阁。此次补抄后,文澜阁《四库全书》大体恢复原貌。1911年6月,浙江咨议局决议并经浙江抚院核准,文澜阁及所藏《四库全书》等图书并归浙江图书馆。

纵观丁丙,他的身上有多重身份,他是个藏书家,丁氏家族八千卷楼是清末四大藏书楼之一;丁丙又是位实业家,1896年8月,他与湖州商人庞元济在拱宸桥西创办的杭州世经缫丝厂,首用发电机照明,是浙江有电的标志,换言之,丁丙是浙江电力工业的创始人;他还是一位慈善家,除重建文澜阁,重建杭州另一处国家级地理标志拱宸桥,也有他捐款的影子。而抢救文澜阁

《四库全书》则是丁丙一生中最为辉煌的一笔。

《四库全书》经丁氏兄弟补抄之后，至民国，又先后有浙江图书馆首任馆长钱恂启动的"乙卯补抄"，浙江省教育厅长张宗祥发起的"癸亥补抄"。

至此，遭兵燹之劫，散佚大半的文澜阁《四库全书》，经丁丙、钱恂、张宗祥相继三次发起并组织大规模拾遗补阙，得以恢复旧貌。癸亥补抄经两年多辛劳，计补抄213种，5660卷，2251册。文澜阁《四库全书》因此成了7部藏书中最完整的一部：原《四库全书》有漏抄，补抄时依照原本将其补齐；许多乾隆时被删改的文字，则按原样据原本予以恢复；因为丁丙补抄所依据的底本和库书卷数不同、重装分册不同，补齐后的文澜阁《四库全书》还比原版多了数百册。在文澜阁内，陈列着《四库全书》四部不同抄本的单册影印件，分别是"乾隆时原抄本""丁丙光绪补抄本""钱恂'乙卯补抄'本"和"张宗祥'癸亥补抄'本"，复原了四个抄本的原貌。

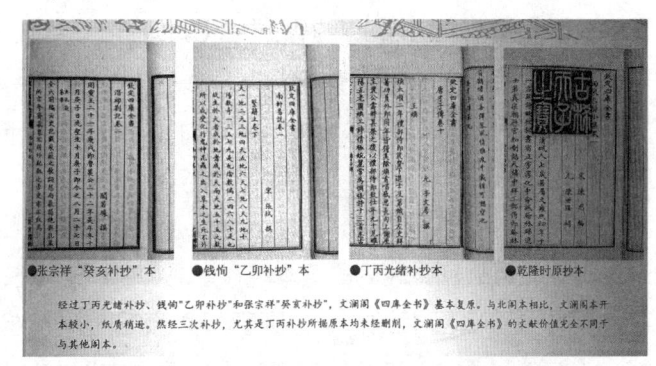

文澜阁版《四库全书》四部不同抄本的单册影印件

但是，补齐后的文澜阁《四库全书》，仍然命途多舛。抗日战争全面爆发，时任浙江图书馆馆长的陈训慈和浙江大学校长竺可桢为防止日军抢夺《四库全书》，在"文军西征"时决定协助浙江图书馆搬迁。《四库全书》被装成139箱，踏上艰难的征途。在从蒲城至江山县的路上，有3000余册书倾翻到溪水之中。抢救出来的书经过简单晾晒便又急忙"赶路"。由于有日军飞机的频频轰炸，只能在赶路的间歇中尽量地通风晾晒，以防霉变。经过四个多月的艰辛旅程，阁书终于抵达贵阳。1938年9月，日军首次轰炸贵阳，阁书又迁至贵阳城北八里处的地母洞，前后六年，终保阁书无恙。1944年11月，日军进攻贵州，阁书紧急迁渝。

抗战胜利后，国民政府曾打算将文澜阁本《四库全书》划归南京中央图书馆。对此，以张宗祥为首的浙江籍人士坚决反对。其理由之一，当年补抄时用的全是浙江省籍人士的捐款。此外，浙江籍学者在编纂《四库全书》过程中也是有功之臣，他们分别是桐乡人陆费墀，钱塘人王际华，余姚人邵晋涵，富阳人董诰。再加上当时的中央图书馆馆长蒋复璁也是浙江籍，蒋馆长获悉之后，自然也乐见阁书还乡。于是，1946年7月5日，阁书取道川南入黔，经湘赣入浙，进杭州，孤山下的文澜阁《四库全书》，便成为南三阁本中唯一保存下来的一部。

文澜阁内的史料也就"清代七阁《四库全书》贮藏现状"做了一个梳理，其中北京故宫文渊阁的藏本现存台北"故宫博物院"；沈阳故宫文溯阁的藏本现存甘肃省图书馆；北京圆明园文源阁的藏本在1860年被英法联军烧毁；承德避暑山庄文津阁的藏本现存中国国家图书馆；镇江金山寺行宫文宗阁的藏本在1853年太平军攻克镇江时全毁；扬州天宁寺行宫文汇阁的藏本也在1854年太平军攻克扬州时全毁。而"南三阁"唯一幸存的文澜阁藏本，则保存在浙江图书馆，也就是现在对外开放的文澜阁。七部《四库全书》存世四部，弥足珍贵。

文澜阁《四库全书》的重新影印出版，已经是2016年的事情了。当时，杭州出版社承担了这项浩大的文化工程。然而，4000余万元人民币的重印资金，成为一个巨大的障碍。尽管通过各种渠道，出版社筹得1000多万元，其中500万元还是出版社自投，但缺口依旧如一个深不见底的黑洞，资金链的断裂阴影笼罩在全体出版人的脸上，库书的印刷也不得不停机。

这时，浙江大学历史系教授毛昭晰找到了他的学生，杭州绿城集团创始人宋卫平。尽管彼时绿城也正陷入困境，但宋卫平还是答应，3000万元的出版资金缺口由绿城来填补。这是浙江文化史上一则难得的佳话，宋卫平给《四库全书》的重印只留下一句话："一定要把这件功德无量的事做好！"

重印后的文澜阁《四库全书》共1559册，重达5吨。显然，这是每一家图书馆都渴望拥有的"镇馆之宝"。包括海外一些大学的图书馆在内，都以馆藏一套文澜阁《四库全书》为荣。作为校友，宋卫平和他的同学，绿城创始伙伴寿柏年联袂向母校浙江大学赠送了一套《四库全书》。在宋卫平看来，支持文澜阁《四库全书》的出版，是为母校贡献的绵薄之力。自己能够在社会上为人处事，安身立命，这都得益于当年在学校历史系接受到的教育。

在文澜阁《四库全书》发行过程中，我听到一个感人的故事。浙西南的庆元县，决定入藏一套《四库全书》，但庆元在浙江是经济欠发达地区，县财政一下子拿不出一笔巨额购书经费，于是，他们启动了众筹。一时，海内外庆元人纷纷加入众筹行列，终于筹齐一笔经费，

重新影印出版的《四库全书》史部（翻拍自浙江图书馆之江馆区）

但距离购书最低价，还有相当大的缺口。发行《四库全书》的浙江鸿图图书，在得知这个消息后，决定以成本价出售一套库书给庆元。我开始以为庆元是《四库全书》西迁时曾经经过的一个县，但我在文澜阁内看到，库书初迁富阳，又旋迁建德，三迁龙泉，再迁贵阳，再入川。西迁路线图上，并没有庆元。对于庆元人民众筹购书的壮举，我只能表达由衷的钦佩。

文澜阁内的一张老照片引起我的注意，画面上，是一个山洞，洞内木箱堆成数排，四位着中山便装的中青年男子立于两旁。这是库书西迁贵阳的所藏之处，当地人称地母山洞，也是一座石质书库，尽管地母山洞有"天造地设"之誉，但终究潮湿。库书入藏后，防潮晒书就成为工作人员的主要日常。显然，照片上四位男子就是负责晒书的工作人员。

我一直希望能亲眼一见文澜阁《四库全书》。这个愿望在库书出版八年之后终于得以实现。在一个万物复苏的季节，我在浙北安吉一所外国语实验学校国学馆，见证了这套国家文献的入藏仪式。所有的流程都以文化的元素呈现，看得出，校方对库书的尊重。

入藏文澜阁《四库全书》的，是一所以中小学教育为主的学校，购买入

藏价格不菲的全套《四库全书》，在国内还是十分罕见的。校长是位饱读诗书的中年女士，她策划了隆重而典雅的入藏仪式，她说，终于将皇家图书馆搬进了学校，退休时间准备全砸在这里了。

国学馆设在校图书馆内，辟出一处面积宽敞的空间作为国学馆，一面是墙，三面是为库书特制的书柜围成的书墙，书柜以中式元素设计，铜皮包脚。书柜内外两层，里层入藏库书，外层则为其他国学图书。围绕国学馆主体部分以外的，是国学教室。国学馆内部，其实就是一个阅览室。1559本库书，几乎摆满了三面书柜。我步入国学馆，第一次见到围成书墙的《四库全书》，内心掀起的波澜，竟让我的双腿显得异常沉重，我缓步经过"经、史、子、集"，它们沉默不语，虽经时光冲洗，依然保持着足够的庄严与神圣。我甚至不敢伸手触摸它们。所有的书柜门都大敞着，迎接柜门关闭、库书入藏那一刻的到来。

这馆舍，配得上文澜阁《四库全书》。

站在书柜前，我想起去文澜阁，看到馆藏两层的库书锁在书柜里，文澜阁的书柜非透明，均由实木制成，柜门上书"文澜阁尊藏""钦定四库全书""钦定古今图书集成"等。看着成排的书柜，唯有肃然起敬，放轻放缓脚步，仿佛我脚下踩过的每一步，都是当年抄书匠工留下的印记。

地处浙江博物馆孤山馆的文澜阁建筑群，是明显的江南园林建筑风格，有假山，有水池，也有小桥，更有乾隆手书御碑。入藏《四库全书》的文澜阁匾额，看上去有些锈迹斑斑，恰如时光穿梭，岁月留痕。池水清澈，数尾尺余金鱼成群结队，两头小鹿立于阁门两侧，它们一律回头，望着阁门，洞开的阁门，可见"敷文观海"横匾，桌上的笔墨纸砚，似乎还在等待库书编纂官们的到来。

司仪提醒，嘉宾可以关柜门了，我关上了其中一扇门，我尽量以最轻的动作，避免柜门关闭时发出声响，在柜门关上的一瞬间，我的眼眶不听话地潮湿了。当所有柜门都关上，库书列阵的姿容，真是无与伦比的豪华与璀璨。这一刻，我突然想起在浙江大学"文军西征"广场拐角偶遇的丁爷，他曾参与文澜阁的修缮，如果他还健在，会不会也和我一样，在面对文澜阁《四库全书》入藏国学馆时，心生波澜、泪湿眼角。

寻找小八千卷楼

丁氏家族在杭州历史上有口皆碑。丁丙和他哥哥丁申冒着砍头的风险，抢救了文澜阁版《四库全书》。丁丙是著名的慈善家，清末四大藏书家之一，浙江电力工业的创始人，他为杭州城市建设出钱出力……为了纪念这位杰出的杭州市民，地方政府在城西闲林埠老街上，利用一幢清朝旧建筑，专门建了一座"丁丙纪念馆"。我觉得，丁丙是配得上有一个纪念馆来青史留名的。

闲林埠地处余杭区，离杭州主城区大约40里路。丁丙在杭州做了那么多可以写进地方史的好事，但他在杭州民间的知名度其实并不高。我是一直对这位杭州乡贤钦佩有加。知道丁丙纪念馆开馆的消息，就想去看看，但杂事缠身，直到立秋过后，一个依旧炎热的日子，倒了两路公交，去了闲林埠。老街是后来修缮的，徽派建筑，白墙黑瓦，十分好看。丁丙纪念馆在老街中间，正面是巨大的墙壁，进门为一天井，建筑是上下两层，均为丁丙生平以及丁氏家族的史料陈列。在一楼的"藏书世家"部分，我看到了小八千卷楼的图片。

丁家产业在杭州唯一遗存的，就是小八千卷楼藏书楼。这座藏书楼地处浙江大学医学院第一附属医院，杭州人简称浙一。以浙一在业内的地位，其门诊大楼、住院部等建筑，自是恢宏不凡。小八千卷楼在院区中心位置，是一幢两层清末民初风格的建筑，呈深褐色，在一众气势宏大的建筑群中，它显得有点格格不入，但就是这幢保护完好的小楼，给浙一带来的名声，堪称锦上添花。

这幢藏书楼取名小八千卷,要从丁丙的爷爷丁国典说起。

八千卷楼是清代杭州丁国典的藏书楼。丁国典因慕其远祖宋丁颛曾藏书八千卷,故名。至其孙丁丙,搜罗益富,又增建后八千卷楼与小八千卷楼,别辟善本书室以庋藏珍本。与山东聊城的海源阁、归安陆氏的皕宋楼、江苏常熟铁琴铜剑楼合称清代四大私家藏书楼。清咸丰十一年(1861)毁于兵燹。丁丙沿用楼名于清光绪十四年(1888)重建。八千卷楼有明刻精本、《四库全书》底本、名人稿本和校本,日本和朝鲜所刻汉文古籍较多,而且其中很多都曾为明清藏书家所递藏。

小八千卷楼坐北朝南,目测建筑面积 200 多平方米,平面呈长方形,通高两层,面阔三间,歇山顶,有前檐廊,二楼栏杆为装饰有纤秀的玉兰花形铁栏杆,门窗雕饰精美。南面小桥流水,环境幽雅。楼房四周,被树木掩映,林间一座小桥,原本应该有流水,但估计年代久远,随着浙一建筑不断扩大,流水的源头似乎也消失了。但一座民间藏书楼,能保存下来,并且有很好的维护,已属万幸。

我从浙一北侧的正门进入,导航上有小八千卷楼的定位,我随导航行去,但导航告诉我目的地已到,我却没有发现藏书楼。原来,我行色匆匆,没有看见被绿树挡住视线的藏书楼。直到我行至医院南门,询一保安,他一听我说小八千卷藏书楼,也是一脸茫然,我说是一座古建筑,他顿时恍然,你说的是"八角楼"?我寻思,只要是古建筑,不管它几个角,肯定不会错。我连连点头。保安说,你走过头了,你往回走,走过那幢高楼,

小八千卷楼

就能看见了。

　　我站在小八千卷楼前时，心情还是有点起伏的。拍完照，我绕着楼走了一圈，又把眼睛贴在窗格子上，发现楼内面积真是很小，一楼堆着一些书籍。这幢楼已被改作浙江大学医学院院史陈列馆的一部分。楼房是需要有人气的，只要有人进出，就会有活力。

　　在小八千卷楼前伫立约有一刻钟，我才转身缓缓离开。我有一种看到丁丙的感觉。在一座现代化大医院里，有这样一座书香满溢的古建筑，是医院的福气。藏书楼的书香，和悬壶济世的医院里飘满的，无法描述的气味，真是再也熟悉不过的人间烟火。

他们都是内心发光的人

丁丙有一个生意上的合伙人，也很了不起。这个合伙人叫庞元济，是湖州南浔人。本质上，庞元济也是个读书人。

在南浔，有"四象八牛七十二金黄狗"的说法。简单理解，"象"是南浔顶级富豪，南浔四象，每家财产都在一千万两以上，其中，刘镛家族财产为最，达二千万两。庞家也和张、顾家族一起，列四象之一，可见，庞家在南浔，也是豪门世家。通常，张家的张静江，因为与孙中山先生的特殊关系，在近现代史上，地位显赫。相反，庞元济家族的名声，却要稍显低调。历经岁月磨难，刘镛家族的小莲庄，张石铭家族的旧宅，基本保存完好，唯独庞家的祖屋，除了宅基地，地上建筑，几乎毁坏十之八九。

事实上，庞元济是民国以来最为著名的古画收藏家，有"收藏甲东南"之誉。与刘承干酷爱藏书以丰富浙江图书馆馆藏相似，庞元济的收藏，也为日后丰富南京、上海等博物馆的馆藏，积下无量功德。庞元济收藏的眼光，素为收藏家所称道。收藏于南京博物院的《富春大岭图》是元代黄公望的代表作之一。当年，庞元济购买时，所有行家都诟病其为赝品，结果被庞氏以6000美元的捡漏价收藏。足见庞元济鉴定古画的眼力超群。

或许，正是因为庞元济在古书画收藏界的独特天才，他在创办实业方面，也是眼界开阔，有独步天下之势。1918年，庞元济发起组建"浔震电灯有限公司"。这是南浔最早的电灯公司，为包括嘉业堂藏书楼在内的"四象八牛七十二金黄狗"，以及普通南浔民众提供照明。

但浔震电灯公司并非庞元济实业系中最值得夸耀的一役。早在创办浔震电灯公司之前，庞元济就在1896年，与杭州藏书家丁丙合资30万两，在杭州创办世经缫丝厂，成为浙江民族资本产生阶段最著名的企业之一。次年又与丁丙合资8万两在塘栖创办大纶制丝厂，1928年扩资改为崇裕丝厂。同年集资12万元又创办南浔机器缫丝厂。庞元济同时涉足棉纺业，于1896年与丁丙等集资40万两，在杭州创办通益公纱厂，这是当时杭州最大的企业之一，1902年转让给李鸿章的儿子李经方接办。1906年，庞元济在上海创办龙章造纸厂，这是当时上海唯一的一家造纸工厂。该厂占地60亩，引进全套美国造纸机设备，日产纸10吨。庞元济还在上海收买外商正广和汽水公司大量股票，投资中国银行和浙江兴业银行，并在苏州创办纱厂和印染厂。同时，庞元济还在杭州、苏州开办典当，并且在苏州、上海拥有大量房地产。庞元济大量投资近代企业，成为近现代著名的实业家、民族工业的先驱之一。

从庞元济这段实业简史中，可以看到，他与丁丙的合作格外引人注目。可见，他们志同道合，在创办实业的道路上，一时并驾齐驱，成为中国近现代史上一段不可多得的佳话。

同样是在南浔，清末秀才刘承干也非等闲之人。他于1920年，在其祖父刘镛始建的南浔故居小莲庄西侧，建造藏书楼，名嘉兴堂。工程历时四年竣工。在刘承干所撰《嘉业堂藏书楼记》中讲道："余少席先芬，习向庭诰，缅怀乡先，窃抱斯志……乃归鹪鸪溪畔。筑室为藏书计。糜金十二万，拓地二十亩。庚申之冬，断于甲子之岁。"

1951年11月，刘承干致信浙江图书馆，"愿将书楼与四周空地并藏书，书版连同各项设备等，悉以捐献与贵馆永久保存"。当时由浙江图书馆和嘉兴地区图书馆派员接收。接收时藏书有十一万册左右，杂志三千余册，红梨木书版三万余块。其中，《永乐大典》珍贵孤本四十二巨册；《四库全书》（翁覃溪手纂）原稿一百五十册。最著名的是《清实录》和《清史列传》两部书的底稿，均在北京国史馆内，社会上已经绝迹，刘氏出资两三万元派专人花数年时间，把这两部书全部抄回来。可见，嘉业堂藏书之丰、之珍，令人叹为观止。刘承干将藏书楼及所藏孤本等图书悉数捐出，堪称他人生最可辉煌的大手笔。

我进入藏书楼，在清帝溥仪所赠"钦若嘉业"九龙金匾及"嘉业堂藏书楼"匾之间，见一悬挂的吊灯，为五头灯具，灯罩卷边，呈波浪形。即使以现在的审美眼光来看，这盏吊灯也依旧十分耐看。藏书楼建成于1924年，此时，南浔已通电，这盏吊灯所装的五盏白炽灯，已有足够的亮度，照亮藏书楼的厅堂与书房。我能够想象，当暮色苍茫，南浔小镇在夜色里渐渐沉睡，而嘉业堂藏书楼却灯火通明，那些藏书里的灵魂和光芒，从书柜里散漫而出，与灯光一起，彻夜长谈。

湖州南浔嘉业藏书楼

回顾这段历史，我们会发现，那些为历史记住的人，都是现代文明的开拓者。刘承干的嘉业堂藏书楼，用上了作为古书画收藏家庞元济创办的"浔震电灯有限公司"提供的照明。在此以前，庞元济又与藏书家丁丙合资，创办杭州世经缫丝厂，进口发电机，为工人生产提供电能。他们没有想到，自己的这个举动，创造了一个历史。

1949年3月8日，庞元济病逝于上海，可以想象，他身后留下来的大量古代书画成了各方面关注的焦点。但最后，除了部分藏品流散海外，庞元济大多数藏品都留在了大陆。

庞元济为何没有将那些价值连城的藏品送往海外博物馆？自由撰稿人石慎之曾写作《庞元济：富甲东南的虚斋收藏》一文，发表于2017年12期《荣宝斋》。经过采访和考证，石慎之借庞元济曾孙女庞叔龄的回忆，寻找到的答案比较可信："1949年曾祖父过世后，家里面比较乱，在全国将要解放前夕，侄子庞秉礼因是孙立人的秘书，他来动员曾祖母要全家搬迁台湾，当时画已经全部装箱，军车也联系好了。最后一天曾祖母、父亲还有一个叫沈哲明的总管一起商量。最后，认为去台湾不合适，孤儿寡母的在台湾很难保存好曾祖父这一辈子的心血，他仍感到庞家的根应在中国，在江浙。或许真是在冥冥之中有一种无形的力量，将这批珍品留在了祖国大陆，这也是庞家对祖国的情意吧……"这个决定，想来庞元济在九泉之下，也会认可，他是多么地热爱这片土地。就地理概念而言，南浔虽小，却是他的故乡，有足够的空间，安放他的灵魂。

在嘉业堂藏书楼，我发现吊灯不止一盏，它们发出的光，曾经是南浔黑夜最温暖的符号。刘承干曾经在灯下阅读、批注，并给浙江图书馆写下对于嘉业堂的命运而言，至关重要的一封信。

庞元济和丁丙是浙江大地最初的点灯人，他们通过发电机提供的光明，与他们的藏书和古画发出的思想精神之光，在本质上有异曲同工之妙。一个照亮黑暗，一个照亮灵魂。我也想起我在浙江大学那个拐角处偶遇的老先生丁爷，在丁爷手绘的文澜阁修葺设计图纸里，一定会给《四库全书》留出最好的收藏位置，这部大典，可是文澜阁镇馆之宝。一如嘉业堂藏书楼的《永乐大典》《清实录》和《清史列传》。

丁丙和庞元济，以及刘承干等一众书生，仿佛一盏盏电灯，照亮我读书写作的每一个夜晚。我在多部电力史著中，都写到了他们，他们都是内心发光的人，在时间和典籍里，与他们交朋友，沐浴他们思想的光辉，使我终生受益。

巴金和老朱，都是有趣的人

人的一生中，会遇见很多人。有的有趣，有的无趣。我在本文中写到的那些人，自然都是有趣之人。不过，我这里要写一个趣味与一般人不同的人，他姓朱，我喊他老朱。

在写老朱之前，我要先写一下我家附近，杭州北山路上的"江南文学会馆"。北山路是一条有历史，而且是人文气息浓郁的街。无论从东到西，还是由西向东，但凡看上去外墙陈旧，屋檐瓦当向下的，就是有历史有故事的老建筑。可以毫不夸张地说，北山街的每一幢房子，都有一部电影可拍。北山街94与95号，门前的步行道突然抬高，全长两三百米，高出地面一米多，94与95号就在这一段步行道的中间。如果不是路边搁着一块巨石，路人一般难以发现，从这条小径上去，左右竟然是两个编号相邻的院子，有别墅，有亭子，也有参天的古木和野草丛生的石径。巨石上镌刻的是镶金文字：江南文学会馆。落款是：巴金手迹。吸引我的，正是这块巨石，在黝暗的灯光下，这块石头上的文字，依旧熠熠闪光。

北山街94号的这座院子叫"穗庐"，又名鲍庄。是广东商人鲍柏麟的别业，始建于1922年，算起来，已有百年。整个鲍庄占地2.1亩，是一座集住宅、园林于一体的山地园林。通往穗庐的铁门紧闭，但两扇铁门之间有一个可容人侧身而过的缝隙。我穿过铁门间的缝隙，进入穗庐，但已人去楼空，可以看出，已经多日无人迹，荒草长得茂盛。江南的野草，生命力总是格外坚强，只要雨一下，它们就从墙壁的石缝间，地面和台阶上，但凡有一星半点露出泥土的地方，硬生生钻出来，然后茁壮成长。久无人迹，屋内和院落里，散发着梅雨过后潮湿的味道。我站在门前四望，院子和院子的上空寂静无声，偶尔，有一只松鼠从树上爬过，用警惕的眼神看着我，我向它招手，它不屑地停留几秒钟，又突然消失在树林中。

别墅上方的一座石构碑亭内，巴金先生的手模还在。亭子被绿荫围绕，亭子顶上的青石，长满苔藓，石缝间，是摇曳的野草。在亭子中央，一座水泥方碑上，略略倾斜的平面，手模看上去纤细而充满沧桑之感。石碑一侧，刻着巴金手迹：我的心灵中燃烧着希望之火。这尊手模，是当年由北京现代文学馆制作，巴金女儿李小林特别赠予杭州的。安放在西湖边的江南文学会馆，是再也合适不过。

多年以前，我主笔浙江医院一部长篇报告文学的写作，出版时的书名叫《臻德精术》。采访过程中，我发现，巴金的晚年，与西湖离得很近。巴金特别喜欢杭州的春天，差不多每年都要在杭州待上半年，通常到深秋，他的生日前夕才回上海。因为身体原因，巴金在杭州的日子，有相当一部分时间是住在浙江医院。

穗庐安放巴金手模的亭子，取名"巴金亭"。是谁给取的名，我已经无从查询和考证。因为这个亭子，连同穗庐和95号的别墅，现在都已划

巴金亭

回地方产权单位，与文学已经没有太紧密的关系，刻有"江南文学会馆"的那块石头，也只是一个摆设。我离开会馆时，天空落下的雨，仿佛直接飘进我的心里，装满的是无可言说的惆怅。所幸石砌的"巴金亭"，无论多少年风雨吹打，都不会倒掉。

巴金显然是个有趣的人。他曾提出要建一个"文革"博物馆，以警醒后人，不再重演悲剧。遗憾的是，直至巴金去世，这个建议都没有获得足够的回音。但是在民间，却有很多人，在收集跟"文革"有关的实物，老朱就是其中一个。

我认识老朱已经有十多年。那一年，我们一起去湘西，老朱是一个人，很健谈，一路上都在和领队聊天。这趟旅行拢共五六天，我和老朱的交流不多，但因为是旅友，又是一个系统的，算是认识了。从湘西回来，老朱经常会发一些个人感想给我，那时应该还没有微信，老朱都是通过办公软件发。我很少回，有时，简短回一个：收到，谢谢你。

老朱有个业余爱好，收集"文革"期间的中小学教材课本。他手上的"文革"课本有多少，我不清楚，但我知道，外省民间人士曾邀请他去办过一次特展。如果有个"文革"博物馆，老朱收藏的课本，可以专门辟一个"文革"教材馆。老朱对"文革"课本是真用心，每次收集到稀有的版本，都会发段文字告诉我。

我很钦佩老朱的毅力，老朱穿衣不讲究，不修边幅，但对"文革"课本的研究，绝对称得上专家。老朱的藏品，覆盖全国各省市县，课本的品种和数量，在国内堪称独一无二。老朱将收藏"文革"课本作为自己的爱好，在我这个外行看来，算得上一骑绝尘。而在老朱心里，连课本都没有，何来教育史？从某种意义上来说，老朱不止是收藏"文革"课本，而是在收藏那段历史。历史就是这样，没人收集整理，就成碎片，最后，慢慢就消失了。

老朱父亲曾经是省电力公司的总工程师，单位里开大会，我在大会主席台上见到他，瘦瘦高高，很慈祥。但老朱一直是个普通员工，作为领导的后代，老朱连个科级干部都没混上，一个干部子弟混成这样，实在有损老朱家族的脸面。我认识的一些企业领导的孩子，大多也成了企业领导。然而，老朱从来不跟我说这些，也几乎从不提起他的父亲。我想，老朱的内心，应该是平静的。

有时候，老朱来大楼办事，会到我办公室转一转，我先后送给他几本书，一本是《能源工业革命》，一本是《源动力》，还有一本是《万物无尽》。后来，我又出过几本书，其中一本《中国电力工业简史》，我觉得老朱会感兴趣，特意给他留了一本在办公室，想等他来时送给他。但他一直没来，原来他退休了。

巴金和老朱，都是有趣的人。

我已经好久没有见到老朱了，但微信里的联络一直没有中断过。我觉得，我和老朱之间，就隔着一个微信的距离。也有一些微信好友不再联系，发过去的新年问候，也没有回复。我估计，他们中的一些人没有熬过2022年的冬天。他们死在这个冬天，但会活在我的微信里，直到有一天，我也活在别人的微信里。

在艾青故里，我看到了煤

中国作家杂志社组织国内部分作家赴金义新区采风。所谓金义新区，主要是指在浙江金华和义乌交界处，划出一片 600 多平方公里的土地，是一个自由贸易试验区。我参加了这个采风活动，到了金华，才知道著名诗人艾青的老家就在金东区，即金义新区内。以前，只知道艾青是金华人，具体是哪个区的人，则模糊得很。这次采风，我主要是写一家阿联酋投资在金义新区的新能源汽车，这家公司叫纽顿。除了写纽顿，我也想写一写艾青。这是我第一次去艾青老家，还是很有一些感触。写艾青的诗文很多，我考虑从艾青写煤的一首诗入手来写，或许写过的作家不多。

古代诗人写煤的诗不少，苏轼写过"书窗拾轻煤，佛帐扫余馥"，陆游则写"红螺杯小倾花露，紫玉池深贮麝煤"，黄庭坚有"晴窗影落石泓处，松煤浅染饱霜兔"，能把煤写得如此轻盈灵动有意境的，可能与当时的生存环境有关，因为煤在日常生活中扮演了重要角色。

即使到了 20 世纪七八十年代，煤在广大的乡村，依旧是主要的生活必需品。我年少的时候，家里用的是简易煤炉，需要用木柴作为引火介质，点燃木柴，搁上煤球，煤开始慢慢燃烧。每天早上，村子里炊烟四起，其实就是家家户户的煤炉开始工作了。后来，随着煤气的普及，煤炉才渐渐退出家庭。

煤推动了火车的前进。青年时代一次南下的旅行，在经过十多个小时的行程后，抵达目的地，我发现，我的白衬衫上，已沾满了煤屑。作为最主要的化石能源，煤在发电厂中所占的份额，无出其右。

一位政治先驱说，煤是工业的粮食。没有这种粮食，工业就会瘫痪。各国的大工业就会崩溃瓦解，就会退到原始野蛮状态。这是真理，至少在第一次工业革命时期。

而我更喜欢把煤比作"移动的气候""大自然的宝石"。在至少2亿9000万年前，煤开始在地底下形成。人类对煤的使用，改变了生活的形态，也开始影响地球的气候。

古诗里的煤，充满了诗情画意。现实中的煤，也依旧闪耀光芒。比如我在诗人艾青故乡畈田蒋村，就看到了艾青写的煤。

从村口通往艾青故居的道路，被命名为艾青大道。在艾青大道中间，设置有一处平台，仿佛一卷展开的书，写满艾青的诗。其中有一首《煤的对话》吸引我停下脚步：

你住在哪里？
我住在万年的深山里
我住在万年的岩石里
你的年纪——
我的年纪比山的更大
比岩石的更大
你从什么时候沉默的？
从恐龙统治了森林的年代
从地壳第一次震动的年代
你已死在过深的怨愤里了么？
死？不，不，我还活着——
请给我以火，给我以火！

艾青说，"诗人必须比一般人更具体地把握事物的外形与本质"，"诗人使各种分离着的事物寻找形象的联系"。这首诗，显然是诗人创作观的一次完美实践。

艾青诗歌进入读者眼眸的，《煤的对话》或许不算耀眼，但诗人以质朴的语言，揭示了煤的本质，以及煤在燃烧时产生的烈焰，其力量足以改变世界。

艾青故居之大，超乎我的想象。事实上，我在读《大堰河，我的保姆》时，就猜想，能让诗人儿时就拥有保姆的家庭，肯定不是等闲之家。不过，令人欣慰的是，这处白墙黛瓦的江南建筑，被完好地保存下来，建筑的设计，体现了典型的江南风格。从宽敞的堂屋，可见一方天空，想来也是诗人童年的夜晚，最喜欢仰望星空的地方。

在天井里，一只硕大的水缸，荷花开得正好。水缸边上的正中间，是一组两人雕塑，他们的背景照壁，有鲜明的陕北窑洞元素。他俩站着，相谈甚欢。从贴近地面的说明铭文上看，

《中国作家》杂志组织的采风作家们在艾青故居

一位是艾青，另一位则是政治大人物，他们见面谈话的内容主要是关于文艺方面的一些问题。他们看上去相谈甚欢。而大人物旁边，有一张方桌，奇的是，方桌一角，垫着一小块瓦片。据说，这块瓦片，是大人物放上去的，因为方桌搁置处不稳，大人物说，垫一块瓦片就稳了。这样的面谈，有两次。不久，著名的延安文艺座谈会召开。

我的住处毗邻杭州植物园。去植物园，通常是穿过小区的一扇门，经过一大片竹林，沿着一条水系，可达植物园入口，而此处，就是画坛巨匠林风眠旧居。因为近在咫尺，我已经不记得去过多少次林风眠旧居，但却不知，林风眠的学生中，有一个年轻人叫艾青。

那是1928年秋，艾青在杭州西湖艺术学院的第一个学期结束了，校长林风眠看到他的画稿，一边端详着一边说："你在这学不到什么，你到国外去吧。"次年春节过后，19岁的艾青乘坐法国邮轮远行。三年的留学生涯，虽然物资缺乏，但他在精神上得到满足。1932年1月，艾青回国，回到了阔别三年的家乡。那时，他的乳母大堰河已经去世。艾青在家里待了不到一个月，便在同学的介绍下来到上海，加入了"中国左翼美术家联盟"，并牵头组建了

"春地美术研究所",引起当局注意,将他和十余名美术青年逮捕入狱。也就是这次坐牢,艾青写下《大堰河——我的保姆》。

在艾青故居,我见到一位老人,他说他是大堰河的孙女婿,叫蒋祥荣。这有点出乎我的意料。我们进入故居参观时,老蒋刚从外面赶来,全身都被汗水濡湿了。老人看上去精神矍铄,身体硬朗。他说已整八十,平时就是艾青故居的管理员。我让同行的作家陆原替我和老蒋拍了一张合影。估计平时邀请拍合影的人多,老蒋虽然满脸沧桑,但表情自然。

虽然已与老蒋合过影,我还是有些将信将疑,向金华作家李英求证,李英说,老蒋就是大堰河的孙女婿。我又上网检索,发现《钱江晚报》上有一篇报道,提到了蒋祥荣,的确是大堰河的孙女婿。艾青原名蒋正涵,显然,蒋祥荣与他都是畈田蒋村人。

我在艾青故居见到的蒋祥荣,不仅让我想到艾青最为著名的诗作《大堰河——我的保姆》,也让我想起《煤的对话》。煤的品质,与蜡烛有异曲同工之处,都是燃烧自己,照亮别人。大堰河的身上,也具备煤的特质,她或许没有想到,在她去世以后,她的乳儿,会以一首诗歌的形式,让她在人间永生。

参观结束,我与蒋祥荣握别。我对老蒋说,多保重,您当艾青故居管理员,真是太合适不过了。老蒋说,大家都要保重,这样,你下次来的时候,我还在。当我握住老蒋厚实的手,我仿佛握住的,是诗人艾青的手,是艾青乳母大堰河的手。

这次采风,除了见到蒋祥荣,另有一收获,是遇见王蒙先生的长子王山老师。王山是中国诗歌学会副会长,想来是个诗人,也算子承父业。王山很随和,我和他聊天时,讲到在北戴河遇到他父亲,又说起我阅读过王蒙先生大量的作品,一时相谈甚欢。

老舍的济南光阴和北京城内的一个大水塘

在我的固有印象里,北方缺水。可同样是北方的济南,竟然有"七十二泉"之众。一座城,有"四面荷花三面柳,一城山色半城湖"的美名,可见泉城之誉,绝非虚名。正如刘鹗在《老残游记》里描述的:"到了济南府,进得城来,家家泉水,户户垂杨,比那江南风景,觉得更为有趣。"

如此,在距离七十二泉之冠的趵突泉不远处,一座门牌号为南新街58号的院落里,挖出一眼井,淌出的自然也是泉水了。

舒济85岁那年,重回济南这座小院,她一进院子,首先去看的,是院中的那口老井。当看到老井里的井水依然清澈时,舒济兴奋地让工作人员打上来一些,要与所有人一起分享,并告诉他们:"我出生的时候就有这口井,当年我们每天喝的都是这眼井里的水。"

舒济是老舍在济南齐鲁大学教书时,与夫人胡絜青生下的第一个孩子。老舍为女儿取名济,足见先生对济南的感情,非同一般。

南新街是一条狭窄的胡同,大约一辆小汽车刚刚能驶过的宽度,如果有双向的两辆车子需要交会,就显得十分困难,必须得有一辆车等在较宽处。送我去济南老舍纪念馆的车子,在58号院门前停下,我前后一望,对司机说,这里不好停车。司机说,你慢慢看,不用急,我会找一个地方停车等你。

院子是北方常见的合院,不大,均是平房,每个房间的面积,不足十个平方米。但院子很干净。一株石榴树,一眼水井,一口水缸,都是旧物,只有老舍的半身雕像,是新的。这口水缸里,养过荷花。半缸水,露出一根荷叶的茎。荷是大明湖最显眼的花。当年,老舍养在这缸里的荷,想必也是大明湖的种子。这眼水井,依然涌出济南城下遍布的泉水。而这株石榴,正是开花时节,枝头开出火红的花,在阳光下,分外耀眼,一到结果季节,就是满枝的石榴。

老舍客居济南的时间为四年,其中,有三年时光,是在南新街58号度过。在济南工作生活的四年,从纪念馆陈列的史料可看出,是老舍创作的高峰期。老舍纪念馆有三个展室,正房为第一展室,一进屋,便是老舍故居会客厅,说是客厅,也是狭小得很,中间靠墙一张八仙桌,左右各置一把太师椅,老舍当年就是在这里招待访友。西屋为书房,南窗下是书桌,放着台灯、毛笔、扇子、眼镜等物品,墙上则悬挂着风景画和老舍照片。西屋北侧是书柜,里面放置了《浮士德》《神曲》《哈姆雷特》等书籍。东屋是卧室,北侧放着卧床,上面铺着蓝色的被子,床头挂着老舍跟夫人胡絜青的结婚照。

济南老舍旧居

西厢房是第二展室,主要分为"人民艺术家"和"老舍在济南的足迹"单元。在"人民艺术家"单元,主要展示了老舍的成长以及从教经历,包括其在北京师范学校就读的照片以及在伦敦大学东方学院教学的珍贵照片。在"老舍在济南的足迹"单元,分为"齐大开讲新文学""湖山之间乐安居"以及"趵突泉畔涌文思"三个板块,分别介绍了老舍在济南的工作、生活和文学创作,其中老舍结婚时的结婚证以及朋友赠送的订婚礼物,在今天看来实属稀罕。第三展室设在东厢房,主题为"老舍笔下的济南",分为"古城印象""善意调侃"以及"情系泉城"三个部分。在"古城印象"里,《趵突泉的欣赏》《济南的冬天》《济南的秋天》等文章承载了老舍对济南的印象,而在"善意调侃"中,老舍用幽默的话语对济南民风民俗进行了描写,文字间透露出对这座城市的喜爱。在"情系泉城"里,毫不吝啬地透露出老舍对济南的不舍和怀念之情。

无论是书房，还是卧室，面积都非常局促。书房南窗前一张书桌一摆，书房左右几乎就没有多余的空间。可就是在这间小小的书房里，老舍创作了长篇小说《猫城记》《离婚》《牛天赐传》以及优秀短篇小说《月牙儿》《黑白李》和《断魂枪》等。同时还写出了一批诸如《济南的秋天》《济南的冬天》《非正式的公园》以及《趵突泉的欣赏》《济南药集》等咏赞济南风情的散文佳作。这些名篇佳构，已经融入济南，成为独一无二的人文风景。老舍曾以济南"五三"惨案为背景写成了长篇小说《大明湖》，可惜的是原稿在寄往上海后被毁于淞沪战争之兵焚。

济南老舍旧居内的书房

"闭门即是深山，读书随处净土。"老舍的济南书房，让我不由得想起明代归有光的书斋项脊轩。在《项脊轩志》中，归有光称其书房："室仅一丈，可容一人居。"老舍的书房，若就其面积而言，且容一人，增一人都多余。但已足够安放庇荫先生的灵魂。

一间狭小的书房，就是一个无比宽广的世界。无独有偶，归有光的庭院里有一株枇杷树，老舍的院落里有一株石榴树。它们相隔400年，都能开花结果，一如树的主人，陋室之间，有图书四壁，一双慧眼，能洞察世间万物。

我去济南是初夏，大明湖的荷，刚刚抽出新叶。

老舍是喜爱大明湖的。在济南住过的人，有谁会不爱大明湖呢。只是在《大明湖之春》一文里，老舍先生却念念不忘大明湖的秋天：济南的四季，唯有秋天最好，晴暖无风，处处明朗。在这篇散文里，老舍倒是清楚地写到了他的小说《大明湖》：我写过一本小说——《大明湖》——在"一·二八"与商务印书馆一同被火烧掉了。记得我描写过一段大明湖的秋景，词句全想不起来了，只记得是什么什么秋。

那么，济南的秋天总是很美的。我在大明湖赏新荷，再过一季，就是秋天了。那时，湖上的荷叶，也该缓缓枯萎。南新街58号院落里的石榴，也该成熟、开裂，裸露粉红的籽，等待人来摘。而现在，我只能在老舍的文字里，通过老舍描写的一幅朋友桑子中相送的油画，来感受济南的秋天：湖边只有几株秋柳，湖中只有一只游艇，水作灰蓝色，柳叶儿半黄。湖外，他画上了千佛山；湖光山色，联成一幅秋图，明朗，素净，柳梢上似乎吹着点不大能觉出来的微风。

从纪念馆出来，打电话给司机，忽然发现司机就将车子停在馆外的一个角落，那个角落的空间，不大不小，恰好容下一辆车子。从这条窄窄的胡同，被称作南新街的地方出去，遇见很多小学生，想来这里有一所小学，正是放学时间，学生们在回家的路上，偷闲在街边玩耍。我猜想那个年代，也有一些孩子，在老舍先生的住所外放学经过。这所小小的院落，也恰好容下老舍先生和他的家人，在此安宁地度过三个春秋。

车子在南新街开得很慢。街两边的房子，都有一些年头，缓缓地向后倒去，仿佛时间在回流。我想起下车时，司机对我说，你慢慢看，不用急。我这慢慢一看，就是老舍在济南的全部光阴。

浙江是台风多发地区，每年夏季，总会有几个力量特别强大的台风过境或登陆，台风过去，大地一片狼藉。与往年的台风不同，"烟花"移动的速度十分缓慢，且史无前例地两次登陆浙江沿海。从小习惯了台风来袭时的狂风暴雨，记得小时候，镇上小河水上涨，漫溢到岸上，鱼也会成群结队在岸上游来游去。

我在这个台风天，读陈徒手的《人有病　天知否》。其中写老舍一篇《老舍：花开花落有几回》，读完心情颇有些怅然，仿佛窗外这天气，下着雨，刮着风，实在让人有些透不过气来。

此文反映老舍的创作生涯时间，主要是在人艺。从老舍1949年12月12日从美国返回北京，一直写到老舍沉尸太平湖。用大量笔墨写了《茶馆》《龙须沟》，有很多当年人艺人的回忆。曾担任人艺党委秘书的周瑞祥曾经撰文，称："《龙须沟》的成功，使人艺建院之初期四巨头曹禺、焦菊隐、赵起扬、欧阳山尊倍加兴奋。"当时，曹禺、欧阳山尊刚从苏联回来，张口闭口就是莫斯科艺术剧院怎么怎么的。四个人海阔天空聊了一天，主题就是要把北京人艺办成像莫斯科艺术剧院那样的剧院。他们立志要为实现这个理想，"摽在一起干一辈子"。老舍是否知晓他们的宏大志向，我不得而知，不过，在英若诚的回忆中，上演《龙须沟》时老舍异常兴奋，说话都带着特殊的幽默。看到最后一幕程疯子穿着新衣服上场，他笑眯眯地说道："颜色别扭，像王八皮一样。"

只是没过多久，《龙须沟》就受到了批评。受到同样遭遇的还有老舍名作《茶馆》。1958年，《茶馆》停演前后，各种非议已经接踵而来，有的则已提到路线、原则的高度，比如有人认为，《茶馆》流露的是"今不如昔""怀旧"的情绪，全剧是在"影射公私合营""反对社会主义"。人艺老演员郑榕在接受陈徒手采访时说，剧中秦二爷有这么一句词："我的工厂封了。"就有领导说那不是指工商业改造，不是与党对着干吗？作为剧院领导，欧阳山尊听到的外界批评意见则更多，其中，有说戏全部结束时三个老头撒纸钱是为新社会唱葬歌，又有人说戏中秦仲义有句词"这支笔原是签合同的，现在没用了"，是影射公私合营，污蔑新社会一天不如一天，等等。

1966年8月24日，老舍沉湖。次日，剧院的人获悉老舍死讯，虽然心中慌乱，但谁也不敢说什么。那天，剧院正要开批判大会，主要是让《茶馆》的演员们揭发焦菊隐在创作上的问题。我发现，老舍沉湖的前一天，北京人艺已改名，改为"北京人民文工团"。

欧阳山尊回忆，老舍的死使他联想到一次夏天出游。那天郭沫若、老舍等与人艺的领导、演员们一起坐船逛颐和园，演员狄辛下水了，曹禺也下去了。欧阳山尊在一旁劝老舍也下水，老舍说："我扎猛子下去，半天都上不来，上来后又白又胖。"欧阳山尊后来在接受陈徒手的采访时，伤感地说："这句幽默的话是无心说的，说时很高兴，没想到成了谶语，他真的后来扎进太平湖。我想，他万万没想到灾难会忽然降临，没有精神准备，一下子接受不了。最大的苦闷，就是'文革'一来他被揪出挨揍。"

事实上，在老舍沉湖的前一年，即1965年，他已经感觉到寒风刺骨。当时，北京人艺的压力愈来愈大，使用老舍搞创作也逐渐变成敏感的斗争问题。

在那段政治高压加大的日子里，人艺与老舍从最初的不即不离演变到躲避不及。很显然，老舍终于成了剧院急于甩掉的包袱。以往人艺每年元旦、除夕活动，都会特邀老舍参加，而此时，在邀请名单里，早已见不到老舍的名字。

曾经出演过《龙须沟》《茶馆》《骆驼祥子》等戏的人艺终于淡漠了剧作家，老舍的名字只是在批判发言中屡屡使用。他的剧作全部被视为大毒草，有关演员多少受到牵连，剧组的人们很自然也随着运动的深入而分化、而相互斗争。比如蓝天野曾被开除党籍、英若诚以"里通外国"罪被捕入狱、黄宗洛受到"五一六"清查，等等。值得庆幸的是，蓝天野在2021年，以94岁高龄，被授予"七一勋章"。

老舍到过杭州，但住的时间不长，也无缘领略南方的台风。在《住的梦》一文里，老舍写下他对杭州的好感：春天，我将要住在杭州。二十年前，我到过杭州，只住了两天。那是旧历的二月初，在西湖上我看见了嫩柳与菜花，碧浪与翠竹。山上的光景如何？没有看到。三四月的莺花山水如何，也无从晓得。但是，由我看到的那点春光，已经可以断定杭州的春天必定会教人整天生活在诗与图画中的。所以，春天我的家应当是在杭州。

老舍笔下的杭州，与我此刻经历的，格格不入。"烟花"过后，我去西湖看荷花，一些荷叶已经被大风吹裂，也有一些被暴雨折了茎秆。但湖面上，依然有接天莲叶的浩渺。这让我想到济南的大明湖，以及距离大明湖不远的南新街58号，这是老舍在济南期间居住的地方。在屋子里的陈列中，读到老舍写济南的秋天和冬天，在《济南的秋天》里，老舍写道："上帝把夏天的艺术赐给瑞士，把春天的赐给西湖，秋和冬的全赐给了济南。"他又写了《济南的冬天》："请闭上眼睛想：一个老城，有山有水，全在天底下晒着阳光，暖和安适地睡着，只等春风来把它们唤醒，这是不是个理想的境界？"

我又在《住的梦》里，找到老舍最喜欢的夏天：夏天，我想青城山应当算作最理想的地方。在那里，我虽然只住过十天，可是它的幽静已拴住了我的心灵。在我所看见过的山水中，只有这里没有使我失望。它并没有什么奇峰或巨瀑，也没有多少古寺与胜迹，可是，它的那一片绿色已足使我感到这是仙人所应住的地方了。到处都是绿，而且都是像嫩柳那么淡，竹叶那么亮，蕉叶那么润，目之所及，那片淡而光润的绿色都在轻轻地颤动，仿佛要流入空中与心中去似的。这个绿色会像音乐似的，涤清了心中的万虑，山中有水，有茶，还有酒。早晚，即使在暑天，也须穿起毛衣。我想，在这里住一夏天，必能写出一部十万到二十万的小说。

如此，老舍喜欢的四季都有了。

夏天那么美，但南方的夏天终究是有台风的，起个"烟花"的名，也会横扫大地万物。而北方的夏天，最后留给老舍的，是太平湖冰凉的水。瑞典学者奥斯伍尔德·喜仁龙在 20 世纪 20 年代游历北京时，也来到这里，他在《北京的城墙和城门》一书中，描述了这一北京城内的湿地胜景，他把这个湖称为"大水塘"，他写道："一群鸭子在其间嬉戏；湖边的古柳，婀娜多姿，绿荫蔽岸。这一带远离城市，无人居住，气氛悲凉且孤寂，像是在缅怀昔日的胜景。"

就这么一个大水塘，沉没一个人时，却又那么深。

薛老师说，我要在研讨会上发言

有一些微信好友，我发去微信，永远不会再有回音。不是他把我拉黑了，而是他自己把自己拉黑了，他已不在人间。但我没有删掉他们的微信，仿佛微信在，他们就在。

薛家柱老师曾经是浙江省作家协会副主席，是浙江老牌文学刊物《西湖》副主编，可以说，薛老师发现和培养了一大批文学新生力量，是作家们的伯乐。薛老师儒雅，为人谦逊，才高八斗，他创作发表和出版过大量文学作品，但最让普通观众难忘的却是他的影视作品，比如电视剧《为奴隶的母亲》《济公》，《胡雪岩》是薛老师与作家二月河合作的作品。电视剧《济公》在江浙一带可以说家喻户晓。

薛老师住在大运河边上西湖文化广场后面的青园小区时，我和首长曾经去拜访过他，记得是一楼的房子，面积不大，但收拾得清洁整齐。那时，西湖文化广场还没建好，小区闹中取静，生活配套也方便。但没想到，若干年后，薛老师居然搬到玉皇山与钱塘江之间的一处公寓内。而恰巧，我们家也搬到了与薛老师所在公寓毗邻的水澄花园。一天，在江边散步与薛老师偶遇，我们都说太巧了，居然成了邻居。我问薛老师，怎么就想到搬这儿来了，薛老师说，这里是电梯房，住在高层上下方便，且视野开阔，空气也好。我想想也是，我补充说，这里风水好，前面是江，后面是山，有玉皇大帝保佑。薛老师听了哈哈大笑。

我的长篇报告文学《铁塔简史》出版后，组织了一个研讨会，我邀请薛老师参加，开始还有点担心，怕他年迈，身体吃不消，薛老师却爽快地答应了，并主动讲，他要在研讨会上发言。薛老师的这个表态，有点让我意外的惊喜，我当时想，薛老师能出席就很好了，他要发言，实在是我意料之外的。

在研讨会上，薛老师做了一个完整的、非常精彩的发言，可以说，对作品的点评很到位。他会前有准备，写了一个稿子，标题是《铁塔史诗——在陈富强长篇报告文学〈铁塔简史〉研讨会上的发言》。薛老师对《铁塔简史》的创作特点进行了概括：全书由小见大、由点到面。铁塔是点，是输电工程的一个象征、一个符号，即作者说的"大地的竖琴"。全书通过舟山群岛与大陆的电力联网工程，在大猫山岛与凉帽山的螺门水道，架设一条长达6200多米，建造大猫山岛与凉帽山高达370米铁塔这一事件作为切口，写出电力建设者特别输电部门的领导与工人，在决策、设计、建造中间的惊天动地事迹。一支浩浩荡荡的输电大军，迎着猎猎海风，高高竖起了"跨海电网"的大旗，向大海宣战！经过3年的风吹浪打、风口浪尖的顽强拼搏，成功地架设了大跨度的高压电网，成为全国电力系统少有的专业的跨海架设电网团队。

薛家柱老师在《铁塔简史》研讨会上发言

接着，薛老师话锋一转，对《铁塔简史》进行了更深入的剖析：从微观到宏观，作者把视野从舟山推向全国甚至国外。写到世界电的发明、电的故事、中国电网的建设、西电东送、电力输送到边疆；以及中国电力工人如何支援东南亚及非洲的建设、电网职工如何为全国人民服务；直到在自然灾害面前，电力工人如何在2008年春节前后的特大冰雪灾害面前、5月12日的四川汶川大地震面前，战天斗地、英勇斗争。这样，一幅电力工人气壮山河的壮丽长卷就展现在读者面前，留下多少悲壮的故事。

最后，薛老师对《铁塔简史》的创作进行了一个小结。他认为：长篇报告文学《铁塔简史》就是一部全景式的翔实地记录中国电力工人特别是国家电网的创业史、奋斗史、成长史。当我这个老作家一口气读完这部厚重的作品时，我受到深深的感动，为浙江出了这么多移山填海的当代英雄！他们的身上有着愚公移山的精神！我更是为时代替陈富强提供了一个大展身手的舞台，让他记录了如此气壮山河的业绩而感到高兴。一个不是电力系统的作家，你再有才能，读的书再多，也不可能如同陈富强那样，对本行业、对自己身边的人、对全国电力系统甚至国际电力情况，了解如此透彻，掌握如此丰富生动的素材，再加上他本身的文学才华、博闻强记，所以他写作这本《铁塔简史》左右逢源、挥洒自如。

对《铁塔简史》的文本实验，薛老师也做出了自己的判断：艺术上，从文本范畴来说，我以为《铁塔简史》属于一部非常有特色的文本，很难用传统的文体来将它界定。它是纪实文学，但又具有强烈的政论色彩，甚至兼有总结报告、调查研究的文体特色。所以，我认为《铁塔简史》不是一部简史，而是中国电力工人的史诗！中国不仅亮了，而且是大地一片光明灿烂。

那天研讨会的发言，薛老师的发言是最大的亮点。

2021年9月6日，薛家柱老师永远离开了我们。我听到这个消息，极为震惊。《铁塔简史》研讨会后，我在多个场合见过薛老师几次，虽然不方便寒暄，但也能看出薛老师身体和精神状态都不错。一次，在"黄亚洲书院"我又见到薛老师，薛老师看上去精神矍铄，身体似乎也无大碍，我们闲聊了好久，还一起吃了晚饭。分别时，我再三请薛老师保重身体。但没想到，苍天有眼，也留不住一位善良老作家的生命。在书院的那次聚餐，竟然成为我和薛老师之间最后一顿晚餐。

薛老师仙逝当天，黄亚洲以学生名义"含泪泣别诗歌导师"，写了一副挽联悼念薛家柱老师：

> 循循善诱心房便是诗歌之家
> 孜孜以求杭城永矗文坛之柱

由于疫情原因，薛老师后事一切从简，我无法送薛老师最后一程。但他的音容笑貌却一直留在我的记忆里，他的慈祥与敦厚，赢得众多作家和文学爱好者的敬重。我相信，他留在人间的每一个文字，都会记得他。

　　下面这段文字，是薛家柱老师留给人间的最后一次创作。看得出来，他知道自己来日无多，写下这段碑文，思路清晰，有思想深度，也有对生命与死亡的无畏与坦然：

　　我生活过了，思索过了，用整整一生做了小小的耕耘。岁月刻下的每一笔皱纹都是令人回味的人生脚印。

　　人生就是攀登，走上去，不过是宁静的主峰。死亡也许不是穿黑袍的骷髅，他应该和诞生一样神圣。

　　这才是我意志的考场，才能的准秤。

　　越接近死亡就越是对人间爱得沉沦。哪怕躯壳已如斑驳的古庙，而灵魂犹似铜铸的巨钟，生活的每一次撞击都会发出深厚悠远的声音……

　　这才是我的履历，我的碑文……

天堂也会有诗歌

《铁塔简史》研讨会前，和浙江省作协秘书长郑晓林闲聊，他突然问，你认不认识刘德吾？我说认识的，10多年以前，我们曾经一起参加浙江作协组织的作家代表团访问青海和甘肃。郑晓林说，他死了。我一脸愕然，几乎有些失控地大声反问：死了？怎么会死了？郑晓林说，你没看新闻？一辆苍南大巴在福建境内发生重大车祸，死伤多人，德吾是其中的遇难者。我听后，一时无语，有一瞬间，血液仿佛凝固，脸色略显苍白，尽管是炎热的夏天，冰冷的感觉却从脚底开始向全身窜动。

研讨会结束，回到单位，上网查看新闻，果然看到有关消息。那么，诗人德吾，我将再也听不到他的歌吟，从此以后，在人间，我将再也得不到有关德吾的消息。一时间，内心无比沉重，对于人生的无常与无奈像两把刀子扎在我的心上，我听见自己的心在流泪。

10多年前，我和时任苍南文联副主席的德吾一起，参加浙江省作家协会组织的代表团赴西北参访。一路上，德吾给我的印象是少言寡语，性格比较内向，与我想象中的诗人似乎有些不太吻合。德吾喜好石头，我的记忆中，一路上，凡是有机会，德吾总是弯着腰，在地上寻找石头。一次，我们乘坐的面包车在青藏线上抛锚，公路两侧都是无垠的草原，司机在修理车子，大家就三三两两走在草地上。我和亚洲老师边走边聊，一直走到一处牧民遗弃的一座房子前，说是房子，其实只留下一些断垣残壁。往回走的时候，我看到德吾一直弯着腰，专注在草地上，我问他在干吗，他说在找石头。他每到一处，都要找一些石头背回家。事实上，那一次，几乎所有人都在寻找石头，只不过，好像没有找到一块令人满意的。后来，我在昆仑山上的溪涧找到一块昆仑玉石，令大家羡慕不已。德吾说，他找了一路，行囊越来越沉，还不如我这一块昆仑石有价值。言下之意，很有些酸溜溜的味道。

到了敦煌，亚洲因有事提前返杭。我们则继续沿河西走廊去兰州。那天晚上，德吾请大家去酒店的 KTV 唱歌，说是娱乐一下，放松连日紧凑的行程带来的疲惫。我因为五音不全，天生对唱歌有恐惧感，加上旅途困顿，就声明不参加了，用完晚餐先回房休息了。我不知道那天晚上他们都唱了哪些歌，也不知道他们唱到多晚。记得次日，和德吾同一房间的黄仁柯对我说，德吾回到房间，累倒在床上，说了一句：到底是血肉之躯啊。

然而现在，那具充满诗情的血肉之躯已经消失。多年以前半个月的西北之行结下的情谊还在，德吾却远去天堂。从西北回来后，我收到德吾寄给我的诗集，虽然与德吾没有继续正常的联系，但我却一直关注着德吾，知道他一直

我和刘德吾（左）唯一一张合影

在勤奋创作，后来又担任温州市作协副主席和苍南文联主席。我相信，以德吾的才气和性格，他一定可以在诗歌创作上有更大的建树。

我无法想象在两车相撞的一瞬间，德吾在想些什么。那些诗歌的灵魂，已经化作止不住的鲜血，一起流走。那一定是无边的疼痛啊。

天堂也会有诗歌。天堂也会有宽阔的草原。但是天堂不会有车来车往。那儿，一定会有很多比人间更精美、奇异的石头。德吾，你会有足够充裕的时间，寻找你心仪的石头，并且堆成一座诗歌一样的山。我在人间，也能听见你忧伤的歌唱：

骂过落花的那个你，去了。向往你的这个我，留下。

骂过落花的那个你,脚步轻轻,尾随落花,去了。向往你的这个我,绕过脚下的石头,无法绕过心上的石头,留下。

不管是否以鸟为脚印,反正出入水竹林的,是我一个人。哪里还有你修长的身影?

哦,那曾经遮掉夕阳的身影。

痴痴的我,伫立在最高的山峰,遥望;小小的我,赶到远天远地,遥望。

用蝴蝶遥望花朵的眼光。

这是冬天的蝴蝶。那是春天的花朵。

多雾的早晨,我沿着风的道路找你,找到树梢。你为什么不是那恋窝的小鸟?

我沿着翠鸟的道路找你,找到江面。你为什么不是那流水都无法带走的漩涡?

他把自己送进了重症监护室

从刘德吾的突然离世,我又想起另外一位诗人朋友王金虎。

我是从亚洲老师的微信里惊悉金虎的消息的。很突然,也很痛惜。在我的记忆里,金虎健壮、开朗,我们平时见面次数不多,一年难得碰上一次。亚洲主持浙江省作家协会工作时,组织的大型作家采风活动中,金虎总是以旗手的身份出现。一支几十人的队伍,需要一面引导的旗帜,但是这个旗手不好当,既要体力好,又要有很强的组织纪律性,别人可以偷个小懒,旗手却不可以。曾在省作协工作的黄仁柯老师回忆,金虎担任旗手的次数有七次。也就是说,在当年省作协组织大型活动需要旗手时,都是金虎出手。因为这个原因,我一直觉得,金虎的身体就像他的名字一样,足够强大。

金虎是诗人,但这并不妨碍我和金虎成为朋友。这是他的性格决定的。我有一种感觉,在金虎心里,天下人,皆可友。黄亚洲书院落户拱墅后,我与金虎见面的机会多了起来,偶尔去书院参加活动,总能与金虎相遇。我们会

我与黄亚洲(右)、王金虎(左)

小聊一会儿,聊的话题大多是关于家庭琐事,金虎也会和我说说他退休后的

生活。大约是2015年除夕稍早几天，亚洲书院组织了一次与民工作者吃团圆饭。其实，这个吃饭仪式前后持续了好几年。那天，我和金虎、亚洲聊天，我忽然想起，与金虎为友多年，居然没有一张合影，就拿出手机让边上的朋友拍了一张。我没有想到，这竟是我与金虎第一次，也是最后一次合影。

　　说到民工作者，要从金虎倡议成立浙江民工文学创作基地说起。金虎之所以有这个倡议，出发点其实很质朴。他说："这群民工诗人很善良，很朴素，他们没有企图心，写诗不是为了发表，更不是为了名和利，只是单纯对文学艺术的向往，单纯地倾诉对乡土的热爱，对妻子儿女的真情。这种真挚非常打动我。"金虎告诉我："一样都是人，为什么他们就要低人一等呢？只是，作协不是人人能进的，所以我想造一个'娘家'，让他们也能在社会上抬起头来。"在那次吃团圆饭前的座谈中，金虎讲了一个民工诗人背着一麻袋诗稿找到他的故事，金虎的叙述很感人。或许，这一麻袋诗稿，使金虎下定决心，要为民工诗人做一些事情。在金虎的帮助下，一些民工诗人已经颇有成就，有的，因为写诗改变了自己的人生轨迹，有了更好的工作和生活。

　　在中国文坛，贺敬之声名显赫。很多人仰慕贺老的才华和盛名，却未必能见到他。但金虎却与他是莫逆之交。我始终没有弄清楚，金虎怎么就成了贺敬之的好朋友，甚至有人说，贺老与金虎的情谊，可以父子相称。有一次，金虎跟我说，贺敬之来杭州了，我说你怎么不告诉我，不然，我怎么也得去见见这位了不起的诗人呀。后来，亚洲说起贺敬之来杭州的事，特别提到了在拱墅区一个很普通的小街饭店里，与贺老、金虎共进午餐的事，听着让人暖心。我想，金虎的诗名，在诗坛并不响亮，却居

贺敬之题"王金虎先生纪念专集"

第三部　二〇〇四　373

然得到贺老的信任，并成为好朋友，可见，是金虎的人品打动了贺老。贺老夫人，同为名诗人的柯岩先生去世，贺老一个电话，金虎立马启程进京，陪贺老聊天、散心。

现在，金虎离开这个他热爱的人间。他是自己打的120，把自己送进了重症监护室，却再也没有出来。金虎是个厚道人，活着的时候，人缘很好。他为文学做了很多事，有情有义，是一个好人。我们都应当怀念他。

莫言说，望湖问子潮

　　西湖宝石山腰的"纯真年代"书吧有西湖边的文化会客厅之誉。书吧主人朱锦绣，是曾经担任浙江文学院院长的盛子潮的夫人。子潮是我的朋友，在创作上给予过我不少帮助，但英年早逝，令人扼腕。

　　盛子潮留在人间的最后一条微博是写给夫人朱锦绣的，时间是 2013 年 8 月 24 日：谢谢锦绣，什么事，我先不告诉你。这也是他留在人间的绝笔。朱锦绣即便与子潮同床共枕几十年，她也无法猜透夫君带着怎样的秘密离她而去。她可能需要用余生去探寻子潮留下的秘密了。

　　2013 年 8 月 29 日凌晨，盛子潮的新浪微博发出一条令人惊讶的信息："我父亲与癌症坚强乐观斗争一年零三个月，在母亲和我温暖的陪护下，于今晨 5 点 10 分，在一场漫长的酣睡中安然离去，享年 56 岁。"微博的发送者是盛子潮之子盛夏。

　　这一天早晨，我像往常一样上班。大约 9 时许，妻子来电，告诉我她看到微信，盛子潮没有了。我听了，十分诧异，心里仿佛被什么重物击了一下，有些隐隐的疼痛。搁下电话，我在浙江电力作家协会群内发布一条消息："一个非常不好的消息，我的朋友，浙江文学院院长盛子潮今晨 5 时 10 分离世。心情沉重。子潮走好！"当天上午，我要去系统在富春江的一所培训学校，下午有课，我告诉自己，不要为忧伤的情绪左右，不要影响下午的讲课。上午 10 时，我坐车出发，按惯例，每次去富春江的路上，我都会在车上小睡一会儿，但这一次，却怎么也睡不着。在车身的颠簸中，子潮的模样不断变化，出现在我的记忆里。

我和子潮的相识，缘于 20 世纪 90 年代，在舟山东路的省广电高等专科学校，也就是浙江传媒学院的前身。省作协在那儿组织全省青年文学讲习班。如果我没有记错，子潮当时已经是浙江文学院院长或副院长。讲习班邀请了不少省内外知名作家和评论家授课。子潮也开讲，具体授课的内容我已经淡忘，但是，他讲述的在厦门大学求学期间如何追求朱锦绣的故事，却给我们留下深刻的印象，他甚至于还朗诵了一首写给锦绣的情诗。

此后，我张罗本系统的文学创作培训班，子潮也给予了大力支持。那次培训班成为很多系统作者的难忘记忆。虽然后来我们也组织过类似的培训班，但效果似乎再也没有超过那一次。记得在培训班期间的一个晚上，我和几个朋友邀子潮与带班老师任峻

和盛子潮，具体拍摄年份不详

去孤山喝茶。我们要了龙井茶，但子潮只喝啤酒。我差不多从认识子潮第一天开始，就知道他喜好啤酒，我形容他是把啤酒当水喝。那天在湖畔，我们坐到很晚，大家聊文学，也聊更多文学以外的话题。正是春天，晚风吹拂着湖面，也轻抚着我们的脸庞，大家谈兴甚浓，很快，时近子夜。西湖边很安静，听得见湖水拍岸。

后来，子潮主编"浙江跨世纪文丛"，这也是子潮早期主编的丛书之一。我的一部散文集《宋朝的雨》入编。收录集子的散文大多稚嫩，唯有《宋朝的雨》一篇例外，因为这篇散文后来入选国内多个选本和不少省市初高中语文试卷与高考模拟试卷，还被编入一些语文辅助教材。显然，子潮对入选作者的作品采取了比较宽容的态度，作为一个文学评论家，他的眼光似乎看得更远一些。在他看来，一部作品集里面，只要有几篇，甚至于一篇作品是好的，他也能看到作者的希望。或许，正是基于这种想法，我的散文集还是纳

入了子潮的视线。现在看来，子潮当年的眼光是对的，丛书的作者，后来大多活跃文坛，其中入选丛书之一的赵柏田，现在已经是文化散文写作的大家。

2004年，我采写了长篇报告文学《和太阳一起奔跑》，这是我创作的中国电力三部曲的第一部。这部作品入选"文学解读浙江重点工程"项目。当时和我签约的正是子潮。作品完成后，我们拟在北仑发电厂现场举行一个首发式，因为创作这部作品的起因就是北仑发电厂建厂15周年。我邀请子潮参加，并希望他在首发式上能够说几句。当时，应邀参加首发式的黄亚洲、王旭烽、盛子潮、洪治纲等都是国内很有影响的作家和评论家。我想，可能是自己相对年轻，也有些无知者无畏，对于作品本身并没有过多反思，只一味希望能够让重量级的师友们捧场。现在回过头来看，这部作品的文学价值是很值得深思的，有很多需要提升的地方。但是，子潮很爽快地答应了，并且在首发式上做了一个虽简短，但非常符合一位评论家身份的发言。我听得出来，子潮在尽可能寻找作品的一些细节。

后来，我和黄亚洲、柯平联合采写的长篇报告文学《中国亮了》出版后，需要组织在京的一些评论家为作品撰写评论，这件事也落到子潮身上，因为他在北京熟悉的知名评论家多。后来，这批评论发表在《文艺报》上，从作者的阵容可以看出子潮在国内评论界的人脉。

子潮的朋友们都知道，他爱烟酒，酒主要是啤酒。我曾一度想劝说子潮，烟酒要适度，但终于没有开口。因为我自己不爱酒，也不吸烟，我想我是无法体验他的感受的。所以，偶尔我们小聚，我会让服务员递上两瓶啤酒。在

2016年3月11日，在纯真年代与盛子潮夫人朱锦绣和他们的儿子盛夏。他们手捧的是我赠送的《后岸书》

酒类中，啤酒价格低廉，我对子潮开玩笑，请你吃饭是最省钱的，别人一顿喝掉的茅台，可以让你喝

上一年的啤酒。

子潮夫人锦绣生病的事文学圈内都知道。病愈后，锦绣想开一家书吧。子潮倾其所有，这就是杭州文三西路上的"纯真年代"，纯真年代刚开张时，我还住在城西，很多次上下班都经过纯真年代，但十分惭愧的是，我居然一次都没有进去过。我曾经想组织系统文学创作年会时，专门带着大家去一趟，但由于种种原因，没有去成。我理解子潮锦绣经营这家书吧的不易，加上地段相对偏僻，我耳闻一度书吧惨淡经营，心里还是很怅然的。一个实体的书吧，实际上承载了一对文人夫妻的文学梦想，我祈望纯真年代能够一天天好起来。

好消息终于来了。纯真年代要乔迁到西湖边的宝石山上。从北山路行至葛岭附近，上宝石山，至山腰，从前有一间茶室，现在改成纯真年代书吧了。这个地段，纯粹从经济效益考虑，纯真年代估计也是担当不起的。所以，要感谢当年的决策者，在崇尚金钱的时代，从缝隙间给了文化一席之地。

宝石山腰的纯真年代开张后，子潮夫妇的心情一定是愉悦的。从书吧所在的位置眺望，西湖尽收眼底，如此美景，适合纯真年代，也适合子潮夫妇的心境。他们以书吧为家。子潮和他妻子的灵魂，以及他们的顾客们，终于能够在西湖水的荡漾下，安一个家。南京作家叶兆言好像说过，去成都一定要去诗人翟永明的"白夜"酒吧，而到杭州，则必去"纯真年代"。我不太喜欢酒吧，所以，我更赞同叶兆言对纯真年代的评价。有人把它比作西湖边的文化客厅，我是认可的。以子潮好交友的性格，到了纯真年代，安静地喝上一杯咖啡或者红茶，再看一会儿书，是很惬意的事。如果偶遇子潮，再喝上一杯黑啤，聊上一会儿文学，则更好。子潮不修边幅，但他的内心，对文学的纯情却一如既往。

子潮生病，我是从别处听到的。子潮和锦绣都没有以任何方式告诉我。我想，一个病中的人，心理总是比较微妙，也许，子潮并不希望朋友们都去医院看他。昔日倜傥的子潮，因为化疗容颜发生变化。我没去医院，但与朋友谈起子潮的病，总是忍不住叹息。

56岁，作为一名作家，正当年。子潮担任浙江文学院院长后，很少创作。我有他早期的一部签名本理论专著《小说形态学》。后来，他把主要经历放在培养年轻作家上。在国内很有影响的"现实主义文学精品工程"和"文学解读浙江创作工程",以及"青年文学之星"评选等就是在子潮担任文学院院长期间创立的。子潮的创作,是在病中重新开始的。他的微博上,经常可见他创作的微童话,甚至微话剧。也许,他意识到重归文学,重归纯真年代对于一个作家是重要的。

子潮离世当晚,我收到锦绣短信,是一则关于子潮的讣告。我当即回复:"惊悉噩耗,心情沉重。相信子潮在天堂会安好。31日上午,我会去送子潮最后一程。节哀,保重。"次日一早,我的手机里出现一条发送人为"盛子潮"的信息。我的心一阵急跳,以为上帝怜惜子潮英年早逝,拒绝子潮去天堂报到,将他遣返人间。再一看内容,与昨晚锦绣发送的信息相同。我才知,是锦绣以子潮的手机给亲朋好友们报讯。

"8月23日——这几天,晚上11点的消炎药停挂之后,睡眠也进入了一个新模式,一天到晚,想睡就睡,很惬意哦。于是很少做梦,于是很少思想,只是有一句话不会忘:上苍,你给予我欲望,那就再赐予我力量。"子潮写下这则微博时,距离死神造访只有一周,字里行间,子潮渴望人间生活。如果时光可以逆流,我很想去纯真年代,陪子潮喝上一杯。

在纯真年代书吧,有一些名人字画,包括汪曾祺的画,贾平凹的书法,洛夫的诗书,还有一副莫言手书对联:看山揽锦绣,望湖问子潮。

《文化交流》上的文学"绝响"

《文化交流》是中英文双语杂志,发行全球150多个国家和地区,曾经发过我不少散文随笔,《鉴湖八百里》是其中一篇。

2021年秋天,我们部分高中同学在绍兴鉴湖小聚,组织者十分用心,包了条画舫游鉴湖。这次游湖,也算是为我寻找大禹与鉴湖的关系,做了一些实地考察。通常,历史上的鉴湖,可追溯到大禹治水的传说和古越国的水利建设时期。大禹在绍兴地区最著名的传说和大禹的陵墓,恰好在鉴湖两端,相距不远,并且都在鉴湖八百里范围之内。

相传大禹在治水之际,认识了一位涂山氏族的女子,一见钟情,这位女子也深深地爱上了禹。禹忙于治水,涂山氏女在家天天盼望夫君大禹回来。在家盼望不到,又跑到涂山山南的山坡上去等候。一天天过去了,涂山氏女望穿了秋水,还是未见禹回来。她不禁长叹一声,吟咏出这样的一句:候人兮,猗!这四个字,据说就是中国的第一首女声独唱,也是第一首南方情歌。

涂山氏族是夏族的始祖神,夏族就是日后建立中国第一个王朝夏的一个部落集团。东汉赵晔《吴越春秋·越王无馀外传》:"禹三十未娶,行到涂山,恐时之暮,失其度制,乃辞云:'吾娶也,必有应矣。'乃有白狐九尾造于禹。禹曰:'白者,吾之服也。其九尾者,王之证也。涂山之歌曰:"绥绥白狐,九尾庞庞。我家嘉夷,来宾为王。成家成室,我造彼昌。天人之际,于兹则行。"明矣哉!'禹娶涂山氏族一女子,谓之女娇。取辛壬癸甲,禹行。十月,女娇生子启。启生不见父,昼夕呱呱啼泣。"这段记载,似乎可以证明大禹在绍兴地区留下的印迹,也告诉我们,涂山氏也称女娇。

涂山之歌在《先秦诗鉴赏辞典》中有记载，以《涂山歌》名，收录四句：绥绥白狐，九尾庞庞。成于家室，我都攸昌。如果翻译成白话文，是这样：孤孤单单走来的白狐狸，九个尾巴毛茸茸又粗又长。大禹和涂山女结为连理，我们这里将永远发达兴旺！

大禹娶涂山氏为妻，在绍兴的传说，是在我的家乡，古镇安昌以东的涂山。这座山现在依然屹立，我们称它西扆山，山不高，也不绵延，如果从远处俯瞰，稍显孤单，从平原上拔地而起。每年清明，我都会和家人上山扫墓，我的父亲和母亲，合葬在西扆山南坡，地处山腰，从墓地再往上走，至山顶，可眺涂山四周，当年，鉴湖湖面宽广的时候，也可见湖水荡漾。我一直庆幸，为父母的来生选在涂山，与大禹夫妻为邻，尽管是传说，也可以讲，再也没有比这更美好的人生了。

古河道上的古纤道

画舫经过鉴湖的一段古纤道，这段纤道是时间的证明，连接着历史与现实。作为传说中黄帝铸镜而得名的鉴湖，又有镜湖之称，其实就是我国长江以南著名的水利工程，全盛时面积近200平方公里，而我乘坐的画舫经过的水域，则是古鉴湖淹废后的残留部分。我再也看不到八百里鉴湖的浩渺，但连接着鉴湖的传说，却让我眺望更为遥远的时空。

返回鉴湖码头途中，画舫略有加速，湖上风光正好，微风轻拂，正应了王羲之"山阴道上行，如在镜中游"，怪不得连贺知章和陆游也要终老于此。画舫经过一片湖岸边狭长的菜地，恰有一种菜的人，贴着墙根，往菜地上浇水，他的水桶里，装满了鉴湖的水，他的眼里，只有他的这片青菜地，但他只需抬眼，就是鉴湖。如果再往远处看，他看到的，应该就是辽阔的八百里鉴湖了。

泊舟上岸，夜宿鉴湖大酒店。夜已深，竟未能入眠，下楼在大堂徘徊，一面墙上的巨幅油画，映入眼帘，画上四人，神态传神，分别是鉴湖人鲁迅、蔡元培、秋瑾和周恩来。隐隐觉得，少了谁。凝神良久，才想到，东汉永和五年，会稽太守马臻纳山阴、会稽两县36源之水为湖，是为鉴湖。贺知章和陆游也择鉴湖终老，他们没能出现在画上，想必是画幅不允，但晚年的诗人贺陆，已得人生真经，早有诗作传世，与鉴湖融为一体。鉴湖跨湖桥下，马太守也有墓，有庙，供百姓祭扫。由此我想，若能在鉴湖边，幽静处，辟一块地，种几畦菜，如果再有一间茅屋，半亩茶园，三两知己，与先贤们毗邻而居，那真是人间逍遥事。

游鉴湖回，颇有心得，遂写下《鉴湖八百里》，刊于《文化交流》。遗憾的是，这份曾经在无比宽广的范围内有影响的刊物，甚至出现在哈佛图书馆的杂志，也没逃脱停刊的命运。《鉴湖八百里》也成为我在《文化交流》上发表的文学"绝响"。

这幅油画上的人物，基本能代表绍兴的历史

在西南联大，我看到了汪曾祺的名字

我曾先后三次去云南师范大学内的西南联大旧址，发现汪曾祺曾经是这里的学生，师从沈从文，顿时肃然起敬。1939年夏，汪曾祺从上海经香港、越南到昆明，以第一志愿考入西南联大中国文学系。大学期间，汪曾祺就与同学创办校刊《文聚》杂志，并不断在杂志上发表诗歌、小说。然而，在这所以理工科著称，大师云集、星光璀璨的大学里，年轻的汪曾祺似乎并不起眼，直到人过中年。我走遍联大旧址的每一个角落，在复原的教室里，择一位坐下，试图重温当年联大学生聆听大师们授课的感受。我不知道汪曾祺的教室在哪儿，他的座位又是哪一个，但闻一多、金岳霖、冯友兰、陈寅恪、钱钟书、朱自清、林徽因……他们的声音在教室里回荡，他们的身影在校园里呼呼生风。

第一次读汪曾祺先生的短篇小说《受戒》，觉得是出版社弄混了文体，明明是散文，怎么说是小说呢？我又去翻书的版权页，这的确是一部小说集。那时，我也在写小说，读完《受戒》，内心就有一种冲击波在震荡，小说居然可以这样写？这篇小说不但没有戏剧性冲突，实际上通篇也没有完整的故事情节。小说一开头写荸荠庵引出出家的明海，当地与和尚有关的风俗，明海出家的过程，庵内的生活方式，小英子一家的生活状态，明海与小英子的爱情，标题所说的"受戒"，直到小说最后才出现。后来看到有评论家说，这种不拘一格的"生活流"描写，表面上看来结构松散无序，实则有其内在的秩序，营造出了一种恬淡诗意的文学氛围。另外，小说中对于地方风物、景物、人物、习俗等各式各样生活细节的描写，洋溢着一种欣赏、玩味的情趣。

在作家李锐看来，新时期文学的文体自觉是从《受戒》开始的，《受戒》在某种意义上说是中国当代文学的先锋小说……是当代汉语的一次语言的自觉，一次文体的自觉。汪曾

国立西南联合大学校训"刚毅坚卓"

祺先生用汉语完美、生动地表达了丰富深刻的文学命题，他告诉大家，我们不一定非要托尔斯泰化，不一定非得变成卡夫卡。

不管怎样，我喜欢上汪曾祺的小说和散文，凡是在书店看到有他的作品，就悉数买下。渐渐地，自己的写作也或多或少受到汪曾祺的影响，尤其是文风。读汪曾祺的作品，能真切感受到他的行文风格既朴实又典雅，既亲切又隽永，并且平和，隐秀，古拙。他的散文，既有陶渊明文章的恬淡淳朴，又有魏晋文章的内在风骨，表现的是一种宁静的深邃。

进入童年和少年时期，"样板戏"成为国人唯一可看的几部戏剧作品，而留给我印象最深刻的则是京戏《沙家浜》。戏里的阿庆嫂、胡传魁、刁德一，以及郭建光等十八棵青松，简直让我着迷。戏里几位主要人物的经典台词，我至今都能背诵下来。比如胡传魁：想当初，老子的队伍才开张，拢共才有十几个人，七八条枪。又比如刁德一：这个女人不寻常！

当然，最好听的还是阿庆嫂的唱段：

垒起七星灶，
铜壶煮三江。
摆开八仙桌，
招待十六方。
来的都是客，
全凭嘴一张。

相逢开口笑,

过后不思量。

人一走,

茶就凉……

有什么周详不周详。

对于汪曾祺的才华,无论是领导还是同事,都有口皆碑。当时,汪曾祺在改编过程中话语不多,很少张扬。阎肃曾谈到汪写作中的书卷气特点:"他不擅长结构剧情,长处在于炼词炼句。写词方面很精彩,能写许多佳句,就是在夭折的剧本里也有佳句。"在阎肃眼里,汪曾祺做事大度,看得很透,不会斤斤计较。他说:"有时我写一稿,汪曾祺改得一塌糊涂;他写一稿,我也改得面目全非。大家不计较哪一个字是我的,否则休想合作下去。这个群体没有红过脸,谁也不害怕谁。"

"文革"后,汪曾祺《受戒》《大淖记事》等作品开始谋篇成形。梁清廉读了《受戒》初稿后,惊讶地说,小说还能这么写?她给杨毓珉看:"我不懂,你看能发表吗?"杨毓珉在一次会上介绍《受戒》的内容,引起在场的《北京文学》编辑部负责人李清泉的注意。杨说:"这小说现在各报刊不会发表的。"李清泉散会后说:"我要看看。"李就沿着这条线索索取《受戒》,并且给予发表。林斤澜也说到汪曾祺的另一成名作《异秉》的发表经过。汪曾祺当时跟文学界脱离,状态很懒。林说,把《异秉》交给我转寄吧。《雨花》的叶至诚、高晓声看后觉得很好,说江苏还有这么好的作家。但是两三个月没发出来,林写信问,叶至诚说:"我们也讲民主,《异秉》在小组通不过。组长说我们要发这样的小说,就好像我们没有小说可发了。"后来高、叶一定要发,高晓声还特意写了编者按。汪很欣赏编者按,认为高晓声读懂了他的小说。

从此以后,汪曾祺在小说创作上一发不可收,且声名远扬。阎肃看了他的新作,打电话夸奖,汪曾祺哈哈大笑,说:"巧思而已,巧思而已。"阎肃这才意识到,原来的戏剧园地对汪曾祺来说已经太窄小了,阎肃从《受戒》中找到了真正的汪曾祺。于是,他对汪曾祺说:"现在对头了。"汪曾祺则说:"老了老了,找到了位置。"

其实，汪曾祺不光小说散文写得好，他的画也很妙。我曾经在杭州宝石山腰的"纯真年代"书吧看到一幅汪曾祺的画，就随意悬挂在空调出风口下面，空调一开，风吹得画纸扑簌簌响，看着让人心疼。可能是书吧名人字画太多了，除了汪曾祺的画，还有莫言、贾平凹、洛夫等的字。所以汪曾祺的画也没有特别的保护措施。我对书吧主人朱锦绣说，这幅画可得好好保存。

让人意料不到的是，汪曾祺去世时，在八宝山的遗体告别仪式上，汪生前单位，北京京剧院开了一辆大巴车过来，车上却只坐了七个人，而且其中还有三位是工作人员。梁清廉感慨道：当时感觉真不是滋味，剧团来的人这么少。单位里的年轻人不认识汪曾祺，可以理解，而那些老演员一个都没有来。戏曲界功利主义，一辈子都弄不懂。

在昆明先生坡，能看到汪曾祺的散文《昆明的雨》片段

对于梁清廉的感慨，我想，这大约与汪曾祺在特殊年代曾经被上头"控制重用"有关系。那是一个时代刻下的烙印，谁也无法回避和改变。就像汪曾祺的好友林斤澜在汪曾祺去世后，一再感慨的那样："一生最好的谈话伙伴没有了，世上无人可谈了。"林斤澜先生心境的落寞和荒芜是我们这一代人难以感同身受的，他们在过去险恶的政治环境中，生存艰难的境遇，我们是难以体会的。好在汪曾祺的作品给我们留下一个可以观照社会和世界的镜子。如同贾平凹对汪曾祺评价的那样："是一文狐，修炼成老精。"贾平凹说汪曾祺为文狐，在孙见喜所著的《贾平凹传》一书中有详细描述。那是 1987 年 6

月9日，贾平凹赴桂林参加旅游文学笔会，这是他平生第一次远游江南。会后游广西桂林、南宁和云南昆明、四川成都等地，就在这次笔会上，贾平凹第一次见到老作家汪曾祺和漓江出版社负责人彭匈，汪戏称平凹"鬼"，平凹则戏呼汪老"文狐"。贾平凹说一口陕西方言，彭匈只能听懂百分之六十，于是汪曾祺便充当翻译。初夏的桂林，正是山水甲天下的好时光，他们沉醉于美景之中，着实有些智者乐水，仁者乐山的怡然。想必晚年的汪曾祺回忆这一次与贾平凹的游历，也是开心乐事一桩。

无边的夜色,顿时撒满了电力的火花

杭州城北的拱宸桥是全国文保单位,也是京杭大运河的南端起点,可以说,拱宸桥是浙江历史的见证,也是浙江早年重要的对外门户。然而,很多人并不知道,拱宸桥畔的如意里,还是浙江电力工业的源头,以抢救文澜阁版《四库全书》而被杭州人铭记的藏书家丁丙,联合湖州商人庞元济,创办了杭州世经缫丝厂,首次在浙江境内利用发电机照明。

我写过一文《如意里》,《杭州日报》以整版发表,此文算是我对这座桥梁,以及京杭大运河的一次敬礼。

在浙江电气化时代最初的曙光里,世经缫丝厂是最明亮的一束光。随着如意里的光芒照彻运河两岸,随近商家也看到了电气化所蕴含的巨大商机,于是,他们纷纷购置电力设备,以此招徕客商,扩大自己的经营。1908年9月9日的《浙江日报》刊登

拱宸桥西的如意里,是浙江电力工业的发源地

了一则来安中外客栈的广告《拱宸桥——来安中外客栈广告》,全文如下:"拱宸桥自通商以来,商务日盛,来往客商苦无驻足适宜之所。本栈主人有鉴

于此，特在大马路洋桥沿街新建西式高大洋房一所，内外大小房屋有六十余间之多。官房概用红木镶牙家具，又有西式官房数间，陈设外洋桌椅、英国铁床，特备会客花厅一座，官场接晤谈心，尤为合宜。总之，陈设之精良，装潢之华丽，膳品之适口，伺候之周到，电灯明亮，电话灵通，与他家较之，真不啻天渊之别。敢请商学界诸君子惠临一试，方信吾言之不谬也。电话一百零六号。本栈主人谨启。"

站在拱宸桥上，我望着大运河上穿梭的货船，想起鲁迅和周作人，第一次出省赴南京求学，正是在拱宸桥乘坐轮船出发。当时，沪杭铁路尚未开通，途经杭州取道运河北上，皆需在拱宸桥搭乘内河轮船。因为这里是北上的起点站，也是南来杭州的终点站。1900年的《东西商报》载文："大东轮船公司，本店在东京，分店在上海。苏州、杭州设支店……日日以数艘船舶运到拱宸桥支店，于此处转载乘客货物于他船。每日下午五点钟出船开行。"

1901年农历七月十二，鲁迅从南京寄来的信被邮递员送到身在绍兴老家的周作人手上。信的内容不详，但从稍后周作人动身往南京的行动来看，显然是鲁迅的邀约。七月二十九下午，周作人与封燮臣一家同乘姚家埭往西兴的夜航船启程前往南京，

拱宸桥一带，曾经是文人频繁进出的一个驿站

次日清晨到达西兴。周作人日记里写着："七月三十，晴。晨至西兴，落俞天德行。上午过江，午至斗富三桥沈宏远行。下午至拱宸桥，下大东小火轮拖船。"然而，周作人到拱宸桥后并未上岸，而是从驳船直接坐上大东轮船公司的小火轮拖船。次日，即农历八月初二早晨，他便到了上海，待了三天才前往南京。这是周作人第一次出省求学，目的地为江南水师学堂。三年前，鲁迅第一次出省求学，同样也是从拱宸桥出发。而这并非周氏兄弟唯一一次途

经拱宸桥,此后,他们曾多次往返,在他们的人生中,留下过不可消失的印记。

"昙云布满的天空,在万人头上压了几日,终究下起微雪来了,年事将尽的这十二月的下旬,若在往年,街上各店里,总满呈着活气,挤挤得不堪的,而今年的市况,竟萧条得同冷水泉一样,过了中午,街上还是行人稀少得很。"这是郁达夫短篇小说《清冷的午后》的开头。郁达夫在杭州的踪迹,实在太多,拱宸桥只不过是他在杭州生活日常的一段。在郁达夫眼里,拱宸桥无非是一个码头,其次是丰富的市井百态。当时,他正热烈地爱着杭州城里的美人王映霞,这位多情的才子告诉自己:"我的钱,已经花完了,今天午前,就在此地做它半天小说,去卖钱去吧!我若能得到王女士的爱,那么恐怕此后的创作力更要强些。啊,人生还是值得的,还是可以得到一点意义的。写小说,快写小说,写好一篇来去换钱去,换了钱来为王女士买一点生辰的礼物。"郁达夫要做的小说,就是《清冷的午后》,他之所以将小说的背景放在拱宸桥,一个十分重要的原因,是王映霞的外祖父一家曾居住于此。

其实,在拱宸桥如意里一带落脚的,岂止鲁迅、周作人和郁达夫,丰子恺、曹聚仁、俞平伯等也有多次抵达的记录。1908年以前,拱宸桥是在杭州人经运河北上沪、苏、宁、津、京等地的必经之路,也是自北入杭,过钱塘江到浙南、浙西乃至闽、赣的要隘。正如《清季外交史料》卷一九六上所言:"船由沪来,先经拱宸,过省城,乃达江

作为京杭大运河南端起点,拱宸桥下依旧河运繁忙

390　花朝月夕:一个中国工人作家的文学编年史

干，深入内地。"丁丙和庞元济将他们的工厂选址于此，是再也合适不过。

京杭大运河流过拱宸桥，戛然而止，是终点，也是起点，只是繁华依旧，有咖啡，也有茶楼。如意里也早已不见旧时的模样，鲁迅走过的小巷还在，郁达夫笔下的世相也不曾改变，不过换了招牌，改了容颜。世经缫丝厂旧址上，改建成粉墙黛瓦的中式街巷，一座不起眼的碑，镌刻着浙江第一盏灯的由来。碑体上方的门墙上，有一盏白炽灯，一到夜晚，灯光从玻璃罩散射而出，在夜色中，有恍然入梦之感。我在此徘徊良久，穿过悬有如意里门牌的弄堂，弄堂狭隘而幽深，高高的墙壁上爬满绿色的藤蔓。两层民居，看上去依然拥挤，每家门前，都有一株或两株绿植，木门木墙，屋脊黑瓦。每一个灯光闪烁的窗口，都是一个家。我贴着弄堂一路行去，仿佛回到1896年的夏天，黑漆漆的杭州城上空，突然被如意里发出的光，戳破一个窟窿，无边的夜色，顿时撒满了电力的火花。

徒步去翁家山

《中华日报》副刊几乎以整版篇幅，发表了我的《徒步去翁家山》。写作这篇散文源于我去与龙井村毗连的翁家山，那天，在山上一家茶楼，遇见一位服务员小万，很活泼，也很爱说话。我泡了一杯龙井茶，坐了一个下午。回家草成一文，即《徒步去翁家山》。

鲁迅日记 1933 年 12 月 30 日载："午后为映霞书四幅一律云：'钱王登遐仍如在……'"这首诗，通常被认为是鲁迅阻止郁达夫回杭州的佐证。据说原诗无题，后来流传的《阻郁达夫移家杭州》诗题是《今人诗话》作者高疆所加，但为鲁迅认可。这段在文坛广为人知的郁鲁之争，郁达夫在《回忆鲁迅》中有提及："这诗的意思，……指的是杭州党政诸人的无理高压。"

但郁达夫终究没有听从鲁迅的劝告，执意回到杭州。郁达夫对杭州的感情，从他的诸多作品中可以得到验证，比如《她是一个弱女子》，再比如《迟桂花》。1928 年，郁达夫与王映霞在杭州完婚，但随后定居上海。

1932 年 11 月 10 日晚，在杭州的一间旅舍，郁达夫给居住在上海英界赫德路嘉禾里的王映霞写了一封信，信中特别提到一项重要的家庭决策："《弱女子》落得卖去，有一千二百元也可以了，最低不得比一千元少。这钱卖了，可以到杭州来买地皮或房子。"信中所提《弱女子》，指的是郁达夫创作的小说《她是一个弱女子》。收到夫君的信后，王映霞有没有回信，回信又写了什么，在郁达夫的所有文稿中，都没有提到。不过，在 1933 年的春天，郁达夫不顾鲁迅的劝阻，执意举家从上海移居杭州，并且举债买下场官弄 63 号的空地，并亲自开始设计修筑"风雨茅庐"。这就是鲁迅诗赠王映霞的由来。那首诗，其实是写给郁达夫的。

如此，郁达夫靠卖掉他那本当时尺度颇为大胆的小说《她是一个弱女子》的版权，得以在杭州买下地皮。小说只有2万多字，却卖出1000块大洋，在1933年，算得上是出版界给出的天价了。由此可见，郁达夫在文坛的影响。

郁达夫写杭州的小说与散文很多，在小说《她是一个弱女子》里，郁达夫把女主人公的家安在了梅花碑后头。为什么是梅花碑呢？我想这是除了"风雨茅庐"外，郁达夫在杭州最熟悉的地点了吧，因为梅花碑是民国时期杭州旧书店比较集中的区域之一。郁达夫是个书迷，从1911年他到杭州就读杭州中学开始，便是梅花碑书店的常客。在一份史料中，曾经有书店老板说郁达夫：面貌清癯，头发蓬松，不修边幅，不喜与人招呼，一进书店，目光始终在书堆中扫视，不挑那些价较高的珍本，而是专拣普通的唐诗宋词集子，光顾一次，总要买几种夹着回去。梅花碑是杭州老城区的一个标志，我骑自行车去过多次，去二手书店淘书，也去那儿吃杭州的传统小吃小笼包。只是不知道郁达夫常常光顾的旧书店，是不是我去过的其中一家。

从满觉陇上行，可至翁家山。既可赏桂，也可采茶，是翁家山与别处不同的地方。郁达夫在决定搬回杭州的前一年，也就是1932年10月7日，正是桂花盛开的日子，他游翁家山后，记下这么一段：在南高峰的深山里，一个人徘徊于樵径石垒间时。忽而一阵香气吹来，有点使人兴奋，似乎要触发性欲的样子……说实话，闻桂花的香气，对于久居江南的人来说，是再也熟悉不过了，但郁达夫对桂花香的这句形容，还是出乎我的意料。记得许多年以前第一次读到这里，甚至有些脸热心跳的感觉。更有意思的是，在小说《迟桂花》中，郁达夫也写上了这句话。并且，在小说最后标注了："读者注意！这小说中的人物事迹，当然都是虚拟的，请大家不要误会。"

郁达夫创作的以杭州为背景的小说中，《迟桂花》的影响不亚于《她是一个弱女子》。因为小说的人物，所写的景，都是以翁家山为原型，读者自然就会对号，他的那句标注，似乎就有些此地无银。《迟桂花》写了三个人物，老郁、翁则生和翁莲，小说以一封长信开头，说的是老郁收到了阔别十多年的老同学翁则生的书信邀请，去参加他的婚礼。翁则生在信中追忆了两人在东京留学的愉快生活，感叹离别以后的世事变迁：他从失恋、患病到遭遇退婚，再到奇迹般地康复,与母亲和寡妹在山中过着恬淡的生活,在看透人生的中年又重缔婚姻。老郁收到信后,也是感慨万千,翌日即起身前往翁家山。老郁到了翁家后,应翁则生的请求,陪翁莲到五云山游玩散心,山光水色的自然风光和翁莲纯朴直率的天性净化了他的灵魂。

我一直想去一趟翁家山,而且想徒步进山。其实,在去翁家山之前,我先后到过五云山和满觉陇,也到了与翁家山毗邻的龙井村。多年以前,我从云栖登上五云山,山不高,山上有一旅舍,面积不大,但因为建于山间,晨起有云雾缭乱,黄昏又可眺夕阳西下,是一处难得的养心之地。记得当时应朋友之约,上山喝茶。坐在廊下,看四周山势起伏,我说,就是不知道郁达夫带着翁莲到此,有没有喝过一杯龙井茶。朋友是写戏剧的,想象力远在我之上,他说,岂止喝茶,以达夫的性格,又有遍山的桂花。说到这里,他就说出了郁达夫在《迟桂花》中写到的关于触发性欲的联想。我有些不以为然,《迟桂花》在郁达夫的小说中,很难得的让读者在灰冷阴郁的世界里,看见一缕曙光。在读者以为老郁会与翁莲发生身体上的关系时,小说对欲望的描写却戛然而止,继而转折为灵魂的净化。与其说是纯真质朴的翁莲唤醒了老郁的"邪念",倒不如说是老郁在吐露发泄了压抑的欲望后,内心获得了一种久违的释放。

游五云山后,我又有一次到了满觉陇,本可上山,且路途不远,但终于止步于一片香气四溢的桂花林。直到又一个秋日,我决意徒步上山。

那天,我坐公交车至龙井村,徒步前往翁家山。当我真的步行而去,才发现路并不远,加上是缓缓下行,偶尔有几段路是平行与曲折上行,脚力不费,一路又有桂花相随,十分僻静,也不觉得有多累,真实体验到"星庐数百,竹木掩映。地宜桂,秋时如入众香国焉"。到达山顶,其实就是翁家山村,路边的茶楼也是一家紧挨一家,且多为粉墙黛瓦,有晚清和民国建筑的风格,可以看出,大多是重新装修过的。我想找一找《迟桂花》中写到的翁则生的家,自然是徒劳。不过,看那些房子,都和我想象中的翁家相似。在村里漫行一圈,择一家有遮阳篷的人家,要了一杯绿茶,特意嘱咐,一定要当年的龙井。

店家是一个中年妇女,她喊出堂屋正在玩手机的女孩,我记得店家喊那个女孩叫小莲。也许是我听岔了,女孩是晓云,或者叫晓涓,但我听成了小莲。我问店家,你姓翁吗?店家说,翁家山的人,大多数姓翁。我又问那个给我端茶的小莲,你也姓翁。小莲嫣然一笑,说我不姓翁。那你姓什么呢?我姓万,万水千山的万。小万问我,要不要茶水里加一点桂花?我问是今年的桂花

2023年秋天的翁家山村一角

吗?小万一伸手,从树上捋下一把桂花,调皮一笑,是现摘的。我发现小万爱笑,一笑俩酒窝。我也被她的笑感染了,指着她的掌心说,你把桂花放在桌上,我自己来加。小万摊开手掌,那些桂花就纷纷滚落在桌面上。新鲜的桂花仿佛还在呼吸,我用手指撮起几朵,扔进水杯里,桂花起先是浮在水面上,我轻摇几下,就慢慢向下沉去,跟茶叶搅在一起,绿的是茶叶,黄的是桂花,清澈的则是茶水。让我有些好奇的是,茶汁的色泽看上去有些略黄,莫非是让桂花染黄的,还是店家给我泡的是去年的龙井。我唤过小万,问是不是去年的陈茶?或者是放了桂花的缘故?小万一脸委屈,双眼睁得滚圆,说正宗的狮峰龙井泡茶就是这个颜色的,跟放没放桂花没有关系,这个不叫黄色,叫"糙米色",明前采摘的,泡出来也是这个色泽。我向小万道过歉,轻轻摇了摇茶杯,茶的香气便缓缓散发开来。

茶淡了,天色也有些暗下来。我想起《迟桂花》中的翁则生,就在他对自己的身体不抱希望的时候,病症竟然出现了好转。出现转机的不止是身体还有事业,"多年不做的焙茶事业,去年也竟出产了一二百斤",除此之外,他还做了一名小学老师。后来,还进入了一桩婚姻。这一切,似乎都与翁家山的天然山水有关系。山中数日,以至于让郁达夫的灵魂,也净化了。

在杭州,类似翁家山这样的地方还有很多,文学元素让这些原本普通的村庄和街巷,充满了烟火之气,也飘荡着时光的宁静与喧哗。而我不过是一个文学的过客,行色匆匆,在风雨里择一处屋檐,待风雨稀落,再续行程。

场官弄 63 号，风雨茅庐的前世今生

　　郁达夫卖掉一部小说的版权费作为启动资金，举债在杭州场官弄 63 号置地一块，自建一幢中式别墅，名"风雨茅庐"。

　　王映霞在日记中记载了风雨茅庐的建设："1935 年底动工，熬过了一个冰雪的冬季，到 1936 年的春天完工……足足花掉了一万五六千元。" 20 世纪 30 年代，一万五六千元，也是一个大数。郁达夫那部著名小说《她是一个弱女子》的版权费，也不过一千元，所以举债建房是肯定的，也是无奈的选择。

　　从故居内陈列的内容看，郁达夫对新房子十分满意。房屋开工后不久，郁达夫在《冬余日记》中说："场官弄，大约要变成我的永住之地了，因为一所避风雨的茅庐，刚在盖屋栋；不出两月，是要搬进去定住的。"郁达夫还详细说明了房子的格局与规模"住屋三间，书室两间，地虽则小，房屋虽则简陋到了万分，但一经自己所占有，就觉得分外地可爱；实在东挪西借，在这一年之中，为买地买砖，买石买木，而费去的心血，真正可观"。郁达夫的这段记录，可见当年建风雨茅庐，实在也是超出他的财力之外，但他的心情却是愉悦的。

　　据说新居落成之日，恰逢马君武来杭，郁达夫逼他用正患痛风的右手写了"风雨茅庐"四字匾额，挂在了门前。如果我们现在看到的匾额上的字，还是马君武所题，那么堪称完美。事实上现在的"风雨茅庐"书写者是浙江的一位书法大家王冬龄。

　　郁达夫显然是喜欢杭州的，所以他才会说出"永住之地"。郁达夫是富阳人，从地理归属来讲，他原本就是杭州人，加上他曾在杭州就学谋生多年，

他对杭州的感情，非一般旅人可比。他写过不少与杭州有关的诗文小说，他曾说过，杭州既"具城市之外形，而又有乡村之景象"。

从披露的郁达夫史料来看，1936年春天建成风雨茅庐，当年，郁达夫就离开杭州南下，并且再也没回杭州。他欲把杭州作为"永住之地"，成为一生的遗憾。

风雨茅庐，郁达夫杭州故居

2015年夏天，风雨茅庐对外开放。我在获知这个消息时，就一直想着要去看看这幢在我心里充满神秘之感的房子，但一直想去，却一直没有动身，实在有些好笑，又有些可悲。因为场官弄距我的居住地并不远，大约七公里左右，平时我跑步，沿西湖一圈，也逾十公里。

在风雨茅庐对外开放八年以后，我终于去了场官弄。那天，天气很热，好在场官弄两侧种满梧桐树，枝繁叶茂，遮住了灼热的阳光，跟随手机导航一路行去，直到场官弄尽头，是一堵墙，却没见风雨茅庐，而导航明明说已经到达目的地。我向左右两侧一看，发现右侧是一扇小区铁门，但敞开着，快走几步，见一石碑，刻"郁达夫故居"，才知这里就是场官弄63号。

风雨茅庐的入户门为双门设计，一扇黑色铁门，内套一扇小门，再无其他侧门。这是大宅的基本设计，通常，平时出入，只开小门。我抵达风雨茅庐时，大门紧闭，只开启其中的小门。大门门楣上悬着"风雨茅庐"，飘逸而力透纸背，一看就是大家手笔。我步入铁门，迎面就是正屋，四方形的正屋，三侧有回廊。郁达夫设计风雨茅庐时，正屋应该是客厅，两侧是卧室，现在是郁达夫史料陈列馆。但高温之下，陈列馆内没有空调，也没有开灯。只在史料展陈的屋内，有两盏电灯悬在空中，发出幽暗的光，几乎看不清展板的图文。这些，恰好有一位工作人员从对面的屋内出来，我问，怎么没有开灯？

她说，这里要重新装修了，其实已经闭馆，不对外开放。

正屋隔成三间，就是郁达夫所说的"住屋三间"无疑，中间是客堂，悬"风雨茅庐"匾额，有一尊郁达夫半身像，基座刻有郁达夫手迹：我不仅是一个作家，更是一个战士。客堂两侧分别是郁达夫生平陈列。有一些复制的手稿，也有一些图文，其中，王映霞的照片与郁达夫另外两位妻子，孙荃与何丽有的照片放在同一块展板上，以"红尘往事"作为主题，没有详细的说明。但三位夫人的展陈内容，王映霞倒不如孙荃。在王映霞部分，说她本姓金，小名金锁，学名金宝琴。这两个名字，自然都不及王映霞来得响亮。郁王之恋，典型的才子佳人，曾被柳亚子誉为"富春江上神仙侣"，可惜他们终于没有走到白头。

在展馆内，有一张郁达夫摄于1944年的照片，拍摄地点是在印尼，这也是郁达夫留在人间的最后一张照片。照片上的郁达夫头发蓬松，着白衬衫，系领带。照片上方，摘录了一段他写给孙荃的信，其中有"国即予命，国亡，则予命也绝矣"。

正屋与后院，以拱形洞门相隔，后院面积不大，但也是草木葳蕤。在正屋与后院之间，有一株大树，稍稍有些倾斜，倚靠在房檐上，似乎没有房檐和两根支撑的铁管，大树就要倒掉的样子。这株大树已经有些年头，或许不一定是风雨茅庐建成时种下，但至少也有三五十年。

风雨茅庐书房

后院是书房和卧室。书房东南侧开大窗，这种设计，在民国建筑中十分少见，可见郁达夫的设计思想颇有些桀骜不驯。俗话说文如其人，在风雨茅庐，我倒是看见房如其人了。大窗设计使得书房通透、光照充足。书房靠窗搁一张书桌,两侧是书柜和沙发,窗子两侧,挂郁达夫手书"学问无止境""正大光明"。相比正屋,后院更显得安静,窗外是一堵与外界相隔的围墙,将书房与卧室,与外界的喧哗隔离开来。从卧室再往里走,又有一间,我无法判定当初郁达夫或王映霞是用这个房间来做什么的,现在是"郁达夫小说奖"获奖作者与作品的简介。只是风雨茅庐要整修,这些陈列,也无人照料,有些破残的样子。

正屋与后院以墙相隔,但在靠后院一侧狭长的弄堂里,我看到一口水井,虽然封掉了,但相信当年,郁王在此筑巢,这口水井是发挥重要作用的,他们的日常用水,想必都取之于此。在书房台阶下,有一口水缸,显然是故居管理人员种上了一株荷花,夏天正是荷开时节,这株荷花,也开出一朵艳丽的花,在轻风中摇曳,十分好看。

正屋与后院,是风雨茅庐的主要建筑。但在进门右侧,有两层房子,起码有十来间,呈一直线,与正屋之间,形成一个过道。不清楚这是郁达夫当年设计图里面就有的,还是后来加盖的。这排房屋,现在是街道物业和一家食品安全管理机构的办公楼,应该同时也是故居管理人员的办公处。

我一身大汗,走出风雨茅庐。时光已过去87年,这幢青砖别墅依旧非常耐看,与周边后来建成的公寓相比,建筑气质不凡,依然有鹤立鸡群之感。我有些为郁达夫感到遗憾,他漂泊一生,原本想在杭州好好生活写作,但终究没有实现自己的愿望,

风雨茅庐正屋侧面

最终客死异乡。郁达夫的作品,曾经是我年少时无数个寂寞的夜晚,灵魂的慰藉。我喜欢他的小说和散文,其中就包括《她是一个弱女子》,郁达夫正是用了这部小说的版权费,开始建设他的"风雨茅庐"。

这部小说手稿，也是郁达夫唯一存世的手稿，曾在风雨茅庐展出。网上所传这部小说首版所得的版权费是风雨茅庐得以开建的第一批资金，似乎也是有据可查。郁达夫后来在《沪战中的生活》中对写作《她是一个弱女子》的经过有回忆：在战期里为经济所逼，用了最大的速力写出来的一篇小说《她是一个弱女子》……

在郁达夫小说创作史上，《她是一个弱女子》占着一个特殊的位置。这是郁达夫继《沉沦》《迷羊》之后出版的第三部中篇。小说以1927年"四一二事变"前后至"一·二八事变"为背景，以女学生郑秀岳的成长经历和情感纠葛为主线，描绘了她和冯世芬、李文卿三个青年女性的不同人生道路和她的悲惨结局。小说的构思和写作过程，正如郁达夫自己在《〈她是一个弱女子〉后叙》中所说：《她是一个弱女子》的题材，我在1927年（见《日记九种》第51页1月10日的日记）就想好了，可是以后辗转流离，终于没有功夫把它写出。这一回日本帝国主义的军队来侵，我于逃难之余，倒得了十日的空闲，所以就在这十日内，猫猫虎虎地试写了一个大概。

从这段叙述中，可见郁达夫创作这部小说时的处境并不太平。他在乱世间写作的这部小说，不仅是现代文学的重要坐标，也为郁达夫解一时生活之愁，提供了必要的帮助。"风雨茅庐"让郁达夫在风雨飘摇的时代，有了一个可以挡风避雨的屋檐，也是身为作家的郁达夫，有一个可以安放灵魂的憩息地。

民国时期，有一批以鲁迅为代表的作家，就像郁达夫曾经说过的那样，"能说'失节事大，饿死事小'这话而实际做到的人，才是真正的文人"。

我觉得，郁达夫就是这样一个十分接近鲁迅，同样骨头很硬的文人。

作家总是不自觉地将个人经历映射到作品里

在很多人看来，电力系统是铁饭碗，是垄断行业，收入稳定且高于一般行业。其实不然。电力系统也会有企业倒闭，而且一度出现倒闭"狂潮"，因为煤电机组"上大压小"和节能减排，数量众多的煤电厂排队清算或关停。比较典型的是山西娘子关发电厂。这家始建于1965年的燃煤电厂装机容量40万千瓦，但有2000多职工，由于历史原因，类似燃煤电厂在全国为数不少。尽管娘子关电厂曾经是华北电网的枢纽电厂之一，但也不得不经历"上大压小"的阵痛。

科幻作家刘慈欣是娘子关电厂计算机工程师。他的代表作《三体》的前两部、《流浪地球》等都是他在电厂工作期间创作的作品。然而，在老厂爆破拆除，新厂120万千瓦装机容量面前，新厂只能容纳400人，剩下的1600多人需要分流到其他发电企业。刘慈欣也同样面临两难选择，无论他是选择留下，还是分流，都会面临在进入新分配的电厂后，因工作负担太繁重，而没有太多时间写作的困扰。于是，在电厂关停那一年，刘慈欣既没有留在娘子关，也没有接受电厂安置，而是调入阳泉市文联下属的文学艺术创作研究室，专门从事文学创作。

2016年底，我赴京出席中国作家协会第九次全国代表大会。在一次全体会议间隙，我找到山西代表团座席，找到刘慈欣，自报家门，听说是电力系统的同道，刘慈欣很客气，和我寒暄了几句，我原本想问问他离开娘子关的情况，但很快被前来要求合影的代表冲散了。那时的刘慈欣虽没像几年后万众瞩目，也已是媒体和寻常作家们的焦点。我识趣地退到一边，看着络绎不绝的人，一个一个和他合影，直到下一阶段会议开始。

　　这是我唯一一次和刘慈欣见面。我始终认为，他的离开，是电力系统品牌领域的一大损失，我多次讲，电力系统人才济济，但也因为历史原因，存在大量冗员，如果能够像山西阳泉市一样，将刘慈欣看作特殊人才，留在电力系统，他对行业产生的品牌影响力，其价值怎么讲都不为过。

　　据说，最近有网友发现，娘子关发电厂外墙成为"三体墙画"，称墙上画的是一整套三体的故事。有记者前往探个虚实，发现发电厂约1000米的围墙上，采用手绘与喷涂相结合的形式，共绘制了总面积约1400平方米的科幻主题墙画，按照原著中时间先后顺序，展现了《三体》和《流浪地球》中的震撼场面。

　　2015年，刘慈欣曾回应"为何2010年前的作品色调都很阳光，而2010年之后的作品色调则变得忧悒"，这一曲折与娘子关电厂的命运息息相关——"因为2009年是娘子关电厂按照国家节能减排相关政策关停的年份。在此之前，电厂的工作是个铁饭碗，收入很稳定，可以说是衣食无忧，没有任何压力。但是2009年关停后，电厂需要搬迁，员工面临分流安置，竞争一下子变得激烈了。工作上的巨大变动影响了我的创作心理，体现在作品上就是色调变得沉郁。这就是文学评论中经常提到的'说者被说'，作家总是不自觉地将个人经历映射到作品里。"

　　或许，从这段话里面，我们能感受到刘慈欣作为一名电力从业人员内心的真实写照。他的离开，或许是一种无奈而被动的选择。

我曾有意编写一部《故乡传》

曾经在电力系统有过工作经历的还有历史学家沈志华教授。我在一个微信群发现沈教授时，异常惊喜，申请加了他的微信，居然通过了。我问沈教授，您真的在电力系统工作过？沈教授回复我，他曾经在北京石景山发电厂当过六年锅炉检修工。

有关沈志华的信息，在网上铺天盖地，研究中苏关系、朝鲜战争和苏共历史的，沈志华毫无疑问是国内顶尖专家。我在认识沈教授之前，买过他的大量著作，包括他主编的《中苏关系史纲》《冷战》系列，以及《毛泽东、斯大林与朝鲜战争》《一个大国的崛起与崩溃》《窥视中国》等。这些作品，给我提供了一个观察上述重大国际问题全新的视角，有的，甚至是颠覆性的。沈教授为了收集苏联解体后的珍贵史料，那些传奇经历，说起来也让人津津乐道。

作为华东师范大学国际冷战史中心主任，沈志华以他独一无二的历史著述，实至名归。

我曾有意编写一部《故乡传》，想请沈志华教授写个序，他很快给我回复了：富强你好。你有大作出版，当以祝贺。只是作序一事，我很难从命。不知何故，我从未给人作序，很多学生、朋友找我，我都未允。如此例一开，以后定然应接不暇。真的是很抱歉。不过，你的书编好以后，我倒是想看看，也是一种风格。

沈教授的婉拒，在我的意料之中，但依然向他表达了由衷的感谢。只是《故乡传》一事就此搁下，什么时候再续，似乎遥遥无期。

我曾在微信上和沈志华有过简短交流，我告诉他，有机会想背着他的那些书，去上海华师大找他，请他签个名。沈教授说，没问题，一般他都在学校。这是新冠疫情刚起来不久，一晃数年，其间，我虽然去过几次上海，但终于没能去华师大校园见上沈教授一面，甚为遗憾。

一个我特别尊敬的人

在我的作家朋友中，《杭州日报》首席评论员徐迅雷是一个我特别尊敬的人。

杂文家朱大路说："既要追捧徐静蕾，也要宣传徐迅雷。"对于绝大多数普通民众来说，前者是明星，后者却鲜为人知。然而，对于我来说，我只在银幕上，准确地说，只在电视上看见过徐静蕾，只知道她是一个电影明星，后来当了导演，据说她的博客一度很热闹。而徐迅雷，我却实实在在地认识，并且是好朋友。虽然我们平时联系不多，偶尔在参加文学会议或者文学活动时能碰上一面，但是在我的心里，迅雷一直是我发自内心钦佩的杂文家。

很多年以前，在城西北一个叫三墩的小镇上，那时，三墩对于杭州城区来说，显得太遥远了。在三墩的一幢公寓里，也是迅雷丽水老乡家里，我和迅雷第一次相见。我们交谈不多，但我能感觉到，他看上去略显木讷的外表只是一个表象，他的内心、他的思想充满了智慧。后来的事实证明，迅雷的思索，表明他有一颗敏锐而聪慧的心。当时，应该是迅雷刚到杭州不久，供职于一家青年纸媒。朋友告诉我，这之前，他是丽水下属一个县的乡镇党委书记，可以说是一个一呼百应的职务。如果不出意料，他继续向前走，弄个县官当当是没有问题的。但是，他做出了一个让很多人匪夷所思的决定，他放弃了仕途，弃官从文了。我想，要做出这样一个决定，对于大多数人来说是困难的，然而，迅雷迈出了他对于他的人生来说至关重要的一步。我不清楚全国有多少个县官，那肯定是一个极其庞大的数字，但是，能够写出好的杂文的作家，唯徐迅雷。徐迅雷之所以做出这个决定，是因为感到还不干自己感兴趣的事，这辈子要废了。

后来，我业余主编纯文学内刊《东海岸》，向迅雷约过稿子，每次给他电话，他总是很痛快地答应。有一次，有一家企业内刊想请迅雷为专栏作家，每期约他一篇稿子，但内容有一定要求。我把这个信息通报给迅雷，他答应考虑。我以为，迅雷会答应，因为那家内刊承诺会付很高的报酬。但出乎我的意料，几天后，迅雷给我打了个电话，明确表示，他不打算应约成为那家内刊的专栏作家。其时，迅雷已离开青年报纸，在杭州的《都市快报》担任首席评论员，他犀利的文笔，为他赢得了很多读者。我翻看《都市快报》，但凡有迅雷的评论，必认真阅读。迅雷婉拒高酬专栏，令我再一次刮目相看，当他拒绝为金钱写作时，他的写作就显得纯粹了。

广西师范大学出版社在杭州专门为徐迅雷召开了一次作品研讨会，迅雷也给我发了一个邀请函。在那次研讨会上，我对《都市快报》主编说，因为快报取消了二版的徐迅雷评论，我就不再读快报了。我又说，如果时光倒回，徐迅雷的价值会更大。

有一年夏天，我和迅雷一起参加一个文学活动，入住金华双龙洞边上的宾馆，我和迅雷居一室。当时，他的《这个世界的魂》刚由广西师范大学出版社出版，我主动向他索取一本。刚好，他的行李箱里带着几本，他取出一本，签上名送我。我有一种如获至宝感。宾馆因为建在山腰，房间有些潮湿，床铺上也能闻到淡淡的霉味。我和迅雷聊了一会儿天，他很快睡着了，我读着他的《这个世界的魂》，忽然就觉得，当一个人，愿意为写作放弃仕途，拒绝为金钱写作时，他的魂一定是不同凡响的，他要写出的作品颜色，也一定是纯净的。

在聊天中，迅雷告诉我他的工作流程。迅雷在《都市快报》的评论拥有一大批相对固定的读者群。而撰写评论，往往都是晚上，而且时间很短，能够给他两个小时左右。一般要等到报纸的稿子基本定稿以后，才会确定迅雷要写的评论是什么内容。所以，在一两个小时之内，要写出观点鲜明、语言辛辣的千字文，难度可想而知。迅雷说，他的上班时间主要是在晚上，白天，基本就在家里阅读。大量的思考与积累，是他能够在很短的时间内写出令人拍案的评论的前提。迅雷说，他每年自费购买的书籍量惊人，总的书价过万。

迅雷的博览群书，使他的观点准确到位，思考的深度也令许多人望尘莫及，而对于文字的把握更是收放自如。

迅雷还跟我说起《这个世界的魂》一书的出版过程。他把自己的作品刻成光盘寄给广西师大出版社的老总，而他并不认识那位老总。也许，在寄出光盘的时候，迅雷也没有想过奇迹的发生。没过多久，师大的信息来了，他们愿意出版迅雷的作品。在眼下的出版市场，能够拍板出版迅雷这样非流行也非畅销的著作，是需要勇气的，很显然，广西师大具备了一双慧眼，他们相信，他们将要出版的这部著作，将为作者，也为出版社带来很好的效益。然后，奇迹真的发生了。《这个世界的魂》到 2013 年 5 月，已经是第三次印刷了。类似题材的作品能够重印，而且不止一次，在现在的中国图书市场，堪称奇迹。广西师大在此后，又接连出版了迅雷的《只是历史已清零》《万国之上还有人类在》。现在，这三部装帧设计都非常简洁、庄重的著作堆在我的面前，仿佛无比沉重的三座山，字里行间，我看见一个孤独的登山者。三本书的封面都设计成淡黄色，没有任何图案，大片留白。

我收到这三本书时，没有想到会是迅雷的著作。当我漫不经心地撕开包装时，它们依次滑了出来，我将它们堆在一起，我知道，一个了不起的杂文家，正在这块土地上茁壮成长，他将以自己的真诚、良知和锐气改变我的阅读习惯。这三本著作，对于迅雷而言，只是一个开始，一个过程，我一点也不怀疑，他将继续走向更高的山峰，他所能看到的，将在我的视线之内，繁茂成一片片郁郁葱葱的丛林。迅雷的书里面夹有一张书笺，上面的一句话我更愿意看作是迅雷写作的座右铭：百姓立场，公民写作；只为苍生说人话，不为帝王唱赞歌。

迅雷没有让喜欢他的读者失望，他入选《杂文选刊》"当代杂文 30 家"，他的杂文集《徐迅雷集》列入中国杂文百部。在我看来，这个高度，具有里程碑式的意义，令迅雷成为当代中国屈指可数的杂文名家。在一次"徐迅雷评论作品研讨会"上，复旦大学新闻学院原院长赵凯教授说："徐迅雷的评论有着沉甸甸的社会责任感，精而管用，以人为本，博古道今，百姓语言，雅俗共赏。"这个评价，中肯而实在，道出了迅雷杂文的本质。

广西师范大学出版社是很多作者内心向往的一家出版机构，徐迅雷的作

我与徐迅雷（左）参加一个读书活动时的留影（朱静静 摄）

品，几乎都在广西师大出版社出，可以肯定，他的作品有市场，也能够给出版社带来一定的经济效益。最近，他有几本书同时出版，其中有一本是散文随笔集，书名叫《在大地上寻找花朵》。我一直以为，广西师大出版社对迅雷的时评情有独钟，但没有想到，我收到迅雷的《在大地上寻找花朵》，居然也是广西师大版的。而且首印 5000 册。对于一本散文随笔集来说，这已经是一个很可观的首印数了。这部逾 30 万字的集子，收录了迅雷多年来创作的散文随笔。这时，我才恍然，原来，徐迅雷，还是一位散文家。集子里面有不少文章，我是熟悉的，比如《一梦到西塘》，就是我和他一起去西塘采风时写的，并且刊登在同一天的《钱江晚报》副刊上。他写的丽江，与我写的丽江，取的标题也一字不差，都是《丽江的柔软时光》。他写书房，与我的感触如出一辙。读迅雷的散文随笔，我发现，其实我们对这个世界，有很多看法是相似的。

尽管徐迅雷已经在广西师大出版社出版逾十部作品，但最令迅雷骄傲的是他的女儿徐鼎鼎，本硕在台湾，博士在香港，学的研究的是先秦文学，毕业后进入浙江农林大学任教。

不知道从哪一年开始，徐迅雷每年都会捐出一个月工资，资助贫困大学生。他的收入并不高，但他如此坚持多年，恐怕也不是常人能做到的。他甚至于都没有车，代步的是一辆破旧的自行车，后来，升级成电动车了。我想，他这么多年的公益与扶贫助学，买一辆小汽车应该是绰绰有余了。迅雷每年还会做很多场公益讲座，并且广受欢迎。这与他"只为苍生说人话"的创作理念有关。他不喜欢应酬，但喜欢和读者在一起，他最在意的，也是读者的认可。

　　杭州晓风书屋新新饭店开张,晓风书屋创始人朱钰芳和她的先生在新新饭店民国味浓郁的露台草坪上组织了一次活动,邀请了一批晓风的朋友参加。我和迅雷在那相遇,才知,他已经摇身一变,从《都市快报》首席评论员成为《杭州日报》的首席评论员了,如果从报纸所处的政治地位而言,迅雷也算水涨船高,有更权威的平台,让他犀利的思想发出尖锐的光芒。迅雷在《杭州日报》任职满月,在微信罗列了一月的工作量,我粗略计算了一下,短短一个月,他居然发表大小评论30篇,这还不算他参与修改与润色的评论员及"吴山评"文章5篇。我转发了他的微信,并留言:"看看徐迅雷一个月都干了些什么?他这么搞下去,我们连东北风也吃不到。兄弟,不能只顾走自己的路,让别人无路可走。"这自然是戏谑,但我由衷地为迅雷感到高兴,作为朋友,甚至以他为豪。当下中国,太需要徐迅雷这样的时政评论员了。

　　迅雷是浙江大学新闻与传播学院客座教授。他对学生作业的辅导及认真程度,我经常在他的微信上看到。能够成为他的学生,是幸运的,一个老师,站在三尺讲台上用心说话,而不是言不由衷,体现的是一个知识分子的骨气。而我们视线所及,有骨气的知识分子,更多的,只能从历史和记忆里寻找。

　　我的《源动力》出版后,在晓风书屋有一场活动,我邀请迅雷担任嘉宾,他毫不迟疑就答应了,其实我知道他很忙。况且出席类似活动,完全是友情赞助,没有一分钱的酬劳。活动那天,迅雷收到的唯一礼物,是我们共同的好朋友,浙江省作协工会主席王英姿送给我们的两束鲜花。

　　《从左岸到后岸》,是徐迅雷为我的散文集《后岸书》写的序,我摘录最后一段,以表达我的感激之情:"农夫插秧,插了一行,再插一行;农夫灌水,灌了一回,再灌一回;农夫除草,除去野草,好长禾苗"……农夫如是,作家亦如是。"你给我一个通宵,我还你一个通道",读陈富强的"后岸"之书,这个感觉分外强烈。罗曼·罗兰曾说:"缺乏理想的现实主义是毫无意义的。"一个缺乏理想、信仰和灵魂的民族,是得不到尊重的;一个缺乏思考、思想和追求的族群,是得不到尊敬的。作家陈富强,因为亲炙此岸与彼岸、历史与现实,所以兼备了理想信仰和思考追求,兼备了现实主义和理想主义;由此,后岸,后岸,后岸,已经远远不是一座村庄的符号,而是作者以及可

第三部 二〇〇四　409

以与作者分享的读者的整个精神世界！

徐迅雷的眼镜，是圆形的，现在市场上很难找到类似复古的眼镜。这副眼镜是迅雷的一个标志。他和我讲起过为了寻觅这副眼镜，他几乎跑遍杭州所有眼镜店。迅雷的头发不多了，戴上这副眼镜，仿佛时光倒流。我在昆明西南联大旧址，就曾经见到过戴着类似眼镜的不少教授，比如陈寅恪、冯友兰、沈从文、朱光潜。那个年代，流行这种款式的眼镜。现在，眼镜的款式很多，迅雷喜欢的这副眼镜，几乎独一无二，我猜测，是因为他喜欢那个大师辈出的年代。

把杭州这杯茶，端给世界

　　我的散文集《后岸书》出版后，杭州青藤茶馆创始人沈宇清邀请我和徐迅雷去青藤喝茶。我认识宇清，已经很晚，是最近两年的事情。我去大运河边的黄亚洲书院参加一个活动，大家在报告厅落座，我发现一个眉清目秀的女子在给大家倒茶，端水果。活动开始后，她退出了报告厅。中途，我去书院的另外一间陈列室，见她坐在一角摆弄手机，我们相视一笑。是那种客气的笑。就在那次，我从朋友嘴里获知，她就是青藤的掌门沈宇清，人唤清清，跟着黄亚洲学写诗。

　　不久，在滨江，我应邀去参加亚洲另外一个学生的散文作品讨论会，又见到了宇清。研讨会开始得很晚，午餐时间也相应推迟了。大家饥肠辘辘，一到餐桌，就狼吞虎咽。但是宇清却很周到地在每一桌之间，给大家倒水，等她回到我们这一桌上，我们已经吃得差不多了。我忽然就有些不好意思。

　　杭州要承办 G20 峰会，拱墅区组织了一次大型诗歌朗诵会，其中有一首诗是宇清写的，朗诵者是杭州电视台的主持人杨苡。这首诗配上画面，加上杨苡声情并茂的朗诵，真是悦耳。诗歌叫《把杭州这杯茶，端给世界》，其中第一节：

　　我走上嫩绿的茶山
　　从一株长得像少女般的茶树上
　　采下一朵春天

后来，我让宇清发了一组诗，刊登在我业余主编的杂志上。她很开心，说是她的诗歌第一次发表在一本大型纸质刊物上，要请我吃顿饭。我回复她，吃饭免了，哪天去她的青藤，讨一杯茶喝。

春天快要落幕，宇清说得聚一聚。我说好。杭州有两家青藤茶馆，我去过其中一家，她就选了我没去过的那家，也在湖边，靠近断桥。那天在青藤小聚的，宇清还邀请了徐迅雷。

我们在宽敞的露台上聊天喝茶，又一起用了午餐。迅雷上午在浙大有课，下课后特意绕道去晓风书屋，买了四本我的散文集《后岸书》。我通过邮政寄给他几本，但一月过去，依旧没有收到。迅雷还送给我另外两本台湾作家的签名书，一本是《郑愁予的诗》，另一本是张典婉的《太平轮一九四九》。迅雷说张典婉前不久刚来过大陆，他陪她喝茶吃饭，地点就是在青藤。而且，还替她找到了多年不见的一位亲戚。其实，我看过有关太平轮沉没的电影，就是不知是否与张典婉的这部著作有关系。

午餐后不久，宇清的员工变戏法似的，抱来一大堆书让我和迅雷签名，分别是我的《后岸书》和迅雷的新作《认知与情怀》。原来，她私下交代员工去晓风书屋买这两本书，但店里的存书不多，晓风只好去杭州市区其他门店调书。宇清的有心，再次让我刮目相看。

看得出，宇清为人的宽容与谦恭。每次她的员工为我们服务，她都会说声谢谢。她说，一般一周一次，她会去两家茶馆看看，平时基本上不去，她很放手。只是在茶馆的装修过程中，她很尽心，因此，如果去青藤，会发现茶馆的装修风格很独特，有茶的味道。

与沈宇清在她创办的青藤茶馆（徐迅雷 摄）

我们小聚的茶馆露台上，植有竹，阳光照在竹子上，将竹影投在遮阳伞上，就有一些水墨画的气息。宇清看上去很纤细，容易让人联想到竹子，还有茶。

当然，现在杭州，已不止两家青藤茶馆。在西湖边的赵公堤，又开出一家。我有一位朋友去喝茶，发给我一张照片，是我的散文集《万物无尽》。朋友说，在青藤看到这本书，特别亲切。

我似乎隐隐看见少年达照，站在断垣残壁间

说我的作家朋友遍天下，一点也不为过。但寺院会写诗的住持和方丈是我的朋友，却是很多人不曾想到的。

2014年秋天安福寺开光落成前夕，我第一次抵达文成。青山连绵之下，泗溪流水潺潺，两岸，是一座诞生了刘基的千年小城。受地理之困，文成县城之玲珑，在浙江全境，也颇为少见。但泗溪岸边一山顶，建一塔，倒映入溪，夜色之中，倒也生出一些历史的纵深。朋友执意拉上我，驱车十余公里，于薄暮炊烟中，入西坑。北宋《太平寰宇记》称："天下七十二福地，南田居其一，高山深处忽辟平畴，高旷绝尘，风景如画，桃源世外无多让焉。"安福寺就在历史上有桃源之誉的南田境内，现属文成西坑镇。

下车一望，且见一巍峨建筑群，立于群山之间，蔚为壮观。朋友说，这就是安福寺，还未开光。他说，已联系妥寺内负责接待的知客。进入院内，果然有一年轻法师，候在殿前。一问，法名庆振。我对佛教知识所知甚少，就连知客，也是第一次听说。只是庆振之年轻，让我有些意外。庆振长相俊雅，眉宇间，透露出与他的年龄不太相称的睿智与稳重。他一张口，更是让我自惭形秽，我们年龄相差悬殊，但他对佛学的理解，已然学富五车。在大殿，我们逗留的时间较久，庆振也主要是在这里，佛祖青铜像前，向我们介绍安福寺的历史与最近一次重建。他多次提到了主持重建的达照法师，对这位住持，庆振的敬重与钦慕是由衷的。虽然这次未能与达照法师见上一面，但这个名字，却烙进我心里。

步出寺院，天已黑透，群山沉默，天空有星星闪烁。在殿前广场，我

与庆振互加了微信。我觉得，从这位年轻的知客身上，可以学到很多佛教知识。安福寺一别，我与庆振的交往，就仅限于微信朋友圈。从庆振的微信，可见他的摄影技术非同凡响，他在不同季节，不同角度拍摄的安福寺，庄严、宁静、宏阔，甚至辽远。每次见到那些照片，我都会想到达照法师。我想，这座浙南偏远的寺院，正在他的住持下，一天一天重现唐朝的辉煌。

与达照的缘聚，比计划中的要早一些。时隔安福寺开光四年，同样是一个秋天，我重访文成。当晚，在崇山峻岭之间，一座名嘉南美地的小镇，一场星空诗会上，我居然与达照同坐一桌。我有些不敢相信自己的眼睛，也有些兴奋，很肯定地询问他，

听达照讲经说法

您是安福寺的达照法师。达照微笑着点点头。达照身穿简易黄色长衫，戴佛珠，比我想象的要年轻，但看上去面相庄严慈善，外表沉稳，双眼充满智慧之光。达照率先伸出手，边与我相握，边说，我们握下手。法师的手没有想象中的宽厚与温暖，甚至与我一样，稍显纤细，但握紧时，显得有力。我提出与他合影，达照欣然应允，并让与他同行的一位朋友，用我的手机拍下一张。后来，我将这张照片发到微信朋友圈，不少人留言，在京府谋职的朋友说：法师神情恬淡，果不同凡人。又有清华大学的朋友羡慕：好希望有机会能和大师交流，有好多疑问。

我翻看星空诗会节目单，方知，诗会上，有达照的一首诗作《天圣吟》要吟唱。而吟唱者，正是为我和达照拍照的那位先生，叫洪一初，温州当地吟诵名家。其嗓音犹若天籁，是诗会中，给我留下印象最为深刻的一首作品。而《天圣吟》，更不失一首佳作，可见达照的古典文学素养之深、之厚。且让

我抄录《天圣吟》全诗，与读者诸君共赏：

安福南山，
翠竹浴清凉。
天山月，
洒落，雪满衣裳。
音声寂，
古道沧桑。
星光灿烂，
天幕甚幽蓝。
晨钟敲醒前生梦，
桂子任飘香。
溪水潺潺，
琴韵悠扬。

雾霭深处，
问君，何处是家乡？
隔断红尘路千重，
谁倒驾慈航？
谁能回光？回光
菩萨泪千行！
化作天山云，
散作圣山香。
共为清泉水，
大地任流淌！
天人圣人共一堂，
歌声遍云江！

嘉南美地小镇，有恰好的名字，壮阔的风景，又有美好的星空诗歌作伴，与达照法师初次相见，甚好、甚喜。仿佛，我与达照有缘，在一个陌生的山上相遇，我预感，我还会再次见到达照，并且与他聊上几句。

次日，临近黄昏，我们果然驱车绕山路至西坑。达照在安福寺广场下车处迎接。我下车，与达照双手合十，互致问候。达照说，我们昨天刚见过面。我说，是的，我们又见面了。

一行围拢达照身边，有关安福寺的前世今生，

与达照在天空诗会上

在达照的介绍中如数家珍。寺院广场上，左右各置一块巨石，分别名"洗心"和"洗肝"。石上有清泉流淌，凡入寺者，都会在此停留，洗一洗双手。其中，洗心石形若心脏，甚为奇特。我问达照，这两块巨石从何而来？达照说：就是从寺前小溪里寻得，搬运上来，搁置在此，左为洗心，右为洗肝。石上流淌的清泉，则引自山涧的溪水。我将双手浸入水流中，果然清冽，捧起一尝，有甘甜之味。

寺院进门处的弥勒菩萨，是罕见的站佛。作为东方药师道场，达照讲述了安福寺之所以将弥勒菩萨塑成站佛的因缘。故事很长，我无法一一叙述，但从这尊菩萨的姿态里，我似乎渐渐明白，安福寺的独一无二之处。比如灵山宝殿，如果按正常的设计，应该是纵浅横深，但达照告诉我们，因为安福寺的禅修志业需要，纵浅的缺陷过于明显，也就是说放置大殿必要的佛器、供桌，差不多就要到大殿入口处了。最终，达照说服来自北京的设计团队，将大殿设计成现在这样的纵深横浅，具体来说，大殿纵深40米，横为30米，可同时容纳1000人以上的信众同时禅修。达照说，考虑到江南冬季寒冷，而凌晨四点起床就开始的早课，大殿安装了地暖设施。达照弘法道场遍及江南江北，比如山东、江苏，一共七座。达照在安福寺讲经，可通过视频，向七座寺院直播。大殿后的一棵树化石，来自新疆，重20吨，长10米，为国内

罕见。于是，也有人把它称为安福寺的镇寺之宝。

我终于相信，生于1972年的达照绝非等闲之人，他的学识远在同龄人之上，他在佛界的学术地位，一定有不可小觑之处。于是，当我在寺院石碑上读到文采飞扬，由达照撰写的安福寺重建碑记，再从达照那儿获赠《雪莲华》《退一步　并不难》《饬终——佛教临终关怀》《金刚经赞研究》等著作时，我发现，我面对的这位法师，有着别于常人的智慧。我在网上检索，果然，不光有达照的个人网站，在新浪网，也开有"天台子达照"的博客，他之所以用天台子作为笔名，也与他的嫡传天台教观第47代身份密切相关。作为中国佛学院佛学硕士，他发表的佛学论文多达30余篇，他致力于天台、净土、禅宗（特别是"永嘉禅"）、密法的修学和研究。至于出版的专著，更是广为传播，我在微信朋友圈晒出达照的签名书，立刻有朋友说，达照了不起，她有一本达照的《退一步　并不难》。网络上，有关他的视频简直铺天盖地。这些视频，大多是达照在大学、寺院等地弘法讲座的录像，也有关于他的个人纪录片。

我有一种原来如此的如释重负之感。在安福寺，达照与我们的交流，显示他的博学、睿智与谦恭。寺院外的天色已暗。我坚持到所有人向达照索要著作签名的最后，与他合了一个影。达照说，昨天晚上我们已经合过一次。我说没错，但昨晚灯光下效果不佳，我希望能够留下一张效果更好一些的照片。达照说，这屋子里的灯光似乎也不是十分明亮。我说无妨，我心里，已明亮如镜。

步出安福寺，秋夜渐浓。达照的目光在身后。我拎着一袋书籍，都是达照的个人专著，很沉，显然与书的文字相吻合。我可以舍弃一些东西，但是这些书，我是一定要带回家里，放到书架上去的。此刻，我抽出其中一本《雪莲华》，这是达照诗集，同济大学出版社2012年11月出版。那一年，达照刚好40岁。诗为格律，稍显艰涩。但达照在书后简短的"跋"中，这样写道："我充满感激之情地在时空的夹缝中张望，一边是尘世的悲哀、欲乐和绝望，一边是圣者的宁静、光明和安详！我的两只眼睛各分一半，忘记了自己站立的位置，却依稀记得模糊的视线背后还有多少感叹！"

我又抽出一本达照的《觉——达照法师法语集》，读到一首《浪淘沙·四

十感怀》。从这首词里,我似乎隐隐看见少年达照,站在断垣残壁间,悄然落泪。又看见皈依后的达照,于琉璃宝殿前,淡然微笑:

少年苦相煎,短米无钱。
残墙破壁落山间。
坐望春空花又谢,泪水涟涟。
及长入尊前,念佛参玄。
琉璃宝殿任悠闲。
转眼光阴弹指过,换了容颜。

执行主编《安昌的故事》

我主编或担任执行主编的图书总有十多种，其中，《安昌的故事》一书给我留下的印象最为难忘。

是在疫情期间，我接到安昌中学校长俞绍林电话，他说有几位安昌乡贤计划编一本与安昌有关的书，商量过几次，但进展不快。俞校长说，能不能请我参与进去？我说当然可以，只要我能做的，我一定尽力。俞校长说，那我就让牵头的老徐联系你。没多久，老徐的电话来了，他自我介绍了一番，我还是想不起来他老家在古镇哪个位置。不过，我说没关系，你把编书的要求告诉我，具体我来做。

老徐电话联系我几天后，曾经在安昌七纺当过厂长的，后来自己开公司的吴董事长带着几位乡贤来杭州，在宝善宾馆小聚了一下，主要是商量编书的事。我听下来，觉得没有那么复杂。吴董听我这么讲，说，悬着的心终于放下了。其实，编书这事，也是熟能生巧，他们都没有编过书，只有老徐在舟山当兵时，主编过一本跟部队有关的书。我把编书及出版的流程一说，大家有一种恍然大悟的感觉。

接下来，就是发征稿通知。其实，收集文稿不难，安昌本土有好几位地方文史专家，积累了不少相关史料，有的都是现成的文章，稍加润色就可以用。只不过本书是以"故事"形式呈现，对文稿有一些特殊要求。但征集到的稿子，有不少是70岁以上的老人写的，基本的写作功底确实存在一些问题。我利用春节假期将书编好。可能是我主编的10来种图书当中，花费精力最多的。

老徐拉了个乡贤群，自任群主，还有副群主、部长什么，阵容很强大。他和吴董事长是这本书的发起人，他们计划公开出版。这个任务自然也落到我的头上。我找到平时有合作的一家出版机构，他们很快接受了。

然后是确定编委会。我一看老徐发给我的名单，让我有点啼笑皆非，70位成员，加上名誉主任、主编等14人。铺满整整一页。我这个执行主编则孤零零地排在最后面。

编书期间，吴董联系我，想让我去趟绍兴，采访一下曾任安昌镇长的王老先生。我坐地铁到柯桥，然后坐吴董的车去王老家。同去的还有安昌本土摄影家成金元，本书插图绝大部分都是他提供的。王老年逾九十，看上去精神不错。在那个特殊年代，王老在安昌也算个传奇人物。

《安昌的故事》编辑过程中，有个亮点，本书序言是由原浙江省军区司令员黎清撰写的，这是老徐的资源。

本书内容丰富，基本上是一个大杂烩。其中，也有一些安昌特色餐馆的广告，比如被央视报道过的"一口味"。这家餐馆与安康寺毗邻，我去吃过，醋溜鱼特别好吃。餐馆创始人叫王云军。王云军说他那里没人会写稿，我让他提供一些资料，帮着整理了一个。他一定要给我润笔，在微信里转了两次，都被我拒收。我说，我答应编这本书分文不取，我一收你的润笔，就破例了。

图书出版后，在安昌城隍殿举行了一个首发式。吴董让我参加，我婉拒了。我说书编好出版，我的任务就完成了。事实上，那天我恰好要去参加浙江能源集团文学协会换届大会，要代表中国电力作协讲几句，时间上冲突了。我在乡贤群看到首发式照片，尽管简单，倒也有模有样，当地电视台还报道了首发式情况。

我的中学母校，1956年的光芒

安昌中学在小镇北边，我就读时，也称八中，即绍兴第八中学。学校四周基本上都是农田，一条小河从校外流过，进校需要跨过一座石拱桥。稻子扬花时，可以闻到稻花香，麦子收割季节，麦子的气息随风飘进校园。一到春天，从窗口望出去，满眼皆是油菜花的金黄。那时，操场没有围墙，我们的课间时光，可以无限呼吸大自然的芬芳。

我在中学就读时，延续了小学的传统，严重偏科，语文、史地课不怎么认真听，每次考试都能在年级名列前茅，数理化听得认真，却总是云里雾里，一到考试，就看着试卷发呆。当时，学校图书室里的中外文学名著已经解禁，我可能是全校借阅名著最为频繁的学生，几乎把所有业余时间都花在了阅读名著上，有的虽然囫囵吞枣，但那时候的大量阅读，为我后来的写作打下很好的基础。这种状态一直延续到高中毕业。

安昌中学老校门

中学师资，也有可能是安昌中学历史上最好的，一批从大城市下放的优质教师下沉到安昌中学任教，比如教语文的李老师、邓老师，教数学的朱老师。初中教我们的郭老师，据说比较早患病离世，记得他是海军转业，夫人是镇上的公家人，很能干。而教地理的田老师，一直对我不错。前些年，有一些同学结伴去看望她，我看到照片上的田老师，虽已年过七旬，但精神状态蛮好，听其中一位同学跟我讲，田老师还专门问起我。教化学的康老师不清楚是哪里人，反正讲课时说话的口音有点怪怪的，尤其是上厕所，他不习惯坐姿，非得要蹲着才行。有好几次，我在学校的公共厕所，看到康老师像一只巨大的鸟一样，蹲在厕座上，其姿态很是不雅。

我写过一篇《八中传奇》，后来被收录进安昌中学60周年校志。文中，有一段是写邓老师的：

邓老师毕业于复旦大学，是在右派平反后到八中当语文教师的。邓老师是四川人，上课时讲得一口四川方言，开始我们不太听得懂，但过去一段时间就能听懂了。可见，四川话是不难听懂的。后来，我看到纪念邓小平的电视片，听到邓小平的讲话就会很自然地想起我的这位语文老师，我觉得他们说话的腔调几乎一模一样，没有什么太明显的区别。邓老师在朗读李白的《梦游天姥吟留别》一诗时，摇晃着脑袋，无比陶醉的样子，我们也学着邓老师的样子边晃脑袋边朗读。这首诗我能背诵下来，以及后来我背诵了不少唐诗宋词，很大程度上是受了邓老师的影响。邓老师是在1949年之前就从复旦毕业的，他后来被划成右派分子，并且下放到一个远离城区的小镇。

在《八中传奇》里，我还回忆了此生第一次演出。在高一时，学校组织过一次文艺演出，我们班里自然也是要出节目的。钱班长带头，不知怎么就看上了我，要我与他搭档表演一出相声。我对表演一向一窍不通，绝对的人生短板。但不知为何我竟鬼使神差般地接受了班长的邀请。我清楚地记得我们演的相声名叫《帽子工厂》，讽刺"四人帮"乱扣帽子、乱打棍子的丑陋行径。我拿到本子后先是读，然后是背，再后来是与班长配合进行彩排，我那时是一定不会讲普通话的，我与班长说的都是安昌方言。现在想起来用古镇方言说相声也算是我们的一大发明，一定滑稽得很。但到了正式上台演出的那一天我却出了一个不大不小的洋相，我忘词了。好在我们早做准备，在后台有一个帮助我们提词的同学，总算勉强演了下来。

在我的同学中，有很多榜样，比如钱班长，考取了华东师大，他专攻物理，毕业后任教于绍兴文理学院，桃李天下，可能也是年级中唯一获得博士学位的人。包支书浙大毕业后留校，最后一个实职岗位是浙大城市学院党委副书记。他们都以教授身份荣休。我的同桌金同学，数学特别好，考试时也常常照顾我，他后来在上海同济大学任教。

钱班长还是高中时期谈成恋爱，拥有美满婚姻的榜样。他夫人是我们的叶同学，毕业后各奔东西，忽然有一天，说钱班长和叶同学结婚了。原来，他们早已在校园里暗度陈仓。还有我的一个女同学，从小学到初中，我们都是同桌，我这位同桌是班里的文艺委员，能歌善舞，长得漂亮不说，性格也好，算得上是"校花"。大家都认为我们同桌多年，应该会有好事发生，结果，我的同桌也向钱班长看齐，嫁给了我们初中的一位同学。可见，世事难料，谁也想不到明天会发生什么。

高中毕业后，钱班长牵头，组织过几次同学会，记得有一次，我恰好在拉萨，应邀给西藏电力公司的一个培训班讲课，为了赶回参加同学会，我谢绝了西藏朋友去拉萨周边看看的美意，只在抵达当晚去看了布达拉宫夜景，在拉萨住了一晚，第二天上午讲完课，午餐后就飞回绍兴。时隔三十年，大多同学都是初次见面，才发现沧海桑田，不仅外貌已然苍老，各自的生活也发生巨大变化。几位在校期间的活跃分子缺席了，问钱班长，他说可能是日子混得不好，婉拒了邀请。我说，同学间哪来这么多讲究。话是这么说，能做到宠辱不惊心底坦荡，还是需要一些勇气的。

安昌中学办校60周年时，我受俞绍林校长之邀专程去过一趟安昌中学，并为60年校志撰写了一个序言。尤其荣幸的是，我还被评为"优秀校友"，照片和简介贴在校园的宣传廊里。那次回校，发现学校完全翻新了，特别是运动场，也是标准化的塑胶跑道，要不是任务在身，真想跑上几圈。

母校60周年校庆，开了个大会，我受邀了，但与中国作协九大时间重叠，我恰好在北京参会。校庆典礼上，首发了我作序的校志。包支书替我带回杭州，我一看，除了一本校志，还有一只玻璃杯子。我觉得这是十分珍贵的纪念品，一定要好好保存。

我为安昌中学60周年校志撰写的序言题目是《1956年的光芒》。安昌中学创办于1956年，在60年之后，校友们相聚在一起，为母校庆生。我将序言全文抄录，以表达我对母校的敬重。

作为江南颇负盛名的水乡古镇，安昌最伟大的传奇与一个叫大禹的人有关，相传大禹曾在镇东涂山娶妻成家。安昌最早叫长乐邮，后称安沧，唐乾宁二年（895），钱镠奉唐王朝之命屯兵该地，因平董昌之乱有功，地方得以安宁，因此改名为安昌。如果追溯安昌历史，可从北宋说起，并且有一段无法考证的野史，记载了宋高宗在金兵分道南犯时，曾取道浙西逃往越州，渡钱塘江，路经梅树江后，避难驻跸于安昌院，即安康寺。据说，高宗在品尝安昌的腊肠后，龙颜大悦，赞不绝口。

事实上，这个传说已经没有哪位民间史学家能够予以证实。不过，安昌的确非同寻常，比如曾经遍及地方官署的师爷，就源于安昌。历史上"无绍不成衙"之说，就足以说明绍兴师爷在当时遍地开花。绍兴籍大名士李慈铭在日记中写到过这种情况："吏皆四方游民无籍者充之，而吾越人更多。"此"越人"即绍兴府人。在京师许多衙门中，书吏之职几乎被绍兴人垄断。《文明小史》曾说到绍兴师爷在衙门中的情况："原来那绍兴府人有一种世袭的产业，叫作作幕。什么叫作作幕？就是各省的那些衙门，无论大小，总有一位刑名老夫子，一位钱谷老夫子，说也奇怪，那刑钱老夫子，没有一个不是绍兴人，因此他们结成个帮，要不是绍兴人就站不住。"

安昌是师爷的发源地。在这样一个被文曲星照耀的地方，教学显然不可缺席。但从有据可查的史料来看，安昌有自己真正意义上的学校，已经是比较后来的事情了。至于之前的私塾，则另当别论。这段历史，要从1956年的夏天说起。

1956年，绍兴县决定在辖区各区镇所在地新办8所初级中学。说起来，也很简单，因为当时除了柯桥镇于1951年创办了一所中学，即绍兴县第一中学，其他区镇尚无中学，学生就学难的问题已经十分突出。绍兴县一下决定增办8所中学，堪称县教学史上的大手笔。在新增的8所中学中，安昌镇排名为绍兴县第八初级中学。经过踏勘，县教育局决定选址安昌镇北的证心庵。同时抽调25岁的青年才俊、区中心小学校长孙志成牵头筹办。当时，孙志成麾下，还有5位有中学实习经历的优秀小学教师和2名工友。8位八中先驱到达证心庵的时间是1956年的8月初。举目四望，证心庵四周皆为空旷的田野。在这片荒凉的土地上，孙志成和他的7位伙伴经过紧锣密鼓的筹建，可以说呕心沥血，只用了一个多月时间，就完成校舍改建和两个班级的招生，并于当年9月10日正式开学。虽然后来校名几经变更，但几乎所有就读这所中学的人，都习惯称它为八中。"八中"二字，在数以万计的八中学子心中，就是一个精神图腾。

安昌中学建校初期的八位教职工

最初的八中，一如所有草创的学校，虽然简陋，但颇受教师和学生的喜欢。教室一律是平房，青砖灰瓦掩映在绿树红花之间，这些花草树木，都由孙志成亲手种植。一到春天，花木扶疏的校园，草长莺飞，倒也有几分清澈的诗意。田径场以煤渣泥土铺地，跑起来不够平整，但依旧是学生们最愿意撒欢的地方。食堂门口的那口井，有清冽的地下水，可直接饮用，不必担心受到地表水的污染。学校东侧，是小河，河底的水草间，可见鱼虾在嬉戏。令人印象深刻的是河上的桥，在学校未建以前，进入证心庵，需要木舟来渡。学校将东侧作为正门，河上也建起一座便桥，以钢架作支撑，虽简洁，倒也坚固。后来，钢桥被一座石拱桥替代，与古镇的风貌更融洽。于是，在桥上留一个影，成为学生们毕业时的保留节目。

作为创校人之一，孙志成担任八中校长的时间跨度为后来者望尘莫及。这位颇受师生尊敬的校长，在建校60周年时，贡献出一批弥足珍贵的老照片。这些老照片，记录了安昌中学泛黄的岁月印记。其中有一张"八中全体员工合影"，摄于1956年，照片上的8位员工，就是八中最初的创始人。其中，就包括担任首任校长的孙志成。

20世纪70年代，八中一度开设高中部，我有幸成为其中的一名高中生。1979年的夏天，经过最后一次略显伤感的回望，我跨过校门外的石拱桥，走向传说中的社会。那一年，我16周岁，正是青葱一样的年纪。从此，一别37年。这37年间，在社会这个江湖上飘荡，很多事发生了，但又遗忘了。唯有中学母校，仿佛心上的一根刺，无论开心或孤独时，都会在心里生出一点点疼痛，想忘，也忘不了。

俞绍林担任校长时，安昌中学校史已尽显沧桑，学校名也加上了一个镇字，叫安昌镇中学。他很有幸，能够适逢一个甲子年，这是一个美好的循环，与1956年有异曲同工之处。俞校长在我的个人微信公众号"外书房37号"写了一个留言，他希望我能够提供一个个人简介和一张照片，学校打算把我的资料放到优秀校友长廊里去。这让我有些受宠若惊，我从来没有想过，自己的照片除了印到书上，还会被放到母校的长廊里。我突然觉得，这几十年，我对母校的牵挂，都在看到留言的一瞬间，融化了。

在这个初冬的上午，我依靠百度导航，抵达安昌镇中学，依稀的记忆，都在我见到学校的那一刻颠覆了。原来，我的母校已经变得如此漂亮，她哪里是一个60岁的老人，简直就是一个豆蔻少女，亭亭玉立，仪态万方。俞校长带着我参观校园，除了那口老井和那棵老树，尚可作为校史的见证，所有记忆中的母校，都已旧貌换了新颜。尽管已经取消高中，但从初一到初三的教学楼，气派得简直可与任何一所最好的中学媲美。运动场更是令我大吃一惊，完全是一个标准的田径场，我想，在这样的彩色跑道上，跑上多少圈，都不会感觉疲惫。新建的体育馆，想必也是学生们最爱去的地方。在校园道路两侧，悬挂着一些学校名师的照片，他们都那么年轻，朝气蓬勃，洋溢着青春的气息。在这样一座充满书卷气的校园里，培养出北大和清华的学生，也就不足为奇了。就像大楼上随处可见的文字：学会学习，学会创造；勤学、乐学、善学、博学。这里的每个班，都以一个世上最好的名字命名，比如"周恩来班"，比如"鲁迅班"。绍兴名人辈出，以他们的名字冠名，真是让人心胸开阔、眼界大开。我在校园里看到的每一个学生，都是一株株正在茁壮成长的树，当他们站在一起，就是一片郁郁葱葱的森林。

安昌中学是我唯一就读的中学，也是我心中最好的中学，我始终以自己的母校为荣。春秋政治家管仲有句名言：一年之计，莫如树谷；十年之计，莫如树木；终身之计，莫如树人。我在重返母校时，确认这所学校的老师们，自1956年起，为人师表，埋头耕耘，一直从事着教书育人这样一桩了不起的事情。他们所做的一切，都是为了实践自己的诺言：笃学、正己、导学、树人。

在山好水好的江南，怎能没有《江南》

浙江省作家协会主办的《江南》，在国内有较大的影响，是北大中文核心期刊。在《江南》创刊40周年时，我应约写了一个"特稿"《我们的江南》。稿子不长，回顾了我在《江南》刊发的两个中篇小说，以及与责任编辑的交流经过。

因为有些年头了，所以在我的书房里，《江南》是数量最多的刊物。我把这本杂志上发表的作品，当作范文来读，并且梦想有一天自己的作品也能在《江南》发表。我想，如果有那么一天，我的作品出现在《江南》上，我的热血一定会因为激动兴奋而沸腾。而且我可以肯定，这不仅是我的梦想，也是许多写作者的梦想。

不过，当这一天真的到来，我发现自己的热血似乎没有沸腾起来，激动是有的。我捧着刊有我中篇小说《一九三四年的爱情》的那期《江南》，连目录都没有翻开，就这样将杂志握在手中，仿佛一松手，杂志就会飞走。《一九三四年的爱情》其实是我较早前创作的一部民国题材的小说，当时，我连续写了多部类似题材的中篇小说，而且篇幅都在4万字以上。这些小说，有的发表在《红岩》，有的发表在《特区文学》，其中篇幅达6万多字的《月娘的河》在《特区文学》发表后，还获得第四届特区文学奖。尽管已有一些作品在省外刊物发表，但我总有一种意犹未尽加遗憾之感，如果能在家乡的刊物上发表一部民国题材的作品就好了，因为这些作品的背景都是江南，在《江南》发表写江南的作品，是最好不过。

《江南》编辑部主任高亚鸣告诉我，《一九三四年的爱情》准备送审，但篇幅需要削减至 3 万字左右，我按照亚鸣的要求，很快将小说改好。2015 年第 3 期《江南》发表了这部小说。当年，《作品与争鸣》也转载了。我在网上检索了一下，发现有一些评论作者还专门写了关于这部作品的评论。《作品与争鸣》转载了我的小说，但没寄样刊给我，我也没当回事。多年以后，天津图书馆组织"中国文学期刊文献展"，其中有中国电力作家协会会刊《脊梁》创刊号，这期创刊号发表了我的 3 万字散文《之江东去》，因为其间数次搬家，我已把这本创刊号弄丢了。我抱着试试看的心态，在"孔夫子旧书网"上搜了一下，居然搜到了，而且售价不贵，我赶紧下单买了一本。因为有这次经验，所以，在搜到《脊梁》创刊号后，我想起《作品与争鸣》，于是，随手在孔网上搜了下，转载我小说的这期刊物竟然还有，是 2015 年第 8 期，我如获至宝，第一时间就下单，生怕被人抢走似的。

时隔四年，我的另外一部现实题材的中篇小说《国企干部》也在《江南》刊出，责任编辑同样是高亚鸣。这部小说，主要针对的是国企普遍存在的一些大公司病，客观地说，在创作这部小说时，我还是有些犹豫和担心的，毕竟，我长期在国企工作，我揭开国企不为人知的部分内幕，会让人觉得这是胳膊肘往外拐，但现实工作和生活中，在国企工作的人都会有和我类似的感受，这也包括高层管理者。国企的管理确实需要有一些改变，我以小说的形式反映国企存在的问题，如果能引起大家的共鸣，对改善国企的管理环境有一些触动，我的目的就达到了。

小说发表后，应该说引起不小的反响，我身边的同事见到我，都说看了在《江南》微信公众号上推送的部分内容，但不过瘾，问我从哪儿可以买到刊有这部小说的《江南》。我告诉他购买这期杂志的微店路径。我相信，那期刊有《国企干部》的《江南》，在微店的销量一定会比平时多出不少。只不过，小说发表了，但国企管理环境其实没有丝毫改变，几十年积累的问题，岂是一朝就能解决的，况且，有决策权的国企领导，也未必会看到这部小说。即使看到了，一笑而过，不追究我吃里爬外，已经是万分宽容了。

我这两部中篇小说能够在《江南》发表，要特别感谢责任编辑高亚鸣，以及《江南》主编钟求是。我和求是算不上很熟，他是著名小说家，我的小说放在《江南》小说作者群里，很不起眼，求是对小说在《江南》的发表有严苛的标准是完全可以理解的,从每期发表的小说作者遍及国内知名作家,就可以看出,《江南》是一个地域概念,但发表小说的作者,却是一个超越江南的中国高度。但最终他都高抬贵手,签发了我的小说。好在这两部小说发表后,读者反响都还不错,也算是对亚鸣和求是的一个交代。

在《江南》发表小说的梦想终于实现,也算是应了马云的一句话"梦想还是要有的,万一实现了呢"。我在想,我自己的梦想实现了,我身边还有很多喜欢写作的同事和朋友,能不能帮助他们也实现这个梦想呢?于是,我联系《江南》,先后两次,出版《江南》浙江电力文学增刊。虽然不是正刊,但能在有《江南》符号的杂志上发表作品,我的同事和朋友们也是欣喜不已,在写个人文学简历时,也大大方方地写上曾在《江南》发表过作品。大家说起江南,不再是他们的《江南》,而是说我们的《江南》。

江南好,指的是它的自然和人文环境。这个人文环境,我想有《江南》的一份,在山好水好的江南,怎能没有《江南》呢?四十年,真是一个好年岁,希望《江南》就这么一直美好地在江南茁壮成长,对于一份可以流芳的刊物来说,四十岁,实在是太年轻了。

简说《能源工业革命》和《点灯人》

在我看来，能源电力行业是一个富矿，作为一个天赋一般、资质平庸的作家，在自己熟悉的行业中寻找题材进行写作，不失为一条好的路子。事实也证明我的选择是对的。我在多个场合都讲过，我写小说散文，前面有一座一座高耸的大山挡着，永无出头之日，而我写作能源电力题材，就有可能登上某一座山的顶峰，看见大好的河山。除了《和太阳一起奔跑》《中国亮了》《铁塔简史》被评论家称为"中国电力三部曲"，《源动力》获得首届中国工业文学大赛长篇报告文学三等奖，《能源工业革命》和《火焰传》入选浙江省文化精品工程和浙江文化艺术发展基金，特别是《能源工业革命》还被评为浙江大学出版社2018年度十大好书，入选《人民日报》推荐书单"2019年度值得一读的30本好书"。

在"走进国家电网"活动中，主媒记者获赠《能源工业革命》

说到《能源工业革命》的写作与出版，可谓一波三折。2016年初，应北京总部之邀，我赴京与相关部门领导见面，简单沟通之后，接受了以"全球能源互联网"为主题的长篇报告文学创作任务，这部作品也是当年国家电网公司职工文学创作重点选题"一号工程"。当年3月底，我在北京中国大饭店参加首届全球能源互联网大会，全球能源互联网发展合作组织就是在这次会上成立的。我在会上见到了厉以宁、孙正义等一批如雷贯耳的大人物，并现场聆听了他们的演讲。经过半年多的资料收集和采访，基本完成书稿写作。然后在北京组织了一次研讨，根据专家提出的意见，我对书稿进行了修改，并交中国电力出版社。

这一年，刘振亚到龄，从全世界最大公用事业单位一把手位置上退出，转入全球能源互联网发展合作组织，专职履行主席职务。而我的书稿，也犹如石沉大海，杳无音讯。其间，潘飞发给我一个出版社设计的封面，当时的书名是《地球之光》，封面设计了无新意，我也有点心灰意冷。

大约过了一年半，我从官方渠道获得一个信息，让我确认本书出版无望。我倒有点小小的惊喜。我重新对书稿进行了修改，把原先淡化刘振亚的部分，又重新组织独立成章。原因很简单，既然本书是写全球能源互联网的，其开拓者刘振亚在书中浓墨重彩，也是顺理成章。书名也由《地球之光》改为《能源工业革命——全球能源互联网简史》。我联系了广西师范大学出版社的罗编辑，罗编辑要我先发两章书稿内容给他。罗编辑收到书稿节选后，很重视，向领导做了汇报，召集编辑部进行了讨论。但最后，罗编辑给我回复，认为本书涉及国家重大能源安全战略，出版社从谨慎角度，暂不考虑列入出版计划。我表示理解。

接着，我又联系了浙江大学出版社。姜井勇成为本书责任编辑。小姜翻译过一些国外经济学专著，学术上有比较深的造诣。我曾去出版社拜访过小姜，在顶

杭州晓风书屋为《能源工业革命》特别制作的销售海报

楼露台上，我们喝了一杯咖啡。

《能源工业革命》出版后，先后四次印刷，发行过万，在同类图书中表现亮眼，不仅给出版社带来很好的经济效益，也让我获得几笔版税。我请小姜在出版社附近的一家餐厅吃了一顿饭，但不久，这家曾经的网红餐厅就倒闭了。小姜也从浙江大学出版社离职，跳槽到了正泰集团。

长篇报告文学《点灯人》的写作，既为主人公钱海军获评"时代楷模"助了一臂之力，也为中国文学画廊塑造增添了一个"点灯人"艺术形象。

事实上，《点灯人》先后出版过三个版本。分别是 2017 年、2019 年和 2022 年。前两版是由长江文艺出版社出版，第三版则由中国电力出版社出版。对一个小人物，一个先进典型如此锲而不舍地跟踪采访，为其写书立传，我相信在国内也是罕见的。2022 年 5 月，钱海军获评"时代楷模"，因为在央视正式发布前大约一个月我们获得信息，所以我和合作者潘玉毅决定在第二版的基础上，增写内容，出版第三版。第三版的容量相比第二版，增加 10 余万字，逾 30 万字。我们用了一个月左右的时间，就完成书稿的增补。中国电力出版社也组织 7 个编辑，又用一个月时间编辑出版了本书。《点灯人》出版后，多次加印，成为全国，特别是电力系统学习时代楷模钱海军的首选资料。

这中间，还有一个插曲，"时代楷模"在央视发布的当晚，浙江文艺出版社虞社长就联系我，问能不能写一个报告文学交给浙江文艺社来出，他们一定会以最快速度精心编辑出版好这本书。我回复他，已经写了，但书稿已经交给中国电力出版社了，虞社长表示了遗憾。随后几天，又有北京、江西和浙江三家出版社与我联系，但我都只能婉言谢绝。这时，我深切感受到一个好题材的图书是不愁出版的。

《点灯人》初版首发式上，与钱海军（中）、潘玉毅（右）

我之所以确定让《点灯人》由中国电力出版社来出，主要基于两个原因：首先，当然因为这是国家电网所属英大传媒旗下的出版社；第二，本书列入国家电网公司职工文学创作重点选题，如果再由别的出版社来出，有点过意不去。

《点灯人》也在香港、台湾地区获得推荐上架。在首届中国电力文学奖评选中，以得票数第一名列长篇报告文学奖榜首。主要取材于本书的电影《守灯人》也正在拍摄中。根据《点灯人》改编的同名群舞亮相由浙江省文化和旅游厅主办的 2020 年浙江省群众舞蹈大赛决赛，并在宁波市第十三届音乐舞蹈节中斩获舞蹈类金奖。

撰写序和跋，是一个美好的过程

迄今为止，我先后应邀为30多位作者的个人专著或单位的文集撰写过序或跋。如果大致罗列一下，个人专著的序或跋：

《在海拔4200米的高度——陈雄长篇报告文学〈点亮高原那盏灯〉序》《文字里的光——程亚军长篇报告文学〈光阴里的光〉序》《他是一个正在爬坡的人——费金鑫长篇小说〈九姑的何城事儿〉序》《在这个有趣的世界里行云流水——韩晓露散文集〈这个世界很有趣〉序》《橘乡文婷——何文婷文集〈光明缘〉序》《以一朵莲的古典姿势为例——何伊娜诗集〈伊莲的步〉序》《时间像金子一样——潘玉毅散文集〈纸上红尘〉序》《诗人的散文之恋——筏子散文集〈树是生前立好的墓碑〉序》《诗意地栖居——刘红散文集〈一地玫瑰〉序》《我对于光有着与生俱来的敬畏——冬箫诗集〈托举的光芒〉序》《水是最辽阔的道路——孙海义诗集〈风吹波浪〉序》《心安是吾乡——王重阳散文集〈姓王的樱桃树〉序》《风雅颂——周玲雅散文集〈临窗小时光〉序》《给灵魂一些空间——朱育新散文集〈家乡的碓房〉序》《诞生地——张林忠散文集〈林家塘〉序》《大海知道——程亚军、曹琼蕾长篇报告文学〈牧岛者的日月星光〉序》《九年之远——林新娟散文集〈追蝴蝶的人〉序》《低到尘埃　开出花朵——王微微散文集〈不在梅边〉序》《从"草根老板"到企业家——〈工匠吴玉泉〉序》《读小蛮的诗——小蛮诗集〈指南针〉序》《从阁巷出发，回到故乡——谢作尾〈瓯越之光〉序》《山水诗路八百里——郑卓雄散文集〈远去的帆影〉序》《黄河之水天上来——〈朱长荣自传〉序》《"电媒人"冯义军——新闻作品集〈追光逐日〉跋》

《大江毕竟东流去——李斌自传〈宛如平常一段歌〉跋》《世界上什么花最绚烂——赵金岗长篇报告文学〈中国焊匠〉跋》。

给集体创作的文集序或跋：

《1956年的光芒——〈安昌中学校志——安昌中学六十年办学纪实〉序》《杭州以北——〈花儿朵朵——半电报文学作品精选〉序》《献给苏村的光明之书——报告文学〈灯塔树〉序》《这里有最好的气质——浙电文社文集〈遇见〉序》《从诸暨的珍珠说起——诸暨供电公司职工文学作品集〈思雨文集（4）〉序》。

还有部分序或跋，因资料遗失，已记不起来，比如，为邓乃琴诗集写的序言，因年代较远，已不在电脑的资料库里。有的作者，先后两次应邀为专著写序，第三次再邀，我就坚决拒绝了。

撰写上述的序或跋，现在回头来看，每一篇都是一个美好的过程，我参与了这些作者朋友们的创作，深感荣幸。

"教授级"算不算教授？

我在省公司本部工作时间前后23年，除了早先在浙江电力报社的三年，在同一个部门恰好从业20年。类似我这样在一个部门干到底的，在本部并不多见，在这23年间，我先后有过正式的记者证，也参评过文学创作职称，但在授予文学创作三级后，就止步不前，主要原因是央企属于体制内单位，从业人员不得参评文学创作职称，如果参评，需要获得国家电网公司职称主管部门的授权，但这显然不太可能，于是，我就放弃了。如果可以参评，对自己获评文学创作一级还是有信心的。

后来，我的正高职称还是通过体制内解决了，是获评国务院国资委授予的教授级高级政工师职称。目前在中国企业，大概这个职称的取得难度系数是最高的，从前有教授级高级工程师，后来取消了，改为正高级工程师，所以，在国企，以教授之名的职称算是硕果仅存。有不少领导申报，都是一而再，再而三才成，究其原因，还是硬件不过关。而我则是一次过关。我清楚记得在北京参加国资委组织的面试场景，是在一家陕西的宾馆，大堂有一个书店，陈列着陈忠实、路遥、贾平凹等陕籍作家的作品，以及他们的图文介绍。

面试开始前，面试者陆续到达，有不少带着秘书，只有我等少数独自一人。参加面试的约30人，来自国务院国资委监管的部分央企。这也是国资委一年能给出的教授级职称数量，其中，还有可能在面试中被淘汰的，而国资委监管的央企有近百家。等待的过程是漫长的，我站在五楼走廊上，俯瞰巨大的一楼中庭，看到陈忠实等几位作家的照片和他们的作品，我在心里反复默念《白鹿原》《平凡的世界》《废都》，以此来平复自己焦灼紧张的心情。面试结束，我复盘了面试过程，自信没有问题，一个人跑到宾馆边上的一家饭店，吃了顿涮羊肉。此刻，我想起《东海岸》创刊时，我也跑去面店吃了一碗虾腰面。可见，民以食为天，吃在人的一生中，是何等重要。

说到教授，自然有教书育人的职责。自2000年始，我在浙江省电力培训中心兼任培训师，逐渐形成几门有一定影响力的课程，主要有《筚路蓝缕：中国电力工业发展历程》《能源（电力）工业的可持续发展》《国有企业重大先进典型人物的培育与选树》《能源（电力）工业的裂变与重构》《中国电力工业的发展与国家电网公司企业文化》《工业题材的报告文学写作》等。除了在培训中心和电力党校授课，也经常应培训机构邀请，为其他一些电力企业的培训班授课，先后在南方电网、国家能源集团、中国华电集团、中国绿发集团、浙江能源集团等企业授课。我从2000年起，对每年授课都有个记录，粗略统计一下，13年来，先后授课400余场次，受众逾3万人。多年的授课，也让我体会到当老师的不容易，而自己则需要不断的知识积累与更新，不然，就难免捉襟见肘。在听课的学员中，绝大部分都具有较高学历，受过系统的大学专业教育，硕博也不在少数，因此，在传道授业解惑的同时，也是一个提升自己的过程。

总有一些遗憾留人间

在浙江省电力公司本部工作期间，我的工作主要是与企业文化和思想政治工作相关，客观说，与文学相距甚远，但我还是力所能及，做了一些让文学与工作有联系的事情。主要有两件。

一件是从2012年始，我建议在单位组织评选"感动浙电——最美员工年度人物"，每年评选一次，每次10人。这些人物从近十万从业人员中脱颖而出，是全体员工学习的榜样，十多年来，一大批全国劳模、大国工匠、青年榜样等，都是从这些最美人物中走出来的，其中就有钱海军、黄金娟、徐川子等。每年评选揭晓，我作为主管部门的操盘手，会要求最美人物所在单位组织采写一篇万字报告文学，然后汇编成册。我清楚记得第一本书名就叫《感动》，后来，统一叫《最美》，只不过副题根据年份有所不同，并且由出版社公开出版。这本书一直编选出版了十年，是文学与企业中心工作结合的经典案例。我知道，作为一项任务的文学创作，有一些单位是抵触的，主要原因是缺乏写作方面的人才，有的借助地方新闻记者或作家帮助采写，还有的，则是有点赶鸭子上架，让本单位有一些写作基础，但从未接触过报告文学的员工来写，虽然写出的成品不够完美，但锻炼了这些业余作者的写作能力。我始终认为，这是一件有意义的工作，用文字留下的，都是历史。

另一件是我建议发起创建"红船·光明书舟"三年行动计划，用三年时间，在公司所属单位建设300个书舟。这个书舟，与我之前曾经发起的"浙江电力作家书架"有异曲同工之处，只不过，书架主要是由本系统的文学爱好者们捐赠自己的专著，或自己推荐的书，捐赠的图书数量相对有限。而书舟则以组织的名义，有经费预算，有统一编号的铭牌，有统一的标志。所有书舟的图书由我遴选1500本左右的书目，统一由书店来配送，当然，经费所限，每个书舟的图书能配送的数量是有限的，不过，书舟所属单位往往会根据书目，自行再增加采购一些图书。这也是我们的初衷，我们开一个头，然后大家一起来继续。

不过，在书舟建设过程中，也出现了一些杂音，比如有的人就认为我在遴选图书时有私心，近水楼台，把一些我的作家朋友，甚至我自己的专著也列入配送目录。可能在有的人看来，这是假公济私，是违规的，因为书店在采购作家图书时，是按出版社的进价支付书款，作者是有一些收益的。有的人甚至认为，网店购书那么便宜，为什么还要通过实体书店采购，对于这个质疑，我只能深表无奈和遗憾。我个人专著列入目录的，主要是《能源工业革命》，尽管我个人觉得，这本书是《人民日报》推荐的"2019年度值得一读的30本好书"，列入配送目录应该没有问题，但我作为这个项目的具体实施者，确有瓜田李下的嫌疑。

编号为01的红船光明书舟在嘉兴南湖畔揭牌

其实，在选择作家图书时，我也是有原则的。比如，我曾让书店采购了杭州轮椅作家欧阳胜的一部诗集《风雨踏歌行》。我觉得让职工读一读这部诗集，可以了解一个特殊群体的生存现状，并从他身上汲取一种"孤勇者"的坚韧与意志。书店采购事后告诉我，当他看到欧阳胜开着车，把100本诗集送到仓库时，差点掉下眼泪，因为他不知道欧阳胜是残疾人。事实上，欧阳胜根本不在乎别人怎么看，他的创作能力远胜于许多身体正常的作家。杭州亚运会前夕，欧阳胜写了至少七首歌词，可能成了为杭州亚运会、亚残运会写歌词最多的人。其中《亚运新杭州》，被制作成视频，配上字幕和手语，使之成为一首"无障碍"体育歌曲，在优酷、哔哩哔哩等视频网站上线，仅新华社 App 上点击量就迅速突破了 100 万，并在杭州 13000 部公交、88 艘游船的移动电视上播放。

说到欧阳胜，我还想到另外一位温州文成的残疾诗人包珍妮。这位出生于 2001 年，仅靠唯一能动的右手大拇指在手机上创作诗歌的姑娘，曾被评为"最美浙江人·浙江骄傲"年度十大人物。2023 年初，她的第二本诗集《二十岁》出版。文成县文联主席，诗人慕白在微信朋友圈推送了包珍妮的身体和诗集出版现况，同时附有诗集的销售链接。在包珍妮出版她的首部诗集《予生》时，我曾买过一本。看到《二十岁》出版的信息，我给慕白发了个信息，通过微信转给他 1000 元钱，作为捐赠，请他转给包珍妮。这笔捐款，也可以说是《能源工业革命》列入"红船·光明书舟"的销售所得。

"红船·光明书舟"采购书店的选择也引起有的人的异议。我选择杭州一家民营独立书店作为采购配送渠道，客观讲，的确是有一点私心，想利用创建书舟的机会，给予民营书店一点微不足道的支持。但有的人的担忧也不无道理，虽然单位没有对书舟的图书采购有硬性规定必须招投标，第二年，我们还是增加了杭州新华书店和另外一家民营书店，在三家书店采购，从程序上来讲，是没有问题了。事实上，我们有全部书舟的购书和发放清单，可追溯每一本图书的来源与去处，符合一个重大的哲学命题：它来自哪里？它要往哪里去？

但图书的采购也的确存在一些风险，比如我们会采购一些书籍给中高层管理人员作为学习用书，也曾用剩余的企业文化年度预算经费，给员工采购了一批图书，以定制的书券方式去书店取书。但内部审计时，认定书券属于"卡"的范畴，是违规的。我记得审计人员到我办公室，要求我出示部分所购学习用书的实物，其实，我这里是没有这些图书的，或者说，我是没有资格获得这些图书的，好在领导那儿有，趁领导不在办公室的时候，开门进去让审计人员眼见为实。但最终，我们用企业文化经费为员工购买书券取书的事情，还是作为一项违规案例，被通报了。

在建设书舟的同时，我们又在书舟所在单位创建"红船·光明读书会"，一时，各单位书香弥漫，组织开展了丰富多彩的读书活动。有的单位，还将书舟与地方图书馆联合，建成阅读范围更大的书舟。每天"少看半小时手机，多读半小时图书"成为大家的共识。我们又趁热打铁，组织"魅力书舟"评选，各单位更是各显神通，吸引职工多读书、读好书。读书成为很多职工重要的业余生活。

红船光明读书会让职工多了一个读书的载体

遗憾的是，三年行动计划的结局不太圆满。第三年，领导决定，不再按计划建100个书舟，而是根据各单位的需求，自行申报。至于为何中止三年行动计划，其中缘由，我不便多讲，所以，第三年的书舟大约只建了30个。总共300个书舟的计划，最后建成230个。这其中，也包括青海玉树一所学校的一个书舟，这也是我们输出省外结对地区第一个，也是最后一个"红船·光明书舟"。

用最简约的文字叙述终极归宿

我的母亲因病在 67 岁那年的"七夕"过世。葬于西扆山。上山那天,大雨。

我的父亲在母亲过世两年后也离世了,享年 82 岁。与母亲合葬于西扆山。上山那天,大雨。

父亲和母亲长眠的那座西扆山,地处安昌古镇以东约一公里,相传是大禹召集诸侯商议国是之地。西扆山再往东数公里,是涂山氏的家。大禹在此娶妻,治水而三过家门不入。他在这里指点江山,一统天下。

我的大姐患上一种罕见的疾病,治愈率极低,她只活到 67 岁。我最后一次去看她,她已瘦得皮包骨头,说不出话。无力地看着我,泪水流出眼角。大姐 16 岁开始打工,帮助父母赚钱养家,是有大爱大恩之人。

我的大姐夫没有熬过 2022 年的冬天,享年 77 岁。

第四部　二〇二二

【访谈1】

写作的意义

——专访中国电力作家协会副主席陈富强

杭商传媒总编辑　马晓才

（原载《中国企业家日报》2022年8月22日；
《杭商》杂志2023年第5期）

【人物名片】陈富强，国网浙江电力二级专家，教授级高级政工师，中国企业管理研究会党建研究院常务理事。中国作家协会会员，中国电力作家协会副主席，浙江省作家协会第六至第九届全委会委员。在国内外报刊发表并出版文学作品500余万字，主要作品有《中国亮了》《中国电力工业简史》《万物无尽》等多种。有多篇散文和纪实作品入选国内多种重要选本、教辅和语文试卷。获第四届特区文学奖，全国报纸副刊作品金奖，首届中国工业文学大赛长篇报告文学奖，四次获浙江省优秀文学作品奖。《能源工业革命》入选浙江省文化精品工程和《人民日报》"2019年度值得一读的30本好书"。

一、从文学梦想到电力文学情结，是什么样的机缘巧合，让您和电力行业结下终生之缘？能否分享一下您最初的文学梦？

1882年7月26日，中国有电，开始从步履蹒跚到波澜壮阔的奋进历程。到2022年，恰好140年。从零开始，中国电力工业逐渐成为全球最重要的能源家族一员，无论是发电装机容量、发电量，还是全社会用电量，多年处于全球第一位置，并且为世界电工领域贡献了大量国际行业标准。我入职电力行业 30 多年，可以说，亲眼见证了电力行业日新月异的沧桑巨变。客观讲，中国电力工业赶超世界，无论是速度和质量，都是在 1978 年改革开放，特别是 2002 年电力体制改革以后。作为一名电力员工，我有幸参与其中，并将自己的职业生涯与电力紧紧维系在一起，我既感荣幸，也深有体会，同时也促使我将大量精力转向能源电力题材的创作，并成为国内能源电力题材写作有一定话语权的作家。

我最初的文学梦想，恐怕和大多数人一样，始于热爱。在就读小学的时候，大约是四年级，我第一次从民间借到一部残缺不全的长篇小说，书名叫《青春之歌》。虽然内页有很多破损，甚至缺角少页，但我依旧如饥似渴，大概只用了两天时间，利用课余和晚上时间，就全部读完了。众所周知，20 世纪 70 年代，许多中外文学名著还是禁书，我读到的这部长篇小说，是最初的文学营养，后来，名著解禁以后，我特意去买了一部新版的《青春之歌》。现在回过头来看，我的写作天赋，在小学就开始崭露头角，我记得有好多次，语文老师会在课堂上朗读我的作文。这个势头一直延续到高中。我就读的中学，当时有一批从大城市"下放"的优秀教师，其中我的语文老师分别姓邓和姓李，他们给予我的帮助让我终生受益。特别是李老师还健在，她退休以后，大多时间居住在她的家乡上海，我们有微信，也偶尔电话联系。李老师说，她桃李天下，但一直以我为荣。听到老师这个评价，令我既惭愧，也欣喜。或许正是因为语文老师们的鼓励，让我产生一种幻觉，我以后是可以成为一个作家，创作一些能够让读者记住的作品的。

二、2008 年南方普降大雪，持续的雨雪冰冻灾害对电网造成了巨大破坏，您是最早进入抢修现场的作家，并在最短时间内创作了报告文学《保卫电网》，这也是当时国内最早反映抗冰抢险的报告文学作品。您似乎是带着某种使命感赶去第一现场的，能回顾一下那次经历吗？

的确如此。2008 年冬季持续多日的低温雨雪冰冻，给各行各业带来的损害超乎人们的意料，特别是电网，浙江是全国受损最严重的省级电网之一，简单说，主网和配网，已无法全域正常运行，不少地方倾塔倒杆，与外界的联络中断，个别地区孤网运行，城乡停电，工商业无法正常生产和营业，给百姓生活带来极大不便。浙江电网第一时间启动一级应急响应，在国家电网和华东电网的支持下，调集数万电力员工进入现场抢修。当然，这其中，各级地方政府、人民解放军和武装警察部队也给予宝贵的支援。由于浙江地形特殊，大多电力线路穿越崇山峻岭，车辆无法抵达，抢修设备只能肩扛人背，为了早日完成电网抢修，很多职工都携带睡袋上山，吃住在山上。后方管理机构也全部取消春节休假。我记得当年，我原本计划随妻子去昆明过年，也退掉了机票。

险情发生没多久，我就去了抢修一线。我觉得我有责任，记录下这个悲壮的时刻。我在山上的时候，先后接到浙江省作家协会和中国电力作家协会领导的电话，大意和我的想法一致，就是希望能组织作家深入现场采访，创作抗冰抢险作品。从现场回来后，正是春节，我在家整理采访笔记，并开始写作《保卫电网》，这个标题是我早就想好的，在现场看到倾倒的铁塔，有的几乎扭成了麻花，导线覆冰严重。而我们的职工在面对大灾大难时的冷静与无畏，都让我刻骨铭心。我记得进山时，由于树和竹折弯倒地，原本的山路几乎不见了，职工们手持砍刀，边砍边进，从漫山遍野的冰雪中，劈出一条可供人员和物资上山的羊肠小道。很多时候，午餐就是方便面，大家就蹲在雪地里，边吃边笑。还有一个青年职工，计划是春节结婚的，因为参加抢修，打算推迟婚期，但他女友不同意，一定要按期举行婚礼，于是，她一个人去了婆家，而新郎则在丽水山区参与电网抢修无法回家。这个故事，还被浙江话剧团搬上了舞台。

我用了两天时间就写下近万字的报告文学《保卫电网》，《国家电网报》《浙江日报》等第一时间刊登，后来又获得全国报纸副刊作品年赛金奖、全国经济类新闻评选一等奖，并入选中国新闻奖复评。当时，有记者采访时告诉我，《保卫电网》是国内第一批创作发表的抗冰抢险文学作品，而我，可能是最早进入电网抢修现场进行采访的作家。我觉得，当时我之所以在没有获得任何指令的情况下就自觉行动，是出于一种作家和职业的使命感。而且我相信，任何一个作家，在现场看到那些抢修的场景，都会被感动落泪。那些普通职工，不会说豪言壮语，但在工作时，却如一头头勇猛的狮子，没有任何困难可以阻挡他们的脚步。

三、您在接受"绍兴新文学"公众号访谈时提到"在文学渐渐边缘的当下，文学作品的发表与出版也都比较困难。依靠文学来改变人生的年代早已过去"。您指的或是传统出版渠道的文学，与之形成强烈对比的是当下网络文学的繁荣（截至 2021 年底，我国网络文学用户规模达 5.02 亿，占网民总数 48.6%。100 多万签约作者，存量作品约 2500 万部，正以每年 200 多万部的速度增长，网络文学普遍以玄幻、武侠、科幻、穿越历史故事等为主，尤其深受 95 后年轻读者的追捧）。很多创作者也通过作品改变了命运，有不少还改编成了电影电视剧，在取得社会价值的同时，也获得了个人声望和财富上的成功。可以说，中国当下，文学依旧有它的生命力，每一代人有每一代人的文学。您是否认同我的说法？您是如何看待当下网络文学空前繁荣这一现象的？

我说的"在文学渐渐边缘的当下，文学作品的发表与出版也都比较困难。依靠文学来改变人生的年代早已过去"，是对于大多数文学爱好者而言，很多传统意义上的作家，他们的作品，依旧有很大的市场，比如莫言、余华、贾平凹、麦家等，他们创作的作品，早期的持续畅销，新创作的，几乎每出版一部就赢来市场一片叫好声，以他们为代表的优秀作家，仍然是保持中国文学尊严的重要标志。

网络文学是当代文学无法回避的一个现象。我刚刚看到南京大学丁帆教授的一篇文章，其中提到了传统文学写作与网络文学的关系。丁教授认为，创作中的反智倾向越来越突出，作家自觉从知识分子写作变成职业化的写手，我一直讲有很多作家不是作家，他是写手。但是我跟很多作家接触，一流的作家也都哀叹："我们和网络写手差别太多了，你看现在作家富豪榜上排在前面的全是网络写手。"我以为虽然到了读图时代，网络作品有广大的读者群，但是能留在文学史上的是微乎其微的。

我基本同意丁教授的这个评价。浙江是网络文学重镇，有许多优秀的网络作家。我也认识其中不少创作能力旺盛的网络大神。记得有一次开会，我和一位年轻的颇有些名气的网络作家居一室，午间休息，他还在电脑上忙碌，边喝红牛边敲键盘。我说你中午也不休息一下，他说，没有时间休息，我今天要更五千字，现在不写，晚上也得写。据说还有日更万字的网络作家。从文学创作的基本规律来说，这样的生产速度，是很难提供优质产品的。我认识的朋友中，也有不少在追读，而且是付费的网络作品。浙江一些年轻的网络作家，也有曾经年入几千万元，甚至上亿元的，效益之好，令人吃惊。这种现象，是传统作家们难以想象的。但我的观点，类似的网络作品，其思想和艺术价值值得探讨。网络文学的繁荣，不代表文学的繁荣，这是两个既有联系，又相对割裂的概念。如果年轻读者沉迷网络文学，而忽略传统纯文学的阅读，是令人忧虑的。当然，一代人有一代人的文学，我个人依旧相信真正意义上的文学对于人类的终极意义。

四、英国文学家毛姆曾说："阅读是一所随身携带的小型避难所，帮你逃脱人世间几乎所有的苦难。"您认同这样的说法吗？阅读、写作对于您来说，最大的意义在于哪儿？

非常认同。

就我个人而言，我无法想象，如果没有阅读与写作，我的生活会是什么状态。我直言，阅读与写作是我生命的一部分，它给予我的意义，怎么说都不为过。我曾经说过，我几乎没有业余爱好，最大的业余爱好就是买书、看书、写书。我们家每一次搬家，最难处理的就是一屋子书。记得有一次参加"书香国网"直播，有读者问如何处理工作与阅读写作的关系。我说，要充分利用好时间边角料，可以同时阅读几本书，比如在办公室放一本，午间休息时看上几页。再比如在家里的客厅、床头，甚至卫生间都可以放一本书。每天少看一两个小时手机，把这部分时间用到阅读上，日积月累，就很可观。至于写作，也同样，鲁迅说，"我只是把别人喝咖啡的时间都用在了工作上"，写作是我的业余爱好，当写作成为生活日常的一部分，答案也就清楚了。说没有时间阅读与写作，不过是不值一驳的借口而已。

阅读与写作，让我觉得人活着，可以更纯粹一些，变得更聪明一些，对于万事万物，让我具备独立思考的能力。先贤苏轼有诗：

宁可食无肉，不可居无竹。
无肉令人瘦，无竹令人俗。
人瘦尚可肥，士俗不可医。
……

这几句诗，从另一个角度道出了阅读与写作对于我的意义。

五、能否和我们分享一下您最热爱的文学著作？谈谈它对您的成长有怎样的影响。

说到这个，可就太多了。如果必须选择，我选择鲁迅先生的《阿Q正传》。

前不久，我去绍兴出差，利用晚上时间，专门去了趟鲁迅故里。其实，我不止一次去过鲁迅故居、鲁迅纪念馆、三味书屋。只是每次去绍兴，不去看看先生，似乎心里总有点空落落的。那天晚上，我抵达鲁迅故里时，所有黑漆大门都紧闭。这自然也在我的意料之中。我徜徉在巷子里，仿佛透过高高的围墙，能看见先生的笔，在纸上发出的呐喊。当然，更能感受到阿Q走在屋檐下，蜷缩在土谷祠里，看到他跟人打架，说"我总算被儿子打了"，又看见他在临刑前因为那个圆没有画圆的遗憾。鲁迅塑造的阿Q，是中国文学画廊里最伟大的人物之一，他的"精神胜利法"，几乎在每个中国人身上都或多或少地存在。我记不得读过多少遍《阿Q正传》，我第一次读到这部小说时，有一种被针刺的感觉，第一次发现，一部篇幅不大的小说，居然可以承载那么宏大的主题。可以说，《阿Q正传》是鲁迅对旧中国病态国民性的一次集中展示和系统的大清算。在中国现当代文学史上，很少有这样一部小说，能获得全社会的广泛认可。《阿Q正传》在现代文学史上具有不可替代的地位。随着时间的推移，《阿Q正传》的"现实意义"和"针对性"一点也没有减退，反而日见其浓烈日显其尖锐，"未庄"的国情并无根本改观，"阿Q精神"仍然到处可见。《阿Q正传》就是一把解剖刀，通过"解剖自己"而剖析中国人的精神危机和国民性格。

每次去鲁迅故居，都有一种神秘的力量在驱使我，不要停下来，要向前走。我早期的民国题材小说创作，很大程度上受到《阿Q正传》的影响，很多小说都以"未庄"为背景。我写过一个中篇小说，标题就是《未庄的一九三四年》，在《江南》杂志发表后，《作品与争鸣》予以转载。再以获得浙江省优秀文学作品奖的中篇小说《月娘的河》为例，故事发生的背景地也叫"未庄"。鲁迅永远是一面在历史的烟云里猎猎舞动的大旗，我只管朝着旗帜的方向，一直走就是了。

六、您的家乡是绍兴安昌，都说"天下文章出浙江，绍兴名声最响亮，老爷之外有师爷，天下师爷出安昌"。您的家乡还有师爷文化吗？师爷是各级官员为了政务需要聘请的有知识积累、专业技能的文人学者的通称，您一直都是在体制内工作，从这个意义上来说，体制内的文人也是师爷的一种延续。您是怎么看待自身的职业定位的？

安昌古镇是我的诞生地。我在那里生活了近 20 年，我熟悉那里的每一座拱桥，每一条小巷，每一条河流。

安昌本地的文史专家们，对师爷文化有深入研究。这些研究成果证明，民间盛传的师爷，其发挥的作用不仅是各级官员为了政务需要聘请的有知识积累、专业技能的文人学者。师爷是明清时期，封建官制与绍兴人文背景相结合的产物，是明清两代各级主官私聘的顾问、参谋与助手，参与官场机密、襄理公务。这对当时政治生活和社会生活产生过重要影响。师爷明朝时称幕宾、幕客，清朝才有幕友、师爷之称谓。这个地域性、专业性非常强的群体，肇始于明代，盛行于清朝，没落于清末民初。安昌是师爷荟萃之地，被誉为"绍兴师爷故里"。一位文史专家经过考证，安昌在全国各地，颇有影响力的师爷，有名有姓的就有近百人。2011 年，安昌被中国民间文学艺术家协会授予"中国师爷文化之乡"。现在建有"师爷馆"，对师爷这一独特的文化现象进行图文和实物展陈。

体制内的文人在一定意义上也可以说是师爷的延续。我参加工作后，在基层班组锻炼了三个月，就破格到管理部门工作，这主要得益于我的写作能力。记得刚入职时，还是新员工培训阶段，我出驻地的黑板报，没有任何文字资料，只有几支彩色粉笔，一两个小时，就能出满一期黑板报，既让新同事们钦佩不已，也引起管理层的注意。所以，实习期未满，就调去管理岗位工作。

当然，现代企业管理的复杂性，比几百年前的师爷所要承担的，显然要多得多。除了必须具备写作能力，更重要的是需要具备思辨能力、丰厚的企业管理的知识储备，掌握最新行业发展的前沿理论，处理好各种错综复杂的人际关系。总之，体制内的文人，是不可或缺的人才，也是一个普通的企业人，与企业的命运紧密相连。

七、您在谈及《中国列电》丛书时说："历史从来都需要有记录人。倘若没有孔子，我们何处读《春秋》。如果没有司马迁，哪来《史记》。同样，如果没有《中国列电》丛书，我们又怎么能了解那段历史，又怎能知道那些曾经为新中国最初的基石甘做一粒尘土的中国列电人。"您也曾参与编撰《中国工业史·电力卷》，写作了《中国电力工业简史（1882—2021）》，您的电力报告文学是一部部谱写中国电力工业的史诗，为电力从业者著史立传，是不是已经内化为您心中的使命和动力？

可以这么说。

我创作的第一部电力题材的长篇报告文学《和太阳一起奔跑》，2004年由浙江人民出版社出版，此书入选"文学解读浙江重点工程"，也被写进《浙江通志·文学志》。随后，我与黄亚洲、柯平合作，采写了长篇报告文学《中国亮了》，这部作品由作家出版社出版，是作家出版社迎接中共十七大重点献礼作品。在后来的十多年里，我先后创作出版的能源电力题材的长篇文学作品还有《铁塔简史》《源动力》《能源工业革命》《火焰传》《点灯人》《中国电力工业简史（1882—2021）》。这些作品出版后，都获得不错的市场反应。其中有获得浙江省优秀文学作品奖的，也有获得首届中国工业文学大赛奖的。《能源工业革命》则入选《人民日报》推荐书单"2019年度值得一读的30本好书"。

可以说，这十多年来我的主要创作精力，都投入到了能源电力题材的写作中。一方面，是中国的能源电力工业，在全球具有举足轻重的地位；另一方面，我也有一个想法，通过我的作品，构建起一个中国电力工业的文学驿站。至少到目前为止，国内还没有一位作家像我这样，创作了数量如此之多的能源电力题材作品。

我想特别提一下新出版的两部作品，一部是《中国电力工业简史》，另一部是《点灯人》。《中国电力工业简史》是我从数千万字的史料中，筛选整理创作而成的一部史书，本书在尊重史实的基础上，用文学的语言，对140年中国电力工业史进行了梳理和叙述，既有宏大叙事，也有细腻描述，对中国电力工业史上的重要事件进行了客观解码，对电力工业与经济社会的影响，与人类生产生活的联系，对中国电力何以在较短时间内成为全球电力行业的领先者，提供了诸多可靠、全面、清晰的答案。本书出版后，赢得很好的市场反响，已经成为电力行业新入职员工培训、大学电力系统相关专业的重要教材，先后被国家图书馆、清华大学、北京大学、浙江大学图书馆收藏。

长篇报告文学《点灯人》，向读者呈现了"时代楷模"钱海军为民服务、质朴无华的人格魅力。本书为中国文学画廊贡献了一位"点灯人"艺术形象，通过作品，让读者在一个优秀产业工人的情怀中，看到扎根基层、埋头苦干的职业操守，让读者深切感受微光成炬，薪火相传。这部作品创造了写作时间和出版时间的两个纪录。我和合作者潘玉毅，在原有的《点灯人》基础上，只用了一个月左右时间，就完成了 32 万字的创作。中国电力出版社也组织强大的编辑团队，在不到一个月时间里，出版了该书。《点灯人》出版后，多次加印，一时洛阳纸贵。

八、很多作家的家乡都是他们的精神家园，也是写作素材的源泉。安昌古镇是典型的江南水乡，温婉而恬淡，您曾写过一篇题为《我的文学青春》的文章回忆安昌古镇。在您的心中，您的家乡对您意味着什么？

许多年以前，我写过一组散文，总的标题叫《古镇旧事》，有 20 来万字。这组散文最初以长篇连载的形式在北美"橄榄树"文学网站上推出。作品书写的，都是安昌古镇的风土人情，比如写了社戏、茶馆、弄堂、石桥，等等。家乡对我的重要性不言而喻。我是安昌古镇文化站的第一批读者，那时，中外文学名著开始解禁，安昌也建起了文化站，我几乎每天晚上都去那儿看书，我在那儿第一次读到了《红楼梦》《复活》。看完书，我沿着青石板街道慢慢走回家，昏暗的灯光映照着我的身影，略显孤单而诗意。这样的夜晚和姿势重复了无数次，我觉得，安昌文化站给了我重要的文学滋养。故乡有我的父母，有我的童年，也有我少年的梦想。

我就读的是镇上唯一一所中学。安昌中学创办 60 周年的时候，我作为优秀校友，照片上了学校的墙。校长让我给校志写个序。这时，我才发觉，家乡人已经把我当作一个"人物"了，而我，却从未改变，依旧是那个有着文学梦想的小镇少年。

如果说，我的文学创作是一次长征，那么家乡，就是这次长征的起点。一个游子，可以忘记他曾经抵达的某个国家，某个风景，但家乡，则是永恒。

是起点，也是终点。

九、您写了电力题材的报告文学三部曲，《和太阳一起奔跑》《中国亮了》《铁塔简史》。您在写《铁塔简史》的时候，为采集一手资料走遍了大江南北，甚至深入广西百色，云南至广东的直流输电工程施工现场，采访了大量的高塔制造与施工企业、设计单位，为获得翔实的资料付出了大量心血。请您谈谈印象中最深刻的一次采访经历。

难忘的采访经历很多。我从《铁塔简史》的采写说起。写作这部作品的起因是大陆和舟山的电力联网工程，当时，需要建两座370米跨海高塔，建成以后，是全球第一输电高塔。我去了现场后，觉得光写联网工程不足以满足我的写作初衷。我打算以高塔为切入点，写一写整个中国电网的发展。于是，我去了广西百色，当时，从云南到广东的特高压线路经过百色，而这个标段恰好是浙江电力下属的一家施工企业承担的。我到百色的次日，去了山上施工点，由于线路的建设是一天天向前推进的，所以，施工人员的驻点，也得跟着线路走。我在山上的驻点吃了一顿午餐，驻点是山上村民的房子，厨房是屋外临时搭建的，厨师就是项目部的管理人员。饭菜做好，再由项目部的人送到前方施工点去。晚上，施工人员回到驻点，没有电视，手机信号也不好，洗澡也需要下山。虽然知道野外作业艰苦，但实地一看，还是很吃惊。事实上，这样的工作与生活状态，对于送电工来说，是常态。我想，当人间万家灯火时，几乎没有人会记得，这些电力的输送，是如何翻山越岭抵达终端，照亮天空和大地的。

十、您在《铁塔简史》中不仅客观地叙述了中国电网的成长历史，还折射出了改革开放以来电力行业的辉煌与艰辛探索，提出了发人深省的有关中国体制改革、经济发展、干部作风等重大问题的思考。近年来，电力系统反腐加码，查处了很多"电老虎"，比如华中电网原党组书记兼总经理谢明亮，南方电网原一把手李庆奎，华电集团原党组副书记、总经理云公民，国家能源局原党组成员、副局长刘宝华，原中国国电集团公司党组成员、副总经理谢长军等陆续被查。反腐力度加大的同时，电力行业改革也在深化。您对此有什么新的思考？

电力行业既是一个国家基础产业，也是一个人才、技术和资金相对密集的行业，每年有大量工程需要建设，涉及工程建设、物资采购的资金额度都很大。尽管内外部监管力度很严，但依旧会有一些人以身试法。查处那些违法犯罪人员，一方面说明党中央反腐败斗争的决心和力度，另一方面也说明，这项工作任重道远。电力体制改革是一个不断深化而动态的过程，和其他行业一样，只有持续加大监管力度，从制度上、源头上杜绝有可能产生腐败的任何漏洞，电力从业人员的廉洁从业、廉洁自律才能得以持续。

十一、您在2018年5月出版的《能源工业革命——全球能源互联网简史》一书中，对全球能源互联网这一"中国方案"的来龙去脉及其与环境和人类活动之间的复杂关系，进行了详细阐述，充分显示了能源领域的中国智慧和中国引领。然而，有反对的声音认为，随着中美贸易战以来逆全球化的浪潮加剧，尤其今年俄乌战争爆发，台海局势紧张等地缘政治影响，这一方案的可行性进一步降低。4年多过去了，您如今对未来应对全球气候治理、能源紧张问题的"中国方案"，观点上有所变化吗？您对未来人类能源使用有过科幻式的想象吗？

我在《能源工业革命——全球能源互联网简史》一书中，曾经提出彻底解决台湾用电困境的"小西电东送"方案，用海底电缆实现大陆与台湾联网，台湾目前的电力不足问题，将获得一劳永逸的解决。这个方案，其实从技术和经济层面看，没有任何困难。大陆与舟山，与海南岛都已实现电力海缆的互联。

同理，全球能源的互联也一样。今年夏季，全国大部分地区持续高温，很多地区的全社会用电负荷，都创下历史纪录。这是地球升温在气候上的体现。从理论上，全球能源互联网是控制地球升温的有效手段。2015年9月，习近平主席出席联合国发展峰会并演讲：中国倡议探讨构建全球能源互联网，推动以清洁和绿色方式满足全球电力的需求。2017年5月，在北京举行的"一带一路"国际合作高峰论坛开幕式上，习近平主席再次表示：要抓住新一轮能源结构调整和能源技术变革趋势，建设全球能源互联网，实现绿色低碳发展。

全球能源互联网有三个基本特征，"智能电网+特高压电网+清洁能源"，智能电网是基础，特高压电网是关键，清洁能源是根本。从这三个特征中就可以看出，清洁能源的利用，既是人类可持续发展的重要基础，也是实现地球温控的重要手段。同时，也能保证电网的安全可靠运行。中国电网多年来没有发生大面积崩溃瓦解事故已足以证明这一点。

2016年春天，我去北京出席第一次全球能源互联网大会，日本著名企业家孙正义有个简短演讲，他讲了一个故事，说他有一个狂野的设想，要建一个亚洲超级电网。我们都知道，作为岛国的日本一次能源相对贫乏，他想在蒙古建大型光伏基地，通过特高压送电到日本。一次，他到访中国，拜访中国国家电网公司掌门人刘振亚，刘听取他设想后哈哈大笑，说你要建亚洲超级电网，我要把全世界的电网都联起来，建设全球能源互联网。孙正义说，这怎么可能？刘说，为什么不可能，你的亚洲超级电网无非是国与国之间的电网相联，我的全球能源互联网则是洲与洲之间的电网互联。孙正义后来接受了刘振亚的观点，并且出任全球能源互联网发展合作组织副主席。孙正义之所以关注能源互联，是因为他还有一个身份——日本可再生能源协会主席。

当然，随着国际局势的剧变，实现全球能源互联的可能性也在发生波动。但是，中国国内的能源互联却已取得重大突破，以特高压为纽带的"西电东送"，实现了跨省区、远距离电力输送，以世界最大清洁能源走廊为标志，西南的水电正源源不断输往长三角、珠三角负荷中心。西北的煤电则主要送向环渤海地区。

我曾经写过一个中篇小说《黑启动》，发表在核心文学期刊《脊梁》上。小说的主要内容是比邻星人入侵地球，摧毁中国东部沿海某特大城市电网，为恢复电网运行，正在东海一座小岛上度假的电力工程师和一位院士，启动了刚刚研制成功的小型核聚变装置，遥控实现电网"黑启动"，恢复了特大城市电网的运行。这个小说带有科幻色彩，但核聚变的研制却并非神话。如果核聚变能够投入应用，再辅之以可再生能源为基础的能源互联，人类赖以生存的地球环境一定会得到根本改变。

未来人类对能源的利用，一定是以可再生能源为基础，一次能源终究是有限的。如果人类持久和平，能源互联得以实现，东西半球的电力供需实现互补，那么，人类对化石能源的依赖将逐步降低，以水能、太阳能、风能、核聚变等为代表的可再生能源将发挥主要作用，那时的天空会更蔚蓝，大地会更翠绿，地球也将得以休养生息，人与自然和谐相处，全球生态更趋平衡。就像爱默生在《论自然》中说的那样：我们在自然中孕育，被生命的洪流环绕，自然以其力量邀请我们，做出相应的行动。

（杭商杂志记者许雪峰对本文采写亦有贡献）

（马晓才，企业家日报社副社长兼华东周刊主编、杭商杂志总编辑。兼任浙江大学杭商品牌研究中心主任、浙江工商大学人文与传播学院硕士研究生导师、浙江理工大学新闻与传播学院兼职教授、四川省康定市人民政府文化与传播顾问、杭州市文艺两新发展促进会副会长）

【访谈2】

文学与电，在他笔下擦出"火花"

《绍兴日报》记者　於泽锋

（原载《绍兴日报》2021年12月22日）

近日，浙江省优秀文学作品奖（2018—2020）揭晓，全省共39部作品获奖，其中有6位绍籍作家的作品，陈富强的作品《能源工业革命——全球能源互联网简史》也在其中。

陈富强，绍兴柯桥区安昌人，在电力行业耕耘多年，现任国网浙江省电力有限公司二级专家，中国电力作家协会副主席。他的作品，让"电与文学"擦出了不一样的火花。

为电著史，既是跨界又是融合

陈富强出生于绍兴安昌。

这是一座有着鲜明水乡特征的小镇，寒冬里，阵阵的酱香味，仿佛为即将到来的春节助兴，吸引着游人驻足闻香。

2019年，在《中国副刊》上，刊登过陈富强为故乡安昌写的一篇文章。

"我记不清曾经走过多少座河上的桥，也记不清那些桥，是从哪个朝代开始建造，只记得无论是桥面，还是石级，都已被时光磨得没有棱角。安昌的小桥非常有特色，'拱、梁、亭'各式，千姿百态，古朴典雅，素有'碧水贯街千万居，彩虹跨河十七桥'的美誉……"他用细腻的笔触，写下缱绻的乡愁。

18岁那年,他跨过一座又一座河上的小桥,从自家所在的西街,走向东街的邮政所,将一只信封塞进邮筒。信封里面,装着他手写的一篇散文,装载着他对文学的理想,寄往远方。

这样一位细腻多情的作家,在撰写"电力"这一个专业性极强的题材的时候,如何写出"不一样的火花"呢?

初看《能源工业革命——全球能源互联网简史》这本书时,多数人的判断是,这样一类专业书籍,内容多半艰涩。然而记者在读了陈富强的散文后,对这位钟爱文学、善于雕琢文字的作家的作品有了另一种期待。

值得一提的是,在《能源工业革命——全球能源互联网简史》一书出版前,陈富强曾就封面设计在自己的朋友圈做过一个民意调查,最终选定了白色封底搭圆形灰色图案的这一款封面。在陈富强看来,这样有利于让读者更关注作品本身。

作品出版后,也获得较好的市场回应。陈富强介绍,到目前为止,已4次印刷,在同类题材作品中表现抢眼。

作为一名作家,缘何将创作视角落在为电著史?这和陈富强的职业有很大的关系。陈富强自1983年参加工作以来,就一直在电力行业。"我对这个行业比较熟悉,也很有感情,我经历了中国电力行业从相对弱小到领先全球的过程,这也是我写作《能源工业革命——全球能源互联网简史》的重要前提。"陈富强在采访中说。

为了写好这本书,陈富强做了很多功课。他曾采写过长篇报告文学《和太阳一起奔跑》《中国亮了》《铁塔简史》,这三部作品,也被评论家称为"中国电力三部曲"。其中《和太阳一起奔跑》入选"文学解读浙江重点工程项目",《中国亮了》是作家出版社迎接党的十七大召开的重点献礼作品,它和《铁塔简史》先后获得浙江省优秀文学作品奖。

市场的良好反响和读者对行业题材的认可,让陈富强有了更大的目标——写《能源工业革命——全球能源互联网简史》。

该作品在采写过程中,入选了2018年浙江省委宣传部文化精品工程,出版后,入选"浙江大学出版社2018年度十大好书",被《人民日报》列入

"2019年度值得一读的30本好书"推荐书单，最近又获得浙江省优秀文学作品奖（2018—2020）。

工业文学的精髓，在宏大叙事中关注万家灯火

陈富强在《能源工业革命——全球能源互联网简史》的"后记"里提到，为写这部书，他需要准备大量素材，为此阅读了超过50部与能源互联网、环境、原子、自然等方面有关的专著。陈富强前期的素材搜集，用卷帙浩繁来形容一点不为过。如何抽丝剥茧般厘清本书的脉络，得益于陈富强对电力行业的深刻理解。

有评论家评论陈富强，"他的大脑就像一台高速运行、容量巨大的处理器，能够从海量信息流中获取准确的有价值的信息"。

不久前，陈富强在桐乡开讲座，在谈到工业文学的写作时，他总结为"要有小说的结构、评论的严谨、散文的语言、诗歌的豪迈、童话的浪漫、科幻的悲怆"。谈到自己的创作观，陈富强表示"既要有宏大叙事，也要关注万家灯火"。这些特质，在他的作品中都有体现。

《能源工业革命——全球能源互联网简史》是一部有关于电的历史。

在第一章"电的由来"中，涵盖了"电的出现改变了人类生活""闪电的本质就是电""灯塔的历史，几乎就是一部电的简史""创造出20世纪的人""中国大地上诞生的第一盏电灯""人类对于电的认识和鱼有关"。对读者而言，很难想到，"电"竟然有这么多丰富多彩的故事，该书就是一部关于电的故事集。

事实上，在创作这一部作品的过程中，陈富强充分考虑了读者的接受度。

"工业题材写作面临的最大难题，是怎样吸引读者。在现当代中国文学史上，工业题材的作品并不亮眼，特别是能源题材的作品，除了草明的《原动力》、'文革'期间的电影《创业》、何建明的《部长与国家》，几乎乏善可陈。主要原因有二，一是写作难，二是要获得读者认可难。《能源工业革命》的写作，我充分考虑到了这两个因素，最后决定以讲故事的形式来写作，尽量避免艰涩难懂的行业术语，把枯燥的事件尽可能写得耐读好看，以达到科

普效果。"陈富强说。

在科普的同时，陈富强在整体架构上有层次地推进，融入自己的思考。从第三章"地球在变暖"开始起，陈富强一直在书中寻求解决之道，这个答案就是"电"。和尾章的标题一样，在陈富强看来"电就是未来"。

"我的目标是为读者全景展示全球能源互联发展的'前世今生'，同时，对其发展历程中的问题和矛盾加以探索思考和解读。如'地球在变暖'和'来自联合国的消息'两章中，全球变暖、雾霾等重大环境问题与发电燃煤之间的因果关系一目了然，人类能源发展给环境带来的恶果已经为各国和地区敲响了警钟。"陈富强说。

写给未来，人文情怀中体现前瞻性

"如果说《中国亮了》是一本写给过去的书，《铁塔简史》是一本写给现在的书，那么《能源工业革命》则是一本写给未来的书，里面许多前瞻性设想，比如中国成为全球气候治理的领导者、能源战略思维的提出都非常大胆，即便作者不是这些理念的首创者，陈述这些思想也需要足够的胆识与勇气。"这是2018年该书面市时，书评家撰写的一篇名为《大数据时代的书写与担当》中的一段话。

这是一本具有前瞻性的书，从2018年到现在，3年的时间，书中前瞻性的一些判断，在当下得到印证。

陈富强提到人类未来要面临三大严峻挑战，即资源紧张、环境污染、气候变化。这些问题固然是老生常谈，寻求问题的答案却难能可贵。

陈富强在采访中说："我们可以设想一下，如果人类继续以这种速度和强度消耗一次能源，那么几十上百年以后，我们的子孙后代怎么办？这个世界如果没有能源，又会怎么样？地球持续升温，我们赖以生存的地球如何继续保证人类的基本生活？这是我作为一个能源行业从业人员一直在关注的既现实又重大的问题。而全球能源互联可以很好地解决这个问题，能源互联的核心是清洁能源，也就是可再生能源的利用，这是大自然赐予人类的用之不尽、取之不竭的财富。"

"2021年以来，全球能源行业出现新变化，国际能源价格大幅上涨，国内电力、煤炭供需持续偏紧，给正常的经济运行和居民生活带来影响。通俗地讲，就是中国又缺电了。客观上中国已经不再缺电，我们的装机容量有足够的能力满足全社会的用电需求。那么，如何解决暂时性的缺电问题呢？"

面对前段时间的用电荒，陈富强给出了自己的分析。"如果全球能源实现真正互联，东西半球互补，电和信息互联网一样没有边界，可以互通互联，我们面临的问题，都有可能迎刃而解。举个简单的例子，东半球是用电高峰的白天，西半球则是用电低谷的夜晚，如果实现了全球能源互联，就可以东西互补，满足不同时间段的用电高峰。遗憾的是，实现真正意义上的能源互联，还有很长的路要走。"这些分析，其实在《能源工业革命——全球能源互联网简史》一书中都能寻找到答案。

2018年，该书刚刚发布的时候，陈富强说自己有一个小小的野心。"很多年以后，当我们回顾这段历史，人们会发现，还有一部叫《能源工业革命——全球能源互联网简史》的书，能够进入大家的视线，值得被放在书架上，并让读者有所收获。"

如今3年过去了，当这部书进入浙江省优秀文学作品奖（2018—2020）榜单时，陈富强内心是喜悦的。

《能源工业革命——全球能源互联网简史》寄托着陈富强的人文情怀、忧患意识和对行业的热爱。诚如一位读者在书评中的留言："《能源工业革命——全球能源互联网简史》这本书，大大地刷新了我对行业的认知。我本来以为，全球能源互联网是一种政策思维、顶层设计，没有想到其实是能源安全、环境污染、气候变化等诸多挑战在倒逼；我本来以为，电力企业就是电网建设、供电服务，没有想到它还怀揣着一个世界能源发展的绿色之梦——让电就像信息互联网一样，实现全球互联互享，如此具有先锋意识、普惠主义。"

【访谈3】

陈富强：用作品记录"中国亮了"

潘玉毅

（原载《中国青年作家报》2020年7月21日；
中国作家网2020年7月22日）

陈富强，中国作家协会会员，中国电力作家协会副主席，浙江省作家协会全委会委员，主要有长篇报告文学《中国亮了》《铁塔简史》、中篇小说集《未庄的一九三四年》、散文集《后岸书》《万物无尽》等，曾参与全国百名著名作家共撰之《中国治水史诗》创作，曾获第四届特区文学（中篇小说）奖、全国报纸副刊作品金奖、首届中国工业文学大赛长篇报告文学奖等。

草木生长有其土壤，对于陈富强来说，他的写作亦是如此。

"我愿意以自己微不足道的担当，去表现这个足以让我们引以为豪的行业。"陈富强毫不讳言地说，自己一直乐于接受"中国电力作家"这个标签。

多年来，他立足岗位，将创作重心放在能源题材上，写下了多篇有厚度和影响力的行业题材作品。其中，2019年出版的《能源工业革命》还入选《人民日报》推荐书单"2019年值得一读的30本好书"。

近日，受《中国青年作家报》编辑部委托，笔者对这位"电力作家"进行了专访。

在熟悉的地方抒写风景

新中国电力事业的发展和腾飞,为陈富强的创作提供了鲜活的素材。从一名基层的电力企业工会干事到一名省公司管理干部,陈富强始终坚持在有限的业余时间里进行创作,写出了一系列颇具分量的电力题材的文学作品,如被评论家誉为中国电力三部曲的长篇报告文学《和太阳一起奔跑》《中国亮了》(与黄亚洲、柯平合著)、《铁塔简史》等。这三部作品,《和太阳一起奔跑》入选"文学解读浙江创作工程重点作品",《中国亮了》和《铁塔简史》先后获得浙江省优秀文学作品奖。

以《中国亮了》为例,这本书从引子"5亿千瓦与一支蜡烛"切入,以倒叙方式回顾中国电力供需严重失衡到实现基本平衡,然后开始以时间为主线叙述;"透出微光的1882年"描述了中国第一盏电灯在上海南京路上亮起,中国电力工业开始发端;"电气时代最初版图""从石龙坝到新安江"则对早期中国有代表性的电力事件与电力分布进行了跳跃性的记叙;"185万千瓦的新政府"是新中国执政者接收的全部电力家当,百废待兴,领导和决策者以非凡的治国理政能力加速了中国电力发展;"我的名字叫秦山"讲的是中国与世界的核工业;"新能源"讲的是中国与世界的可替代新能源;"三峡故事"讲述了世纪水利工程长江三峡;"门打开了"全面解读了中国电力体制的改革;"红色先行官"将一批为中国电力工业发展呕心沥血的电力官员立体、平和地呈现在读者面前……若非对中国电力的发展了如指掌,且拥有密集而翔实的素材,断不能支撑起如此厚重的作品。

陈富强的特点在于他以敏锐的观察力,在熟悉的场景中捕捉写作需要的原始素材。比如2008年南方普降大雪,持续的雨雪冰冻灾害对电网造成了巨大破坏,陈富强是最早进入抢修现场的作家,并在最短时间内创作了报告文学《保卫电网》,这也是当时国内最早反映抗冰抢险的报告文学作品。这部作品发表后,引起较强反响,获得2008年度全国报纸副刊作品年赛金奖。

让枯燥的题材充满趣味

写过行业题材的人都知道，要将工业文学写得有趣、有意味是一件十分不容易的事情。作为主旋律写作的一种，写行业题材极易失之平淡，或变成歌颂文章。

为了不落窠臼，陈富强把枯燥的事当有趣，把创作小说时讲故事的手法和创作散文时对语言的锤炼融入行业题材的写作，顿时让作品变得生动起来，增加了可读性。同时，他凭借自己积累的写作经验，在行业题材的创作上尝试做一些写作方法上的探索。比如《能源工业革命》，既不是完全意义上的报告文学，也不能算是学术著作。他在写作这部作品时，阅读了大量国外非小说的工业题材作品，并发挥自己对能源行业熟悉的特长，最终融文学、简史、科普、学术于一体。书一经出版，获得了行业内外人士的认可。作家海飞以"宏大、密集、文学"6个字概括了陈富强行业题材作品的特点："我们现在处于一个伟大的变革时代，变革的时代需要有反映时代变革的大作品。私下里以为《铁塔简史》就是这样一部好作品。"

事实上，陈富强的行业题材作品不仅紧扣时代主题，同时亦能兼容地气。为了让作品的生命力能够更长久，增加作品的趣味性和可读性，他每次在进行创作时都立足于深入采访，在谋篇布局、叙述方式等方面花费大量精力，让写作风格与语言特点能够适应读者的阅读诉求，让人们愿意读，且能读得进去，而非一味地强加于人。

通过电力作家的创作，让更多的人愿意了解这个行业

"我始终认为，通过电力作家的创作，让更多的人愿意了解这个行业，进而在展示电力行业核心价值观的同时，增强社会对电力行业的认同度，这是文学艺术作品以外的传播手段所无法比拟的。"陈富强在四卷本"浙江电力作家丛书"的序言里这样写道。这个理念也贯穿了他写作的始末。

在陈富强看来，如果一个作家没有一点社会责任感，写出的作品很难有

生命力。

"我们所读的近现代作家的作品,最终成为经典的通常是那些主题深刻、饱含作家情怀的作品,当代很多优秀的作品也是如此,比如陈忠实的《白鹿原》,莫言的《蛙》,余华的《活着》。这些小说有一个共同的特点,作家通过作品中的人物和时代背景、事件,反映的都是重大的中国现实。"陈富强说。他还引用了莫言的一句话为例证:"小说家就是设置一些人类灵魂的实验室,然后把人放进去,看看灵魂在里面会发生哪些变化。"

一名作家的责任感和使命感,是陈富强多年创作中始终坚持、恪守的导向。多年来,陈富强立足岗位,将创作重心放在能源题材上,写下了许多极有厚度且在文学史上拥有一定地位的行业题材的作品。2006年,他和黄亚洲、柯平联合采写了长篇报告文学《中国亮了》,作为作家出版社迎接中共十七大召开的重点献礼作品。此后,他又陆续采写了《铁塔简史》《源动力》《能源工业革命》等作品。其中,《能源工业革命》还入选《人民日报》推荐书单"2019年值得一读的30本好书"。

陈富强之所以把行业题材作为自己写作的发力点,一方面是因为他觉得作为全球最大的电力行业,有东西可以写,也应该有一些作品来承载它的历史与文化;另一方面,他觉得作为长期在电力系统从业的一位职工,应该用自己的一技之长,为这个行业留下一点东西。

亦是出于心中的这份使命感,他写下了《我有一个建议:创建"中国电力博物馆"》,在"国家电网档案"微信公众号推送后,登上当月全国档案热搜榜首位。

说到此处,陈富强爽朗地笑了:"从大处说,是使命感驱使我这么做,从小处讲,我有创作能源题材作品的优势。"他的使命感与责任感不只体现在行业之内。今年初,新冠肺炎疫情暴发,并呈现全球态势,陈富强通过采访大量奋战在一线的医护人员、电力工作者、诗人、志愿者,创作了20万字的长篇报告文学《地球危机》,将自己的思考融入重大的时代课题,让我们看到一个有良知的作家以笔战"疫"的新身姿。

【访谈 4】

史料中透出诗情画意

——谈《中国电力工业简史》的文学色彩

卢炳根

（原载《脊梁》2023 年第 6 期）

作家陈富强编著的《中国电力工业简史》（以下称《简史》），16 开本，近 42 万字，有着沉甸甸的手感。一部承载 140 年电力岁月的书，在我的双手中，让我爱不释手。

我在电力院校求学 5 年，又在电力行业深耕 40 年，退休后在电力行业协会服务 8 年，有着先后在水电、火电和供电企业的从业经历。如今，我还在浙江湖州市老年科协的岗位上服务，做着与能源电力相关的课题调研工作，十分关注与电力相关的信息，并为政府相关工作建言献策。

我对电力企业和电力人充满了情感。在阅读《简史》时，我并不感到它是部史料性的作品，而是从书中品味到了浓浓的文学色彩。《简史》应该是一部写电力史的报告文学作品。循此而言，我的这篇读后感也可以划入文艺评论的范畴了。

我翻开《简史》，目随字移，心随情走，书中呈现的所有画面和镜头时而清晰，因为我曾经参与其中；时而陌生，因为我与其所述距离遥远；时而愉悦，那是因为我曾身临其境，付出过辛劳……总之，随着我读《简史》的一页页一行行，过往的岁月在我的眼前重新涌现。读到情辞优美之处，我击掌感叹——史料中透出的诗情画意让我动容。

一、文章结构框架鸿大而简洁

140年的时代跨越，在书中如一座结构繁浩的大厦，梁柱墙檐缺一不可，这样才能让读者走进这座大厦时不会有眼花缭乱之感。陈富强犹如工匠一般，轻车熟路，舍去繁褥，取之简洁明了，构筑起电力史料的大厦。

全书仅以六章的篇幅就将中国的百余年电力工业史高度浓缩。第一章"东方启明"中，作者以五节内容叙述了晚清最后曙光的熄灭，和上海第一盏灯光的闪耀，电力工业"啼声初响"。中国共产党走上历史舞台，引领中国的电力工人走向光明之路。文中表明：中国的电力工业将在中国共产党的领导下，迈上健康发展的道路。这一章内容实质上也为全书指明了思考方向。

再看第二章"筚路蓝缕"，作者亦用五个节段的叙述对应着新中国成立后的我国经济建设五个时期："经济恢复时期""第一个五年计划""大跃进""文化大革命"和"恢复性整顿转折时期"。电力工业发展之路上时而顺利而行、时而磕磕绊绊、时而蓄势待发。这个部分将那段时期的历史表现得淋漓尽致。这部分尽管篇幅不长，但所述内容时间跨度长达30年，直至党的十一届三中全会召开。改革开放的春风为电力工业的高质量发展注入了勃勃生机。

如此这般的结构模式在全书其他章节中，得到充分展示。

二、书中各章节段落循时渐进

编著者陈富强牵时代红线，落重要节点之墨，展史料本来面貌。如《简史》第三章"凤凰涅槃"的第三节"电力体制改革路径探索"，作者写的此项内容，让我感到很亲切。

凡经历者皆有体会——改革走什么路？怎么样改革？其间用了几年时间，在各个层面上进行探索，最终形成了电力工业体制改革的"二十字方针"，即"政企分开、省为实体、联合电网、统一调度、集资办电"的方针。这个"二十字方针"，是20世纪80年代电力体制改革的基本路径，同时亦为今后电力工业行政管理体制改革、企业改革和市场经济体制为目标的各项改革，提供了创新的基础，指明了方向。

我对这"二十字方针"非常熟悉，它为当时电力建设资金短缺找到了"金钥匙"，如出售用电权、集资办电建电网、发行电力建设债券、利用外资办电等。电力人用这些把"金钥匙"，打开了各地缺电少电的"瓶颈之锁"，为加快电力工业的发展和繁荣当地的经济注入了源动力。

20世纪80年代后期，我于浙江某电厂任职，也曾从事过与地方政府部门集资办电"来煤加工"、下达用电量计划指标的分支业务。也就是由政府经济技术协作办公室牵头，政府与电厂方签订合同，组织适发煤炭送到就近电厂，由电厂按矿发煤炭指标重新检测并核定煤价，确保煤炭指标在可安全发电的前提下，与库存煤混合掺烧，然后按煤耗指标核定供煤方权有的供电量。最后，由省电力公司戴帽下达用电量指标给所在地区。这样既缓解当时电煤紧缺情况，又解决了地方用电紧张的情况。这种模式，在当时曾经流行了一段时间。

三、书籍目录的版式设计鲜明新颖

打开《简史》目录，我顿感醒目，新奇的是目录标题栏采用三重文字竖横结合的版式。这在我所见图书中极为鲜见，给读者一种站在高处、统窥全书内容结构之感，有高屋建瓴之气势。

全书电气时代的中国之光、新中国电力工业风雨兼程、体制释放的巨大能量、经济社会发展的原动力、电力工业的历史转折点、电力央企的新使命六个板块标题，对应"东方启明、筚路蓝缕"等六个章节标题。这六个板块涵盖了各章节一共113个小标题。目录层层递进，脉络清晰，一目了然。

目录的这种排版布局，做到了与《简史》内容脉络高度吻合，给读者的印象是编著者与出版社编辑匠心独具，有巧思妙想。

四、全书叙述细节典型生动

我看到第四章第二节之六"水电奥运"，其中有机组的国际招标与国产化的内容，印象深刻。三峡电站水电设备采购项目因单机容量最大、直径最大、质量最重而被全球著名水电制造厂商目光吸引而冠之"水电奥运"。陈富强在文中翔实展示了该电站左岸机组的外商供应过程后，笔墨重点留在了右岸部分机组如何加快国产化改造的进程上。终于，中国国产水电单机进入了70万千瓦的时代。这个细节的取材，典型而生动。更为可喜的是，直至后来"2017年8月开工建设的白鹤滩水电站，更是以国产单机100万千瓦的雄姿，英发在世界水电之巅峰"。这样精彩的细节叙述，在全书各章节中比比皆是。

我进入电力行业先是作为电站建设者，于1970年先后到富春江水电站和乌溪江水电站建设工地工作。两站均在"大跃进"时期开工建设，因各种原因经历了停工缓建、复工和建成投产的阶段。富春江水电站首台机组1968年底发电，1977年全部机组建成投产；而乌溪江水电站是1979年9月首台机组发电，全部投产是在1980年。两者的共同特点就是单机容量小，从2.6万千瓦到12万千瓦不等，总装机也只在30万至37万千瓦之间（其中富春江水电站总装机29.72万千瓦，乌溪江水电站为37.2万千瓦）。这个时段，我在浙江水电建设的从业经历与《简史》中所述的"水主火辅"和电源项目的大干快上内容相吻合。

弹指一挥间，我国水电单个装机容量从仅万千瓦起步跃升至百万千瓦。抚今追昔，这是非常值得书写的一笔。

五、全书文字语言形象流畅

纵观《简史》全文，文字简练，形象生动，虽为史料而文字没有丁点枯燥乏味，反而是具象有塑，生机盎然。章节冠名栩栩如生，如"凤凰涅槃"等。小节用词充满诗意，如"灯火阑珊，城市依然温暖"等。字里行间充满诗情画意，如谈到风电光电中的"风光，大自然的馈赠""风力发电唱响'大风歌'""不尽长江滚滚流，流的都是煤和油"等。通读全文，我发现，全书几乎每个章节、每个页面中都有如此生动形象的字句，值得读者慢慢咀嚼体味。

仅此简析，全书的文学色彩依然呈现。

电力文学界的人和浙江电力行业内的人都知晓，编著者陈富强有中国作家协会会员、中国电力作家协会副主席等多重身份，且在文学创作领域尤其是报告文学、史记文学等方面多有建树。他有《中国亮了》《铁塔简史》等多部文史兼备的著作和《一盏电灯的光荣史》等多部报告文学著作。能将枯燥乏味的电力史，演绎成一部既有史料又有可读性的文学作品，恰似一盘荤素搭配、色香味形俱佳的美食被端到了读者面前。

六、读者开卷有益也掩卷而有思

正如陈富强在本书前言中所说："……力求做到结构简洁，叙事准确……史料翔实，考证严密，细节生动，叙述流畅，让读者能在相对较短的篇幅内，手握一卷，读懂中国百年电力史……"我以为，陈富强做到了，且做得很圆满。任何一位初入电力行业者，只要手握此卷，便能从中受益。

开卷有益，纵览《简史》，你会对中国电力工业140年的历程有所了解，对其中的发展过程也会有较为全面的把握。

掩卷而思，一个个问题跃然纸上，那就是走什么路、什么是航向、动力是什么、保障又是什么等，书中皆有答案。

掩卷有思，答案就在《简史》最后一章的最后一节"中国电力工业发展的基本经验"。在这里，陈富强给了我们最好的回答——那就是在中国共产党的领导下，电力人必须始终坚持"人民电业为人民"，与时俱进，共创未来。

从文学的基本原理出发，任何一部文学作品从诞生起就具有三大功能，即教育功能、审美功能和社会功能。读者受到作品的启迪、蒙教，辨别真理与伪识，这是教育功能所在；读者从作品中感知美的存在、接受美学熏陶，这就是审美功能所在；而读者看到作品所展示的历史阶段，并为某一个历史事件所启发，那么这就是作品社会价值的作用了。我以为，《简史》已体现了这三大功能。

如今，我国正由世界电力大国向世界电力强国迈进，电源电网建设都取得了举世瞩目的成就。这本书的出版恰逢其时。

尾声

世界没有尽头，写作永无止境

　　人的一生很短，四张照片，几乎浓缩了我的大半辈子，贯穿了我全部的职业生涯，而写作则成为我生活和生命的一部分。有人问我，写作真有那么快乐吗？我回答，因人而异吧。反正，写作给予我的快乐，是别的物质代替不了的。写作让我认识了一批世界上最纯粹的人，为我构建了一个独一无二的精神世界。如果一定要从世俗的角度来讲，写作让我得到许多，也让我失去不少。失去的不可与外人道，而得到的，却不可用钱来衡量。

　　2020 年，我编印了一本《时间印》，是浙江省电力作家协会成立 18 年来的年度大事记。每年记载，如写年记，连续 18 年，需要一点坚持和毅力，这是很多人做不到的。我把它看作浙江省电力作家协会的"成人礼"，是一个人的"浙江电力文学史记"。

　　2022 年夏天，杭商传媒总编辑马晓才先生对我进行了一次专访，最终形成一个万字采访稿《写作的意义——专访中国电力作家协会副主席陈富强》，通过搜狐、网易、腾讯等多家网络平台和纸媒《中国企业家日报》《杭商》推出。这个专访，对我的写作历程进行了综合梳理，对我的创作观进行了系统概括，是迄今为止，较为全面的一个专访。

　　我想起 2020 年，新冠疫情弥漫全球的时候，我用一年时间写作了一部长篇纪实文学《地球危机》，这部作品申报了浙江文化艺术发展基金，并有幸入选。但作品写完了，我却一直将它锁在电脑里。

　　我高度认同巴金先生说过的一句话："我之所以写作，不是因为我有才华，而是因为我有感情。"

我也认为罗曼·罗兰关于英雄主义和世界的相互关系符合我的价值观："世上只有一种英雄主义，就是在认清世界真相之后依然热爱它。"

世界没有尽头，写作永无止境。

我之所以坚定地相信未来
是我相信未来人们的眼睛
她有拨开历史风尘的睫毛
她有看透岁月篇章的瞳孔

朋友，坚定地相信未来吧
相信不屈不挠的努力
相信战胜死亡的年轻
相信未来、热爱生命
　　——食指《相信未来》节选